云静风渺 著

重庆出版集团
重庆出版社

目　录

第二十一章　条件，两全其美！……………………1
第二十二章　惩罚，庵堂苦修！……………………19
第二十三章　素妃，防人之心！……………………36
第二十四章　不甘，候驾侍寝！……………………53
第二十五章　狠心，人言可畏！……………………72
第二十六章　送礼，不贞不洁！……………………88
第二十七章　死心，宸的选择！……………………105
第二十八章　可惜，你不是我！……………………125
第二十九章　嫌脏，半斤八两！……………………144
第三十章　诛心，萧逸之死！………………………160
第三十一章　复仇，今夜开始！……………………180
第三十二章　自损，道高一丈！……………………198
第三十三章　强求，谎言欺骗！……………………218
第三十四章　选择，永不放手！……………………234
第三十五章　走水，痛不欲生！……………………250
第三十六章　活着，狂风暴雨！……………………266
第三十七章　敌人，再生波澜！……………………287
第三十八章　遇袭，救命恩人！……………………303
第三十九章　齐王，他还活着！……………………320
第四十章　燕京，终相见！…………………………336
番　外…………………………………………………352

第二十一章　条件，两全其美

独孤宸将南宫素儿带回了宫中！

听到这个消息，沈凝暄的身子蓦然一怔！

眸华抬起，直直望入独孤萧逸的眼底，她有些愕然地开口问道："南宫素儿，不是吴皇的女人吗？"

"曾经是！但是现在，她跟你一样，也是皇上的女人了！"

独孤萧逸声音仍旧是淡淡的，温润的双瞳中带着些许冷意："小暄儿，日后你在宫中，只怕要更加小心了！"

闻言，沈凝暄不禁紧皱了眉头："你的意思是……南宫素儿可能会威胁到我？"

"不是可能，而是一定！"

语气里是浓浓的笃定，独孤萧逸眸色微沉："她既是回来，便一定不会在后宫中，屈就于任何一人之下！"

只顷刻之间，沈凝暄心中思虑重重。

沉吟片刻，她复又开口问道："南宫素儿和皇上之间，过去到底发生了什么？"

对于南宫素儿，她除了那日救下远儿之时，有过寥寥几句交谈，了解得并不深，不过眼下既是独孤萧逸如此言语，可见此女除了生得国色天香，心机应该也是不简单的。

她必须要了解独孤宸和南宫素儿之间的过去，才能知道南宫素儿此刻回宫，到底图谋的是什么！

"关于皇上和南宫素儿……"

思绪，回到很久之前，独孤萧逸轻声说道："南宫素儿自小与皇上可以说是青梅竹马，纵是皇上前往吴国求学之时，她亦随行……"

"青梅竹马？"

听到独孤萧逸以青梅竹马形容独孤宸和南宫素儿，沈凝暄心中丝毫不觉意外。

心中思绪飞转，她蹙眉问道："既是他们青梅竹马，何以后来南宫素儿会跟赫连飚牵扯到一起？这是否便是她和皇上分开的原因？"

"一半一半！"

独孤萧逸微眯了星眸，声音低缓得让人听着格外舒服："你知道南宫素儿的祖父是谁吗？"

沈凝暄听得一愣，红唇轻动了动："难道是……铁血侯南宫正德？"

"小暄儿真聪明！"

独孤萧逸毫不吝啬地夸赞沈凝暄一句。

闻言，沈凝暄心下不禁苦笑了下。

南宫正德！

燕国三朝元老，位列铁血侯！

在三年之前，南宫家在燕国还有着赫赫威名！

他们的势力，比之当下最强大的夏家，还要强上几许。

但是，就是在三年前，南宫家因为谋逆叛乱被连根拔起，沈凝暄没想到，南宫月朗和南宫素儿兄妹俩竟会是南宫家的后人，最重要的是，他们如今还活着！

睇见沈凝暄嘴角的苦笑，独孤萧逸接着说道："南宫素儿之所以会跟皇上分开，是因为当初南宫正德权力过大，大有拥兵自重之嫌，更有甚者，他还妄想让南宫素儿入宫为后，借此来控制大燕的前朝和后宫……小暄儿，你该知道的，自己想娶是一回事，被人逼着娶又是另外一回事，更何况皇上当时刚刚登基，身后还有如太后，他们母子岂会受南宫家牵制？"

沈凝暄眸色微冷："所以三年前南宫家叛乱，其实是太后和皇上的手笔！"

"没错！"

独孤萧逸微微颔首，笑看着沈凝暄："南宫素儿是如何跟吴皇搅到一起去的，我不甚清楚，但是皇上现在带她回来，便足以见得，他不在乎……换而言之皇上可以说是南宫素儿不共戴天的仇人，但是现在她却舍弃吴国皇后之位和年幼的孩子，无名无分地跟着皇上回来了，小暄儿……你觉得，有她在，这燕国后宫，日后还会太平吗？"

听独孤萧逸一席话，沈凝暄的眸色不禁微微一深！

他说得没错！

南宫素儿可以放下血海深仇，放弃吴国的皇后之位，舍弃自己的幼子跟着独孤宸回来，必定有她所要图谋的！

她所图谋的，也许是报仇。

不过对于同样为仇恨而生的她来说，这些都不重要。

只要她南宫素儿不来招惹她，她便会跟她井水不犯河水，如若不然……

"小暄儿，在想什么呢？"

等了许久都不见沈凝暄出声，独孤萧逸不禁出声问道。

"我累了！"

像是一只慵懒的小猫一般，轻蹭了蹭下颌的被角，沈凝暄作势便要裹着被子转身。

见状，独孤萧逸微怔了怔，却是莞尔一笑，伸手扶住她的肩头："给你下毒的那个小丫头，现在还关在院子里，她说是相爷吩咐她下的毒，你怎么看？"

"我父亲……还不至于这么心急！"清幽的视线，直直地望着锦被上的鸳鸯戏水图绣，她淡淡说道，"先不去管她，今夜我们只需以不变应万变，明日一早真正下毒的人，便会自己送上门来！"

秋若雨是个极其精致的女人。

精致的眉眼，精致的身段，精致的一颦一笑。

可是，又有谁知，这如花似玉的大美人儿竟会是深藏不露的绝顶高手，即便是身为影卫的枭云，与她交手之时，也是处于下风的！

轻抿了口茶，沈凝暄轻轻抬眸，看向身前垂首而立的两人。清冷的视线，自秋若雨身上一扫而过，她笑看着脸色不豫的枭云，"怎的如此神情？"

枭云低眉敛目，语气却冷得不成样子："属下只是自责，自责没能好好保护好皇后娘娘……"

听枭云这话，沈凝暄不禁失笑！

"敢情你以为，本宫让齐王欺负了去？"

枭云面色一变。

这话，打死她，她都不敢乱应！

淡笑着看了枭云一眼，沈凝暄眼波一转，看向秋若雨："秋姑娘，你生得真美！如此美人儿，全天下的男人都会拜倒在你的脚下……"

"皇后娘娘唤我若雨便是！"迎着沈凝暄淡然沉静的眸，秋若雨嫣然一笑，百媚皆生："全天下的男人之中，总有一个例外！"

闻言，沈凝暄轻挑了眉梢！

第二十一章 条件，两全其美

3

她自然听得懂，秋若雨所说的这个例外是谁！

长长喟然一叹，她轻声说道："若雨，日后本宫会留你在身边，不过你一切都得依本宫的命令行事，若是你做不到，现在可以去寻你的那个例外！"

"是！"

在对沈凝暄的态度上，没有丝毫的轻视之意，秋若雨凝视着沈凝暄的眸子，却是微微一眯。

"怎么了？"

对上秋若雨深思的眸子，沈凝暄眉心轻拧。

"没事！"

秋若雨轻勾了红唇，对沈凝暄轻点了点头："属下日后以皇后娘娘马首是瞻！"

"好了！"

沈凝暄轻蹙黛眉，淡淡地扫了两人一眼："你们两个人准备准备，待会儿有场好戏要上演！"

闻言，枭云微愣，秋若雨则淡淡颔首："是！"

沈凝暄说，有好戏要上演。

枭云还在寻思，她口中的好戏，到底指的是什么。

但是，只在片刻后，看到自院门外缓缓而来的佳人，她心思一沉，不禁冷冷一笑。

门外之人，一袭雪白襦裙，一尘不染，纤腰弱弱，盈盈一握，一笑之间，恍若仙子下凡，堪堪倾国倾城，秋若雨的美，是妖娆之美，而她的美却透着几许清傲！

此人便是沈凝暄的姐姐，沈凝雪是也！

"妹妹，听说你身子不适，姐姐来看你了！"尚不曾进门，沈凝雪的声音便已飘入耳中！

"姐姐来了……"

方才的淡然，只瞬间便已一扫而空，取而代之的却是深深的疲惫之意，沈凝暄轻捏了捏眉心，看了沈凝雪一眼，将手里的茶盏，轻轻放在桌上。

过去这阵子，她稳坐后位，总是高高在上！眼下相府里的人，都知她形同废后，正是她落魄之时，沈凝雪又怎会放过这个落井下石的绝好机会！

抑或是，沈凝雪此行，实际是来瞧瞧，喝了昨晚的汤药，她为何还活着……

"按理说，我这当姐姐的，昨夜里便该过来瞧瞧，可惜我身子也不太好，这才来晚了……"说话间，沈凝雪旁若无人地在沈凝暄对面坐下身来。

见状，枭云微露不悦之色！

这沈凝雪现在居然连礼节都不顾的,未免太过目中无人了!

微微抬眸,对枭云淡笑了笑,沈凝雪的视线,在看到秋若雨时,微顿了顿,却是淡声轻道:"你们先出去候着,我想跟妹妹说些体己话!"

"娘娘!"

枭云眉头紧拧地看向沈凝暄!

"没碍的!"对枭云笑了笑,沈凝暄点头道,"你们先出去也无妨!"

枭云无奈,只得轻声说道:"属下就在外面!"

而秋若雨,则不声不响地跟着枭云也到了厅外。

"真是看不出,妹妹这里,竟然还有如此一位绝代佳人!"

看着秋若雨离开,沈凝雪转头对沈凝暄嫣然一笑,看着她略显苍白的病容,她俯身在她耳边,不无得意地低声道:"听说皇上昨日已然回宫,却对妹妹迟迟不曾过问,看来……妹妹被皇上废黜已成事实,想来过不了多久,我也该风风光光地入宫了!"

对于沈凝雪的挑衅,沈凝暄丝毫不觉意外!

"看样子,姐姐看我是假,落井下石却为真!"微微抬眸,眸光淡淡地迎着沈凝雪得意笑着的眸子,沈凝暄轻叹一声,不但不怒反倒笑道,"不过姐姐,我怎么听说,皇上将南宫素儿也带回宫中了呢?"

闻言,沈凝雪面色微微一变,但很快便微扬着下颌说道:"即便她回了宫中又如何?太后娘娘不喜欢她,后位也不会是她的!"

"哦……"

将尾音拉得老长,沈凝暄老神在在道:"既是如此,那我便先在这里恭喜姐姐,日后满路皆风华!"

"眼下知道恭喜我了?"

绝美的脸上笑靥如花,眸底却有一抹狠戾之色闪过,沈凝雪抬眸与沈凝暄四目相对:"你为后之时,与我百般刁难,即便我低声下气去求你,却仍是不许我入宫……到了现下,你觉得这笔账,我们姐妹该怎么算?"

"姐姐想怎么算?"凝视着沈凝雪倾国倾城的容颜,想到入夜后这张脸会是一副什么样子,沈凝暄唇角微弯,再次端起茶盏喝了口茶,缓缓叹道,"入宫,于姐姐来说,真的那么重要吗?在我的记忆里,姐姐温柔大方,美丽善良,不该如此鼠肚鸡肠才对。"

"鼠肚鸡肠?"

听了沈凝暄的话,沈凝雪黛眉紧蹙着凝看向沈凝暄,见她神情淡然如昔,她顿觉自己胸中怒火升腾!

"啊！"

迎着沈凝雪怒气高涨的眸，沈凝暄似是忽然想起什么，淡淡说道："姐姐身上的隐疾，如今尚未痊愈吧，若是这样的话，待到你入宫之后，夜里便没办法侍君……"

"沈凝暄，你闭嘴！"

最容不得别人拿自己的痒病说事，沈凝雪恼羞成怒之际，怒然抬手朝沈凝暄脸上甩去："我现在就让你见识见识，我到底是什么样子的！"

沈凝暄眸光一冷，蓦地抬手，紧紧扣住她纤弱的皓腕："姐姐以为，我还是以前那个任你随意打骂的沈凝暄吗？"

"我打你又如何？"

绝美的脸闪过狰狞之色，沈凝雪空闲的左手陡然上扬，快速朝着沈凝暄的右脸抽去！

"不知死活！"

沈凝暄眸色陡然一沉，抬手扣住沈凝雪纤弱白皙的手腕，凝眸望进她眸底深沉的愤恨，她冷冷一哼，倾尽全身之力将她重重甩在地上。

没想到沈凝暄如今落魄至此，竟还敢还手，被她甩落在地时，沈凝雪花容失色！脸色惨白地跌坐于地，她满脸震惊地看向沈凝暄："你竟敢还手！"

"如今你还未曾入宫，我为何不能还手？"唇边的弧度翘起得极为美好，沈凝暄缓缓蹲下身来，挑高了眉梢，伸手轻抚着沈凝雪绝美的侧脸，想到记忆深处，前世里沈凝雪似乎也曾如此对待自己，她冰冷一笑，阴恻恻地说道，"我的好姐姐，你可是忘了，我在宫里是如何打你的？我今儿还就告诉你，就算你进了宫，我再见你时，只会见一次，打一次！"

"沈凝暄，你敢！"

面对沈凝暄的恐吓，沈凝雪瞪大了水亮的眸子，一脸的惊惶之色："以后待我入宫，你已然是废后，我想要你的命，就像是……"

"就像是捏死一只蚂蚁一般！"冷冷地把沈凝雪剩下的话说完，沈凝暄轻拍了拍她的脸，"好姐姐，我连皇上都敢打，还怕你不成？"

"沈凝暄！"

被沈凝暄阴恻恻的神情惊得娇躯直颤，沈凝雪杏眼圆睁，作势便要起身："我不会放过你的……"

"哐当——"

就在沈凝雪一语落地之时，惊闻哐当一声巨响传来，原本紧闭的房门，被人从外面一脚踹开！

室内两人皆惊，几乎同时望向门外。

瞥见房门那抹气宇轩昂的明黄色身影，沈凝暄虽是心中一怔，却又很快冷笑了下。

这人来得，还真是凑巧！

不是还有棘手的事情要处理吗？！

门外之人是谁，沈凝暄看清楚了，沈凝雪自然也早已认出，只见她眸色一冽，暗暗狠拧自己大腿一把！

只瞬时之间，那双原本清明明媚的大眼中水雾浮动，抬眸对上沈凝暄，她羸羸弱弱，期期艾艾道："妹妹，姐姐知道，你才被废黜，遭父母责难，委实心情不好，若你打我骂我便能舒服一些，今日姐姐随你便是！"

沈凝雪的转变之快，令沈凝暄微微咋舌！

迎着沈凝雪泪盈于睫的水眸，她心下微动，不用想也知道，她这是唱的哪一出！

不过……

没关系，反正今天她不弄死沈凝雪，也会扒掉她的美人皮，当着独孤宸的面正好，她玩的就是心跳！

她要让他知道，自己不是圣母，也省得日后麻烦！

"妹妹！"

见沈凝暄轻皱了柳眉，沈凝雪柔声说道："姐姐真的心疼你……"

"扑哧——"

因沈凝雪的这句话，沈凝暄直接笑出声来，轻笑抬眸间，对上门外那双幽深却不见底的瞳眸，她哂然一笑，有些讪讪然地福下身来，轻声慢道："臣妾，呃……妾身不知皇上驾到，有失远迎，还望皇上恕罪！"

方才用力踹开房门，此刻又站在门外的，正是燕国皇帝——独孤宸！

而沈凝暄，原本想要自称臣妾，却在略微思忖后，又改为自称妾身！

如今的她已然被废，自然不能在他面前再自称臣妾了！

"妾身？"

双手背负身后，独孤宸眸色清冷地看着她对自己福身行礼。并未立即让她起身，他扬起下颌，抬步迈入门内，冰冷深沉的视线轻轻地自沈凝暄身上一扫而过，最后落在地上一脸梨花带雨的沈凝雪身上。

"皇上……"

沈凝雪红唇轻颤，似有道不尽的委屈和哀愁，她绝美的容颜，凄婉哀怨，让人我见犹怜！

第二十一章 条件，两全其美

"雪儿这是怎么了？"

浓眉微微一紧，独孤宸眸中神色微闪，似是对早前发生的事情一无所知，他的视线冷冰冰地扫过沈凝暄："你又在欺负雪儿？"

"皇上不是都看到了吗？"兀自直起身来，淡定地迎上独孤宸的视线，沈凝暄没有过多解释什么，只微勾了红唇，一脸不以为然地淡淡笑道："妾身一直以欺负家姐为乐！"

闻言，独孤宸眉心处，皱成川字！

"皇上……"

以为独孤宸心里动了怒，沈凝雪心下暗喜，娇滴滴地轻唤一声，她从地上盈盈起身，动作无比亲昵地倾身挽起独孤宸的手臂，怯怯软语道："一切都是雪儿不好，不关妹妹的事，若皇上要怪，就怪罪雪儿，千万不要怪罪妹妹！"

见她一副心地善良的样子，沈凝暄黛眉微蹙，不由冷冷嗤笑一声："皇上，您看姐姐多么善良？即便是在妾身这里受了委屈，也不想皇上为难妾身！"

她的姐姐明摆着在陷害她，这会儿却又一脸纯善地在这猫哭耗子假慈悲！

还真是可笑到家了！

"暄儿你何时才能如雪儿这般淳厚善良？"轻飘飘地瞥了沈凝暄一眼，独孤宸凝视着她脸上的冷笑，旋即几不可见地轻勾了下唇角。微转过身，轻蔑地看着身侧国色天香的燕国第一美人，他轻轻扯动薄唇："受了欺负，还要如此护着她，雪儿你太善良了！"

"皇上！"

被独孤宸一番夸赞，沈凝雪面色一热，红唇轻抿着低下头来："雪儿和妹妹一向感情深厚，即便她对雪儿下手再重，那也是雪儿的错，还请皇上不要怪罪于她！"

听她这么说，沈凝暄冷冷翘起的嘴角，不禁又轻抽了抽！

高手啊！

她见过独孤萧逸演戏，也在北堂凌跟前演过戏，却没想到，沈凝雪竟也是个中高手！

"是吗？"

不曾遗漏沈凝暄嘴角轻抽的微小动作，独孤宸低眉凝视着沈凝雪美丽无瑕的俏脸，轻轻叹了口气，声音低沉道："原本，朕还想着，该如何处置她，眼下既是雪儿如此护着自己的妹妹，朕就只当你方才摔倒是自作自受，与她无关了！"

"皇上？"

做梦都没想到独孤宸会顺着自己的谦卑之语直接说自己自作自受，沈凝雪蓦然抬眸，当她望进独孤宸摄人心腑的眸海之中，见他眸色凝重，不似在开玩笑，她的脸色瞬时间青一阵白一阵，好不精彩！

"雪儿？"

声音轻柔得不成样子，凝视着沈凝雪不停变换的脸色，独孤宸星眸微眯，有些好笑地挑眉问道："朕遂了你的心意，你该高兴才是啊，何以如此表情？"

"雪儿多谢皇上成全！"

心中暗暗咬牙切齿地低咒着，脸上却要表现出温婉贤淑，沈凝雪虽心有不甘，却只得对独孤宸福了福身。

见她如此，沈凝暄轻拧了黛眉，冷然苦笑！

她的姐姐，方才明明将自己伪装成一位受害者，却又要在独孤宸面前装得面慈心善，这下可好，没能如愿整治了她，反倒还得为她向人道谢！

此举无疑作茧自缚！

不过，这独孤宸的反应，还真是让人……啧啧！

"这就对了！"

就在沈凝暄腹诽之时，独孤宸轻轻抬手，将沈凝雪扶起，他嘴角微翘的弧度，似是在笑着，但笑意却未达眼角："朕平时之所以欣赏你，除了你的才貌和学识，还有那股子眼高于顶的傲气，不过比起这些，朕更喜欢你温柔大方，美丽善良，从来不管如何被皇后欺负，却不会鼠肚鸡肠！"

独孤宸说话的语气，明明柔情万分，但听在沈凝雪耳中，却如寒冰利刃，让她忍不住心底暗暗发毛！

"皇上！"

仓皇抬眸，对上独孤宸沉静似水的漆黑瞳眸，她面色惨白，一时怔在原地！

他所说的话，与方才沈凝暄的话，如出一辙！

而这，绝对不会是巧合！

莫非他把她早前和沈凝暄的对话，也听了去？

只一瞬间，望着独孤宸沉静的眸子，沈凝雪仿佛觉得自己跌入了无尽的深渊之中。

"乖！你先到外面候着！"

与沈凝雪对视的眸微微泛冷，独孤宸凝眉看向沈凝暄："朕有事要跟皇后好好商量商量！"

"是！"

心底的寒意不降反增，沈凝雪面色变了变，逃也似的向外奔去。

"皇上还真是会演，比之沈凝雪有过之而无不及啊！"看着沈凝雪落荒而逃，沈凝暄并不觉心中有多快意，淡淡地看了独孤宸一眼，她兀自转身，行至桌前端起茶

第二十一章　条件，两全其美

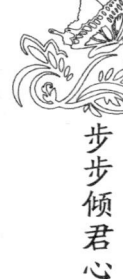

盏，竟老神在在地喝起茶来。

侧目斜睨沈凝暄一眼，见她双眸古井无波，根本就不领情，独孤宸唇角一掀，"沈凝暄，朕方才明明在帮你，你怎么还不领情……"

"我好像并没求着让皇上帮啊！"

轻轻一叹，沈凝暄淡淡抿唇，随后赞叹点头："果真是好茶！"

"你……"

凝视着眼前不知好歹的那人，独孤宸心里的火气又上来了，见沈凝暄一副淡漠姿态，他满脸寒意逼人，转身对身后的枭云冷道："朕让你护送皇后回宫，这里是皇宫吗？"

"属下死罪！"枭云身形一颤，惨白着脸色低头回道，"请皇上降罪！"

早在沈凝暄回到相府时，她便知道这一天迟早是会来的。

见枭云受到责难，沈凝暄眸华微抬，对上独孤宸锐利微冷的眸，凌厉的眸子微微一眯，她淡笑着说道："入住相府一事，皇上若是有气，尽管对我来，何必要迁怒于她！"

语落，她从容起身，旋步进入花厅里。

看着满桌早已备好的极品佳肴，她再次垂眸，拿了筷子，夹了些菜，旁若无人地吃了起来。

"娘娘！"

小心翼翼地看了身边的独孤宸一眼，枭云无法左右沈凝暄，只得自己暗暗替她捏把冷汗。

即便皇上性情沉稳，可回回面对皇后的时候，都是极易动怒的！

神情冷漠地凝睇着沈凝暄不算文雅的吃相，独孤宸阴沉着脸，朝她走近两步："沈凝暄，你没有朕的旨意，说走就走，现下又是这般态度，当真视朕如无物，不把朕放在眼里啊！"

"说走就走的人说谁呢？"

淡淡抬眸瞥了他一眼，沈凝暄有恃无恐地夹了块梅菜扣肉送到嘴里，用力咀嚼两下，她抿唇蹙眉道："也不知是谁先走的，这会子又跑来倒打一耙！"

"你倒有理了！"

声音冷冷的，透着极寒，独孤宸的目光，紧紧盯着身前的沈凝暄，心想自己此行是来接她回宫的，犯不着节外生枝，他转身对身后的枭云沉声道："你先退下，朕要跟皇后单独谈谈！"

"属下先行告退！"

感觉到独孤宸冰冷的视线，枭云有些担忧地抬眸看着沈凝暄，见沈凝暄不以为

10

然地蹙了蹙眉头，她不敢违命，只得暂时退下。

枭云一走，花厅里便只剩下独孤宸和沈凝暄两人。

他们两人，一站一坐，一时间谁都不曾言语。

淡淡地瞥了独孤宸一眼，沈凝暄端起粥碗喝了口粥，到底还是先开了口："如今我已经被皇上废了，且即将流放西土，皇上还打算跟我谈什么？"

面色沉凝地注视着她虽是沉静却略显苍白的侧脸，独孤宸眸色隐隐一变！

不等他抬步上前，枭青低哑暗沉的声音自门外响起："启禀皇上，相爷沈洪涛携夫人虞氏在外求见！"

闻言，沈凝暄端着粥碗的手陡然一顿！

不曾错过沈凝暄轻颤的动作，独孤宸蓦地想起独孤萧逸说过的话。

他说，因为那纸废诏，沈洪涛说了，只当没沈凝暄这个女儿！

"让他们在外面等着！"

独孤宸忽然沉下的声音，好似即将爆发的火山一般，夹带着浓浓的怒火，惊得寝室外沈洪涛夫妇皆神情一震！

沈洪涛以为，此刻独孤宸震怒，必是沈凝暄又惹怒了皇上。

面色极是难看地与身侧的沈凝雪对视一眼，他原本深邃的眸底，不禁荡起一丝愤懑！

今日早朝时，他方才得到消息，皇上居然将南宫家的余孽带回了宫中，在这个节骨眼儿上，沈凝暄不但不知悔过，竟还一再惹皇上动怒，如此一来，废后已成铁板钉钉之势！

他悔啊！

如若，如若当初入宫为后的是沈凝雪，以她的美貌和脾性，必定可以讨得皇上欢心，今日也不会是如此局面！

花厅里，独孤宸的视线，一直纠停在沈凝暄的身上。

见她只微怔了片刻后，便兀自咀嚼着嘴里的肉粥，他不禁心思一沉，大步朝她走来。

见独孤宸气势汹汹地大步而来，沈凝暄神情微滞了滞，一脸戒备地紧盯着他："皇上？"

她以为，他又怒了！

她以为，他会如以前一般，气急败坏地掐着她的脖子，恨不得把她掐死！

思绪飞转间，他已然来到她的身前，不过却并未伸手掐住她的脖子，而是紧握住她的手臂，猛地用力将她从座位上扯了起来。

第二十一章 条件，两全其美

心下,陡然一惊!

沈凝暄手里的粥碗轻晃了晃,到底没有脱手落地。

轻抬眸,迎上独孤宸隐晦的眸子,她紧皱了娥眉张口欲言,却听独孤宸沉声说道:"沈凝暄,你是傻子吗?明明知道那道废后诏书不是真的,何不直接戳破了沈凝雪的奸计?省得自己一脸惨白地在这里受委屈!"

沈凝暄微微一愣,却是很快嗤笑着弯了弯唇:"皇上,您可是忘了?那道废后诏书,是出自您的亲笔,印鉴俱全,是真而非假!"

闻言,独孤宸面色一沉!

沈凝暄说得没错,那废后诏书,确实是真的!

不过……

眸色微微冷凝,他沉声说道:"即便废后诏书是真,你也大可让他们知道,你在楚阳救驾有功!"

"然后呢?"

冷冷地看着独孤宸深幽的眸海,沈凝暄抬起手臂,躲过他大手的钳制,淡淡笑着:"将皇上在楚阳时,颁给臣妾的那道流放诏书拿给他们看,让他们都知道,即便皇上没有废了我,却已然将我流放西土?"

沈凝暄说话的语气很轻,凝视着独孤宸的神情亦是淡淡的,但她婉转的话语,却使得独孤宸身上的怒气,奇迹般烟消云散了。

微微怔愣片刻,他轻轻一叹,笑得微微有些苦涩:"你在怨朕?"

沈凝暄重新坐下身来,抬眸瞥了独孤宸一眼:"臣妾为何要怨皇上?"

"不!"

眼神淡定地看着沈凝暄清澄的眸子,独孤宸唇角勾起的弧度,完美而冷艳:"在楚阳时,荣海早已将一切都与朕坦白,所有的事情,都是他央求你做的,在那件事情上,你受了委屈,不但不怪朕,还在朕最危难的时候,救了朕的性命,但是事过之后,朕却直接对你弃之不顾,即便是回宫以后,也直到此时才来接你,你……心里其实是怨朕的!"

沈凝暄没想到,独孤宸竟会说出如此一席话。

凝视着他脸上的苦笑,她低敛了眼幕,淡淡说道:"皇上言重了,这天底下还没几个人敢说对你有怨!"

独孤宸轻拧了下眉心:"你对朕的怨,不敢说,却藏在心里!"

于沈凝暄来说,独孤宸对她的态度,怎能一个差字形容?

对于他,她一直谈不上恨,却也算不得喜欢!

但是,在楚阳时,她救他是真,他直接丢下她也是真。

所以，他现在说出这番话，她也不会太过矫情地去反驳，毕竟他说的是事实，而……虞氏和沈凝雪都还没死，今日这场好戏还在后面，她需要独孤宸这个重要角色来配合演出！

是以，此刻她能做的，便是勾唇淡笑，继续不声不响地用着自己的早膳！

半晌儿，见沈凝暄不语，独孤宸剑眉轻皱的痕迹越来越轻，没有疾言厉色，也不见雷霆震怒，在沉默许久之后，他状似随意地瞥了眼沈凝暄面前的饭菜，闲闲问道："好吃吗？"

闻言，沈凝暄神情蓦地一怔！

微抬眸，怔怔地望着身前俊逸如清泉的男子，确定自己没有出现幻听，她眨了眨眼，一脸摸不着头脑地抬起手里的粥碗："枭云的手艺，还算不错！"

"枭云还会做菜？"

看着桌上卖相还算不错的菜肴，独孤宸俊眉微扬，对于沈凝暄的话深感怀疑！抬眸之间，见沈凝暄仍看着自己，迎着她清冷的眸子，他心下一动，眸色温和地抬起手来，做着自己方才便一直想要做的事，轻轻地，便要抚上她的脸："朕听说你病了？"

察觉到他的意图，沈凝暄心下一紧，却是将头侧向一边。

蓦地回神，凝视着他温柔似水的眸，她心底窒了窒！

在过去的近一年以来，她早已习惯了他的疾言厉色，如今他的举动如此温柔，她心中闪过的第一个念头便是此人危险，应该速速远离！

世上没有人会对你无缘无故地好！

尤其这个人，还是过去那个一直对你疾言厉色之人！

念及此，她忽而莞尔一笑，不着痕迹地端着粥碗起身："枭云的手艺实在不错，臣妾去替皇上盛上一碗，让皇上尝尝？"

"不必了！"

伸手扣住她的手腕，独孤宸不容她再躲闪分毫："朕今日来这儿，可不是为了喝粥！"

闻言，沈凝暄冷冷一笑！

她怎会忘了，他刚才可是说过的，要跟她好好谈谈！

被他扣紧的手，隐隐犯疼，她轻蹙眉头，低头看了眼他的手，声音平淡如常："皇上，如今那废后诏书家父已然看过，仔细算起已经废了臣妾，而且还要流放到西土，如今的沈凝暄，已经跟父母决裂，落魄至极……念在臣妾在楚阳救了你一命的分儿上，还请皇上放手，可好？"

"不好！"

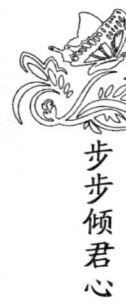

　　眉梢微抬，独孤宸与她四目相接。

　　"你……"

　　迎着他的眸，沈凝暄眉心一立，尽量心平气和道："平头百姓都懂得知恩图报的道理，皇上难道不知吗？"

　　"平头百姓都知道的道理，朕自然知道！"薄凉的唇轻轻勾起，炫出一抹亮眼的笑靥，独孤宸陡然收手，将沈凝暄用力带入怀中，不容她挣扎分毫，"废后诏书一事，朕会彻查，亦会在沈洪涛面前，给你个交代，若是你恼我在淮山上放开你的手，那么今日朕便告诉你，从今往后，朕不会再放开你的手！"

　　因独孤宸突如其来的举动，沈凝暄猝不及防，手里的粥碗哐啷一声掉落在地，碗里的粥，四溅而起，溅湿了两人的襟角，他却全然不顾，丝毫不理会自己身上是否被弄脏了！

　　贪婪地吸吮着她身上独有的桂花香气，他眸色微深了深，心想着不知从何时开始，自己竟然不再讨厌她身上的桂花香气，他脸上的笑容邪肆魅惑："鉴于你的救命之恩，朕以身相许如何？"

　　被独孤宸用力拥在怀中，沈凝暄神情本就愕然，但是听到他信誓旦旦的言语时，她却忽然觉得有些好笑。

　　如此，她还真就扑哧一声笑了起来！

　　听到她婉转悦耳的笑声，独孤宸微拧了俊眉，扶着她的肩头，低头看着她："你笑什么？"

　　"臣妾在笑……"

　　淡淡抬眸，望入独孤宸幽深的眸子，沈凝暄唇角勾起的弧度，透着几许自嘲之色："皇上，永远都不放手，是对自己真心所爱之人，你……可爱过臣妾？"

　　闻言，独孤宸心头狠狠一窒！

　　凝见他一脸怔忡，沈凝暄嘴角的笑意，渐渐冷凝："皇上，我听说，你将南宫素儿带回了宫中？"

　　"是！"

　　独孤宸瞳眸中，光华闪动，却终是点了点头。

　　如今南宫素儿回宫，已是众人皆知，沈凝暄自然也该知道。

　　"呵呵……"

　　淡淡凉凉一笑，沈凝暄伸手握住独孤宸扶着自己肩膀的手，语气清冷地凝眉说道："这世上，可以让皇上不远万里去见的，是南宫素儿，可以让皇上将自己生死置之度外的亦是南宫素儿，皇上心里的爱的人，一直都是南宫素儿！"

　　听沈凝暄一字一顿地把话说完，独孤宸轻勾了薄唇，只定定看着她，"所以……"

"所以……"

沈凝暄轻笑，将视线转向一边："皇上以身相许的，该是自己心爱之人，永不放手的，也该是自己心爱之人，而这个人不该是臣妾，而是她——南宫素儿！"

视线紧紧地盯在沈凝暄的脸上，独孤宸的眸中暗流涌动："你到底想说什么？"

换做任何女人，听到他要以身相许时，都会高兴得不知如何是好，但是沈凝暄却很平静，平静得让他心中莫名恼火！

缓缓地重新将视线转回到独孤宸面前，沈凝暄清幽一笑，淡淡说道："臣妾想说的，便是皇上来时心中所想！"

"是吗？"

眸中暗涌翻腾，独孤宸却轻轻一笑："你觉得，朕来的时候，心中在想些什么？"

"臣妾是皇上的救命恩人，皇上不能废了臣妾，但是南宫素儿却是皇上心爱之人，皇上又不想委屈了她……"淡淡垂眸，沈凝暄浅笑辄止，"皇上来时，心中一定在想，该如何让臣妾跟她和平共处，更有甚者，还想让臣妾护她周全！"

独孤宸不喜欢被人看透心思的感觉！

但是沈凝暄所言，却偏偏是他心中所想。

微微在心中舒了口气，他长长一叹道："朕知道，皇后为人，谦和大度，一定不会为难她！"

沈凝暄淡淡笑着："臣妾不会并不代表其他人不会，在这深宫之中，有太后，有元妃，前朝里也还有许许多多跟南宫家誓不两立的臣子……"

毫无疑问，沈凝暄是极其聪颖的。

就如独孤宸所言，他讨厌自作聪明的女人！

但是经由楚阳一行，看着眼前这个聪明女人，他的内心深处，竟忍不住深深悸动着。

"皇后，你很聪明！"深吸口气，他深凝视着她，脸上的笑容让人如沐春风一般，"眼下既是知道了朕的心思，你当如何行事？"

沈凝暄微微一笑，轻声说道："如皇上所想，臣妾可以护她周全，也可以说服太后娘娘，将她留在宫中，但是臣妾……有个条件！"

墨色的瞳眸中，闪过一道精光，独孤宸弯唇问道："什么条件？你尽管提便是！"

轻敛了笑容，沈凝暄微扬下颔，静静地望进独孤宸的眼底："一年之后，还请

第二十一章 条件，两全其美

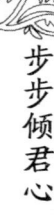

皇上真正废后，让臣妾离开皇宫！"

"你说什么？"

唇角弯起的弧度蓦地僵住，独孤宸紧皱着眉宇，一脸震惊地看着沈凝暄。

凝视着他一脸震惊的模样，沈凝暄淡淡说道："臣妾会花一年的时间，让所有人都接受南宫素儿，但是臣妾希望，一年之后的今天，皇上可以将臣妾手中的废后诏书诏告天下！"

后宫之中，佳丽三千。

独孤宸见过的女人，更是如过江之鲫，数不胜数。

这些女人想要的，无外乎是恩宠和荣华，但是现在沈凝暄想要的，却让他震惊得怔愣在原地。

许久之后，终是反应过来，他声音泛起冷意，"沈凝暄，你怎么敢？"

"臣妾为何不敢？"

沈凝暄冷淡地望着他，眸色坚定道："每个女子，都会有她想要的一段感情，臣妾自然也不例外，如今既是皇上有了心上人，给不了臣妾这些，那么臣妾在保她无忧后，主动退位让贤，岂不正合皇上心意？"

重生归来以后，她汲汲营营，所做的一切，都是为了筹谋报仇，但是更多的时候，她却是在想着，自己报仇之后，又当何去何从？

至于后位，她之所以抢来，并非是对眼前的男人如何痴情，也非贪图荣华富贵，一切只是因为这个位子是沈凝雪想要的！

很多时候，她一直都在思量，等到她彻底打败沈凝雪的时候，她未来的路，还会在那波云诡谲的深宫之中吗？

以前，也许在。

曾几何时，她也曾想过，等到报仇雪恨之后，自己会在宫中平淡度日，了此一生！

但是一趟楚阳之行，她却忽然发现，那不是她想要的生活！她所想要的，是自由自在，可以随心所欲地活着。

是以，此刻她跟独孤宸所提的条件，便是如此。

她，要为自己的未来，搏上一把！

"沈凝暄！"

扶着沈凝暄肩头的手，蓦地收紧，独孤宸微敛的瞳眸，尽皆阴鸷之色："一年以后，你可是想着，要跟齐王兄远走高飞？"

昨日里，独孤萧逸才跟他要过她，今日她便要为自己求一道废诏，他很难不把两件事情联系到一起！

真的，很难！

因肩膀上的痛，而微微皱眉，沈凝暄有些头痛地拧了拧眉心，却还是抬眸对上独孤宸隐怒的双眼，"若臣妾说不是，皇上可会相信？"

"你觉得呢？"

紧握着她肩头的手，微微上移，重新搁在沈凝暄的洁白如玉的脖颈之上，独孤宸的眸色，微微泛起冷意："昨日王兄说，只要将你给他，他便会带你远走，从此之后，永世不再回京，今日你便在这里，跟朕提这样的条件，沈凝暄……你现在还是朕的女人，可想过朕现在的心情？你觉得朕会答应你的条件吗？"

听了独孤宸的话，沈凝暄神情微微愕然！

独孤萧逸，他居然为了她，做到如此地步吗？

此事，她不知情！

伸手轻揉着自己的太阳穴，抬眸对上独孤宸阴郁冰冷的眸，她飒然一笑，淡淡说道："皇上的心情，臣妾可以理解，现在你一定恨不得掐死臣妾，但是皇上……你一定会答应臣妾的条件，因为臣妾是保护南宫素儿最好的人选，可以说动太后和长公主的当今世上唯有臣妾一人！"

"沈凝暄……"

按理说，沈凝暄肯出面保护南宫素儿，独孤宸该高兴才对。

但是现在，他心里却一点都高兴不起来。

相反地，他还很气！

那口气，堵在他的心口，上不来，下不去，如鲠在喉，让他恨不得现在就出手掐死她！

"皇上！"

心知自己的身子，该是还没大好，沈凝暄紧拧着眉心，伸手握住独孤宸紧箍着自己脖子的大手，淡淡说道："你我两人，郎无情，妾无意，又何必硬要纠缠在一起，如今既是到了这一步，你放了我，我用一年时间，帮你保全心爱之人，岂不是两全其美？"

听到她的话，独孤宸瞬间变了脸色！

经过那么多事情，她对他真真没有半点留恋？！

思绪至此，他心下陡然一惊，意识到自己心里的想法，他眸色微闪，却是苦笑了下："好一个两全其美，沈凝暄……如今不是朕要废你，是你自请废后，到时候，你不要后悔！"

在心中长长舒了口气，沈凝暄的脸色却是越发苍白："说出去的话，好似泼出去的水，皇上放心，今日之事沈凝暄永不后悔！"

第二十一章 条件，两全其美

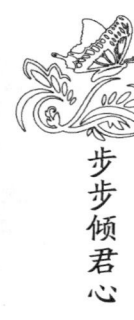

闻言，独孤宸面色陡然一沉！

看着沈凝暄坚定不移的神情，他的心中，竟有阵阵刺痛袭来。

这……是为何？

"好！"

不着痕迹地抬手按住自己的心口部位，独孤宸冷眼瞧着沈凝暄，十分艰难地说出一个好字。

眼前的女子，从一开始入宫，便被他厌弃。

可是现在，嘴里虽是说着好，他却忽然有种想要将她抓住的冲动。

但是，一切只是想，他的自尊不允许他那么做！

对于独孤宸的疾言厉色，早已习以为常，沈凝暄强忍着脑海中不时传来的晕眩感，抬眸与他四目相对："皇上，传相爷夫妇和沈凝雪进来吧？"

"嗯？"

独孤宸看着沈凝暄，浓眉紧紧皱起。

总觉自己的脑海昏昏沉沉，连视线也变得模糊起来，沈凝暄叹息一声，便要返回前厅："皇上不是答应臣妾要彻查废诏一事吗？正好臣妾也有出好戏，想让皇上仔细瞧瞧！"

"枭青！"

冷冷勾唇，独孤宸不再看沈凝暄一眼，而是微转过身去，刚要吩咐枭青传沈洪涛夫妇和沈凝雪觐见，却见沈凝暄蓦地伸手扶住桌沿，用力摇着头，想让自己清醒一些！

但，即便如此，她却终是无力地晃动了下身子，伸手拽住桌上的百合绣布，连带着摆放在桌上的饭菜，在独孤宸的眼皮子底下，缓缓落地！

"沈凝暄！"

伴随着膳具落地的声响，独孤宸眸色微变，心跳蓦地狠狠一窒！

第二十二章　惩罚，庵堂苦修！

巳时许，春日的暖阳，透过窗棂照入寝室。

寝室的床榻上，沈凝暄面色潮红，仍旧烧得不省人事！

坐身榻前，独孤宸浓眉紧锁，面色冷凝地静候着相府的大夫替沈凝暄诊病！

据他所知，沈凝暄昨日夜里便病倒了，可是今日，在面对他的时候，她却还是那个淡然如墨的女子，不曾在他面前显露出一分一毫的软弱，可是最后，倔强的她，却还是在他面前昏倒了！

而他，却只是眼睁睁看着，没能扶她一把！

须臾，见大夫起身，他沉声问道："皇后到底得的什么病？何以会忽然晕倒？"

知道独孤宸的身份，大夫本就十分紧张，此刻经他如此一问，不禁面色一紧，忙跪下身来垂首回道："启禀皇上，娘娘是最近一段时日歇得不好，再加上忧思过甚，才会忽然晕倒！"

闻言，想到独孤萧逸说起沈洪涛对沈凝暄绝情一事，独孤宸视线又是一冷。

吩咐大夫先下去开方子，他上前行至床前，眸色沉静地注视她片刻，还是忍不住伸手探上沈凝暄的额头！

惊觉手掌下的热度，仍然高得烫手，他眸色一沉，刚要转身叫人，便见枭云端着一盆冷水进门。

将手里的巾帕浸湿，枭云对他轻轻躬身："皇上，昨夜里大夫说，治疗发热冰敷最是管用！"

"拿来！"

不曾起身让开，独孤宸竟然伸出手来。

见状，枭云神情明显一变，依言将湿巾递上！

接过枭云手里的湿巾,独孤宸倾身向前,小心翼翼地将之敷在沈凝暄的额上。

独孤萧逸进来的时候,恰好将眼前的一幕看在眼里。

眸色微变了变,他轻勾了薄唇,上前对独孤宸轻轻躬身:"皇上无需过分担忧,昨夜里大夫已然说过,娘娘只因一路舟车劳顿,食宿不佳,外带感染了风寒,这才会一病不起,只要过了今夜,大约就不会有事了!"

"烧上整整一夜,真的不会有事吗?"

眸底深处,有着隐不住的担忧,独孤宸面色不豫地对独孤萧逸微微侧目,见他淡笑怡然,一副光明磊落的样子,他眉宇轻轻一皱,对枭青冷道:"去传太医!"

"是!"

不敢耽误一刻,枭青衔命离去。

视线自独孤萧逸温润的眉眼上一扫而过,独孤宸伸手探进锦被之中,轻轻握住沈凝暄的手。

见状,独孤萧逸几不可见地轻蹙了下眉心,隐于袖摆里的双手,却蓦地握紧:"臣去瞧瞧,药熬好了没有!"

生怕再留下去,会忍不住出手从独孤宸手里抢人,独孤萧逸看了沈凝暄一眼,胡乱寻了个理由,暂时离开寝室。

瞥了眼独孤萧逸略显萧索的背影,独孤宸微抿了眉心,眸色隐隐一闪,却又很快恢复原状!

因为发热,此时沈凝暄的脸上,犹如燃烧的晚霞,嫣红一片,还是因为发热,她的红唇因长时间失去水分而起了干皮……

看着这样的沈凝暄,他的手,不知不觉中,渐渐收紧,此刻,在他的心里,竟然有种心痛的滋味在滋生,蔓延!

那种滋味,是那么清楚,清楚到他有史以来,第一次真真切切,看清了自己的心!

然,这样的结果,却让他震惊!

他心里的那个人,本该是素儿才对!

从什么时候开始,竟然开始在乎她?!

"父亲……当真狠心不要女儿吗?"悲悲戚戚的呓语声喃喃而起,沈凝暄微蜷的手蓦地紧握,眼睫轻颤间,两行清泪徐徐滑落。

见状,独孤宸心不禁一颤!

垂眸凝望着床榻上早已被烧得迷迷糊糊的沈凝暄,他取了她额上的湿巾,眸色阴戾地转头看向枭云:"娘娘回到相府之后,到底发生了何事?"

"皇上有所不知!"躬身接过独孤宸手里的湿巾,枭云低头将湿巾又一次浸入

20

水盆中，刺寒的感觉传来，却驱不走她心头对沈凝暄的痛惜，"昨日里皇后娘娘才回来一日，那沈家大小姐便不知从何处找来了皇上亲笔所书的废后诏书，看到诏书后相爷和夫人万般指责娘娘不说，竟还口不择言地说如若被废，娘娘之于他们，便什么都不是，还说以后没有娘娘这个女儿……皇上，如此还不算完，昨儿夜里竟有人向皇后娘娘投毒，那人还说……她是受了相爷之托！"

闻言，独孤宸眸色一沉，转头看向枭青："沈洪涛夫妇呢？"

枭青忙道："尚在外面候着！"

眉宇紧皱了下，独孤宸又看了沈凝暄一眼，冷笑着命令道："传朕旨意，皇后醒来，朕便要召见他们夫妻二人，在此之前，他们谁都不得离开半步！"

他今日，不但要查废诏一事，还有昨日投毒一事！

"诺！"

微微躬身，枭青转身就要出去。

"等等！"不待枭青出去，独孤宸冰冷的声音再次传来，"你代朕问他，他的相府之中，到底有几位嫡亲女儿！"

枭青顿了顿脚步，忙应声点头："属下遵旨！"

寝室外，沈洪涛和虞氏一直等在门口听候传召！

是以，虽然眼见着大夫来了又走，他们却并不清楚寝室内到底是何状况！

此刻，见枭青出来，沈洪涛和虞氏相视一眼，连忙含笑迎上前去："枭都统，皇上可愿见老臣了？"

低眉看着沈洪涛，枭青冷冷地摇了摇头！

见状，沈洪涛脸色一沉，忙沉声问道："不久前，老臣听闻屋里有摔砸声，可是暄儿……那废后又胆大妄为，触怒了龙颜？"

听沈洪涛直呼沈凝暄废后，料想他是一心要跟沈凝暄划清界限，枭青心下冷嘲一笑，视线自眼前一家三口身上一一掠过，他声音冷冷淡淡道："传皇上口谕，相爷夫妇今日在此候召，待皇后娘娘转醒，再行召见！"

沈洪涛脸色微变，忙对沈凝雪使了个眼色，拉着虞氏躬身应旨："老臣遵旨！"

垂眸低蔑着眼前三人，枭青原本清冷的眸子，不禁越发地冷，淡淡的眼波中不见一丝波动："皇上命属下代他问过，相爷您到底有几位嫡女？"

闻言，沈洪涛面色明显又是一变！

想到沈凝暄犯下的过错，他心思微转，心中左右思量。

"父亲！"

第二十二章　惩罚，庵堂苦修！

念及沈凝暄方才对自己的羞辱，沈凝雪轻扯沈洪涛的袖摆，声音低低道："她可是打了皇上的！"

"这……"神情微微一滞，沈洪涛点了点头：终是垂首躬身道："老臣原本有两个嫡女，但是眼下，次女无德，胆大妄为，触犯天颜，老臣……已与她断绝父女关系，再无父女之情！老臣现在，只有一个嫡亲女儿！"

"是吗？"

枭青浓眉的眉梢高高抬起，不看虞氏，只看向沈洪涛！

"是！"

沈洪涛硬着头皮微微颔首！

见他颔首，枭青心底暗暗一叹，看向沈洪涛的眼神，隐隐带着嘲讽之意，脸色沉郁地转身复又进到屋内。

若是说起来，沈凝暄触犯天颜，其罪当诛！沈洪涛与她划清界限，未尝不是明智之举，但可惜的是，她在楚阳挫败北堂凌的阴谋不说，还救驾有功，眼下皇上不但不会废了她，对她的态度，反倒会与之前有天壤之别。

沈洪涛此举，未免太过绝情，必然不得圣心！

原本，守在沈凝暄榻前的独孤宸，便脸色不悦，从枭青口中听闻沈洪涛夫妇所言，他的脸色霎然变冷！

凝望着沈凝暄苍白憔悴的容颜，他回想起当初在前往楚阳之时，沈凝暄在受他奚落后，竟怒而跳车的一幕，剑眉不禁紧紧皱起！

她的父母对她如此绝情，难怪她的反应会那么大！

时候不长，枭青派出的影卫带着太医重回相府。

经太医仔细看诊过后，给出了与相府大夫一样的结果，独孤宸原本高悬的心才算稍稍安定几分！

想到自己竟然会因沈凝暄担心，他不禁暗暗自嘲一笑。

人，总是有劣性根的。

你轻易得到的，不懂得珍惜，等到失去的时候，却又恋恋不舍！

现在，他对沈凝暄，便是如此感受！

可是，他又很疑惑。

明明他爱南宫素儿爱了那么多年，却又为何会对她有如此感觉？

心中思绪，转了又转，却想不通个中关键，独孤宸暗暗一叹，冷着眸子转身对枭青冷道："传沈洪涛夫妇和沈凝雪觐见！"

"属下遵旨！"

枭青躬身应礼，转身向外。

不去看枭青，独孤宸转睛看向枭云："去把昨夜给皇后娘娘投毒之人带来！"

虽是三月春时，外面的气候却仍是春寒料峭。

在外面等了有将近一个时辰，沈洪涛和虞氏方才与沈凝雪得到独孤宸召见。

三人随着枭青进门之时，独孤宸正取下沈凝暄额上的湿巾，倾身将湿巾浸入床前的冷水盆里。

看着他修长如玉的手指，在冷水里轻轻揉搓着湿巾，不管是沈洪涛还是虞氏，抑或是沈凝雪皆面露震惊之色，一时竟忘了行礼！

身为天之骄子的帝王，竟然……竟然在做下人才会做的事情！

"咳——"

半晌儿见三人不曾行礼，枭青眉心一皱，抬手掩嘴轻咳一声！

听到枭青的轻咳声，沈洪涛蓦然回神，忙扯了下虞氏的袖摆，对独孤宸躬身行礼："老臣参见吾皇，吾皇万岁万岁万万岁！"

"臣妾虞氏，参见吾皇，吾皇万岁万岁万万岁！"

虞氏双手交握，亦是十分恭谨地福下身来，而沈凝雪则恭顺地跟在她身侧，礼仪得当地也福下身来："雪儿参见皇上！"

微冷的视线，自三人身上淡淡扫过，独孤宸面色依然如故，不慌不忙地将湿巾脱了水，然后折叠好，再轻轻地敷在沈凝暄的额头之上，待一切完成，他才转过身来，冷眼瞧着身前仍维持着行礼姿势的三人。

"沈爱卿！"冰冷的视线在沈洪涛和虞氏身上来回穿梭，独孤宸幽幽开口，声音冷得让人发颤："朕听说……你只有一个女儿！"

虽不曾抬头，却仍能感觉到独孤宸冰冷如刀的眼神，沈洪涛只觉背脊隐隐发寒。被独孤宸冰冷的视线所注视，顿觉如芒刺背，他抬眸偷偷打量了床上仍在昏睡的沈凝暄，大约已然料到自己揣度失策，忙掀起袍襟跪下身来："皇上，老臣死罪！"

"死罪？"

独孤宸不以为然地淡淡一笑："她触犯天颜，其罪当诛，你与她断绝父女关系，无疑是为明哲保身，人生在世，不为己者，天诛地灭，朕倒觉得爱卿你此举合情合理！"

"皇上？"

没想到独孤宸竟会站在自己的立场上说话，沈洪涛哑了哑嘴，一时竟不知该如何言语。

对于眼前这位年轻帝王，他一直都是看不透的。

神情淡漠地扫了沈洪涛一眼，独孤宸觉得时间差不多了，轻轻垂眸，缓缓伸手

第二十二章 惩罚，庵堂苦修！

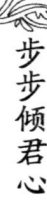

再一次取下沈凝暄头上的湿巾,有条不紊地又为她换了一条新的!

见状,沈洪涛神情一愕,心下难免疑惑!

若依着废后诏书所言,独孤宸对沈凝暄该是恨极,如此才会下了废后诏书!但此刻,身为一国之君的他,竟然动作轻柔地替她冷敷?!

这,让他不由老眉深皱,瞬间冷汗涔涔!

目光冰冷地注视着沈洪涛,独孤宸脸上含笑,声音却透着无尽寒意:"皇后和雪儿明明都是相府嫡女,却是两个极致反差的女子,一个貌美倾城,且性情温顺,温柔似水,堪称燕国第一美人,另一个却生得如此面貌,性子也不好,若让朕选,朕也会喜欢漂亮的,而厌弃丑陋的,爱卿,你说是不是?"

"皇上!"听闻独孤宸低沉的话语,沈洪涛忍不住浑身一冷,匍匐下身:"皇后娘娘屡次触犯龙颜,是老臣教女无方!"

独孤宸微微一笑,眸色陡然一厉:"是爱卿你从来不曾教过她,还是她本性如此?"

闻言,沈洪涛身形蓦地又是一颤!

见他如此,独孤宸面色微缓,轻轻叹道:"罢!罢!罢!既是你从不曾教导过她,又不容于她,朕就准你与她决断,从今往后,你们二人父女缘断,再无任何关联!"

"皇上!"

沈洪涛面色一暗,心中瞬时百感交集!

纵然再如何不喜,沈凝暄也都是他的亲生女儿,若说早前他对她怒喝,要与她断绝关系,是因那道废后诏书,而一时气极所为,那么此刻,有了皇上的恩准,他们父女之间的情分,便真真要断了!

可是,依方才皇上对她无微不至的照顾,他的心里,又开始隐隐不舍……能让皇上如此上心,便表明她在皇上心里还是有些地位的啊!

这大好的机会,他怎么舍得?

"怎么?"

见沈洪涛的脸色,时而青白,时而黑沉,独孤宸薄唇轻勾,冷笑着打断他的思绪:"沈爱卿,你不打算与朕谢恩吗?"

沈洪涛身形微颤,艰涩地闭了闭眼,只得硬着头皮说道:"老臣,谢皇上恩旨!"

看着眼前叩首谢恩的沈洪涛,独孤宸轻轻勾起的唇微微一抿,抬眼看上去他像是在笑着,瞳眸中却早已阴云密布。

沈洪涛,悔不当初了吧?

抬眸偷瞧独孤宸一眼，见他嘴角噙着淡笑，虞氏心中窃喜，紧咬了咬牙，她谄媚笑道："既是皇上厌弃皇后，又中意雪儿，臣妇愿将她送入宫中常伴圣驾左右，以慰君心！"

闻言，沈凝雪心中大喜，独孤宸则是轻笑一声，转而问着沈洪涛："沈爱卿的意思呢？"

沈洪涛心下一凛，却不曾抬头，只是瓮声说道："皇上的意思，便是老臣的意思！"

"好一个朕的意思就是你的意思！"独孤宸眸色如昔，静静地凝视着沈洪涛，脸上的笑冰冷，深沉，不见一丝喜悦，"沈爱卿，你身为左相，却不想朝廷大计，一心却扑在朕的喜好上，朕看你真的老了，不适合再做朕的左膀右臂了……"

独孤宸此话一出，沈洪涛明显被吓了一跳！

脸色陡然一变，他蓦地抬头，直直撞入独孤宸深沉的眸海，语气自是相当急切："老臣自觉尚有余力！"

"尚有余力吗？"

俊眉轻挑，斜睨着沈洪涛，独孤宸啪的一声，将手掌刚刚换下的湿巾甩在地上，声音冷厉非常："虎毒尚且不食子，沈洪涛你连个畜生都不如，竟然连自己的亲生女儿都想要毒害！如此狼子野心之人，朕留你何用？"

"皇上！"

意识到独孤宸话里的意思，沈洪涛身形一震，扑通一声便跪下身来，张口便要喊冤："皇上，老臣……"

"哦……"

抬眸之间，见沈洪涛张口欲言，独孤宸并没有给他说话的机会，而是冷声怅叹："皇后如今，已然不是你的女儿，但她还是朕的正宫皇后，沈洪涛……昨日有人直道奉你之命，往皇后的汤药里投了毒，今日朕便来算算你谋害皇后这笔账！"

"皇上！"

沈洪涛身形一滞，随即脸色灰败："老臣与皇后断绝关系，实乃气极所致，但无论如何，他都是臣的亲生女儿，就如皇上所说，虎毒尚且不食子，老臣岂会对皇后娘娘下药……皇上，老臣冤枉啊！"

"哼！"

看着一直喊冤的沈洪涛，独孤宸的视线犀利如刀一般缓缓自虞氏和沈凝雪脸上划过，见两人脸色皆青白地跪落在地，他哂然一笑，对枭青盼咐道："把人带进来！"

枭云应旨，不久便拎着那小丫头进到屋内。

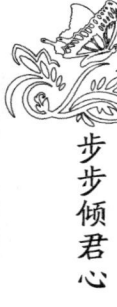

眼看着枭青将小丫头丢在地上,沈凝雪的脸色霎时变得雪白!

被枭云扔在地上,直接摔得龇牙咧嘴,小丫头惊惶抬头,见沈洪涛正冷眼看着自己,她心中一惊,忙朝着沈洪涛颤巍巍地跪下身来:"奴婢画眉见过相爷!"

"皇上!"

沈洪涛不是傻子,经独孤宸方才一说,此刻再看到眼前的丫头,他心思陡转,忙垂首说道:"老臣不认得这丫头!"

"是吗?不过看样子她可是认得相爷您呢!"

枭云冷冷一笑,低蔑着脚下的画眉:"这丫头昨儿夜里可是说得清清楚楚,是奉了相爷之命,才给皇后娘娘下毒的!"

"满口胡言!"

黑黝的瞳眸中流露出深深的恐慌,沈洪涛眸色一冷,直勾勾地看向那画眉:"你这贱婢,到底是哪里来的祸害,老夫不认识你,又怎会让你给皇后娘娘下毒?皇后娘娘那可是我的亲生女儿!"

闻言,独孤宸笑得好整以暇。

这会儿沈洪涛倒是想起,沈凝暄是他的女儿了!

微微敛眸,垂眸看着画眉,他冷冷勾唇,"朕也很好奇,沈爱卿到底是如何授意你下毒的!"

"皇……皇上……"

被沈洪涛一嗓子吼得面色陡变,画眉胆战心惊地看了眼独孤宸,见独孤宸的眸光如利刃一般,刀刀射向自己,她轻颤着身子吞吞吐吐道:"昨儿……昨儿夜里明明是相爷将那药交给奴婢的……"

"混账!"

一脸担忧地抬眸看着独孤宸,见他正目光凛然地盯着自己,沈洪涛心头轻颤了颤,他刚想起身教训画眉,却不期被沈凝雪抢先一步,只见她快速起身,气急败坏地抬手便甩了画眉一巴掌,眼底尽是狠辣之色:"贱婢,如今当着皇上的面儿,你给我说实话,到底是谁给你的胆子,让你谋害皇后娘娘的?你可要想清楚了,谋害皇后那可是株连九族的死罪,你若敢胡乱编排,当心皇上灭了你的九族!"

"大小姐!"

被沈凝雪一巴掌打得整个脸都肿了起来,画眉一脸震惊地捂着脸,怔怔地看着沈凝雪美丽的双眼,她哆嗦着唇瓣,半晌儿说不出一个字来。

独孤宸看着眼前这一幕,眸光微闪了闪,不由得皱了眉头。

这沈凝雪虽表面上让画眉从实招来,实则是在以她全家人的性命相要挟!

人都说,最毒妇人心。

眼下看来，沈凝雪这招够狠，够绝，她长得虽美，却是个蛇蝎美人！

冷冷地看着画眉，见她眼底升起绝望之色，沈凝雪视线一转，沉声问道："说！到底是谁指使你对皇后娘娘下毒的？"

"沈大小姐如此问法，只会吓得她不敢说话，谈何找出真相？"就在画眉被沈凝雪吓得说不出话时，秋若雨自门外款步而入。

一袭紫衣的她，就像是一道亮丽的风景，瞬间便照亮了阴云密布的寝室。

沈凝雪心下一惊，眼底敌意瞬间升腾："你是何人？这里哪里有你说话的分？"

"我只是要还皇后娘娘公道的那个人，沈大小姐不必知道我的名字……"淡笑着，迎向沈凝雪饱含冷意的双眸，秋若雨对独孤宸微微福身："若雨给皇上请安了！"

"秋若雨……"

眸光绽放华彩，独孤宸轻勾了薄唇："朕没想到……你居然会保了皇后！"

闻独孤宸所言，枭云神情一惊。

显然，他家主子认识这秋若雨。

而且，听他主子的口气，对这秋若雨还是另眼相看的。

"人都说世事难料不是？"

对独孤宸轻笑了笑，秋若雨盈盈起身，转身对上沈凝雪充满敌意的双眼，她不以为然地轻挑了挑眉，垂眸看着脚下的画眉："画眉是吧，你可有一对弟妹，一个九岁，一个七岁？"

闻言，画眉浑身一震，瞬间便乱了方寸："你怎么知道？"

秋若雨淡淡一笑，冷眼瞥了眼身侧脸色微变的沈凝雪，轻声说道："谋害皇后是谋逆大罪，当九族全诛，你的主子一定跟你说如若事情败露，你不将她供出，便会保全你弟妹的性命，是吗？"

画眉颤巍巍地看了秋若雨一眼，心中惊惧地点了点头："是！"

"现在他们在我手里，你的主子保不了他们……"唇边却泛起一丝莫可名状的笑意，秋若雨在画眉面前缓缓蹲下身来，紫色的裙裾，如莲花一般扑散在地，"你若供出幕后黑手，我可饶他们一命，否则……"

"秋姑娘是吧？"

低眉看了眼左右摇摆不定的画眉，沈凝雪冷眼瞪了秋若雨一眼，意味深长地轻飘说道："她的弟妹，果真在你手里吗？还有……你也说了，谋害皇后，是诛九族的重罪，她的弟妹与她同罪，你根本就做不了主！"

沈凝雪的话，听着是跟秋若雨说的，实则是说给画眉听的。

第二十二章 惩罚，庵堂苦修！

27

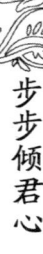

"我做不了主,自然有人做得了主!"淡淡地瞥了沈凝雪一眼,秋若雨自手里取出一道不值钱的平安符低眉丢到画眉面前,而后转身面向独孤宸,再次垂首说道,"还请皇上开恩!"

独孤宸不是傻子,事情到了这一步,自然看出了许多端倪!

视线自众人身上一扫而过,他眸中如蕴微光,显得变幻莫测。

只这一刻,厅内众人,皆屏息以待,静等着他的回答。

"皇上!"

黛眉轻蹙着,沈凝雪张口欲言,却被独孤宸抬手阻止!

眸色微微深沉,他冷笑着看了眼画眉:"如果你说实话,朕可以饶了那两个孩子,否则……"

"奴婢一定会说实话!"

将地上的平安符紧紧攥在手里,画眉的身子虽然仍在轻颤着,却斩钉截铁道:"给奴婢毒药的,是大小姐身边的春儿,她给了奴婢一笔银子,差奴婢将这毒药投到皇后娘娘的药里,还嘱咐奴婢,如若事发一定要咬死了,说此事是相爷所为,不可以将事情牵连到大小姐身上。"

听画眉所言,沈洪涛和虞氏的神情,皆陡然一变!

满脸的难以置信,沈洪涛颤手直指沈凝雪:"雪儿你……"

"父亲,画眉……她血口喷人!"

看了眼父亲青灰的脸色,沈凝雪脸色顿时变得青白交加,抬手便要打向画眉。

"沈大小姐!"

伸手握住沈凝雪的皓腕,秋若雨冷冷笑道:"你如此恼羞成怒,可是做贼心虚了?"

"皇上!"

眸色蓦地一柔,瞬间便已浮上泪光,沈凝雪扑通一声跪在独孤宸身前,伸手扯住他的袍襟:"您一定要相信雪儿,雪儿无论如何都不会毒害自己的妹妹啊!"

"是啊!"

心思陡转间,早已明辨事情真相,虞氏却不能眼睁睁地看着女儿现了原形,用力将头磕在地板上,她低声说道:"皇上明鉴,雪儿自小心善,连一只蚂蚁都不忍心踩死啊!"

微微向前倾身,独孤宸冷笑着看虞氏母女演戏,却并不急着下决断,而是淡笑着看向秋若雨:"秋姑娘,现在你怎么看?"

秋若雨淡淡一叹,无奈说道:"自然要找到春儿!"

独孤宸闻言,冷笑:"去将春儿带来!"

"是！"

枭云闻言，转身便出了屋子。

眼看着枭云离去，沈凝雪眸色一冷，以贝齿紧咬着朱唇。

秋若雨冷淡地望着沈凝雪紧咬朱唇的样子，心下不禁冷笑。

看来，这沈凝雪，比她想象中的，还要毒辣！

不多时，枭云去而复返，不过，她并未带回春儿，脸色却是极为难看："皇上……春儿自缢了！"

闻言，独孤宸冷然一笑。

轻轻垂眸，见秋若雨也在冷笑，知她定已料到这个结果，独孤宸眸色一沉，抬起一脚便将正沾沾自喜的沈凝雪踹倒在地："好你个沈凝雪，居然蛇蝎心肠，给朕来个死无对证！"

"皇上！雪儿冤枉！"

被独孤宸一脚踹得五脏六腑险些移了位，沈凝雪双目含泪，一副梨花带雨的模样，"雪儿从方才便一直在这里，根本不曾离开过……雪儿是冤枉的！"

"冤枉的？"

独孤宸气得眼睛通红，冷笑着说道："你莫说你的贴身丫头给皇后投毒，是受了别人指使，刻意要栽赃嫁祸于你！"

"不是的……"

知道现在自己说什么都没有用，唯有打死都不认，沈凝雪心思百转，匍匐在独孤宸身前，颤巍巍地再次拽住他的前襟："皇上明鉴，那春儿跟画眉说，若事发便将一切推到父亲身上，皇上试想，若父亲受到牵连，雪儿能得到什么好处？更何况皇后还是雪儿的亲妹妹，雪儿绝对不可能对自己的亲妹妹下如此毒手啊！"

听了沈凝雪的话，独孤宸忽然间笑了，转头对上沈洪涛昏暗的瞳眸："沈爱卿，今日之事，你怎么看？"

此刻，沈洪涛看向沈凝雪的双眼中，仍旧满是惊憾之色！

他的女儿，只是说事败之后会牵连到他，却扬长避短，没有提及若是事成，有人追查的话，只要将事情推到他身上，便可逃过一劫！

此招兵行险招，如若有人倒霉，却一定不会是她！

"父亲……"

眼看着沈洪涛看向自己的眼神，渐渐变得冰冷无情，沈凝雪心下惊战，满是乞求之色地凝望着他。

惊觉沈洪涛神情变化，虞氏心头一紧，在她身边小声说道："相爷，我们现在可就雪儿一个女儿了……"

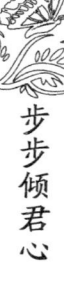

沈洪涛垂于身侧的手，缓缓握紧，终是对独孤宸说道："皇上，老臣相信，雪儿不会做出毒害亲妹的大逆不道之事！"

"皇上！"

声音蓦地拔高，虞氏抬眸看向独孤宸："那春儿自小跟在雪儿身边，跟雪儿感情甚笃，自是皇后娘娘素来苛待雪儿，她定是护主心切，才做了傻事，万望皇上明鉴啊！"

独孤宸冷哼一声，被虞氏的话逗笑了："你的意思是，此事雪儿并不知情？"

"是！"

被独孤宸盯得头皮发麻，虞氏仍语气坚定地点了点头。

沈凝雪见状，忙不迭地点头应道："雪儿是真的不知……"

看着自己女儿泪流满面，我见犹怜的模样，虞氏的唇角几不可见地轻勾了勾。

反正春儿已死，即便所有人都猜测幕后真凶是她的女儿，只要没有证据，她们又不承认，她们便一定可以全身而退！

"雪儿……"

沉默许久之后，独孤宸再次幽幽开口，轻垂眸，握住沈凝雪晶莹剔透的柔白纤手，笑吟吟地出声问道："春儿对皇后投毒一事，你不知情，那么……有关那道废后诏书的事情，你该是一清二楚吧？"

闻言，沈凝雪下意识地抽搐了一下，艰难地抬了抬下巴。她感觉现在自己全身就像浸在冷水里一样："皇上！"

"这件事情，你最好给朕解释清楚！"

手下倏地用力，将沈凝雪直接甩在地上，独孤宸的眸色陡然转冷，缓缓站起身来，他就那么冷冷地盯着沈凝雪，仿佛毒蛇在盯着一只青蛙……

"皇上！"

独孤宸看沈凝雪的眼神，让沈洪涛忍不住心惊肉跳，眼看着今日之事不能善了，他权衡利弊之后，仍旧想要保全自己的女儿："雪儿她少不更事，无意中得到皇上亲书的废诏，为了让老臣提前做好心理准备，这才……"

"沈洪涛，朕何时问你了？"

冰冷的视线微微一偏，落在沈洪涛一脸紧张的老脸上，独孤宸淡淡的声音里透着几分魅惑之意，看沈凝雪的眼神却冰冷得让人发怵："雪儿，你可知道那废后诏书的来历？"

"皇上……"

脸色早已化作一片惨白，沈凝雪冷汗涔涔地低垂着头，泣不成声道："那废后诏书，是您亲自所书啊！"

独孤宸冷冷一笑，眸色狠戾道："那废后诏书，的确是朕亲自所书，但是朕当

30

初写诏书的目的,并非是要废了皇后,而是与皇后开个玩笑,给她留作念想……朕现在问你,这废后诏书,是皇后所有,何以眼下会落到你的手里?"

闻言,沈洪涛的脸色一下子变得铁青,紧皱着眉头看向就差没趴在地上的沈凝雪,他勃然大怒道:"雪儿,这到底是怎么回事?"

以前,纵是沈凝暄跟他不甚亲近,说到底他也还是她的父亲,在朝中更是国丈大人,但是就是因为那道废后诏书,他竟然生生地和她断绝了父女关系,如此一来,日后在朝堂之上,他必定成为天大的笑话!

"父亲……"

仰头看着一脸铁青的沈洪涛,沈凝雪鼻涕眼泪模糊了俏脸,要多狼狈就有多狼狈。

"我的好女儿啊!"沈洪涛冷笑一声,随即疾言厉色地怒斥道,"你哭什么?还不快从实招来,与皇上把话解释清楚!"

从来不曾被沈洪涛如此疾言厉色地训斥过,沈凝雪的脸色瞬时越发惨白。

正如皇上所说,那道废后诏书一直都在沈凝暄的住处,可到头来却被她带出了宫中?

知废后诏书无论如何都瞒不过去,虞氏狠狠地瞪了沈凝雪一眼,看着自己如花似玉的女儿,她心中一叹,蓦地用头使劲儿磕在地板上:"皇上明鉴,那废后诏书,是臣妇无意间所得……"

"母亲!"

听虞氏将地板磕得砰砰作响,沈凝雪脸色惨白地上前扶着她的肩膀。

"沈夫人与大小姐母慈女孝,真是羡煞旁人啊!"就在虞氏和沈凝雪上演着亲情戏码之时,一直在边上做壁上观的秋若雨却对虞氏幽幽开口,"方才皇上说过了,那废后诏书,一直都在宫里,沈大小姐经常入宫,不知以什么手段得到,倒还有几分可信,沈夫人再怎么无意,也是得不到的吧?"

沈凝雪愤恨抬眸,冷眼瞪着秋若雨。

迎着她不善的脸色,秋若雨不以为然地耸了耸香肩:"我只是实话实说,沈大小姐不会介意的吧?"

看着秋若雨如此神情,沈凝雪差点尖叫出声:"秋姑娘,我跟你素来无仇,你何必要如此冤枉我?"

"苍蝇不叮无缝的蛋!"

秋若雨看向上位的独孤宸,冷冷说道:"春儿死了,沈大小姐可以死无对证,我自然不会冤枉你,但是沈大小姐,这废后诏书一事,你解释不清,你便根本不可能全身而退,我奉劝你,还是赶紧招认了,莫要为了维护那些不相干的人,害了自己不

第二十二章 惩罚,庵堂苦修!

31

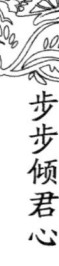

说，连自己的母亲也牵连进去……如此，可是得不偿失啊！"

"你——"

秋若雨一席话，说得沈凝雪脸色涨得通红，她恨不得狠狠扇秋若雨一巴掌，但是更重要的是现在她说不出什么辩驳的话，只要不把诏书的来历说清楚，她怎么说都是个错！

心下微寒，她望着独孤宸："皇上明鉴——"

"够了，朕不想再听你任何的狡辩之词！"语气低沉地打断沈凝雪的话，独孤宸冷酷的眼十分冷冽地盯着她，眼前的女子美貌依旧，但此时此刻，却让人掩不住心中厌恶，薄削的唇瓣，凉凉一抿，他沉声对枭青吩咐道："沈家大小姐沈凝雪，于宫中行窃，妄断圣意，赐死！"

闻言，沈凝雪全身一抖！

她知道独孤宸不是吓唬她，只得把心一横，低头将废后诏书的来历，毫无隐瞒地一一道出："皇上，那废后诏书不关雪儿的事情，全都是玉美人，是玉美人给雪儿的，她只说与雪儿情同姐妹，让雪儿拿了诏书，好让父亲和母亲提前做好心理准备……皇上，雪儿真的不知玉美人是如何得到废后诏书的……"

"玉玲珑？"

眸光剧烈闪动，独孤宸唇角冷笑的弧度，再次高高扬起："证据呢？"

沈凝雪紧咬了下唇，扬起下颌道："那日玉美人将诏书交给雪儿时，她才刚刚涂过蔻丹，雪儿接过诏书的时候，不小心蹭到了玉美人手里的蔻丹，那蔻丹是皇上以前所赐，十分之贵重，是为吴皇所赠，宫中仅此一瓶……"

听闻沈凝雪所言，独孤宸脸色变幻莫测，看着沈凝雪那泫之若泣的模样，他一时沉默不语。

这沈凝雪，说是不小心蹭到，其实是给自己留了后手，如此也好，反正狗咬狗，还是一嘴毛！

思绪至此，他冷笑了笑，对枭云下了命令："枭云，查废后诏书，看她所言真假！"

仔细检查过废后诏书后，枭云对独孤宸垂首禀道："皇上，确实如沈凝雪所言！"

独孤宸顿时皱眉："原来都是朕的玉美人搞的鬼！"

闻言，室内众人皆变了脸色，一个个噤若寒蝉！

这玉玲珑，只怕是要倒霉了！

微冷的视线，自众人的脸上一扫而过，独孤宸紧锁着眉头，转头看向床上仍旧昏迷不醒的沈凝暄，似是在想着该如何处置眼前这一家三口！

虞氏沉寂半晌儿，终是忍不住出声说道："皇上，废诏一事真相大白，臣妇以为，这春儿经常跟雪儿一起进宫，见到玉美人的机会也很多，玉妃娘娘和皇后一直都有嫌隙，这下毒之事，是不是……"

"是啊！"

沈洪涛连忙出声附和道。

见沈洪涛夫妇如此，独孤宸不禁冷然失笑。

虞氏这是要把下毒的事情都推到玉玲珑身上，为沈家和沈凝雪洗白啊！

只是……

轻叹了口气，独孤宸如刀般锐利的眸光，直至射向沈洪涛，却是对虞氏说道："沈虞氏，春儿已然自缢，早已死无对证，你是一品诰命夫人，难道不知诬陷妃嫔，是死罪吗？"

"老臣知罪！"

一脸震惊地望着独孤宸，沈洪涛脸色煞白，整个人僵在了那里，如木雕一般。而他身侧的虞氏则被吓得以额触地，浑身瑟瑟发抖："臣妇知罪！"

见状，独孤宸冷冷一笑，靠坐在床柱上："沈洪涛，朕看你是真的老了！"

豆大的汗滴自额头缓缓滑落，沈洪涛一脸凝重地跪在地上，轻张了张嘴，便想要说些什么。

"你记住了！"

见沈洪涛张口欲言，独孤宸没有再给他说话的机会，沉声说道："以你对皇后的绝情绝义，朕完全可以将你革职查办，单凭相府有人与皇后投毒，朕也可以诛杀你沈氏满门，朕今日留你，是因为皇后需要一个强大的母族，今日朕只罚你俸禄三年，日后若你胆敢再让皇后有丝毫不悦，朕不介意送你上路！"

原本铁青的脸色渐渐转白，直到最后一点点涨红，沈洪涛轻颤了颤身子，匍匐在地："老臣谢皇上不杀之恩！"

"至于沈凝雪！"

微眯着凤眸，独孤宸平静无波的视线，静静地停落在沈凝雪一片狼藉的俏脸上。

"皇上！"

沈凝雪一脸哀怨地凝望了眼床榻上昏迷不醒的沈凝暄："臣妾是皇后的嫡亲姐姐啊，皇后就只有臣妾这一个姐姐，皇上……"

闻她此言，秋若雨微微一笑，笑容讽刺莫名："我听闻当初大小姐在皇后入宫之初便在皇后娘娘的锦履上动过手脚，如此行事时，你可曾想过皇后是你唯一的……嫡亲妹妹？"

第二十二章 惩罚，庵堂苦修！

"不是的!"

猛地抬头,瞥见独孤宸眼底一闪而过的杀意,沈凝雪顿觉浑身发冷,忍不住轻颤着,不顾一切地说道:"那日是玉美人的人推皇后娘娘落水的,跟我送的锦履没有关系!"

秋若雨笑了笑,转身对独孤宸嫣然说道:"皇上,拔出萝卜,带出泥了!"

冷冷地看了沈凝雪一眼,枭云扑通一声跪在独孤宸身前:"皇上,这玉妃纵是罪大恶极,不过沈大小姐知道的太多,根本无法置身事外,请皇上还皇后娘娘一个公道!"

因枭云的忽然之举,独孤宸眸色微变了变。

眼下看来,不只是天下第一奇女子秋若雨保了沈凝暄,连他的影卫,都被沈凝暄拉拢了来,他这位皇后的手段,还真是不一般啊!

如是,轻轻一叹,他幽幽抬眸,眼底已是一片清明。

"雪儿……"

声音柔柔的,轻轻的,独孤宸含笑看着沈凝雪,他的笑让沈凝雪毛骨悚然:"念在皇后的面子上,朕不杀你,但从今日起,你不能再继续留在沈家了……就去慈宁庵,面壁苦修吧!"

"皇上!"

沈凝雪不敢置信地看着独孤宸,却不曾从他眼中看到一丝柔情,想到慈宁庵,她瞪大了眼睛,失声道:"不,我不要,我不要去那种鬼地方!我不去!"

慈宁庵是什么地方?

她一旦去了那里,极有可能这一生都要在里头度过了,她急切地扑过去,再次拽住独孤宸的袍襟,焦灼地哀求道:"皇上,您曾许雪儿万千富贵,雪儿也对您一片痴心,雪儿还想着做您的妃子,怎么可以去那种地方?"

"皇上,雪儿身上有病,就让臣妇代雪儿去受过吧!"

虞氏跪着上前,一边急速地喘着,一边扶着胸口,摇摇欲坠。

"朕所许的,是心地良善的那个雪儿,而非心如蛇蝎的沈凝雪!"伸出手来,握住沈凝暄锦被下发烫的手,独孤宸笑得冰冷无情,直接一脚将沈凝雪踹开,冷厉无情道,"带走!"

"是!"

枭青应声,对门外一个招手,立刻有几名侍卫上来架了沈凝雪出去,沈凝雪满眼惊恐,拼命地哭喊,头发和钗环都乱了,再不复往日绝美之姿……

沈凝雪的哭喊声,凄厉而绝望,扰得病榻上昏睡的沈凝暄不禁轻皱了眉头。

"雪儿……雪儿……"

眼看着自己一直捧在手心里的女儿被人如此对待,虞氏急火攻心,只觉胸间热浪翻滚，大喊两声后，噗地一声吐出一口血来。

"夫人！"

眼看着虞氏急得吐血，沈洪涛面色一变，连忙伸手扶住她摇摇欲坠的身子。

一脸惊惶地抬头看向面色冷凝的独孤宸，见他的手始终握着沈凝暄的手，虞氏像是抓到了最后一根救命稻草，直接推开沈洪涛，跌跌撞撞地便朝着榻上的沈凝暄扑去："暄儿！"

见她直接朝着沈凝暄扑去，枭青眸色一凛，只脚步一旋，便已然挡在榻前，眸色微微一冷，他直接一腿扫过，将虞氏如秋风扫落叶般，直接扫落在地。

砰的一声！

身子砸落在地板上，发出沉闷的声响，虞氏吃痛地低叫一声，嘴里的血不停地往外涌着。

"暄儿！"无比艰难地撑起身来，虞氏锲而不舍地朝着沈凝暄爬近，"暄儿，您赶紧醒醒，母亲知道错了，母亲不该厚此薄彼，可一切的错，都是母亲一个人犯下的，跟你姐姐没有关系……暄儿，你求求皇上放了你姐姐吧！你姐姐是金枝玉叶，怎么能去庵堂那种地方……"

床榻上，高热未退的沈凝暄眼睫轻颤了颤，却一直未醒。

冷眼看着下方狼狈不堪的虞氏，独孤宸冷然一笑，"枭青，皇后娘娘需要休息！"

"属下明白！"

枭青微微颔首，转身出了屋子，很快便有几个老妈子进来，将奄奄一息的虞氏架了出去。

眼看着自己的夫人和女儿都落得如此凄惨地步，沈洪涛眸色微暗，神情复杂难辨地对独孤宸叩首："老臣治下不严，犯有大错，自请跪于清辉园外，直等皇后娘娘转醒，原谅老臣为止！"

抬眸对上沈洪涛情绪复杂的眸子，独孤宸淡淡垂眸，却没有多说什么，只对他摆了摆手。

沈洪涛见状，最后看了眼床榻上昏睡的沈凝暄，躬身退下的姿态看上去像是一下老了十岁！

沈洪涛离去之后，屋子里一时之间便安静了下来。

轻轻抬眸，见独孤宸才拧眉看向榻上的沈凝暄，秋若雨眸色隐隐一动，垂眸看了眼身侧早已体若筛糠的画眉，她轻轻垂首问道："皇上，这里还有一个呢！"

闻言，画眉身子轻颤了颤。

她知道，自己的死期到了！

第二十二章 惩罚，庵堂苦修！

35

第二十三章　素妃，防人之心！

　　一切尘埃落定，独孤宸便遣退了室内众人。
　　待屋内只剩下独孤宸和沈凝暄两人，低眉凝视着仍处于昏睡中的沈凝暄，他轻轻取下她额上的湿巾，以手背轻触她的额头！
　　想到她从小到大，一直不得父母欢心，进宫之后又被自己百般刁难，他心下一软，满是疼惜地抚过她额际湿濡的发丝："明明一直处于逆境，却仍然坚强地活着，沈凝暄……你到底是个什么样的女子？"
　　独孤宸淡淡垂眸，见沈凝暄一直紧拧着眉头，他苦笑着自问自答道："你一定会说，我是什么人，关皇上什么事？对否？"
　　一语落，见沈凝暄的眉心倏地一皱，他的唇角处轻轻勾起一抹极好的弧度，轻轻抬手，抚上她紧皱的眉心，他暗眸深处是掩不去的自责和内疚！
　　他惩处沈洪涛夫妇和沈凝雪，是为她出气不假！
　　但，他又有什么资格替她出气？
　　整件事情从头到尾，若是深究的话，罪魁祸首，实则是他！
　　写废后诏书的，是他！
　　一怒之下将她流放的，也是他！
　　从始至终，不曾善待过她的人，从来都是他！
　　不但如此，他还自私地想着让她来当挡箭牌，替他保全南宫素儿！
　　他，真的没有资格，也难怪，她会想着一年后离开！
　　似是感觉到他的碰触，沈凝暄睫毛轻颤了颤！
　　独孤宸眸色一闪，以为她快要醒了，却听到她口中不停呢喃着："青儿……我好冷……"

"沈凝暄！"

剑眉轻轻皱起，独孤宸扶住她瘦弱的肩头，轻轻晃动着！

睡梦中，沈凝暄只觉自己处于一片朦胧之中，忽然之间，情景陡然一变，周围的一切都变得清晰起来。

那里，是沈家别院！

她的眼前，是沈凝雪狰狞到几乎扭曲的俏脸！

眼看着她手里拿着利刃，一步步朝着自己逼近，沈凝暄想动，却不能动，想逃，又逃不了，只能眼睁睁地看着沈凝雪蹲在自己身前，一刀斩落自己的纤手，满脸狠辣地拿着刀子在她脸上用力割着……

"沈凝雪……"眼角的泪，伴着心底的无尽的恨意，簌簌滑落，沈凝暄紧皱着眉宇，呓语般低低嘶喊着，"我一定要让你血债血偿……"

"沈凝暄……"

不曾听清沈凝暄到底说了什么，独孤宸蓦地皱眉，看着床上呓语落泪的人儿，他的心弦仿佛被人狠狠地拨动了，心意微微移动，他和衣躺下，伸手握紧沈凝暄有些发烫的手，将她和她身上的锦被一起拥入怀中，声音前所未有的温柔："暄儿不怕，有我在，你就不会冷！"

似是听到了他的声音，沈凝暄原本紧绷的身子，微微放松了些。

见她如此，独孤宸眉心一抿，薄唇缓缓勾起。低眉看着怀中脸色泛红的沈凝暄，他不由深深一叹！

此时的她，柔弱，无助，像个孩子，很难让他联想到过去半年里那个淡定从容的女子，不过，那个女子，又确实是她……想到她在楚阳的所作所为，他不禁淡淡笑着。

说她雍容，她执掌后宫，从来游刃有余。

说她野蛮，连北堂凌都被她治得服服帖帖！

可是……她到底该是什么样子的？

"冷……"

虽然被独孤宸抱在怀中，沈凝暄却仍旧在不停地喃喃喊冷，这……让独孤宸不由蹙眉！

眸色微微一暗，他无奈轻叹一声，沉眸掀起她身上的被子，将她拥入怀中，而后紧抱着她和衣躺在床上，那被子将两人裹紧！

眼下她在发热，自然会觉得冷，就这种情况而言，就算他给她再多的被子，只怕也比不过他这个活暖炉暖和。

想不到风水轮流转，这么快她便将给他当火炉的账给讨了回来！

第二十三章 素妃，防人之心！

37

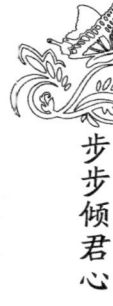

渐渐地沈凝暄口中的呓语声停了，取而代之的是均匀的呼吸声，看着她如小猫一般蜷缩在自己胸前的样子，独孤宸微眯了星眸，忍不住伸手抚过她已然潮热的面颊！

意料之外的细腻和柔滑，让他的心头一热，身形暗暗绷紧。

"独孤宸……你无药可救了！"

唇角边的笑，渐渐变成自嘲之意，他眸色浅漾，看着她的眼神却是越发柔和。

怎么办？

他已然答应一年后放她出宫了，可是现在才过了不到两个时辰，他竟然开始后悔了……

翌日，明媚的阳光，透过窗棂，照亮了整个寝室。

床榻上，昏睡一天一夜的沈凝暄，浓密而卷长的睫毛，轻颤了颤，终于迷迷糊糊地转醒。

轻抬眸，入目，是独孤宸堪称完美的俊颜。

眯眼看着眼前近在咫尺的俊脸，她的神色微微一怔！

忆起自己昏厥前发生的事情，她颇有些头疼地用力拍了拍自己的光洁额头！

她这身子，一向极好。

早不病倒，晚不病倒，偏偏在关键时候病倒，想到那个下毒的小丫头，她眸色微微转冷，作势便要起身……

独孤宸睁开双眼时，一眼便看见沈凝暄满脸懊恼的模样，清明的眸底浅笑荡漾，他伸手摁住她的纤腰："昏迷了一天一夜，待会儿再起吧！"

"一天一夜？"

几乎是瞬间紧皱了娥眉，沈凝暄迎着他脸上温润的笑，心中顿生警觉！感觉到自己此刻和他直接的亲昵姿势，还有他搭在自己腰上的手臂，她抽了抽嘴角，脸色阴晴不定道："皇上别跟臣妾说，昨夜里皇上陪着臣妾睡了整整一夜！"

"怎么？"

微微挑眉，独孤宸笑得魅惑而邪肆："皇后想要赖账？"

"臣妾赖什么账？"沈凝暄脸色一变，拿起他的手，淡淡而疏离地说道，"是皇上忘了昨日才答应过臣妾的事情了吧？"

因沈凝暄的疏离之态，独孤宸眸色微微一沉："朕答应过你什么，自然不会忘，不过沈凝暄你要明白，现在你还是朕的皇后，是朕的女人！"

"那又如何？"独属于独孤宸的温热气息，喷洒在沈凝暄的颈畔，使得她眸色微冷，陡然伸手一推，抬脚便将他踹下榻来！

"沈凝暄！"

俊脸上仿佛火烧一般，难得一片潮红，独孤宸恶狠狠地瞪视着沈凝暄，恨不得把她生吞活剥了！

她竟然……

竟然踹他下床！

"臣妾如此，全是被皇上逼的！"沈凝暄清冷一笑，直接掀起锦被下床，朝着门外唤道："枭云何在？"

"属下在！"

只是片刻，枭云的声音便自门外传来。

沈凝暄闻声，轻颦动了眉心："你进来！"

"不准进来！"

不等枭云应声，独孤宸便已然沉声下令，伸手从枕下取出一纸明黄色卷轴，他邪肆勾唇，一脸慵懒地在沈凝暄身前晃了晃："朕的皇后娘娘，你传枭云进来，可是为了这个？"

看着他手里的废后诏书，沈凝暄脸色不禁微微一变！

这道废后诏书，关乎着她一年以后的自由。

她，确实是想要这道废诏！

"皇后，你看仔细了！"

对沈凝暄冷冷勾唇，独孤宸轻轻地自床廊上取了火折子，作势便要吹燃！

"你做什么？"

惊呼声中，沈凝暄疾步上前探手便要抓过诏书！

独孤宸见状，眸光一闪，抬手隔开她的手，而后身形后仰，仍旧稳稳地将诏书拿在手中。

"还我！"

沈凝暄眸色一凛，手下动作快如闪电，直取他手中诏书！

独孤宸唇角处一抹浅笑勾起，随即身形前倾，将手中诏书顺势塞进沈凝暄手中。

没想到他会如此，沈凝暄神情一怔，不禁面露惊讶之色，眼角的余光，瞥见独孤宸唇角诡异的浅笑，她心里咯噔一声，作势便要仰身后退，但尚不及她全身而退，便见独孤宸在她胸前一点，紧接着她便身形一滞，整个人怔在原地，一动都不能再动！

"独孤宸，你卑鄙！"

被独孤宸直接点了穴道，沈凝暄视线阴霾地盯着他，不禁心中感叹经常玩鹰的人，竟被鹰儿啄了眼！

"皇后此言差矣，朕是天底下最为光明磊落之人，怎会卑鄙呢？这叫兵不厌诈！"不曾因她的怒骂而动怒，独孤宸在她身边站定，伸手捏了捏她红扑扑的脸蛋，轻笑着将废后诏书从她手里取回，"朕原本打算好好地将你带回宫去，可你未免太过刁蛮，都快爬到朕头上作威作福了，现在如此……是回敬你方才那一脚！"

闻言，沈凝暄脸上瞬间青红交加！

她刁蛮？还爬到他头上作威作福？

若非他言而无信，她会给他那一脚？

这根本就是赤裸裸的冤枉她！

抬起头来，见独孤宸吹燃火折子，欲将废后诏书点着，她险些气急败坏地咬了咬牙："独孤宸！自古以来君无戏言！你现下行事出尔反尔，不守诚信，还算哪门子皇上！"

"朕只答应你一年后废了你，放你离宫，却不是现在，这道诏书，现在不能留！"独孤宸轻勾着薄唇，直接点了火，将点燃的诏书丢进一边的火盆里！

"你……"

看着地上付之一炬的废诏，沈凝暄的俏脸上不禁布上一层阴霾之色，此时她若能动，必然捶胸顿足！

那道废后诏书，事关她一年以后的自由。

他竟然给烧了！

将她气急败坏的神情看在眼里，独孤宸笑得魅惑而邪肆："皇后，随朕回宫吧！"

凝视着他脸上的笑，沈凝暄恨不得去撕他的嘴，心头暗骂一声，气鼓鼓地将头转向一边："臣妾现在还有事情没有解决，暂时不能回宫！"

"嗯！"

独孤宸眸色一敛，微微颔首："那些事情，朕已经帮你解决了！"

"什么？"

心头惊跳，沈凝暄微愣了愣，冷着俏脸转头看他，见他一脸严肃，便蹙眉问道："皇上当真知道臣妾说的是什么事情？！"

"当然！"

独孤宸淡淡一笑，目光深幽："如今沈凝雪已然被朕罚去慈宁庵苦修，你父亲因薄待于你，眼下还在外面跪着……"

闻言，沈凝暄心下一窒，却是很快莞尔一笑。

想不到自己昏睡一日，独孤宸便将事情解决了，不过他给她的这个结果，还真是……黛眉微拢，沈凝暄不禁哂然笑道："皇上还真是仁慈，即便是谋害皇后之罪，却仍旧留下臣妾父亲和姐姐的性命！"

"日后素儿在宫中，还要仰仗你的庇护，朕留下你父亲和姐姐的性命，只是些小恩小惠……"薄唇浅勾着，笑看着沈凝暄，独孤宸俊眉微拢起，轻声笑道，"你不必对朕感恩戴德！"

"呵呵……"

沈凝暄哑然失笑，眸色微微沉下，在心里把独孤宸骂了个底朝天！

自以为是的家伙！

她恨不得抽了沈凝雪的筋，扒了沈凝雪的皮，如今他留了沈凝雪一条命，指望她感恩戴德，做他的黄粱美梦去吧！

沈凝暄虽然在笑着，脸色却是越来越难看，独孤宸有些不明所以地看着她，始终不知她的怒气源自于何，干脆不再纠结，转头对门外轻道："枭云进来，伺候皇后娘娘更衣！"

"是！"

枭云应声，推门而入。

"乖乖的，我们现在该回宫了！"

弯唇一笑间，轻轻地拍了拍沈凝暄的脸颊，独孤宸十分慵懒地张开双臂，伸了个大大的懒腰。

暗暗在心中又是一声痛骂，由着枭云替自己穿上外裙，沈凝暄抬起头来，对独孤宸沉声冷道："不是回宫吗？快些给我把穴道解开！"

"不急不急！"

淡淡扬眉笑着，独孤宸笑得邪魅："朕解开穴道后，你若跑了，朕该如何是好？"

"皇上！"

看着他的笑，沈凝暄眯了眯眼，恨他恨得牙根儿疼："青儿在你手上，你觉得臣妾会跑吗？"要跑她也得等到一年后带着青儿一起跑！

"那谁说得准啊……"

笑眯眯弯了眸子，独孤宸没有去解沈凝暄的穴道，而是微微倾身，将她拦腰抱起。

"啊——"

惊叫一声，沈凝暄澄清若水的眸子，满是惊讶地望进他的眸中："独孤宸，你放我下来！"

该死的！

第二十三章 素妃，防人之心！

41

她怎么觉得，眼前的独孤宸跟自己昏倒前的那个阴沉无比的男人简直判若两人？

他吃错药了吗？

"乖乖的，让朕抱着，朕回宫便给你解开穴道！"迎着沈凝暄愕然的双眸，独孤宸对她温和一笑，用力将双臂抬起轻掂一下，抱着她步出寝室门口。

"皇上！"

看着独孤宸抱着沈凝暄出去，枭云的脸色微微泛红，含笑拿着披风追了上去："披风……"

室外，枭青和刚刚赶来的荣海都在。

见独孤宸抱着沈凝暄出来，他们先是一怔，随后纷纷含笑上前，异口同声地朝着两人行礼！

"给皇上和皇后娘娘请安！"

……

看着他们眼底的笑，沈凝暄脸上微微发烫，怎奈此刻她因穴道被点，只能恶狠狠地瞪视着独孤宸，由着他抱着自己一路向前，却无从闪躲！

曾几何时，经常被沈凝暄气到窝火的独孤宸，今日终是出了口恶气。

有些好笑地看了沈凝暄一眼，他低声问着荣海："车辇可备好了？"

荣海忙道："是，就在清辉园外候着！"

"摆驾回宫！"

薄削而好看的唇形微扬，独孤宸笑吟吟地看了沈凝暄一眼，脚下再次抬步向外。

此刻，他心情很好！

庭院里。

成片的药田散发着阵阵药香，清风夹带着药香拂面而来，怀抱着沈凝暄的独孤宸，不禁脚步渐缓，一抹浅笑跃然脸上："朕没想到，皇后以前住的院子里，种的并非百花，竟是药草！"

闻言，沈凝暄眸色微闪！

你不知道的，还多着呢！

微垂眸，笑看着怀里对自己爱搭不理的沈凝暄，想着她跟独孤珍儿感情甚笃，独孤宸不由问道："皇后懂医理？"

抬起头来，淡淡地迎上他的眸，沈凝暄轻挑了挑眉，一副心情不好的模样！

她不想让独孤宸知道自己所有的底牌。

但，眼下面对他的问题，她若回了假话，那便是欺君。

是以，她现在就权当自己是个哑巴！

清幽的视线，自院中百草一扫而过，不期然间，瞥见了跪在门扉处的沈洪涛，她的眸色不禁隐隐又是一暗！

沈洪涛早已不再年轻。

跪了一天一宿后，他的整个身子早已僵硬。

原本便知沈凝暄在皇上心里有了分量，如今见独孤宸亲自抱着沈凝暄出来，他的内心深处可谓悔恨莫及，连一头撞死的心都有了！

远远地，凝望沈洪涛片刻，沈凝暄无比涩然地抿了抿唇，双眸之中，忍不住有氤氲闪烁，她深吸口气，轻轻合上眸子："皇上，这跪了一天一宿，他那把老骨头也该快散了，让他回去吧！"

今生，对于沈洪涛，沈凝暄心里有恨，亦有怨。

但是，在前世里，他却对她极为宠爱。

今日，就权当她还他生育之恩了！

"我们回宫之后，他自然会回去！"

淡淡垂眸，独孤宸对她暖暖一笑，眸色微敛，不曾去看沈洪涛，他抱着沈凝暄坚定抬步，从沈洪涛身侧缓步行过……

"老臣……恭送皇上，恭送皇后娘娘！"

动作僵滞地微微转身，眼看着独孤宸抱着沈凝暄登上辇车，沈洪涛面容憔悴地轻颤了颤身子，终是体力不支，摔倒在地……

相府门外，隐秘的拐角之处，有一男一女，两人静默而立。

两人之中，男的一袭白色长袍，芝兰玉树，温润如玉，正是独孤萧逸。

远远地，见辇车自相府驶出，他淡淡浅笑，对身边一袭紫衣的秋若雨吩咐道："深宫之中，倾轧争宠，阴暗从来不少，日后……有劳你了！"

"主子见外了！"

秋若雨含笑勾唇，不曾去看辇车，而是静静地凝睇着身边俊美如玉的男子："能够为主子分忧，是若雨的职责，亦是若雨的荣幸！"

"好了，别贫了！"

唇角勾起的弧度，独孤萧逸轻蹙了蹙眉心："你再不去，辇车该走远了！"

"主子！"

眸华轻抬，望进独孤萧逸温润的眸底，秋若雨欲言又止。

见秋若雨如此，独孤萧逸淡笑着挑眉："怎么了？"

"主子！"

心想着没有十足的把握前，不该多说什么，在面对独孤萧逸时，秋若雨却仍旧

第二十三章　素妃，防人之心！

忍不住开口问道："你真的认识真正的皇后娘娘吗？"

闻言，独孤萧逸星眸微眯，俊逸的脸上，极其罕见地没了笑容，他自缝隙透出的目光如电一般："你是不是知道了什么？"

将独孤萧逸的反应看在眼里，秋若雨心下苦笑。

他，果然都知道！

可是即便知道，却还……

心下轻轻一叹，她淡笑着便要转身："我先走了，要不该追不上辇车了！"

"秋若雨！"转身唤住秋若雨亟待离去的脚步，独孤萧逸眼帘轻抬，淡淡说道，"你所知道的，本王不一定不知道，本王不管你知道了什么，最好还是装作不知吧！"

闻言，秋若雨挺直的背脊，微微一僵！

"即便你对她掏心掏肺，她对你却始终有所隐瞒……"不曾回首，看着渐行渐远的辇车，她涩然一叹，道，"主子，你说，你是不是傻？"

"精诚所至，金石为开！"无所谓地笑了笑，独孤萧逸淡淡抱了手臂，"终有一日，本王会守得云开见月明！"

"是吗？那我呢？"

秀美的容颜上，是浓得化不开的落寞与苦涩，秋若雨以只有自己才能听到的声音轻声低喃一句，旋即骄傲地扬起下颌，脚下步伐生风，朝着辇车离开的方向快速追去……

不过两刻工夫，龙辇行至宫门口，在众人的簇拥之下，辇车穿过宫门，沿着长长的甬道一路向里，直往天玺宫而去。

天玺宫外，因早已得知沈凝暄在楚阳救驾有功，如太后和长公主独孤珍儿，亲率宫中妃嫔，早已在宫门处久候多时！

隔着一层纱帐，看着辇外的一行众人，独孤宸微转过身，抬手将沈凝暄身上的穴道解开。

原本紧绷的身子，蓦地一松，重得自由的沈凝暄秀眉怒扬，想也不想便抬脚朝着独孤宸踢去！

独孤宸见状，身形一闪，十分轻松地躲过沈凝暄的攻击，脸上不见一丝怒容，他定定地看着沈凝暄，语气严肃地警告道："皇后，看样子朕是太宠你了，在这里面也就罢了，出去之后当着母后的面，可不能胡来！"

"多谢皇上提醒！"

黑白分明的清澄明眸，望进他深幽如海的眸底，沈凝暄轻撇了撇嘴，而后拢了拢裙襟，正襟危坐。

见状，独孤宸淡淡一笑，恰逢辇车停住，他朝她伸出手来。

沈凝暄虽心有不愿，却不得不为，只能将自己的手，置于他的大掌之中。

片刻后，辇车上的纱帐掀起，独孤宸和沈凝暄手牵着手，缓缓自辇车步下。

明黄色的华盖，随风轻轻飘荡，看着华盖下二人紧紧相牵的手，如太后慈目含笑，老怀欣慰地与独孤珍儿相视一笑！

"恭迎皇上和皇后娘娘回宫！"

……

正前方，包括独孤珍儿在内，众人齐道恭迎皇上皇后回宫！

低眉敛目地跟着独孤宸行至太后身前，沈凝暄十分知礼地后退一步，容他先对如太后行礼！

"母后……儿臣将皇后接回来了！"低哑深沉的声音中不见一丝波澜，此时的独孤宸，一如以往沈凝暄所认识的他，冷淡，孤傲，让人觉得距离很远！

看着眼前与方才有着极大反差的他，沈凝暄竟有片刻的失神，感觉到握着自己的手隐隐用力一些，她恍然回神，浅笑着对如太后福身一礼："臣妾参见太后，太后可一切安好？"

"好！"

伸手扶起沈凝暄，如太后先道了个好字，这才深深地凝望着独孤宸，语气中难掩哽咽："你们平安回来，哀家便一切都好！"

这时，独孤珍儿上前，喜笑颜开道："太后为皇上和皇后归来，已在天玺宫大殿摆宴，还请皇上和皇后娘娘移步！"

闻言，沈凝暄对独孤珍儿展颜一笑，遂与她一起，左右搀扶着如太后，由众人簇拥着，缓缓登上石阶，进入天玺宫大殿！

天玺宫里，早已大摆宴席，各宫妃嫔，也皆已列席！

进入大殿，接受一众朝拜之后，众人落座，丝竹声声，歌舞升平！

一早起来，沈凝暄只顾跟独孤宸周旋，还不及用膳。

此刻看着身前琳琅满目的珍馐美味，她顿觉饥肠辘辘，但碍于有众人在场，她只得望美食而兴叹，只时不时很含蓄地吃上一小口，却总是不能尽兴！

薄而有型的唇角，一直轻轻勾着，独孤宸欣赏歌舞之余，还不忘瞧她两眼！

终于，在数不清第多少次看她之后，他轻飘飘地睨了荣海一眼。

荣海是谁？

他是独孤宸身边的大内总管，自独孤宸儿时便随侍在侧，活了大半辈子了，自然只需一眼便知独孤宸的意思！

第二十三章 素妃，防人之心！

"奴才先行告退！"了然一笑，他对主子微微颔首，便躬身退了出去。

侧目又睨了沈凝暄一眼，他淡淡一笑："身子还不舒服吗？"

沈凝暄蹙眉摇头！

她昨天是真的不舒服，但现在是饿了，给她头牛，她都能吃下。

见她摇头，独孤宸脸上的笑意更深了几许！

不多时，荣海从内殿出来，在他耳边耳语几声，便后退两步，候在一旁！

微微转头，他朝着如太后轻唤一声："母后！"

"嗯？"

听到他的轻唤，如太后自歌舞上回神，笑看独孤宸。迎着如太后的视线，独孤宸拉起沈凝暄的手，轻轻笑道："皇后前些日里一路舟车，身子多有不适，儿子这便与她一同退席了！"

听他所言，沈凝暄眸色微敛，与独孤宸交握的手，微微用力，拿指甲抠着他的手背。

天知道，她现在饿得都快前胸贴后背了。眼下美食在前，她虽然不能大口大口地吃，但多少也能吃点！可独孤宸却像偏偏与她作对一样，故意不让她称心！

"既是皇后凤体违和，哀家又怎能不允？"视线再次轻飘飘地落在两人交握的手上，如太后含笑对沈凝暄道："今日是为皇后和皇上办的接风宴，只需皇后和皇上列席便可，眼下既是皇后不舒服，便赶紧到内殿歇息吧！"

有如太后此言，沈凝暄还能赖在宴会上吗？

当然不能！

心下苦笑了下，又狠狠剜了独孤宸一眼，她自座位上起身，对太后福身施礼："臣妾先行告退！"

在她身侧，独孤宸亦跟着起身，对如太后躬身道："儿臣先行告退！"

"去吧！"

如太后微微颔首，目送两人进入内殿，转头与独孤珍儿又是会心一笑，继续欣赏歌舞！

大殿外，悦耳的丝竹声此起彼伏。

甫入内殿，沈凝暄便一脸不悦地甩开独孤宸的手，蹙眉问道："皇上是在故意整我吗？"

"你怎么会这么想？"凝视着她紧蹙的眉，独孤宸轻笑着抬手，想要为她抚平！

眸色一闪，躲过他伸来的大手，沈凝暄气鼓鼓地道："我被皇上害得，昨儿昏睡了整整一日，今日连早膳都没吃成，眼看着找点东西垫补一下，你却与太后自请离席,这不是整我,又是在作甚?"

闻言,独孤宸眉心一拧,只是望着沈凝暄。

瞥见他紧拧的眉,沈凝暄无奈一叹,转身便要向外走去。

"你去哪儿?"

伸手握住她的手腕,独孤宸紧拧的眉心堆成了川字!

"去冷宫!"

沈凝暄转身看着他:"臣妾很饿,要让青儿做几道小菜来填饱肚子!"

跟皇上讲理,怎么着也没理,我与其跟他在这里浪费时间,倒不如早些赶回冷宫,让青儿给我做几道小菜!

"不必去冷宫的!"

独孤宸拉着沈凝暄的手,薄唇轻轻一勾,转身出了寝殿,最后将她引至偏厅!

偏厅里,他命荣海准备的菜肴早已上桌,只不过出乎他意料,当他拉着沈凝暄进入偏厅的时候,却见一身雪衣的南宫素儿,眸光流转间,朝着两人福下身来:"臣妾参见皇上,参见皇后娘娘……"

"素儿,你怎么会在这里?"

轻皱着眉宇,看着眼前垂首福身的绝代芳华,独孤宸握着沈凝暄皓腕的手,倏地便是一松!

这世上的事情,有一便会有再一,有再一便会有再二……

淡淡地看着独孤宸走向南宫素儿,沈凝暄不着痕迹地握了握自己又一次被放开的手,潋滟的红唇勾起一抹讽刺的弧度。

"素儿!"

南宫素儿的美夺人心魄,永远都如初见时,那般让人惊艳,他轻轻地伸手拉着她的手,将她带起身来,独孤宸眼底是浓得化不开的温情:"你怎么会在这里?"

"臣妾听闻皇上今日接皇后娘娘入宫,却碍于太后娘娘,不敢到前殿请安,刚好在外面遇到荣总管,便一路跟着进来给皇上和皇后娘娘……"说话间,南宫素儿已然抬眸,待看清了独孤宸身后的沈凝暄,她剩下的话,悉数哽在喉间,一个字都难以说出。

她无论如何都没有想到,救了远儿的人,居然会是独孤宸的皇后!

迎着南宫素儿满是震惊的妩媚瞳眸,沈凝暄淡淡一笑,气度雍容:"故人相见,南宫姑娘,别来无恙!"

"皇后娘娘……"

美艳清丽的脸上露出些许尴尬之色,南宫素儿淡淡敛去了失态,对沈凝暄盈盈福身:"臣妾参见皇后娘娘!"

第二十三章 素妃,防人之心!

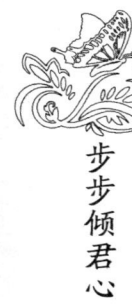

"免礼！"

幽幽的视线，自南宫素儿和独孤宸交握的双手扫过，沈凝暄眸色微深了深，眼底自嘲的冷意越发凝重。

轻回眸，对上沈凝暄微微疏离的双眼，独孤宸心下微微一紧，轻勾了勾薄唇："朕为了不委屈素儿，已于昨日封她为素妃！"

"素妃？"

淡淡呢喃着，沈凝暄轻勾了唇，笑意却未达眼角："皇上喜欢就好！"

"哦……"

黛眉轻蹙间，已是风情无限，南宫素儿旋身看向桌上的佳肴："皇后娘娘看看，这些可合你的胃口，如若觉得不好，臣妾立刻便差人去重新准备！"

经南宫素儿提醒，沈凝暄的视线终于落在她身后的膳桌上，桌案上的菜，色泽鲜艳，样式精美，最重要的是，这些全都是她所喜欢的菜色！

人家早已打听清楚了她的喜好，她若再说不合胃口，岂不成了故意刁难了？心思微转间，沈凝暄眸色深邃地看了南宫素儿一眼，淡淡笑道："这些菜色挺好的！"

"那就好！"

对沈凝暄微微一笑，南宫素儿朝着荣海摆了摆手，暂时吩咐他退下："荣总管，你先退下吧，本宫来伺候皇上和皇后用膳！"

"奴才告退！"

抬眸深看了沈凝暄一眼，见她脸色如常，荣海暗暗在心中吁了口浊气，躬身垂首退出偏厅！

待荣海一走，南宫素儿便含笑上前，扶着沈凝暄的手臂在桌案前坐下，语气里透着几分讨好："方才荣海说，皇上看皇后在宴席上碍于场面，吃得不够尽兴，便暗地里吩咐他在这里单独备了一桌珍馐美味，娘娘赶紧尝尝吧！"

"有劳皇上了！"

神色淡漠地坐在桌前，看着桌案上的菜肴，沈凝暄的心底，忽然觉得有一股暖流缓缓划过！微微侧目，睨了独孤宸一眼，见他正饶有心思地打量着南宫素儿，沈凝暄脸上的淡笑，渐渐敛去："请皇上暂时回避，臣妾有话要跟素妃单独谈谈！"

闻言，她明显感觉到身边的南宫素儿身形微微一僵！

见南宫素儿如此，独孤宸轻皱了下眉宇："朕不能在场吗？"

"皇上，"眸华轻抬，对上独孤宸俊逸如玉的脸，她轻挑着眉梢，嘴角轻扯了扯，"你不肯回避！可是怕臣妾为难素妃？"

"你不是那样的人！"

俊美的脸上，荡起一抹温柔而笃定的笑容，独孤宸上前两步，在她对面的椅子上落座!

见独孤宸打定了主意不走,南宫素儿轻抿了下唇角,精致的五官瞬间明亮起来。轻轻垂首,她取了银筷,亲手夹了些菜,送到沈凝暄面前的膳碟:"皇后娘娘还是先进膳吧!"

低眉看着眼前膳碟里的菜肴,沈凝暄悠悠抬眸,淡笑着对上南宫素儿那张倾国倾城的美丽容颜:"素妃,你是皇上心爱之人,完全不必如此讨好本宫。"

看着眼前尚算清秀,却不及自己万千的平淡女子,南宫素儿用力咬了咬红唇,小心翼翼地看向独孤宸。

接收到她求救的眼神,独孤宸目光深深地凝向沈凝暄:"皇后,你到底想说什么?"

"只是实话实说罢了!"

没有急着动筷子,沈凝暄端起一盏清茶,细细浅啜,唇角轻轻一勾,她的眼底尽是淡漠:"再怎么说素妃也是当事人,臣妾和皇上之间的承诺,应该让她知道!"

"承诺?"

细细思量着沈凝暄话里的意思,南宫素儿的脸上露出一丝疑惑。

"对,承诺!"

清冽的眸子,如古井一般,淡然无波,沈凝暄静静凝睇着南宫素儿:"皇上为了素妃,可谓是煞费苦心,本宫自然知道,素妃是皇上心尖儿上的人,亦有成人之美之心,便与皇上达成共识,本宫在一年之内,保素妃娘娘在宫中无忧,等到素妃娘娘诞下皇子,一切尘埃落定,本宫便会自请废后,远离燕国皇宫!"

沈凝暄此言一出,南宫素儿不禁露出一脸惊讶之色,不只是她,就连对面静坐的独孤宸,亦是一脸讶然!

沈凝暄说得没错。

他的确是让她保护南宫素儿,也的确答应她一年后准她出宫,但是……这让南宫素儿怀孕生子一事,他们却并未提及。

这,是沈凝暄自己加进去的!

淡淡转睛,笑看着独孤宸,沈凝暄知他心中在想什么,随即淡淡轻叹道:"皇上登基三年,如今膝下仍然无子,臣妾想……纵是太后再如何不喜素妃,只要她能顺利诞下皇嗣,太后必定对她另眼相看!"

"皇后的主意……真好!"

独孤宸知道,沈凝暄的主意是一劳永逸的,也是最好的,但是不知为何,听她如此平淡地道出让他和南宫素儿生孩子,他一时间竟是百般滋味上心头。

"皇上!"

第二十三章 素妃,防人之心!

清丽的容颜上，染上一片云霞，南宫素儿有些羞涩地看了独孤宸一眼，眼底却早已泪光闪闪。

她没想到，独孤宸竟然为她想得如此周全。

凝视着南宫素儿一脸羞涩，感慨万千的模样，沈凝暄眸色微动！

身为女人，只要爱上一个男人，即便是飞蛾扑火，也会义无反顾！

她不清楚南宫素儿舍弃幼子，一意跟着独孤宸回宫，是不是要图谋报仇。

但是，比起报仇一说，她宁愿相信，这个美丽的女子，对独孤宸是真心真意，只为成全她自己的爱情！

看着独孤宸对南宫素儿温柔浅笑，沈凝暄心中感慨万千，低垂螓首，拿起银筷重新夹了些菜送到嘴边，她低眉启唇，将菜肴含在口中细细咀嚼！

口中的菜肴，味道鲜美，是她平日最爱。可这口菜吃在嘴里，却总让人感觉怪怪的！

"这么秀气的吃相，你确定自己能够吃得尽兴？"深凝视着沈凝暄的星眸中，隐隐有光火跳动，独孤宸取了公筷，亲自为她布菜，才只一会儿的工夫，他便将沈凝暄身前的餐盘，布得满满的。

"有劳皇上了！"

静静地看着一向由别人来伺候的独孤宸，为自己不停地布菜，沈凝暄将嘴里的菜用力咀嚼两下咽下，抬眸看了眼边上的南宫素儿，戏谑说道："现在的皇上，让臣妾想起一句话，皇上可知是哪句？"

"反正不会是什么好话！"

淡淡地瞥了沈凝暄一眼，独孤宸轻扯唇角，将手里的公筷搁在桌上。

坦白说，沈凝暄此时心里想起的那句话是，无事献殷勤非奸即盗！

但，如他所言，这话果真不是什么好话！

是以，她并没有将话说出口，只是淡淡垂眸，开始大快朵颐！

若说，方才独孤宸亲自为沈凝暄布菜，南宫素儿是神情微变，那么此刻，见识了沈凝暄的吃相，她的神情便是明显一变了！

抬起头来，对上她惊讶的杏眸，沈凝暄不以为然地淡淡笑道："素妃娘娘，没见过像本宫如此进膳的？"

"呃……"

南宫素儿双唇一抿，简直无语了！

她自小长在深闺，熟读《诗经》《女诫》，做什么事情，都要谨守礼仪和规矩，沈凝暄这样的吃相，她还真是头一回在女子身上见到。

然而，这个女子，居然还是大燕国的皇后娘娘！

早已料到南宫素儿会是如此反应,沈凝暄轻勾了勾唇,继续进膳。

片刻之后,荣海一脸急切地自厅外进来,在独孤宸身侧躬身:"皇上!"

"何事?"

独孤宸轻皱了皱眉,抬眸看向荣海。

荣海垂首说道:"太后娘娘此刻正跟着长公主从大殿过来。"

闻言,独孤宸眸色微深,南宫素儿的脸色,则瞬间惨白!

淡淡地叹了口气,独孤宸站起身来,对南宫素儿说道:"朕先去拦住母后,你现在就回昌宁宫去!"

"是!"

紧锁了黛眉,南宫素儿就像是一个不敢见公婆的媳妇儿般,对沈凝暄匆匆福身:"皇后娘娘,臣妾先行告退!"

"呃……"

神情愕然地看着她,沈凝暄从她的反应不难想象,太后对她到底何其厌恶,看着南宫素儿逃也似的离开,她对即将出门的独孤宸淡声说道:"皇上,素妃躲过了今日,打算一辈子都不见太后娘娘吗?"

"皇后有所不知,太后现在对素儿可谓深恶痛绝,昨日更是对素儿动了手,素儿本就委屈,眼下朕不得不如此行事,至于以后她们能不能见面,那就全看皇后的本事了!"

语落,他刚要转身,却又重新看向沈凝暄:"在这里,等朕回来!"

"……"

看着独孤宸再次转身离去,来不及开口的沈凝暄眸色渐渐深邃。

人都说君心难测!

且独孤宸本就心思深沉!

可是现在的他,明显不想让南宫素儿对上太后娘娘。

到底是多深的感情,才能让他如此紧张?

南宫素儿和独孤宸一前一后走了,奇怪的是素来不离独孤宸身边的荣海,却自告奋勇留在偏厅伺候沈凝暄进膳。

见荣海伺膳之时,一直对着自己笑,沈凝暄娥眉微蹙:"荣总管还是别笑了,你的笑……总让本宫心里毛毛的。"

闻她此言,荣海神情一滞,忙伸手掩嘴!

女子掩嘴而笑,是为羞涩。

一个大男人,掩嘴而笑,便有些不伦不类了。

加之荣海是宦官身份,本就有些娘气,如今看着他掩嘴轻笑,沈凝暄不禁扑哧

第二十三章 素妃,防人之心!

一声，自个儿笑出了声！

见她心情不错，荣海缓步上前，在桌前站定，恭恭敬敬便是一礼："楚阳之事，奴才在此……谢过皇后娘娘！"

"荣总管说的是哪件事？"

握着筷子的手微顿了顿，沈凝暄好整以暇地看向荣海。

荣海闻言，躬身笑道："娘娘心里跟明镜儿似的，又岂会不知奴才所指，是与吴皇报信一事！"

"原来是这件事啊！"

沈凝暄略一沉思，又看了看荣海，方道："此事即便荣总管不提，本宫应该也会与吴皇报信，你和本宫都是为了皇上安危着想，谈不上谢与不谢！"

荣海点了点头，深看沈凝暄一眼，他略微有些踌躇，却到底将嗓子压低，正色说道："奴才见皇后娘娘与素妃相谈甚欢，却不得不提醒娘娘，有些人看着无害，娘娘却不能失了防人之心！"

第二十四章 不甘,候驾侍寝!

荣海说得十分隐讳,但却足以让沈凝暄明辨其中深意!

"荣总管……"

轻轻抬眸,见荣海凝眸对自己轻点了点头,她漫不经心地轻笑了笑,将手中银筷放下:"有劳荣总管提醒,本宫心里有数!"

人不犯我,我不犯人,人若犯我,我睚眦必报!

她不会生事,却也并非怕事之人。

"奴才多嘴了!"

见沈凝暄放下银筷,荣海忙斟了盏清茶:"娘娘请用茶!"

"嗯!"

沈凝暄轻轻一应,接过荣海手里的茶,对他笑了笑,"皇上可有交代,本宫回宫之后,要安置在哪里?"

闻言,荣海会意,含笑应道:"皇后娘娘此次回宫,自然安置在凤仪宫中!"

沈凝暄淡淡点头,对荣海轻道:"秋若雨是本宫新收的侍女,日后会随本宫住在凤仪宫,另外……有劳荣总管到冷宫一趟,将青儿与本宫带来!"

荣海微微颔首,温声笑道:"娘娘稍等,奴才这就去!"

天玺宫距离冷宫不算近,若徒步来回大约需要一刻钟的工夫。荣海走后,独孤宸一直不曾回返,内殿里除了当值的宫人,便只有沈凝暄一人!

看着身边对自己毕恭毕敬的宫人,沈凝暄无趣地拧了拧眉,起身行至窗前,将紧闭的窗户缓缓推开!

微凉的春风,迎面拂来。

那清冽中带着万物复苏的勃勃生机,让她不觉双眸微眯着,深吸口气,然后缓

缓张开双臂。

她宽大的广袖上，以金线勾勒，绣着一只展翅仙凰，随着她张开手臂的动作，那只仙凰似是有了生命一般，渐渐展翅似要翱翔，然……就在她的手臂，缓缓高过头顶之际，却不期太后的声音自她身后响起："皇后身子不适，怎可在风口站着？"

闻言，沈凝暄身子一颤，瞬间将手臂放下。

见状，独孤珍儿巧然一笑："太后你看吧，皇后的性子虽然稳妥，却也有淘气的时候！"

听到她玩笑的话语，沈凝暄额头上瞬间黑线密布。

深深屏息，她微转过身，对太后福身施礼："臣妾参见太后，太后万福金安！"

由独孤珍儿和崔姑姑一左一右搀扶着上前，如太后含笑将沈凝暄扶起，满脸和蔼之色："外面宴席一散，哀家便想着过来看看你，你这孩子，如今身子不好，怎能站在窗前吹风？"

对太后温婉一笑，沈凝暄垂眸浅道："臣妾一个人觉得有些闷，便想着打开窗子透透气，未曾想得那般周全！"

如太后眉心微蹙，叹声说道："方才哀家在外面遇到皇上，他此刻去了御书房那边！"

"是！"

意会如太后话里的弦外之音，沈凝暄轻点了点头："皇上日理万机，着实让臣妾心疼！"

"他若是日理万机，哀家倒也觉得放心……"轻轻地又是一叹，如太后拉着沈凝暄的手，缓缓行至一边的贵妃榻前与她一同坐下。紧拉着沈凝暄的手，她语重心长地道，"转眼经年，仔细算算，你进宫也快有一年光景了，以前，哀家一直以为你过得很好，却不承想，竟有那么多的不如意，不过此次出行回来，哀家见皇上对你关怀备至，想来你们的关系也改善了不少吧！"

知道如太后的意思，沈凝暄淡笑着低头答道："如太后所见，臣妾跟皇上的关系，如今确实改善不少！"

最起码，现在独孤宸不会动不动就怒气冲冲地想要掐死她了！

"是吗？"

戴着护甲的手，一下一下地轻抚沈凝暄的手臂，如太后凝视着沈凝暄的眸，眸华浅漾，让人觉得深不可测："既是如此，过去的事哀家便不再过问，但有一点，皇上登基至今，仍旧没有哪个妃嫔诞下皇嗣，哀家希望，皇上的第一个皇嗣，是由皇后所出！"

听了太后的话，沈凝暄心下一紧。

只待思绪一转，便知如太后打的什么主意，她佯装羞赧地脸色微微一红，虚应着点了点头："太后的意思，臣妾明白！"

太后轻轻勾唇，眸色却是微微一深，抚摸着沈凝暄手背的手，顺着手臂微微上移。

感觉到她的动作，沈凝暄黛眉微蹙，抬眸望进如太后虽然略显浑浊，却隐隐有精光闪动的双眸。

凝见她的目光，如太后抚摸着她手臂的手微微一顿，终是淡淡地叹了口气，神情严肃道："哀家知你刚刚回宫，不该提这些，但皇嗣一事，事关社稷……那南宫素儿是罪臣之女，皇上的第一个孩子，无论如何都不能为她所出……皇后，你是个明白事理的孩子，当明白哀家心底的苦衷吧？"

闻言，沈凝暄心中暗道，这如太后终是将话说得直白了些，心想着独孤宸一定将南宫素儿与吴皇之间的关系，全都遮掩了过去，如太后才仅仅说南宫素儿是罪臣之女，她微微勾唇，脸上笑容依旧："太后一心为皇上着想，臣妾明白！"

一连从沈凝暄口中得了两个明白，如太后满意地点了点头，再次轻拍了拍了沈凝暄的手臂，她悠悠站起身来："好了，你好好歇着，哀家先回长寿宫了！"

须臾，待如太后一行离去，沈凝暄才直起身来！

轻轻一叹，她低眉抚上自己的手臂。

她知道，方才如太后其实是有意要看她手臂上的那颗宫砂的，但也许是顾及到她的颜面，她最终也没将她的衣袖挽起！

修长如玉的纤纤玉指，顺着袖摆缓缓抚上手臂，沈凝暄将衣袖挽起，看着自己洁白如玉的手臂上，那抹鲜艳刺目的红色，她蹙眉凝思许久，转身对身边的宫人吩咐道："本宫有阵子没见过长公主了，你且追过去传话，本宫想跟她谈谈心事！"

"奴婢遵命！"

宫人闻言，忙低声应声，遂追将出去。

时候不长，一袭淡蓝色春衫的独孤珍儿去而复返，眉眼含笑地进了内殿。

甫一入殿，她便低眉敛目地对沈凝暄躬身福礼："给皇后娘娘请安！"

微转过身，对福身行礼的独孤珍儿凉凉一笑，沈凝暄遣退了众人，随即嗔怪道："师姐何时在我跟前成了奉礼之人？"

"我一直都是奉礼之人，只不过娘娘从不与我计较这些，我也就懒得行礼了。"微微抬眸，隐不去眸华中精光闪烁，独孤珍儿静静凝视着身前的沈凝暄，唇角漾起一抹浅笑，"数日不见，我怎么觉得娘娘清瘦了许多？"

"出门在外，哪里比得宫中安逸？"

第二十四章　不甘，候驾侍寝！

神情自然地将出行一事轻描淡写地一语带过，沈凝暄对独孤珍儿抿唇一笑，拉着她往里走了几步，便探手伸进她的襟口，开始上下其手地摸索起来。

被一个女人上下其手，独孤珍儿这还是第一次！

身形忍不住僵了僵，她轻蹙娥眉，俏脸微愠："娘娘在找什么？之前与我要了便是，何苦要自己动手！"

"怎么没有？"

沈凝暄找了半天，也没找到自己想要的东西，不禁轻蹙着眉头咕哝一声，抬眸看向独孤珍儿："师姐往日闲来无事，总喜欢带到宫里来玩儿的那些东西呢？"

听她这么说，独孤珍儿瞬间了然，黛眉轻挑，她斜睨着沈凝暄："娘娘在找易容膏？"

"对啊！！"

没有丝毫隐瞒地轻轻点头，沈凝暄对独孤珍儿道："我以前明明见你带着的。"

"娘娘也说是以前了！"淡淡瞥了她一眼，独孤珍儿用两个手指将她的手拿开，一脸被她吃了豆腐的委屈模样，"虽说多日不见，也不带这么上下其手的！"

闻言，沈凝暄不由一乐："师姐，我是女人唉！你还怕驸马打翻了醋缸不成？"

"他若是肯为我打翻醋缸倒好了！"语气里透着几分哀怨，独孤珍儿闲闲地白了沈凝暄一眼，旋即眉心一拧，轻声问道："纵然你我都是女子，也不该如此轻浮，若让人看了去，不明事理的还以为你我有染呢！"

"嗯……"

轻点了点头，沈凝暄一副受教模样："是我莽撞了！"

独孤珍儿莞尔一笑，轻声问道："娘娘要易容膏作甚？"

静静地凝视着独孤珍儿，沈凝暄苦涩一笑，伸手将衣袖捋起，将臂弯上的守宫砂裸于独孤珍儿面前："方才太后来过，差点没直接让我捋开袖子亲眼查看！你整日跟在太后身边，她老人家的性子，你比我了解，我若不想办法将它遮掩了去，她保不定会如何行事呢！"

"你怎么还是……"看着沈凝暄洁白臂弯上的守宫砂，独孤珍儿微滞了滞，随即哀嚎出声，"既是怕太后发现，你用什么易容膏啊，直接去找皇上不就万事大吉了？！"

独孤宸和沈凝暄一走就是两个月，就在方才，看着独孤宸牵着沈凝暄的手步下辇车之时，她还以为，他们经过此次出行，早已生米煮成熟饭，可眼下看来，根本就不是那么回事！

"皇上心里，心心念念都在想着南宫素儿，师姐觉得，若我去找皇上，皇上会是如何反应？！"冷冷一笑，沈凝暄眸色一转，伸手扶住独孤珍儿的肩膀，沈凝暄沉声说道，"反正我把你当成我最好的姐妹，你这次无论如何也得帮我！"

"好！我帮你！"

颔首点头间，独孤珍儿看了沈凝暄一眼，不由心下暗暗思忖！

眼下若要帮她，只有两个办法，要么她给她易容膏，要么她推她和独孤宸一把，让他们把事情办了，心中思绪转了又转，想来想去，她都觉得，前一种治标不治本，而后一种则是一劳永逸啊！

但可惜的是，就如沈凝暄所言，独孤宸心里心心念念的都是南宫素儿，若她自己找上门去，他只会骂她不知羞耻！

不过，若是给那小子下点料的话……

念及此，独孤珍儿眸色微微闪动，抬眸对沈凝暄道："过去这些天，我一直都在宫里陪着太后娘娘，现下仔细算算，已然有两个月没回过公主府了，易容膏我留在王府了，这几日里若能回去，我一定给你带来！"

独孤珍儿都这么说了，沈凝暄还能说什么？

无奈颔首，她蹙眉督促道："此事你且要记着，赶紧的！"

"放心！我一定赶紧！"静静凝视着沈凝暄略显憔悴的容颜，独孤珍儿嘴角边的笑容缓缓加深……

凝视着她别有深意的笑，沈凝暄微蹙了蹙眉！

"哦……外面宴席虽散了，要忙的事情却还有不少，我要去盯着，等闲了我到凤仪宫与你谈心！"不等沈凝暄明辨她笑中意味，独孤珍儿轻笑着如是说了一声，便急匆匆地转身离开。

不久，荣海带着青儿和秋若雨进门……

黄昏时，日薄西山。

原本，沈凝暄边与秋若雨对弈，边等着独孤宸回来，但却迟迟不见君来。

抬眸看了眼边上的更漏，她轻蹙娥眉，斜倚在贵妃榻上，懒懒地看了青儿一眼："你去找荣海问过，看皇上何时回来？"

"是！"

轻点了点头，将沈凝暄身上的被子向上拉了拉，青儿起身前往御书房。

淡淡抬眸，笑看沈凝暄一眼，秋若雨垂眸落下一子："若雨与娘娘打个赌如何？"

闻言，刚刚取了棋子的沈凝暄轻落一子，这才淡淡凝眸："赌什么？"

第二十四章 不甘，候驾侍寝！

"赌皇上现在不在御书房！"

轻笑间，秋若雨再次落下一子。

"不在御书房？"

凤眸中，流光闪动，沈凝暄淡笑着说道："你的意思是，他去了昌宁宫？"

秋若雨浅浅一笑，云淡风轻道："娘娘圣明！"

沈凝暄望了她一眼，淡淡说道："看样子，皇上现在是只见新人笑，不见旧人哭啊！"

其实，当秋若雨说要跟自己打赌时，沈凝暄便已然猜到独孤宸一定是去了昌宁宫的。

大约半刻钟的工夫，青儿自御书房回返。在沈凝暄身前福了福身，她轻声禀道："启禀娘娘，奴婢问过姬总管了，姬总管说，皇上今儿午后便从御书房去了昌宁宫，只怕一时半会儿回不来了！"

闻言，沈凝暄心下冷笑，脸上却是眉心一紧，即刻掀起被子自贵妃榻上起身："皇上不回来，本宫在这天玺宫待着作甚？走了，咱们回冷宫！"

人家此刻软玉温香在怀，她若一直等在这里，岂不是自取其辱？

宫里人几乎无人不知，独孤宸从不曾让妃嫔于天玺宫留宿，至于这一点，沈凝暄当然也知道，是以，此刻既是他短时间不会回来，她便只得先回冷宫了！

"皇后娘娘？"

青儿心神微滞了滞，上前伺候沈凝暄穿上锦履："皇上并未让娘娘回冷宫啊！"

在她看来，她家主子该住回凤仪宫去。

将锦履穿好，沈凝暄站起身来，对青儿挑眉淡笑："皇上是没让本宫回冷宫，不过比起住进凤仪宫，再搬到冷宫去，本宫还不如直接住回冷宫！"

阔别两月重回冷宫，看着庭院里熟悉的药田和建筑，沈凝暄不由心生感慨。轻撩裙襟跨过门槛儿，闻着迎面而来的药草香气，她不禁闭上眼睛喟叹出声！

淡淡的眸光，于一处缓缓凝结，秋若雨轻唤沈凝暄一声："皇后娘娘，您看前面！"

闻言，沈凝暄缓缓睁眼，待看秋若雨所指为何时，她眸底清明的波光，不禁微微一滞！

正前方，药田边上，独孤萧逸萧然一身白衣，风姿绰约，正把玩着一支碧玉箫十分闲适地在院门前来回踱步。

似是感觉到沈凝暄的视线，独孤萧逸微微转身，旋即轻勾了薄唇，对她如沐春风地轻轻一笑。

"娘娘，是先生！"

后知后觉地看到独孤萧逸，青儿指着不远处的白色身影，声音陡地提高了稍许。

闻言，沈凝暄含笑嗔了她一眼，脸上却荡起一抹浅笑。

前日里，她无论怎么都赶不走这个人，可才短短两日不见，却又觉得好像很久不见似的。

"参见皇后娘娘！"

温文的嗓音，煞是好听，独孤萧逸好看的嘴角微微一翘，对沈凝暄轻躬了躬身。

前日里，有秋若雨牵制着枭云，他可以肆无忌惮地接近她，但是今日，在这深宫之中，有太多太多的眼睛在看着，即便他再如何想要靠近她，却不得不隐忍。

"齐王免礼！"

轻轻地抿起唇瓣，沈凝暄轻应一声，浅笑着迎上他温和的眸子，她神情淡漠如初："现在这时辰宫门已然落匙，王爷却为何还在这里？"

"皇上只道有要事相商，这才宣本王进宫，不过直到现在，本王也不曾见到皇上，实在无聊，便在宫里随便走走，却不期到了冷宫这里！"独孤萧逸的眼底，因她的话浮上几许暖色，他不曾明言，自己一路行至冷宫，无非就是希冀着她能出现，让他……能够多看一眼，而是轻轻一笑，温声问道，"皇后娘娘回宫该住凤仪宫才是，怎么又到冷宫这里？"

沈凝暄闻言，不禁微微一笑！

鬼才相信他是随便走走到了冷宫这里。

反正她不信！

脸上的笑，越发柔和，她淡笑着回道："与其住进凤仪宫，来日还得给南宫素儿让出来，本宫觉得，还是提前住在这里比较好！"

听沈凝暄此言，独孤萧逸神色变了变，沉声道："他给你气受了？"

"没有！"

沈凝暄嘴角隐隐牵动，对独孤萧逸宛然一笑。

眼前的这个男人，一直都默默地守护在自己身边。

而她，却也一直不敢越雷池半步！

如今……

她想，等到一年期满，自己得到自由，也许可以试着放开自己的心……

凝视着沈凝暄脸上的笑容，独孤萧逸心弦微动，轻抬眸，看了看天色，他温声

第二十四章 不甘，候驾侍寝！

提议道:"好久没跟娘娘一起下棋了,如今皇上在昌宁宫,一时半会儿回不来,如今天色尚早,娘娘可有兴致再与本王对弈一局!"

"正好皇上说不定待会儿要来冷宫,既是王爷有此雅兴,本宫又何乐而不为呢?"眸色微亮,沈凝暄神情坦荡地转头对青儿吩咐道,"吩咐彩莲备上棋局,你再到小灶去烹调几道小菜,本宫与王爷一同用膳!"

眼下,独孤宸顶着太后的怒火,留在昌宁宫,那么……她便光明正大地跟独孤萧逸一起在冷宫对弈吃茶!

时候不长,华灯初上。

冷宫前厅里,已然摆好棋局,沈凝暄与独孤萧逸一人执黑,一人执白,神情怡然地下起棋来。

沈凝暄喜欢吃青儿做的菜,是以,回到冷宫之后,青儿便带着清荷去做菜了,因早前对沈凝暄下迷药一事,彩莲心怀愧惧,在备好棋局之后,便退了出去,一时间,沈凝暄和独孤萧逸身前,便只剩下秋若雨一人静心烹茶。

动作熟练地将茶烹好,秋若雨先与沈凝暄斟了茶,而后含笑看了独孤萧逸一眼。

察觉到她的目光,独孤萧逸眸华微抬。

见他抬眸看向自己,秋若雨淡淡一笑,垂首将手里的茶奉上:"王爷,请用茶!"

"让你来烹茶真是大材小用了!"含笑接过秋若雨手里的茶盏,独孤萧逸温润一抿,笑问着沈凝暄:"枭云呢?"

"枭云是大名鼎鼎的影卫,不是我身边的使唤丫头,如今回宫了,她自然从哪里来,就回哪里去了!"同是淡淡一笑,沈凝暄侧面瞥了秋若雨一眼,而后神情淡定地抬起皓腕落下一子!

随着她一子落地,独孤萧逸修长浓密的眉,不禁轻皱了皱!

记忆,在这一刻,仿佛回到了从前。

薄唇轻抿成一条直线,他眯了眯狭长的眸子,笑叹着摇头说道:"你这一子落的……还真是漏洞百出!"语落,他轻轻抬手,将捏在指间的棋子置于盘上,而后朝着沈凝暄温润一笑,那笑容如春风拂过,让人忍不住心神荡漾!

"就算有再多的漏洞,你也只比我多一子罢了,王爷忘了有句话叫做……置之死地而后生么?"同样的话,说了第二遍,沈凝暄迎着他俊美的笑颜,嘴角微翘着,又轻轻落下一子。

她这一子,落得极妙,如以往一般,既填补了方才那一子的缺口,又堵去对方的棋路,一时间让独孤萧逸进退维谷。

抬眸看了沈凝暄一眼，紧捏着手里的棋子，独孤萧逸眉头紧皱，一脸沉思道："几日不见，当刮目相看，如今与本王对弈，皇后娘娘根本兵不血刃！"

"这叫青出于蓝！"

沈凝暄悠悠抬眉，知独孤萧逸需时间思量，她淡淡一笑，却见一边烹茶的秋若雨，视线飘忽不定，最后却总是落在独孤萧逸身上……见状，她眸色微深，唇角的笑不禁也深了几许。

从独孤宸口中，她大约知道了秋若雨的来历。

此女出身书香门第，琴棋书画无一不精，不但如此，她还精通天文八卦，轻功更是了得，是难得一见的奇女子。

曾几何时，独孤宸也曾想要将她收在麾下，为他所用，却不想被她直接了当地拒绝了。

如今想来，她之所以会为独孤萧逸所用，也许……是醉翁之意不在酒啊！

想到这些，沈凝暄忽然觉得自己心里隐隐有些不舒服，轻轻地端起茶盏浅啜一口，她挑眉问道："若雨，你看什么呢？"

闻言，独孤萧逸眉心轻皱，蹙眉抬眸！

"呢？"

与他的视线在空中相遇，秋若雨恍然回神，却并不躲闪，而是十分泰然地对独孤萧逸笑道："王爷魅力非凡，若雨只是欣赏罢了！"

沈凝暄不由对独孤萧逸轻笑着说道："王爷好大的魅力啊！"

沈凝暄此言一出，独孤萧逸神色微微一变，却仍是笑着说道："本王觉得娘娘这话有点酸！"

抬眸看了沈凝暄一眼，秋若雨淡淡勾唇，端着茶壶转身向后，竟然到了冷宫门前："王爷，如今这冷宫，已然被咱们的人清了耳朵……"

闻秋若雨此言，大约想着她故意在给自己和独孤萧逸制造单独相处的机会，沈凝暄嘴角的笑弧不禁微微加深，微微转头，她一脸好笑地回头看向独孤萧逸，却不期撞进他满是柔情的眸海之中。

时间，仿佛在这一刻停滞了！

凝视着他的眸，沈凝暄脸上的笑，不禁渐渐敛去。

见她敛了笑，独孤萧逸静室片刻，俊脸上洋溢着一抹魅惑人心的笑容："娘娘不是说本王有魅力吗？何以娘娘一直不为所动？"

静静地凝视着他脸上的笑，沈凝暄心中思潮涌动，脸上却不曾表现出一分！低眉仔细观察着棋局，她取了子，低声叹道："现在是在宫里，你多少收敛点！"

"嗯！本王知道！"

第二十四章 不甘，候驾侍寝！

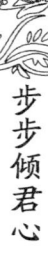

轻轻地，点了点头，独孤萧逸眸色含笑，眼底碎星闪动："本王有件事情，一直都在犹豫要不要跟娘娘提！"

"既是一直犹豫，那便不要提了！"

缓缓地将手中棋子置于棋盘，沈凝暄眸华轻抬，只看了他一眼，便再次将视线移至棋盘之上。

闻言，独孤萧逸微愣了愣，却是无奈一笑。

"怎么了？"

轻笑着抬眸，见独孤萧逸俊逸的脸上满是无奈，沈凝暄唇角勾起的弧度，微微上扬。

虽然，沈凝暄仍旧跟自己保持着距离，但是独孤萧逸却多少能够感觉到，她态度的微妙转变，心下深深悸动着，他眸色微润，不再尊她为皇后，而是轻轻唤了一声："小暄儿……你总是能够让我心生挫败之感！"

温婉的笑，爬上沈凝暄的眼角，静静地看着独孤萧逸，她轻声说道："如今在深宫之中，我是皇后，你还是王爷，我们只能如以前一般……"

听着沈凝暄轻柔的嗓音，独孤萧逸心弦一颤，只觉自己整个人都变得柔软起来。眸华微微一亮，他微微抬手，想要如以往一般，抚上她的头，却在手臂即将触碰到她时，复又缓缓落了下来。

他不是傻子，自然知道，保持距离，才是对她最好的保护！

深深地，一声叹息，他端起茶盏，喝了一大口茶，转而蹙眉问道："今日同南宫素儿见面了？"

"怎么可能不见？"

轻轻垂眸，想到南宫素儿今日的表现，沈凝暄原本平和的眉心，轻轻颦起："她总是一副小心翼翼的样子，生怕得罪了我。"

独孤萧逸眉梢轻挑，不曾忽略她颦动眉心的动作，笑容微微有些冷："有的时候，楚楚可怜，也是自保的一种手段，她越是如此，皇上便会越发心疼她！"

"她的自保手段，必要有一个强势的恶人来衬托……"轻轻苦笑了下，沈凝暄对独孤萧逸轻眨了眨眼，"你觉得，我像是恶人吗？！"

见沈凝暄俏皮眨眼，独孤萧逸心下莞尔，眸色微深地笑了笑，他轻轻转动着手里的茶盏："你是不是恶人不重要，重要的是现在她在深宫中四面楚歌，唯有死死抓住皇上，不管是谁，只要她用得到，都会毫不犹豫地拿来做她的跳板！"

"以后我会小心！"沈凝暄眸华微侧，睨着独孤萧逸微翘的嘴角，她似是想起了什么，将话锋忽然一转："前日你进宫之时，都跟皇上说什么了？"

似是早已料到沈凝暄会问起这个，独孤萧逸轻轻垂下眼眸，低眉笑道："我跟皇上说，我知他一直忌惮于我，但若他将你给了我，我便立即带你离京，从此立誓，永不回京！"

沈凝暄闻言，心下狠狠一窒！

凝视着独孤萧逸的眸忍不住闪烁了下，她只觉得自己的心底，顷刻之间被什么东西填得满满的，轻轻地喟叹一声，她不由再次苦笑："我一直都想将你推离，你却生生要牵扯其中，果真是天下第一呆子！"

迎着她的视线，独孤萧逸沉默许久之后，终是收起俊脸上的笑，垂眸又取了棋子："我说过，为了你，我愿意做天底下的第一呆子，所以……以后无论发生什么，你都要记得，不许再推开我！"

唇角勾起的弧度，极为美好，沈凝暄心下微暖，低眉一笑！

"小暄儿！"

静静地看着沈凝暄脸上的笑容，独孤萧逸亦温雅笑着，如闲话家常一般，温声问道："你可知道，我平生最大的两个愿望是什么？"

"我怎么会知道！"

心知此事应该与自己多少有些关系，沈凝暄轻摇了摇头，反声问道："你说来听听，都是什么？"

"我平生最大的两个愿望，一是，可以和母后团聚，陪她安度晚年，再者……就是娶你回家，与你白头偕老……"缓缓地抬起头来，独孤萧逸深凝视着眼前的沈凝暄，轻勾了勾薄唇，他的语气晦涩却又无奈，"可惜的是，至今为止我这两个愿望，我无一达成，还都是虚无缥缈的愿望！"

"别急！"

仿佛可以感受到他心底的苦，沈凝暄不由心中酸楚，抬眸凝视着他，她唇瓣轻嚅，"以后会有机会的！"

只是，需要时间！

"一定会有机会的！"似是在重复着沈凝暄的话，又似是在跟自己说着，独孤萧逸凝视着她的脸，波澜隐现的眸海中，藏着些许无人可以明辨的情绪。

沈凝暄抬起头来，见独孤萧逸正含笑盯着自己瞧，她不禁娥眉一蹙，伸手抚了抚自己的脸："我脸上有脏东西吗？"

"有！"

本来没有，却仍旧说有，独孤萧逸抬手便要抚上她的脸。

"我自己来！"

因他忽然的举动，沈凝暄面色微微一热，伸手胡乱抹了把自己的脸。

将她可爱的反应看在眼里，低磁悦耳的声音缓缓逸出，独孤萧逸脸上，渲染着

第二十四章　不甘，候驾侍寝！

极致开怀的笑意："傻丫头，什么都没有！"

闻言，沈凝暄面色一沉！

看着他笑得花枝乱颤的样子，她冷冷一哼，将方才心下满满的感动全都抛到九霄云外，脸色越发黑沉："好你个独孤萧逸，你敢耍我？"

"好了，莫气，我赔罪便是！"

见沈凝暄面色难看得厉害，独孤萧逸轻抿抿唇，先行缴械投降！

他怎么舍得，让她生气！

"哼！"

又是冷冷一哼，沈凝暄端起手边的茶盏浅抿一口，毫不客气地下了逐客令："皇上今儿夜里，只怕要宿在昌宁宫了，如今天色已晚，你想法子出宫吧！"

独孤萧逸暗暗兴叹，蹙眉轻道："棋还没下完呢！"

沈凝暄垂眸看了眼桌上的棋局，笑得十分温柔："谁说没下完？你再仔细看看！"

眉心轻皱了皱，独孤萧逸低眉看向棋局。

仔细看过之后，他眉心皱成八字，好看的嘴角轻轻一抽，一副捶胸顿足模样："怎么又输了……"

静静看着独孤萧逸暗暗兴叹的样子，沈凝暄双眼微眯，作势便要从桌前起身："我不方便送你，回去的路上当心！"

"小暄儿！"

灼热的视线一直追随着沈凝暄，独孤萧逸略微沉吟，将茶盏放下，而后迎着沈凝暄沉静的目光，瞳眸中繁星若灿："我犹豫了很久，觉得那件事情，还是应该与你提一提！"

身形一顿，沈凝暄凝眉转身，一脸不耐地看向独孤萧逸："你到底想问什么？"

"我想知道，在你脸上的面具之下，到底藏着一张怎样的脸？"定定地注视着沈凝暄算得上清秀的容颜，眼看着她瞳眸骤缩，独孤萧逸脸上的笑，让人如沐春风一般，语气亦温柔似水，"小暄儿，我怕日后在茫茫人海，寻不到自己心爱的你……"

独孤萧逸的话，让沈凝暄滑至桌角的手，蓦地一紧！

他……怎么会知道？

眸华微转，回头望进他深邃却温润如初的双眼，她心中疑惑大于惊讶，脸上却并没有太多的情绪反应。

"罢了！"

仍在温柔笑着，独孤萧逸缓缓起身："其实此事应该等你自己主动，不过我还是太心急了些！"

闻言，沈凝暄眉心轻轻一蹙，潋滟的双眸中，倒映着他绚白的身影。

再一次，对沈凝暄莞尔一笑，独孤萧逸轻声说道："我先回去了！"

见他转身要走，沈凝暄原本轻蹙的眉心，倏地一皱，重新坐回位子上，一副慵懒姿态地以手臂擎着下颚，说话的声音极缓，透着让人怦然心动的味道："你既然都开口提了，现在又这么不清不楚地走，是成心不想让我安枕吗？"

她此言一出，独孤萧逸身形陡地一怔。

回转过身，迎着她流光熠熠的水眸，他眼底透出一抹亮色："小暄儿……"

若是可以，他想要时时刻刻都陪在她的身边，一步都不离她左右。

但是，他也知道，她脸上的这层面具，既然在脸上戴了这么久，便不会轻易揭下！

正如他所言，精诚所至，他好不容易等到她面对自己的走近，不再后退，便该一直等下去，可人……往往都是自私的，得陇望蜀是通病，他不是圣人，自然也不例外，如此才有了现在这个局面。

是以，他之所以要走，并非不想让她安枕，而是怕她被他吓到，从而再次后退。

那么，他此前所做的一切，岂不是前功尽弃了？

静静地看着独孤萧逸神情莫测的俊脸，沈凝暄淡淡问道："你是如何知道的？"

独孤萧逸温雅一笑，将一些不必要的解释暂时放下，轻声说道："秋若雨是易容高手，她制作出的面具，薄如蝉翼，我也曾经戴过……"

他没有告诉她，她脸上的这张面具，也许就是出自秋若雨之手。

只不过，他是后知后觉罢了！

闻独孤萧逸所言，沈凝暄心中恍然。

既然，秋若雨是易容翘楚，那么只要她细心观察，便不难发现其中端倪。

"那……"

眸光灼灼地看着沈凝暄，独孤萧逸轻道："我先走了！"

轻轻莞尔，沈凝暄笑看着他："不是怕以后在茫茫人海找不到我吗？现在还没看到我的脸，你走得甘心吗？"

"我……"

第一次，在一个女子面前，张口结舌，独孤萧逸凝眉看了她片刻，到底掀起袍襟，再次坐下身来，轻叹一声："你会让我看吗？"

好吧！

他不甘心！

他怎么可能甘心！

"我生得很丑！"

轻轻地，端起茶盏，沈凝暄淡淡地看了独孤萧逸一眼，一脸自卑模样。

第二十四章　不甘，候驾侍寝！

65

"呃……"

独孤萧逸微怔了怔，心下划过一丝心疼之意，脸上浅笑依然："不管你生成如何模样，都会是我的小暄儿！"

"可是……"

轻蹙了蹙眉头，沈凝暄把玩着手里的杯盏，却又低垂了眼帘，语气里是无尽的哀怨："我的真实容貌，还没现在这张普通的脸让人看着顺眼，你……可还要看？"

闻言，独孤萧逸眉宇轻皱了皱！

修长的手臂，越过桌面，握住她把玩着茶盏的手，他无奈一叹，皱眉说道："小暄儿，你没有听说过，情人眼里出西施吗？还是你觉得，我本就是个肤浅的人，肤浅到以貌取人？"

因他的忽然碰触，沈凝暄的手指，微微蜷缩了下。

虽然，她知道应该跟他保持距离，但是在这一刻，外面有秋若雨，四周也都有他的人，她却想任性一次。

是以，这一次，她就那么静静地让他握着自己的手，不曾再有任何闪躲！

"暄儿！"

惊喜地感觉到沈凝暄的顺从，独孤萧逸手中握着她柔若无骨的小手，心中的喜悦，在俊脸上渐渐蔓延开来："我所认识的你，本就生得不美，不管你容貌如何，美也好，丑也罢，我喜欢的都是你这个人，不会与你的容貌有一分一厘的关系！"

心，因独孤萧逸的这番话，忽然之间鼓动如雷，沈凝暄静静地凝视着眼前温润如玉的男子，眸底深处，是独孤萧逸从未见过的暖意。

"好了！"

因沈凝暄眼底的暖意，独孤萧逸心中悸动不已，用力握了握她的手，他温柔说道，"今日是我莽撞了，此事就此揭过，当我从来不曾提起。"

闻言，沈凝暄的唇畔缓缓勾起一抹浅弧。

就在独孤萧逸松手之际，她白皙如玉的小指，瞬时一勾，将他的小指勾在手掌心里。

心神蓦然一颤，独孤萧逸眸色未动，双眼中一抹流光快速闪过。

"先生……"

轻轻的，嗓音轻柔而悦耳，沈凝暄对独孤萧逸蹙眉说道："为了长时间佩戴面具，我在面具上用了些许特殊的东西，我现在不能揭下面具，也不方便揭开面具让你看！"

"嗯！"

独孤萧逸温润一笑，轻轻点头。

这个结果，在他意料之中。

他自然也不会有太大的失落感！

"但是……"

清澄无波的眼底，闪过一丝狡黠，沈凝暄轻晃了下隐于桌边的手指，连带着独孤萧逸的手臂也跟着晃动着。

独孤萧逸眸光微凝，好看的剑眉微微拧起："但是什么？"

沈凝暄神秘一笑，轻轻说道："我这里有幅画，你待会儿可以带回去赏玩！"

闻言，独孤萧逸心下狠狠一窒！

见状，沈凝暄放开他的手，轻眨了眨眼："你若不要，那就算了！"

"哈哈……"

深幽的双瞳中是难以言喻的狂喜，他爽朗的笑声飘荡而出："我当然要！"

他怎么可能不要？

直到此时，他才恍然。

眼前这个自己爱到心坎儿里的小女人，方才根本就是在逗弄他，而现在，却给了他一个大大的惊喜。

"先生至于如此吗？"

看似嗔怪地看着独孤萧逸开怀大笑的模样，脸上却被他的笑容所感染，沈凝暄的脸上，渐渐也露笑意……

夜，朦胧。

月如水，影如钩。

秋若雨站在冷宫门外，听到独孤萧逸爽朗开怀的笑声，不禁喟然一叹！

她跟随独孤萧逸身边多年，从来都见他在笑，却甚少笑得这般开怀。

想必，他一定爱极了眼前的那个女子，如此才能笑得毫无顾忌吧！

念及此，她低敛的眉目透出几分涩然。

再抬眸见不远处灯火闪动，她心下不由一紧！

那是……皇上的龙辇！

独孤宸进入冷宫之时，并未让人通报，沈凝暄和独孤萧逸在桌前相对而坐，一派闲适地下着棋。

冷眼看着两人相向而坐的淡定模样，他不禁微眯了凤眸。

轻轻抬眸，本在观棋的秋若雨看到独孤宸后微怔了怔，旋即轻轻福身："若雨参见皇上！"

闻声，沈凝暄和独孤萧逸双双抬眸。

见独孤宸脸色沉郁地站在门外，沈凝暄含笑福身："臣妾给皇上请安！"

第二十四章 不甘，候驾侍寝！

"臣见过皇上！"

从容起身，独孤萧逸动作飘逸地对独孤宸躬身行礼。

"免礼吧！"

神情微顿了顿，很快恢复如常，独孤宸双手背负，抬步进入厅内。

桌前两人，已然起身。

他淡淡地扫过一脸镇定的沈凝暄，看向独孤萧逸的眼色微微有些冷："王兄这个时辰怎会在皇后这里？"

独孤萧逸闻言，泰然自若地出声笑道："臣奉旨进宫，却不巧皇上去了素妃娘娘宫中，正巧偶遇皇后，皇后说皇上应该会过来，便想着过来等着！"

独孤萧逸的话，说得极为圆全，外人听了也不会挑出什么错来。

不过，独孤宸心中却知，他来此与其说是等着自己，倒不如说他是醉翁之意不在酒！

"皇上？"

静看着独孤宸变幻莫测的眼神，沈凝暄轻蹙了蹙娥眉："不是说有要事要找王爷吗？"

"啊！"

俊美无俦的脸上，刚毅的线条稍显缓和，独孤宸轻点了点头，对独孤萧逸轻道："也没什么急事，朕明日再跟王兄谈也是一样的！"

听他此言，沈凝暄眸色微敛。

他这明显是在下逐客令啊！

再看独孤萧逸，只见他轻点了点头，一脸浅笑地拱了拱手："既是如此，那臣便先行告退了！"

独孤宸浅笑，笑意却不达眼底："荣海，送王兄出宫！"

"奴才遵旨！"

荣海躬身应声，对独孤萧逸伸出左臂："王爷，请！"

"嗯！"

独孤萧逸微微颔首，抬步便要走，但是走出两步，却又很快停下脚步，转身看向沈凝暄："皇后娘娘，臣方才赢了你的棋，那彩头……"

闻言，独孤宸眉心一皱，沈凝暄则心中了然。

微微转睛，独孤宸看着沈凝暄："什么彩头？"

"只是一幅画罢了！"沈凝暄淡淡一笑，无所谓地对秋若雨吩咐道，"书房画坛里，有一卷红绸绑着的画卷，你去与王爷取来。"

"是！"

68

秋若雨轻点了点头，转身离开。

不多时，青儿将炒好的菜肴端上桌的时候，秋若雨取了画卷出来。

轻笑了笑，沈凝暄接过卷轴，将之递给独孤萧逸："本宫就不留王爷在此进膳了，王爷走好！"

"好！"

温润的笑，爬上眼角，独孤萧逸对沈凝暄淡淡一笑，接过卷轴后，见独孤宸双眸犀利地紧盯着自己，他轻皱了下眉心，扬了扬手里的画卷："皇上可要一观？"

若是他不说，独孤宸兴许会看，但是此刻他既是如此问，独孤宸倒觉得无趣："还是王兄自己慢慢赏玩吧！"

闻言，沈凝暄唇角轻勾着与独孤萧逸对视一眼。

他才舍不得让人先美于前，自然更不舍得让独孤宸看那幅画！

斜睨沈凝暄一眼，知她早已猜透自己的心思，独孤萧逸淡淡一笑，对独孤宸躬身请道："臣先行告退！"

看着独孤萧逸离开，独孤宸的脸色微微好转。

微微抬眸，看了独孤宸一眼，沈凝暄转身向后："臣妾以为皇上今儿夜里要在昌宁宫过夜，却不想此刻竟到了冷宫之中！"

听出她话里有话，独孤宸眉心轻抿，转头看着桌上的几道家常小菜，他轻皱了下眉宇，沉眸看向沈凝暄："放着凤仪宫不住，却偏偏要回冷宫，皇后你还真是与众不同！"

闻言，沈凝暄淡淡一笑，行至桌前施施然落座："一年以后，臣妾便会离开皇宫，那凤仪宫即便是住了，到时候还不是要让给皇上心头之人？与其如此，倒不如不住！"

因沈凝暄的话，独孤宸眉宇轻皱的痕迹更深。

轻垂眸，在她对面坐下身来，独孤宸十分自然地拿起筷子："如果你想，凤仪宫便是你的，素儿不会同你争！"

沈凝暄清冷一笑，幽幽抬眸看了他一眼，那眼神讳莫如深："皇上不是女人，更不是素儿，你怎么知道，她不会跟我争？"

定睛看了她一眼，独孤宸眸色微沉，伸手为她夹了菜送到面前，他忽而将话锋一转："你不想留在宫中，可是为了齐王兄？"

闻言，沈凝暄眉心轻蹙。

淡淡一笑间，她并没有回答他的问题，直接取了筷子，低眉吃了起来，片刻，见他依旧不停地往自己面前的膳碟里布着菜，她轻蹙的眉心，渐渐紧紧拧起："皇上还如以前那般对臣妾就好，眼下四下无人，何必如此惺惺作态？"

她习惯了他的冷情，眼下这般倒显得有些不自在！

第二十四章 不甘，候驾侍寝！

69

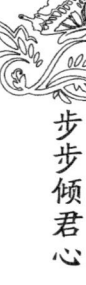

眸色深深地盯着她平静的面容，独孤宸眼中的波光淡淡地凝于一处，眉心轻轻一皱，他轻轻覆上她置于桌上的手，缓缓道："有的时候，不要把事情想得太过复杂，最简单的那个，也许就是真正的答案！"

感觉到他覆在自己手背上的大手，沈凝暄的手，不禁微微瑟缩了下。

被他紧紧握在手中，似是能感觉到他手掌上厚实粗糙的硬茧，凝视着他脸上淡淡的笑容，沈凝暄脸上不禁露出一抹嘲讽的浅笑。

他不是一直对她厌恶至极吗？

这……不对啊！

"皇上！"

不着痕迹地将手抽回，她轻扬眉脚，声音有些凉，有些淡："如今你心中最爱，在昌宁宫中形单影只，你口中所说，真正的答案，到底是什么？"

闻言，独孤宸面色微变！

因为，他没有办法解释，自己现在对沈凝暄到底出于一种什么心态。

看到她和独孤萧逸在一起，他会不由自主地生气。

按理说，这便是喜欢。

但是，他还有素儿，一个人，怎么可能同时喜欢上两个女人？

半晌儿，不见独孤宸出声，她淡淡地看着他，与他福身一礼："臣妾用好了，先行告退！"

"沈凝暄！"

蓦地伸手，握住她的纤瘦的手腕，独孤宸剑眉拢起："朕是皇上，他却只是区区的齐王，纵是一年后朕放你出宫，现在你也还是朕的女人！"

"臣妾不知皇上在说些什么！"

清冷眸，微微抬起，沈凝暄看向独孤宸："皇上若是有时间，该去多关心关心素妃，好让她早日诞下龙嗣！"

她此言一落，独孤宸心下微窒！

一时间，两人四目相对，谁都不曾言语，厅内的气氛，瞬间变得凝滞起来。

恰逢此时，荣海从厅外快步而入。

有些尴尬地放开沈凝暄的手，独孤宸抬眸看着荣海："何事？"

在桌案前躬了躬身，荣海垂首道："启禀皇上，方才月元帅的八百里急报送抵，只道吴皇已然于新越边境增兵三十万，齐王和几位重臣正在御书房候驾！"

闻言，独孤宸眸色微深！

淡淡地叹了口气，他站起身来，别有深意地对沈凝暄轻道："待会儿用过晚膳，你到天玺宫候驾！"

闻言，沈凝暄眉心倏地一皱！

轻抬眸，看着独孤宸，她不禁冷笑出声："皇上要背信承诺？"

"你别忘了，你现在还是朕的皇后，本该侍寝！"见她对自己态度如此冷淡，独孤宸面色微微有些难看，从来……从来没有哪个女人，不屑于他的恩宠，可是眼前的这个女人，却是如此。

难道果然是为齐王？

想到这个可能，独孤宸脸色一黑，直接拂袖而去！

荣海见状，连忙对沈凝暄躬了躬身，转身跟上。

目送两人离去，沈凝暄的黛眉蹙得极紧，最后却是哂然一笑。

口口声声说爱着南宫素儿，却让她到天玺宫候驾侍寝？

这男人……且等着去吧！

夜色，已深。

独孤宸自御书房返回寝殿的时候，早已二更过半。

进入寝殿，见殿内静悄悄的。

他薄唇勾起，止了荣海点灯的动作，独自一人迈步向前，朝着龙榻走去。

行至榻前，他动作轻柔地褪下筒靴，蹑手蹑脚地掀起幔帐便上了榻。

但，当明黄色的幔帐掀起之时，看着眼前空空如也的龙榻，他眉宇一拧，英俊的脸庞瞬间一冷！

"沈凝暄！"

用力甩掉手中幔帐，他语气冰冷地转身问着当值守夜的宫人："皇后娘娘呢？"

闻言，当值的宫人皆一头雾水。

见皇上脸色阴郁，宫人心头一颤，战战兢兢地躬身回道："皇后娘娘酉时不到便离开了，一直都不曾回来过啊！"

眉头紧紧拧成疙瘩状，独孤宸气极之下，不禁哂然一笑。

这个该死的女人，居然敢抗旨！

她还舍得肆无忌惮地拿他的宽容挥霍！

"皇上……"

甫一进殿，便见主子脸色黑沉得一塌糊涂，荣海干笑着上前："许是皇后娘娘身子还没大好，累了……"

"这女人！"

心中气闷，独孤宸冷哼一声，抬步向外走去："备辇！"

"皇上，您的龙靴！"

看着独孤宸扔在地上的龙靴，宫人怔了怔，忙双手捡起，急急追了出去……

第二十四章 不甘，候驾侍寝！

第二十五章 狠心，人言可畏！

冷宫中。

打定主意不去天玺宫的沈凝暄，因昨夜发热的缘故，在用过晚膳后，便被青儿催促着早早上床歇下了。

银白色的月光像是淘气的孩子，一缕缕穿过窗棂，柔柔的洒满一室，让人于朦胧中，可以看得清室内景物！

独孤宸来时，幽深的眸中满是怒意，脸色更是阴沉无比！

但，当他站在床前，看着沈凝暄睡得格外香甜的模样时，心里的火气，却渐渐开始消散，直到最后不复再见！

独孤宸脸上的五官，如雕刻般分明，有棱有角的脸俊美非常。

静静地而安然地凝视床上恬然酣睡的人儿许久，他心下暗暗一叹，终是挪动脚步，缓缓侧身坐于床前。低敛着眸，轻轻勾起唇角，他漆黑的眸子在月光中隐隐闪动，如女子一般修长白皙的手指，鬼使神差地轻轻抬起，抚过她柔滑的脸庞。

与素儿相比，眼前的女子，是那么的平凡。

可是为何，在与素儿相处时，他的脑海里，总是会莫名其妙地闪过她的眉眼。

那种不受控制的感觉，让他心烦意乱，以至于不曾陪素儿用过晚膳，便赶回了天玺宫，在天玺宫没有寻到她，他便又马不停蹄地赶往冷宫。

这，绝对是不正常的！

但是，他控制不了……

独孤宸忽然的碰触，让熟睡中的沈凝暄身形一紧！

不等他再有动作，她眉心一皱，蓦地大喝一声，再猛然抬起一脚，狠狠地踹在他的后背上。

谁会想到前一刻还在熟睡的人儿，下一刻会忽然跳起飞起一脚？！

最起码，独孤宸是没有想到的。

是以等他反应过来，他又一次被沈凝暄直接踹离床榻，跌落在地！

"沈凝暄！"

伸手扶住自己快要被踹折的腰，独孤宸气急败坏地怒吼一声，却见床榻上的沈凝暄噌地一下坐起身来，连在寝室外候着的荣海和枭云也跟着跑了进来。

"皇上！"

看着跌倒在地的独孤宸，荣海一脸惊惶之色，作势便要上前扶他起身！

"滚出去！"

被女人踹下床本就不光彩，独孤宸龇牙咧嘴地揉着自己的腰，冷冷地朝荣海和枭云咆哮一声！

闻声，两人一惊，连忙如惊弓之鸟一般又退了出去！

独孤宸扶着后腰站起身来，抬起眼来见沈凝暄早已将整个身子缩回锦被里，他将牙齿咬得咯嘣嘣直响，伸手扯掉她身上的被子："你以为藏在被子里，朕就会放过你吗？"

陡地失去了遮挡物，沈凝暄双眸紧闭，秉持着眼不见为净的心理，死活不睁眼！

被她紧闭双眸的样子气到发笑，独孤宸以鼻息冷哼道："既是醒着，便睁开眼，否则朕治你欺君之罪！"

他此言一出，沈凝暄方才还紧闭眼睫，轻轻一颤，终于缓缓上扬。

见她如此，独孤宸的唇，不禁扯出一抹冷冽的线条："你倒是继续装啊！"

"这哪里叫装？"直直望进他不豫的双眼中，沈凝暄轻拧了眉头，不停嘟囔道："皇上，现在是夜里，即便臣妾睡着，有人如皇上一般扰人清梦，也早该醒了，从何时开始，睡觉也能睡成了欺君之罪？"

"将朕踹下床，你倒还有理啦！"

看着她振振有词地说个不停，独孤宸眸色一深，怒气冲冲地对她冷声哂道："明明知道朕来了，却还在装睡，不曾起身行礼，你……你还敢踹朕……沈凝暄，有一不可有二，看来朕是太宠你了，你的胆子是越来越大了！"

闻言，沈凝暄微怔了怔，却觉得他对她如此态度才是正常的！

心中暗叹自己一定有自虐倾向，她极不情愿地撇了撇嘴，伸手扯了锦被，神情不咸不淡地再次将锦被裹在身上，辗转向里躺下："素妃娘娘在等皇上，何苦来我这扰人清梦？"

独孤宸深深地凝望她一眼："这是朕的权利！朕如今肯要你，是你修来的福

第二十五章 狠心，人言可畏！

气！"

"福气？"

又是哂然一笑，沈凝暄清冷说道："那皇上的承诺呢？"

闻言，独孤宸眉心倏地一皱！

这两天，他最后悔，最纠结的事情，便是一时口快，应下了她的条件！

如果时间倒流，他必定不允！

静静凝望着他近在咫尺的俊脸，沈凝暄忽而淡然一笑："皇上要背弃诺言？"

闻言，独孤宸眉头再次凝聚！

"沈凝暄……"温和的视线，在她脸上停留许久，他声音低哑压抑，"若朕说朕确实不打算履行那个诺言，你当如何？"

沈凝暄面色微变！

眸华轻抬，仰望着他线条完美的下颌，她黑白分明的大眼中，尽是鄙夷之色："人都说君无戏言，在臣妾看来，这句话用在皇上身上，一点都不妥当，皇上比较适合出尔反尔这四个字！"

当初她提条件的时候，他明明应得爽快，如今却如此行事，这脸皮之厚，还真是让她……深感佩服！

"暄儿……"

半晌儿，见沈凝暄不声不响，独孤宸低眉瞥了她一眼，第一次，如此清幽地唤着沈凝暄的名："你是朕的皇后，即便朕今日强要了你，也无可厚非！"

"好！"

深深地吸了口气，沈凝暄眸光微绽，不曾有一丝反抗："既然皇上一心要将臣妾留在宫中，那便来吧，不过……臣妾丑话说在前头，如若今日皇上背弃承诺，日后在这深宫之中，南宫素儿将步履维艰，臣妾不但不会护她周全，还会与太后一起视她为敌！"

"沈凝暄！"

心思陡然沉下，独孤宸紧咬着牙关："你在威胁朕！"

"臣妾不敢！"

沈凝暄淡淡抬眸，于黑暗中与他黑如曜石的眸子相遇，语气凝重道："臣妾之所以帮她，是因为臣妾不敢奢望可以得到皇上的心，但是如若皇上果真对臣妾有心，臣妾便做不到一再大方地将自己的男人让给别的女人，只要皇上肯要了臣妾，臣妾当然不会再出宫，臣妾只会一心为皇上着想，为朝廷着想，为太后着想，更为臣妾自己着想，南宫素儿本就是众矢之的，倘若臣妾立场转变，便一定不能容她，皇上，你可想好了，是要臣妾……还是要她！"

"皇后，朕的好皇后……"

独孤宸俊脸之上尽是厌弃与鄙夷，"素儿人生得美，心地也善良，不像你……人生得丑，心思居然如此叵测，沈凝暄，你不过如此，朕怎么可能在你和她之间选你？"

闻言，沈凝暄眉心一蹙，缓缓闭上双眼。

对于这个答案，她并不觉得有多意外。

但是不知为何，却觉得心下一片凄凉！

曾经何时，在初入宫时，她也曾想过，与他相敬如宾，但是世事难料，有谁会想到，转眼经年之后，他们之间的关系，居然会变得如此微妙！

微妙到，她竟然觉得自己是那么的凄凉！

想来，原本对他，她还是有所期待的。

但是现在，这份本就渺小的期待，彻底烟消云散了！

一年后，她会离开皇宫。

开始一段，只属于她自己的新生活。

而这段生活之中，注定不会有独孤宸！

只片刻之后，独孤宸已起身离去。

徒留空中来回飘荡的纱帐，沈凝暄耳边清晰明辨他由近及远的脚步声。

许久之后，她再次裹紧锦被，却是一夜无眠……

夜色，已深！

天玺宫，御书房中。

独孤宸自冷宫回返之后，不曾安置反倒来到御书房中，此刻，他正端坐桌前，批阅着今日早朝上百官奏请的折子！

御书房外，荣海微躬着身，正面色严肃地跟当差的奴才吩咐着准备宵夜。

抬眸之间，不期南宫素儿从外面快步进来，他微怔了怔，忙躬身欲要上前行礼："奴才给素妃娘娘请安！"

"荣总管免礼！"

南宫素儿对荣海十分随和地轻抬了抬手，气喘吁吁地率先开口问道："皇上呢？"

"皇上正在御书房里批折子！"十分恭谨地轻回一声，荣海对南宫素儿躬身问道，"娘娘要奴才通禀吗？"

"不用！本宫自己进去！"

淡淡地喘息着如是说着，南宫素儿不等荣海阻拦，便已抬步进入御书房！

第二十五章 狠心，人言可畏！

"素妃娘娘！"

荣海惊呼一声，却已来不及阻拦，眼看着素妃入内，他神情微变，连忙跟了进去。

听到荣海的喊声，御书房内，正在批阅着奏折的独孤宸不禁微微一顿！

抬起头来，见南宫素儿一身单衣自外面快步而入，他剑眉微拢，将朱笔置于一边，淡笑着起身问道："这个时辰，你怎么过来了？"

终于得见独孤宸，南宫素儿脚步未停，一路向里走去。

迎着独孤宸的视线，她绕到御案之后，随即脚尖儿一提，踮着脚尖儿，以双臂环过他的颈项，紧紧地抱着他。

"素儿？"因她突然的举动而心神一滞，独孤宸怔愣片刻，终是眸色一暖，缓缓地抬手，抚上她的后背："你这是怎么了？"

"没事……"

南宫素儿深深吸了口气，缓缓呢喃，紧皱着黛眉，在他肩膀上合上双眼。

今日，独孤宸本是在昌宁宫中一直守着她的，可是晚膳上桌时，他却忽然走了，初时她还以为他是忙于政事，但是事实却是他去了冷宫。

他，居然丢下她，去了沈凝暄那里！

这让她心中，不由有一丝危机感！

自从她回到他身边，他一直都不曾碰过她。

如若他在乎她的过去，如若他的心早已不属于她，她在这寂寂深宫之中，她该如何活下去？

这，也是她为何半夜至此的原因！

她怕，终有一天，他的心会偷偷溜走！

感觉到她异样的情绪，独孤宸微蹙了蹙眉，对房门处的荣海摆了摆手。

须臾，御书房内便只剩下南宫素儿和独孤宸两人。

静默许久，独孤宸伸出双手，扶住她搂抱着自己的手臂，却见她将自己抱得更紧了些……无奈之下，他双臂抬起，搂住南宫素儿的盈盈一握的腰肢，抱着她坐在身后的龙椅上。

垂眸凝视着她的脸，他轻抿了薄唇，蹙眉问道："你一向坚强得让人头疼，今日这是怎么了？"

"宸……"

红唇开合，仿若记忆之中的称呼娓娓而来，南宫素儿迎着独孤宸幽深的视线，心底一酸，不禁瞬间红了眼眶，晶莹的泪顿时自她眼中簌簌落下！

"好好的怎么说哭就哭了？"伸手去抹去她眼角的泪，独孤宸面色温和，语气暖暖的，缓缓的，格外温煦，"你现在才回宫两天，朕这两天，却总见你在哭，素儿……你若总是如此，朕心里如何放心得下？"

"我只是……"

微红的眸，含情脉脉地看着独孤宸，南宫素儿小嘴一噘，顿时哭得更凶了："宸，你说你是不是嫌弃我，所以你从来都不碰我……我真的好怕，我怕你嫌弃我，怕你不要我，如果是那样，我在这深宫之中活着还有什么意思？"

看着她不停落泪的样子，独孤宸心底狠狠一痛！

将手臂收紧，紧紧地把她整个人揽在怀中，他低声软道："傻瓜，朕怎么会嫌弃你呢？朕如果嫌弃你，又何必带你回来？"

三宫六院，三千佳丽。

在他身边的女人，自然也不乏爱哭的，但，但凡在他面前哭泣的女人，不是被贬，就是被罚，时候长了，自然也就没人敢在他面前哭了。

但现在，南宫素儿在他面前哭了，而他的心，非但不怒，反倒不由自主地又开始抽痛！

他，终究还是爱她的吧！

"乖！别哭了……"抬手抚过她的脸，看着她哭红的泪眼，他心下一叹，情不自禁地倾身吻去她眼角的泪。

因他突然的亲密动作，南宫素儿瞳眸大睁，一时竟真的止了哭！

舌尖上，咸咸涩涩的味道，充斥味蕾。见她一时忘了哭，独孤宸轻啄了下她的唇，邪肆笑道："素儿你尝尝，这眼泪是咸的！"

"讨厌！"

眼角处，方才被他吻过的地方酥酥的，麻麻的。凝眸看着眼前他无限放大的俊脸，南宫素儿的心，不禁泛起丝丝甜意！

终于见她不再啼哭，看着她红肿的眼，潋滟的唇，楚楚可怜的娇俏模样，独孤宸心下一动，不由邪肆地勾起唇角，俯身吻上她的微张的红唇。

"唔……"

南宫素儿来不及反应，唇齿之间便满满充斥着属于他的独特气息，只是瞬间，她涨红了俏脸，心跳快得乱了节奏！

这个吻，是极致温柔，让南宫素儿高悬的心稍稍回落，情不自禁地伸手搂住他的脖颈，怯生生地回应着他。

好一番缠绵后，虽觉得意犹未尽，却已感觉到她的喘息，独孤宸唇角轻轻一勾，恋恋不舍地凝望着她娇艳欲滴的容颜："喜欢吗？"

"不知道！"

第二十五章　狠心，人言可畏！

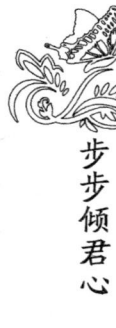

脸颊的温度，已然烫得吓人，南宫素儿口是心非地娇嗔一声！

"不喜欢吗？"唇角处勾起一抹好看的弧度，独孤宸眉眼含笑，伸手握住他不安分的小手，他作势便要倾下身来："再来！"

"不要啦！"

南宫素儿抬手推离他的俊脸，却是紧蹙眉梢，整个人紧紧依偎在他的怀里！

凝视着她蹙紧的眉梢，独孤宸不禁邪肆笑问道："真不要？"

"宸……不要了！"

声音软得仿佛可以泌出水来，柔柔的，让人无法抗拒，南宫素儿弯唇笑着，眼底却是掩不住的媚色。

"不要也行！"

俊朗的眉，微微挑起，独孤宸深深凝视着她，拉着她起身："以后不许再哭了！"

闻言，南宫素儿眸色一暗，轻点了点头："嗯！"

她说不要，只是欲拒还迎，却没想到，他竟然真的答应了。

"如此才是朕的好素儿！"

独孤宸眸色淡淡地看着怀里的女子，轻声解释道："朕这阵子国事繁忙，实在抽不开身……"

"臣妾知道皇上日理万机！"不等独孤宸把话说完，南宫素儿已然抿嘴轻笑了下。

独孤宸抬眸看向御案上堆积如山的奏折，不禁轻皱了眉宇："既知朕日理万机，也不知是谁莽莽撞撞的就闯了进来！"

听出他话里的奚落之意，南宫素儿不禁低垂下头，眸色低敛："臣妾知道，臣妾不该如此，但是宸……我真的好想你，如今太后不喜欢我，朝臣更是希望将我除之而后快，你若不在我身边，我心里便会觉得不踏实！"

独孤宸听她如此言语，心下一阵疼惜，将她再次搂紧，他轻叹道："今日既是你来了，这些公务便丢在一边，反正朕不处理，明日这天也不会塌下来，朕今晚陪你！"

"皇上……"

轻轻地，低唤一声，南宫素儿脸上不禁喜笑颜开。

见状，独孤宸莞尔一笑，再次拉着她坐下身来。

"皇上……"

沉默半晌儿，南宫素儿思绪渐渐飘渺，悠悠然道："你可知道，这次回来，素儿心中总是提心吊胆的。"

"嗯?"

轻蹙了眉头,独孤宸沉了嘴角:"就因为朕不碰你?"

听到他如此一问,南宫素儿心跳微室,搂着他的手臂,不禁紧了紧:"是!我怕你嫌我脏,怕你心里的那个人,早已不是我……"

闻言,独孤宸心头一颤,却是低眉苦笑,缓缓环上她的腰,他轻轻叹息。深深凝睇着她哭红的眼,他眸色微深,倾身在她唇上印下一吻。

但是,甫一闭上双眼,他眼前所浮现的,竟是沈凝暄那双清冷的眸,他看见了她唇角的笑,那笑清幽却饱含凉讽……

蓦地,紧皱了眉,他缓缓坐起身来,唇角勾起的弧度,却带着自嘲之意。

"宸……"

他突然的抽身离开,让南宫素儿一时怔忡,陡然间觉得,心里空落落的,一时间难受得厉害。

"素儿!"

迎着南宫素儿媚眼如丝的明眸,独孤宸有些疲惫地捏了捏自己的眉心。长长自胸间呼出一口浊气后,他无奈苦笑:"朕今日有些累了,乱了分寸,这里是御书房,若朕在这里要了你,只怕母后明儿更会越发变本加厉对付你!"

闻言,南宫素儿心头一颤,却难免悲凉。

是啊!

在这宫里,还有一个对她极为不喜的太后娘娘!

想到如太后对自己的态度,她轻轻抿起红唇,苦涩笑道:"我知道,你是为了我好!"

见她如此模样,独孤宸的心间,仿佛有把利刃划过。

内疚与歉意,瞬间爬上眼底,他缓缓坐在榻上,低眉敛目,却不去看身侧的眼底含泪的美人儿,而是伸手握住她的纤手,淡淡说道:"天色太晚了,朕命荣海送你回昌宁宫!"

"好!"

十分乖顺地轻应一声,南宫素儿默默起身,整理着身上起皱的襦裙,轻抬眸华,见独孤宸一脸疲惫之色,她心疼地说道:"皇上纵是为了国事操劳,也该保重龙体,莫要太晚安置!"

闻言,独孤宸淡淡莞尔。

起身轻拥着南宫素儿,轻拍了拍她的肩膀,他朝外面唤了荣海,吩咐他送南宫素儿回去。

直待南宫素儿一走,内室里便只剩他孑然一人。

后退两步，有些颓然地跌坐在锦榻上，他紧拢着眉心，一脸疲惫地闭上双眼。

但，甫一闭眼，眼前出现的，却仍是那张平凡的脸。

许久，他自嘲地勾了勾唇角，直接将自己放倒在锦榻上。

他以为，天下尽在手中，却唯独控制不了自己的心……

翌日一早，头一日还晴空万里的天，居然淅淅沥沥地落起雨来。

在绵绵细雨中，独孤珍儿送来了沈凝暄想要的易容膏。

从独孤珍儿口中，沈凝暄得知了南宫素儿昨夜私自前往御书房一事，且还听说如太后一早便震怒不已，长寿宫中人人自危！

心思微沉了沉，她深深凝视着独孤珍儿问道："太后娘娘发火是因为素妃昨夜去了御书房？"

"是也不是！"

神情前所未有的严肃，独孤珍儿定定地看着沈凝暄："昨日皇上前后曾两次进出冷宫，头一次是因为国事，第二次貌似是负气而走，皇后娘娘以为，太后知道了此事，能不动气吗？"

闻言，沈凝暄眉心轻拧，眸中光华陡地一绽！

独孤珍儿抬头看着她，眸色多少有些幸灾乐祸之意："皇后，太后才刚嘱咐过你，你却把皇上往外推，这么做恐怕不好吧？"

面对独孤珍儿的幸灾乐祸，沈凝暄眉心一抿，眸光微闪，她刚刚端起茶盏的手微微收紧，淡淡笑道："原来这宫里，到处都是太后的眼睛……"

她在想，昨夜的事，如太后到底知道多少。

她与独孤萧逸单独相处时，是不是也有一双眼睛，藏在某个地方，如鹰鹫一般注视着他们……

思绪至此，沈凝暄眸色微深。

不只是她，就连秋若雨的脸色，也隐隐有些变化。

见状，独孤珍儿先是有些不明所以，紧接着脑海中忽而精光一闪！抬眸又看了沈凝暄和青儿一眼，轻拧了黛眉，有些不确定地出声问道："昨日齐王来过……"

"嗯！"

独孤珍儿是独孤宸的姑姑，自然也是独孤萧逸的姑姑，加之沈凝暄和她之间的同门情谊，她并没有对独孤珍儿隐瞒，而是微微颔首道："昨夜皇上召齐王入宫，确实在这里等过皇上。"

闻言，独孤珍儿眸色微深，定定地凝睇着沈凝暄尚算平静的脸庞，她轻蹙了蹙眉，轻声问道："齐王喜欢你？"

沈凝暄听她此言，顿时眉头皱起！

见状，独孤珍儿嘴角勾起一丝若有似无的苦笑："这下事情变得热闹了！"

虽然，独孤珍儿这句话说得云淡风轻，但是听进沈凝暄耳中，却让她眸色微变。

一时间，她手指轻轻摩挲着茶盏上的花卉，心中却是思绪翻飞，久久无法平静！

沉寂许久，独孤珍儿放下茶盏，面色严肃地对沈凝暄说道："皇后以后还是离齐王远一些吧……你对他而言，会是致命的毒药！"

闻言，沈凝暄端着茶盏的手，微微一顿，秋若雨则是瞬间拧起了眉头。

"太后对齐王的忌惮，已然到了无以复加的地步……"迎着沈凝暄惊愕的明眸，独孤珍儿轻笑了笑，摇头叹道，"这傻小子，我明明提醒过他，他却仍旧不管不顾地追着你，当真是不要命了么？"

闻她此言，沈凝暄端着茶盏的手因太过用力而微微泛白。

看来，独孤珍儿早已知道独孤萧逸对自己的情愫，也曾试图阻止过。

沉眸思忖片刻，她语气轻缓，淡漠："你是他姑姑，该管好他！"

"皇后打算让姑姑管谁啊？"

说曹操，曹操到！

就在独孤珍儿和沈凝暄一脸凝重地谈及独孤萧逸时，他一手持箫，一手拿画，一袭白袍，秀逸英风地抬步而入。

"正说着要管你呢！"

见他如此随性，独孤珍儿眉心一拧，旋即轻声嗔道："你闲来无事，总往皇后这里跑什么？我看你是活腻歪了是不是？"

知独孤珍儿是真心善待自己，独孤萧逸唇角轻勾，淡笑着上前，"姑姑何必冤枉我，皇后娘娘才刚进宫，侄儿即便过来，也是无事不登三宝殿，哪里来的总是往这边跑！"

"切！"

冷哼一声，独孤珍儿讪讪笑道："好个无事不登三宝殿，你倒是说说，你今日过来，到底所为何事？"

"自然是有事的！"

对独孤珍儿戏谑一笑，独孤萧逸毫不客气自己倒了盏茶，浅啜一口，这才笑呵呵地看向一直安然凝睇着自己的沈凝暄："皇后娘娘，你为何要耍本王？"

闻言，沈凝暄杏眼微怔，檀口微翕。

她何时耍过他了？

第二十五章 狠心，人言可畏！

"娘娘明明说过要送本王美人图的……"

温润的眸子，透着几分晦涩，独孤萧逸不能当着独孤珍儿的面儿直说，只得唰的一声打开手中卷轴。

卷轴徐徐展开，一幅仕女图跃然眼前。

那画上女子，竟然是……青儿！

"这……"

青儿一脸震惊地指了指画，又指了指自己，瞬间脸色绯红，不禁张口结舌："这不是皇后娘娘早前画的奴婢吗？怎会到了王爷手里？"

看着眼前的画，沈凝暄眸色微敛。

淡淡转眸，看着边上忍俊不禁的秋若雨，她不禁心中失笑。

想来，这秋若雨是故意把画拿错了，以此来整蛊独孤萧逸。

她完全可以想象，当他满怀希望和忐忑打开画卷时，看到的却是青儿的脸，那时的震惊模样。

"皇后是不是拿错了？"

静室片刻，独孤萧逸眸光闪烁地抬眸看向沈凝暄。

迎着他希冀的目光，沈凝暄心中微凉。

眸光沉沉地看了他一眼，她沉眸之际，瞥见门外不远处静立的那抹丽影，不禁在心中暗叹一声，脸上平静无波地说道："青儿的容貌，虽不及素妃美艳，却也是个地道的美人儿，本宫给你的美人图，便是这一卷……没错！"

"皇后！"

只是顷刻之间，独孤萧逸眼底便已浮上失落之色，那抹颜色不深，却淡淡的，让人觉得伤感。

"方才本宫已然与长公主说过……"沈凝暄淡淡敛眸，不去看独孤萧逸的眼，"以你的身份，总是出入本宫这里，总是不好的，今日之后……你便不要再来了！"

"皇后！"

独孤萧逸没想到自己此次进宫得到的会是如此残酷的一个答案，他的眸色中，难掩震惊和心痛。

昨夜，他们还好好的。

她今日却跟他说，让他以后不要来了。

"王爷！"

沈凝暄轻抬眸，眼底如死水一般，不见一丝波澜："齐王，本宫是皇后，你总是来本宫这里，像什么样子？难不成想害死本宫不成？"语落，她视线微转，看向独孤珍儿，不再看他一眼。

独孤珍儿轻轻一叹，对独孤萧逸苦口婆心道："萧逸，这深宫之中，有无数双眼睛在看着，你该知道，什么叫人言可畏！"

"姑姑放心，侄儿知道！"

紧紧地，握着手里的画卷，独孤萧逸眉宇皱得极深，紧咬着牙，不曾回头去看她一眼，他蓦地转身，好似没有一丝留恋般疾步离去……

"皇后之位，是天下女子梦寐以求的，何以摆在我面前我不要，却要跟你浪迹天涯？你若真心对我，便立刻离开，今日之事我当作没有发生，从今往后，不要再出现在我眼前！"

"不劳齐王殿下费心去看，本宫的心，本来就是黑的！"

"你难道听不懂我的话吗？现在你最该关心的，不是我的安危，而是你一直都在我的谋算之中，我是在利用你！利用你的人，利用你的感情！"

……

看着独孤萧逸飒然离去的身影，沈凝暄的脑海中不停地回想着过去她对他说过的那些决绝之语。

心中，痛到如刀绞一般的感觉，竟是那么清晰。

清晰到，她只能暗自紧咬着牙关，才能表面上镇定如初。

先生，别怪我，我这样做都是为了你好。

若是你我有缘，来日我必定好好待你！

深凝视着独孤萧逸离开的挺拔背影，沈凝暄在心中如是暗暗一叹，此刻，她心中好像有一只大手在撕扯着，脸上却淡漠依旧。

"皇后！"

见沈凝暄半晌儿不语，独孤珍儿不禁紧蹙了娥眉。

深深地吸了口气，沈凝暄对独孤珍儿淡淡一笑，而后微微扬头，将眼底的酸涩逼退，对着门外缓缓勾唇，浅道："素妃妹妹来了多时，何不进来说话？"

闻言，独孤珍儿脸色蓦地便是一沉。

抬眸朝着门口望去，果然见南宫素儿款款而入，她不禁心下微微眯眸。

"臣妾给皇后娘娘请安！"

抬步进入厅内，南宫素儿先对沈凝暄恭谨福礼，复又对独孤珍儿淡淡颔首："素儿见过小姑姑！"

"本宫承受不起素妃娘娘如此尊称！"

独孤珍儿淡淡勾唇，笑意却未达眼角，视线淡淡地自南宫素儿脸上一扫而过，她转身对沈凝暄说道："我先去长寿宫，陪着太后娘娘礼佛！"

闻言，南宫素儿微微一变，却是低着头，再次福身："素儿恭送长公主！"

第二十五章　狠心，人言可畏！

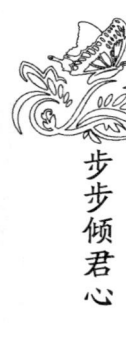

唇角勾起的弧度，微微有些冷，独孤珍儿不曾多看南宫素儿一眼，转身飘然离去。

目送独孤珍儿离去，南宫素儿不禁紧咬了朱唇，一时间心里五味杂陈。

将南宫素儿的反应看在眼里，沈凝暄淡淡说道："想让别人改变对你的偏见，不能急于一时，来日方长。"

"是！"

俏脸上，尽是感激之色，南宫素儿微点了点头。

"坐吧！"

盼咐南宫素儿坐下，沈凝暄抬眸凝视着她精致清艳的容颜，轻声问道："这一大早的，怎么过来了？"

南宫素儿施施然落座，抬眸之间，风华妩媚："臣妾一早该来与皇后娘娘请安才是！"

"嗯！"

只眸光流转中，便已是倾国倾城，沈凝暄不得不承认，南宫素儿生得极美，轻叹了一声，她看着南宫素儿似是有话要说的样子，不禁勾唇浅笑："素妃妹妹，有什么话，直言便是，不必在本宫面前如此吞吞吐吐！"

闻言，南宫素儿眸色一亮。

微微踌躇了下，她有些忌惮地转头看了眼边上的秋若雨和青儿。

沈凝暄淡笑着端起茶盏，浅啜一口道："她们都是本宫身边的人，有什么话，你可以放心地说。"

南宫素儿轻点了点头，轻笑怡然地看着沈凝暄："臣妾此行，其实是要提醒皇后娘娘和齐王保持距离的，却不想尚不曾进门，便见皇后娘娘撵走了齐王……"

听南宫素儿所言，沈凝暄端着茶盏的手微微一顿。

轻抬眸，迎着南宫素儿光华四射的美眸，她眼底闪过一丝疑惑之色："素妃妹妹平白无故地，何以会想着让本宫跟齐王保持距离？"

"皇后娘娘有所不知……"眸色微微沉下，南宫素儿微微倾身向前，说话的声音有些冷，"就在昨日夜里，已然有人来找过臣妾，他们……想用齐王对皇后娘娘的爱慕之情做文章。"

闻言，青儿心神一慌，不由开口问道："那人是谁？竟然如此阴险？"

"青儿！"

沈凝暄微微抬眸，神色淡定地看了青儿一眼。

接收到沈凝暄警告的眼神，青儿面色微怔，忙垂首说道："奴婢逾矩了！"

沈凝暄眉心轻蹙了蹙，转头看向南宫素儿："素妃妹妹，你接着说！"

南宫素儿轻敛了眸，轻声说道："其实臣妾也不知那人背后之人是谁，那人是半夜去的昌宁宫，只说要让臣妾在皇上面前吹吹枕边风，好让皇上对娘娘和齐王之间的关系起疑……他们自有办法，让娘娘从皇后之位上重重跌下……"

闻言，沈凝暄眸色微冷，心间不禁哂然一笑。

这是有人要置她于死地啊！

在这宫中，谁跟她有深仇大恨？

谁又想要将她除之而后快？！

沈凝雪？

不太可能！

她没有那么大的能力。

只是，如果这个幕后黑手不是沈凝雪，又该是谁？

心中思绪飞转，沈凝暄心中好像觉察到了什么。

"皇后娘娘……"

看着沈凝暄凝眸沉思的模样，南宫素儿神色略微有些紧张："臣妾知道你和皇上之间的承诺，自然知道你以后会护着臣妾，如此才拒绝了他们，但是臣妾不做，并不代表别人也不会做，您还是小心为上！"

"如此……"

眸色微微一缓，沈凝暄笑看着南宫素儿："本宫便在这里多谢素妃妹妹了。"

"皇后娘娘不必如此！"自椅子上盈盈起身，南宫素儿对沈凝暄微微一笑，"皇上说过，皇后娘娘会帮着臣妾，臣妾帮着皇后娘娘也是在帮臣妾自己！"

沈凝暄轻轻地抬起头来，深看南宫素儿一眼，淡淡说道："素妃，去太后宫外跪着吧！"

闻言，南宫素儿娇颜微怔！

看了眼窗外的落雨，她微微启唇，刚要说些什么，只见沈凝暄面色平静道："你记住，你今日是跪求太后原谅，只要不是太后，谁让你起来，你都不要听，即便是皇上亲自去了，你也要求皇上让你继续跪着！"

"皇后娘娘……"

南宫素儿红唇轻嚅了嚅，指甲嵌入掌心，她浑然不觉得疼，只轻声喃喃道："如此一来，皇上和太后之间的芥蒂势必更深，岂不是弄巧成拙？"

"不会！"

沈凝暄抬眸，眸色有些冷，却是勾唇一笑："以皇上对你的疼爱，只要你坚持跪着，他势必会跟你一起跪……"

闻言，南宫素儿心中恍然。

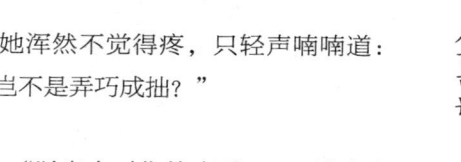

第二十五章　狠心，人言可畏！

这个世上，没有哪个做母亲的，舍得让自己的儿子挨冷受冻！

想到这一点，南宫素儿忙点了点头，对沈凝暄轻轻躬身："臣妾这就去长寿宫跪着！"

"素妃！"

再次出声，唤住南宫素儿的脚步，沈凝暄轻轻拧眉，"如果太后让你起来，你知道自己该怎么做吧？"

"臣妾知道！"

眉心微拧，南宫素儿轻声说道："臣妾要将一切的罪过揽在自己身上，要让皇上觉得臣妾受了委屈，却又不能将一切归罪于太后，一切都是臣妾的罪过！"

"素妃妹妹果真是聪慧之人！"

淡淡的笑毫不吝啬地爬上嘴角，沈凝暄对她轻摆了摆手。

南宫素儿走后，青儿上前替沈凝暄重新斟了盏新茶："皇后娘娘，奴婢看这素妃娘娘，知道感恩图报，亲自过来提醒您，不像是坏人！"

闻言，一直沉默不语的秋若雨，淡笑着上前："她若真是好人，便该直接将有人算计皇后之事告诉皇上，而非过来让娘娘知道。"

"呵呵……"

眼底流光飞逝而过，沈凝暄端起茶盏送到唇边，浅浅喝了一口后轻声叹道："在这深宫之中，没有谁是你永远的朋友，也没有谁是你永远的敌人，每个人都在为自己考量，她如此提醒本宫，已算仁至义尽……"

"皇后娘娘……"

听到沈凝暄的叹息声，青儿脸色微变了变，一脸担忧之色。

"本宫没事！"

对青儿缓缓一笑，沈凝暄转头看向秋若雨："那幅画，你藏了便藏了，回头找机会让他知道如今形势，切记……让他以后好自为之。"

闻言，秋若雨神情微怔！

很快意会到沈凝暄话里的意思，她脸上并不像做错事的样子，淡淡莞尔，轻轻颔首："若雨谨遵皇后娘娘懿旨！"

微微转眸，沈凝暄淡淡扬眉。

树欲静，而风不止。

这深宫之中，有只隐藏在暗处的黑手，正于无形中朝她袭来，她该早做打算了……

用过早膳，沈凝暄便坐在前厅之中，听雨吃茶。

巳时许，长乐宫有人来报，素妃跪在太后宫外，冒雨乞请太后原谅。巳时过半，长乐宫崔姑姑亲自前来，只道皇上与素妃同跪，长公主命她前来请皇后移驾长寿宫。

这一切，早在沈凝暄掌控之中，听闻崔姑姑之言，她脸色平静地放下茶盏，带着青儿和秋若雨，一路赶往长寿宫。

自步下凤辇的那一刻，沈凝暄便已远远地看见一起跪在雨中的独孤宸和南宫素儿。

雨水，淋湿了他们的衣裳，他们却浑然不觉，仍旧垂眸而跪。

虽然，这个结果，早已在预料之中，她仍旧凉凉地勾了勾唇角。

曾几何时，她以为，不远处那个背对自己的男人心中所爱之人，是她的姐姐沈凝雪。

更有甚者，前世里，因为他看她的一眼，害她丢了性命。

但是现在……看着眼前这一幕，她不觉冷嘲一笑。

这个男人，确实爱惨了一个女人，只是可惜，那个女人不是沈凝雪，也不会是沈凝暄，而是她——南宫素儿！

眸色微微泛冷，沈凝暄仰头看了眼头顶的油纸伞，淡淡出声道："皇上都在淋雨，本宫还用得着撑伞吗？"

"皇后娘娘！"

青儿想着沈凝暄才刚大病初愈，不宜淋雨，但是看到她的眼神，她心下一紧，忙垂首将伞收起。

缓缓扬眉，沈凝暄抬步上前。

"参见皇后娘娘！"

守在边上的众人，但凡独孤宸带来的，都已跪下，长寿宫的看守则在看到沈凝暄后纷纷或是躬身，或是福礼。

闻声，独孤宸背对着沈凝暄挺拔的背脊，微微便是一僵！眉宇紧皱着，抬头起来，恰逢沈凝暄在他身侧顿足。迎着她清幽到看不出任何波澜的瞳眸，他的心忍不住轻颤了颤。

"臣妾先去觐见太后娘娘！"

淡淡地如是说着，沈凝暄微扬了眼尾，将视线抬起，抬步进入长寿宫。

看着她离去的背影，独孤宸脸色微暗，眸色阴晴不定。

第二十五章　狼心，人言可畏！

第二十六章　送礼，不贞不洁！

长寿宫里。

如太后一脸阴郁，大殿之中尚散落着杯盏摔砸的碎片，狼藉不堪。

见沈凝暄进来，如太后脸色微微又是一沉。

"太后！"

与如太后身后的独孤珍儿对视一眼，沈凝暄跨过碎片缓步行至如太后身侧。轻抬手，替如太后缓缓揉捏着肩膀，她轻声说道："太后娘娘，您仔细想想，自皇上带着素妃进宫之后，您生过多少次气了？哪一回皇上听了您的？"

闻言，如太后眉心蓦地一蹙，不解其意："你到底想说什么？"

手下的力道不轻不重刚刚好，沈凝暄淡淡地朝着门外望了一眼，幽幽说道："臣妾想说，太后娘娘越是对付素妃，皇上便越是会和素妃难舍难分，这……一定不是您想看到的！"

"哼！"

如太后冷哼一声，沉声问道："那皇后的意思，是让哀家承认了素妃，你可知道她是什么身份？"

"她是罪臣之女，即便为妃，也是一个失了母族的妃子！"缓缓勾起唇角，沈凝暄轻笑着问道，"现在皇上打定主意一心要护着她，这会儿都还在外面陪着她淋雨，太后……现在正是春寒料峭，太后舍得让皇上就这么在雨里淋着吗？"

如太后万没想到，沈凝暄竟然会替南宫素儿说话，不过话说回来，皇上在雨里淋着，她确实舍不得，还心疼得厉害！

"这世上哪个做母亲的，舍得让自己的儿子淋雨受冻的？"脸上虽仍在气着，眸间却隐隐泛起心疼之意，如太后说话的语气也微微有些缓和，"哀家没想到皇后竟能容得下南宫素儿！"

"太后！"

轻轻一唤间，沈凝暄的语气里尽是无奈之意："女人都是自私的，臣妾不是能容下，而是一切为了皇上着想，您说呢？"

"你啊！"

听沈凝暄一席言语，如太后无奈一叹，回头嗔怪着看了沈凝暄一眼，她的态度终是有所缓和："你去吧，让他们都起来，该回哪里回哪里，素妃自明日起到哀家这里请安。"

闻言，沈凝暄眸光微闪了闪。

抬眸之间，见独孤珍儿正一脸深思地看着自己，她抿唇一笑，对如太后轻福了福身："臣妾这就去！"

门外，落雨声淅淅沥沥。

出得大殿，沈凝暄款步行至独孤宸和南宫素儿身前，对独孤宸淡淡说道："太后准素妃明日起到长寿宫请安，皇上可以和素妃娘娘回去了！"

"皇后娘娘！"

杏眼中雨水混着泪水却难掩感激之色，南宫素儿紧蹙着娥眉，深凝视着一脸淡然的沈凝暄。

太后，终于肯让她请安了？

"回去吧！"

对南宫素儿微微一笑，沈凝暄微转过身，准备返回长寿宫，却不期独孤宸先她一步伸手握住了她的皓腕。

他的手，因淋雨的关系，尽是寒凉。

感受到他手上的凉意，沈凝暄脚步微微一顿，转身对上他早已被雨水浸润的双眼："皇上，臣妾能帮你的，自然会尽力帮你，如今太后已然让步……"

"沈凝暄，连朕都算计在内，你这招真狠！"

不等沈凝暄把话说完，独孤宸薄唇轻轻一掀，眉眼中尽是冷意。

迎着他冰冷的笑，沈凝暄心下一紧，抬眸看向南宫素儿，见她轻垂了眸，不敢与自己的视线相接，沈凝暄心下微凉。

"荣海！"

轻蹙了黛眉，伸手握住独孤宸的手，而后轻轻拂开，她冷笑了笑："送皇上和素妃娘娘回去！"语落，她从容转身，缓缓抬步，一步一步进入长寿宫大殿。

不管她把话说得如何清楚。

南宫素儿终究对她有防备之心！

第二十六章　送礼，不贞不洁！

89

更有甚者，她刻意想要独孤宸冷落自己！

不过无妨！

人不为己，天诛地灭。

如今南宫素儿既是如此行事，那么她做到现在，也已是仁至义尽，日后她过得好也罢，坏也罢，她都懒得再管！

是夜，昌宁宫中。

独孤宸一袭玄色常服，手里拿着折子，看似在关心着国家大事，心中所浮现的却是沈凝暄那双清冷的眼睛。

寝殿门口，南宫素儿一袭白色长裙，肤若凝脂，唇红齿白，美艳不可方物。

微微转睛，见桑菊端了姜汤进来，她亲自端起姜汤，提裙行至独孤宸身侧："宸，今日你淋了雨，喝点姜汤御寒吧！"

闻言，原本在看着折子的独孤宸抬起头来。

见南宫素儿正目光盈盈地看着自己，他轻勾了勾唇，没有去接她手里的姜汤，而是柔声说道："朕无碍，倒是你身子弱些，多喝些姜汤吧！"

半晌儿，见独孤宸不曾接过姜汤，南宫素儿也不勉强。

轻垂眸，将姜汤搁在边上的桌几上，她眸华轻抬，眼底波光流转地攀附着他的肩膀，柔若无骨的身子，紧紧贴合在独孤宸的背脊之上，她柔声轻道："夜深了，皇上早些安置吧！"

因她的举动，独孤宸拿着折子的手倏地握紧。

轻颦了下眉心，他淡笑着抿了抿唇，伸手拉下她的手臂："你先睡吧，朕还有很多公事要忙。"

"皇上……"

声音软软的，酥麻酥麻的，南宫素儿澄亮的大眼娇滴滴地望着独孤宸："你若如此，臣妾怎么睡得着？"

"既是如此，那朕先回天玺宫，你好生歇着！"对南宫素儿淡淡一笑，独孤宸将手里的折子放下，轻拍了拍她的手，起身旋步向外。

南宫素儿见状，娇美如花的脸庞，寸寸龟裂开来。

他还是不碰她！

即便太后都肯接受她了，他也不肯碰她一下。

如此温文有礼的他，并不是她想要的啊！

怔怔地，南宫素儿在原地站了许久，眼底浮上深深的失望之色，她忍不住轻颤了颤身子，后退着似是要跌倒一般。

"娘娘！"

桑菊惊呼一声，急忙上前想要扶住南宫素儿摇摇欲坠的身子，却陡地被南宫素儿抬臂躲过，等她反应过来，南宫素儿已然飞奔着追了出去……

夜雨微凉，朦朦胧胧。

南宫素儿奔出昌宁宫大门时，独孤宸所乘坐的龙辇早已离去。

朝着天玺宫所在的方向望了一眼，她脚步一转，朝着冷宫方向追去。

也许是因为女人的直觉，她现在有一种强烈的预感，独孤宸没有回天玺宫，而是去了冷宫。

不顾夜雨寒凉，她一路追至冷宫。

当她看到停在冷宫门外的龙辇时，不禁身形一滞，以贝齿紧咬着朱唇，垂于身侧的双手，渐渐紧握，她漂亮的大眼之中，盈满恨意。

果然如此！

真的是如此！

怎么可以如此！

纵是沈凝暄说过，她回宫是为来帮她，可是现在她清清楚楚地知道，独孤宸的心里已经有了她！

想到独孤宸不碰自己，完全是因为沈凝暄，南宫素儿浑身忍不住一阵冰凉，绝美的脸上，因恨意而微微扭曲，她紧握着绣拳，冷冷地朝着冷宫方向望了一眼，转身离去……

她不会放手！

绝对不会！

冷宫之中，灯火通明。

似是早已料到独孤宸会气急败坏地找上自己，沈凝暄并未就寝，正一脸淡然地跟秋若雨下着棋。

窸窸窣窣的脚步声传来，她闻声抬眸，见独孤宸一脸冷色地进到厅内，她微蹙了蹙眉头，对秋若雨吩咐道："你先退下吧！"

"是！"

轻轻垂眸，秋若雨转身对独孤宸福身一礼："若雨告退！"

不曾去看秋若雨一眼，独孤宸灼热的视线，一直紧紧胶着在沈凝暄身上。

迎着他灼热的眸，沈凝暄眉心微蹙，对他福身一礼："臣妾参见皇……"

不等她的口中上字出口，独孤宸陡然上前，扯住她的手臂，便将她紧紧拥入怀中。

第二十六章　送礼，不贞不洁！

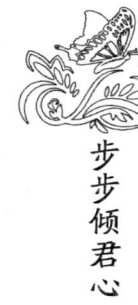

"皇上？"

被独孤宸紧紧拥在怀里，周身充斥着属于他的男性气息，沈凝暄心下一紧，随即用力挣了挣，随着她的挣扎，独孤宸非但没有松手，反倒将她抱得更紧，好似要将她揉进自己的身体里一般。

"独孤宸，你松开，我快喘不过气了！"

微微喘息着，沈凝暄紧蹙着娥眉，用力又挣了挣身子。

用力拥她入怀，独孤宸的心，久久无法平静的心，非但没有安稳下来，反倒跳动得更加剧烈。

他喜欢她吗？

这个问题的答案，是肯定的！

因为即便他再如何想去否认，此刻因她在怀，自己那鼓动如雷的心跳声，总是骗不了人的！

许久，听到她的喘息声，他的手臂稍稍一松，却仍然紧抱着她，搁在她颈窝的下颌，微动了动，不容她抗拒地在她耳边轻喃吐息："以后你休想离开朕一步！半步也不行！"

闻言，沈凝暄心下狠狠一悸，再次用力挣了挣身子！

半晌儿，把自己累得气喘吁吁，却总也挣不脱他钢铁一般的臂弯禁锢，身体本就虚弱的沈凝暄无奈叹息，只得卸去浑身力气，如破布娃娃一般任他抱着："为君者，当无戏言，今日我才帮素妃在宫中立足，皇上就要违背承诺吗？"

"那只是口头承诺，算不得数！"

说这句话时，独孤宸脸不红，心不跳，一副理所当然的样子！

反正今儿说破了大天儿去，他也不会再放她走了！

沈凝暄被他气到发狂，恶狠狠地抬脚踢在他的壮硕坚实的小腿上，却仍然没能如愿让他松开自己，无奈之下，她冷哼一声，凉凉说道："皇上，君无戏言，你的口谕，也是圣旨！"

小腿上的痛，并不算什么，感觉到她的喘息，独孤宸抱着她的手，微微松开了些，笑得轻狂而无赖："你有证人吗？莫说是让枭青和枭云来做证！他们没那个胆子！"

"你……"

额上泌出轻汗，沈凝暄怒极瞥了独孤宸一眼，"人在做，天在看，你这样哪里还有一国之君的样子？"

他现在根本就是一个无赖嘛！

见沈凝暄怒极，独孤宸薄唇一勾，笑得百无禁忌："在大燕，朕就是天！"

"你……言而无信！背信弃义！无赖透顶！"换做平常，若有人这么骂独孤宸，早够死一百回了，但眼下沈凝暄一连骂了他好几遍，他丝毫不怒，反倒饶有兴致地笑着，好似看戏一般！

见他一直不为所动，沈凝暄娥眉一皱，张口便朝着他的肩头狠狠咬了下去……

"嘶——"

倒抽一口凉气，独孤宸面色微变："你怎么张口咬人？"

迎着他的怒容，沈凝暄又挣了挣身子，见他仍旧死抱着不放，她眉心紧皱，闭紧双眼，继续用力咬着！

但，即便如此，独孤宸却不曾将她推开，只任她用力咬着。

唇齿间，血腥气渐渐弥漫，惊讶于自己咬了独孤宸，他却不曾反抗，沈凝暄眉心微拧，终是松开嘴巴对她蓦地一笑："皇上不知道吧，臣妾本身就是属狗的！"

眸色微缓，独孤宸低眉瞅了眼肩胛处染了血的外襟，又将她搂紧了些："别人咬朕，朕一定杀了他，但你这只小狗儿的话，朕就让你咬个够！"

闻言，沈凝暄脸色一黑，顿时没了半点脾气！

独孤宸今日的表现，大大超出她的认知！

若是原来那个喜怒无常的独孤宸，她完全可以自由应对，但……冷冷地看着眼前忽然转了性的无赖男人，实在拿他无可奈何，现在的他，哪里像是个一国之君？根本就是个无赖！

心思微转中，她自知强硬解决不了任何问题，渐渐地平复了心绪，也不再硬拗，就那么毫不挣扎地任他抱着："你我两人，郎无情，妾无意，又何必硬要纠缠在一起，如今既是到了这一步，你与南宫素儿双宿双飞，放我出宫，岂不是两全其美！"

听到她的话，独孤宸瞬间正了脸色！

眸色微闪，他苦笑了下！

追她靠在他的胸前，听着他的心跳，他刚要说些什么，却在感觉到她不安分的小手时，不由心神一凛！

浓眉紧皱，他刚欲作出反应，便闻啪啪两声响过后，他的身子一僵，再动不得分毫！

如愿点了点他的穴道，沈凝暄长吁一口气！

而被她点了哑穴的独孤宸，则是双眉紧皱，双目欲眦！

"让你死抱着不放！"

沈凝暄有恃无恐地在独孤宸面前吐了吐舌头，而后身子向下，准备从他维持紧抱姿势的双臂中脱困！

第二十六章 送礼，不贞不洁！

"皇上，臣妾心里想要的，是一生一世一双人，可这一点，皇上一定给不了臣妾，即使如此，臣妾宁为玉碎不为瓦全！"重得自由后，沈凝暄气死人不偿命地又对独孤宸眯起双眸笑了笑，清幽说道，"若臣妾是皇上，便会信守承诺，而非出尔反尔，那样的话，皇上不仅失了一国之君的身份，还会让臣妾看不起你！"

闻她一席话，独孤宸早已黑沉到一塌糊涂的俊脸蓦地又是一沉！

她竟然说，看不起他，真是是可忍孰不可忍！

不再看独孤宸，沈凝暄转身唤了荣海，命荣海送独孤宸回天玺宫！

看着她毫不留恋地转身进入内室，独孤宸的心，一直往下沉，一直往下沉！

他不明白，他身为一国之君，是个女人都想爬上他的床，可眼前的这个女人，却为何对他弃之如敝屣？

思绪翻涌中，忽然想起独孤萧逸。

他的心，狠狠一窒，眸色瞬间变得阴沉狠戾！

一定是因为他！

如太后虽非完全接受了南宫素儿，却不再刻意刁难，接下来的日子，南宫素儿盛宠一时，沈凝暄却过得云淡风轻，平静惬意。

似是整日守着南宫素儿，有些乐不思蜀，自那个雨夜被荣海抬回去之后，独孤宸再不曾踏入冷宫半步，而沈凝暄则甘于这种平淡的生活，除了每日与长公主独孤珍儿切磋切磋医术，便是鼓捣冷宫里的那些药田。

这一日，春风拂柳，天气略显阴霾。

一早起来，沈凝暄的眼皮，便开始跳个不停！

紧皱着黛眉，由青儿伺候着洗漱过后，她刚坐到膳桌前，便见一人自屋外进了前厅。

沈凝暄抬起头来，看清来人，不由轻弯了弯唇角："枭云！"

枭云对沈凝暄淡淡笑着，几步行至她身前，对她躬身行礼："属下参见皇后娘娘！"

经过楚阳之行，原本性情淡漠的枭云，对沈凝暄已然不再冷淡。

"免礼吧！"

沈凝暄轻轻抬手，让枭云起身，"自本宫回宫之后，便没有再见你了。"

枭云抬眼笑看她一眼，随即微微低头道："属下隶属影卫，回宫之后自然要听从皇上的安排！"

沈凝暄了然一笑，盈盈起身，十分亲昵地拉过枭云的手，让她离自己更近几分："让本宫猜猜，皇上可是将你派去了昌宁宫？"

"是！属下如今负责素妃娘娘的安全！"枭云微微颔首，抬起头来，脸上神情依旧，说话的声音却有些低，"属下此行，是有事要提醒娘娘……"

枭云的话，尚未悉数出口，便见青儿从外面进来。

见状，她即刻噤声！

沈凝暄眸色微深了深，拉着枭云转身，指着青儿道："这是青儿。"

"青儿姑娘！"

枭云对青儿轻点了点头。

青儿对枭云笑笑，上前几步，福了福身，一副欲言又止的模样。

沈凝暄见状，不禁蹙眉："枭云不是外人，有什么话你直说就是！"

青儿闻言，方才嗫嚅道："娘娘，方才奴婢出门，听好几个宫人都在议论，道是皇后娘娘和齐王殿下有染……"

听了青儿的话，枭云脸色倏尔一冷，见沈凝暄轻锁眉头，她冷声说道："这些宫人简直胡说八道，她们如此妄议主子，当真就不怕掉了脑袋吗？"

沈凝暄凝眉思索片刻，无所谓地淡淡一笑："妄议主子自然是死罪，她们不是不怕死，而是受人指使！"

"娘娘……"

青儿脸上变了变："奴婢也觉得此事一定有人在背后故意散播谣言，其用心险恶，该当彻查！"

"的确该彻查！"

沈凝暄轻点了点头，眸色微深道："此事你们先沉住气，事情没有表面这么简单，现在只是传言罢了，若果真有人针对本宫，那人一定会想着让本宫将谣言坐实！"

她此言一出，枭云和青儿的脸色皆惊变！

让皇后娘娘将谣言坐实，那岂不是说要让她和齐王真的发生什么事情，那些别有用心之人，再直接过来抓奸？

"好了！"

淡笑着看了青儿一眼，沈凝暄轻声说道："本宫想吃你做的桂花酥，你赶紧去做来给本宫尝尝。"

"是！"

青儿福身，退下。

沈凝暄抬眉看向枭云："你想提醒本宫什么？"

"呃……"

枭云微怔了怔，忙敛眸说道："昨日里，属下听哥哥说，新越摄政王派密使过两日抵京，只道是要送皇上一件大礼，那北堂凌为人狡诈，从来都是算计他人，如今在楚阳被皇后娘娘算计了，必定怀恨在心，属下担心他此行派来使臣会对娘娘不利……"

枭云总觉得，北堂凌此行要送给皇上的礼物，应该跟沈凝暄有关，便想着要提醒沈凝暄最近几日当心些，却没想到自己提醒的话还没说出口，便又听闻了青儿带回的谣言。

虽然，人们都说，谣言止于智者。

但是在这偌大的深宫之中，智者不是没有，别有用心之人，却更是数不胜数！

"北堂凌吗？"

呢喃着北堂凌的名字，沈凝暄微眯了凤眸，思绪微远。

即便枭云不提，她也会想到这个人。

因为，早在南宫素儿提起，有人找她合作对付自己的时候，沈凝暄便已然想到这个工于心计之人！

枭云走后不久，秋若雨便自门外进来。

微微抬眸，见一向浅笑辄止的秋若雨眉心轻拧，沈凝暄伸手轻揉了揉自己的鬓角："本宫今日眼皮直跳，总觉风雨欲来，若雨……你怎么看？"

"皇后娘娘……"

轻拧着眉，缓步上前，秋若雨在沈凝暄身前站定，悠悠然道："风雨已经来了！"

闻言，沈凝暄眼睫轻轻一颤，再抬眸，眸中波光潋滟。

"你想说什么？"

睇见沈凝暄眼底的光华，秋若雨心下微微一窒！

想起当初匆匆瞥过的那幅美人图，她轻笑之间，眼底没有丝毫嫉妒，尽皆惊艳之色："若雨想说，娘娘生得很美，让若雨心生妒意！"

"呵呵……"

因着秋若雨的话，沈凝暄不禁轻笑出声，知秋若雨必是看过那幅画，她看秋若雨一眼，眸色微微一暗："倘若本宫与你说，因你嫉妒的那些东西，本宫曾经丢过性命，你可还会如此言语？"

秋若雨一听，神色微微一僵！

沈凝暄微转了视线，淡淡问道："直入正题吧，何事让若雨姑娘紧锁了黛眉？"

秋若雨看了她一眼，轻垂了眸华："宜兰殿的人，去了慈宁庵，与沈凝雪有过接触！"

"宜兰殿……"

沉眸看了秋若雨一眼，沈凝暄声音微冷："这阵子皇上一直为素妃的事情烦扰，却真是忘了还有个一直对本宫不怀好意的玉玲珑，若本宫猜得没错，如今在宫中散布本宫和王爷有染一事的，也该是她！"

"应该是她！"

秋若雨点了点头，抬眸看着沈凝暄："此事牵扯到皇后娘娘的家姐，皇后娘娘打算怎么办？"

轻弯了红唇，端起茶盏来浅抿一口，沈凝暄凝眉说道："宫里的事情，本宫会以不变应万变，至于慈宁庵的事，还要烦你动手！"

闻言，秋若雨眸光微微闪烁："皇后娘娘的意思是……"

虽然，沈凝雪是皇后的姐姐，但是蛇蝎心肠，着实让人可恨，不过到底她跟皇后是亲姐妹，秋若雨不甚明白，沈凝暄话里的动手，到底是出手整治，还是……不留！

微微挑眉，沈凝暄虽端着茶盏，心中思绪却已然远去："过去的很多年里，本宫一直在做着同一个噩梦，在梦里，姐姐拿着一把刀，一刀一刀地割着本宫的脸，她嫌本宫弹琴弹得好，还削掉了本宫弹琴的手指……"

秋若雨一直都是爱笑之人，即便再如何惨绝的场面，她都能淡笑怡然，笑得自如。

但是此刻，听到沈凝暄淡淡言语，她的心竟然狠狠地便是一颤！

若真的是梦，怎会一做数年？

若真的是梦，她怎能描述得如此详细？

许久后，回过神来，见沈凝暄正淡笑着看着自己，秋若雨连忙微敛了心神，朝着沈凝暄垂眸说道："娘娘的意思，若雨明白了！"

"去吧！"

轻轻摆手，沈凝暄缓缓将视线调转到窗外。

深深地，看了她一眼，秋若雨转身离去。

秋若雨离开后许久，沈凝暄一直都维持着方才端着茶盏的姿势。

以彼之道还治彼身，虽然过于残忍，但是对沈凝雪，她一再害她，她又岂会有丝毫恻隐之心？

前世里，沈凝雪赋予她的伤痛，她今生一定要加倍奉还！

原本，她还有的是时间跟她们玩儿下去。

但是，现在，形势所迫，她没得选择，只得提前下手。

可惜的是，她不能亲自动手！

第二十六章 送礼，不贞不洁！

前两日里，相府五姨娘明珠差人送信。

明珠有喜了！

因着她肚子争气，原本便已病入膏肓的虞氏，直接被气得又吐了血，只怕没几日活头了。

虞氏和沈凝雪，是她今生不共戴天的仇人。

她入宫是为了对付她们，现在……一个毁容，一个气死，让她们娘俩一起走，也算便宜了她们！

翌日，处理完国事，独孤宸便去了昌宁宫。

见独孤宸前来，南宫素儿的脸上一抹浅笑跃然，忙起身迎了上去，在他身前轻福了福身："臣妾参见皇上！"

"起来吧！"

凝视着她嘴角的浅笑，独孤宸眸中微暗，伸手拉她起身，脸上仍是浅笑嫣然的样子："这两日你身子不适，现在可好些了？"

"见着皇上，自然就好多了！"反握着他的手，南宫素儿宛然一笑，拉着他的手往屋里走："臣妾给皇上做了件新衣，皇上进来试试！"

独孤宸任她拉着自己，微微抬步，嘴角的笑淡淡的，让人看不真切："以后你身子若是不适，不必如此辛苦，朕的衣裳，自有内务司打理！"

闻言，南宫素儿面色微僵，待回眸看向独孤宸时，却又是巧笑倩兮。拉着独孤宸进到寝殿，她快步走至屏风前取了一件崭新的蓝色锦袍，转身回到独孤宸面前，在他身上比了比："宸，你看，刚刚好！"

"嗯……"

深深凝望着南宫素儿喜笑颜开的眉眼，独孤宸因殿内的香气，而微微蹙眉。

心思微转间，想起过去一年以来，沈凝暗身上也是如此味道，他原本轻抿的唇角，不禁轻轻勾起。

温柔的视线，轻飘飘地落在他轻轻勾起的唇角，南宫素儿心下一动，放下手中锦衣，伸手抚上独孤宸如雕刻般坚毅英俊的侧脸："皇上脸色不好，可是一直为国事繁忙累的？"

没有抗拒她的碰触，独孤宸俊美的脸上，略显疲惫："朕前阵子去楚阳时堆积了不少的政事，如今回来了，自然要亲力亲为，心生疲惫总是难免！"

看着他疲惫的模样，南宫素儿心底微微一疼，心下怜惜不已，她倾身上前，踮起脚尖与他静静相拥："日复一日，年复一年，日子总不会停，国事亦是日日如此，皇上若是累了，便歇上一歇也是无妨的！"

"朕知道！"

心中有一种暖暖的感觉在流动，独孤宸深沉的眸海中，仍然看不出是何情绪！

静默许久，南宫素儿缓缓退开一步，眸华抬起，眼底含情脉脉，她脸上虽掠过一抹赧色，却仍是拉着独孤宸往榻前走去。

见状，独孤宸微拧了拧眉。

看着南宫素儿拉着自己的手，他眸色微敛，却亦步亦趋地跟着，并未立即抽回。

片刻之后，终是被她扶着坐在榻上，独孤宸眸光微闪，却见她媚眼如丝地在他耳边轻道："宸……你趴下可好，臣妾替你松松筋骨，如此倒也轻松几许！"

"嗯？"

略一沉吟，独孤宸轻道："朕还有事……"

南宫素儿眸色微暗，眼中隐隐有些失望。

凝视着她眼底的失望之色，独孤宸眸光微闪，心中轻轻一叹，他撩起袍襟，直接趴在榻上。

南宫素儿松骨的手法很好。

穴道准确，力道大小得宜。

在她柔若无骨的双手下，独孤宸有些疲惫地轻叹口气，头脑竟略微有些昏沉。恍然间，南宫素儿的脸竟幻化成沈凝暄清冷逼人的眉眼。

"暄儿，我爱你……"

如是，轻喃一声，像是巨石一般，狠狠砸在了南宫素儿的心头，让她的心瞬间千疮百孔！

我爱你！

这三个字，她等了好多年。

今日，是他第一次说出这个三个字，可是……却是对另外一个女人。

这，让她的心，怎能不痛？！

但剧痛之后，却是无边无际的恨意！

沈凝暄！

她算什么？

凭什么夺走原本属于我的一切，终有一日，她要让沈凝暄身败名裂！

心中如此思忖着，南宫素儿缓缓地合上水眸，她的双手垂落，紧紧握着身下的锦褥，在心中暗暗立誓！

没有人可以抢走她的男人！

除非她死！

第二十六章　送礼，不贞不洁！

"皇上——新越使臣觐见！"

忽然之间，荣海在殿外的一声皇上，似是一盆凉水从独孤宸头顶泼下，顷刻间让他整个人都清醒过来！

怔怔地，看着面前神情迷离的绝色女子，他微眯着眸子，有些不确定地唤道："素儿？"

闻言，南宫素儿心头一颤！

"曾几何时，朕竟如此不能自制，青天白日的都会如此……"深深地，与南宫素儿四目相对，凝视着她迷离的双眼，独孤宸说话的语气，像是在开玩笑，但却眸海深邃，冷如万年冰山！

"宸？"

看着独孤宸冰冷的眸，南宫素儿美丽的大眼中，蓦地闪过一丝慌乱。

将她眼底的那丝慌乱尽收眼底，独孤宸心中，涌起一阵浓浓的失落，不等她多说什么，他眉眼冷峻站起身来。

"宸……"

看着眼前前一刻还热情似火，眼下却对自己冷若寒霜的男人，南宫素儿布满红霞的俏脸上一阵窘迫，恨不得找个地洞钻进去："你这就要走了吗？！"

看着她一绯红的俏脸，独孤宸沉了沉声，道："朕还有要事，先走了！"语落，他脚步一转，拢着衣襟，头也不回地大步走去。

直到门口时，他微顿了脚步，斜睨了眼身边的炉鼎。

瞥见他视线所及，南宫素儿心下不禁咯噔一下。

被他发现了吗？

这不可能啊，她所调制的香料，极为隐秘，绝对不会轻易被发现的。

"这香……很好闻！"

淡淡地轻喃一声，独孤宸长长呼出一口浊气，再次抬步，不再停留片刻。

此刻，他身上，燥热憋胀，但心里，却冷若寒冰！

身后的这个女人，是他的素儿。

是他爱了数年，护了数年的南宫素儿。

即便知道她做了什么，对她……他终究说不了狠话！

独孤宸走后许久，南宫素儿仍旧怔怔地坐在床上。

许久之后，两行清泪自眼角滑落，她身形轻颤着，却癫狂地笑了！

她千辛万苦，从吴国到燕国，原想着与独孤宸破镜重圆，却不想得来的却是独孤宸的移情别恋！

她不甘心！

不甘心！

耳边，缭缭绕绕，竟是独孤宸呼唤沈凝暄的声音，她抬手抚上自己剧痛的心口，恨恨地紧咬着唇瓣。

许久，终是止住了笑，她眸色一冷，转头朝殿外唤道："小喜子！"

闻声，小喜子垂首进入寝殿，在榻前躬身行礼："娘娘有什么吩咐？"

微扬下颌，南宫素儿轻舔唇角的泪水，那泪水咸咸的，涩涩的，仿若她现在的心境，让她眸色瞬时一沉，阴狠说道："你去告诉玉美人，本宫答应跟她联手！"

闻言，小喜子心神一凛，忙应声之后，转身前往宜兰殿。

"沈凝暄……"

伸手紧攥着身侧的锦褥，直到指关节泛白，南宫素儿才苦笑着低喃："你救了远儿的命，为我求得太后谅解，我本不想对付你的，这一切……都是你逼我的，是你逼我的……"

因北堂凌此次所派密使，是来送礼，独孤宸并未在大殿接见，而是选在了御书房里。

回到天玺宫，独孤宸换上一袭明黄，缓步前往御书房。

进入御书房，于龙椅上安坐，他刚要命荣海宣召，却见枭青带着几名影卫一脸凝重地进入御书房，躬身立于他身后。

见状，他微一皱眉，抬眸看着枭青："你们这是作甚？"

枭青垂眸，低声说道："皇上有所不知，新越摄政王派来的密使，是蓝毅！"

"蓝毅？"

听到这个名字，独孤宸眸色微冷了冷。

枭青顿了顿，接着说道："皇上！蓝毅武功高强，属下怕他……"

"怕他作甚？这里是朕的地盘，他要动朕，自会先掂量掂量够不够分量！"哂笑着打断枭青的话，独孤宸的脸，如万年冰山一般，"你们无须草木皆兵，暂且退下！"

稍作犹豫后，枭青看了眼边上的荣海，见荣海对自己点了点头，他只挥手之间，几名影卫离去，自己则留在独孤宸身边。

片刻之后，荣海宣蓝毅觐见。

进入御书房，蓝毅不曾抬眸，便已躬身拱手："蓝毅见过燕帝！"

于宝座之上正襟危坐，独孤宸低蔑着殿下一身蓝衣的蓝毅，声音冷若寒霜："蓝毅，你好大的胆子，朕尚未就楚阳之事找你们新越算账，你现在竟还敢堂而皇之地来我燕国，当真是活得不耐烦了！"

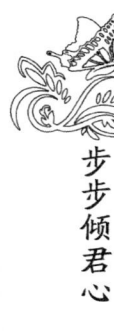

闻言，蓝毅眉心几不可见地轻蹙了下，却是浅淡一笑："俗语有云，两国交兵，不斩来使，蓝毅此行，是奉我新越摄政王之命，与燕帝送份大礼，燕帝您君临天下，胸襟广阔，自然不屑对蓝毅动手！"

"这话说得好，没有一点漏洞，可是北堂凌亲自教你说的？"嘴上虽是如此问着，心中却早已有了答案，独孤宸冷冷地嗤笑一声，皱眉问道，"他在楚阳被整得还不够惨吗？现下又想搞什么鬼？"

听出独孤宸话里的讥讽之意，蓝毅脸色微变了变，知多说无益，他转身对身后的随从命令道："把东西送上来！"

语落，早已候在外面的人，轻应一声，端着一只棋盘躬身而入。

"北堂凌千里迢迢，只命你与朕送来这棋盘吗？真是不知所谓！"不知北堂凌葫芦里卖的什么药，独孤宸眉梢轻耸，"若说楚阳之役是为棋局，他下棋的水平，也不过尔尔。"

对于独孤宸的冷嘲热讽置若罔闻，蓝毅淡淡一笑，伸手指了指眼前的棋盘："皇上请往这儿看！"

闻言，独孤宸轻耸的眉梢，蓦地一皱，顺着蓝毅的手指望去，只见棋盘之上几点红痕，他不禁微眯瞳眸，心中不明所以。

轻抬眸，凝视着独孤宸眼底的疑惑之色，蓝毅脸上的笑意，越发深沉，轻抿了薄唇，他轻声问着独孤宸："燕帝可知这棋盘的来历？"

独孤宸心思微转，沉眸不语！

他的确不知，不过蓝毅一定会为他解惑！

"燕帝有所不知，这棋盘来自楚阳淮山寺院，乃是……贵国皇后和齐王殿下偷欢之处。"眼看着独孤宸神情明显一变，蓝毅微抿了抿唇，指着棋盘上的划痕道："这上面便是……"

"闭嘴！"

眸光如刀，狠厉冰冷，独孤宸怒不可遏地用力拍打着龙椅上的扶手！

感觉到他身上隐忍不发的怒火，蓝毅心下冷笑，脸上神情凝重道："燕帝也许不信，但这些都是真的，当时我新越摄政王亲眼所见，是齐王亲手撕碎了皇后娘娘的衣裳……"

"蓝毅，你休要胡言！"

见主子脸色越来越沉，枭青冷眼开口。

"在下并非胡言！"

仿佛早已将生死置之度外，蓝毅对独孤宸轻拱了拱手，"摄政王敬重燕帝这样的对手，才觉燕后那样的女人配不上燕帝，故此才让蓝毅千里迢迢走上这一趟……"

"滚出去！"

未曾让蓝毅继续说下去，独孤宸冷冷地自齿缝中迸出三个字！

蓝毅神情微滞，一脸悻悻地点了点头，只命随从将棋盘置于一边的桌上，他便躬身告辞："如今东西已然送到，蓝毅告退！"

语落，他转身向外，疾步离去！

虽然，早在来时，他家王爷就说过，以燕帝的为人，不会斩杀来使，但是人在盛怒中，谁能保准没有意外。

是以，人家让他滚，他自然要快些滚。

否则即便他生有三头六臂，想要逃出燕国皇宫，只怕也难如登天！

蓝毅离开后许久，独孤宸仍然坐在龙椅之上，从始至终，一动都不曾动过！

见状，荣海不禁颤声道："皇上明鉴！皇后娘娘当初在楚阳痛整北堂凌，此人向来心胸狭窄，诡计多端，此举绝对是设计陷害娘娘的！"

"朕明白，你自不必多言！"

长长地，吐出一口浊气，独孤宸静默许久，终于有了反应。

见状，荣海和枭青不禁皆暗暗松了口气。

缓缓自龙椅上起身，独孤宸一步步行至桌前，低垂眼帘，凝睇着棋盘，他思绪飞转，终是脚步一旋，抬步出了大殿，直往冷宫方向而去。

见状，荣海和枭青面色一变，急忙跟了上去。

独孤宸离开天玺宫的时候，走得很急，急到荣海一路要用跑的才能追上！

想到天玺宫大殿里的棋盘，想到在淮山上沈凝暄曾与独孤萧逸暗度陈仓……他手握成拳，如野兽一般低吼一声，猛地转身，用力砸在身后的假山上！

一拳，两拳，三拳……

皮肉与坚石的碰撞，最直接的结果，便是他的手背上，出现一道道伤口，鲜血直流！

"皇上！"

胆战心惊地看着独孤宸拿自己的血肉之躯，不停地捶打着假山，荣海双目欲眦。

枭青见状，直接闪身挡在假山前，任独孤宸坚硬似铁的拳头，一拳拳砸落在自己身上。

数拳之后，看着身前咬牙隐忍，一声不哼的枭青，独孤宸喘息着后退一步，终于停下挥拳的动作！

"皇上！"

荣海急忙上前，看着主子伤口崩开鲜血直流的手背，不禁轻颤着声，想碰却不

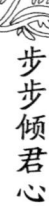

敢碰，到底眼眶一红，一时间老泪纵横！

"摆驾回宫！"

深看荣海一眼，独孤宸将眼底的感情隐藏好，微蜷了蜷剧痛不已的手，他自嘲一笑，微转过身，率先抬步，返回天玺宫。

他现在，心中怒极，仿佛有一团火在烧。

他恨不得立即冲到沈凝暄面前，问她关于棋盘之事。

但是，从来高高在上，天不怕地不怕的他，在这一刻却望而却步了。

她一直都在说，要一年以后离开皇宫。

她的心里，本就没有他。

若他现在去了，他们两人势必剑拔弩张，水火不容。

那样的结果，不是他想要的。

平生，第一次，他如此急切地想要将一个女人留在身边，即便她不贞不洁，他的心里却仍旧不想放她离开……

第二十七章　死心，宸的选择！

天玺宫外。

巍峨的宫殿下，高耸的石阶一阶一阶层叠而上，如入云霄。

石阶上方，天玺宫的门口处，南宫素儿一身暖色宫装，云鬓高挽，风情妩媚，在她身前，有几名宫人战战兢兢地跪落在地。

修长而精致的眉微微挑起，她低眸蔑视着身前跪落的几名宫人，冷声喝道："枉你们还都是些宫里的老人儿，竟罔顾宫中规矩，公然妄议主子，你们好大的胆子！"

"素妃娘娘饶命，奴婢们知罪了！"

众人，因她的呵斥身形俱颤，几名宫人齐齐磕首，跪求素妃饶命！

独孤宸自下方拾级而上，正好见到眼前这一幕！

见此情景，他本就阴郁的眸不禁不悦眯起："素儿，你为何在此？"

闻言，南宫素儿娇躯一颤。

抬眸朝他望了一眼，她微变了脸色，连忙娉婷上前，福身一礼："臣妾参见皇上！"

"你先起来！"

淡淡地让南宫素儿起身，独孤宸低眉问道："方才朕不是说了，让你好生歇着吗？"

想到不久前发生的事情，南宫素儿脸色又是一变，低眉敛目道："今日一早臣妾亲自下厨，煲了皇上最喜欢喝的汤，方才皇上走得急，臣妾一时没顾上，便心想着自己与皇上送来……"

独孤宸静静地看着她，见她像个做错了事的孩子一般，他的脸色微微好转了

些。视线一转,他冰冷的眸,扫过跪在宫门的几名宫人:"这是怎么回事?她们犯了何错,竟让一向待人知礼的你也如此高声呵斥?"

南宫素儿眉心轻颦,低声回道:"倒也没什么事,她们不过碎嘴了几句,让臣妾听了去,便忍不住呵斥几声。"

"碎嘴?"

双眸中无喜无忧,独孤宸轻皱了眉宇:"不是妄议主子吗?"

听他此言,知他方才将自己的话听了去,南宫素儿低垠着眉,小声回道:"方才臣妾过来的时候,她们几个趁着当差的空儿,正在边上碎嘴,她们说……"

见南宫素儿欲言又止,独孤宸哂然道:"素儿,你该知道,朕从来喜欢聪明的女子,却不喜欢矫情的女子!"

闻言,南宫素儿心头一跳,凝眉垂首道:"她们妄议皇后娘娘,说……皇后娘娘与齐王殿下有染!"

"荒唐!"

心头好不容易压下的怒火再次一跃而起,独孤宸陡然提高的声线惊得南宫素儿娇躯一颤,也让跪在地上的几名宫人顿时亡魂皆冒!眸色瞬时深沉不已,他行至几人身前,抬起一脚便将靠自己最近的一名宫人踹倒在地,怒气升腾地看向荣海:"在宫中散布谣言,妄议皇后,该当何罪?"

荣海心神一凛,忙应声回道:"回皇上话,该当死罪!"

他此言一出,跪在地上的几名宫人忙声泪俱下地对独孤宸伏首求饶:"皇上饶命,奴婢们下次再也不敢了……"

"下次?你们还想有下次吗?"

独孤宸冷冷一哼,看都不看她们一眼,对荣海冷声命令道:"将她们统统拉下去,杖毙!"

一时间,几名宫人哭喊声一片。

荣海自然不会容她们扰了独孤宸的清静!

时候不长,几名宫人被侍卫强行拖走,独孤宸神情冷漠地转向一边,对在场所有的人沉声道:"日后,莫要再让朕听到一句妄议皇后的话,否则……杀无赦!"

他深深地知道若沈凝暄和独孤萧逸之间的关系是真,则他的母后,必然不会容她于世!

此刻,在他心中只有一个念头!

那便是,即便沈凝暄与独孤萧逸之间的事情是真,他也会堵住世人的嘴!

因为,只要他不当真,她……便可以一直留在他的身边!

日薄西山时，天际红霞漫天，美不胜收。

静立院落桌前，独孤萧逸执笔垂眸，将晚霞落于之上，画技精湛，让人叹为观止。

许久，终于等到他停笔。

候在一边，一直不敢打扰的王府管家庞德盛忙躬身上前："王爷，宫里来的信！"

"宫里？"

微微挑动眉梢，独孤萧逸斜觑庞德盛一眼。

"是！"

庞德盛微微颔首，将手里的书信呈给独孤萧逸："方才府里来了位公公，只说这是皇后娘娘命他交给王爷的，让王爷务必亲自看过。"

"皇后娘娘？"

轻喃着这四个字，独孤萧逸的眼底划过一道让人不易察觉的流光。轻轻地搁了笔，他伸手从庞德盛手里接过书信。

打开书信，看清信中的字迹，他眉心一皱。

这……确实是沈凝暄的笔迹！

不过……

看过信中内容，独孤萧逸紧握着信笺许久，直到半晌儿之后，方才大步出了齐王府，直接翻身上马，朝着皇宫方向飞驰而去。

彼时，长寿宫中，素妃和元妃分坐如太后两侧，一个捶背，一个剥着花生，正极力讨好着。

虽是接受了素妃，如太后对她的态度却仍是冷冷淡淡的，不过对于知书达礼的元妃，她却是打心底里喜欢。

静静地看着和太后和元妃寒暄，南宫素儿不急不恼，一直微笑着。

如太后正如元妃说笑着，却闻一阵急促的脚步声，待如太后望去，见是一直跟在自己身边的崔姑姑，不由皱起眉头："说到底，你也是宫里的老人了，如今怎么如此毛躁，不知稳重？"

崔姑姑闻言，心头一颤，回头看了眼身后："太后，是……是玉美人，她匆匆忙忙而来，奴婢拦不住……"

"太后娘娘，不好了……"不等崔姑姑把话说完，玉美人已然自殿外冲了进来，因为太过着急，她不小心绊在崔姑姑脚上，一下子摔倒在地上，一身狼狈地滚到了如太后脚下。

"玉美人，你现在成何体统，哀家看你是越来越不像话了！"看着玉玲珑不成

第二十七章 死心，宸的选择！

体统的样子，如太后瞬间沉了脸色，元妃见状，不禁拧眉问道："玉美人，你现在成何体统？现在宫里和睦太平，何来不好之说？"

"太后娘娘！"

玉玲珑抬起头来，一脸委屈地看着如太后："嫔妾知道，嫔妾有错，该在宜兰殿思过，可现在事关皇家颜面，嫔妾就算是赔上嫔妾的性命，也得让太后知道，皇后的真面目到底为何！"

听她此言，如太后眉心蓦地一皱，脸色越发阴沉："皇后清誉，也是你胡乱可以诬陷的？你莫要跟疯狗一般，在哀家这里乱吠！来人，将她与哀家打将出去！"

在她看来，这玉玲珑只怕是因皇后而失宠，现在急疯了！

简直不可理喻！

"太后娘娘，嫔妾说的都是事实……"眼看着崔姑姑带着几位嬷嬷上前，玉玲珑顾不得一切，嘶声喊道："现在齐王就在皇后宫中，与皇后不伦！"

"什么！"

紧皱的眉心，几乎拧成了疙瘩，如太后呼吸微窒！

最近这阵子，宫里一直在盛传，皇后和齐王有染。

她虽心有芥蒂，却到底还是相信沈凝暄的人品的，但是现在玉美人说什么？

齐王现在在皇后宫里，与皇后不伦？

这若成真，岂不是皇室的一大丑闻！

大殿里的气氛，因为玉玲珑的话，瞬间陷入僵滞之中。

一时之间，如太后的脸色难看极了。

小心翼翼地看了如太后一眼，南宫素儿紧皱了娥眉，俏脸之上尽是忧虑之色："太后，依臣妾看，皇后为人恭谨，此事定是有人构陷，想要陷害皇后，挑拨太后和皇后之间的关系，若太后相信皇后，倒不如直接过去查证，也好还皇后一个公道……"

语落，南宫素儿脸色凝重地看了元妃一眼，"元妃姐姐，你觉得呢？"

迎着她凝重的眸色，元妃微微敛眸，她知道有人想要借着自己的嘴，来推波助澜，是以，待她见如太后正看着自己时，轻轻一笑道："皇后人品贵重，臣妾相信皇后娘娘的清白！"

闻元妃所言，南宫素儿和玉美人皆神情微怔。

这元妃说话滴水不漏，一点都不偏颇，着实让人觉得可恨！

"太后！"

见元妃不帮自己说话，玉玲珑紧咬了牙关，孤注一掷道："嫔妾敢拿性命担保，今日之事，绝非空穴来风！"

"你以为，若皇后清白，你还能苟活吗？"冷冷斥责玉玲珑一声，如太后对崔姑姑伸出手来，"摆驾冷宫！"

夜，浓如泼墨。

月晕之下，朦胧光影，飞檐琉瓦所点缀的宫殿，在月光的照衬下，影深而浓重，让人压抑得险些喘不过气。

如太后一行，浩浩荡荡赶赴冷宫之时，冷宫里一片静寂，屋里不曾掌灯，诡异得让人心惊。

现在，二更还未到。

即便是主子歇下了，也该留有角灯。

但是，这偌大的冷宫里，竟然黑漆漆一片，不曾掌灯！

"为何没有掌灯。"

如太后紧皱着眉头，神情凝重无比地问着身边的崔姑姑。

玉美人闻言，轻哼一声，压低了嗓子说道："太后娘娘，您可看到了，如果没有见不得人的事，怎么可能不掌灯？嫔妾估摸着，如今这冷宫里的奴才，都遣到了别处，屋里就剩下皇后娘娘和齐王了……"

"闭嘴！"

着实恼火玉玲珑不干不净的嘴，如太后面色一沉。

虽然，她相信皇后的人品，但是现在冷宫漆黑无光，到底有悖常理。

"太后娘娘！"

抬眸看了如太后一眼，南宫素儿适时开口道："如若不然，您就不要进去了，今儿这事儿，就这么算了……"

"此事能如此随随便便就算了吗？"如太后嗔怪着看了南宫素儿一眼，微微闭起双眼，她长叹一声，冷冷地对崔姑姑说道："你带人进去瞧瞧，把皇后给哀家请出来。"

崔姑姑愣了一下，有些犹豫地看了如太后一眼，见如太后对自己轻点了点头。

"等等！"

眼看着崔姑姑带着两个宫人向里走去，玉美人轻唤一声也跟了上去："本宫跟你们一起进去！"

"这……"

崔姑姑有些犹豫地回头看了眼如太后，见如太后没有说话，便朝着玉美人躬了躬身子："玉美人，先请！"

见玉美人和崔姑姑进了冷宫，南宫素儿的面色十分担忧。微微探身，左顾右盼

第二十七章 死心，宸的选择！

地朝着冷宫里望着，她黛眉紧蹙着，看向如太后："太后娘娘，您看今日之事，可要禀报皇上？"

如太后瞪了她一眼，道："事情真相到底如何，还不可知，如何能禀报皇上？"

"是臣妾多嘴了！"

南宫素儿低垂着头，声音细若蚊蚋。

淡淡的，视线自南宫素儿姣好的面容上一扫而过，元妃唇角几不可见地轻勾了勾，冷眼望着冷宫方向。

话说玉美人和崔姑姑进入冷宫之后，并未立即掌灯，而是脚步利落地朝着沈凝暄的寝室走去。

一路跟着玉美人前行，崔姑姑越是往前走，便越是胆战心惊。

因为，距离沈凝暄的寝室越近，寝室里的声音便听得越发清楚。

那黑漆漆的寝室里不但有人，还不时传出男人喘息声，但凡经过人事之人一听便知，那到底是什么声音！

"崔姑姑，你看吧，本宫没说错吧！"微勾的唇角上挂着得意的笑，玉美人直接上前几步，伸手推了推寝室紧闭的门扉，知门口落了闩，自己无论如何都是推不动的，她冷冽一笑，示意崔姑姑守在门外，自己则转身离去。

屋里的两人，似是正在颠鸾倒凤，根本没有发觉外面的动静。

崔姑姑站在门前，面色难看之余，却又忍不住因为屋里的声响而面红耳赤。

只是片刻之后，如太后被素妃和元妃簇拥着进来。

原本，经由玉美人一番添油加醋，她老人家的脸色已然难看到了极点，现在再听到寝室里的声响，她不禁怒火中烧地命令道："把门给哀家踹开！"

她此命一出，跟在她身后的几个嬷嬷一起上前，齐齐抬脚。

"哐当——"

一声巨响后，房门应声而开，寝室里的动静也跟着戛然而止。

随着如太后入内，寝室里灯火大盛。

伴着光明，众人的视线自然而然地落在床榻上。

当看清床榻上难以一时掩尽的春光时，众人大惊，南宫素儿更是惊叫出声："啊——"

"你……你……"轻颤着手指，指着榻上春衫半敞的绝色男子，如太后气不打一处来，脸色青白交加，难看得一塌糊涂，"齐王，你大胆！"

床榻上，锦被凌乱，独孤萧逸半敞着衣襟，精壮而不失美感的胸膛在灯光的映衬下，极尽魅惑……眸华微抬，见如太后正颤手怒指着自己，他眸光轻轻一闪，斜倚在床柱上，笑得慵懒随性，绝美的五官让人移不开视线："这深更半夜的，太后怎么来了？还请太后恕本王衣衫不整，不能起身与您行礼问安！"

"你……"

胸臆间怒火难平，如太后直觉火气直冲脑海，忍不住踉跄着后退两步。

"太后！"

几乎是异口同声，元妃和南宫素儿同时伸手，扶住她摇摇欲坠的身形。

"哀家没事！"

伸手拂开南宫素儿的手，如太后缓过神来，锐利的目光直直刺向独孤萧逸，她幽深瞳孔掩藏着怒火："我皇家不幸，皇家不幸啊！"

"太后！"

南宫素儿看了独孤萧逸一眼，紧拧着眉心，看似是在安慰着如太后："也许皇后和齐王，只是一时情不自禁……"

闻言，如太后面色瞬间铁青，而独孤萧逸则淡笑着睇了南宫素儿。

迎着他灼燃的目光，南宫素儿心下一紧，忙紧咬朱唇，不再言语。

轻拢了拢衣襟，独孤萧逸薄唇勾起，对如太后凝眉说道："太后不必如此，事情没有您想象的那么糟糕！"

"齐王跟皇后通奸淫乱，秽乱宫闱，如此下作之事，侮毁皇家颜面，难道还不算糟糕吗？"玉美人犀利的双眸定定地看向独孤萧逸身后隆起的锦被，冷哼一声，上前扯住锦被一角："皇后，都被太后捉奸在床了，你还藏着掖着作甚？你以为你还逃得了吗？"

语落，她手下蓦地用力，将锦被自睡榻上扯下。

然，当她回眸看清独孤萧逸身后之人时，却见那人轻撩长发，露出一张令她惊骇万分的脸来。握着锦被的手蓦地一抖，她神情惊变，像是见鬼一般惊声尖叫："这怎么可能？怎么是你？"

经她如此一声尖叫，所有人的目光，都聚集到了独孤萧逸身后。

床榻上，独孤萧逸身后之人，长发散落的面若中秋之月，色如春晓之花，鬓若刀裁，眉如墨画，但最重要的是，他竟然是个男子。

齐王，竟然跟一个男人在皇后的床上……

这未免让人觉得匪夷所思，一时间惊得众人目瞪口呆，每个人脸上的神情，都十分之精彩。

"玉美人此言差矣……"似是十分不满被玉美人扯去的锦被，那男子紧皱了眉宇，有些不耐烦地冷笑了笑，"在这睡榻之上，本就是我跟齐王，你还打算找出谁来？"

111

"皇后！"

玉玲珑心中分寸大乱，面色苍白地上前一步，像是疯了一般跪在榻上，朝着榻内摸索着："这里是皇后的睡榻，怎么可能只有你们两个大男人，皇后一定藏在这里……"

见状，独孤萧逸邪肆勾唇，向后侧了侧身子，生怕被眼前这个疯女人碰到一般。

就在玉玲珑疯了似的想要从睡榻内侧将沈凝暄揪出来的时候，一袭鹅暖色鲜嫩春装的沈凝暄由青儿搀扶着，与独孤珍儿缓步进入寝室。

见她与独孤珍儿入内，众人神情各异，如太后的脸色，却是蓦地一缓，不复方才疾言厉色。

沈凝暄不动声色地对如太后轻福了福身，轻抬眸华，看着独孤萧逸春衫半敞的性感模样，她轻勾了勾红唇，淡漠而冰冷的声音徐徐逸出口外："玉美人在找什么？"

"皇后！"

话语出口，方觉察到不对劲，跪在榻上的玉玲珑蓦地转身，像是见鬼一般看着沈凝暄："你……你怎么可能？"

沈凝暄冷笑一声，娉婷上前，姿态优雅绝伦："怎么可能本宫喝了你下了迷药的参汤，却能不被你算计逃过一劫？"

闻言，如太后脸色一厉，慢慢拧起眉头，她沉眸看向玉玲珑："玉美人，竟然与皇后下药，意图构陷于她？"

"不——"

面色已然惨白得不像样子，玉玲珑慌慌忙忙地从榻上爬起，直直跪落在如太后面前，伸手扯住她的广袖，期期艾艾道："太后娘娘明鉴，明明是皇后跟齐王淫乱，嫔妾只是……只是……"

紧盯着玉玲珑，一直不曾开口的独孤珍儿上前一步，在如太后身侧站定："捉奸捉双，玉美人可捉到皇后跟人淫乱了？乱说话可是会死人的！"

如太后的脸色，也是难看异常。

抬眸看向独孤珍儿，她面色冷凝地问道："到底是怎么回事？"

独孤珍儿浅浅一笑，轻道："皇嫂，今日之事，是有人意图不轨，欲要构陷皇后娘娘，具体的事情，还请皇后娘娘与您一一道明吧！"

听独孤珍儿如此言语，众人的眼光重新回到沈凝暄身上。

微敛了眸，沈凝暄冷冷一笑，对如太后轻道："请太后移驾前厅。"

"好！"

如太后长叹口气,轻点了点头。

待崔姑姑和独孤珍儿扶着太后出了寝室,沈凝暄微转过身,笑看了眼独孤萧逸,对他狡黠地轻眨了下眸子,便转身也出了寝室。

没有只字片言,只淡淡一个眼神,独孤萧逸便已心领神会。

薄薄的唇瓣轻轻抿起,他伸手扶了扶身后美男光裸的肩膀:"小姑丈,怎么说我们也是主角,赶紧穿好了衣裳过去瞧瞧如何?"

"拿开你的手!"

不悦地揪着眉头,美男起身略整衣衫,先独孤萧逸一步出了寝室。

此人,不是别人,正是独孤珍儿的驸马——李庭玉!

独孤萧逸和李庭玉进入前厅之时,高位上正襟危坐之人,不只如太后一人,竟还有听到消息赶来的独孤宸!

冷眼看着下位上哆嗦着身子跪落的玉玲珑,他紧皱着眉宇,眸间是狠戾之色。

将独孤宸阴戾冰冷的神色看在眼里,沈凝暄轻轻一叹,"皇上,今夜臣妾所服用的参汤里,被人掺入了见不得人的东西,更有人以臣妾的名义,到齐王府送信,请齐王务必赶来冷宫……今日,若非臣妾机警,只怕早已着了别人的道,沦落万劫不复之地。"

沈凝暄说得轻描淡写,但足以让在场所有人都明白,有人有意要陷害她跟齐王。

而这个人,直指玉玲珑!

见众人皆以一种怪异的眼光看向自己,玉玲珑心头一惊,美人垂泪地看着独孤宸:"皇上明鉴,这些跟嫔妾无关,宫里人都在盛传,皇后和齐王有染,嫔妾今夜又接到匿名消息……"

话语将半,已是泣不成声,玉玲珑匍匐在地上,嘤嘤泣泣道:"皇上,你要相信嫔妾,嫔妾做这一切,都是为了顾念皇家颜面……"

虽然,玉玲珑知道,自己不管如何狡辩,都显得苍白无力。

但是,她亦知道构陷皇后的下场。

她做梦都没想到,原本一切都在掌握之中的事情,如何会忽然变了样。

但是现在,无论如何,她都不曾承认什么,此事她一定要一口咬定跟自己无关!

"好一个顾念皇家颜面,本宫看你是不见棺材不落泪!"冷冷勾唇,沈凝暄抬眸向外,对门外的宫人命令道:"把人押进来!"

只片刻之后,便见两位嬷嬷押着一名宫人进来。

这名宫人,眼神惊恐,头髻散乱,赫然便是玉玲珑身边的贴身侍女兰儿。

第二十七章 死心,宸的选择!

"跪下！"

直接被嬷嬷压在地上，兰儿一脸惊慌地看了眼身边的主子："娘娘，娘娘救救奴婢！"

惊见兰儿，玉玲珑面色一变，心思陡转间，她抬眸看向独孤宸："皇上明鉴，这贱婢这两日里，伺候嫔妾出了错，嫔妾打了她两巴掌，从此之后便一直不曾见过……她的话，不可信！"

沈凝暄扬唇一笑，却是冷冷阴阴的，叫人看着心里发寒："玉美人，她还没说话呢，你怎么知道她要说什么？"

闻言，玉玲珑心下一窒！

目光冰冷地看着兰儿，沈凝暄轻声说道："兰儿，本宫知道，奴婢对于主子，该忠心不二，但是你可想好了，在参汤里投毒之人是你，此事若是论处，你全家满门，一个活口都不会留下，纵是你的主子答应你替你保全谁，她也是无能为力！"

"皇后娘娘……"

听沈凝暄的一席话，兰儿的脸色瞬间惨白，不见一丝血色。

她身边的玉玲珑更是心中一惊，不由狠狠心，抿着唇，眼圈微微有些泛红地望向独孤宸："皇上明鉴，皇后娘娘如此，根本就是诱使兰儿指证嫔妾，嫔妾冤枉啊！"

"玉美人！"

轻喃着，淡笑着凝视着玉玲珑，沈凝暄轻拧了眉梢："你哪只耳朵听到本宫提你的名字了？"

"我……"

玉玲珑语塞，紧咬牙关，"若与皇后娘娘投毒，果真是兰儿，她活该被诛九族，皇后娘娘与她如此言语，明摆着便是想要往嫔妾身上泼脏水！"

听闻自家主子所言，兰儿身形一颤，扶在地上的手指微微泛白。

"你怎么就知道，这脏水一定是泼到你身上的？"冷冷地睇了眼玉玲珑，沈凝暄淡淡扬眉，再次看向兰儿，将兰儿的反应看在眼里，她淡声说道："兰儿，现在谁是谁非，你分得清楚，你听好了，本宫只给你一次机会，认罪伏诛，供出你身后之人，本宫可以只杀你一个，如若不然，你的全家只能与你一起为你的主子陪葬！"

沈凝暄入宫将近一年，从来都是温婉大度之人，从来都与人为善，如今见她对兰儿如此恩威并施，在场众人，皆心中微寒。

"皇后娘娘……"

兰儿早已吓得瑟瑟发抖，抬头看向沈凝暄，见她连睫毛也没颤一下地看着自己，她心下一狠，转头看向玉玲珑："主子，奴婢真的没想过要出卖你，可是你为何

114

要说那么绝情的话？"

她此言一出，玉玲珑面色陡地一青，明艳的瞳眸中，浮现出前所未有的慌乱，她颤声怒斥兰儿："你休得胡言！"

"玉玲珑，你给朕闭嘴！"独孤宸眼中闪过一道凶光，冷冷道："兰儿，事情来龙去脉到底如何？你从实招来！"

兰儿闻言，心头一颤，忙低垂着头，声线不稳道："皇上明鉴，是玉美人……奴婢所做的一切，都是玉美人授意，是她指使奴婢，偷偷在皇后娘娘的参汤里下了迷药和媚药，也是她差人以皇后娘娘的名义与齐王殿下送去了匿名书信……"

"你胡说！"

忽然出声打断兰儿的话，玉玲珑脸色白一阵，青一阵，骤然起身，她狠狠一巴掌甩在兰儿脸上，她怒斥道："你这该死的贱婢，本宫自认待你不薄，你为何要如此陷害本宫？"

她的一巴掌，用尽十分的力道，打得兰儿的嘴角流血。

"奴婢有没有胡说，娘娘你该最是清楚！"

抬起头来，一脸愤恨地看着自己忠心耿耿服侍多年的主子，她微转了视线，颤巍巍地看着独孤宸和如太后："皇上，太后，请你们明鉴，宫中如今盛传皇后娘娘和齐王有染，亦是玉美人授意奴婢所为，如若你们不信奴婢所言，可以问齐王看过那封匿名信，皇上太后明鉴，那封匿名信，是玉美人差奴婢去慈宁庵堂寻了皇后娘娘的姐姐，让她临摹的字迹！"

听闻兰儿将所有的事情都一一道出，玉玲珑神情顿时大变，竟然不顾体统，快步上去掐住她的脖子："你这个贱婢……"

"拿下她！"

冷冷淡淡，独孤宸只如是道出三个字，便见枭青身形一闪，上前便将玉玲珑制服。

沈凝暄站起身，一步一步走过去，轻蔑地看了玉玲珑一眼，态度不卑不亢："皇上，今日之事，明显是有人构陷臣妾，如今真相大白，您得为臣妾做主。"

"皇后请起！"

深邃的眸光微微闪动，独孤宸伸手扶起沈凝暄，眸光如刀一般，刀刀射向玉玲珑。

睇见独孤宸如刀般冷厉的目光，玉玲珑心下惊惶不已，脸色也由苍白转为猪肝色，她姣好的容颜，已然几近扭曲："皇上，太后娘娘，嫔妾冤枉……"

"你还敢说自己冤枉？"

冷哼一声，独孤宸长身而起，居高临下地看着自己曾经宠过多年的女人，他冷

第二十七章 死心，宸的选择！

115

哂一笑，眼底冰冷无情："前阵在相府时，沈凝雪便早已将你的罪状告与朕知道，你差人推皇后下水，命人偷了朕的废诏，如此一桩桩一件件，朕回宫之中本该立即与你清算，却因事情耽搁至今，朕以为，你会洗心革面，却不想你竟如此蛇蝎心肠，不但不思悔改，竟还变本加厉，玉玲珑……看样子，你是一定要朕容不得你！"

"皇……皇上……"

所有人听了独孤宸这话，脸上的神情都变了，玉玲珑的神情，也已然变得青灰一片，仿若于顷刻之间被打入地狱一般，她颤抖着身子，呼吸急促，心思百转间，她眸光一转，看向边上的南宫素儿。

见玉玲珑忽然看向自己，南宫素儿瞳眸蓦地一怔，心中升起一种不好的预感。

然而，尚不等她反应过来，便见玉玲珑似是抓到了最后一根救命稻草一般，攀附着独孤宸的袍襟，泪眼婆娑地大声喊道："皇上，这一切，这一切都是素妃娘娘的意思，是她容不下皇后，是她让臣妾动手，是她，是她……"

玉玲珑知道，自己如今大势已去。

所以，她必须放手做最后一搏。

宫里人都知道，独孤宸盛宠南宫素儿，如今她就是独孤宸最大的软肋。

反正她南宫素儿也不是什么好货色，她现在把什么事情都推到她身上，就看独孤宸如何处置。

只要她一口咬定南宫素儿是主谋，她的罪责便会轻些，只要南宫素儿这个主犯不死，她这个从犯若是死了，便是在告诉世人，皇上在此事上处置不公，拿她当替死鬼，换一万句讲，纵是她最后死了，拉上南宫素儿来垫背，在黄泉路上，也不会太寂寞！

听玉玲珑将事情推到自己身上，南宫素儿整个人一激灵，一股战栗不由自主地从脚心一直蹿到头皮。

抬头正对上独孤宸阴鸷而难以置信的双眼，她面色遽变，快步上前紧皱着眉心对玉玲珑怒喝道："玉美人，你不要含血喷人，本宫与你素来没有交往，岂会与你狼狈为奸？你可是忘了，皇后娘娘对本宫有恩，本宫是傻了还是疯了，竟会忘恩负义，以怨报德？"

南宫素儿的一席话，说得合情合理。

但是玉玲珑却是嗤笑一声，颤抖着身子癫狂笑道："人心不足蛇吞象，每个人都是自私的，你南宫素儿也不例外，你是宠妃又如何？皇上宠你上天，见了皇后你照样得行礼，皇后只要有子，便是皇上嫡子，你的孩子生下来就会比皇后的孩子差了身份，谁能保证素妃娘娘你不是想要图谋后位？"

闻言，众人一愣，皆目露怀疑地看着南宫素儿。

在众人灼灼的目光下，南宫素儿感觉自己是一个见不得光的人，忽然间暴露在大庭广众之下，身形忍不住轻颤了颤，微微喘息着，想要尽量平复自己的情绪。她轻轻启唇，连带声音也跟着颤抖："玉美人，本宫你与无怨无仇，你为何要如此陷害本宫？"

"是陷害吗？"

玉玲珑脸色苍白得厉害，但见独孤宸一直不言不语，她心中底气陡增，看向南宫素儿的眼神，却越发冰冷："你也说我们无怨无仇，若非真的是你指使，我又如何会指证你？若是我想陷害，为何不去陷害元妃？过去这么多年，她处处与我作对，我恨极了她，若是要陷害，当害她才是……"

闻言，元妃失笑。

玉玲珑说得太有道理了！

微微转头，看见元妃嘴角的冷笑，玉玲珑恨恨地瞪了她一眼，转身转头看向沈凝暄："皇后明鉴，素妃的手下，一直都跟兰儿联络，既是兰儿在这里，你一问便是！"

听闻玉玲珑所言，知她是要破罐子破摔，南宫素儿一下子变得惊慌失措，她几乎是下意识地看了眼身边的独孤宸，见他目光骤然绽亮，看起来就像是一根芒刺，似是一针见血地穿透自己的内心，她心头一紧，转头看向沈凝暄，直接在她身前跪落，目光诚挚道："皇后娘娘，你要相信臣妾，今日之事，与臣妾无关！"

看着眼前心情急切，目光格外真诚的南宫素儿，沈凝暄的视线始终都是淡淡的，让人看不出一丝情绪。觉察到众人的目光，全都停落在自己身上，她微微扬起眉脚，抬眸看向独孤宸。

显然，南宫素儿不去求独孤宸，不去求如太后，却来求她，根本是因为她知道独孤宸和她之间的承诺，知她必须要保全她。

但是，现在她却要把问题丢给独孤宸。

他不是说喜欢她吗？

他不是要背弃与她的承诺吗？

现在难题摆在这里，南宫素儿到底能不能独善其身，她比他清楚，若她自己咬死不放，十个南宫素儿也跑不掉，即便他独孤宸舍弃一切，不计一切后果地护她，保全她，如太后也再不会接受她。

现在，一切，全看他如何选择！

沈凝暄的视线，一直看向独孤宸。

南宫素儿蓦地红了眼眶，她看向独孤宸的目光先是期盼再是可怜，到最后，只剩下无比的柔弱，仿佛全部的希望都在他的身上。

见她如此，独孤宸心下一阵抽痛，眼底丝毫不掩饰失落之色。

将独孤宸的神情看在眼里，如太后面色暗暗沉下。

握着拐杖的手，紧到泛白，她冷哼一声，沉声说道："兰儿，你到底知道什么，从实招来！"

既是，她的儿子妇人之仁狠不下心，那么今日这事，便由她来替皇后讨个公道。

"回……回……太后的话……"

今日之事早已超出兰儿所能承受的底线，一时之间，面对皇上，皇后，还有太后，她的情绪早已崩溃，知自己必死无疑，她体若筛糠地趴伏在地上，瑟缩着身子回道："是……今日之事，与素妃娘娘有……有关！"

"你胡说！"

眉眼一皱，南宫素儿绝美的容颜近乎狰狞，只见她伸手之间，抓住兰儿的襟口，迫她抬头看向自己，而后猛地一甩手，也如玉美人一般，给了兰儿一巴掌。

她这一巴掌，比之玉玲珑有过之而无不及，直接将兰儿打得摔倒在地。

"素妃娘娘……"

兰儿怕死，却知道今日必死无疑，既是必死，又觉自己根本不必再怕任何人，实实在在地挨了南宫素儿一巴掌，她紧咬着唇瓣，眼眶红肿地抬起头来，直接对上南宫素儿明媚的双眼："人之将死，其言也善，奴婢都快死了，还胡说什么？是娘娘您授意玉美人对付皇后娘娘，亦是娘娘您，说过会去长寿宫，务必将太后请到冷宫捉奸，事情清清白白，一切都是小喜子从中传话，难道奴婢还会冤枉您不成？"

"你……你……"

见如太后锐利的视线投向自己，南宫素儿满腔恨意地颤手指着兰儿，却是冷笑一声："空口白牙两片嘴，你要诬陷本宫，自然说什么都行，既然你说是小喜子从中传话，你可敢跟小喜子当面对质？"

"奴婢为何不敢！"

兰儿双颊红肿，紧咬着牙关，转头看向如太后："请太后宣小喜子觐见，奴婢愿与他当面对质！"

闻言，南宫素儿眉心紧抿，嘴角的笑容却越发冷酷。

凝视着南宫素儿嘴角的冷笑，沈凝暄敏锐地感觉到了什么，心中微微思量，她不禁低头微微一笑，这时候，她突然察觉有道火热的目光在她身上一转即逝，她微微抬起头，却见独孤宸炯炯的目光，和她微冷的目光碰撞在一起。

片刻之后，独孤宸眼神复杂地看了眼边上的南宫素儿，复又对沈凝暄轻摇了摇头。

虽然，他只是轻摇了摇头。

但是看在沈凝暄眼里，他摇头的动作，却像是一把利刃，狠狠地插在她的心口。

虽然，她早已有了心理准备，知道他最后会选的一定是南宫素儿，但是直到此时真正面对的时候，她却又为何会觉得痛？

今夜构陷一事，即便南宫素儿不是主谋，却一直都在推波助澜，若非她早有防备，现在她的下场该是何其悲惨？

可是，即便如此，独孤宸……那个口口声声说着喜欢她的男人，却还是在她和南宫素儿之间，选择了后者。

她一直以为，她对独孤宸，一直以来都没有真心。

却从来不知，原来，经由前世念念不忘的一眼，今生今世，她对他，一直都有所期待。

但是现在，看清了眼前的一切，她的这颗心，终于可以毫不保留地悉数交给另外一个人，与他不同，那个人不会总是牺牲她，而是视她如命！

纷乱的思绪，终于缓缓平复，冷然的笑缓缓爬上沈凝暄的唇角，微微地，轻皱了眉心，她失望透顶地看了独孤宸一眼后，转头对正准备传小喜子的如太后轻声叹道："太后不必传小喜子了，小喜子今生今世，只怕再也不能开口说话了！"

听闻沈凝暄所言，南宫素儿面色一僵！

抬起头来，见沈凝暄正神情淡漠地看着自己，她心头一凉，忍不住攥紧了手里的巾帕。

仔仔细细将她的反应看在眼里，沈凝暄不禁哂然一笑。

看来，人真的不可貌相。

越是美丽的女人，便越是毒辣。

沈凝雪如是，玉玲珑如是，南宫素儿亦如是。

一个一个，都是披着美人皮的蛇蝎！

厅内，一时间静谧非常，几乎落针可闻，在沉默许久之后，如太后脸色变幻万千地对崔姑姑说道："去传小喜子！"

"是！"

抬眸看了沈凝暄一眼，崔姑姑快步离去。

不久后，她匆匆忙忙而回。

见她回来，如太后便已然开口："怎么样？"

"死了！"

对如太后轻摇了摇头，崔姑姑低垂下头。

第二十七章　死心，宸的选择！

听闻小喜子死了，厅内众人神情各异。

她们或是看向玉玲珑，或是看向兰儿，但更多的却是一脸怀疑地看向南宫素儿。

即便，死无对证，但世上的事，绝无空穴来风。

现在，她们终于知道，南宫素儿方才为何胆敢有恃无恐地让兰儿和小喜子对质了！

从一开始，她便知道，死人根本是没法与人对质的。

"皇上……"

不敢去看众人猜疑的目光，南宫素儿盈盈抬眸，泪眼朦胧地凝视着独孤宸。

现在，死无对证，只要独孤宸肯护她，纵是全天下的人都怀疑她，她也可以安然无恙。

定定地看着身前一脸柔弱，梨花带雨的南宫素儿，独孤宸的心，亦早已沉入湖底。

他的素儿，从何时开始，竟变得如此不择手段。

许久，在众人因厅内的气氛压抑得喘不过气来时，沈凝暄淡淡开口："太后，今日之事，皇上看得真切，剩下的事情，便交由皇上来处置，天色不早了，您早些回去歇着吧！"

知沈凝暄是在给独孤宸台阶下，如太后心力交瘁地看了独孤宸一眼，微微颔首道："罢了，哀家也累了，便先回长寿宫了。"

闻言，众人纷纷起身，恭送如太后离去。

送走了如太后，沈凝暄淡淡转头看向独孤宸，平静的脸庞上无喜无忧，不见一丝情绪波澜，她对独孤宸轻福了福身子，道："臣妾身子不适，先行告退！"语落，不等众人反应，她已然轻旋转脚步，面向独孤珍儿："因今日之事，本宫心悸不已，劳烦长公主陪本宫同宿如何？"

"乐意之至！"

轻轻莞尔，独孤珍儿浅笑着拉过沈凝暄的手转身进入内堂。

事情真相如何，公道自在人心。

既然独孤宸选择了南宫素儿，那么接下来该怎么处置玉玲珑，他自己心里清楚。

而沈凝暄邀独孤珍儿同眠，是在变相告诉独孤宸，从今日之后，一切再也回不到从前。

她的闺房，从今往后，不再欢迎他半夜而至。

轻抬眸，看着沈凝暄和独孤珍儿进入内堂，凝视着那不停晃动的珠帘，边上一直不言不语看着好戏的独孤萧逸眸光微微一荡！微微侧目，看了眼身边的李庭玉，他不羁一笑，身后拥住李庭玉宽阔的肩膀："小姑丈，今儿夜里你激情四射，着实让本王惊艳，陪本王去喝一杯如何？"

"拿开你的手！"

冷冷清清地瞥了独孤萧逸一眼，李庭玉对独孤宸躬身拱手："时间不早了，臣只是临时被公主拉来演戏的，如今戏演完了，臣也该功成身退了。"

见李庭玉如此，独孤宸清冷的视线不偏不倚地落在独孤萧逸身上。

迎着他幽暗清冷的视线，独孤萧逸了然一笑，轻拧了拧眉，他随李庭玉一起对独孤宸轻躬了躬身："臣也先行告退了！"

天，如沈凝暄此刻的心境一般，阴雨密布，不知何时又落起雨来。

回到寝室后，沈凝暄并未立即睡下，而是轻勾了红唇，斜倚窗前，凝望着空中密布的阴云，不知不觉脑海中闪过独孤宸方才对她沉眸摇头的情景，她黛眉轻轻蹙起，眼底已是一片薄凉。

窗外，贵重如油的春雨，淅淅沥沥而落。

站在沈凝暄身侧，看着她薄凉浅笑着，独孤珍儿轻皱了皱娥眉："皇上即便知道南宫素儿算计你，却还是护着她，心里很失望吧？"

"失望吗？"

淡淡敛眸，伸手探出窗外，感觉微凉的细雨打在手心，沈凝暄悠悠然道："我从来对他都不曾有过奢望，谈何会有失望？"

闻言，独孤珍儿眸色微微一沉。

虽然，过去沈凝暄在独孤宸的问题上表现得十分淡然，却从不曾像现在这般，如此冷漠。

就像是，死了心……

"师姐……"

红唇翕合，沈凝暄优雅的声音自唇间逸出："今日多谢你和姐夫，若非你们，我跳进黄河都洗不清了。"更不可能，如此完美地绝地反击！

"你若要谢，该谢齐王……"独孤珍儿轻勾了唇角，淡笑着说道，"若非他发觉那封信有异，直接去公主府找了我，想了个这么损人不利己的法子，我又如何能帮得到你？"

"损人不利己吗？"

沈凝暄眼睫轻颤了颤，将手掌微侧，任凭着手里的水珠轻轻滑落，她抬眸看向独孤珍儿，唇角勾起一抹若有若无的弧度："我觉得他这招将计就计挺好。"

第二十七章　死心，宸的选择！

"呃……"

独孤珍儿轻抽了抽嘴角，一时不知说什么好。

让两个大男人在床上瞎搞，回头再让别人去捉奸，这……还挺好？

不多时，青儿自门外进来。

抬眸看着窗前相对站着的沈凝暄和独孤珍儿，她脸色有些难看地福了福身子："皇后娘娘，前厅里的事情了了！"

闻言，独孤珍儿转身向后，蹙眉问道："皇上是如何发落的？"

"兰儿杖毙，玉美人赐白绫三尺，着以今夜自尽，玉家连坐，诛九族……"话语至此，青儿抬眸看了沈凝暄一眼，却没有继续说下去。

独孤珍儿见青儿脸色不对，眸色微微深沉："素妃呢？"

青儿看着沈凝暄，紧咬了下唇："皇上说，小喜子已死，死无对证，道是不能冤枉了素妃，带着素妃回昌宁宫了。"

闻言，沈凝暄冷嘲一笑。

一切，都在她的意料之中。

她一点都不觉得奇怪，此刻，在她心里，除了悻悻一笑，竟然连一丝丝的愤怒，都没有……

"皇后！"

在沈凝暄身后驻足许久，却一直不见她出声，独孤珍儿忍不住出声说道："我不久前听说，在天玺宫当差的几个宫人，今日被皇上杖毙了！"

闻言，沈凝暄抬起的手臂，不禁微微一僵！

静室片刻，她复又轻声问道："她们定是犯了大错！"

她从来都知，在这宫里，人命如草芥！

亦知道，身为帝王，独孤宸必然有他狠戾绝情的一面！

见沈凝暄仍旧如此反应，独孤珍儿顿了顿，如实说道："我听人说那几个宫人，在私下里议论娘娘和齐王之事，让素妃听了去，正当素妃呵斥她们的时候，皇上回了天玺宫，便一怒将她们全都杖毙了！"

闻言，沈凝暄星眸微敛，终是转身面对独孤珍儿："她们议论我与齐王有染，所以被皇上杖毙了？"

"是！"

独孤珍儿微微颔首。

见独孤珍儿微微颔首，沈凝暄淡笑着转身看向窗外，喃喃轻道："她们妄议皇后，自然该是死罪！"

在这偌大的皇宫里，到处都是尔虞我诈和勾心斗角，谁的脑袋都是晃晃悠悠的。

这，就是皇宫。

也是她不喜欢这个地方最根本的原因！

眼看着沈凝暄一副不为所动的样子，独孤珍儿面色微变了变，语气也跟着变得深远："皇后，你可曾想过，皇上为何会如此行事？"

闻言，沈凝暄不以为然地轻勾了勾唇，"他为何如此，与我无关！"

从今以后，再也没有任何关系了。

将沈凝暄的样子看在眼里，知道独孤宸的做法伤了她的心，独孤珍儿轻叹一声："其实，皇上在心里是向着娘娘的。经今日一事，日后再不会有人敢妄议娘娘和齐王之间的事情……"

"也许……"

沈凝暄微微地应了一声，心中却是无奈一叹："皇上心里只有南宫素儿，从来都没有我，师姐你不必安慰我，不管他心里向着谁，日后都与我无关，我心亦再没了能容他的地方！"

一语落，她不曾发现，半敞的寝室门外，不知何时多了一抹明黄之色……

独孤宸是习武之人，加之刻意敛了气息，寝室内的独孤珍儿并没有觉察到他的存在。

听闻沈凝暄的决绝之语，独孤珍儿伸手扶住她瘦削的肩膀，凝眉说道："今日经玉玲珑如此一闹，只不消一日，所有人都会知道，是玉玲珑一心陷害齐王和你，你们之间从来都是清白的，玉家倒台会是个教训，日后自然不会有人再敢非议！至于南宫素儿……现在即便皇上不治罪于她，明眼人都知道她在这整件事情里扮演着什么角色，她以后的日子也不会好过……师妹，我们不气了好不好？"

沈凝暄唇角勾起的弧度，一直若隐若现，轻叹了口气，她淡淡看着独孤珍儿："师姐为何一定觉得我在生气？"

"师妹……"

面对沈凝暄如此反应，独孤珍儿神情微滞了滞。

笑看着独孤珍儿，沈凝暄眸色微缓："只是不相干的人罢了，我为何要生气？"

见她如此，独孤珍儿心下微凉，凝视着沈凝暄平静的脸庞，她轻轻地扯了扯她的袖口，俏脸之上满是怀疑："师妹！你与我说说实话，你心里可有皇上？"

闻言，沈凝暄莞尔一笑。

"没有！"

轻轻扬起下颌，她唇角勾起的弧度刚刚好，视线微微一转，似有似无地飘向门

第二十七章　死心，宸的选择！

外，她眸色微深了深，淡声说道："我对心里装着别的女人的男人，不感兴趣！"

虽然，独孤珍儿早已料到沈凝暄的回答，此刻听她直言，心中难免微室！

微深的瞳眸中，波光闪动，沈凝暄抬眸对上独孤珍儿的双眼，深深地吸口气，她凝眉说道："即便一开始，我对皇上有所期待，经由现在一桩桩一件件的事情之后，那丝期待也已然消磨殆尽了，从今日之后，我对他再也不会存半点的心思！"

闻言，独孤珍儿眸光微闪了闪。

许久，她眸色微暗了暗："你莫不是真的……"

沈凝暄拧眉："真的什么？"

"没什么？"

独孤珍儿想问，沈凝暄是不是真的喜欢齐王，她心里的那个人，是不是独孤萧逸。

但是话到嘴边，她却问不出，也不敢问。

她怕，她怕沈凝暄会点头。

只要她点头，那么事情便会超出她所能控制的范围。

她不想沈凝暄有事，更要一力保全独孤萧逸。

但，他们之间是独孤萧逸单相思也就罢了，若是两情相悦，事情只怕会朝着她最不想看到的方向发展了。

难道，真如她皇兄所言，是谁的，终归是谁的？

许久，两人谁都不曾言语。

春风起，细雨霏霏。

转头望着窗外，睇着由近及远的那抹明黄色的身影，沈凝暄眸光淡然，眼底精光绽亮，是前所未有的坚定……

第二十八章　可惜，你不是我！

　　窗外，春雨飘落，瓦口滴滴答答。
　　原本，独孤宸是跟南宫素儿一起离开冷宫的，但是走到一半之后，他却命人将南宫素儿送回，自己独自一人复又返回冷宫，他……本是担心沈凝暄的，却在无意间听到她和独孤珍儿的对话之后，心中顿时一片晦涩。
　　他不知自己是如何离开冷宫的。
　　微凉的夜雨，打湿了他身上的龙袍，却让他的神智越发冷静与清晰。
　　他才与她说过，他喜欢她。
　　却在她被构陷的情况下，最终还是选择了保全南宫素儿。
　　他岂会不知，这样对她不公平，但是他却不能眼睁睁地看着南宫素儿出事，即便……南宫素儿是罪有应得！
　　她应该恨他！
　　她的那句，从今往后再也不会对他存半点的心思，就像是一盆冷水，从他的头顶浇下，让他整个思绪都清晰得可怕，可是……他的思绪越是清晰，便越会觉得对她不住！
　　在南宫素儿的问题上，他终究是亏欠了她的。
　　然而，纵是如此，他却别无选择！
　　不知不觉中，一路淋雨回到天玺宫中。
　　一路穿过大殿，进入寝殿，独孤宸一眼便看到了跪在大殿里的南宫素儿。
　　此时的南宫素儿，卸去了妆容，褪去了华衫，青丝寂然，纤尘不染，身着一袭洁白裙衫的她，仿佛回到了几年以前。
　　那个时候，她清纯、美丽、大方、可爱，只盈盈一笑间，便可轻易俘获世间男

子的心。

这其中，自然也包括独孤宸。

只是，与世间男子不同的是，他并非失心于她盈盈一笑间，而是在她十岁那年，便已然认定了她。

彼时，十岁的她，漂亮得婉若仙子，让他惊艳。

她善良，可爱，更是让他不能不喜欢。

但是现在……

看着眼前哭红了双眼，正满眼凄婉地凝望着自己的倾国之色，独孤宸眸色微沉，直接越过她，在龙榻前站定。

荣海见状，连忙上前，着手替他宽衣。

见他冷着一张俊脸，却不看自己，南宫素儿心中钝痛，紧紧地咬着唇瓣，几乎将唇咬出血来。

半晌儿，独孤宸已然换上一件崭新的蚕丝内服，荣海将湿透的龙袍拿给一边的宫人，独孤宸终是转头看向南宫素儿，见她泫然若泣，一副我见犹怜的模样，独孤宸幽幽开口，声音略显低哑："朕命人送你回昌宁宫，你来天玺宫作甚？"

"皇上……"

晶莹的泪，顺着眼角滑落，南宫素儿清丽绝俗的容颜，惨白得让人心疼："你一定在怪我吧？"

"你说呢？"

独孤宸以为，南宫素儿会狡辩，会尽力洗白自己，如果那样的话，他真的会对她失望透顶，但是现在，她一开口便是如此言语，并没有极力去否认什么，这……让他不得不紧皱了眉头。

她，还没有到无可救药的地步！

"皇上！"

轻抬了眸华，眸中泪光涌动，南宫素儿紧咬了下唇，轻声说道："今夜之事，是玉美人一手操纵，素儿只是依她所求，请了太后过去……"

静默地看着她绝美的容颜，独孤宸似是想要看穿她的心一般，许久之后，他幽幽一叹，一脸疲惫地轻声问道："你知道皇后与朕之间的承诺，自皇后回宫，皇后处处帮你，为你在太后面前说话，你为何要恩将仇报，与玉玲珑构陷于她？"

"因为皇上！"

眉心轻拧着，静静地与独孤宸深幽的双眸四目相接，南宫素儿凄然一笑，两行清泪缓缓滑落："自从臣妾回宫以来，皇上表面上确实对臣妾恩宠有加，但是那只是表面，实际上皇上根本就不曾碰过臣妾，臣妾是女人，一个深爱着皇上的女人，臣妾可以清楚地感觉到皇上情绪的变化，自然也知道，皇上心里在想着谁，即便在皇上与臣妾亲热时，你所叫的名字，也会是暄儿……皇上，你杀了臣妾全家，可是臣妾却还是放下家仇，放下孩子，放下所有的一切回来了，臣妾之所以回来，是为了你的爱，可是你的反应，让臣妾惊慌，让臣妾害怕，臣妾不知道，不知道自己还能坚持多久，皇上……臣妾对你的心，你难道真的不知吗？你要我如何眼睁睁地看着，看着你喜欢上另外一个女人？走近另外一个女人？"

　　南宫素儿的话，就像是控诉一般，字字敲在独孤宸的心头，让他一时间心中五味杂陈。

　　曾几何时，他爱眼前的女子，爱到痴狂。

　　却在她准备嫁衣之时，为了权势翻脸无情，直接抄了她的家，灭了她的族。

　　可是，即便如此，单凭着对他感情，她放弃一切，重新回到他的身边……他本该爱她，疼她，却真真如她所言，心里想着另外一个女人，这对她何曾公平过？

　　他对她何其残忍！

　　事情，总是朝着无法预期的方向发展。

　　他无论如何，都想不到一趟楚阳之行，她会跟他一起回来，更加想不到，他会在出行之中，不知不觉地对沈凝暄上了心，他更加更加想不到的是，就是因为这份感情，他心里一直以来都完美至极的素儿，竟然会对沈凝暄下手。

　　而事情的结果是，他保全了素儿，却又一次亏欠了沈凝暄。

　　"皇上……"

　　许久，不见独孤宸言语，南宫素儿凄美一笑，眼底晦暗无光："素儿的心，现在好痛好痛，何为生无可恋，如此便是了。"深吸口气，她直直望入独孤宸深幽的双眼，笑得决然，声音却在不停地轻抖着，"做错了事情，便该受到惩罚，你……杀了我吧！"

　　听闻南宫素儿，求自己杀了她，独孤宸的心，仿佛在一瞬间被一只大手攫住，狠狠地揉捏着。

　　置于大腿的手，紧紧握成拳，指关节挤压着皮肉，呈现出毫无血色的白，他淡淡看着南宫素儿，心里却连呼吸都在痛着。

　　也不知过了多久，他终是站起身来，大步走近南宫素儿。

　　见他走近，南宫素儿眼里的泪水霎时间落得更急了。

　　深凝视着她的泪眼，独孤宸眉心轻蹙，蓦地伸手握住她纤弱的手臂，直接将她带入怀中。

　　"宸……"

　　依然是原来的称呼，南宫素儿紧抿着唇瓣，颤手拥住他宽阔的背脊。

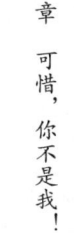

"朕不会杀你！"

将坚毅的下颌，抵在她的肩膀，独孤宸的声音沙哑得让人心疼："朕曾经答应过你，给你无上的荣宠，这些朕还没做到……"

"宸……"

紧抿的唇瓣微微弯起，南宫素儿用力抱紧他："我知道，你不会不要素儿的。"

她就知道！

"朕不会不要你！"

声音从低哑到低沉，独孤宸深邃的眸海，已是一片寂灭："但是前提条件是，从今以后，你不可以再动对付皇后的心思，否则……"

"不会了……不会了……"

像是在保证一般，南宫素儿不停地摇动着螓首，品尝着泪中咸涩，她俏脸上的笑容，有一抹狠戾快速闪过……

沈凝暄不简单！

今日将是一个教训！

从今以后，如无十全把握，她绝对不会再贸然行事！

翌日清晨，落了一夜的雨，终于停了。

阳光初绽，雨后的整座皇城皆被沐浴得生机勃勃。

晨起之后，沈凝暄和独孤珍儿刚刚用过早膳，便见秋若雨脸色苍白地进来。

轻抬眸，见秋若雨脸色不佳，沈凝暄眸色微微一沉！

沈凝雪逃了！

即便秋若雨武功高强，但是她还是从庵堂被救走了！

看着秋若雨惨白的脸色，沈凝暄并未过分苛责。

沉寂许久，她方抬眸看向独孤珍儿："师姐，我求你一件事！"

独孤珍儿闻言，一时间疑惑莫名："你说……"

沈凝暄浅笑，说道："沈凝雪身上中的毒，是经由师姐与我同时调制，除了你我，无人能解，还请师姐答应我，无论是谁求你替她解毒，你都不能答应！"

独孤珍儿神情微顿了顿，柳眉轻蹙着点了点头："你放心吧，她多行不义，连亲姐妹都想毒害，活该受此毒折磨！"

沈凝暄淡淡一笑，深看独孤珍儿一眼："师姐今日答应我的，且要记得，我说的是无论是谁求你，你都不能替她解毒。"

独孤珍儿不是傻子。

相反的还十分聪颖。

此刻听沈凝暄如此言语，她岂能明辨不出她话里的意思？

"你放心吧，我答应过你的事情，一定会做到！"脸色明显变了变，独孤珍儿立即转身向外，"我还有事，先走一步！"语落，不待沈凝暄出声，她已然出了前厅，快步远去。

转头看着独孤珍儿离去的背影，秋若雨神情微讶地看着沈凝暄："娘娘知道救走沈凝雪的人是谁？"

沈凝暄冷然一笑，道："你武功不弱，能从你手里救人，那人功夫势必在你之上，在这个时候，肯出手救沈凝雪的人屈指可数……"

那个人，必定是李庭玉！

可是，就是这样的一个男人，昨夜在救了沈凝雪后，却堂而皇之地在宫里与独孤萧逸演了一场床戏。

如此之人，还真是不能让人小觑啊！

"皇后娘娘……"凝眉看着沈凝暄高深莫测的样子，秋若雨轻蹙了蹙娥眉，"驸马爷救了沈凝雪，不知会把她藏在什么地方，我们该怎么办？"

"凉拌啊！"对秋若雨清幽一笑，沈凝暄微扬了眉角，"她想要活着，就继续活着好了，不是有句话叫生不如死吗？"

以沈凝雪前世里对自己的所作所为，在沈凝暄看来，即便将沈凝雪千刀万剐，她心里也不会觉得解气。

不过现在正好。

既然她想要活着，她便让她活着。

她要看她被身上的毒病折磨，折磨到生不如死！

自那日之后，独孤珍儿一连数日都不曾再入宫。

沈凝暄知道，自己这位师姐，虽性情洒脱，但只要遇到驸马的事情，便会像变了个人一般。

在此之间，沈凝暄也曾在长寿宫中见过独孤宸，不过每次见面她也只是浅笑辄止，在独孤宸看来，眼前的她，虽然在笑着，眼底却是冷冷淡淡，透着几分疏离。

即便如此，他也曾到过冷宫两次，然沈凝暄不是告病不见，就是冷冷淡淡。时候一长，他心中郁结，便也就赌气不再到冷宫去自讨没趣。

不仅如此，他还夜夜召幸南宫素儿。

一时之间，素妃的风头在宫中一时无两。

一晃眼，半个月过去了。

第二十八章 可惜，你不是我！

皇后荣辱不惊，元妃安于现状，在无人争宠的情况下，素妃的风头越来越盛，宫中众人皆心中明白，若长此以往，距离素妃晋封的日子，只怕不会太远了。

这些事，如太后自然看在眼里。

她知道沈凝暄心里必定因玉玲珑构陷一事，皇上袒护南宫素儿，而生着皇上的气，不过那是皇上，她以为此事，沈凝暄气几天也罢了，不必过问，可是……静观几日，她终是有些坐不住了，特意命人传了久未入宫的独孤珍儿，让她到冷宫去开解沈凝暄。

独孤珍儿到了冷宫，见沈凝暄正如农妇般，在药田里鼓捣着药草，她微微一笑，故意调侃道："看来这些东西，在娘娘心里，比皇上都要重要啊！"

闻声，沈凝暄微微抬头。

见独孤珍儿一脸浅笑地站在药田边上，她亦站起身来，缓缓迎了上去。

"臣妾给皇后娘娘请安，娘娘万福金安！"不等沈凝暄上前，独孤珍儿便已略略福身，对沈凝暄行了礼。

"师姐免礼吧！"

淡笑着行至独孤珍儿身前，沈凝暄幽幽打趣道："我一介失宠的皇后，何来万福金安一说？倒是师姐一走数日，怎地今日舍得进宫了？"

"是有一些棘手的事情……"

独孤珍儿眼神黯然地微微垂眸，却在下一刻抬眸时，一脸怡然："先不说那些，我此行可是奉太后之命前来开导你的！"

沈凝暄淡淡一笑："开导就不用了吧，我现在过得很好。"

重要的是，她不觉得，自己有什么想不通的地方。

独孤珍儿轻牵了牵唇角："你过得的确好，不过有人过得却不太好！"

"嗯？"

轻挑了眉梢，沈凝暄的视线与独孤珍儿视线在空中相交。

独孤珍儿无奈一叹，一脸的无可奈何："有个人，因为不方便来见你，傻傻地每日到我府上，只等着我入宫之时，跟我一起过来，也好见上你一面！"

闻言，沈凝暄面色一怔！

尚不等她反应过来，便见一道俊逸如谪仙般的白色身影，自独孤珍儿身后翩然步出！

眼前的独孤萧逸，温润如玉，俊逸如风。

狭长的凤眼中始终含着浅笑，他身上一袭白色锦袍，在微风之中，于空中勾勒出一抹极好的弧度，将他衬得越发飘逸出尘。

一别匆匆，数日不见。

再见独孤萧逸时，沈凝暄的心中岂会毫无波澜。

然而，即便心中如何雀跃，她却仍是一脸疑惑地看向独孤珍儿。

不久前，她初回宫时，她这师姐便警告过她，让她和齐王保持距离，眼下……却还是她，将齐王带到了她的面前！

"你的人，方才都让我打发了，我去帮你打理药田！"迎着沈凝暄疑惑的神色，独孤珍儿并未与她解惑，而是深看了她一眼后，轻声催促道，"你们到前厅先歇会儿吧！"

"呃……"

沈凝暄咂了咂嘴，黛眉紧锁。

独孤珍儿这明摆着是要给她和独孤萧逸制造单独相处的机会！

她怎么忽然就转性了呢？！

怪哉！

始终见沈凝暄的视线纠缠在独孤珍儿身上，独孤萧逸淡雅一笑，竟然几步上前，伸手拉住她的手："走吧，待会儿我还要去见皇上！"

因他大胆的动作，沈凝暄身形一僵，仿佛被雷击一般，蓦地抬眸，见独孤珍儿对独孤萧逸不合时宜的举动根本视而不见，一直都在低头鼓捣着药草，她轻拧了黛眉，抬头对上他温波荡漾的双眸："你疯了……"

"没有！"

对沈凝暄展颜一笑，独孤萧逸微翘着唇角，拉着她举步进入前厅。

直到两人进入前厅，独孤珍儿鼓捣着药草的手才微微一顿。

抬起头来，朝着前厅方向望了一眼，她不禁神情复杂地将眉心皱成川字，许久都不曾舒展开来。

她不知自己如此，是对是错。

只是……随心而已！

"独孤萧逸！"

一路被独孤萧逸拉着进到厅内，沈凝暄轻挣了挣自己被紧握的手，压低嗓子说道："你到底要做什么？"

闻言，独孤萧逸脚步微顿。

静静沉默片刻，他蓦地转身，用力将沈凝暄拥入怀中。

"啊——"

直接被独孤萧逸疯狂的举动惊得叫出声来，沈凝暄紧皱着黛眉，伸手捶打着他的肩膀："你这个疯子，是不想活了，还是想要害死我？放开……"

第二十八章 可惜，你不是我！

131

"别怕，有小姑姑，没事的！"

将下颌埋在她的肩头，独孤萧逸轻勾着唇瓣，伸手安抚似的轻抚着她纤弱的背脊，像是个撒娇的孩子，软软出声："小暄儿，我好想你，只想好好抱一抱你！"

闻言，沈凝暄心头微微一颤，一直维持着推拒动作的手，终是缓缓垂落。

她和他，已有半月有余不曾见过。

虽然，她不知她师姐的态度为何忽然有了转变，既是他说有她师姐在，不会有事，那么她便信他一回。

再不济，她的师姐，也不会害她！

时间，像一条小河，在两人静静的拥抱中缓缓淌过。

半晌儿后，终是深深地吸了口气，独孤萧逸方才将沈凝暄放开。

"抱够了？"

凝视着独孤萧逸俊逸的容颜，沈凝暄轻挑了下黛眉，唇角勾起一丝浅显的弧度。

"不够！"

眼底的笑意始终不减，反倒更深几许，独孤萧逸伸手抚过她的眉眼，像是要深深镌刻在自己的脑海一般："只要是抱着你，永远都不会够……"

心思细腻的沈凝暄，自然觉察出了他的异样。

轻蹙眉心，她凝视着他，低声问道："你怎么了？"

"没事！"

淡淡的笑，自唇角晕染开来，独孤萧逸拉着她的手，与她一左一右坐下身来，眸华浅浅荡漾："最近这阵子，我要出趟远门，不能在你身边保护你了。"

闻言，沈凝暄不以为然地轻笑了笑："你我身份有别，即便你想在我身边保护我，只怕也不行吧？！"

"你啊！什么时候都有理！"深凝视着沈凝暄脸上的浅笑，独孤萧逸心下一动，修长的手指划过她细腻的脸庞，"如今玉家彻底玩儿完了，但南宫素儿还在，你切要记得，多几分防人之心……"

"我知道！"

到底还是不太习惯他如此亲昵的触碰，沈凝暄微微一笑，偏了偏头道："你走了又不是不回来，我也不是小孩子了，自然会照顾好自己，保护好自己，你何需如此担心？！"

独孤萧逸浅笑了笑，轻轻点头，"我相信你能照顾好自己，也能保护好自己，不过……日后在这深宫之中，你除了要提防素妃，还要注意元妃……元妃这个人，很聪明，也很小心，若她要害你，则防不胜防！"

"好，我记下了！"

沈凝暄轻点了点头，沉眸笑道："元妃娘娘可以在皇上身边盛宠不衰，可并非完全是因为她的美貌！"

能够在宫中盛宠多年，这也是元妃的本事。

听闻沈凝暄所言，独孤萧逸的心放下大半。深凝视着她澹静柔雅的模样，他深邃的眸底，波光流转，握着她的手，更加收紧了几分："小暄儿，你可知道，当初玉美人的那封信，我是如何看出破绽的？"

闻言，沈凝暄微怔了怔，心思微转，想到其中关键，她却仍旧轻笑着问道："为何？"

据她所知，沈凝雪被贬至慈宁庵堂后，便开始临摹她的笔迹。

他所收到的那封信，她曾经看过，即便不是出自她手，笔迹也已然可以以假乱真了，但是他却在看过信后，直接便去找了独孤珍儿。

这也就意味着，他从一开始看到那封信的时候，就知道那封信不是她写的。

"信上直说你有急事要与我商量，却唤我做齐王……"笑盈盈地看着沈凝暄，独孤萧逸宠溺一笑，眸底情意缠绵，"莫说你平日不会找我，即便是要找我，那信里的称呼，也不该是齐王，是不是？"

沈凝暄微微一笑。

是啊，她不会找他，即便是找他，也不会唤他齐王。

她绝对不会给人留下把柄。

缓缓地，扬了唇角，她淡淡一笑，算是肯定了独孤萧逸的猜测，沈凝暄心思微转，对他轻道："既是有人拿我们之间的关系做文章，你我之间再见面便真的不合适了。"

独孤萧逸垂眸一笑，眼底划过一道流光，眸底思绪良多："我知道你在担心什么，今日之后，我会做得很好，绝对不会再有人会以我为弊由来伤害你！"

"先生……"

凝视着独孤萧逸深邃的墨色瞳眸，沈凝暄心里微微一悸，第一次主动伸手，她晶莹如玉的纤手，微蜷了蜷，轻轻落在独孤萧逸的手背上："我不是不想见你，而是现在……还不是时候！"

他们的未来，在一年之后……

"暄儿！"

难得沈凝暄主动回应自己，独孤萧逸心弦微颤，紧握着她的手，他的眸光瞬间绽亮。

早已料到他会是如此反应，沈凝暄并没有多大的惊讶，反倒淡笑着弯了红唇，

第二十八章 可惜，你不是我！

133

清幽声道："你事事为我，我若还如以往，岂非真的铁石心肠？谁对我好，我心里明白，我想要的是什么，我自己最是清楚，只是可惜，一步错，步步错，如今我是皇后，你是齐王，除非我死，否则你我之间今生今世，便只能是这种关系，你我之间的缘分，也只能是有缘无分！"

闻言，独孤萧逸深凝视着她，他的眼角，微微上挑，眸底明波荡漾："即便是镜中花，水中月，又如何？我只需远远望你一眼，知你过得好，便已足矣！"

他求的，其实从来都不多啊！

"看你把自己说得有多可怜？"

听独孤萧逸一席话，沈凝暄心里说不感动那是假的。

记得初见独孤萧逸时，他并非现在对她这般，她对他的第一印象，便是冷心冷情，但是相处久了，她才发现，冷心冷情只是表面，在那冰冷表面之下，他也藏着一颗柔软的心。

那时候的她，做梦都不会想到，有朝一日，他这颗柔软的心，竟然会给了她。

心念至此，她心意微动，低敛了眉目，淡淡勾唇。调皮的纤指，自他修长的手指上抚过，那轻盈的动作，在两人心间荡起丝丝涟漪，她盈盈抬眸，对上他绽亮的星眸："你与我，从来都是你这个傻人在无怨无悔地付出，我从不曾给你一个承诺，就连只言片语都没有！"

"嗯哼！"

早已因沈凝暄的轻柔的动作和浅笑而迷了双眼，独孤萧逸淡淡垂眸，抓住她不安分的手指，皱眉说道："是我心甘情愿，怨不得谁！"

沈凝暄眸光荡漾，脸上笑容更深："可是我会觉得过意不去，总想要给你些什么……"

"你不必觉得过意不去……"十分自然地回了一句，方才觉得沈凝暄话里有话，独孤萧逸倏地抬眸，对上她晶亮的眸子，却见她红唇开合，幽声说道，"给我一年时间，我也许……可以给你一个全心全意的沈凝暄。"

心跳，仿佛在这一刻停止了跳动。

独孤萧逸怔怔地看着沈凝暄，俊美的脸上一片空白，一时间竟然忘了反应。

沈凝暄盯着他半晌儿，俏脸露出一丝狡黠，转身抽回自己的手，起身便要向外走去："不要就算了！"

"我要！"

心中被一阵狂喜淹没，独孤萧逸骤然起身，从身后将她抱紧，儒雅出尘的俊脸上，笑意盎然："我当然要！"

一直以来，一直一直都是他在走近她。

他以为，她不再后退，对他而言，便是老天最大的厚爱。

却不期，她……她竟然也会朝他走近一步！

他早已做好了守护她一生的准备。

可她，却给了他一个大到不能再大的惊喜！

"独孤萧逸……"

轻轻抬手，覆上他紧抱着自己的双手，沈凝暄眸色微顿，笑得凄然惨淡："我说的，只是也许！"

闻沈凝暄所言，独孤萧逸低笑了起来，他挺拔的身姿因为笑声而轻轻颤动着："这就够了！"

独孤萧逸走后，前厅里便只剩下沈凝暄和独孤珍儿两人。

深看她一眼，独孤珍儿揉了揉自己有些酸疼的手臂，视线左右穿梭着："师妹，你觉不觉得，这冷宫里阴气太盛了！"

见独孤珍儿对于方才的事情只字不提，沈凝暄心下疑惑地轻皱了皱眉，低眉想了想，她淡笑了笑，道："这皇宫里，只有皇上一个男人！如今皇上盛宠素妃，断断不会来我这冷宫，要不师姐出面，让太后遣派几个公公过来？他们虽然阳气不足，但人数多了，多少也会管些用的！"

听她此言，独孤珍儿微微一怔！

虽然，她说这里阴气太重，本意确实是想要添几个宫人，替沈凝暄打理药田，却无论如何都没想到，沈凝暄竟会如此回她一句。

转头看向沈凝暄，见她抬手掩鼻，一脸要笑不笑的样子，她不禁轻斥一声："这才几日没见，便学得没脸没皮的？当心太后听了去，废了你的后位！"

"这后位晃晃悠悠的，谁稀罕谁拿去便是！"沈凝暄自嘲地笑了笑，起身拉着独孤珍儿坐下身来，"眼下时辰还早，师姐陪我下盘棋如何？"

闻言，独孤珍儿对沈凝暄笑了笑，到底还是跟她一起坐下："三局两胜！"

不久，棋盘上桌。

低眉略一观察棋局，沈凝暄取了棋子，淡笑着落下。

凝视着她淡然的神情，独孤珍儿娥眉微蹙，轻叹声道："我以为，自玉美人构陷一事之后，皇上会因为偏袒了南宫素儿，对你有愧，从而对你更好，可是现在倒好，他现在居然独宠南宫素儿，对你不闻不问！"

"师姐说这些是何用意？！"淡淡抬眸，睨了独孤珍儿一眼，沈凝暄也跟着轻叹道，"可是要我拿自己的热脸去贴人家的冷屁股？！"

听了沈凝暄幽幽叹息，独孤珍儿不禁撇唇一笑："你这话……说得好粗俗！"

沈凝暄看了她一眼，闲闲问道："我的话，听着虽粗，却一点不俗，也恰恰是现在我与皇上之间最好的写照！"

"世上……没有无缘无故的事！"轻轻地将棋子置于棋盘上，独孤珍儿眉目凝起，脸上的笑，渐渐敛去，"你冰雪聪明，难道就看不出皇上为何会忽然对素妃如此宠爱？"

迎着独孤珍儿的眸，沈凝暄神思微远。

许久，她轻轻笑道："师姐莫不是说，皇上如此，是为了让我吃醋？你可是忘了，那南宫素儿本就是他心仪之人，为了她，他才会不远千里前往楚阳！"还险些，把命丢在那里！

"或许吧！"

轻点了点头，独孤珍儿眸色微暗了暗，再次垂眸："不过，即便他真的是为了让你吃醋，你应该也不会有所反应。"

闻言，沈凝暄娥眉微蹙。

幽幽的目光，深凝视着沈凝暄，独孤珍儿神情复杂地又是一叹："入宫伊始，你对皇上，虽并非热络，却并不似现在这般冷淡，你们之间的问题，不只是因为南宫素儿！"

明白独孤珍儿话里的意思，沈凝暄眉心轻动。

她不知道，一直反对她和齐王来往的独孤珍儿，为何会一反常态。

但是方才，独孤萧逸是当着她的面，拉着自己进屋的。

是以此刻，她根本不必解释什么。

微微思忖了下，她凝眉看向独孤珍儿，"师姐，果真冰雪聪明，不过我心中疑惑，你一直都在告诫我，让我与他保持距离，就不知这今日转变到底因何而来？"

经沈凝暄此问，独孤珍儿脸色微微一凝，抬眸看了沈凝暄一眼，她无奈轻道："因为今日一早，皇上便已在朝堂上下旨，遣他立即离京，前赴西疆戍守！"

"什么？"

沈凝暄瞳眸微缩，捏着棋子的手蓦地收紧，一脸震惊地抬眸看着独孤珍儿。

"这个消息是他今日亲口告诉我的，我从驸马口中也得到了应证，千真万确！"独孤珍儿沉着脸瞥了她一眼，以肯定的语气再道，"皇上，将他流放了，他别无所求，只求能过来见你一面，我这个做姑姑的，岂能不满足他这最后的愿望！"

沈凝暄一听，脾气顿时就上来了！

啪的一声将手里的棋子丢在棋盘上，她冷声说道："在楚阳时，他为救皇上，立了汗马功劳，如今回宫才短短月余，皇上怎可恩将仇报，将他流放了？"

没想到一向沉静的沈凝暄的反应会是如此激烈，独孤珍儿的神情一僵！

然而，只是片刻之后，她心中却已然释然。

"师妹！"深吸了一口气，她对沈凝暄轻轻笑道，"你现下如此激动，任谁见了，也会觉得，宫里的那些传言是真的！"

"去他的传言！"

气冲冲地往桌子上拍了一巴掌，沈凝暄冷冷瞥了独孤珍儿一眼，心中思绪百转千回。

独孤萧逸的身份，她一直都知道，自然也清楚，独孤宸对他的忌惮。但，不管怎么说，独孤萧逸在楚阳时方才立过功，他怎能如此对他！

看着沈凝暄，独孤珍儿撇了撇唇，苦涩一笑："原来师妹心里的那个人，真的是他……"

闻言，沈凝暄淡淡抬眸，凝视着独孤珍儿。

蓦地抬手，将袖摆挽起，将自己如玉般的藕臂横在独孤珍儿面前，沈凝暄凝眉说道："我行得端坐得正，即便心里有他，除了今日之外，从不曾逾越过规矩，这易容膏，是师姐的东西，我是不是清白，你心里该是一清二楚的。"

"纵是你和他之间发乎于情，止之于礼，从来都是清白的，但是，只那份情，便足以要了他的命啊！"轻轻地将视线从沈凝暄光裸干净的手臂上一扫而过，独孤珍儿沉眉说道，"师妹，这里是皇宫，明里暗里不知有多少双眼睛，人前人后不知有多少用心不端之人，即便你行得再端，坐得再正，只要齐王在京一日，便一定会有人戳你的脊梁骨！"

听独孤珍儿此言，沈凝暄眸色一正，眼底情绪复杂莫名。

她知道，她一直都知道！

所以才会不顾独孤萧逸的感受，一直把他往外推。

将她的微小的神情变化看在眼里，独孤珍儿微蹙了蹙眉，而后以手托腮，语气涩然而无奈："其实，说句公道话，皇上对齐王忌惮已久，他的存在始终是对皇上的威胁，对他下手是迟早的事情，或许他对你的爱慕，只是个诱因罢了！"

"诱因？"

脸色微微一凝，沈凝暄冷冷一笑："说到底，皇上这次是借了玉玲珑和南宫素儿的东风！"

独孤珍儿冷淡一笑，拧眉看着桌上的棋局："也许，皇上是真的在乎你呢？"

听她这么说，沈凝暄气极，不禁心中冷哼！

在乎她？

他哪怕有一丁点的在乎她，就不会在南宫素儿陷害她之后，堂而皇之地给她无上荣宠。

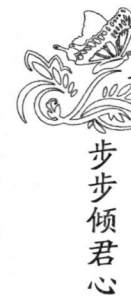

他的在乎，还真是特别。

见沈凝暄面色低沉，独孤珍儿也不扰她，独自一人扒拉着棋盘上的几颗棋子，只待她平复心情。

静寂片刻，沈凝暄气息终是稳了稳，转头看向刚刚进门的秋若雨："去探，看齐王现在身在何处！"

"不必去了！"

不等秋若雨应声，独孤珍儿微垂着眼睑出声阻止，沉默了好一会儿，她才抬头看向沈凝暄："齐王见了皇上应该会到长寿宫去与太后请辞！"

"青儿，备辇！"

蓦地从桌前站起身来，沈凝暄顾不上对独孤珍儿说些什么，转身便要向外走去。

"皇后娘娘！"

一把扯住沈凝暄的手腕，独孤珍儿面容正色："若我是你，此刻便安安生生待在冷宫里，不去见他！"

微微转头，看着独孤珍儿，沈凝暄伸手掰开她的手："可惜……你不是我！"

片刻，沈凝暄登上凤辇，朝着长寿宫而去。

凤辇行至半途，见枭云远远而来，她秀气的眉头微微拧起，命人停下凤辇。

枭云见状，连忙上前一步，对沈凝暄躬了躬身："娘娘，属下有事要禀！"

"你上来说话！"

生怕与独孤萧逸错过，沈凝暄对枭云招了招手，让她同上凤辇，然后对辇夫吩咐道："走，去长寿宫！"

随即，辇车启动，继续朝着长寿宫方向行进。

辇车内。

沈凝暄与枭云，一坐一站，四目相对。

抬头看了枭云一眼，她轻声问道："本宫看你走得挺急，你有何事要禀？"

枭云微拧了拧眉，一脸凝重地看着沈凝暄："皇后娘娘此行，可是为了齐王之事？"

闻言，沈凝暄眉心微蹙："你怎么知道？"

"娘娘果然是为了齐王之事！"

面色微变了变，枭云单膝跪地，对沈凝暄垂眸说道："请皇后娘娘即刻返回冷宫，万万不可过问齐王之事！"

只是瞬间，沈凝暄的眉心便也紧紧拧起。

眸色晦沉地紧盯着枭云，她心思微转，淡声问道："你一直在素妃宫里当差，可是知道了什么？"

"是！"

枭云轻点了点头，丝毫没有拿南宫素儿当主子的意思，坦坦荡荡地看着沈凝暄："娘娘，半个月以前，蓝毅曾来过皇宫，也曾秘密觐见过素妃娘娘！"

"蓝毅？！"

眉心一皱，沈凝暄眸色微沉！

果然！

北堂凌那妖孽，便是那只隐藏在南宫素儿身后的黑手。

微微思忖片刻，她冷冷一哼："在楚阳时，他们狙杀皇上，是暗地行事，到了燕国皇宫，却是光明正大地出使……不过即便如此，秘密觐见后宫嫔妃，却还是坏了规矩的！"

枭云点了点头，轻声说道："属下觉得，蓝毅此行，说是与皇上送礼，却一定不会是好事，加之素妃娘娘在后面推波助澜，只怕齐王今日之祸并非偶然！"

"你所想不差！"

沈凝暄轻点了点头，赞同枭云所想，眸色倏然一黯，她视线探向辇外！

北堂凌诡计多端，他这次派蓝毅出使，到底有什么阴谋？

不过经由最近种种，她大约可以猜到，无论是北堂凌还是南宫素儿，都想在她和齐王身上做文章。

只忽然之间，似乎模模糊糊明白了什么，她不禁哂然一笑。

先是玉玲珑和南宫素儿，后是北堂凌和蓝毅……

独孤宸楚阳之危都能运筹帷幄，自然不会是傻子。

他如今只不过是装傻，想要趁此机会除去独孤萧逸罢了。

她倒要看看，今日之事，他到底要做到哪一步！

沈凝暄所乘坐的凤辇并未抵达长寿宫，秋若雨便带来了消息，独孤萧逸已经离开长寿宫，正准备出宫。

闻言，她不曾下辇，直接命辇车马不停蹄地赶往朝华门。

一路畅行，凤辇很快便到朝华门，轻撩纱帐，远远瞥见那抹熟悉的白色身影，沈凝暄心下一紧。

待辇车停住，她自辇内站起身来，稳步朝着即将出宫的独孤萧逸走去："齐王！"

闻声，独孤萧逸身形一僵！

怔怔的，转身向后，看着自凤辇上下来，一步步朝着自己走来的沈凝暄，他眸

第二十八章　可惜，你不是我！

色浅浅一漾，轻轻一笑，让人如沐春风！

他知道，今日一走，他恐难再回京城。

而他，亦以为，今日不会再有机会见到她了，如此，在离开冷宫时，才依依不舍地转头又多看了她一眼。

但是上苍，却给了他一个又一个让他应接不暇的惊喜。

她来了……

深深凝望着身前不远处的独孤萧逸，沈凝暄眸中隐隐有泪光闪现："齐王要走，就不想着要与本宫道个别吗？"

"呃……！"对她温雅一笑，想要深深地将她的模样烙印在心底，独孤萧逸深如漩涡般的眸子，紧紧地凝视着他，说话的语气却语重心长道："宫中现在盛传娘娘与本王有私情，本王即便想要与娘娘道别，也得避嫌不是？"

"再如何盛传，不是真的，终究不会为真，本宫不怕！"沈凝暄不以为然地笑了笑，眸色一凛道，"走，与本宫到皇上面前把话说清楚！"

"不必了！"

轻轻一笑，害怕自己深深陷落于她的氤氲眸海之中而无法自拔，独孤萧逸微转过头，"娘娘确实天不怕，地不怕！但本王怕，都道是伴君如伴虎，寻常人都已如此，本王的身份，便更是如此！"

对沈凝暄展颜一笑，他眸首轻抬，眯起华眸凝视着空中艳阳，对她轻笑道："与其待在这里整日惴惴不安，我倒更想到那西疆，去过自由自在的日子！"唯一美中不足的是，不能一直陪在她的身边。

只不过，这句话，他说在自己的心里。

"齐王……"

深深地看着眼前的独孤萧逸，似是可以感觉到他心底的那份凄凉，沈凝暄张了张嘴，却终是无言以对。

她不想让他走。

但是，现在却不能留他！

"一年以后……"

只轻轻地喃喃着这四个字，独孤萧逸深吸口气，终是回眸看向她，一双漆黑的眸子如寒星微茫，倒映着她的影像，他知道她能听懂他的意思，哂然笑道："娘娘，回宫吧，本王也该上路了。"

语落，他脚步轻旋，朝着宫门走去。

"等等！"

再次出声唤住他的脚步，沈凝暄眸色微深了深："你在这里等我，我去见皇上！"

闻言，独孤萧逸的心深深一悸！

"不用了……"急忙转身，他欲要阻止她，却见她衣袂翻飞，早已如彩蝶一般快步回到凤辇，而后乘辇离去……

看着凤辇渐行渐远，独孤萧逸有些无奈地轻勾了勾唇，眸色渐渐深邃。

独孤宸的心思，他比沈凝暄看得通透，她现在去见独孤宸，犹如火上浇油啊！

念及此，他俊眉一皱，抬步便要跟上，却见枭青伸手挡在他的面前："王爷，皇上让您即刻离宫！"

天玺宫，寝殿之中。

独孤宸一早遣走了独孤萧逸，并未如以往一般，到御书房去批阅奏折，而是神情淡漠地在寝殿里等着。

已然有半个月了。

沈凝暄一直不曾主动找过他，即便见了他也冷冷淡淡。

但是今日，她一定会来。

思绪至此，他冷冷勾唇。双眸微合，一身慵懒地斜靠在贵妃榻上，榻前南宫素儿俏脸盈春，粉拳一上一下，动作轻盈地为他捶着腿……

"嗯……"

忍不住舒服地喟叹一声，他微睁了睁眼，斜睨着下方的南宫素儿，唇角的弧度刚刚好："日后天热了，若朕想见你，自会去你宫中，若没有朕的旨意，你便不必再来天玺宫了！"

闻言，南宫素儿为他捶腿的动作微滞了滞，却终是温顺地点了点头："臣妾知道了。"

"娘娘，您不能进去！"

忽然，荣海的声音自外殿里传来："皇上今儿有旨，谁来了都不见！"

紧接着便是沈凝暄的声音："荣海，你给本宫让开，否则别怪本宫不客气！"

闻声，独孤宸眉头轻皱了下，自贵妃榻上起身，眸中精光绽亮，他蓦地抓住南宫素儿的手，将她往前一带，让她跌坐在他的身侧。

南宫素儿一阵惊惶，回眸看着他，却在望进他无喜无忧的眸海时，而微微怔忡了下，但是随即，她的心中便像是翻山倒海一般，痛得难以自制！

沈凝暄硬闯，荣海自然是拦不住她的。

待沈凝暄进殿，抬头便看见独孤宸怀抱南宫素儿卿卿我我的一幕，清澈的瞳眸，微微一缩，她心底冷笑抬步上前，终至贵妃榻前方才停下脚步！

第二十八章 可惜，你不是我！

深深地凝望着她只算清秀的面庞，独孤宸眉宇紧皱："皇后，你私闯天玺宫，见到朕还不行礼，成何体统！"

"臣妾参见皇上，给皇上行礼了！"

沈凝暄暗暗咬了咬牙，对独孤宸福了福身，起身之后，她垂眸睨了眼他怀里的颜如雪："素妃妹妹，本宫有事要与皇上单独谈谈，你且先退下！"

闻言，南宫素儿微怔了怔！

眼前的女子，其貌不扬，但气场却足够大。

即便她宠冠六宫，她却还是皇后。

而她，连拒绝的权利都没有！

搁在腿上的手，蓦地攥紧，直到那丝丝痛楚传入脑海，她微微回眸，见独孤宸不曾拦着自己，她心下苦笑一声，终是缓缓起身。

"臣妾先行告退！"

对独孤宸行了礼，又对沈凝暄福身一礼，南宫素儿微敛了眸，脚步娉婷，婀娜而去。

没有人看到，她唇角的那抹笑，是多么的苦涩……

自然，也不会有人看到，她眼底那时隐时现的狠戾光芒。

待南宫素儿一走，荣海便也识相地退了出去，一时间，整座内殿便只留沈凝暄和独孤宸两人。

气氛，如凝胶般僵滞。

他们二人，谁都不曾先说话。

沉寂许久，终是微抬眸华，独孤宸仍是懒懒地靠坐在贵妃榻上，眸色有些晦暗地看着沈凝暄："说吧，你有何事要遣走素妃，与朕单独谈？"

"皇上！"

沈凝暄凝眉看他，语气少有的冷硬："臣妾听说，您将齐王流放了？"

"那是朕的事！朕自有朕的考量！"

淡淡地别开了脸，独孤宸的声音仿佛结了冰："用不着跟皇后解释！"

"用不着跟臣妾解释？"

沈凝暄哂然一笑，目光微冷地看着他："皇上敢说，你将他流放西疆，与臣妾没有一点关系吗？"

闻言，独孤宸眸光微闪，却不曾出声反驳。

此事，确实跟她有莫大的关系！

见他如此，沈凝暄有些失望地摇了摇头："枉他在楚阳时助皇上挫败北堂凌，这才回京多久，你便将他流放了，他说得没错，伴君果然如伴虎！而皇上，未免也太过薄凉！"

"沈凝暄！"

蓦地厉声一吼，独孤宸双眸中厉光乍现，语气无比低沉道："休要在这里总是替他说话，你可是忘了自己的身份？你是朕的皇后，不是他独孤萧逸的女人！"

被他如此一吼，沈凝暄张了张口，却又强行将心底的怒火压下！想到自己此行的目的，她沉寂片刻，微抿了抿唇，尽量避免让他动怒，放缓语气，轻轻出声道："皇上，你这样对他不公平！"

虽然，沈凝暄的语气已然轻柔到不能再轻柔，但即便如此，独孤宸却仍是微眯眸子，眉心紧皱，他看着沈凝暄的眼神，渐渐变了颜色，仍旧当即动了怒："公平？这世上何为公平？他妄想朕的皇后，朕即便杀了他都不为过！"

沈凝暄面色微沉，张口欲言："他……"

"他！他！他！"心中怒极，独孤宸愤而起身，伸手攥住沈凝暄的手腕，将她带到自己面前，与他鼻息相处，语气醋意滔天，"你从方才进门，便一直在替他抱不平，一直替他说话，你的眼里只有他，何曾将朕放在眼里！"

第二十八章　可惜，你不是我！

第二十九章 嫌脏，半斤八两！

迎着独孤宸怒火炽热的墨色瞳眸，她自嘲一笑，紧拧了黛眉，凉飒说道："臣妾以为，皇上那日在冷宫，已然做了选择。"

在她和南宫素儿之间，他选的永远都只会是南宫素儿。

现在觉得她不把他放在眼里了？

早干吗去了？

"呵……"

自嘲的笑，将深幽的瞳眸晕染成深灰之色，独孤宸眸色一冷："沈凝暄，你听清楚了，即便朕当初选了素儿，但是你要知道，你也是朕的女人，一日是，永远都是！"

"独孤宸，你无耻！"

双眸怒睁，狠狠地瞪视着眼前熟悉而又让她觉得陌生的男人，沈凝暄气恼得红了面孔！

这个男人，想要鱼与熊掌兼得？！

可以！

但那个人，一定不会是她！

"朕不只无耻，朕还疯了！"

冷冷地盯着这个女人，独孤宸犹如发疯一般吼道："说——那一日，在淮山寺院，你与他到底都做过什么？"

闻他此言，沈凝暄心弦一紧，面色瞬间发白！

回想起那日在淮山上所发生的一切，她单薄的身子，不由微僵了僵！

感觉到她的僵滞，独孤宸以为她和独孤萧逸真的发生过事情，心中顿觉一阵刺

144

痛，紧咬着牙关，不禁清冷一笑，他紧皱着眉宇说道："朕的女人，与别的男人苟合，却还在朕面前，口口声声说朕对那个男人不公平……沈凝暄，你觉得朕不该疯吗？"

"我没有……"

自他猩红的眸底，瞥见那抹愤怒到极致的情绪，沈凝暄的声音，不由得隐隐发颤！

"没有吗？"

冰冷的眸凝视着她的眼，独孤宸的大手，毫不怜惜地扯开她的袖子，露出她光裸诱人的洁白玉臂。一目扫过，果真完美无瑕，他眼底蕴上浓浓的失落，声色俱厉道："一个没了守宫砂的女人，你让朕如何相信！"

守宫砂？

因为没有守宫砂，所以就代表她和独孤萧逸之间真的有什么吗？

这男人，还真是……

心下冷哼一声，她陡然出手，想要摆脱他的禁锢，却被他先一步伸手握住手腕。

"怎么不说话了？你可以跟朕辩白，说你是被迫的……"不等沈凝暄出声，独孤宸便已然咬牙切齿地再次出声，他的眼底早已被怒火浸满，不见一丝怜惜之色，唯有寒冷幽光，"你不会辩白，因为你并非被迫，试问这天下之间，有哪个被迫的女子，会为强迫他的男人而一再辩驳？"

语落，便又是嘶啦一声！

"独孤宸，你住手！"

定定地看望着身体上方几近疯狂的男人，沈凝暄脑中隆隆作响，心底火气也噌噌地直往上蹿："要碰去碰你的南宫素儿，别碰我，我嫌你脏！"

沈凝暄的话，对于暴怒中的独孤宸，简直就是往火坑里又添了把柴火，让他心里的火气，蓦地又上扬了一个高度。

"嫌我脏？"独孤宸几欲疯狂。

沈凝暄冷冷出声，想要唤醒他的理智："淮山寺院的事，我可以解释！"

"解释？"独孤宸冷笑，"北堂凌把证据都送来了，你要如何解释？"

微冷的笑，挂在唇角，沈凝暄冷眼看着独孤宸："你明知北堂凌居心叵测，却信他也不信我，如此……还真是让人心寒呐！"

独孤宸面色微变，眸底波光晦暗。

他岂会不知，北堂凌居心叵测，是有意针对沈凝暄，以报楚阳之仇，但是……冷然一笑间，他阴森地说道："你敢说，你跟齐王之间，就没有一点关系？"

第二十九章 嫌脏，半斤八两！

145

"有！"

冷嘲的笑仍旧挂在嘴角，沈凝暄站起身来，她微仰着头，与独孤宸视线相交，在气势上丝毫不弱于他，也没有一丝退缩："就像皇上一心想要守护南宫素儿一般，齐王……则是我一定要守护的人！"

闻言，独孤宸眸光邃闪！

齐王，是她一定要守护的人？

真是想不到，他的王兄，对她而言，竟然如此重要！

轻嗤一声后，唇角的笑意越发地冷，他叹声冷道："你们之间果然有奸情！"

"奸情？"

沈凝暄面色微冷，笑容更涩："在皇上眼里，什么才算是奸情？"

"你是朕的皇后，他是朕的王兄，你们之间的关系，难道不算是奸情吗？"幽冷的眸子，紧紧盯着沈凝暄，独孤宸讥讽的语气带着明显的羞辱。

闻言，沈凝暄脸色越发冷凝。

还不待她说话，便听独孤宸继续嘲讽道："哦……一直以来，朕对那日为保全素儿，而觉得亏待了你，但是现在觉得，素儿她没错，因为你跟齐王兄，本来就不干不净，秽乱宫闱！"

听闻独孤宸所言，沈凝暄不禁冷笑出声，眼底的泪，随着笑缓缓滚落，她看着独孤宸的眼神，已然冷到不能再冷！

见她如此神情，独孤宸眸色微闪，胸腔内躁动的火气，再次沸腾，想忍却又忍不住缓步上前动作粗鲁地伸手擦掉她眼角的泪，语气低哑道："沈凝暄，你想清楚了，你说朕脏，自己也是半斤八两，朕还肯要你，你该求之不得才对！"

自从进宫之后，沈凝暄便一直在忍着独孤宸。

但是现在，她的仇报得七七八八，她忽然便不想再忍了，打掉他替她擦泪水的手，哽咽着反问："是，我是爱独孤萧逸又如何？他不管在什么情况下，都不会丢下我，去选择别人，他可以为了我背负所有的委屈，哪怕我从来都不肯看他一眼，这些……你独孤宸可曾为我做过？"

听到沈凝暄的话，独孤宸心弦俱震。

她说，她爱独孤萧逸。

她爱的，居然真的是他！

心，仿佛在顷刻间被人掏空一般，他伸手握住沈凝暄握着玉簪的手，嘶声喊道："你真不知廉耻地爱着他？"

"何为不知廉耻？"

晶莹的泪珠，顺着沈凝暄的脸颊滚落，她明明不想哭，却控制不住眼里的泪，

146

她一手握紧了玉簪，一手抚上自己握着玉簪的手臂，摸索到一块地方，将上面的掩饰狠狠抠下："独孤宸，你看清楚了，我比你干净，比南宫素儿干净，以后少拿你们那些肮脏的感情，来衡量我和他之间的感情，你们不配！"

"你……"

怔怔地看着沈凝暄手臂上的那抹刺目的殷红，独孤宸本是满心的怒火，瞬间消去大半，只余丝丝的疼。

他以为……

他没有想到……

这颗守宫砂，居然还在……

想到自己方才的所作所为，和无情言语，他不禁哑然，一句话都说不出。

她说，她嫌他脏！

可是，他却一句话都不能为自己辩驳。

"你们男人最想争的明明是天下，为何非要拿女人做借口？"冷冷地嗤笑一声，沈凝暄伸手拂落他的手，迎着他神情复杂的眸，神情坚定地向后退了一步，"皇上，我沈凝暄不是傻子，自然知道你对他下手，是出于政治上的考量，但是你可曾想过，若他对你有异心，本就可以在楚阳时与北堂凌联手，只要他肯倒戈，即便皇上你再如何运筹帷幄，只怕也不会活着离开楚阳城，但是他没有……他根本无心与你争夺什么，皇上又何必赶尽杀绝？"

"他没有吗？"

冰冷低沉的声音自唇齿间挤出，凝视着她紧皱的眉心，独孤宸心下微痛："他想从朕手里，把你抢走！"

闻言，沈凝暄黛眉紧锁。

冷冷地看着眼前一直对她厌恶，却又不容他人抢夺她的男人，她忽然觉得自己像是被人抢夺的玩物，不由嘲讽一笑道："皇上，我沈凝暄初入宫时，也曾想过跟你过一辈子，但是……是你一心只要南宫素儿，是你一直在选择别人，将我推向他人，是你……现在却成了他把我从你手里抢走？"

凝视着她满是嘲讽的脸，独孤宸心中一阵扯痛，就觉得自己快被气爆了："沈凝暄，他真的有那么好吗？"

面对独孤宸的疑问，沈凝暄清冷一笑，并未回答他。

冷冷地勾了勾唇，她整理了下被他弄乱的衣裳，回眸看了独孤宸一眼，伸手扯了地上的龙袍披在身上。

"暄儿……"

蓦地伸手，握住龙袍的下摆，独孤宸皱眉看着沈凝暄。

此刻，他仿佛有一种错觉！

若是此刻他不抓住她，只怕这一生都没有机会了！

"皇上，还有不到一年，一年以后，我希望你信守承诺！"

轻抬眸，直直望进独孤宸深幽不见其底的双眼，沈凝暄的脸上冷凝如冰："你从来知道，宫里的我，表里不一，不要妄想对我用强，如果把我逼急了，我宁为玉碎不为瓦全！"

闻言，独孤宸心下一惊，脸上的神情，蓦然冰冷阴沉："你说得没错，朕对他下手，有一多半的原因，是出于对政治考量，他的身份，本身对朕的皇权便有威胁，所以，朕不能留他，也不会留下他！"

心因独孤宸的话猛然揪起，沈凝暄瞪大了水眸，死死地盯着独孤宸。

微冷的视线与她冷凝的眼神在空中相遇，碰撞，交汇，独孤宸觉得自己很卑鄙，却还是几乎用咬牙切齿的声音说道："朕本意是要杀他的，但只要你肯留下，朕可以放他安然离去……"

"呵呵……"

如水的瞳眸中丝丝波光闪动，沈凝暄皱紧了眉，贝齿紧紧将红唇咬出一道印迹，她不想再多看独孤宸一眼，冷然转身，快步向外走去，低柔的声音里，没有丝毫感情："我要他活！"

听到她的回答，独孤宸握着龙袍下摆的手，缓缓松落。

沈凝暄，已然作出了她的选择。

但是，却更加坚定了他心中的一个决定，那便是……那个人，必须得死！

天玺宫外，春光灼灼。

在明媚的阳光下，南宫素儿仿若精雕细琢的绝色容颜，显得白皙透亮，美得让人移不开视线。

她，一直不曾离去！

等了许久，终于见沈凝暄发丝凌乱，披着龙袍从天玺宫快步出来，她神情微愣，心中瞬间涌起一股无以言喻的剧痛！微凉的视线紧紧地注视着沈凝暄身上的龙袍，她似是想要穿透龙袍，看清龙袍下被遮掩的凌乱和不堪。

静静地看了眼南宫素儿，记忆，仿佛回到彼时在楚阳与南宫素儿初见那刻，想到初见她的惊为天人，沈凝暄冷凝的俏脸上，不禁浮上一丝轻嘲，说出的话，与独孤宸方才所言，一般无二："素妃，你见到本宫，却不行礼，如此成何体统？"

南宫素儿微微一怔，忙低垂着蛾首，盈盈福身："臣妾参见皇后娘娘！"

"哼！"

几不可闻地冷哼一声，沈凝暄懒得跟她多说什么，微敛了眸光，趾高气扬地自南宫素儿身侧走过，步下石阶。

因为枭云如今的职责是保护南宫素儿，是以沈凝暄抵达天玺宫时，她便已然离去，如今守在凤辇前的并不是她，而是秋若雨。

"皇后娘娘！"

看了眼沈凝暄身上披着的龙袍，秋若雨向前走了一步，拧眉轻道："皇上命影卫护送，齐王殿下方才已经出宫了！"

闻言，沈凝暄身形一滞，脚步也跟着缓了下来。

微微回眸，看着身侧脸色难看的秋若雨，她轻颤了颤，终是缓缓勾起一抹苦涩的笑痕！

那个人，到底还是离开了么？

他为她做了那么多，可她到最后，她却留不住他。

想到方才独孤宸所提到的条件，又想到自己与独孤萧逸之间的一年之约，她唇角苦笑渐渐化作冷冽。

独孤宸说，她若肯留下，他便不会死。

那么，她暂时便留下。

世事难料，一年之后的事情，谁又能说准得？

"娘娘……"

凝视着沈凝暄变幻莫测的神情，秋若雨心中轻叹一声，缓步来到她身侧："王爷让若雨转告娘娘，只要娘娘能过得好，即便他不能日日得见你笑，便已余愿足矣！"

"如此……便满足了吗？"想到独孤萧逸说出这番话时的落寞和不舍，沈凝暄心头蓦地一窒，眉头紧紧蹙起，她学他的样子，仰头望着天穹，刺目的阳光直入眼瞳，她忍不住微眯了眸子，却恍然之间，犹觉得独孤萧逸的俊脸，此刻就映在天际……

他，曾是她回京之后，认识的第一个府外之人。

也是在相府时，给过她最多温暖的人！

无论她如何冷清冷心，他却一直义无反顾地一步、一步地朝着她走近……可如今，他却要离开了！

而且，还是因为她，而不得不走！

思绪至此，沈凝暄的心里忽然有些空落落的，微垂着眸，长长地呼出一口浊气，她如失了神一般，她一步一步向前，终至凤辇前，头也不回地乘辇而去！

沈凝暄回到冷宫的时候，独孤珍儿还在。

第二十九章　嫌脏，半斤八两！

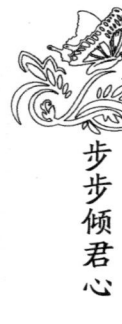

见沈凝暄进来时的模样，饶是独孤珍儿见多识广，却仍旧忍不住也如青儿等人一般微张着檀口，从座位上站起身来："皇后，你这是……"

"去准备热水，本宫要沐浴更衣！"

微转过身，淡声对青儿吩咐一声，沈凝暄这才转身看了独孤珍儿一眼，有些嫌恶地将身上的龙袍丢在地上，她冷着俏脸，抬步朝着寝室方向走去，"怎么？连师姐都吓着了？"

睇见沈凝暄衣不蔽体的模样，独孤珍儿神情微怔！

"你去的时候好好的，回来的时候，却是这个样子……"急忙抬步，跟上沈凝暄的脚步，她面色冷沉地扶住沈凝暄的肩膀，迫她停下脚步，转身看向自己，唇角勾起的弧度却是冷的，"是皇上？对不对？"

方才沈凝暄离去时，虽是要去见独孤萧逸的，但是现在却披着龙袍回来。

在燕国皇宫，除了皇上，还有谁穿着龙袍？

一定是皇上！

"是谁其实都不重要！"

淡淡抬眸，对上独孤珍儿微冷的双眼，沈凝暄不以为然地淡淡说道："如今，他只是一个与我不相干的人罢了！"

闻言，独孤珍儿面色微变！

"皇后！"

意识到沈凝暄对独孤宸的排斥，她扶着沈凝暄肩膀的手微微用力，不再唤她师妹："你是皇后，他是皇上，你们怎么可能是不相干的人？"

"皇上和皇后？"

凉讽的笑，在唇角缓缓勾起，沈凝暄轻叹口气，对上独孤珍儿水漾的明眸，淡漠声道："若我说，从一开始，皇上接我回宫时，便已然与我许下承诺，只要我在宫中保全南宫素儿，他一年之后便会放我出宫，师姐……你可还觉得，我们是两个相干的人？"

"什么？"

黛眉紧紧拧起，独孤珍儿杏眼中尽是惊讶之色："难怪……"

难怪她回宫之后，会替南宫素儿在太后面前说好话，原因竟是如此么？

可是……

紧紧凝视着沈凝暄清冷的视线，独孤珍儿沉声说道："皇上心里应该是有你的啊！"

"师姐说得没错！"

苦笑着轻点了点头，沈凝暄挑眉说道："不过皇上心里，不只有我一人，还有南宫素儿，有元妃……他是个福泽众人，雨露均沾的好皇上！"语落，沈凝暄微转过身，便又要朝着寝室走去。

见状，独孤珍儿面色一沉，扶着她肩膀的手蓦地用力，将她再次转向自己："师妹！你不能这么认为……"

"师姐，你可知道今日皇上对我做过什么？又说过什么？"沉眸一笑，打断独孤珍儿的规劝之语，沈凝暄本应清澄的瞳眸中，闪过一丝难辨的光芒，"他说他本来是要杀齐王的，但是如果我肯废弃一年之约，留在他身边，他便会放他离开……"

闻言，独孤珍儿猛地打了个寒战。

"他怎么可以……"

她和独孤萧逸和独孤宸从小一起长大，在独孤宸尚未登基之时，他和独孤萧逸之间的关系到底有多好，她比任何人都清楚。

可是现在，他竟然拿独孤萧逸的命，来要挟沈凝暄吗？

他怎么做得出……

"我和皇上之间，已然再无可能，你什么都不必多说了！"沈凝暄自然知道，独孤珍儿需要一些时间，来消化她带给她的震惊，但是即便如此，她的脸色却仍旧不大好看，"师姐，为了齐王好，我不能出宫，你去帮我送送他吧！"

伸手，拨落独孤珍儿的手，沈凝暄眸色微暗，转身进入寝室。

回到寝室，沈凝暄便开始沐浴更衣。

待她再出寝室时，青儿已然备好了午膳！

轻叹一声，她盈盈落座，尚不及垂眸看过桌上菜色，便听外面传来荣海的唱报声："皇上驾到！"

闻言，沈凝暄身形微微一怔，原本还算平静的面色，蓦地便是一沉！

轻轻垂眸，抬手取了银箸，她仍然神色沉静地坐在桌前，丝毫不见要起身迎驾的意思。

须臾，独孤宸经由前厅，直接来到花厅。

他挺拔的身子刚一进门，青儿便已和清荷双双福下身来："奴婢参见皇上！"

"都起来吧！"

目光温和地让青儿和清荷起身，独孤宸抬眼看着桌前的沈凝暄，见她一直背对着自己，却不曾起身，他眸色微微一沉，脸上却没有丝毫不悦，薄唇轻勾，缓步上前，他像是什么事情都没有发生过一般，动作自然地扶上沈凝暄的肩头："皇后还在生朕的气吗？"

"皇上觉得呢？"

当着众人的面，沈凝暄没有立即发火，微动了动肩膀，躲开他的大手，她语气

第二十九章　嫌脏，半斤八两！

151

无温地垂眸看了眼桌上的菜色，抬手夹了一箸青菜。

见她如此，独孤宸对青儿和清荷轻轻摆手，示意她们两人退下。

两人见状，忙躬身退出花厅。

待花厅里只剩下独孤宸和沈凝暄两人，他伸手揽着她的肩头，在她身侧落座："暄儿，方才是朕错了，既是你准备留下，便不能一直对朕视而不见，你可知道，这宫中没有哪个女人敢跟朕动气，即便是再得宠的女人，她们也只是要些小性子，却不敢见朕而不行礼！"

"哼……"

鼻息间轻轻一哼，沈凝暄眸华微抬，冷冷地瞥着身侧的独孤宸，语气冷得仿佛能冻死人："皇上若是喜欢那些温柔似水的，大可去找素妃，抑或是元妃，何必要到臣妾这里找不自在？她们都是心甘情愿伺候皇上的，必然柔情似水，皇上……我是准备留下来，但是并不代表，我赞成你的做法，更不会立即跟她们一样，当作什么事情都没有发生一般，立即投入你的怀抱！"

闻言，独孤宸俊眉微微一拢，面色渐渐沉下。

凝眉片刻，他收紧了揽着她肩头的手，霸道出声："你若想让齐王兄不痛快，便尽管让朕不痛快好了！"

"独孤宸！"

转头迎上独孤宸深邃如海的双瞳，沈凝暄气极而笑："你曾说过，我是你宫里最丑的女人，我不比你的其他女人，不能为你宽心，却总是惹你动怒，行为不检，与齐王不明不白……你，到底喜欢我什么！"

"暄儿！"

幽深的眸底，微微浮上一抹负疚的神色，独孤宸心中苦笑，他到底喜欢她什么？他自己都不清楚，他就是要留她在身边……静默许久后，他沉声说道："以后日子还长，你打算一直如此对朕吗？！"

"是又怎样？"

想到眼前男人对独孤萧逸的杀心，沈凝暄眉梢轻轻挑起，"难不成皇上觉得，我会跟其他女人一般，对你百依百顺？在你面前强颜欢笑？"

闻言，独孤宸脸色变了变！

想都不想，他将视线与她的别开："沈凝暄，你可曾想过，你对朕越是如此，朕就越是想要杀了他！"

闻独孤宸所言，沈凝暄的心，微微一凉！

轻轻地，一抹哂笑抚上唇角，她紧紧咬着下唇，冷道："说到底，即便我留下，你却还是不想放过他！"

被她一语说中心思，独孤宸神色一紧！

微转过头，他张口欲言，却见她正目光灼灼地凝视着自己。

"原来真的是这样！"

看着独孤宸微变的神色，沈凝暄的心里，说不出是一种什么滋味。

或是酸涩，或是愤懑，但更多的是失望。

此刻，她对他，真的失望透顶！

眼看着她的脸色，比之方才更冷，独孤宸的心底，不禁暗暗抽痛！

扶着她肩头的手，轻轻滑落，他从她身边起身！

感觉到他的动作，沈凝暄唇角轻动，却终是不曾回头。

见她如此，独孤宸的眼神冰冷，邪佞地说道："沈凝暄，其实朕待你不薄！这里是皇宫，燕国是朕的天下，只要朕不让你走，你便逃不掉，朕根本不必拿他来要挟你，可是……朕如此待你，你却仍旧如此对朕，还真是让朕，想要立刻就杀了他！"

闻言，沈凝暄心下一滞，凝视着他冰冷的瞳眸，她心下的火气，倏而上涨，竟随手抄起桌上的碗碟，便朝他扔了过去！

"滚！"

哐啷一声！

碗碟擦着独孤宸的身子摔落在门角处，凝眉低望，看着地上的碎片，独孤宸回眸冷道："你随便砸，这些东西，朕无关痛痒！"

"是吗？"

冷然笑着，沈凝暄回手又抄起一只汤碗，看也不看地便朝着独孤宸掷了过去："我不只砸东西，还砸人！"

眼看着沈凝暄手里的汤碗毫不客气地直接飞出，独孤宸瞳眸微缩，身形急忙一闪，与汤碗擦肩而过，眼看着那只汤碗直接摔在地上，成为齑粉，他眉毛都快竖起来了："沈凝暄，你简直无法无天……"

没有给他说话的机会，沈凝暄再次抄起一只碟子，飞也似的朝着他投了过去！

独孤宸皱眉，脸色瞬间黑得一塌糊涂！

哐啷一声，碟子擦着独孤宸的俊脸飞过，落地摔得粉碎！

紧接着，又有一只汤匙飞来……

汤匙过后，又来一只菜碟……

无奈，看着沈凝暄接二连三，投得起劲儿，独孤宸虽是心中怒火高昂，却也只得一脸铁青地退出花厅……

砰的一声！

随着最后一只菜碟砸在门框上，沈凝暄的摔砸终于告一段落。

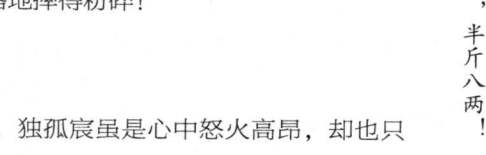

冷冷抬眸，看着站在门外，脸色阴沉得一塌糊涂的独孤宸，她轻嗤着勾唇，"皇上所强留下的我，本就是如此无法无天，如若反悔，现在还来得及！"

"你不是想知道，朕到底喜欢你什么吗？"

脸色仍旧有些发青，独孤宸薄唇邪肆勾起，如黑曜石般的眸子，死死地盯着沈凝暄蕴着怒色的容颜："朕就喜欢你这泼辣劲儿！"

闻言，沈凝暄扬了扬眉，再次嗤笑出声："我还是那句话，我要他活！"

深邃的眸光，似是于顷刻间凝聚起骇人的风暴，独孤宸轻扯了扯嘴角，冷声问道："若是他死了呢？"

心，忍不住轻颤了颤，沈凝暄沉默了。

见她沉默不语，独孤宸脸色稍微缓和了些，目光灼灼的眼底，是意气风发的自信和霸道。

世上的人，无外乎有两种，一种是吃软的，一种吃硬的。

可偏偏，眼前这个小女人，却是软硬不吃的。

既是如此，他又何必要让步？！

这里是皇宫，任何人都逃不出他的手掌心。

沈凝暄，自然也一样！

"独孤宸……"在沉默许久之后，沈凝暄终于哂笑着开了口，微微抬眸，对上他势在必得的双眸，她轻颦了黛眉，一脸鄙夷模样，"应下的事，出尔反尔，你真的不像一位顶天立地的君主！"

"那又如何？"

被沈凝暄眼底的鄙夷刺痛了自尊，独孤宸轻垂眸，看了眼地上的一片狼藉，他眼底极寒，却笑得云淡风轻："只要能把你留在身边，我将无所不用其极，你喜欢他，我便杀了他，让他再也不能阻碍在你我之间！"

沈凝暄冷笑了笑，语气里满是嘲讽："你以为，阻碍在你我之间的，只有他吗？"

闻言，深谙沈凝暄话里的意思，独孤宸脸色微微一凝。

不等独孤宸开口，沈凝暄淡淡地扫了他一眼，而后施施然起身，朝着内室走去。在内室门口停下脚步，她不曾回头，声音轻飘，悻悻然道："皇上，记住你答应我的话，我留下，你便放过他，否则……我会陪他一起死！"

垂于身侧的手蓦地收紧，独孤宸的心里忽而划过一抹钝痛。

那种痛，让他忍不住紧皱了眉宇，却窒息得说不出一个字，只能眼睁睁地看着沈凝暄决然地抬步进入内室。

心，仿佛瞬间沉入冰窖一般。

他将薄削的唇瓣，紧紧地抿成一条直线，俊美无俦的俏脸上却露出了自嘲的冷笑。

直到这一刻，他才真的发现，自己到底有多么在意这个倔强的女人。

可是，她喜欢的，是独孤萧逸。

她对独孤萧逸的那份喜欢，可以让她陪他一起死。

"好！真好！"

紧握的拳头，因为太过用力而泛着白色，独孤宸深深地呼吸着，深幽的眼底，是锐利如刀般的狠色："沈凝暄，朕会摧毁所有你喜欢的人和事物，让你的眼里，只看得到朕，只能看到朕！"

所谓好事不出门，坏事传千里。

独孤珍儿说得对，在这深宫之中，不知有多少眼睛在暗处注视着冷宫。

所以，沈凝暄对皇上动手之事，当天夜里，便传到了如太后的耳朵里。

而此时，南宫素儿方才觐见过如太后。

若说，早前如太后还命独孤珍儿到冷宫当和事佬，那么到了现在，在得知沈凝暄竟然伤了独孤宸后，见自己的儿子受了委屈，她便再也坐不住了！尤其从崔姑姑口中听说沈凝暄胆大妄为地冲着独孤宸摔砸时，她那张保养得宜的老脸，瞬间被气得涨成了猪肝色！

是以，当天夜里她便要亲自前往冷宫，找沈凝暄训话。

长寿宫，太后寝宫。

恒年不变的苏合香，随着缭绕而上的青烟，在大殿中弥漫。

崔姑姑甫一入殿，沈凝暄便见如太后神态雍容地坐于膳桌前，在她面前偌大的膳桌上，珍馐美味早已齐备。

"臣妾参见太后，太后万福金安！"

淡淡地自唇角勾起一抹浅笑，沈凝暄脚步轻缓垂眸上前，在太后面前躬身福礼。

"皇后起来吧！"

淡淡地扯了扯唇角，却少了往日慈爱，如太后微拧了眉，对沈凝暄微微抬手。

"臣妾谢太后！"

淡淡的笑，仍旧挂在脸上，沈凝暄在如太后身边娉婷而坐。

抬起头来，对沈凝暄微微一笑，如太后略显黯淡的眸底，一缕冷光闪过，语重心长道："仔细算来，自皇后住入冷宫，哀家已有很久不曾与皇后一起单独用过膳了。"

第二十九章 嫌脏，半斤八两！

闻言，沈凝暄唇角轻勾，淡笑着回道："一切，是臣妾福薄，不得圣心！"

"是皇后福薄吗？"

含笑的眸，光华瞬间大亮，如太后的双眼，似是能穿透人心一般，伸手端起身前的燕窝粥，她低眉轻道："依哀家来看，不是你不得圣心，而是你对别人有了心吧！"

闻太后此言，沈凝暄心神一凛！

果然，宴无好宴不是？！

"唉……"

长长地叹息一声，如太后淡淡抬眸，满是失望地瞥着沈凝暄："你该知道，你是珍儿所选，哀家对你一直都抱以厚望的，今次你与皇上出宫归来，虽是带回了素妃，哀家见你为素妃说话，还以为你和皇上之间早已没了嫌隙，却不想事情……并非哀家表面看到的那般。"

如太后的话，说到这里，沈凝暄自然知道今日如太后召她前来进膳的目的。

说到底，独孤宸是如太后的亲生儿子！

她不理他，她或许可以忍着装做不知，但是却见不得任何人伤了她的儿子！

这，便是只有身为母亲才会有的……护犊情怀！

想到这些，她微微垂眸，她轻笑了笑，无奈叹道："是臣妾让太后费心了！"

"费心倒谈不上！"

嘴角上依旧噙着笑，如太后沉眸看着沈凝暄，叹声说道："哀家今日传你前来，只是想问你一句话！"

"太后请问！"

沈凝暄轻轻的，应了声，抬眸对上如太后灼燃的目光。

如太后眸华微敛，凝视着沈凝暄若灿如星的眸，语气轻缓："你与皇上之间闹得不甚愉快，可是与齐王有关？"

闻言，沈凝暄眸华微闪，却无从否认！

此事，本就与独孤萧逸有关！

见她不语，如太后的眉头有些不悦地紧皱起来："你不否认，便是承认了？前阵子宫中盛传你与齐王有染一事才刚刚停歇，你该知道，若想明哲保身，当如何行事！"

"此事……确实与齐王有关，但并非太后所想那般！"沈凝暄眸华一闪，眉心轻轻一蹙，轻轻启唇说道，"臣妾与齐王有染一事，本就是玉美人一手构陷……"

"够了！"

端着燕窝粥的手，微微一抖，如太后并未给沈凝暄解释的机会，直接打断她的话，她目不转睛地看着她，再次出声问道："皇后，哀家一直以为你是个明白事理的孩子，可是在齐王的事情上，你太让哀家失望了，所谓无风不起浪，凡事总不会空穴来风，你要切记，你是皇帝的女人，是大燕国的国母！"

闻言，沈凝暄交握于腿上的手，微微一紧！

这世上没有不透风的墙！

想来，如太后对她和独孤萧逸之间的关系，即便不能尽知，也该料到了七八分。

正在沈凝暄深思之际，如太后手中的粥碗砰的一声砸落在膳桌上！

声落，心下一惊，沈凝暄倏然抬眸，却见一向温和慈爱的如太后竟阴沉着脸，仿佛变了个人似的，沉声冷喝："身为皇后，你不知为皇帝分忧也就罢了，竟然为了皇上的敌人，胆敢动手伤了皇上，皇后——你好大的胆子！"

闻言，沈凝暄心下咯噔一声！

"太后……"

心思陡转，沈凝暄咂了咂嘴，怔怔地坐在那里。

她想说，独孤萧逸对皇上并没有二心。

但是，想到方才如太后口中那句皇上的敌人，她却又缄默了。

既然，如太后视独孤萧逸为敌人，那么此刻，不管她替独孤萧逸说什么好话，都只会火上浇油。

见沈凝暄无话可说，如太后微低下头，遮去眸中阴郁。沉寂半晌儿，她缓缓抬眸，对着暖厅方向道："出来吧！"

"是！"

一道熟悉的声音自暖厅内传出，狠狠地刺入沈凝暄的心底，在她的注视下，她的姐姐……那个美艳不可方物的女子，身穿一件雪色长裙，自暖厅方向，娉娉挪步，一步步来到沈凝暄面前。

妩媚的眸中，波光闪动，沈凝雪眸底含笑，不曾去看沈凝暄，她先福身对如太后盈盈一礼，语落，复又起身朝着沈凝暄轻福了福身子："凝雪参见皇后娘娘！"

"沈凝雪……"

轻轻地，扬了扬眉脚，沈凝暄心中思绪转了又转，冷冷地瞥了眼沈凝雪，她转眸看向如太后："太后这是何意？"

如太后不看沈凝暄，却伸手拉过沈凝雪，动作亲昵地扶着她的腰肢，叹声说道："打一开始，凝雪这丫头，便是皇上最属意的皇后人选，但珍儿这丫头胡闹，到相府走了一遭，却选了你来当皇后，原本……哀家想着，只要这皇后是出自相门侯府，且又能识得大体，一切也就罢了，但你千不该万不该，不该与齐王有染，更不该大逆不道伤了哀家的皇儿！"

第二十九章　嫌脏，半斤八两！

后宫里的争斗,她看得多了。

可以容忍全天下最有心机的女人,却绝对不容任何人,伤害她的皇儿。

任何人,都不行!

"太后想废了臣妾,让姐姐取而代之?"

心下,蓦地升起一丝丝凉意,沈凝暄唇角微动,扯出一抹了然的弧度。

"哀家绝对不会允许后宫之中,发生秽乱宫闱之事,更不允许皇上身边的皇后,心里倾向于他的敌人!"在这一刻,如太后的眼中有着沈凝暄从不曾见过的狠戾,微转过头,她凉凉地看着沈凝暄,语气清冷道,"待你姐姐入宫之后,若你能在冷宫安分守己,哀家便也就图个眼不见为净!如若不然……"

后面的话,如太后并未说出口,但沈凝暄却早已心中了然!

"太后的意思,臣妾明白了……"原本微翘的唇,缓缓划出一抹苦涩的弧度,"只是皇上对姐姐厌恶至极,此事皇上……也会应允吗?"

"这个你自不必操心!"对沈凝暄冷淡一笑,如太后道:"就如当初哀家执意要立你为后一般,哀家自有办法,让皇帝同意凝雪入宫,也自有办法,让他不再踏足冷宫一步!"

闻言,沈凝暄不禁心下一叹!

人们都说,姜是老的辣!

如太后不希望她在独孤宸身边,也容不下南宫素儿,如此便只能再另寻一人。

只是,她千不该万不该,不该寻来沈凝雪。

她相信太后这块老姜,有的是手段,可以左右独孤宸的意思!

但是,沈凝雪当真有命坐上皇后之位吗?

"既是如此,那……"缓缓勾唇,沈凝暄垂眸敛目,不紧不慢地站起身来,她对着如太后微一欠身,"臣妾先行告退了!"言罢,她不曾多留片刻,直起身来旋步转身离开!

看着她起身离开,如太后眸华微深,沈凝雪则阴恻恻地微翘了唇角!

回眸看了如太后一眼,她福了福身道:"请太后娘娘容凝雪去看看妹妹!"

沈凝雪会追来,沈凝暄一点都不觉得意外!

微转过身,见沈凝雪巧笑嫣然地款步而来,她面色清冷,脸上平静无波:"姐姐当下,是来与本宫炫耀的吗?"

"炫耀吗?姐姐是来与你解惑的。"明眸微眨,沈凝雪缓步来到沈凝暄身前,"妹妹此时一定十分好奇,我为何会出现在这深宫之中吧?"

"为何?"

虽心中猜想着，沈凝雪该是如何进宫的，沈凝暄饶有兴致笑了笑，瞳眸微眯地凝视着她。

"让我来告诉你！"

沈凝雪轻弯唇角，娇魅一笑，轻轻说道："是素妃娘娘！"

闻言，沈凝暄眉角轻动，原本微眯的眸子，瞬间睁大："南宫素儿！"

"确实是她！"沈凝雪笑着点了点头，在她耳边低声轻道，"她知道，太后不喜欢她，但如今想要将你扳倒，便必然要走太后这条路，所以便找了我……其实仔细说起来，这一切都是你自己咎由自取，我听说，她当初入宫，还是你与她在太后面前求的情，就不知现在尝到这引狼入室的滋味，心里是何感想？"

"引狼入室吗？"

了解到事情的真相，沈凝暄眉心紧蹙，目光微闪地凝视着沈凝雪，不以为然地淡淡一笑："她若是狼，你便是狈，你们狼狈为奸，多好！"

闻言，沈凝雪面色一僵，瞬间气得脸色涨红。

淡淡地移开视线，沈凝暄脚步轻旋，便准备离去。

"沈凝暄！"

蓦地伸手拉住沈凝暄的手臂，沈凝雪无法承受被她无视的感受，冷声嘲讽道："你可知道，我恨极了你现在这般淡然的样子。"

"能让你恨，感觉还挺不错的！"

不曾抬眸，也不曾拿正眼去瞧沈凝雪，沈凝暄轻笑了笑，一脸爱莫能助地再次转身，微扬着头抬步而去！

见状，沈凝雪神色一冷，再次上前挡住她的去路。

脚步微顿，沈凝暄低蔑着她，低声嘲笑道："姐姐，你可是忘了你自己的身份，本宫现在……还是皇后！"

"皇后！"

有一瞬间的犹豫，却还是再次疾步上前，沈凝雪扯住沈凝暄的手臂，凝眉说道："有件事情，素妃想要等到尘埃落定，再让你知道，但是现在，我是真的想要知道，你听到这件事情时，会不会还跟现在这般镇定自若。"

沈凝暄淡淡拧眉，甩开沈凝雪的手，继续往前："既然人家不让说，姐姐何必要多事？"

对于沈凝雪的脾气，沈凝暄还是知道的。

你越是不想听，不让她说，她便越是要说出来。

是以，沈凝暄才走出两步，便听身后的沈凝雪冷笑着说道："你可知皇上现在不在宫中？他去杀齐王了！"

第二十九章　嫌脏，半斤八两！

第三十章 诛心，萧逸之死！

他去杀齐王了！

脑海中，不停回荡着沈凝雪的话，沈凝暄不曾回眸，眼底却也是一片动荡之色。

半晌儿，见她顿着脚步一动不动，沈凝雪冷讽勾唇："好妹妹……这阵子，你跟齐王的事情，在宫里闹得沸沸扬扬，现在皇上要杀了你的奸夫，不知你心情如何？"

闻言，沈凝暄眼睫轻抬。

深深地看了沈凝雪一眼，她微眯了眸子，顾不得与她浪费口舌，直接带着秋若雨登上凤辇！

"去天玺宫！"

紧蹙娥眉对辇夫下令，沈凝暄对秋若雨问道："若是现在去找王爷，你可有把握以最快的速度寻到他的落脚之处？"

闻言，秋若雨眸色微深。

微微思量片刻，她轻点了点头，沉声说道："有！"

"如此就好！"

眸色微定了定，沈凝暄朝着辇外望去，正是春末之时，御花园的风景，美不胜收，但她却无心欣赏，在沉吟许久之后，她抬眸看向秋若雨："命人去请长公主进宫，要快！"

"是！"

秋若雨心下一凛，衔命出了凤辇。

不久，凤辇在天玺宫停住。

一路畅通无阻，直抵达大殿之中，看着跪了一地的宫人，沈凝暄低声问道："皇上呢？"

荣海不在，当值的太监不敢欺瞒，低声回道："皇……皇上不在寝宫，去……去了御书房！"

眸色微微一闪，沈凝暄轻轻一笑："好，本宫去御书房找！"

闻言，太监身形一颤！

欺君是死罪，欺瞒皇后娘娘，也别想活了。

想到这一点，他脸色惨白道："皇后娘娘，皇上有国事要忙……"

低眉深看了眼前的太监，沈凝暄心下微凉，"皇上是何时去御书房的？"

太监微愣了愣，轻声回道："下了早朝之后！"

听闻独孤宸今日上过早朝，沈凝暄心弦微松了松。

还好，时间不长。

"回来之后，告诉皇上，本宫来过天玺宫！"唇角边，冷意泛滥，她冷冷一笑，转身向外走去……

一路自天玺宫返回冷宫，沈凝暄的脸色，始终沉静淡漠。

冷宫里的人，全都以她之喜为喜，如今她如此神情，众人皆一脸凝重，一时之间，整座冷宫都笼罩在一片压抑的暗潮之中。

此刻，沈凝暄的心情，到底有多急切，只怕只有她自己最清楚。

但是，她不是傻子。

自然知道，以她现在的身份，根本不能随意出宫。

如此，她便只能等！

等那个，可以让她出宫的人！

时近巳时，独孤珍儿甫一入门，便觉冷意扑面而来。娥眉不由紧蹙，她的视线落在沈凝暄身上，见她一脸凝重，她面色微微一变，轻声问道："出了什么事么？"

"是！"

前厅内，早已遣退了彩莲和清荷，沈凝暄眸色微凉地看着独孤珍儿："师姐，皇上去杀他了，我需要借你的身份出宫一趟！"

闻言，独孤珍儿心下蓦地一紧。

虽然沈凝暄没有直说那个他是谁，但是她却清清楚楚，明明白白地知道，她口中的那个，指的便是独孤萧逸。

但是皇上……

眸色蓦地一冷，她紧蹙了黛眉，心中怒火升腾："我昨夜，明明将一切都告诉

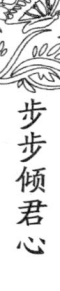

他了，没想到他还是不肯放过他……"

见独孤珍儿如此，沈凝暄心头微微一震。

自座位上站起身来，她伸手握住独孤珍儿的手："师姐都告诉他什么了？"

独孤珍儿抬起头来，对上沈凝暄神情凝重的容颜，无奈叹道："此事说来话长……现在我没时间跟你解释，你现在不宜出宫，好生在这里待着，我去救他！"

"师姐！你脱衣服吧！"握着独孤珍儿的手，微微收紧，沈凝暄对她轻摇了摇头，说话的语气分外艰难，"也许……这是我最后一次能够见他的机会，我……不想错过！"

闻言，独孤珍儿心下微窒！

深凝视着沈凝暄，见她神情坚决，她轻颦了颦眉心，快步行至沈凝暄的寝室，伸手解开腰带，将身上的裙衫褪下。

在独孤珍儿脱衣之时，沈凝暄自梳妆台夹层里，取出两张人皮面具。

这两张面具，出自秋若雨之手，乃是沈凝暄为备不时之需，让秋若雨提前备下的，她无论如何都想不到，会在现在这个关头用上。

时候不长，换上独孤珍儿衣裳，沈凝暄坐在梳妆台前，取了一些药水敷在脸上。

片刻之后，觉得脸上面皮微微松动，她伸手捏住鬓角一侧，用力将脸上戴了三年的面具，直接从脸上撕开。面具撕离之时，一阵阵揪痛传来，她紧蹙了黛眉，手下动作丝毫不曾停歇。

片刻，假面去，真颜显。

站在沈凝暄身后，看着镜中貌美倾国的清丽绝色，独孤珍儿檀口微翕，想要说些什么，却震惊得久久不能言语。

何为天姿国色？

何为倾国姝颜？

她生得虽然貌美，却不及眼前女子万一。

她以为，南宫素儿和沈凝雪之美，便已然是倾国倾城。

然，眼前女子的容貌，却让她惊为天人！

她的美，清丽涤心。

眉如翠羽，肌如白雪，即便不施粉黛，却丝毫不差南宫素儿分毫。

轻抬眸华，眸中波光潋滟。

看着镜中凝视着自己怔怔发呆的独孤珍儿，沈凝暄没有立即解释什么，而是直接取了手边的人皮面具，仔细戴在脸上。

须臾，她一身锦衣，已是独孤珍儿来时模样。

162

站起身来，转身向后，看了眼对面早已易容成自己的独孤珍儿，她眉心轻轻一蹙，举手投足间，皆与独孤珍儿一般无二："我知道师姐心中疑惑，但是每个人，都有自己的秘密，等日后有时间了，我再与师姐解释！"

语落，她学着独孤珍儿的样子，将红唇抿成一条直线，快步从独孤珍儿身侧走过。

"师妹！"

怔怔回神，却仍是一脸惊疑之色，独孤珍儿有些艰难地轻扯了扯唇瓣："我来得急，没有乘车，如今看来，骑马正好，这个你拿着，出宫时用得到！"语落，她玉手一扬，将手里的令牌直接扔了过去。

眉心一紧，接过独孤珍儿丢来的令牌，沈凝暄轻轻弯了弯红唇："谢了，师姐！"

言罢，她疾步向外。

门外，秋若雨早已等候多时。

见有人出来，她眉心轻蹙，仔细盯着沈凝暄的脸，她微怔了怔，对沈凝暄轻福了福身："长公主殿下！"

"走吧！"

知道自己这张脸，能让秋若雨如此，便能以假乱真。沈凝暄微扬了头，快步向外走去。

见状，秋若雨连忙跟上。

独孤珍儿的马，就停在冷宫门外。

出了冷宫，沈凝暄和秋若雨几乎同时翻身上马。

隐隐的，察觉到隐于暗处的那双眼睛，她冰冷的视线，冷冷自墙角扫过，猛地一挥马鞭，朝着朝华门方向飞驰而去……

安远，位处京城以西，方圆百里处，是为通往西疆的必经之路。

沈凝暄和秋若雨一路从京城赶到安远时已然入夜。

天际，细雨霏霏。

她不敢有丝毫停顿，马不停蹄地同秋若雨一起在安远城中寻找着独孤萧逸所投宿的客栈。

原本，独孤萧逸一行，是留有暗记的。

但是，因为雨天的缘故，当她们行至安远城时，便再也没了他们留下的暗记。

无奈，她们只得一间客栈一间客栈地找。

每次，跨入一间客栈时，她们都抱着希望而入，却是失望而出。

第三十章 诛心，萧逸之死！

每次，从客栈里出来，沈凝暄的心，都会忍不住揪起。

此刻，她可谓心急如焚！

她急！

急着找到他！

她怕！

怕自己找不到他！

更怕自己找到他的时候，一切已经晚了！

每每想到这里，她的心都会忍不住狂跳起来。

彼时，安远城东，天来客栈中。

独孤萧逸白衣飘逸，静坐驿馆之中，看着对面正襟危坐的不速之客，他俊脸儒雅的脸庞上，神情变幻莫测："皇上这个时候，怎会来此？"

在他对面，独孤宸一袭玄色紧身长袍，俊脸上明明在笑着，那笑意却不达眼际："思来想去，朕觉得，还是该来送王兄一程！"

闻言，独孤萧逸眸色微暗了暗！

轻抬手，亲自为独孤萧逸满上一盏，独孤宸抬眸与他对视，目光灼灼如华："昨日王兄走得急，朕实在觉得遗憾，便想着一路赶来，与王兄痛痛快快地醉上一回，王兄以为如何？"

轻轻垂眸，看着眼前的酒菜，凝视着酒盏之中不停荡起的圈圈涟漪，独孤萧逸苦涩一叹，抬头看着眼前从小到大一起长大的兄弟，他的语气中尽是凄然："我以为，你会放过我！"

独孤宸看着他的神情，眉目更沉了些："你的存在，对朕而言，一直都是巨大的威胁，你早该想到，迟早会有这一天的！"

独孤萧逸苦笑了笑，轻叹道："我曾不止一次说过，对于你的皇位，我没有一丝觊觎之心。"

"你是说过！"

淡淡垂眸，独孤宸英俊的容颜上，让人看不出多余的情绪，声音却微微泛起冷意："但是……你也该想到，只要夏家在朝堂一日，朕便绝对不会放过你，而如今，你必须得死！"

"呵呵……"

独孤萧逸失笑敛眸，"皇上要杀我，可还有其他原因？"

闻他此问，独孤宸眸光遽闪。

不曾错过他的任何一丝变化，独孤萧逸轻勾了薄唇，缓缓叹道："你爱上她了？"

独孤宸神情微滞了滞，抬头对上独孤萧逸凝神而望的双眼，他轻轻地拧了拧眉心，笑得无奈而自嘲："她入宫时，朕看她百般不顺眼，如今她心里向着你，朕却爱她入骨，恨不得掐死她，再吻活她，如此……会不会很讽刺？"

听独孤宸如此言语，独孤萧逸深邃的眸光中，波光动荡，久久无法平静。

他的暄儿，是一块独一无二的璞玉，他早该料到，即便是独孤宸，终有一日也会对她动心。

"皇上！"

轻轻的，自唇角边勾起一抹浅笑，独孤萧逸笑看着独孤宸，淡声说道："爱一个人，不丢人。"

闻言，独孤宸深幽的瞳眸，微微黯淡。

静默片刻，他抬眸冷笑："是啊，爱一个人，不丢人，但是为了能有机会爱她，杀了她心爱之人，那便是小人之举了吧？"

迎着他黯淡的眸，独孤萧逸苦笑着说道："如果我说是，皇上可会改变主意？"

他此言一出，独孤宸并未立即回答，沉默许久。

时光，在沉默中流逝。

独孤宸缄默不语，独孤萧逸则静静等待，也不知过了多久，独孤宸轻抬了抬眼睑，双眸中波光缓缓凝聚于一点："朕有一事，一直都想问王兄！"

独孤萧逸淡淡扬了眉，笑道："皇上想问什么？"

独孤宸凝眸，轻问："若朕告诉你，如今母后对于你和她的事情，已然知情，你与她之间，只能活一个，你会如何选择？"

闻言，独孤萧逸眉心轻皱，脸色暗暗沉下。

"王兄！"

定定地看了独孤萧逸一眼，独孤宸伸手端起面前的酒盏，将之放在独孤萧逸面前，也不再绕弯子，淡淡说道："今日，朕只要你一个选择，要么……你将这杯酒洒了，朕来保你，要么……你喝下这杯酒，朕保她一世无忧！"

"皇上，你其实从一开始，便已然料准了我的选择，不是吗？"微敛着眸，独孤萧逸好看的唇角微微扬起，那抹风度极好，极深，掩去了他眼底所有的情绪。

轻抬手，端起身前的酒盏，他讪笑着缓缓举起："宸，这杯酒，我敬你！"

眼前之人，是他的兄弟。

不管如太后如何刁难于他，他也从不曾想过要伤害独孤宸。

他以为，他只要一再退让，便可以苟活于世。

但是，今日，他却必须得死！

第三十章 诛心，萧逸之死！

长长的，在心中无奈一叹，眉心微微拧起，却仍是笑着模样，他将眼底失落，悄悄掩起，在独孤宸的注视下，他轻勾着薄唇，仰头将杯中美酒，一饮而尽！

"王兄，朕不想这样的！"紧皱着眉宇，艰涩地闭上双眼，独孤宸不想看独孤萧逸痛苦挣扎的模样，起身便要离去，却不期门外一双含泪的眸子，正满是失望地死死地盯着他！

迎着门外的那双饱含失望的眸子，他心底不禁咯噔一下！

紧皱的眉宇，微微舒展开来，他眸色微变了变，轻声唤道："小姑姑！"

听到他的轻唤声，沈凝暄心下一紧！

想到自己如今的身份，她垂于裙摆两侧的双手，紧紧攥成拳，直接低敛了眉眼，一脸冷凝地自独孤宸身边走过。

桌前，一杯毒酒下肚，独孤萧逸额际布满细汗，脸色已是惨白无比。

看着沈凝暄一步步朝着自己走来，他眸光微微闪动之后，瞬间绽亮。一丝猩红的血，自唇角流淌而下，胸腹间仿佛火烧般的灼痛，让他忍不住紧皱了眉宇。伸手紧紧按住胸口，他想要站起身来，却颓然无力地自椅子上滑落。

"别动！"

心中一阵剧痛，沈凝暄几步上前，伸手扶住独孤萧逸摇摇欲坠的身形。凝眉抬手，探上独孤萧逸的脉门，感觉到指下无力虚浮的脉象，她脸色遽变，抬手封了他的几处大穴！

独孤宸见状，眉宇倏地一皱，声音冷幽，宛若自天际飘荡而来："朕知道，小姑姑医术精湛，不过还是想要奉劝姑姑莫要白费力气了，此乃鸩毒……无解！"

"独孤宸！"

心，早在前一刻，便已大乱。沈凝暄飒然抬眸，眸若寒星，声音前所未有的冰冷："你怎么可以……"

独孤宸苦笑摇头："姑姑昨夜将一切告知朕的时候，便是在与朕赌，此事若是你赌赢了，朕会念在他对朕的忍让，容他存活于世，若是你赌输了，朕会为了天下江山，立刻要了他的性命，可惜……朕从来都不会妇人之仁，而你们……赌输了！"

闻独孤宸所言，沈凝暄心下陡地一惊！

她知道独孤珍儿昨夜跟独孤宸说了些不为人知的事情，却并不明晓其中内情。

此刻听他所言，此事必定关系先皇临终时废黜独孤萧逸的原因！

显然，独孤珍儿低估了独孤宸的狼子野心！

"独孤宸，你太让我失望了……"微垂眸，看着独孤萧逸紧皱眉宇，隐忍剧痛的模样，沈凝暄因心中剧痛而双眸通红，极力隐忍许久，她方才自齿缝中迸出几个字来，"你给我出去！我现在不想看到你！"

见她如此，独孤宸皱了皱眉。

微冷的视线，自独孤萧逸惨白的俊脸上一扫而过，他眸色一沉，心中隐隐痛着，只得转身出了房间。

他知道，今日之后，素日最疼他的小姑姑，必定与他反目。

此刻，与她不想看到他一般，他更不想看到独孤萧逸在他眼前死去。

在这个房间每多一刻，于他而言，都是对他良心的谴责和煎熬！

独孤宸一走，一直极力隐忍的独孤萧逸，直觉胸腹之中的剧痛，已然到了极致，迎着沈凝暄的眸子，他微微启唇，刚想说些什么，却胸口一热，噗的一声，喷出一口黑血。

"萧逸……"

平生第一次，如独孤珍儿一般，唤着独孤萧逸的名字，沈凝暄觉得，自己的心在这一刻被人无情地撕成了碎片，颤抖着手，抚上他嘴角的血迹，晶莹的泪滴，像是断了线的珍珠，一滴滴自眼角滚落，她伸手自襟袋取出一只药瓶，倒了一颗黑色的药丸出来，将之送到他的嘴边："吃了它！"

迎着沈凝暄心急如焚的双眼，独孤萧逸苦涩一笑，轻摇了摇头："不要……不要白费力气了！"

"你听话，把药吃了！"

眼里的泪，越流越凶，沈凝暄将手臂微微抬起，把他整个人抱在怀里，垂首在他耳际轻道："即便鸩毒无解，我也一定要跟阎王爷抢回你的命，你不能死，我也不会让你死。"

闻言，独孤萧逸无比勉强地扯了扯唇，脸色已然苍白如纸。

噗的一声！

再次吐出一口黑血，他紧皱了皱眉，死死盯着沈凝暄的脸，双眸却渐渐开始涣散。

"睁开眼睛！"

紧咬着朱唇用力拍着独孤萧逸的俊脸，沈凝暄的声音早已破碎得不成样子："快！把药吃了！"

"好……"

声音轻得，几若蚊蝇，独孤萧逸含笑启唇，将丹药和着血液吞下。

见状，沈凝暄紧皱的娥眉，轻轻颤抖着，仿佛与独孤萧逸一起痛着，她抬起手来，用力捂着自己的嘴，不让自己哭出声响。

这丹药，是过去她师傅配制而成，对于鸩毒，虽是治标不治本，却可以暂时保住性命！

现在，只要他能吞下这颗丹药，他就还有一线生机！

第三十章 诛心，萧逸之死！

167

洁白的衣袂，已被染成血红，独孤萧逸什么话也不说，只是静静地看着沈凝暄，深黑的瞳仁里，始终带着一种温柔，那种温柔，彻骨噬心！

凝视着他温柔的双眼，沈凝暄微微怔忡。

此刻，他的眼神，并不像是在看着独孤珍儿……

"小暄儿……"

随着这一声几不可闻的轻喃，沈凝暄心中的想法得到应证，独孤萧逸的手，颤巍巍地抬起，轻轻地抚上她的脸："我以为……再也见不到你了！"

呼吸，蓦地一窒！

沈凝暄的心，痛到难以自抑！

伸手握住他放在自己脸上的手，她轻声呢喃着："你怎么知道是我？"

她学独孤珍儿，学得惟妙惟肖。

李庭玉不曾发现破绽，独孤宸亦没有认出她，可是他……却知道她是谁！

"你是我心爱之人，无论变成什么样子，只消一眼，我便知道是你。"被剧痛折磨得精疲力尽，独孤萧逸微弯了弯唇，想要对她笑，却因胸间不断翻滚的热浪，忍不住剧烈咳嗽起来。

"萧逸！"

仍旧唤着她的名，沈凝暄用力拍着他的背脊，却仍旧阻止不了他再次吐血。

当那猩红的血液，直接喷出之时，早前被他吞下的丹药，也跟着被吐了出来。

沈凝暄见状，心中大骇！

鼻息之间，早已充斥满了血腥之气，沈凝暄心如刀绞地捧住独孤萧逸苍白的脸，眼泪不断簌簌落下，看着眼前早已没了血色的男人，仍旧对自己温润地笑着，她的心瞬间沉入谷底。

痛！

凝视着独孤萧逸隐忍含笑的眸，沈凝暄紧皱了眉心，此刻……仿佛喝下毒药的是她，那如潮涌般的痛，让她心碎不已！

"娘娘，皇上走了！"秋若雨自门外闪身而入之时，所见便是沈凝暄抱着独孤萧逸痛哭的情景。心里猛地一揪，她快步上前，俏脸之上，一片惨白，"王爷！"

"走了？"

心里的痛楚已然到了无法承受的地步，沈凝暄嘲讽一笑，伸手捂住自己的嘴巴，哑然痛苦着，她凄然声道："看来……他笃定我一定救不了你！"

"别哭……我……我没事！"

脸色苍白到了极点，弥留之际的独孤萧逸语气虚弱不堪。

"没事，你不会有事的！"

心中的剧痛在不断蔓延，沈凝暄紧咬着牙关，不停地摇着头。

她以为，重生归来，死过一次的自己，可以直面生死。

但是直到此时此刻，她才明白，她从来都害怕失去，尤其是失去眼前这个，一心为她的男人。

"独孤萧逸……你听好了，我还等着一年之后与你天涯海角，我不准你死……"深深地吸了口气，她极力让自己稳定气息，轻颤着手，重新取出一颗药丸，张口将之含在口中，她俯下身来，深深地吻上他的唇。

原本剧痛的身子，在她第一次的主动亲吻下，不由自主地轻颤了颤，独孤萧逸紧皱着俊眉，缓缓闭上双眼，感觉到她的灵巧的丁香，撬开自己的唇齿，他轻翘了唇角，虽艰难无比，却仍然将她舌尖推入的丹药咽下。

微风，夹带着雨的气息，缓缓自窗口吹入。

沈凝暄的唇齿间，满满都是血的滋味，伸手抚在独孤萧逸的胸口，见他血气平复，她稍显欣慰地笑着落泪。

只要，只要他能熬过今夜。

一切定可转危为安！

"傻丫头，我不会有事的……"噬骨蚀心的剧痛，在体内蔓延，独孤萧逸伸手抚触着沈凝暄的俏脸，紧皱着眉宇，他想要将她看得仔细些，眼底的光，却渐渐涣散。

见他如此，沈凝暄连忙伸手扶住他的大手，将他的手，放在自己的脸上，她轻抿了下唇角的咸涩的泪水，对他展颜一笑："先生……你不是怕在人海里找不到我吗？不能睡听到了没有？现在我让你看我的脸，你可看清楚了哦……"

感觉到独孤萧逸的生命，正在不断地流逝，晶莹的泪，模糊了双眼，沈凝暄强颜欢笑着，自鬓发处捏住一角，将脸上的人皮面具缓缓撕落……

室内的光，本是昏暗的。

但沈凝暄容颜尽显时，却照亮了独孤萧逸黯淡无光的俊眸。

沉鱼落雁，闭月羞花。

这八个字，远远不及沈凝暄真正容貌的万一。

她虽是脂粉未施，却仍然美得惑人心魄！

"我就知道……"

心，忍不住轻颤着，脸上却没有太多震惊的表情，独孤萧逸颤手摩挲着沈凝暄的眸子，艰涩拧眉，笑得满足："小暄儿，你让我看了脸，以后便是我的人了哦！"

闻言，沈凝暄不禁破涕为笑。

这世上，有哪个女人被人看了脸，就成了对方的人？

他这是什么逻辑？

第三十章　诛心，萧逸之死！

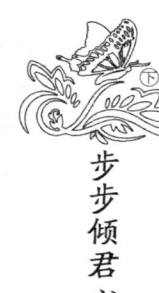

"小暄儿……"

声音绵软无力，越发虚弱起来，独孤萧逸微弯着薄唇，张口想要说些什么，却听秋若雨惊呼一声："娘娘，王爷，不好了，客栈起火了！"

闻言，沈凝暄心中一凛！

凝眸向外，果真见火苗噌噌蹿起，她心里咯噔一声，将独孤萧逸的手臂搭在肩膀上，她用尽自己所有的力气，脚步艰难地朝着门外走去。

门外，火势滔天，熊熊的火焰，几乎将整座客栈吞没。

沉眸看着眼前且快且急的大火，秋若雨的脸色变得极为难看："娘娘，外面的火势，蔓延极快，是有人蓄意纵火！"

"是皇上！"

脑海中轰隆一声如同被炸开一般，沈凝暄看着门外被大火烧得噼里啪啦的椽木，冷笑着勾唇！

外面下着雨，怎么会忽然有这么大的火？！

她想不到，独孤宸居然连独孤珍儿都不想放过。

"娘娘，火太大了！"

俏脸之上露出焦急之色，秋若雨看着门外不断扩大的火势和垮塌的门板，脸色青白地转头看向独孤萧逸。

迎着她焦急的目光，独孤萧逸瞬间紧皱了眉头。

轰隆一声！

门外的承力柱轰然倒塌。

垂眸看向身侧的沈凝暄，见她正聚精会神地看着门外的火势，他眸色微深，苦笑着抬手，对秋若雨略使眼色。

秋若雨明了他的意思，不由苦笑着将头别向一边！

"若雨，过来帮我扶着他！"火势朝着屋内蔓延，房顶的瓦片，噼里啪啦碎落一地，沈凝暄的心思都在外面的大火上，心想着该如何冲出火海，她轻唤秋若雨一声，想要跟她一起带着独孤萧逸冲出去。

"是！"

秋若雨应声，快步行至两人身前，伸手接过独孤萧逸的一条胳膊，她作势要架在肩头，却在沈凝暄沉眸之际，趁她不备直接点了她的穴道。

"秋若雨！"

忽然被点住穴道，沈凝暄面色一变，绝美的容颜上，浮上震怒之色。

"是我的意思……"

声音轻到虚无缥缈，独孤萧逸深深地凝视着沈凝暄清丽绝美的容颜，似是想要将她烙印在心头:"暄儿,外面的火,太大了……你带着我,逃不出去的……"即便,逃出去,也不可能全身而退。

"独孤萧逸!"

方才干涸的泪水,再次决堤,凝视着独孤萧逸坚定的眼神,沈凝暄的心里不由慌了起来:"你不能这样对我,你不能……"

独孤萧逸凄然一笑,凝视着沈凝暄的眼波之中,是浓浓的不舍和眷恋。

几乎用尽了自己全部的力气,才能如愿抚上她绝美的容颜,他眸色幽幽,深情万分地轻勾了薄唇,吻上她的唇瓣,气若游丝道:"若我活着,我们迟早能再见,若我死了……为了我,好好活着!"

语落,他张口又喷出一口黑血,从此再没了一丝力气。

"独孤萧逸……"

四周的火势,越来越大,沈凝暄脸色嫣红,手臂之上亦被掉落的火木所灼伤。浑身上下,像是快要被烤熟了一般,她眼睁睁地看着独孤萧逸摔倒在地,却不能伸手去扶,只能用尽自己全部的力气,撕心裂肺地喊着:"独孤萧逸——"

"……"

耳边,再没了独孤萧逸温润动听的声音,回应沈凝暄呼唤的,是一阵阵噼里啪啦的断木声!

过往,于顷刻之间,在脑海中一闪而过。

想到过往独孤萧逸的一颦一笑,想到他对自己的好,想到他最后倒下时唇畔那不舍而无奈的笑,沈凝暄直觉自己的心,仿佛于瞬间被人撕裂,鲜血淋漓,剧痛不止!

她不记得自己,是如何被秋若雨扛出火海的。

却深深地记得,独孤萧逸还留在火海之中。

客栈外,落雨依旧。

一路扛着沈凝暄行至客栈后方不远处的沟渠,秋若雨喘息着将她放下,伸手解开了她的哑穴。

"秋若雨,你放开我!"

长发被细雨浸湿,早已凌乱不已,却丝毫难掩沈凝暄的倾世容颜。紧咬着牙关,双眸通红,她怒瞪着秋若雨,声音隐忍着巨大的怒火:"他不是你的主子吗?你怎么忍心将他一个人丢在里面……"

"他不只是我的主子,还是我心爱之人!"幽幽的瞳眸深凝视着沈凝暄,秋若雨苦笑着站起身来,"娘娘放心吧,我不会把他孤零零地丢在那里的!"

闻听秋若雨所言,沈凝暄心下一窒!

星眸中波光动荡,她泣声喊道:"你放开我,我要去找他!"

第三十章 诛心,萧逸之死!

"皇后娘娘，别忘了，他让你为了他，好好活着！"妩媚的双眼中，滚落两行清泪，秋若雨伸手扒了边上潮湿的蒲草，盖在沈凝暄身上，又将那张人皮面具，塞到了她的手里，"娘娘的穴道，一个半时辰以后，自然会解，到那时还请皇后娘娘回宫……好好活着！"

言毕，秋若雨紧皱了黛眉，毅然起身，转身朝着烧红了半边天的火场奔去……

"秋若雨！秋若雨！"凄凉的夜雨中，秋若雨就像是一只破茧成蝶的蝶儿，迎风飞舞，不管沈凝暄如何呼喊，她却仍旧毅然决然地，扑入那漫天的火海之中。

泪！

于顷刻之间，决堤而出。

心！

仿佛在一瞬间，千疮百孔！

火！

到处都是火！

随着一声巨大的轰塌声，整座客栈在大火中被夷为平地。

想着那个不管不顾，一心一意对自己好着的痴人，傻人，呆人，就在不远处，那灼人眼眶的大火中，她的心，破碎得不成样子，巨大的悔恨和痛楚，深深包围着她，让她泪流满面，让她痛得喘不过气来……

雨，渐渐变大。

在漆黑的夜雨中，天来客栈的那把火，烧了足足两个时辰。在大火之中，整座客栈在无情火蛇的嗞嗞燃烧下，悉数化为灰烬。

穴道解开之后，沈凝暄一身狼狈地怔愣在废墟前，神情悲怆难耐。

独孤宸下手够狠，整座客栈里，一个活口都没有留下。

若非独孤萧逸命秋若雨将她送出，她必定也会成为这场大火之中的冤魂！

静静地，凝视着眼前的废墟，沈凝暄心中戚然。

官府的人，早已来过。

客栈里的尸体，也已全部被官府收走，直接送去了乱葬岗掩埋。

牵着马绳站在乱葬岗前，沈凝暄面色惨白，整个人都已麻木！

时间，在一分一秒地流逝。

可是她那颗破败的心，却痛得越来越厉害！

独孤萧逸……

只要想到那个温润的男子，想到她现在连见他最后一面的机会都没有，她的心便忍不住剧烈抽痛着。

痛到难以忍受，她只得捂着胸口，无比萧瑟地蹲下身来。

那个一直护她，爱她的独孤萧逸……死了！

可她，连他的尸体，都没能找回！

虽说，独孤宸对独孤萧逸下毒手，绝大部分是为了皇权，但或多或少，有一部分原因，是为了她！

她不杀伯仁，伯仁却因她而死！

这一切，归根结底，都是因为她！

若说，前世里，沈凝雪一刀一刀地割着她的脸，是杀了她的人。

那么，今生，此刻，独孤宸如此对待独孤萧逸，便是诛了她的心！

她恨！

恨自己不够狠心！

恨自己不够强大！

但，她今日，便在此立誓。

从今往后，她沈凝暄，再不是以前那个，只为对付虞氏和沈凝雪而重生的女子！

日后，她要虞氏和沈凝雪死，更要所有伤害过独孤萧逸的人，一个一个……全都生不如死！

她立誓！

深吸一口气，动作利落地翻身上马，她倏然扬头，目光冰冷地凝望着那座埋葬了数十条人命的新坟！

"独孤萧逸，你等我，终有一天，我会回来看你……"几不可闻地轻轻呢喃着，沈凝暄眼眶微红，却不见泪，抬眸扬眉之际，直接甩动马鞭，朝着京城方向飞奔而去！

独孤宸返回皇宫时，已然过午时。

接到他回宫的消息，南宫素儿精心梳妆一番，直接前往天玺宫见驾，却被荣海挡了回去。

回到昌宁宫，南宫素儿立即差人唤回了守在冷宫外的小喜子。

斜靠锦榻之上，一脸阴郁地看着身前的小喜子，她幽声问道："从昨夜到今日，皇后一点动静都没有吗？"

"是！"

小喜子抬头，偷瞄了主子一眼，垂首说道："自长公主离开之后，皇后娘娘便不曾再踏出冷宫半步，奴才寻了跟冷宫奴才们相熟的关系问过，她们也说皇后娘娘从昨日开始，便一直待在冷宫里鼓捣药田，好像没事人儿似的，哪里都没去过！"

闻言，南宫素儿面色微微沉下。

第三十章　诛心，萧逸之死！

缓缓地合上眸子，她轻声叹道："罢了，将我们的人，从冷宫里撤回来吧！"

小喜子微怔了怔，疑惑问道："娘娘，不盯了吗？"

蓦然睁眼，南宫素儿黛眉紧蹙，挥手将小几上的茶盏挥落在地："皇上都回来了，还盯着作甚？"

茶盏落地的声音，响亮透彻。滚烫的茶水溅了小喜子一身，只见他面色微变，一脸紧张道："奴才多嘴！奴才这就把人撤回来。"

"以后做事机灵着点儿！"

淡淡地叹了口气，南宫素儿妩媚的双眸中，阴霾之色难掩。

"奴才明白！"

轻躬了躬身，小喜子垂首退下。

在他出门之际，恰好见沈凝雪进殿。

垂眸看了眼摔在地上的茶盏，她黛眉轻挑，缓步上前："素妃娘娘怎么了？何必这么大的火气？"

闻言，南宫素儿淡淡瞥了她一眼，俏脸上覆满冰霜："本宫原本打算，借你之口，让皇后出面阻止皇上对齐王动手，如此一来，既能离间皇上和皇后的感情，如太后也会亲自出面，责难皇后……可是现在，黄花菜都凉了，皇后却仍旧事不关己高高挂起地待在冷宫里，你觉得本宫不该发火吗？"

听南宫素儿一席话，沈凝雪忽而笑了起来："娘娘当真以为她在乎齐王吗？若她真的在乎，当初又何必处心积虑地抢了我的后位，入宫做了皇上的皇后？"

南宫素儿听了，方才转向一边的视线，再次淡淡转回沈凝雪身上："你这话什么意思？"

沈凝雪望着南宫素儿，嘲讽笑道："素妃娘娘，千万不要轻敌，皇后娘娘并不似表面上这么简单，当初她能从我这个亲姐姐手里抢走后位，如今又为何不能与齐王之间暧昧不清，借此来刺激皇上？"

"原来是这样！"

美丽的俏脸上，浮上一丝冷意，南宫素儿一脸凝重地看着沈凝雪："若是果真如你所言，看来我们想用齐王来离间她和皇上之间的关系，是行不通的！"

"也不尽然！"

缓缓勾唇，沈凝雪笑得志得意满："即便她是真的在利用齐王，那么齐王死了，以她那矫情的个性，一定会将这场戏演到底，到时候势必会跟皇上大闹一场。"

话说到这里，南宫素儿坐起身来："沈家派去安远的人回来了吗？齐王到底死了没有？"

"死了！"

抬眸迎上南宫素儿描绘精致的眉眼，沈凝雪轻点了点头："一场大火，烧得干干净净，什么东西都没留下！"

"死了就好！"目光微微冷凝，南宫素儿黛眉紧蹙，面色微微泛冷，"回头本宫会把消息传给皇后，让她和皇上去闹！哪怕是她跟皇上闹一天，那么本宫便多一天可以讨好皇上的机会！"

"凝雪明白！"

轻轻地，再次颔首，沈凝雪好看的唇角，缓缓扬起。

南宫素儿瞥了她一眼，淡声说道："本宫将你带入宫中，剩下的事情全都要看你自己，太后那边记得多下些功夫！"

"娘娘的提携之恩，凝雪没齿难忘。"脸上的笑容越发明灿，沈凝雪笑看南宫素儿一眼，垂眸应道，"太后那边，就交给凝雪好了！"

夜风凉，再凉，凉不过人心。

一路从安远返回京城，沈凝暄赶了多半日的路，抵达皇宫时，天色已暗，宫门早已落闩。

此刻的她，还穿着离宫时所穿的那身衣裳，复又重新戴上人皮面具，做回了独孤珍儿。

神情冷漠地朝着朝华门的守卫亮出金牌，看着守卫态度恭敬地将厚重的朱漆宫门缓缓打开，她淡淡扬眉，睇了眼头顶上方，在皎洁的月色中，泛着幽光的朝华门三个烫金大字，而后冷冽勾唇，策马进入皇城。

驭马穿过长长的甬道，远远地看见候在甬道对面的荣海，她神情一凛，直接勒紧马绳："吁——"

见沈凝暄驻马，荣海低垂着头，快步迎上前来："奴才参见长公主殿下！"

冷冷勾唇，轻蔑地看着身前的荣海，想到在安远时，天来客栈的那把大火，是要连独孤珍儿一起烧死的，沈凝暄心思沉下，轻嗤出声："难得，荣总管还认本宫是长公主！"

闻言，荣海脸色微苦，继续低头说道："奴才是看着殿下长大的，岂会不认殿下？"

"哼！"

冷哼一声，身心疲惫地不想跟荣海多做纠缠，独孤珍儿声音低哑道："本宫要去见皇后，你现在可是要拦下？"

"奴才不敢！"

抬头看向马背上的沈凝暄，荣海轻声说道："皇上说了，若长公主回来，一定

第三十章 诛心，萧逸之死！

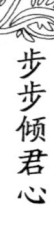

会去见皇后，不过在此之前，还请殿下移步御书房，皇上要与殿下一见！"

听荣海此言，独孤珍儿哂然一笑："御书房吗？本宫还真想知道，皇上见本宫活着回来，到底会是什么神情？"语落，她目光一凝，下一瞬，扬起马鞭，驾马朝着天玺宫方向疾驰而去。

天玺宫，御书房。

独孤宸早已换上一袭明黄色的龙袍，于御案后正襟而坐，凝神批阅着奏折。

荣海自门外而入，抬头看了他一眼，垂眸上前禀道："启禀皇上，长公主殿下回宫了！"

握着朱笔的手，微微一顿，独孤宸微敛了眸，抬头看向荣海："传小姑姑觐见！"

"是！"

荣海恭敬躬身，衔命而去。

须臾，沈凝暄自进入御书房。

轻抬眸，一眼便窥见上位上，锦衣玉服，俊美非凡的独孤宸，她瞳眸微微一缩，缓缓上前，在御案前，与独孤宸四目相对，神情冷凝道："皇上，让你失望了，我回来了！"

"小姑姑……"

以为眼前的沈凝暄便是独孤珍儿，独孤宸因她对自己的态度，眸色微微黯淡，轻轻地将朱笔搁在砚台上，他幽声说道："你能回来，朕很高兴，谈何来的失望？"

听他如此言语，沈凝暄嗤笑挑眉："皇上杀了齐王侄，不是连我也要杀吗？何必如此惺惺作态？"

"小姑姑！"

面色蓦地变冷，独孤宸脸色阴郁地凝视着眼前之人，沉声说道："朕为何对齐王下手，你比任何人都要清楚，可是朕从来不曾想过要对你如何！"

"是吗？"

虽然不知独孤宸口所指的原因到底指的是什么，沈凝暄还是淡淡冷笑，轻轻地挑动眉梢，又一次向上扬了扬："若是皇上不曾想过对我如何，何以天来客栈会被一把大火烧成灰烬？若非我跑得快些，现在只怕早已葬身火海了！"

"小姑姑这话什么意思？"

自龙椅上飒然起身，独孤宸绕过御案快步行至独孤珍儿身前，伸手扯住她的手臂："你给朕把话说清楚，天来客栈失火了吗？"

"皇上不知道吗？"看着独孤宸的眼神，微微有些迷茫，沈凝暄冷笑着挣开他的大手，早已对他失望透顶，她极其厌恶他的碰触，不屑地对他轻扯了扯唇角，"还是皇上本就是在揣着明白装糊涂？"

176

"朕若想杀你，现在就可以杀了你，何必要跟你装？"独孤宸瞥了她一眼，眉宇紧皱着对枭青吩咐道，"查，到底是怎么回事！"

"属下遵旨！"

枭青领命，转身出了御书房。

看着枭青离去，沈凝暄眸色微变了变！

依着独孤宸所言，放那把火的人，并不是他！

不是他，那又会是谁？！

心中虽是疑惑重重，却丝毫无法动摇她心中浓浓的恨意，沈凝暄定睛看了他一眼，淡声说道："我要见皇后！"

闻言，独孤宸清俊的眉，微微一皱，凛然说道："你可以见她，不过要先答应朕的两个条件！"

"你说！"

淡淡应声，沈凝暄学着独孤珍儿的样子，轻动了下眼角，静等着独孤宸口中所谓的条件。

"小姑姑……"

独孤宸轻唤一声，深凝视着她清幽的眸子，眼前的女子，就是独孤珍儿没错，可他却总觉得哪里不对。

或许，是相处方式。

独孤珍儿，从来都不会冷嘲热讽地对他说话。

"皇上？"

察觉到独孤宸眼神的不对劲儿，沈凝暄心下微凛，垂首笼着自己宽大的袖摆："有什么条件，你尽管提，我还等着见过了皇后，回去歇着呢！"

深凝视着沈凝暄，独孤宸俊朗的眉，紧紧皱起，冷声说道："关于齐王之事，朕希望你能替朕瞒着皇后！"

闻言，沈凝暄心下蓦地一紧！

只忽然之间，觉得独孤宸竟是那么的可笑，她嘲讽勾唇，抬眸对上独孤宸深幽如海的瞳眸："沈凝雪早已将皇上去杀齐王之事告知皇后，如此才有了我前往安远一事，眼下……皇上的意思是，让我骗她？"

"是！"

十分肯定地点了点头，独孤宸眸色微沉："死者已矣，朕不希望因为一个死人，伤了朕和皇后之间的感情！"

我与你之间，有狗屁的感情！

如此，暗暗在心中冷嗤一声，沈凝暄淡淡地瞥了眼独孤宸，想到他竟然处心积

第三十章 诛心，萧逸之死！

虑想要对她隐瞒独孤萧逸的死讯,她心思飞转间,冷笑着勾起唇角:"皇上,你能堵住我的嘴,又岂能堵住悠悠众口?此事就算我答应你,替你与皇后隐瞒,你最宠幸的素妃和沈凝雪她们,也会想方设法让皇后娘娘知道此事,你可千万别告诉我,你一如既往地相信南宫素儿,不知她在背地里都做过什么见不得人的勾当!"

独孤宸脸色微微一变,低声道:"关于素妃,朕会亲自处理,你不必担心,只要你不说,朕有十足把握,可以瞒得住皇后!"

闻言,沈凝暄心中冷笑依旧,沉默片刻,她终是长长一叹:"这个条件,我答应你便是,说第二个条件!"

嘴上虽然答应了,不过她心中好奇,若是有朝一日,独孤宸知道,此刻站在他面前的,便是他一心想要隐瞒之人,是不是因为这个一点都不好笑的笑话,而无地自容。

见沈凝暄应下自己的第一个条件,独孤宸面色微缓,微微拧眉,他看了沈凝暄一眼,叹声说道:"朕要父皇的那道遗诏!"

听独孤宸提到先皇遗诏,沈凝暄心中不禁升起一阵寒意。

视线微转,抬眸对上独孤宸灼热的星眸,她的脸色登时发白!

那夜,独孤珍儿到底跟独孤宸说过什么,沈凝暄不得而知。

但,从独孤宸昨夜所说的那番话里,聪明如沈凝暄,便早已窥见其中一二!

她猜测,此事一定与独孤萧逸突然被废了太子之位有关!

可是现在,听到独孤宸提及先帝遗诏,她难免白了脸色!

如今,他已登上帝位,先帝的遗诏,早该在他登基之时,便已然公布于众才是,可是……事情显然别有内情,眼下他既是如此迫切地想要得到那道遗诏,便表明,站在他的立场上,那道遗诏绝对是不能见容于世的。

如此,也就意味着……

"小姑姑你将一切告知朕的时候,便是在与朕赌,此事若是你赌赢了,朕会念在他对朕的忍让,容他存活于世,若是你赌输了,朕会为了天下江山,立刻要了他的性命,可惜……朕从来都不会妇人之仁,而你……赌输了!"

忽然之间,独孤宸昨夜说过的话,于脑海中飘飘荡荡,沈凝暄苦涩地抿了抿唇,无比艰涩地闭上双眼:"皇上,若我说不给,你可会为了那道遗诏,杀了我灭口?"

闻言,独孤宸的面色,忽而更加冷凝:"在小姑姑眼里,朕就这么冷血无情吗?"

"皇上从来都不会妇人之仁!"

慢慢地抬起头,沈凝暄缓缓睁眼,拿他的话,堵他的嘴,她清澈的眼底冷情无比:"即便,独孤萧逸死了,那道遗诏若是昭告天下的话,皇上照旧还是名不正言不顺的,到了那个时候,连他的死也极有可能会被人挖出来……到时候皇上一世英明,只怕……"

178

"小姑姑！"

沉声打断沈凝暄冷嘲热讽的话语，独孤宸凝视着她的眸子微沉，脸色渐变铁青。

"我是不会把遗诏交给皇上的！"定定地与独孤宸四目相对，沈凝暄微冷的目光，与独孤宸阴沉的目光在空中碰撞，荡起一阵花火，她的气势丝毫不弱，"我怕皇上会杀我灭口，为了保全自己的小命，我只得将那道遗诏好好藏起，皇上……你最好留着我，否则，我死之日，便是遗诏昭告天下之时！"

听闻沈凝暄威胁之语，独孤宸的脸色，瞬间黑得一塌糊涂。

原本幽深的瞳眸中，渐变阴鸷，他紧咬了牙关，道："朕说过，朕不会杀你！"

"多谢皇上不杀之恩！"

淡淡垂眸，对独孤宸轻福了福身，沈凝暄转身朝外走去。

"等等！"

因沈凝暄清冷的态度，眸色微暗了暗，独孤宸闷闷的声音，自她身后响起："小姑姑的衣裳破了，可受伤了？"

他的话，本是关心之语，听在沈凝暄耳中，却让她心下一凛。好在被大火灼伤的手臂，藏在破碎的袖摆中，并未示于人前，她暗暗沉下一口气，冷声说道："不劳皇上费心，我好得很！"

语落，她再次抬步，却听独孤宸再次出声说道："小姑姑很好，但若穿着这身衣裳去见皇后，她若问起，你又该如何解释？"

听独孤宸如此言语，沈凝暄顿觉讽刺无比。

心中冷冷一嗤，她轻叹一声，转头对荣海说道："与本宫备件新衣！"

"是！"

荣海应声，衔命而去。

轻蹙了蹙娥眉，沈凝暄并未立即离去，而是转身再次看向独孤宸："我答应你会瞒着皇后，便一定会瞒着她，不过皇上还是盯好了素妃和沈凝雪这两个美人儿吧，若是皇后从她们口中得知了什么，那可怨不得我！"

言罢，沈凝暄眸色冷冷敛起，转身向外，头也不回地离去。

她敢笃定，最迟明日一早，南宫素儿和沈凝雪这对狼狈为奸的贱人，一定会有人将独孤萧逸的死讯带入冷宫，这两个人她一个都不会放过，不过……在她动手之前，还得先让独孤宸收拾收拾她们！

至于独孤宸，他既然想要瞒她。

那她……便先当个傻子。

如此，以后的日子，才会更加有意思！

第三十章 诛心，萧逸之死！

第三十一章 复仇，今夜开始！

自天玺宫离去时，沈凝暄已然换上一身新衣，并在独孤宸的安排下重新梳妆一番。

缓步走出天玺宫，回眸望着身后灯火通明的大殿，她眸中波光闪烁，却终是冷然一笑，转身消失在夜色之中。

站在大殿之中，独孤宸沉眸凝视着窗外那道渐行渐远的纤弱身影，直到那道身影消失在夜幕之中，他方轻敛了眸，轻声问着身边的荣海："今日之后，小姑姑对朕，再也不会如以前那般了。"

听得出独孤宸话里的失落之意，荣海脸色微微黯淡。

独孤珍儿虽是长辈，却是与独孤宸和独孤萧逸自小一起长大的。

如今，独孤宸杀了独孤萧逸。

这件事情，只怕会成为独孤珍儿的心结。

但是，看着独孤宸一脸落寞的神情，荣海心中不禁一痛，忙躬身劝慰道："皇上放心吧，长公主殿下只是误会皇上要连她一起杀，一时气愤……"

"不只是一时的！"无奈勾唇，笑得有些凄凉，独孤宸双手背负身后，深沉的眸，蓦地一冷，他幽声说道，"差人盯着昌宁宫和沈凝雪，若是她们胆敢去冷宫，立即差人拦下！"

也许，是为了江山，也许，是为了沈凝暄。

不管是为了什么，如今独孤萧逸都已然不再是他和沈凝暄之间的障碍。

只一夜之间，他亲手毒杀了自己的王兄，被自己的姑母所记恨，如此众叛亲离之后，他唯一欣慰的是，沈凝暄还在他身边。

是以，无论是谁，他都不会允许，不会允许她们，再成为他和沈凝暄之间的障碍！

绝对……不会允许！

"奴才遵旨！"

抬眸又深看了眼独孤宸，见他一脸凝重，荣海轻点了点头，转身出去吩咐。

深吸口气，凝眉许久，独孤宸本欲转身向里，却在走出几步之后，脚步陡地一旋，快步出了大殿，也朝着冷宫方向行去……

沈凝暄回到冷宫之时，独孤珍儿正坐在花厅里用膳。

听彩莲禀报，长公主求见，独孤珍儿握着银筷的手微微一抖，忙起身行至前厅。

虽只隔一日不见，却恍若隔世一般。

心境大变的沈凝暄，再见独孤珍儿，眼底眸光轻转，缓缓福下身来："参见皇后娘娘！娘娘万福金安！"

"免礼！"

清楚感觉到沈凝暄的心绪变化，独孤珍儿心弦一颤，别有深意地看了青儿一眼，她伸手拉过沈凝暄的手，径自朝着内室走去。

见状，青儿微转过身，一路跟着两人行至寝室，垂眸守在室外，不容任何人近前。

寝室里，本就掌着灯。

将门关好之后，独孤珍儿拉着沈凝暄一路向里，俏丽的脸上，尽是紧张之意："怎么样？赶上了吗？逸儿他……"

"他死了！"

在独孤珍儿面前，丝毫不掩痛心之色，沈凝暄幽幽抬眸，仿佛失去了生命的色彩一般，淡淡地扯了扯嘴角："皇上，亲手毒死了他！"

闻言，独孤珍儿心下猛地一窒！

蓦地皱眉，用贝齿紧咬着朱唇，她的脸色，瞬间白得如纸一般。

握着沈凝暄的手，不知不觉中，已然紧到不能再紧，她因心中的剧痛，忍不住颤抖着身子，脸上却露出了失望的苦笑："身在皇室之中，为了那无上的权力，我见过太多的腥风血雨，但是……无论如何，我都不敢相信，皇上他竟然真的狠心对逸儿下手……"

岁月如歌，过往的记忆，犹如开闸的洪水一般，涌入脑海之中。

独孤珍儿微敛了眸，却止不住眼角簌簌滚落的泪，声音颤抖而沙哑，伴着足可明辨的呜咽："从小到大，逸儿虽是太子，却从不曾瞧不起宸儿，记得那年，独孤

第三十一章 复仇，今夜开始！

181

宸攀上悬崖，是逸儿不顾自身安危，舍命相护……即便是后来，他明明可以夺回皇位，却也为了他们之间的兄弟之情，淡淡一笑，放弃了……宸儿他怎么可以，如何可以……"

话，说到最后，独孤珍儿只得深吸一口气，才能尽量不让自己失控。

"师姐！"

幽幽抬眸，对上独孤珍儿朦胧的泪眼，沈凝暄的声音，平平的，淡淡的，好像根本没有情绪变化一般："你不必为他抱不平，就连你……皇上都没想过要放过！"

闻言，独孤珍儿呼吸一滞，泪眼怒睁着，怔怔地凝视着眼前神情冷淡的沈凝暄。

在她不敢置信的眸光之下，沈凝暄惨然一笑，缓缓挽起自己的袖摆，将自己手臂上那泛着猩红血色的伤口，裸露于独孤珍儿眼前："安远，天来客栈中，皇上逼独孤萧逸喝下了毒酒，我以你的身份进去，他明明是知道的，可是过了没多久，整座天来客栈都燃起了大火，若非独孤萧逸最后关头命秋若雨将我扛出客栈，沈凝暄早已葬身在那场大火之中。"

若说，方才听闻独孤萧逸的死讯，独孤珍儿是心伤难耐，那么此刻，看到沈凝暄手臂上怵目惊心的伤口，听闻沈凝暄所言，她整个人便如傻子一般，呆呆地坐在那里，眼里早已没了焦距！

在这一刻，从小天不怕地不怕的她，竟然觉得浑身发冷。

那份冷意，由心而生，让本就一脸不信之色的她，竟也露出了深绝的愤懑之意！

"独孤宸！"

冷冽的声音，自齿缝中迸发，独孤珍儿猛然起身，作势便要冲门而出："我要去见他！"

"师姐！"

猛地用力，将独孤珍儿拽回身侧，沈凝暄凝眉说道："方才我刚以你的身份见过他，他要你将独孤萧逸的死讯瞒着我，还要你手里的那道遗诏！"

"他休想！"

泪眼之中，痛意和绝厉交换不息："他不是想要对我痛下杀手吗？我会将诏书藏得严严实实的，若是有朝一日，我死了，便让人昭告天下……"

听闻独孤珍儿所言，一直神情淡漠的沈凝暄，到底轻勾了勾唇角。

轻颦的眉心，微微一动，她抬眸看着独孤珍儿："我代师姐，也是如此回他的。"

"师妹！"

凝视着沈凝暄嘴角的那抹浅笑，却觉得她仿佛失了灵魂一般，双眼之中一片空白，独孤珍儿伸手扶住她的肩膀，咬唇看了她许久，面露忧色道："你没事吧？"

想来，独孤萧逸的死，对她而言，打击真的很大！

直到此时，她才发觉，沈凝暄从方才到现在，一直都很冷静！

冷静得让人心慌！

"我还好好活着，能有什么事？"迎着独孤珍儿关切的视线，沈凝暄笑得清淡，平静的脸上仍旧不见一丝波澜，"若是师姐真的关心我，便替我将伤口包扎了吧！"

闻言，独孤珍儿反应过来。

深吸一口气，她急忙行至门外，与青儿要了药箱。

在独孤珍儿替自己包扎之时，沈凝暄一直静静地凝视着独孤珍儿微红的眸子，因伤口的痛楚，微拧了拧眉心，目光如炬一般，紧盯着独孤珍儿晦涩的双眼："师姐，先皇遗诏，可是要将皇位传给齐王？！"

独孤珍儿微垂眸，与沈凝暄的视线错开，不动声色地将手里的绷带绑好，她轻叹一声，起身脱着身上的衣裳："先把衣裳换了吧！"

见她如此，沈凝暄也不急着追问，只是站起身来，将身上的衣裙褪下，与独孤珍儿互换了衣裳。

不多时，两人将面具揭下，全都恢复了各自容颜。

将原本的面具，以药水粘好，沈凝暄静站在梳妆台前，看着独孤珍儿将发髻梳成自己来时模样，她淡淡勾唇，并未与其一起梳妆，只随手撤去了发上珠钗，任如瀑般的青丝垂落腰际。

室内，寂静一片，透着些许压抑。

也不知过了多久，独孤珍儿从梳妆台前盈盈起身，微转过身，看着斜倚在贵妃榻上，仍旧眸光熠熠看着自己的沈凝暄，她轻叹了口气，缓步行至榻前坐落。

"师姐……"

半晌儿，见独孤珍儿不言不语，沈凝暄幽幽启唇。

"当年，在皇兄驾崩前一日，逸儿的太子之位，忽然被废，我曾去找过他的母后齐太后，但她似是并不惊讶！"遥想当年之事，独孤珍儿眼眶微红，忍不住苦涩抿唇，"记得那夜，下了很大的雪，我本欲睡下，却被皇兄宣进宫中，也就是那个时候，皇兄将遗诏交给了我……"

闻言，沈凝暄微微拧眉。

不待她开口，独孤珍儿便已再次出声："我不知皇兄当初为何废了逸儿的太子之位，却更加想不明白，他为何先废而后立，竟然交给我一道，将皇位传给逸儿的遗

第三十一章　复仇，今夜开始！

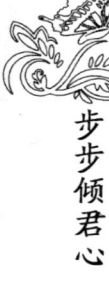

诏！命我在宸儿登基一年之后，将遗诏交给逸儿！"

"果然如此！"

沈凝暄微拧的眉心渐渐舒展开，微微侧身，寻了个舒服的姿势躺好，她语气平淡道："如我猜得没错，这道诏书，齐王……应该是早就知情的！"

独孤珍儿低垂了眼睑，心力交瘁地闭上双眼："我按照皇兄的指使，在宸儿登基一年之后，将遗诏交给了逸儿，当时……他看过遗诏后，只是淡淡一笑，不以为然地摇了摇头，他说……"

独孤萧逸的死，注定是沈凝暄心里永远的痛！

脑海中，忆起他温和浅笑的模样，她眼睫轻颤了颤，连声音里都泛着疼意："他说什么？"

"他说……"

缓缓睁开双眼，晶莹的泪，自独孤珍儿眼角滚落："宸儿的皇帝做得挺好，即便他来做，也不过如此，只要宸儿能让百姓安居乐业，便让那道遗诏随着岁月深埋了……"

闻言，沈凝暄心中，瞬时酸涩难耐。

这，便是独孤萧逸！

随性，洒脱，不羁，不争！

可是，他放过了别人，别人却未必会放过他！

他得知遗诏之时后，选择了沉默，可他是他，而非独孤宸，独孤宸自己都说，自己并非妇人之仁，是以，得知遗诏一事后，他觉得自己的皇位受到了威胁，便十分果断地取了他的性命……

沈凝暄不清楚，当初先帝为何废了独孤萧逸之后，又要在一年之后扶他上皇位。

但是，这些如今都已然不再重要。

重要的是，独孤萧逸已经死了，从此以后，再也没有人，可以危及到独孤宸的皇位！

"皇上以为，那道遗诏在我手里……"就在沈凝暄心中思绪千回百转之际，独孤珍儿笑得惨然落寞，"其实，那道遗诏，早在两年前，就落到了逸儿的手中，如果他想要推皇上下位，简直易如反掌，可是他没有，若是当初他能预料今日皇上的无情之举，现在坐在燕国皇位上的人，便不会再是独孤宸！"

"这些已经不重要了！"

杏眼中，闪过一阵精光，却又很快被沈凝暄掩去，她涩涩勾唇，缓缓合上双眼："师姐，此事就当我全然不知吧！"

闻言，独孤珍儿神情微微一怔！

凝视着沈凝暄眉心紧蹙，闭着双眼的模样，她心中微痛："身为皇室中人，我早已看淡了生死，逸儿死了，如今你还是宸儿的皇后，如果你能放下，未尝不是好事！"

"放下？"

冷嘲的笑自唇畔缓缓荡开，沈凝暄眉心轻动："师姐可知道，我一闭眼便都是他在大火之中挣扎的模样，那火烧在他的身上，我却同样痛着，这样的痛，你让我如何放下？"

语气微顿了片刻，沈凝暄缓缓抬眸，眸底清冷无温："我沈凝暄今生只要还有一口气在，便永远都不会放下……"

"师妹！"

因沈凝暄的神情，而心中惊悸，独孤珍儿轻颤着唇，想要再问，却见沈凝暄再次敛下眉目，面无表情地说道："此事，只要皇上不提，我便会装作不知，我会让伤害过先生的人，一个一个都付出代价……如今天下，独孤家便唯皇上一脉，我杀不了他，但却会让他尝尝，我和先生彼此都尝过的痛！"

"师妹……"

倘若，沈凝暄说话的语气狠戾，脸上也露出愤恨之意，独孤珍儿一点都不会觉得意外。但是此刻，听她面无表情地柔声说出这样一番话，她的心里却不由泛起冷意。

微张了张嘴，她想劝沈凝暄，却无从劝起。

眼看着沈凝暄一脸疲惫，她无奈而苦涩地黯然一叹！

沈凝暄和独孤宸之间的这个结，只怕任何人都解不了……

直到独孤珍儿离去之后，青儿才推门进入寝室。

见沈凝暄一脸疲惫地躺在贵妃榻上睡着，青儿心中微疼，脚步轻缓地取了锦被，小心翼翼地替她盖在身上。

虽然，青儿的动作很轻，沈凝暄却仍旧缓缓睁开了眼。

"娘娘……"

双眼中满是关切之色，青儿轻抿了抿红唇："到榻上歇着吧！"

"嗯……"

淡淡应声，由着青儿将自己扶起，沈凝暄缓步行至榻前躺下身来。

仔细地替她掖好了被角，青儿有些犹豫地看了她一眼。

"有事？"

第三十一章 复仇，今夜开始！

185

与青儿相处多年，沈凝暄对于青儿的脾气太过了解，只需青儿一个眼神，她便知道她有心事。

"呃……"

正在放下暖帐的手微微一顿，青儿垂眸看着沈凝暄，轻声说道："方才奴婢送长公主殿下离宫，见皇上独自一人站在门外，却一直不曾移驾进来……"

"是吗？"

淡淡敛眸，仿佛事不关己一般，沈凝暄拥着锦被辗转过身："他愿意站在外面，就让他站着好了，本宫有些累了，你先出去吧！"

"是！"

虽忌惮独孤宸的身份，却又深谙主子的脾气，青儿见沈凝暄不想过问此事，便也不再多言，转身准备离去。

"青儿……"就在青儿即将走到门口之时，沈凝暄幽幽睁眼，声音轻到不能再轻，"你出去，与皇上送上一件披风，告诉他本宫喝下安神茶，要到明日一早才能醒……"

闻言，青儿脚步蓦地一顿。

回眸看了眼床榻上背身向里的沈凝暄，她虽一脸狐疑之色，却仍是微微颔首："奴婢这就去！"

听到青儿出门的声响，沈凝暄眸中光华快速流转。

在片刻之后，一切归于平静，她嘲讽一笑，哂笑着再次合上双眼。

双眼，虽是闭着的。

她却一直不曾入睡。

她的复仇，将从今夜开始！

思绪百转之际，轻微的开门声自身后响起，感觉到身后刻意放缓的脚步声，她眉心轻颦了颦！

很快，那独属于独孤宸的特别气息缓缓入鼻，直达她的脑海！

她心中冷笑，始终不曾睁眼，装作深睡模样。

在她身后，独孤宸内敛了气息，动作极轻地坐在床边。

听到她沉稳的呼吸声，以为她已熟睡，他深邃如海般的眸，微微荡起一丝暖意，轻叹着伸手，小心翼翼地抚上她的侧脸！

自那日天玺宫不欢而散，她每次见他，就会像一只刺猬一般，对他竖起全身的刺！

加之本就因独孤萧逸一事忙得不可开交，他只得将自己心中对她的思念狠狠压在心底。

186

他从没试过，如此疯狂地想念一个人。

即便当年对南宫素儿，也不曾如此过。

但是，他就是想她。

别人说，一日不见如隔三秋！

以前，他听到这句话，会不以为然地一笑了之，但是如今，他却真正体会到这句话的真正涵义。

原本，他才刚刚违背她的心意，杀了独孤萧逸。

他纵是再如何想她，也知道现在自己不该来冷宫见她。

但是，他忍不住！

当他听青儿说，她喝了安神茶，要到明日一早才醒时，他便再也忍不住……忍不住趁着她熟睡之际，进来冷宫看她一眼！

思绪至此，他的俊脸上，不禁荡起一抹自嘲的苦笑。

修长的手指，缓缓向下，直到停落在她红润的唇边。

他心间微微一动，情之所至，倾身向下，轻轻触上她的唇。

对于他的吻，沈凝暄自然是有知觉的，但是……她并没有睁眼，也不曾愤然起身将他推开，恍惚之间，想起了独孤萧逸离别前那蜻蜓点水的一吻，她紧蹙了黛眉，似是被扰了美梦一般，嘤咛一声，将头偏向一边，又寻了个舒服的姿势。

独孤宸以为，沈凝暄会因为方才的一吻而转醒，不由心中狂跳，屏息以待。

然，见她只是寻了舒服的姿势，他不由失笑着，长长在心中舒了一口气。

"暄儿……"

深深地近乎贪婪地好像一直都看不够一般，他借着月光凝视着沈凝暄近在尺咫的脸，眸色渐渐深沉。

许久，见她果真沉沉睡去，他薄而好看的唇角，微微勾起一抹好看的弧度，而后脱了身上的龙袍，蹑手蹑脚地躺在她的身后，薄唇轻勾了勾，虽怕吵醒了身前的人儿，他仍然忍不住轻轻将她拥入怀中……

对于他的一举一动，沈凝暄全部知道。

不过，她并未反抗，只是如熟睡一般，闭着双眼，沉沉睡去……

因四更时便要起身上朝，三更过半时，独孤宸便已悠悠转醒！

低垂眸华，凝视着怀中仍旧睡得香甜的人儿，他胸臆之间胀满满的，一脸满足。

若是每日，可以抱着她自睡梦中醒来，他夫复何求？

念及此，他情动之余，俯身轻吻了下她的唇。

半晌儿，见她仍没有反应，他不由苦涩一笑！

第三十一章 复仇，今夜开始！

187

想来，若她醒后看到眼前的自己，又该气极得一阵摔砸了吧？

心下暗暗一叹，即便不舍，却仍是将视线移开，他轻手轻脚地掀起锦被，动作轻缓地下了床。深深地，回眸又看了沈凝暄一眼，他弯身将散落在地的龙袍拾起，这才依依不舍地打开房门走了出去。

房门外，青儿与荣海一起守在门外。

见独孤宸出来，她和荣海纷纷对其躬身行礼："皇上！"

"嗯！"

对两人轻点了点头，独孤宸看向青儿："朕去上早朝，照顾好皇后……朕来过的事情，不要让她知道！"

闻言，青儿心弦微颤，忙垂首应道："奴婢遵旨！"

寝室内，在独孤宸关上房门的那一刻，沈凝暄原本紧闭的眸，便已缓缓睁开了。辗转过身，如玉般的手指，轻轻抚过他昨夜睡过，仍旧留有他体温的地方，她眸色微深，眸底深处，光火明暗不定！

半个时辰后，天际破晓！

过了辰时，仍不见沈凝暄起身。

青儿先吩咐清荷和彩莲准备早膳，自己则提了桶热水，往沈凝暄寝室走去。

进了寝室，将水桶放下，青儿蹑手蹑脚地来到床前。悄悄地将床帐掀起，她想瞧瞧沈凝暄是否醒了，却在垂眸之时，见她一直睁着眼，神情空泛地望着床顶，不知在想着什么！

青儿眉心微蹙，轻声问道："娘娘，您什么时候醒的？怎么不叫奴婢进来伺候！"

闻声，沈凝暄视线轻移，对上青儿明亮的眸，她淡淡勾唇："不叫你，你不还是一样进来伺候了？"

"是！"

青儿轻点了点头，转身将水桶里的水倒入面盆，转身取了沈凝暄今日要穿的衣裳，她对沈凝暄轻声说道："方才奴婢在去取膳时，见素妃娘娘朝着冷宫方向过来了，不过半路上，不知为何，却被荣总管给截了去！"

听到她的话，正准备下床的沈凝暄微微一愣！

深思飞转间，知荣海为何截走南宫素儿，她的唇角边，缓缓勾起一抹浅笑，自榻上盈盈起身："素妃如今在宫中专宠，皇上兴许是想她了！"

闻言，青儿正在拧着湿巾的手微微一顿。

她想告诉沈凝暄，皇上昨夜是在冷宫里就寝的，却想起独孤宸的旨意，轻敛了眸，默不作声！

见青儿如此，沈凝暄眸色微暗了暗。

青儿自小在她身边伺候，她们之间，情同姐妹，但……以青儿的身份，知道得太多，只会更加危险，她自然不会告诉青儿，自己心中的真正想法。

天玺宫，大殿。

南宫素儿一袭雪色宫装，浑身上下纤尘不染，美得不可方物。

凝眉看着大殿上方，靠坐在龙椅上的独孤宸，她风情万千地婉约一笑，随后婀娜上前，在他身侧盈盈落座："皇上……臣妾来了！"

"嗯？"

俊挺的眉微微扬起，独孤宸轻掀眼睫，看着身侧一脸温柔，绝美出尘的南宫素儿，修长的手指，轻轻抬手，勾出她秀气的下颌，他眸中暖光流转："素儿一大清早，去哪儿了？"

闻言，南宫素儿心中微微一紧！

微垂下头，她巧笑着握住他的大手，轻言软语道："臣妾知道，皇上心里，还是在意皇后娘娘的，想着这阵子皇后娘娘一直不曾出过冷宫，臣妾便想着去与她谈谈心……"

"原来是这样？"

长臂一挥，将南宫素儿直接揽在怀中，独孤宸轻吻她的耳际，声音略微有些低："朕的素儿，从来都如此善解人意，朕想不疼你都舍不得！"

南宫素儿身形一颤，忍不住满面霞飞。

柔若无骨的手臂，轻轻圈住独孤宸的手臂，她柔声说道："能让皇上开心，皇上让臣妾做什么，臣妾都愿意……"

笑看着她，独孤宸的大手缓缓向上，直到她粉白的玉颈处停住，他眸色一凛，而后陡地用力，扼住了她的脖颈。

"呃——"

呼吸陡然受阻，南宫素儿惊骇抬眸，当她的双眼，对上独孤宸冷冽的墨色瞳眸时，不禁心下一紧，原本火热的身心，仿佛被人泼了一盆凉水，直接从天堂坠入地狱："皇……皇上！"

"素儿！"

深邃的瞳眸中，冷冽与热切交替，独孤宸紧紧凝视着南宫素儿漂亮的大眼，声音沙哑道："朕想要好好待你，让你受尽万千荣宠，可是你为何一直都要逼朕！"

"皇上……"

平生第一次，见到独孤宸如此冷冽绝情的一面，南宫素儿心中惊骇，脸色也因

第三十一章 复仇，今夜开始！

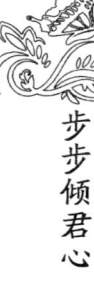

呼吸不畅，渐渐青白。

"以前的事情，便也罢了，朕不会再追究！"忆起当初单纯美丽的南宫素儿，独孤宸手下的力道，微微松动了些，沉眸凝视着她明媚却已然含泪的双眼，他声音微冷，犹如地狱传来，"你不是说，只要朕开心，你什么都愿意为朕做吗？现在朕就告诉你，朕要你，同样还要皇后，朕不希望齐王的死讯传到她的耳朵里！"

"臣妾……"

两行清泪，自眼角滚落，南宫素儿喘息着，颤声说道："臣妾知道了。"

"知道就好！"

好看而性感的唇，再次缓缓扬起，独孤宸五指松开，放开南宫素儿的脖子。

脸色，从青白，到涨红。

南宫素儿用力抚上自己的脖子，贪婪地呼吸着新鲜空气。

轻抬眸，见独孤宸再次朝着自己伸手，她心下惊惧，忍不住瑟缩了下身子。

"别怕！"

轻皱了下眉宇，却是笑得温润如水，独孤宸伸手抚上南宫素儿脖颈上的瘀痕，柔声说道："素儿，收起你的那些小心思吧，日后你只要乖乖的，朕还是会宠着你。"

"是……"

恍然惊觉，眼前的狠辣男子，是握有天下生杀大权的帝王，再不是自己记忆里那个视她如命的开朗男子，南宫素儿有些艰涩地吞了吞唾液。

见她如此，独孤宸不哄不劝，只淡淡勾唇，对门外随南宫素儿一起前来的枭云命令道："自今日开始，你调往冷宫，负责保护皇后娘娘！"

冷宫里，沈凝暄用过早膳不久，便见枭云自门外而入。

得悉枭云来意，她并未多说什么，只淡淡一笑，放下手中茶盏："自从入宫之后，本宫便懒散了许多，如今总觉这身子，不像是自己的，枭云……陪本宫切磋切磋如何？"

"皇后娘娘！"

怔怔地看着沈凝暄，枭云想要推脱，却见沈凝暄已然从容起身，自顾自地从她身边走过："本宫去换衣裳！"

闻言，枭云清冷的眉，不禁微微一拧！

跟主子过招，出手轻了，会让主子觉得她小瞧人，若出手重了，又会伤了主子……这伤了皇后，她如何担待得起？！

可是……皇后连推脱的机会都没有给她！

今日的切磋，总之一个字——难呐！

她有所不知的是，沈凝暄嘴上说是要与她切磋，实际上是想要提高自己的武功。

不多时，再从内殿出来，沈凝暄已然换上一件利落的骑马装，头髻简单挽起，她整个人英姿飒爽，变得格外精神。

"枭云，开始吧！"

轻抬手，将一柄长剑扔出，沈凝暄抬手抚上腰际。

"娘娘……"抬手接过沈凝暄扔来的长剑，看她铮的一声将软剑甩直，枭云咂了咂嘴，满脸犹豫，"这……刀剑无眼，还是不要了吧！"

"为何不要？"

沈凝暄轻挑着眉，眸子眯得弯弯的，动作有些夸张地伸了伸懒腰，她轻喝一声，甩手快速出剑，直逼枭云要害！

枭云见状，眸光陡地一闪。

避无可避，她只得手腕一抬，锵的一声，将迎面刺来的软剑格挡出去。

"本宫听闻，影卫个个骁勇，如今看来，果然名不虚传！"软剑蓦地微抬，沈凝暄手指比剑直指枭云，丝毫不容枭云退缩，"枭云，在宫外的时候，本宫一直没机会见识你的真正身手，今日你便拿出自己的本事来，也好让本宫开开眼界！"

听沈凝暄提到在宫外之时，枭云眉心一窘，脸色微变，她的眸色也随之变得冷清起来！

在宫外之时，她先是被她点了穴，后又被蓝毅劫持，再后来还中了软筋散……以上种种，对身为影卫的她来说，根本就是一种耻辱！

"娘娘！"

铮亮长剑缓缓抬起，枭云对沈凝暄冷言道："属下得罪了！"语落，她脚下生风，执剑而上，剑芒闪过，乱了众人眼，她动作极快，手中长剑灵活跃动，剑剑削在沈凝暄的软剑之上，迫得沈凝暄不得不快步后退，以求自保！

被枭云逼得不时后退，沈凝暄眸色微深，脸上却露出一丝兴味。

唰的一声，以软剑撑地，勉强稳住身形，她轻笑了笑，不由赞叹出声："果然不愧是影卫，够强！"说话间，她轻抖剑身，抬手一晃，整个人快速跃起，朝着枭云进攻而去。

见状，枭云瞳眸微闪，腕部陡地一转，她反手便将长剑结结实实地砸在沈凝暄的软剑上。

因猛然被击，软剑反弹的力道，将沈凝暄的手震到酥麻！黛眉紧紧拧起，她抬剑便要刺出，却听一道温雅悦耳的男声自身后响起："姿势不对，未杀敌，先将自己

暴露了，手臂抬高，肘部下挫！"

闻言，她心下一颤，却只是眉心一皱，依言行事，恰好躲过枭云一击！

待她得以喘息，好听的男声再次响起："她下盘不弱，攻上！"

听声，沈凝暄果然手腕上扬，直指枭云上身而去。

突然而至的男声，本就乱了枭云的节奏，此刻听对方直道自己弱点，枭云面色铁青，却无暇看对方一眼，只得聚精会神阻挡沈凝暄的进攻！但，即便她使尽浑身解数破解沈凝暄的杀招，有身后男子的指点，沈凝暄却总是可以很快便知道她的弱点！

如此一来，枭云只觉自己根本是在跟两个人打，腹背受敌！

"抬腕直取，锁喉！"终于，在几十个回合之后，男子道出了枭云身上最大的破绽！

沈凝暄依言抬腕，持软剑直取枭云咽喉！

见状，枭云无奈，只得将身形后仰。

也恰在此时，男子的声音再次徐徐响起："封她大穴……"

啪的一声！

沈凝暄果然点了枭云的穴道，虽然累得满身大汗，她的唇角却仍旧扬起一抹胜利的笑。

"娘娘……您胜之不武！"被沈凝暄封住穴道，枭云满脸不服，忿忿转头，她想看清身后男子到底是谁，却碍于不能行动，什么都看不见。

"胜之不武，本宫也还是胜了……枭云，你败了！"丝毫不觉自己胜得不光彩，沈凝暄唰的一声，将软剑收起，眸色明显闪动，她快步朝着男子所在的门口处走去："月凌云！"

站在冷宫门口的男子，身材挺拔，容貌清俊，一头乌黑茂密的头发用发冠高高挽起，一双剑眉下却是一对细长的桃花眼，他身上锦蓝色云锦华裳，将他衬得风流倜傥，但眼里不经意流露出的精光让人不敢小看。

他，是月凌云，燕国大将军月明威之子。

传闻他英俊风流，武功卓绝，且自小博览群书，是千古难得一见的帅才，却多年游历，活得自由自在，一直不曾入朝为官。

凝视着快步朝着自己走来的沈凝暄，他微微一笑，眸中波光闪烁："三年不见，皇后娘娘现在连表哥都不喊一声了，着实让人伤心啊！"

"油嘴滑舌！"

轻抬手，将手里的软剑丢给青儿，沈凝暄步伐加快，如彩蝶一般，朝着月凌云飞奔而去！

声落，沈凝暄随声翩然而来，月凌云眸色温柔，笑得爽朗不羁，缓缓向她张开双臂。

在月凌云面前蓦地顿下脚步，怔怔地凝望着他俊美却隐隐透着精光的眉目，沈凝暄睫毛微颤，想要伸手触摸他的俊脸，却终是碍于身份，只展颜一笑，握拳打在他坚实的肩膀上："几年不见，你还是老样子，怎么一点都不显老？"

没有人比她更清楚，方才在听到月凌云的声音时，她的心里到底有多么激动！

自从重生之后，她最快乐的时光，便是在边关之时，月凌云长她两岁，虽是她的表哥，却待她比亲兄长还要亲上三分！边关一别，转眼三年，他一直在外游历，直到此时再见，沈凝暄内心深处自然心潮澎湃！

努力控制自己的呼吸和情绪，看着眼前的亲人，沈凝暄想想要对他笑，却终是忍不住红了眼眶："三年了，你一直不曾来过京城，丫头想你了……"

"我的小乖乖，你这是要哭吗？"

薄薄的嘴唇，微微勾起一抹灿烂的笑弧，月凌云抬起一只手，轻拍她稍显单薄的背脊："哥哥我这不是来看你了吗？赶紧的，把眼泪收一收，省得人们以为我欺负了皇后娘娘，那可是万死之罪！"

闻言，沈凝暄眼底泪意更重，却扑哧一声，被他逗笑了。

见状，月凌云并不急躁，只静静地一手扶着她的肩头，一手朝着青儿招了招手，索了条丝帕，来替她擦泪。

良久，觉得自己心绪平复了，沈凝暄深吸口气，从他手里接过丝帕："明明就没有泪，你非使劲儿擦，这是要把我擦哭啊！"

"只是随便一条巾帕就能把你擦哭才怪！"低眉看着三年前尚显稚嫩，如今却已蜕变得亭亭玉立的沈凝暄，月凌云慵懒一笑，皱眉说道，"往日在边关放火，与山贼称兄道弟，一直高喊着自己是巾帼英雄的丫头也不知是谁！"

"本宫不认识那人！"

沈凝暄不依地撇了撇嘴，因月凌云的话，她忆起了当年那些快乐的时光，心中的阴霾稍稍散去些许。

见她端着皇后架子这么说，月凌云不再多言，轻笑着勾了勾唇。

微微转头，他以下颌指了指她身后不远处，尚被定在原地，脸色要多难看就有多难看的枭云："这都大半天了，你打算让人家一直定在那里？"

闻言，沈凝暄微微回眸，瞥见枭云阴郁黑沉的脸色，她轻牵了牵唇，与月凌云一起，转身回到枭云身前。

迎着枭云隐忍晦暗的双眸，沈凝暄淡笑着抬起手来，动作利落地啪啪两声，解开枭云身上的穴道。

身形蓦地一松，重得自由的枭云唇角轻抽了抽，有些愤恨地凝眉看了月凌云一

第三十一章 复仇，今夜开始！

193

眼，她面色不豫地躬了躬身，冷着俏脸对沈凝暄躬身道："属下来得急，细软都还没顾得上收拾，先行告退了！"

"嗯！"

知枭云面子上肯定挂不住，沈凝暄轻弯了弯红唇，对她微微颔首："去吧！"

前厅内，青儿正准备着沈凝暄待会儿要喝的莲子汤，听到脚步声，她不禁抬眸向外望了一眼。

视线所及，是一身锦蓝的月凌云，她双眸一亮，忙满脸喜色地迎上前来："奴婢青儿见过表少爷，给表少爷请安！"

"青儿哦！"

月凌云俊朗的眸，微微眯起，凝视了青儿一眼，他轻轻点头："都道是女大十八变，几年不见，青儿丫头出落得越来越水灵，与往日也大不相同了啊！"

"再如何不同，奴婢也还是表少爷识得的那个青儿呀！"知他是在夸自己，青儿羞涩一笑，边笑着边往外走，"奴婢刚给娘娘准备了莲子汤，表少爷可要喝上一碗？！"

"给表少爷盛上一碗吧！"

含笑对青儿吩咐着，沈凝暄遣退了清荷和彩莲，命荣明守在门外，这才转头看向月凌云，不无埋怨地娇嗔道："一别三年，我写给你的书信不下数十，从不见你进京来看我，眼下怎么忽然就来了？"

听出她话里的埋怨，月凌云宠溺一笑，边朝里走着，边对她解释道："你该是知道，皇上一心想要将我拴在朝堂，可我并无心入朝为官，若非真的想你，我此刻也不会在此了。"

"怎么说你都有理！"

微抿了抿唇，沈凝暄丝毫不避讳地抓着他的大手，眸色微深了深："怎么办？你眼下既是进宫了，皇上一定知道你回来了。"

月凌云淡淡一笑，如儿时一般，轻轻抬手刮了刮她的鼻子："不必担心，我来时刚见过皇上。"

伸手蹭了蹭鼻尖儿，沈凝暄轻拧了黛眉："听你的意思，这次是答应皇上了？"

"算是吧！"

掀起袍襟，施施然落座，月凌云笑看沈凝暄："好妹妹，我以后会留在京城，时刻在你身边保护你。"

闻言，沈凝暄微微一怔！

他说，他会在她身边保护她。

这句话，何曾熟悉。

只是那个曾经说过要保护她的人，再也不会回来了！

"丫头？"

见沈凝暄怔怔出神，月凌云眉心轻皱，忍不住出声轻唤。

"呃？"

蓦然回神，迎着月凌云极为迷人的双眼，沈凝暄轻笑着勾了勾唇："你的意思是这次会入朝为官，长留京城？"

深凝视着沈凝暄片刻，月凌云眸光微闪。

想到方才在天玺宫时，独孤宸说过的那番话，他缓缓敛去笑意："皇上的意思是，封父亲定安侯，将大将军之权，交到我手里！"

听他这话，沈凝暄眉梢轻挑，脸上并没有多大的情绪波动。

她与月凌云从小一起长大，他有多大的本事，她自然一清二楚。

大将军之职，别人这个年纪担不起，但月凌云却担得起。

看着她荣辱不惊的模样，月凌云眉心轻皱着，声音沉下："丫头，你入宫这一年了，他对你好吗？"

虽然过去一年，他一直不曾入京，但宫里的消息，却知之甚详。

不过，那些都是经由别人传给他，方才皇上也曾与他提及一些，只是这些都不重要，眼下他想要的，是沈凝暄自己的回答。

沈凝暄知道，月凌云是真的关心自己，她自然也知道，月凌云口中的他指的是谁。

眸色微沉了沉，她苦笑着垂眸，轻声叹道："何为好，何为不好？不管好与不好，我现在都还是燕国的皇后！"

"你既是燕国皇后，此刻又为何住在这里？"微冷的眸，微微抬起，月凌云环顾四周，静静地看着她，"你可别告诉我，这冷宫是燕国皇后该住的地方！"

闻言，沈凝暄眼底苦笑更深，静室片刻，缓缓地道："有的时候，住在这里，比住在皇后宫中，我反倒更觉自在一些！"

深深望着眼前，表面镇定，内心隐忍的沈凝暄，月凌云心下微疼，脸色黯淡微微一叹道："这里是皇宫，是全天下最繁华，却又最阴暗，最是勾心斗角之处……你的性子，本就与这皇宫格格不入，在这里，又岂会过得好？"

知道什么事情都逃不过月凌云的眼睛，沈凝暄苦涩的神情渐渐流露出些许伤感："我的心死了，住在哪里，其实都是一样的！"

听到沈凝暄说，她的心死了，月凌云的目光不禁隐隐一动。静静地盯着她看了好一阵子，他英俊的眉头微拢了起来："丫头，表哥问你一句，你可相信表哥吗？"

第三十一章 复仇，今夜开始！

"表哥……"

抬眸迎着月凌云的眸,沈凝暄的神情变幻莫测。

从座位上起身,月凌云上前两步,在沈凝暄身前站定,缓缓蹲下身来。

"你可还记得,当初你去边关时,凌儿才刚刚过世,那时候见到你,我便将你当作了亲妹妹……"轻抬眸,凝视着沈凝暄晶莹剔透的眸子,他神情肃穆道,"丫头,哥哥知道你在这里过得不开心,若是你相信哥哥,不管你要做什么,哥哥都会帮你。"

"哥哥……"

不再唤月凌云为表哥,而是直接唤做哥哥,沈凝暄眼眶微红,笑得凄然。

她的亲生父亲,从小将所有的宠爱都给了虞氏和沈凝雪,但是月凌云却将她视作亲妹,这世上的事情,还真是没人能说得清楚。

"傻丫头……"

看着沈凝暄微红的眸子,月凌云的神情,渐渐变得冷漠:"方才,你可知皇上与哥哥说了些什么?"

沈凝暄眸华微抬,瞥着月凌云的神色,半晌儿,方才敛起眉目,嗫嚅出声:"我喜欢上了别人,但那个人不是他!"

闻言,月凌云轻挑了挑眉。

沈凝暄说得没错,独孤宸跟他说的,的确是这件事情。

"可是哥哥……"

轻叹一声,沈凝暄心中痛着,笑得凄凉惨淡:"他杀了他!"

闻言,月凌云轻皱了皱眉,脸上却并未有太大的惊讶之色。

伸手扶了扶沈凝暄的肩膀,月凌云眸色微暗:"此事他以为你不知。"

"我知道,但是却只能装作不知!"

声音淡漠非常,沈凝暄微敛了眸,唇角的笑,微微冷凝:"他是皇上,我不能杀他,但是若让我日后与他相敬如宾,如此装一辈子,我却是无论如何都做不到的!"

"你想要离开皇宫!"微抿的唇角,微微逸出一抹苦笑,月凌云俊秀的脸上,神情阴郁,"可是皇上却跟我说,他会穷其一生,来挽回你的心。"

"我知道!"

微撇了撇唇,沈凝暄终是叹了口气:"但是我与他,今生绝对再无可能了!"

独孤萧逸的死,会是她心里的一根毒刺。

只要看到独孤宸,她便会想起独孤萧逸的脸,如今……她和独孤宸,今生注定不会再有结果。

"既是如此……"苦笑渐渐散去，月凌云目光微沉，"我帮你离开这里！"

"哥哥！"

没想到月凌云会支持自己离宫，沈凝暄不禁神情微怔！

其实，在昨日回宫之时，她便已然想好了脱身之策。

但是，若要实行那个计划，便必须有人帮忙。

如今秋若雨随独孤萧逸去了，枭云又是独孤宸的人，毫无疑问，月凌云的忽然而至，对她而言绝对是雪中送炭！

凝视着沈凝暄一脸苦涩的模样，月凌云静室许久，微敛了俊眸："我只希望你能过得好，过得开心快乐，既然如今你过得不好，那就离开这里，出宫的事情，你给我时间准备，我会确保万无一失地让你成功脱身！"

闻他所言，沈凝暄原本阴郁的脸色，渐渐露出一丝暖色。

轻轻的，弯了弯唇角，她柔声说道："正好，我在宫里有好些事情没有处理好，哥哥可以放心准备。"

"好！"

淡淡地笑了笑，月凌云轻轻地扶着沈凝暄的双肩，再次站起身来："什么时候，你的事情处理好了，直接与我说就是。"

感觉到月凌云扶着自己肩头的力道，沈凝暄脸上虽有犹豫，却终是点了点头："我会的！"

独孤萧逸临死时曾对她说，让她好好活着。

既是如此，等到宫里的事情一了，她便放下这里的一切纷争，远离尘嚣，去一个只属于她的地方，安然度过余生！

如此，她也算对得起他！

见她点头，月凌云的浓眉微微一紧，冷峻清秀的脸上却不见一丝轻松之色！

第三十一章 复仇，今夜开始！

第三十二章 自损，道高一丈！

见过沈凝暄后，月凌云在冷宫待了没多久，便离开皇宫返回京城月府！

这边，沈凝暄才刚将他送走，便要转身回屋。

但，才往里走了没几步，便听青儿在她身后轻唤着她："皇后娘娘……"

闻言，沈凝暄眉心微微一皱，转身看向青儿。

而此时，青儿的视线，却落在另外一个人身上……这人，浅笑辄止，白衣素裙，美丽绝伦的容颜，在太阳光的照射下，仿佛晃得人睁不开眼！

她，正是她的姐姐——沈凝雪！

迎着沈凝暄的眸，沈凝雪温雅一笑，缓缓上前："雪儿参见皇后娘娘！"

原本皱起的眉，渐渐舒展，沈凝暄神情淡淡地看着她，语气中丝毫不掩厌恶之情："姐姐这会儿不在太后身边伺候，怎么到冷宫来了！"

"我听说表哥来这儿了？仔细算算，我们表兄妹也已有数年不见了……"明媚的眸，笑得弯弯如月，沈凝雪站起身来，左右看了看，娥眉微蹙道，"他人呢？"

沈凝暄唇角冷冷一勾："表哥方才是来过，不过现下已然回府了。"

"啊，这样啊！"

美丽的脸上，难掩失望之色，沈凝雪笑得极淡："今日一进宫我便得了表哥进宫的消息，这才亲自到天玺宫去，请荣总管代为传话，道是我在太后宫里等他，但等了这么久，他却只来了皇后娘娘这儿，便回府去了……说到底，表哥还是与你最亲，再怎么说，被父母丢到边关的是皇后娘娘你啊！"

听出沈凝雪话里的讽刺，就像自己心里已然结疤的伤口被人重新揭开一般，沈凝暄渐渐敛了唇角的冷笑，冷眼睇着沈凝雪："姐姐还有事吗？若是没有，就早些时候回太后那里吧！"

"我……还有事想要跟皇后娘娘单独说……"见沈凝暄转身欲走，沈凝雪星眸微眯，不疾不徐道，"是关于太后的……"

"是吗？"

只淡淡回眸睨了沈凝雪一眼，沈凝暄继续向前迈步："太后的意思，我已然明白……从今日起，我不会踏出冷宫一步，你回去只管让她老人家安心便是！"

"皇后娘娘不知道吧！"眼睁睁地看着沈凝暄无视自己一步步向里，沈凝雪心中暗恼，表面上却明眸大睁，不温不火道，"为了让皇上准我入宫，昨日夜里，太后娘娘便病了……且，还一病不起呢！"

闻言，沈凝暄心下惊讶，回眸一看，见沈凝雪一双剪水秋眸，莹莹闪闪，正含笑看着自己！

迎着她的笑脸，沈凝暄厌恶扯唇，转身进入厅内。

见状，沈凝雪略微扬眉，也跟着进了前厅。

冷宫前厅里。

沈凝暄坐在桌前，沈凝雪则是站在厅内。

神情淡然地接过青儿递来的茶水，沈凝暄浅啜一口，这才抬眼瞥向一边娇媚动人的亲姐："我若是姐姐，现在就走，也省得挨打受骂！"

"我今日之行，是奉了太后懿旨，不怕妹妹打我！"听沈凝暄所言，沈凝雪不但无惧，反倒有一抹轻浅的笑，淡淡地挂在唇边，"妹妹，你还真是厉害，竟然可以让皇上为你，忤逆太后的意思！"

闻言，沈凝暄端着茶盏的手微微一顿！

眸华抬起，与沈凝雪的视线在空中交汇，她眉心轻蹙："本宫不懂你在说些什么！"

"不懂吗？"唇畔的笑意依旧，沈凝雪黛眉轻挑，"昨日皇上回宫之后，太后带我一起与皇上用膳，并道明了要我入宫的意思。"

"是吗？"

沈凝暄淡淡地将头转向一边，继而将手里的茶盏搁在桌上："这不是很好？有太后撑腰，姐姐终于可以如愿入宫了。"

"是很好……"

轻柔的手，似是随意地翻动着自己的衣袖，沈凝雪眸中闪过厉色，却仍是温和叹道："可皇上却说，这皇宫之中，既有了妹妹，便不能再有我！"

他……这么说的吗？

心下，因听到沈凝雪的话，暗暗冷笑，沈凝暄的唇角不自觉地轻勾了勾！

这话，以前在他要立沈凝雪为妃之时，她说过不下数遍。

第三十二章 自损，道高一丈！

想不到风水轮流转！

现在轮到他独孤宸说了！

"可以让皇上站在你那边，妹妹觉得自己很得意是吗？"凝视着她轻勾的唇角，沈凝雪眼底有着了然的笑意，淡淡的笑中，忽而透过一丝冷冽，想到南宫素儿警告过自己，想要命就要瞒下齐王死讯，她暗暗咬牙，轻声哼道，"反正你也得意不了多久了！"

闻言，沈凝暄面色不禁一沉！

看来她过去真的下手太轻，以至于时至今日，沈凝雪竟然还敢在她面前，如此肆无忌惮！

边上，青儿实在看不惯沈凝雪在沈凝暄面前高人一等的样子，不禁怒而开口道："大小姐请自重，即便日后你进了宫，位分也不会在皇后娘娘之上，你现在以下犯上……"

闻言，沈凝雪瞳眸微眯，眸光遽闪，她甩手便给了青儿一巴掌："你是什么东西，还知道什么叫以下犯上吗？"

"你……"

抬手紧抚被打红的脸颊，青儿眸底泪光闪烁。

"沈凝雪，你太过分了！"蓦地起身，沈凝暄用力拍了下桌子，伸手扼住沈凝雪的手腕，她眸色暗沉，冷冷说道，"你别以为仗着太后撑腰，便可以跑到本宫这里狐假虎威！"

语落，她手臂一甩，本想甩掉沈凝雪的手腕，却因沈凝雪忽然上前，甩在了她的脸上！

因巨大的惯性，而趔趄着摔倒在地，沈凝雪眸华抬起，疾言厉色道："沈凝暄，你以为你现在就算赢了吗？我告诉你，即便皇上再如何固执，他也不及太后的手腕高强，今日他不答应太后的要求，太后病了，明日太后就会奄奄一息，总有一日，身为太后亲子的皇上一定会妥协，只要我能入宫，便一定有办法让皇上日日夜夜流连忘返！"

听了沈凝雪的话，沈凝暄不禁嗤笑一声！

懒得去看自己姐姐明明美丽绝伦，却在她看来丑陋不堪的脸，她冷冷地别过身去，讥讽说道："姐姐身上的痒病治好了吗？不是说入夜即痒，剧痒难耐吗？你这副样子，夜里可以伺候皇上吗？"

闻言，沈凝雪花容失色，神情蓦地一僵！

她身上的痒病，一直都不曾痊愈。

沈凝暄一语，便戳中了她的要害。

俏脸扭曲着从地上爬起身来,她冷笑着道:"我身上痒怎么了?素妃身上可是好好的,即便不是我,皇上身边的宠妃也还有素妃,而你空守着皇后之位,便只能在这冷宫里独守空房!"

闻她此言,沈凝暄心神一凛,双眸微微眯起。

见她如此,沈凝雪心中畅快,轻轻地揉着自己有些发红的俏脸,她不无得意地扬声说道:"只要我跟素妃联手,日后这宫里就不会有你的好日子过!"

闻言,沈凝暄蓦地回眸,一脸浅笑地凝视着沈凝雪:"说完了吗?说完了,你就可以滚了!"

"沈凝暄,没了太后撑腰,没有皇上宠爱,你现在只是个纸老虎……"沈凝雪勾起唇角,皮笑肉不笑,"我不怕你!后位是我的,皇上是我的,你抢了我太多太多的东西,我若不抢回来,岂不是对不起自己吗?"

"是吗?"

着实被沈凝雪嚣张的模样气得肝火上升,沈凝暄哂然一笑,上前两步,居高临下地低蔑着她:"沈凝雪,你听好,也看好了,从今日开始,皇上会夜夜宿在冷宫,能和素妃从本宫这里把人抢走,我算你们有本事!"语落,她懒懒地叹了口气,转身背对沈凝雪,声音冷得令人发颤:"将她与本宫撵出去,跟她共处一室,我只会觉得肮脏!"

"别呀!"

沈凝雪含笑劝阻沈凝暄,道:"今儿还有好戏没看呢!"

闻言,沈凝暄微微耸眉!

不等她想明白对方话里的意思,便见沈凝雪身边的随从,用力朝着沈凝雪如凝脂般白皙的脸上抽打了几个耳光!

见状,厅内顿时鸦雀无声!

"呜呜……"

低低饮泣,沈凝雪紧捂着脸,转头看向沈凝暄:"妹妹你好狠的心,我只不过替太后过来传话,让你多多劝说皇上,你竟……你竟如此没有容人之量……"语落,她紧捂着脸,一脸委屈地垂眸便要向外走去。

怔怔地看着沈凝雪飞奔离去的身影,沈凝暄檀口微张,终是哑然冷笑!

一边,刚刚反应过来的青儿,亦小嘴微翕,哆嗦着唇道:"娘娘,大小姐她……明明是她自己的人打的……"

"有人会信你么?"

若她所料不差,沈凝雪到太后面前又会是一阵哭诉!

而太后必然又该勃然大怒了!

有些头疼地伸手揉了揉太阳穴,沈凝暄冷笑着摇头,转身朝着寝室方向走去。

现在她还怕什么?!

她什么都不怕!

兵来将挡水来土掩!

无论是太后,还是南宫素儿,抑或是沈凝雪,她们要争的,无非便是那个男人!她现在要做的是,将独孤宸拴在冷宫,让太后请都请不去!

一切,都会朝着她想要的方向发展!

如沈凝暄所料,沈凝雪在回到长寿宫后,便在如太后面前,将在冷宫发生的事情,按照自己的版本,经过一阵添油加醋,悉数讲与如太后听。

听完她的讲述,如太后保养得宜的脸上,青一阵白一阵,直到气极之下,猛地将手里的茶盏摔砸在地!

哐啷一声!

茶盏落地后,摔得粉碎,碎片飞溅。

"太后,您息怒啊!"

见主子脸色难看得厉害,崔姑姑忙上前,轻抚她的后背,替她一下下地顺着气。

"太后……"

眼看着如太后脸色遽变,沈凝雪心中得意一笑,表面上却是一脸忧色:"您要保重凤体啊!"

"去!"

伸手指着殿门处,如太后沉声说道:"去给哀家把皇后找来。"

"是!"

崔姑姑领命,转身衔命而去。

看着崔姑姑脚步匆匆地出了大殿,沈凝暄美眸微敛,含笑上前,动作优雅地替如太后斟了盏新茶:"太后娘娘,您先喝口茶,消消气!"

"不必了!"

精心描绘的黛眉,微微拢起,如太后抬眸瞥了沈凝雪一眼,长长叹息道:"原本,哀家以为,皇后凡事识大体,是个知书达礼的大家闺秀,但是现在看来……"话说到这里,没有继续说下去,如太后眸色沉下,一脸冷凝之色。

见如太后如此,沈凝雪心中自是得意万分。

"妹妹从小就这个脾气,一直都不曾收敛过,只是入宫后……唉……"作势无奈一叹,沈凝暄凝眉看着如太后,一副躬身模样,"太后,身子重要,您千万莫要气坏了身子！"

"哀家没事！"

脸上的不悦，越发明显，如太后将头偏向一边，重重冷哼一声！

冷宫中。

自沈凝雪离开，沈凝暄回到寝室之后，便命青儿取了药箱来。

打开药箱，看着里面的大小各异的瓶瓶罐罐，她探手取出一黑一白两瓶丹药。

从白色的药瓶里倒出丹药，将丹药握于手中，她沉吟许久，对青儿吩咐道："给本宫倒水！"

"呃……是！"

青儿微怔了怔，忙倒了杯水，送到她面前。

轻抬手，接过青儿手里的茶盏，沈凝暄抬手将手里的丹药含在嘴里，喝了一口水后，仰头服下。

青儿见状，忙出声问道："皇后娘娘，您吃的这是什么？"

"你晚些时候就知道了！"淡淡扬眉，看了青儿一眼，她垂眸看着手里的另外一只药瓶。缓缓地，把玩着手里的药瓶，她轻叹口气，将药瓶递给候在一侧的枭云，"这是治疗癣病的良药，你拿着找个可信的人，去交给太医院负责为沈凝雪诊病的太医！"

"是！"

枭云颔首，接过药瓶转身就要离去。

"枭云！"轻唤枭云一声，沈凝暄淡声说道，"她若知道，这药出自冷宫，只怕是不会用的。"

枭云微顿了顿脚步，转身看向沈凝暄，然后轻点了点头，垂眸说道："娘娘的意思属下明白，这丹药是太医自宫外寻来的偏方，不会跟冷宫扯上一丁点的关系！"

"去吧！"

轻勾了勾唇，沈凝暄对枭云摆了摆手。

枭云走后，沈凝暄单手擎着下颌，伸手揉了揉自己的额头。

"皇后娘娘？"

仔细观察着沈凝暄的脸色，青儿凝眉说道："您若是不舒服，便躺回榻上好好歇息会儿吧！"

"不必了！"

缓缓地自椅子上起身，沈凝暄转身看着青儿，对她凝眉说道："若本宫猜得没错，崔姑姑很快便要到了！"

203

"什么？"

青儿闻言，脸色明显一变。

"你不必过分担心，她们吃不了本宫！"对青儿投以安抚一笑，沈凝暄淡淡说道，"青儿，今夜本宫能不能过眼下这一关，全都要看你了！"

"皇后娘娘？"

一时间听不出沈凝暄话里的含义，青儿怔怔的，瞪大了眸子，一副丈二和尚摸不着头脑的神情。

"青儿！"

沈凝暄浅笑着勾唇，眼底清幽阵阵，波澜不惊："待会儿本宫跟崔姑姑走后，你便立即去天玺宫觐见皇上，记得……将姐姐早前在这里的所作所为一一告知皇上，还要让他知道本宫因为与枭云比武出了一身的汗，而后不小心着了风寒，原本还在发着烧，却被太后请去了长寿宫！"

闻言，青儿心思微转，明白个中关键，她忙不迭地点了点头："皇后娘娘的意思，奴婢明白了！"

"还有……"轻轻垂眸，伸手抚上自己受伤的手臂，沈凝暄眸色微深，道，"你是知道的，本宫手臂上受了伤，这伤本宫早膳前，已然做过处理，待会儿在长寿宫，不管发生了什么，你都要记得，本宫是万金之躯，唯有长公主才可为本宫医治！"

"是！"

看了眼沈凝暄抹了易容膏的手臂，青儿郑重地点了点头，轻声应道："奴婢明白皇后娘娘的意思！"

"嗯！"

对青儿轻弯了唇，沈凝暄刚要说些什么，便见宫人从门外进来："皇后娘娘，崔姑姑奉太后懿旨，请皇后娘娘移驾长寿宫！"

"好戏，要开场了！"沈凝暄眸色微冷，唇角勾起的弧度，蓦然上扬。

宫里的争斗，她不是不懂，也不是不会，而是无论是前世，还是今生，她从来都不是心肠狠辣之人。

但是如今，南宫素儿恩将仇报，沈凝雪有恃无恐变本加厉，连独孤萧逸都为她而死……几经蹉跎之后，她深深知道，对敌人的心慈手软，就是对自己的残忍！

仔细想想，以前的她是那么的可笑。

若是我不犯人，人却依然犯我。

那么，她便只能宁负天下人，也不让天下人负了自己！

目送沈凝暄乘坐凤辇朝着长寿宫而去，青儿不敢有丝毫耽搁，先行差人出宫去请独孤珍儿到长寿宫，然后马不停蹄地赶赴天玺宫。

青儿赶到天玺宫之时，独孤宸正在御书房中与朝中重臣商议月凌云入朝一事。

月凌云虽然博学多才，但到底太年轻。

他委以月凌云大将军之职，朝中瞬间分为两派。

这两派中，少壮派赞成，年老派反对，两派各抒己见，一时间争执不下。

原本，独孤宸低敛了眉目，仿佛事不关己般，老神在在地坐在龙椅上，看着殿内众人唇枪舌剑。

轻抬眸，见荣海进殿，他轻拧了拧眉。

荣海上前，在独孤宸耳边低语几声，便见他神情微变，直接从龙椅上起身，留下一室朝臣，快步向外行去。

御书房外，青儿一脸焦急地等待着，见独孤宸出来，她心下一紧，瞬间红了眼眶，垂首福身："奴婢参见皇上，给皇上请安！"

低眉看了眼青儿，独孤宸的脸色不太好看："皇后被太后宣去了长寿宫？"

"是！"

内心深处是真的担心沈凝暄，青儿眼底的泪水，直接冲眶而出，声音轻颤着将沈凝雪在冷宫的所作所为悉数讲与独孤宸知道，不过她的版本，与沈凝雪的正好相反，自然是倾向于沈凝暄的。

话说到最后，青儿泪眼朦胧地看向独孤宸，不忘说道："皇上，皇后娘娘今早起来跟枭云切磋后，可能是因为汗落吹风的缘故，一直头疼得厉害，现在都还发着热呢！"

闻言，独孤宸眉心蓦地一皱，旋即转身向外："摆驾长寿宫！"

沈凝暄来到长寿宫之时，如太后正双眸轻合，一脸怒容地靠坐在锦榻上。

早已料到会是如此情形，沈凝暄眸色淡定地轻福了福身，如以往一般，温声说道："臣妾参见太后！"

"皇后！"

脸色沉郁地睨着大殿中福身行礼的沈凝暄，如太后并未让她起身，怒声质问道："哀家上次与你说的事情，你全当耳旁风了？这才几日，便容不下你姐姐了？"

"臣妾容得下素妃，自然就容得下姐姐！"

沈凝暄知道沈凝雪定是在如太后面前，故意歪曲了事实，不过她今日并不打算解释什么，淡淡的笑始终挂在嘴角，她斜睨沈凝雪一眼，含笑说道："以前，臣妾是不想委屈了姐姐，如今姐姐既是心甘情愿地要进宫，又有太后应允，臣妾自然不会再

第三十二章 自损，道高一丈！

横加阻拦！"

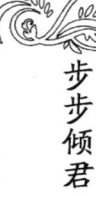

闻言，如太后的脸色，稍稍好转。

沈凝雪见状，眸中波光一转，一脸我见犹怜之态："妹妹若当真容得下我，何故见我一次，打我一次？"

她的柔弱之态拿捏得很好，将沈凝暄恶毒的形象，衬托得格外鲜明。

凝视着如此会作戏的沈凝雪，沈凝暄视线微转，见如太后的脸色，不出意外再次变得格外阴沉，她心中冷笑了笑，缓步上前，根本就不曾将沈凝雪放在眼里："太后娘娘，臣妾命人熬了参汤，火候刚刚好，您尝尝？"

参汤熬的时间足够久，加之保温得当，即便一路从冷宫过来，却还是热气腾腾。

手指下，感觉到参汤透过汤碗传来的滚烫之感，沈凝暄婉约一笑，端着参汤在如太后身侧坐下身来："太后，臣妾听闻您不舒服，这参汤养颜补气，效果很好，您趁热喝些……"

"皇后！"

蓦地抬手，打在沈凝暄端着汤碗的纤手上，如太后怒声说道："你莫要与哀家顾左右而言他……"

"啊——"

不等如太后的话说完，沈凝暄已然痛呼一声，原本端着汤碗的手，因如太后抬手的力道微微一抖，碗中滚烫的汤汁，顺着她的手臂倾倒而下，只是顷刻之间，汤汁所过之处，快速泛红……

"太后！"

剧痛袭来，汤碗滚落在地，发出一声脆响，沈凝暄的脸色瞬间惨白，抚着自己的手臂，只是片刻，她光裸的额头上，早已布满冷汗。紧咬着牙关，身形轻颤着向后退了一步，她眉心轻抿，双眸微眯，似是随时都会昏厥一般，说道："太后，臣妾没有打她，臣妾真的没有打她……"

"你——"

"皇上驾到——"

没想到沈凝暄会被烫到，如太后方才启声，尚不曾言语，殿外便传来荣海的唱报声。

闻声，她抬眸向外，沈凝暄则黛眉紧蹙着，双眼一闭，整个身子直接朝着地板跌落。

"皇后！"

独孤宸进殿，一眼望去，便见沈凝暄摇摇欲坠的一幕，心下一紧，他疾步上前,接住她即将与地板亲密接触的身子。

"皇帝!"

看着沈凝暄昏厥,如太后眼神微颤了颤,沉声说道:"皇后她方才明明还好好的,现在忽然昏倒,定是……"

"母后觉得她是装的吗?"透过薄软的襦裙,明显感觉到沈凝暄身上滚烫的热度,独孤宸声线紧绷,脸色冰冷地看着如太后。

"皇帝!"

从未见过独孤宸对自己如此态度,如太后心中钝痛,脸色变得有些难看。

"皇上!"

见如太后脸色难看,沈凝雪娉婷上前:"方才皇上来时皇后娘娘还好好的,她……"

"给朕闭嘴!"

眸光狠厉如刀,独孤宸眼神冰冷地看向沈凝雪,睇见她俏脸上的红肿,他冷哼一声,语气冷冽如冰,"你脸上这几巴掌,一定用了十成的力气吧,可是你不知道,朕却知道得清楚,你在冷宫之时,皇后一直高热不退,哪里还有十成的力气打你?"

"皇……皇上!"

本就对独孤宸心生惧意,此刻被他如此震怒,沈凝雪的脸瞬间没了血色。

见沈凝雪如此神态,如太后心中思绪微转。

轻抬眸,见独孤宸阴沉着俊脸,冷冷看向自己,她心中一窒!实在被他的态度气得恼火,她猛地一拍扶枕,沉声说道:"皇上,哀家现在尚在病中,你眼下是何态度?"

闻言,独孤宸眉心紧拧!

低头看着如太后,他心思不禁暗暗一沉:"在儿臣看来,母后声若洪钟,一点也不像病中的样子。"

"你——"

直接因他的话而语塞,如太后脸色青白交加,好不精彩。

这是怀胎十月,辛辛苦苦生下的亲生儿子啊!

从小到大,他对她始终敬爱有加,何曾如现在这般,与她公然顶撞?

"皇……皇上……"

低眉之间,惊见沈凝暄露在衣袖外的手腕上,布满了大大小小的燎泡,荣海心下一惊,颤抖着嗓子说道:"皇后娘娘好像受伤了。"

闻言,独孤宸面色陡然一冷!

顺着荣海的视线望去,他伸手撩起沈凝暄衣袖一角,随即瞳眸骤缩,直接抱着

207

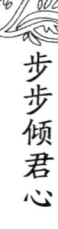

沈凝暄快步朝外走去："传太医！"
"呃……是！"
荣海回过神来，急急忙忙对如太后躬了躬身，飞也似的追了出去。
如太后的视线，一直凝注在独孤宸挺拔的背脊上，见他抱着沈凝暄头也不回地一路向外，她眸色蓦地黯淡无光。
"太后！"
觉察到如太后的神情变化，崔姑姑上前，本想安慰她，却听她低声吩咐道："跟着皇上去瞧瞧，看皇后到底是不是真的病了！"
闻如太后此言，沈凝雪身形一颤，却不敢回眸去看。
若太后信了皇上，也就意味着她在撒谎……这个后果，她想都不敢想。
眸华抬起，凝视了眼一直背对着自己的沈凝雪，如太后眸中冷光一闪。
枉她在后宫沉浮多年，也许今日是她太大意了，被人当枪使了。
此事，不能就这么了了！

从长寿宫出来，抱着沈凝暄的独孤宸，恰好与独孤珍儿打了个照面。
时隔几日，再见独孤宸，独孤珍儿的心境已与以往大不相同。
静看着眼前杀了独孤萧逸，连她也不想放过的亲侄儿，她眸色微冷了冷，对独孤宸福身行礼："参见皇上！"
面对独孤珍儿如此疏离的态度，独孤宸心下蓦地一紧！
边上，青儿见着独孤珍儿，连忙出声："长公主殿下来得正好，皇后娘娘感染风寒，现在又烫伤了，娘娘是金枝玉叶，断不能让太医处理伤口，还请长公主殿下……"
话说到这里，青儿怯生生地抬眸看了眼独孤宸。
深邃的瞳眸中，情绪复杂多变，独孤宸看了独孤珍儿一眼，低声说道："有劳小姑姑为皇后看诊……"
不等独孤宸说完，独孤珍儿已然上前。
探手抚上沈凝暄的脉门，她眉心一拧，低声说道："请皇上先寻个地方，容臣为娘娘治伤。"
闻言，独孤宸眸色一深，抱着沈凝暄快步登上龙辇。
此次，他并未将沈凝暄送回冷宫，而是直接将她带回了天玺宫。
半个时辰后，天玺宫中。
沈凝暄面色惨白地置身龙榻之上，寝殿外，数名太医待命，在她身前，独孤珍儿仔细观察了她手臂上新添的烫伤，不禁脸色微微沉下！

本来，独孤宸阴着一张俊脸，死握着沈凝暄的手，寸步都不离她的身侧。

但是，有他在，独孤珍儿难免不自在。

半晌儿，见她仍旧不曾将沈凝暄手臂上与肌肤粘连在一起的袖分出去，他不禁神色一冷，厉声道："小姑姑还在磨蹭什么？没看到皇后面露痛苦之色吗？赶紧处理伤口！"

闻言，青儿身形一颤，独孤珍儿则不以为然地轻蹙了皱眉，慢慢地将参汤烫过的地方裸露出来。

原本，有裙衫遮掩，沈凝暄手臂上的伤，看上去只是触目惊心，却不知伤得如何。

但是此刻，剥去了那层障碍，看清了她手臂上的伤势，独孤宸只觉仿佛有人拿刀在割自己的肉一般，连呼吸，都蓦地一抽："怎么伤得如此之重？"

"娘娘……"

看着沈凝暄原来白皙如玉的手臂，如今红肿一片，到处都是水泡，青儿忍不住紧捂嘴唇，转身向后嘤嘤哭泣着。

听到青儿的哭声，独孤宸握着沈凝暄的手，微微收紧，他阴沉不见底的黑眸之中，让人看不出一丝情绪地看着独孤珍儿："皇后手上的伤，会不会留下疤痕？"

"不是会不会，是一定会留下疤痕！"轻轻抬眸，瞥了独孤宸一眼，独孤珍儿面无表情道，"现在都到夏日了，天气本就炎热，那参汤滚烫，岂有不留疤痕的道理？"

沈凝暄手臂上的伤，她昨日才刚刚处理过。

现在只消一眼，她便知道，沈凝暄早已在原本的伤口上做了处理，那场大火留下的痕迹，本来就不可能消去，现如今她如此行事，无非是要为自己手臂上的疤痕，找一个合理的出处！

即便心思细腻如她，也不得不佩服沈凝暄，竟然会以如此杀敌一千自损八百的惨痛方式，来让如太后和沈凝雪下不来台！

闻言，独孤宸眉宇一皱，面色瞬间阴沉。

人都说，女为悦己者容！

身为女子，身上若是留了疤，他只怕沈凝暄会接受不了！

淡淡地，瞥了独孤宸一眼，独孤珍儿淡声问道："皇上会为了这些疤痕嫌弃皇后娘娘？"

"当然不会！"

眉宇轻轻一皱，独孤宸的回答，斩钉截铁。

虽说，男人没有一个不喜欢美色，但对于沈凝暄，他所钟爱的，却并非是她的

第三十二章 自损，道高一丈！

容貌，而是她这个人。

只要她还活着，一道疤痕，根本算不得什么！

"皇上既是如此看重皇后，又怎舍皇后被皇嫂刁难？"冷冷一嗤，独孤珍儿手里调配着沈凝暄要敷在伤口上的药膏，笑得有些冷，"前有素妃，后有沈凝雪，现在再加上皇嫂，你跟皇后之间，还真是障碍重重呢！"

"小姑姑……"

明辨独孤珍儿眼底的疏离之色，独孤宸眸色微微一暗。

"臣现在要为皇后娘娘清创，还请皇上回避。"眸华微敛，独孤珍儿不再看独孤宸，将手里的药膏放下。

独孤宸想要守在沈凝暄身边，却又深深地知道，眼前这个曾经视他最亲的亲人，如今不想看到他。

但，即便如此，他开始低声说道："朕想留在这里，守着皇后！"

"皇上若是想要守着皇后，待臣离开之后，愿意守多久就守多久！"独孤珍儿微微沉眸，伸手取了剪刀，方才轻叹着说道，"你现在在此，臣反倒不自在。"

"那……朕在外面等！"

稍作沉吟，终是无奈轻叹一声，独孤宸瞥了眼沈凝暄手臂上的伤势，心头一阵刺痛，转身出了寝殿。

独孤宸出去之后，独孤珍儿眸色一冷，垂眸看向龙榻上的沈凝暄，伸手探上她滚烫的额头，她脸色微变了变，拿手里的剪刀剪开了袖摆，揭去她手臂上的伪装，开始动手为她清理伤口。

时候不长，将药膏敷上后，仔细地替她包扎好了伤口，独孤珍儿伸手拭了拭额头的汗水，如释重负地轻吁了一口气。

迷迷糊糊间，沈凝暄悠悠转醒，看见榻前的独孤珍儿，她微微勾唇："师姐……"

"嗯！"

独孤珍儿轻应一声，漂亮的大眼中，流光一闪："伤口我已然替你处理好了，你身子现在很虚弱，如今你道高一丈，可以好好休息了。"

"好！"

意会独孤珍儿言下之意，沈凝暄唇角勾起的弧度，微微上扬，沉重的眼皮缓缓下落……

独孤珍儿步出寝殿之时，已然时近黄昏，见她出来，独孤宸立即起身，与他一起的，还有听到消息后，去而复返的月凌云。

朝着寝殿看了一眼，独孤宸轻声问道："皇后怎么样了？"

独孤珍儿微微侧目，睨了他一眼，声音平淡道："皇后娘娘的伤口，臣已然处理过，不过她的烧还没退，今夜就让这些太医们在这里守夜吧！"语落，不等独孤宸说话，她便已抬步离去。

见她如此，独孤宸眉心轻皱了下，俊脸冷凝地看着跪了一地的太医。

接收到他冰冷的视线，众位太医身形皆颤，谁都不敢抬头。

须臾，青儿自寝殿出来，直接在独孤宸身前跪落，整个身子都匍匐在地："大小姐仗着太后撑腰，屡屡对皇后不敬，今日更是自导自演，在太后娘娘面前陷害皇后娘娘，皇上……奴婢恳请皇上还皇后娘娘一个公道！"

闻她所言，一直不曾进入内殿的月凌云，不禁双拳紧握，浑身泛起一股冷意！

视线微冷地低头看了青儿一眼，独孤宸并未多言，独自一人进入寝殿之中。

寝殿里。

炉鼎内，燃着沈凝暄最喜欢的桂花香。

龙榻上，她脸色潮红，双眸紧合，唇齿之间因发烧语焉不详地不停呓语着。

在这一刻，独孤宸恍然觉得，自己好像回到了那日在相府之时。

他见过太多太多次强势的沈凝暄，此刻时隔不久，见她再次卧病在床，他心中满是柔情，却痛得滴血。

轻轻地，伸手紧握着她的手，另一只手缓缓轻抚她苍白的容颜，他有些颓然地靠坐在龙榻前，他唇角的笑，蕴着浓浓的苦涩！

他爱她吗？

当然，他爱！

为了这份爱，他不惜对自己的手足下手，强势地将她留在宫中，可是到头来，他的这份爱，却没有保护好她！

连自己心爱的女人都保护不了的滋味，何其苦涩难耐，没有人知道此刻他心中到底有多么自责！

眸色晦暗地凝视着她沉睡的俏脸，独孤宸苦笑着倾身轻吻她的额头。将她的手轻轻地置于被下，他无尽怜爱地看她一眼……渐渐地，他唇角的笑，变得格外冷冽，直到不久后，他猛然起身，大步向外。

寝殿外，月凌云俊美的脸上，神情晦暗不定。

微一抬眸，见独孤宸自寝殿出来，他眉心一拧，忙迎了上去："皇上！皇后娘娘现在可好些了？"

方才，他来得较晚，不知沈凝暄情况到底如何。

而独孤珍儿在与皇上冷冷地说了几句话后，便直接离开了，根本没有给他问话的机会。

211

第三十二章 自损，道高一丈！

由此，他心中忐忑，不由又加重几分！

抬眼看着身前的月凌云，独孤宸神情内敛，语气亦是惯有的清冷："皇后的伤无碍，休养些时日便可痊愈！"

"当真无碍？"

深深地凝视着独孤宸的眼，月凌云对他的话，不甚笃定！

"自然无碍！"

淡淡地，又回了月凌云一声，独孤宸眸色微深，冷着俊脸抬步向外。

见状，月凌云眉心轻皱："皇上，臣有话要说！"

独孤宸脚步轻轻一顿，向月凌云："朕知你要说什么……"

"皇上不知！"

月凌云微扬下颌，虽面对一国之君，却在气势上丝毫不输独孤宸，发冷的语气里，压抑了些晦暗不明的情绪，他沉声说道："皇上可知，皇后为何抢了沈凝雪的后位？"

"为何？"

眸光微微一闪，独孤宸的语气依旧冷冷的，淡淡的。

"因为……"唇角边，泄出一抹苦笑，月凌云涩然冷道，"皇后的生母，是相府正妻，却心肠太善，在虞氏百般心计之下，同意沈洪涛纳妾，但到头来……就是这个妾室，为抢她的正妻之位，让她落得个早产而亡的凄惨下场！"

说起往事，月凌云唇角的苦笑，越发深了，冷冷哼笑一声，他挑眉说道："皇后从小寄养在月家，从不曾得到过沈家一分一毫的关爱，是虞氏和沈凝雪，抢走了本属于她的一切！"

闻听月凌云此言，独孤宸心下微微一痛！

虽然，他差人去查过沈凝暄过往的一切，但是有些事情，终究是无法尽数查清的。

早前，他一直以为，沈洪涛夫妇偏袒沈凝雪，冷落沈凝暄，是因为沈凝雪貌美，而沈凝暄姿色不佳！

但是现下，他终于明白了！

虞氏和沈凝雪吗？

想到那两人过去的嘴脸，独孤宸便觉得恶心。

"皇上！"见独孤宸半晌儿不曾有言，月凌云望着他，思忖连连，静默片刻，他方幽幽叹道，"凌云听说，太后有意让沈凝雪进宫，若如此，那还请皇上废了皇后，容凌云带她远离朝廷！"

"这世上，没有人可以将她从朕身边带走！"冷冷一笑，独孤宸回眸看向月凌云，语气坚决坚定，"这皇宫之中，只要有朕一日，沈家的女人，便唯沈凝暄一人！"

说完话，他微转过身，直接行至大殿中的兵器架上，唰的一声抽出一柄宝剑，疾步如风地朝外走去！

"皇上！"

星眸微眯了眯，月凌云幽声问道："皇后还没醒，皇上要去哪儿？！"

"今日之事，朕要给皇后一个交代！"不曾回头，独孤宸带着枭青等人，快步离开大殿，消失在殿外的茫茫夜色之中……

夜色朦胧，洒落一地银辉。

长寿宫中，沈凝雪姣好的容颜上神情凝重，一脸惴惴不安。

她身上的痒病，本该入夜即发，剧痒难耐。

但是老天帮她，临近晚膳时，太医院的太医与她送来了神药，她服了一颗，却一直担心那种噬骨蚀心的剧痒还会发作，不过现在看来，是她多虑了，那神药果真奇效。

不过，烦心事去了一桩，却还有另外一桩。

锦榻上，如太后眉头紧锁，神情淡漠地端着茶盏，眸色深沉似水！

偷偷地瞥了如太后一眼，她低垂眼睑，神情紧张地等着崔姑姑自天玺宫回返！

不多时，崔姑姑踏着夜色自天玺宫回返。

垂眸入殿，她在如太后身前福了福身子，恭敬一礼："奴婢参见太后！"

"回来了！"

如太后轻应一声，将茶盏放下，挑眉问着崔姑姑："皇后现在如何？是真病还是故意在皇上面前装病？"

"禀太后……"

侧目睨了沈凝雪一眼，崔姑姑微低了低头，无奈说道："方才奴婢问过荣海，荣海说……是长公主殿下与皇后治的伤，还说皇后娘娘手臂上的烫伤很重，日后只怕会留下疤……"

听了崔姑姑的禀报，沈凝雪唇角不禁勾起，如太后则神情微冷："不就是碗参汤么？一路从冷宫过来，烫一下怎么会严重到留下疤痕？"

"现在眼看到夏天了，参汤凉得本来就慢……"崔姑姑神色忧虑地看着如太后，语气中不无担心地凝重出声，"太后，眼下皇后昏迷不醒，皇上又以为您故意刁难皇后，若他盛怒，只怕后果不堪设想啊！"

"呵……"

听闻崔姑姑忧心之事,如太后冷然失笑,嘴角勾起的弧度透出几分凉讽:"皇后今日受伤,确实是因为哀家,今日这刁难之名,无论哀家愿与不愿,都得背在身上。"

"可……"

崔姑姑凝眉深皱,斜睨了眼边上的沈凝雪,语气沉重道:"今日之事,依奴婢看,全因那些心怀叵测之人而起!"

"哀家明白你的意思!"如太后看了崔姑姑一眼,冷笑着转头看向一边,"今日哀家,是被人当枪使了!"

闻言,崔姑姑神情一凛,偏头看向低眉敛目垂首一旁,大气儿都不敢喘的沈凝雪!

如太后微微冷笑,冰冷的视线,浅浅淡淡地落在沈凝雪身上。

感觉到两人的视线,沈凝雪顿时如芒在背!

心底蓦然一慌,她笑得牵强,磕磕巴巴道:"太后明鉴,凝雪今日只是实话实话,不敢对您有任何欺瞒,凝雪也不知事情会落到如此地步啊!"

"你不知道吗?"

崔姑姑嗤笑一声,声音冷漠:"早在你让自己的人掌掴你自己嫁祸皇后之时,便已然是在欺瞒太后了!"语落,崔姑姑对如太后躬身说道:"太后娘娘,就今日之事,奴婢方才在天玺宫中,听到了截然不同的说法……"

"崔姑姑,您是宁可信别人,也不信我吗?"沈凝雪脸色微白,不理崔姑姑,她上前一步,转而跪落在如太后身前,矢口否认道:"太后明鉴,纵是借凝雪一百个胆子,凝雪也不敢欺瞒您啊!"

黛眉紧蹙着,她暗一思忖:"是皇后,今日打了凝雪的,的的确确是皇后啊!"

低蔑着她的眸子,微微一眯,如太后眸色一沉,道:"现在是谁打了你都不重要,重要的是,因为这件事,皇上与哀家生了嫌隙,你说哀家该如何行事,才能消去他心中怒火?"

"这……"不敢去看如太后的冷眸,沈凝雪的俏脸上梨花带雨,心思急转了转,她眸光一亮,"太后,要不让素妃出面……"

"素妃!"

如太后哂然一笑,面色瞬间更加冷凝。

枉她一直器重沈凝雪,却直到现在才知道,这只是个绣花枕头,中看不中用。

如今,她对南宫素儿入宫一事,虽是睁一只眼闭一只眼,说到底还是心存不满的,可这个草包,居然让她去找南宫素儿!

哼……

"太后……"

睇见如太后眼底的失望和鄙夷，沈凝雪心头一颤，红唇微启着，刚要出声，却听殿外传来唱报之声："皇上驾到——"

听闻独孤宸来了，如太后神情一怔，置于桌上的手倏地握紧！

不等她做出反应，独孤宸已然带着枭青和荣海，自门外昂扬而入。

看着独孤宸阴沉着脸，单手背负一路自殿外走进，如太后的唇角牵扯出一抹勉强的淡笑："皇帝你来得正是时候，哀家正想过去瞧瞧皇后，这会儿皇后可好些了？"

原本，独孤宸是带着剑的，但是念着太后的身份，他并未直接执剑而入，在灯光的照射下，独孤宸英俊的脸上，文雅舒润，冷冷斜瞟了跪在地上的沈凝雪："皇后现在还没有醒，母后与其去看她，倒不如先还她一个公道！"

闻言，太后眉心紧皱，眸光微敛："皇帝，你这是何意？"

"何意？"

独孤宸清冷一笑，瞥了一眼如太后，俊朗的眉倏地上扬："事到如今，母后难道不知儿臣的意思吗？！"

"皇帝！"

从未见独孤宸对自己如此态度，如太后心下微颤，怔怔起身："你不信母后吗？"

听闻太后此言，独孤宸的心，不禁深深刺痛了下。

眼前之人，是他的母后。

是他从小到大，最亲近，最信任的人。

他从来都敬她，爱她。

但是今日……脑海中，浮现出沈凝暄受伤的手臂，想到她白皙的手臂上，以后会落下丑陋的疤痕，他心下一冷，转身自枭青手中，唰的一声将长剑抽出，直向着跪在地上的沈凝雪而去。

边走，他还边对如太后冷道："今日之事，儿臣只当母后是失手打落了汤碗！但是对于沈凝雪，儿臣却再也不想容忍半分！"

"皇上！"

眼看着独孤宸手持宝剑，来势汹汹，沈凝雪倒抽一口凉气，条件反射地将娇躯向后仰去。

"皇帝！"

急忙起身，一把抓住独孤宸握剑的手，如太后颤声道："这里是哀家的长寿

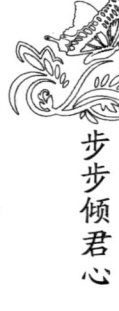

宫,你今日这是要在这里见血吗?"

"母后觉得她不该死吗?"

薄而性感的唇角微微一翘起,独孤宸薄凉一笑,冷冽的声音在如太后耳边响起:"母后不是一直逼朕准她入宫吗?今日朕便杀了她,从此绝了母后的念头!"

闻言,如太后心头不由一颤!

她太熟悉自己的儿子了,自然知道他现在对沈凝雪是真的动了杀心。

"太后救我!"

惊闻独孤宸所言,沈凝雪脸色惨白如纸,一双黑白分明的大眼中,满是惊恐的泪光!

看着眼前既熟悉的儿子,正以冷冽陌生的目光凝视着自己,如太后的声音抑制不住地颤抖起来:"皇帝可曾想过,即便她做的再错,也终究是皇后的亲姐姐,若你杀了她的亲姐姐,日后又该如何面对于皇后?"

"亲姐姐?"唇角冷嘲勾起,独孤宸不禁哂然失笑,"一个连亲妹妹都要设计陷害的姐姐,皇后要来何用?"

如太后面色微变了变,出声劝道:"皇帝只想着皇后,难道就不想想,只因为今日之事,若你便杀了她,沈相国心中会如何想?天下百姓又会如何想?"

闻言,独孤宸眉宇轻轻一皱!

"她做过的黑心事,不只是今日这一桩,但凭哪一桩,她都该死!"

"即便该死,也不该是今日!"

见状,如太后心弦一松,将独孤宸握剑的手缓缓压下,她冷眼看向沈凝雪:"崔姑姑,传哀家懿旨,从即日起,将沈凝雪逐出皇宫,此生今世,哀家不准其再踏入长寿宫一步!"

太后此令一下,沈凝雪的脸色登时一黑:"太后……"

如太后如此言语,是放弃她了。

她还想要进宫,想要做皇上的妃子,她接受不了这个事实。

低眉看着沈凝雪发黑的脸色,独孤宸心中厌恶,一脚踹在她的胸口上,将她踹翻在地,他怒沉着脸色,犹不觉解气,冷声说道:"母后不觉得,如此处置,太过便宜她了?"

闻言,如太后蓦地沉了脸色:"皇上想要如何?"

"死罪可免,活罪难逃!"眼底的光华,冷得瘆人,独孤宸俊美无俦的容颜上,露出了一抹狞笑,"传朕旨意,自今日起,但凡在官位者,胆敢娶沈凝雪为妻,罢官流放,但凡经商者,胆敢娶她为妻,赋税翻倍,逐出京城!"

沈凝雪,是沈凝暄心中所恨,且还处心积虑地想要陷害沈凝暄。

她不是妄想要飞上枝头吗?

他就让她从枝头跌落到泥坑,而且还永不翻身!

他要让她,卑贱如草民,活得生不如死!

"皇上!"

没想到独孤宸竟会如此狠绝,如太后不禁微微一惊!

"母后不必多说,这是朕最后的让步!"

唰的一声!

将宝剑送回剑鞘,独孤宸冷冷敛眸,直接拂袖而去。

第三十二章 自损,道高一丈!

第三十三章　强求，谎言欺骗！

窗外，夜色正浓。

天玺宫，寝殿之中。

沈凝暄已然转醒，正靠坐在龙榻上。

手臂之上，阵阵灼痛袭来，她双眸紧闭，眉心紧锁，只得紧咬朱唇，才可不让自己发出痛呼之声！

早前，在前往长寿宫时，她所服的丹药，便有发热止痛之效。

如今药效一过，旧伤加新伤，让她真真切切感受着何为疼痛难忍！

不久，独孤宸自殿外而入，见沈凝暄紧皱眉心，一脸痛楚的模样，他心下一疼，几步行至榻前。

沈凝暄缓缓抬眸，凝视着眼前的俊逸男子，她哂然一笑，冷淡勾唇："滚！我不想看到你！"

闻言，独孤宸紧皱眉宇，却不怒不恼，凝视着她受伤的手臂，他落座于她身侧，关切问道："疼吗？"

"想听真话还是假话？"

因他的靠近，沈凝暄微侧了侧身子，不小心牵扯到自己受伤的手臂，那火辣辣的痛楚不由得让她忍不住倒抽一口凉气："嘶——"

是真疼！

"别动！"

轻斥一声，独孤宸长臂一伸，躲开沈凝暄受伤的手臂，动作轻柔地将她拥入怀中。

"放开！"

眉心紧皱了皱，沈凝暄的另外一只手，用力推着他健硕的胸膛，沉声说道：
"我不放！"
将她柔软的身子用力抱得更紧，闻着她身上药香与体香交融的味道，独孤宸浮躁的心，忽然之间便安静了下来，微微喘息着，眸色越发深邃，他目光灼热道："沈凝暄，朕今夜就让你住在这里，除了这里，没有朕的允许，你哪里都别想去！"
"独孤宸！"
沈凝暄微仰着头，自嘲一笑，手臂的伤实在痛得厉害，她放弃挣扎，将下颌抵在他的肩膀上，淡淡说道："你如今有了素妃，太后还为你将沈凝雪召进宫来……相较于她们的天香国色，我生得平庸至极，最重要的是，我的心，从来不在你身上，你何必如此强求？"
"朕就是想要强求，你又能如何？"
独孤宸知道，沈凝暄的心在谁身上，但是他也知道，那个人从今以后，再也不能跟他抢什么！
是以，他相信精诚所至，金石为开！
"早知现在，何必当初？"
轻轻淡淡嗤笑一声，沈凝暄未曾受伤的左手，趁独孤宸不注意，蓦地点了他的穴道。静静地自他怀中起身，她微微敛眸，凝视着他俊美的容颜，清凉的眸子，缓缓眯起，伸手描绘着他俊朗的眉形，她笑得分外苦涩："皇上，你可知道，当初沈凝雪将字画拿回相府时，我便知道，那些字画出自你手，没错……我夺了沈凝雪的后位，但是自入宫伊始，我也曾抱着从一而终的信念，想要好好地做你的皇后，为你生儿育女，与你白头偕老……"
"暄儿……"
从不曾听沈凝暄如此声情并茂地说过往之事，独孤宸的心仿佛在这一刻被她攥在手心，只要她轻轻一捏，他便会觉得痛："过去，朕的确错过了太多的机会，但是以后，朕一定会好好补偿你！"
"补偿？"
苍白的俏脸上尽是凉讽之意，沈凝暄拧眉问道："皇上打算如何补偿我？补偿我什么？无上荣宠？荣华富贵吗？"
"如果你想要，朕全都给你！"独孤宸轻笑了笑，心下却是苦涩不堪！
以沈凝暄的个性，岂会喜欢这些？！
只是……若她真的要，他便一定会给她，无论她要的是什么！
"皇上！"
深凝视着独孤宸，沈凝暄眸光灿灿："若我说，我要齐王回来呢？"

闻言，独孤宸心下一沉，眸色瞬间瞬息万变。

对于朝中和世人，齐王如今只是发配西疆，他的死讯他一直都打算秘而不宣！是以，此刻沈凝暄提出这个要求，他一点都不意外，但是他却无法答应。

心中总觉压抑得难受，他深深地，吸了口气，又长长地，呼出一口浊气，方才哑声说道："暄儿，你是朕的皇后，朕不可能将一个觊觎朕的皇位和女人的人留在身边……"

听他如此说着，沈凝暄心下微微一酸，脸上的笑微微泛冷："皇上的意思，就是不答应了！"

明明，那个人永远都不会再回来了。

可现实中，她却要装作不知，跟独孤宸再次周旋。

虽然一早就做好了心理准备，但是真正面对的时候，她心中的痛，却仍旧那么昭然。

睇见沈凝暄眼底的冷意，独孤宸心下一紧，轻声说道："除了齐王之事，朕什么都可以答应你！"

"皇上，你做不到的！"

手臂的上灼痛时刻锥心，沈凝暄紧咬着牙，笑得嫣然，眼底却是一片清冷："即便没了齐王，你我之间，还有南宫素儿和沈凝雪……"

"你放心！"幽然出声打断沈凝暄的话，独孤宸轻声说道："沈凝雪已经被朕赶出宫去，以后再也不会出现在你面前！"

"那素妃呢？"

眸色微动了动，沈凝暄的视线，与独孤宸的视线在空中纠缠："皇上，人的心，只有一颗，在我和她之间，到底哪一个才是皇上心里的人？若是我们两人之间，只能留下一人，皇上会选谁？"

"暄儿……"

被沈凝暄问得一时语塞，独孤宸俊朗的眉倏地一皱，眼底神情复杂。

他曾经，是那么的喜欢南宫素儿。

即便诛杀南宫满门，却还是将她秘密送往楚阳，除了如此，更是每年都到楚阳去看她一眼。

他不喜欢她么？

他喜欢！

但在这份喜欢之上，更多的却是愧疚之情！

但是，沈凝暄不同。

自从楚阳回来之后，即便有南宫素儿日夜相陪，他的心里总是时不时地会想起她的一颦一笑。

没有缘由，不知原因。

她的身影，却总是缭绕在心头，挥不去，驱不散……

他知道，自己的心在哪里，但是……这两个女人，一个是他的皇后，一个是他的妃子，他从未想过，在两个女人之间做出选择！

"皇上，不知道会选谁吧？"

方佛夜半呻吟般低喃着，沈凝暄凄婉一笑："既是如此，皇上便去找你的素妃，不要再来招惹我！"

言罢，她眸色一敛，转身向外走去。

"暄儿！"

心下因她凄婉一笑，不禁被扯痛了，独孤宸想动却动不了，只得沉声说道："若是你想要，朕从今日开始，只会宠你一人！"

闻言，沈凝暄脚步微顿。

"好一个只宠我一人！"唇角边，勾起一抹凉凉的浅笑，她不曾回眸，再次抬步向外，"皇上为了南宫素儿，已经不知多少次放开我的手，你让我如何信你？"

独孤宸眸色一冷，面色阴郁道："朕会证明给你看！"

话落时，眼眸深处那抹倩影，已然出了寝殿。

心，随着那道离去身影，仿佛被掏空一般。

独孤宸眸色蓦地一暗，紧皱着眉宇，缓缓而艰涩地闭上双眼！

夜，已深。

他一直不曾传枭青进来解开穴道，只是浑身僵滞地坐在那里，一直望着沈凝暄离开的方向怔怔出神……

经由长寿宫一事，接来下来养伤的日子，于沈凝暄而言，是无比惬意的。

自那夜之后，正如沈凝暄所言，独孤宸每日必至冷宫，无论沈凝暄对他如何态度，他宽容待之，在宫人们眼中，他对沈凝暄的宠，已然到了溺爱的地步！

如此，沈凝暄的风头，力压素妃，成为宫中和朝中美谈！

转眼之间，一个月过去了。

炎炎夏日来临，沈凝暄手臂的伤已然痊愈。

只不过美中不足，让独孤宸痛心的是，果真如独孤珍儿所言，她白玉般的藕臂上，落了一道蜿蜒如蛇的疤痕。

好在，沈凝暄心性率直，对于身上的疤，并没有太大的抵触。

这让他稍稍安心了些。

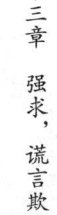

第三十三章 强求，谎言欺骗！

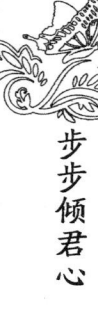

平日里，为了打发时间，沈凝暄命人在冷宫药田一侧，挖了一座不大的河塘，并找了些鱼儿来，悠闲自在地养起了鱼。

每日，独孤宸在的时候，她的脸上始终冷冷淡淡，对于他过去一个月的表现，她始终不予置评，但……每日独孤宸离开之后，她都会窝在河塘前，神情惬意地看着河水的金鱼自由游弋，眸中光华闪动。

这一日，独孤宸去御书房之后，她又如以前坐在池塘前，开始对着水里锦鲤发呆！

自门外而入，见她神游往外的模样，青儿轻叹口气，缓步上前："娘娘，大将军来看您了！"

闻言，沈凝暄微微抬眸，双眼中总算有了些光亮！

微微起身，她视线微转，轻笑着看向青儿身后一脸温雅笑容的月凌云："大将军忙完公事了吗？"

虽然，宫中对于月凌云获封大将军一事，一直争论不下，不过在独孤宸的坚持下，月凌云还是成了燕国历史上最年轻的一位大将军。

"有劳皇后娘娘挂心，末将确实忙完了！"

轻轻地对沈凝暄眨了眨眼，月凌云缓步上前，低眉看了眼河水里游得正欢的一群锦鲤，好看的眉形轻轻一皱："几天没见，这几条小鱼儿，像是长大了些！"

"本就长大了！"淡淡一笑，伸手扯了扯月凌云垂落的袖摆，沈凝暄淡声问道，"我听青儿说，御花园里的花儿开得正艳，今日既是表哥来了，便带我一起到御花园里走走如何？"

月凌云眸光闪动，轻点了点头："能陪皇后娘娘赏花，是末将的荣幸！"

闻他此言，沈凝暄展颜一笑，带上青儿，与月凌云边走边聊，朝着御花园方向走去。

盛夏之时，御花园里，百花盛放，最是繁华，放眼望去，姹紫嫣红，美景处处，美不胜收！

与一袭白衣的月凌云一起行走于万花丛中，沈凝暄脸上淡笑依依，微微抬手，勾住身边开得正艳的牡丹花，她轻嗅了嗅，而后含笑放开："这些花，就像是宫里的女人，朵朵盛放，各有各的美！"

"她们再美，如今专宠于圣前的，却是皇后娘娘你！"对沈凝暄温和一笑，月凌云放眼向前，见花海中有一凉亭，他轻笑了笑，垂眸对沈凝暄说道，"花海凉亭，尽赏万紫千红，真乃绝配！"

"那就过去坐坐！"

顺着月凌云的视线一路望去，果真见一凉亭，沈凝暄微弯了红唇，抬步朝着凉亭方向走去。

然，行至凉亭前，她才发现凉亭内早已有人先美于前。

凉亭内，南宫素儿一袭华美宫装，妆容精致，正对自己的婢女桑菊吩咐着什么。

忽然，见桑菊面色微变，她转头望去，却见沈凝暄与月凌云站在亭外。

"皇后娘娘？！"

一脸惊讶地看着凉亭外的沈凝暄，南宫素儿从石凳上站起身来，只垂眸之间，淡淡的笑，便噙在嘴角："臣妾参见皇后娘娘！"

在沈凝暄眼里，南宫素儿早已不是什么好人。

无论是玉玲珑构陷一事，还是沈凝雪入宫一事，这一桩桩一件件，都跟这个女人脱不了干系。

是以此刻，看着眼前一脸浅笑，温顺婉约的绝色女子，她只淡淡一笑，轻声说道："本宫只道没人，想着过来凉亭一坐，原来素妃在啊！"

"这里景色优美，臣妾便想着过来小坐片刻！"南宫素儿淡淡一笑，侧身让出路来，"若是皇后娘娘不嫌弃，与臣妾一起赏花品茶，如何？"

"本宫嫌弃！"

眸色微敛，尚算清秀的俏脸上，挂着一丝薄凉的浅笑，沈凝暄黛眉轻挑着，轻声说道："本宫今日，只想跟家人一起聊聊家常，素妃妹妹可不是本宫的家人哦！"

闻言，南宫素儿面色微变，挂在嘴角的笑微微有些僵硬。

"呃……"

眸华潋滟，轻轻抬起，面对沈凝暄居高临下的骄傲神情，南宫素儿隐于广袖里的纤手，蓦地握紧，借以护甲刺入掌心的痛，强压下心中忿怒，让自己保持冷静："既是如此，那臣妾告辞便是！"

即便再如何隐忍，脸色却难免灰败。

南宫素儿对沈凝暄轻福了福身，抬步便准备离开凉亭。

"等等！"

就在南宫素儿即将踏出凉亭之时，沈凝暄清幽的声音，再次在众人身后响起。

闻声，南宫素儿轻拧黛眉，转身凝望着她。

迎着南宫素儿美丽的双瞳，沈凝暄淡淡勾唇，轻飘的视线，自石桌上一扫而过，她声音冷淡道："把你们的东西带走！"

她此言一出，南宫素儿面色再变。

看着她咄咄逼人的姿态，南宫素儿紧咬了牙关，轻声说道："若皇后娘娘不喜欢，命人把东西扔了便是！"

第三十三章　强求，谎言欺骗！

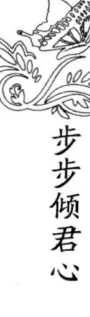

语落，她转身抬步，刚走出两步，便听沈凝暄一点都不留情面的话语传来："把这些东西都给本宫丢出去。"

闻言，南宫素儿眸色一冷，满是怒容地抬步离去。

撵走了南宫素儿，沈凝暄的神情，再次恢复如常。

吩咐青儿去准备茶点，又让清荷带着几个宫人去摘花，她静坐凉亭之内，抬眸看着身前正深凝视着自己的月凌云，语气落寞道："表哥觉得，我方才那样对素妃，过分吗？"

闻言，月凌云微怔了怔，旋即冷笑了下："素妃为人，心机颇深，你对她好也罢，坏也罢，不管你如何待她，她始终都会是你的敌人，既是对敌人，娘娘方才那般，已是十分仁慈了！"

听到月凌云这么说，沈凝暄不禁微微挑眉。

原本平舒的眉心，微微一拧，她轻声问道："表哥这阵子，可去过相府？"

"自然去过！"微侧头，看向沈凝暄，月凌云凉凉说道，"相府里，五姨娘有孕，虞氏坐立难安，我听闻她对五姨娘下了好几回手，却都是以失败告终，这五姨娘在舅父面前楚楚可怜，却总是能让虞氏吃上哑巴亏，也是个厉害角色，虞氏身子本就不好，长此以往，只怕生不如死！"

"作恶之人，终究有报，不是不报，这是时候未到！"

想到虞氏，沈凝暄的眸色又冷了几分，轻叹一声，瞭望着亭外百花，她轻勾了勾唇，浅声问道："过去的一个月，沈凝雪的日子，过得可好？"

提起沈凝雪，月凌云俊眉轻轻一拢，有些幸灾乐祸地说道："皇上不只不准她入宫，还不准她嫁与贵胄，连商贾都不行，如今的她，空有倾城美貌，在姻缘上，却是高不能攀，低却又不就，此乃虞氏第二大心病！"

沈凝暄闻言，眼神微闪，回想过去沈凝雪高高在上，不可一世的样子，她眸色凛冽地轻皱了皱眉，半晌儿没有出声！

沈凝雪如今不只是虞氏的第二大心病，还是沈洪涛的心病！

见她不语，月凌云也不打扰，只静静地坐着。

"表哥……"

许久，她终是再次出声，却在轻唤月凌云后，语气轻缓地问道："表哥，你觉得，现在对她们母女的惩罚，足够了吗？"

闻言，月凌云俊朗的眉，微微一皱！

深凝沈凝暄一眼，他的声音里，带着淡淡的洒脱和笑意："据我所知，虞氏如今心力交瘁，迟早会被五姨娘气死，而沈凝雪……她没了后位，更不能找到一个好夫婿，再加上体内无人能解的剧毒，只怕苟活不了多久，她们母女，如今可谓是生不如死！"

听了月凌云的话，沈凝暄的嘴角不禁缓缓一勾！

死，太容易了！

她要的，便是她们活不舒坦，生不如死！

长长地呼出一口浊气，她抬起头来，仰望空中艳阳，忽而低叹一声道："我在这皇宫里，还有最后一件事情要办，出宫的事情，表哥可以开始准备了！"

"丫头……"

月凌云心下微微一怔，抬眸瞥着她！

最近这些天，皇上对她很好，她也不曾再如以往一般抗拒，他以为她已然安然于现在的生活，却不想……

空中的艳阳，明亮，刺眼，却正好与沈凝暄黯淡的眼神，形成强烈的对比！微垂眼睑，她眸底晦暗深长，唇角勾起的弧度，微微透着凉意："我厌恶了这座看似富丽堂皇，却阴暗无比的黄金牢笼！更不想留在独孤宸的身边！他杀了齐王，就好像在我心口上捅上一把刀，每见他一次，我的心就会痛一次，你觉得我会因为他对我的好，放下心里的痛和恨而留下吗？"

"丫头！"

月凌云眉宇轻皱，深深凝视着沈凝暄。

他没想到，那个人在她的心里的地位，竟会是如此之重！

静默片刻后，他微哑的声音中，透出丝丝寒意："以皇上眼下对你的态度，明摆着是情根深种，若你离开皇宫之后，他只怕不会善罢甘休！"

"情根深种吗？！这样最好不过！"平静的脸上，依然挂着浅笑，沈凝暄眸华晦暗地抬头看着月凌云，语气薄凉道，"他杀了我最爱的人，我也要让他尝尝，痛失所爱的滋味，如此才公平，不是吗？"

"你应该往好的地方想！"

迎着沈凝暄晦暗的双眸，月凌云心下微痛，伸手抚上她的头，他眸色明暗不定道："事情总可峰回路转，也许一切尚有转机，哥哥不希望你一直活在仇恨之中！"

"人死可以复生吗？！"不曾意会月凌云话里的意思，沈凝暄苦涩一笑，喃喃叹道，"我也不想活在仇恨之中，可是我就是恨他，他明明答应过我，放过齐王的，可是他却食言了！独孤萧逸死了，他却一直想要瞒着我，他对我确实很好，可是这种好，是建立在欺骗和谎言之上的……"

"丫头……"

心下，是对沈凝暄的疼惜和不舍，月凌云张了张嘴，却不知该如何安慰她！

"他是皇上，我不能对他如何，但是每多在他身边停留片刻，对于我说来，都

第三十三章　强求，谎言欺骗！

225

是一种锥心的煎熬……"深吸口气，沈凝暄抿唇眺望四周，凝视着那万紫千红的美丽精致，她毫不留恋道，"这里很好，可是我更想念以前在边关时，那种无忧无虑的日子……"

凝视着她义无反顾的眼神，月凌云暗暗苦笑："既然你坚持，那么我无话可说，不过皇上不会放你走，你若离宫，只怕不易！"

"是不易而非不能！"唇角处勾起一抹极为浅淡的笑，沈凝暄轻轻喃道，"表哥，你只需照着我的吩咐去做，一切皆可！"

月凌云见她如此神情，不得不感叹，自己的这个表妹，的确拿得起放得下！

后位，荣华，还有后宫嫔妃梦寐以求的无上君宠！

这些，谁能说舍便舍？

可她却如此淡然，好似事不关己一般！

静默片刻，他微微一叹，略一思忖了下，轻声道："我有空暇之时，皇上一般也处理完了公事，他整日守在冷宫与你腻在一起……你让哥哥我如何帮你？"

"这个不难！"

沈凝暄眸中光一闪，星眸微微眯起："哥哥只需明日想法子把我弄出宫去，皇上那边……自然会有人帮我们！"

闻言，月凌云轻皱了皱眉宇，凝眉看着自己的表妹："除了我，这皇宫之内，有谁会真心实意地帮你？"

"倘若不是真心实意，而是另有所图呢？！"

眸色微闪中却渐渐变得深沉，沈凝暄笑容浅淡，微冷："哥哥先帮我盯着一个人！"

"谁？"

月凌云紧凝视着沈凝暄的侧脸，却见宫人慌慌张张地跑进凉亭："皇后娘娘，大事不好了，青儿姐姐……青儿姐姐失足落水了！"

"什么？"

娥眉蓦地一蹙，沈凝暄面色陡变地自石凳上起身，快步朝着凉亭外走去："青儿人呢？在哪里？本宫只是命她去取茶点，她如何会落水？"

"奴婢也不清楚！"

宫人脸色惨白，连带着说话的声音都在打结。

御花园里的荷塘，宽约四米，到底有多深却不得而知，水上建有拱桥，两岸临近河岸处密布水莲花，宫人说不出青儿落水的原因，沈凝暄自然也顾不得多问，急急忙忙便赶了过去。

青儿与她一般，从小就不会水！

果然，等她赶到的时候，一眼便看见了正在荷塘中央处垂死挣扎的青儿。

拱桥上，早已聚集了不少的太监和宫女，但是水深不明，贸然下去就是送死，一时之间他们只等在岸上焦急地看着，却不知所措！

"青儿！"

看着荷塘中奋力挣扎了下便沉入水底的青儿，沈凝暄脸色陡地一变，握着拱桥栏杆的手蓦地泛白，她转头对众人说道："都还愣着作甚？救人啊！"

经她此问，现场瞬间鸦雀无声。

"他们若是敢救，早就下去救人了！"冷眼扫过众人，月凌云冷嗤一声，直接越过栏杆，纵身跳入水中，朝着青儿所在的地方快速游去。

见状，沈凝暄心神一颤，紧皱着娥眉。

记得初进宫时，她也曾被人推入冰冷的池水之中，虽然时间过去许久，但那冰凉刺骨的感觉，是那么深刻，只要她每每想起，便会不寒而栗。

想到青儿此刻心中的绝望和无助，她眸色微冷，转身看着拱桥上战战兢兢的众人，知道他们怕死，她冷嘲一笑，沉声说道："你们怕死是吧？今日若青儿有个三长两短，本宫一个一个都让你们脑袋搬家！"

"皇后娘娘饶命，奴才真的不会水！"

在沈凝暄的威吓下，众人全都跪落在地，异口同声地求她饶命！

见众人如此，沈凝暄心中思绪微顿。

眸色微敛，看着月凌云正奋力将青儿带到岸边，她心弦一紧，快步冲下拱桥，朝着塘边跑去。

"青儿！"

见月凌云将面色紫青的青儿平放到石砌小路上，沈凝暄直接跪落在地，声音忍不住地颤抖着："青儿，你不能有事啊！"

紧皱着眉，月凌云伸手探至青儿的鼻息之间，脸色瞬间铁青！

看到月凌云的样子，沈凝暄心间瞬时一窒！

一把将月凌云推开，她伸手探上青儿的脉搏，指下再也找不到那熟悉的跳动感，她自觉心中荡起一股无名的恐慌感，那种感觉就像那夜看着天来客栈的那场大火时……

"青儿，你给我醒醒！"

看着眼前毫无生气的青儿，沈凝暄心痛难耐，不管不顾地直接跪坐在青儿身边，她用力拍着她胸口的穴道，不停地拍，不停地拍！

"青儿丫头方才最后一口气，应该是呛了水的！"

看着青儿紫青的脸色，月凌云俊眉紧皱，垂于身侧的手，蓦地收紧。

第三十三章 强求，谎言欺骗！

"青儿绝对不会死的！"低沉沙哑的声音出口，沈凝暄伸手抚着青儿的面颊，手掌停在她颈部的动脉处，仍旧感觉不到任何的脉动，她双眼猩红，红唇轻动了动，"青儿没死，我一定不会让她死！"

"皇后！"

沈凝暄与青儿的关系到底有多深，月凌云最是清楚，此刻见她如此，他心痛之余，想要抚上她纤弱的背脊，却碍于身份，只得咬牙说道："节哀……"

"去把你的马牵来！"

似是没听到月凌云的话，沈凝暄对一边的月凌云吼了一声，然后一下一下地不停由下向上推按着青儿的胸口。

曾几何时，青儿是她身边唯一的人。

在亲人背弃她的时候，一直都是青儿陪在她的身边。

她和她，是主仆，却情同姐妹。

她还打算带青儿出宫呢，青儿怎么可以这么不明不白地就淹死了？

她不准，她不许！

她要她活着，好好活着！

不久，月凌云纵马而来。

伸手将青儿揽入怀中，他再次翻身上马，将青儿俯放在自己身前的马背上，然后猛地一夹马肚："驾——"

马匹在月凌云的驾驭下驮着青儿在御花园的青石小路上，快速跑了起来，他尽量让马儿奔跑的速度加快，这样好增加马背上的颠簸。

视线一直停留在青儿毫无生气的俏脸上，沈凝暄的心紧了又紧，双眼之中氤氲骤起！

一个多月以前，视她如命的独孤萧逸在她眼前葬身火海，现在才短短一个月时间，青儿又……只要想到青儿醒不过来，沈凝暄的心就好像被利刃刺穿一般，痛到难以自抑！

那份痛，让她窒息！

她已经失去了生命中最爱的人，如何还能失去最亲的青儿？

泪眼迷蒙中，恍然见月凌云翻身下马，然后一下下用力拍着青儿的背脊，沈凝暄疾步上前，远远地见青儿居然在大口大口地吐着污水，她脚步微顿，却又瞬间加快步伐。

"青儿！"

感觉青儿吐得差不多了，月凌云把她从马上放下，动作轻盈地将她揽在怀中。

"呃……"

未曾睁眼，青儿只是毫无意识地低吟一声，可是仅仅这一声，听在刚刚行至近前沈凝暄耳中却如天籁一般。

"表哥，青儿她……"气喘吁吁地来到月凌云身前，沈凝暄一脸惊喜地看着他怀里的青儿。

"还活着！"难得露出一抹真诚的笑容，月凌云笑着凝视沈凝暄的泪眼，心中如释重负。

青儿对沈凝暄到底有多重要。

他比任何人都要清楚。

原本独孤萧逸的死，便是沈凝暄心里的一根毒刺，现在若是青儿再没了，他只怕她会坚持不下去。

还活着！

青儿还活着，真好！

"青儿！"

神情激动地伸手握住青儿的手，沈凝暄本想将她的手捧在心口，却惊觉她左拳紧握。眉心瞬间一拧，她用尽全力掰开她紧握的手，俨然见一块碧玉仰躺掌心之中。

"这是……"

凝视着青儿手心里尚带着璎珞的碧玉，沈凝暄脸色蓦地阴沉，神情变幻莫测！

回到冷宫之后，沈凝暄直接命人去请了独孤珍儿，自己则先行在青儿榻前，替她诊脉行针。因安远一事，独孤珍儿与独孤宸之间的关系变得疏离清冷，独孤宸过去一个月经常出入冷宫，实在不想见他，独孤珍儿到冷宫的次数反而少了。

是以，青儿落水之时，她并不在皇宫，当她接到沈凝暄的消息抵达冷宫时，原本在御书房批折子的独孤宸恰好也刚刚赶到。

原本，一个宫女的死活，他根本不必过问。

但一听落水的是青儿，事关沈凝暄，他直接丢了手头的折子，便赶了过来。

远远地，看着独孤宸步下龙辇，独孤珍儿眸色微微一冷，低敛了眉，对独孤宸微微福身："臣……参见皇上！"

见她如此，独孤宸眼底一片黯然："小姑姑不必拘礼！"

自从独孤萧逸死后，她对他一直都是如此态度！

心中无奈轻叹，他凝眉抬步，进入冷宫。

冷宫院落里，早前被月凌云传来的太医，一字排开，悉数跪在门外。

见他们如此，独孤宸眉心深拢，眸色倏地一沉，冷声问道："怎么回事？你们不进去救人，跪在这里作甚？"

229

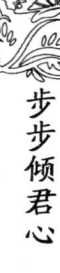

闻声，众位太医皆身形一颤，全都颤颤巍巍地跪着，谁也不敢应声，荣明见状，忙躬身上前，颤声说道："回皇上的话，太医们都说青丫头呛水时间太久，只怕是醒不过来了，皇后娘娘一气之下，便将他们统统撵了出来，让他们在这里跪着！"

"什么？"

独孤宸以为青儿已经救回来了，却没想到事情会如此严重，剑眉蓦地紧皱，想到沈凝暄对青儿的看重，他心下一紧，直接抬步向里，边走还不忘冷冷斥骂："一群酒囊饭袋！"

自御花园回返，青儿便被沈凝暄安置在了自己的寝室，独孤宸和独孤珍儿进入寝室之时，沈凝暄已然结束对青儿的施针，正神情晦暗地靠坐在榻前，微变的脸上了无生气。

"青儿怎么样？"

甫一进入房门，便见青儿脸色惨白地躺在榻上，独孤珍儿心下一凛，快步上前。而独孤宸的眼里只看得到沈凝暄，大步来到她身侧。

轻抬眸，见独孤珍儿和独孤宸进来，沈凝暄眸光微微一闪。

原本，她以为，独孤珍儿会独自前来，却想不到，独孤宸会来得这么快。

心中轻叹一声，她微微敛眸，直接无视独孤宸！

缓缓起身，看向独孤珍儿，她一脸疲惫道："太医们都瞧过了，全都回天乏术，长公主既是来了，也帮青儿瞧瞧吧！"

独孤珍儿闻言，黛眉一蹙，没有丝毫犹豫，她直接移步榻前，探手抚上青儿的手腕。

静静地凝视着独孤珍儿平静俏丽的面容，沈凝暄仿佛瞬间被卸去了全身的力气，眼眶微红了红，声音喑哑道："该做的，太医和本宫已然都做了，可是她在水中窒息太久，也许果真如太医所言，她即便活着，只怕也醒不过来了！"

闻言，独孤珍儿眉心微微一拧！

抬起头来，见沈凝暄眸底精光绽放，她心下一怔，眸色微深了深。

"小姑姑！"

面色暗沉地轻唤独孤珍儿一声，独孤宸轻声问道："你的医术一直都是最好的，青儿现在到底怎么样？还能不能救？"

独孤珍儿蓦然回神，与他深邃的眸四目相交，黯然叹道："青儿的脉象虽弱，但却性命无忧，至于能不能醒来，现在还不好说，一切都要看她自己的造化！"

听闻独孤珍儿所言，沈凝暄眸色瞬时一黯，紧咬着唇瓣，一脸沉痛地闭上双眼。

"暄儿！"

因沈凝暄心痛的样子，独孤宸面色一柔，来到她身前，将她轻轻拥入怀中。

"青儿……"

红唇轻启，沈凝暄喃喃着青儿的名字，一脸痛心地依偎在独孤宸怀中，默默地落着泪。

一个多月以来，第一次如此亲近没有被沈凝暄推开和抗拒，独孤宸心思微缓，轻轻抬手，缓缓抚着她的头髻，他的声音温柔万分："放心吧，青儿不会有事的！"

"长公主！"

再抬眸，已是泪眼朦胧，沈凝暄抽噎着问道："你医术精湛，若每日行针，可有机会将青儿救醒？"

迎着沈凝暄希冀的目光，独孤珍儿心中思绪飞转，终是轻蹙了蹙眉："本宫没有十全把握，不过可以试上一试！"

闻言，沈凝暄微转过头，深深地看了青儿一眼。而后仰头看着独孤宸："皇上，如今天气炎热，长公主殿下不常入宫，臣妾想将青儿送到公主府去，也好请长公主方便替她施针！"

听闻沈凝暄此言，独孤珍儿心下恍然！

青儿到底是如何落水的，她不得而知。

但是沈凝暄却要借着今日之事将青儿送出宫去，这却是事实！

视线微转，她冷眼看向独孤宸，却见独孤宸正低敛了眸，满脸柔情地凝视着沈凝暄，对她轻点了点头："朕全依你的意思！"

看着他对沈凝暄的好，独孤珍儿脑海中忽然浮现起独孤萧逸温润的笑脸，想到他永远都不能回来了，她心中五味杂陈！

"臣妾多谢皇上！"在独孤珍儿怔怔出神之际，沈凝暄对独孤宸感激一笑，再次垂首，将自己全部的注意力重新放回到青儿身上，她轻声呢喃道："傻丫头，你到底怎么搞的？何以取个茶点都能掉到河里？你好好睡着，本宫一定会将事情查个水落石出！"

闻沈凝暄此言，独孤宸心意微动！

凝视着一脸忧虑的沈凝暄，他轻抿了抿薄唇，眸色微深了深。

低眸凝视了眼沈凝暄，一直沉默不语的月凌云幽幽开口："皇上，末将有事要禀！"

独孤宸微转过身，见月凌云一脸凝重，他轻拍了拍沈凝暄的肩膀，温柔说道："朕去去就来！"

"嗯！"

眸色黯然地轻点了点头，沈凝暄抬眸看了月凌云一眼，伸手握住青儿的手，眼

231

眸微微泛红。

凝视着她如此伤心模样，独孤宸眸色微暗了暗，转身向外走去："去偏厅说话！"

须臾，室内只留沈凝暄和独孤珍儿两人。

深看沈凝暄，独孤珍儿上前一步，在她身前蹲下身来："师妹！谎，师姐已然替你圆了，你现在告诉我，你到底想要做什么！"

也许，青儿才从水中救起时，那些太医真的回天乏术。

但是经由沈凝暄的金针走穴，青儿即便现在不醒，最迟三日后也会转醒。

可是沈凝暄，却说不知她能不能醒来，一切都要看她的造化。

如此，她便只能顺着她的意思，与她圆了这个谎！

"师姐！"

眸华轻抬，对上独孤珍儿清亮的水眸，沈凝暄眸色深沉，语气异常冰冷："青儿不是自己落水的！"

闻言，独孤珍儿黛眉一蹙："你的意思是……"

"这个！"

缓缓地摊开手，将手里的碧玉，示于人前，沈凝暄冷笑着说道："青儿落水时，手里死死攥着这个，若是我没记错的话，这块玉佩该是素妃身上的物件儿，而且……她今日也在御花园！"

"这玉佩，确实是素妃身上所佩，我曾见过两回！"低眉看着沈凝暄手里的玉佩，独孤珍儿眸色微深，"你想怎么办？"

"怎么办？师姐帮我将青儿带出宫去，替我照顾好她！"冷冷勾唇，沈凝暄笑得冰冷，"皇上不是说，要证明他的心给我看吗？这一次我倒要看看他会如何抉择！"

言罢，她眸光冷飒，霍然起身，直接取了软剑，提剑冲出房门……

偏厅。

月凌云将青儿落水前后的经过，详详细细地都告知了独孤宸。

听完月凌云所言，独孤宸眉宇轻皱，星眸缓缓眯起："你的意思是，此事并非意外！"

"皇上，青儿只是奉皇后之命去取茶点，缘何会不明不白地落了水？失足吗？以她落水的位置，明眼人一看便知是从桥上坠落的……"月凌云冷笑着敛眸，淡声说道，"再者说来，青儿手里攥着的玉佩，价值连城，那可不是一个丫头该有的东西！"

"所以——"

长长地呼出一口浊气，独孤宸的声线，微微泛着冷意："你怀疑是素妃！"

在他的认知里，他的素儿，一直都是温婉善良的女子，但是这次他带她回宫之后，她却让他一次又一次地失望。

今日青儿落水，难道也与她有关吗？！

月凌云闻言，沉默片刻，"青儿手里的那块玉佩，若真是素妃的所有，此事便不只是怀疑那么简单了！"

"朕去瞧瞧那玉佩！"独孤宸转身向外，刚要到寝室去看沈凝暄手里的玉佩，却见荣海慌慌张张地进了门，喘息着说道："皇上，大事不好了，皇后娘娘她……"

"她怎么了？"

甚少见荣海失态，独孤宸眸色微变。

荣海伸手按住胸口，喘息回道："她提着剑去昌宁宫找素妃娘娘了！"

独孤宸闻言，眸色陡地一沉！

顾不得多言，他大步迈出，直接向外走去。

月凌云见状，紧皱了眉宇，也疾步跟了上去。

第三十三章　强求，谎言欺骗！

第三十四章　选择，永不放手！

昌宁宫中，南宫素儿听着桑菊将御花园里的事情一一禀报，当得知青儿没死时，她的脸色越发冷凝："那贱婢，命还挺大，跌落深水之中，居然还能救上来！"

"是！"

小心翼翼地瞥了眼南宫素儿凝重的神情，桑菊生怕触了她的霉头，小声说道："是大将军亲自跳下去救上来的！"

"月凌云……"

明眸微微一沉，南宫素儿握着茶盏的手，因太过用力而微微泛白。

抬起头来，瞥见黛眉紧锁的模样，边上的小太监连忙说道："娘娘大可放心，奴才已经到冷宫打探过了，那丫头即便被大将军救了上来，却因为呛水的缘故，只怕再也醒不过来了。"

南宫素儿心弦微松，一脸忐忑地看着小太监："真的？"

"当然是真的！"

小太监点了点头，语气肯定道："为了这事儿，眼下太医们都还在冷宫里跪着呢！"

"就为这事儿让太医们都跪着？"

水亮的瞳眸中光华流转，南宫素儿冷哂说道："看样子，皇后果真很器重青儿那贱婢！"

"再器重，那也是个半死的人了！"

小太监狞笑，顺着南宫素儿的意思说道："再过不了多久，奴才会想法子让她死得透透的，娘娘不必再为此事挂心！"

闻言，南宫素儿心中暗暗舒了口气。

微微一叹，她眸色微冷："今日之事，怨不得本宫，要怨就怨她的主子当着众人的面儿让本宫下不了台，要怨就怨，她明明看着本宫过桥，却还不知死活地迎上前来……"

"是！"

小太监谄媚一笑，轻声说道："今日之事，是她咎由自取！"

南宫素儿抬眸看向桑菊和小太监，凝眉嘱咐道："今日之事，谁也不准对外泄露半句……"

"素妃妹妹以为，你身边的奴才不泄露，本宫就不知今日之事真相如何了吗？"不等南宫素儿说完，沈凝暄幽冷的声音已然自殿外传来，声落人至，她手执软剑，自殿外大步而入，在她身前，负责昌宁宫戍守的侍卫们，想拦却不敢拦，只得被她逼得节节后退！

"皇后娘娘！"

因沈凝暄一脸杀气地忽然闯入，南宫素儿面色遽变，扶着桌角站起身来，视线扫过沈凝暄手里的软剑，强作镇定地轻牵了牵嘴角："臣妾不明白皇后娘娘在说什么！"

"不明白吗？"

俏脸冷峻，沈凝暄冷笑着上前，"没关系，待会儿本宫手里的剑，会让你明白的！"

"皇后娘娘！"

挡在沈凝暄身前的侍卫，全都被她强绝的气势所骇，一时间进退维谷。

他们进，沈凝暄是皇后，若到时候追究起来，是大逆不道，是死罪！

他们退，则素妃必定有损，到头来他们也会落个护主不力的罪名，一个都活不了！

总之，眼下他们是束手束脚，横竖都不是！

"与本宫滚开！"

眸色冷若寒冰，俏脸上覆满冰霜，沈凝暄利落抬腿，一脚踢开挡在身前的一名侍卫，快步朝着南宫素儿逼近。

"保护娘娘！"

眼睁睁地看着沈凝暄一步步逼近，侍卫们却不敢阻拦，小太监面露惊惧地挡在南宫素儿身前。

"不自量力！"

看着小太监螳臂当车的举动，沈凝暄冷嗤一声，手中软剑一甩，直接在他身上划上一剑，抬脚踹在他的胸口上，厉声喝道："给本宫滚开！"

第三十四章 选择，永不放手！

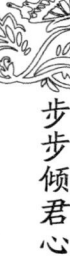

剧痛袭来，小太监哀嚎一声，直接被踹倒在地，等他再反应过来，便听一声剑鸣，沈凝暄手里的软剑，在空中划过一道优美的弧度，直接落在南宫素儿如玉般的颈项之上。

"皇后娘娘！"

软剑上，小太监的血自南宫素儿的玉颈上蜿蜒而下，清晰地嗅到那骇人的血腥味，南宫素儿紧蹙着黛眉，星眸微凛，与沈凝暄嗜血的眸子对视着，她虽惧却不躲："臣妾是皇上亲自册封的嫔妃，到底做错了什么？竟然让堂堂的皇后娘娘，如此大动干戈？"

闻言，沈凝暄清冷一笑，握着剑柄的手，微微收紧，她冷厉说道："南宫素儿，你若有胆子，直接冲着本宫来，青儿只是个手无缚鸡之力的丫头，你怎么能将她推入水中？"

"臣妾没有！"

因过度紧张，南宫素儿紧握了双手，一脸惊恐地颤声说道："臣妾也是方才刚听说了青儿落水一事……"

"你放屁！"

丝毫不曾顾忌自己的身份，沈凝暄直接在南宫素儿脸上轻啐一口，不曾错过南宫素儿脸上千变万化的神情，她手中的软剑，蓦地下压，在南宫素儿的脖子上，留下一道血痕："本宫看你是不到黄河不死心！"

"皇后！"

脖颈微疼，南宫素儿轻摇蛾首，一脸无辜之色，委屈又害怕地看着沈凝暄："臣妾以前的确做错过很多事情，但是今日臣妾真的不知你在说什么……"

"不知吗？"

眸中寒凉之意瞬间森厉非常，沈凝暄手下用力，在南宫素儿脖颈上割开一道伤口，满意地听到南宫素儿一声痛呼，她垂眸向下，凝向南宫素儿腰间，视线所及，只见璎珞，却没了那块碧玉，她邪肆勾唇："素妃，你的玉佩哪里去了？"

经沈凝暄一问，南宫素儿心下不由咯噔一下。

伸手一探，果真没了玉佩，她心头微慌，却还是转头怒斥着桑菊："大胆奴才，为何今日不与本宫将玉佩戴上！"

见南宫素儿如此，沈凝暄嗤笑一声，厉声说道："你不必再惺惺作态了，那块玉佩在青儿手里，今日心狠手辣将青儿推下河的人，是你！今日本宫要替青儿讨回一个公道！"

语落，沈凝暄手里软剑倏地抬起，然而，尚不等她再有动作，便见一道矫健的身影自门外蹿入，直接将南宫素儿扑倒在地。

锋利的剑刃，贴着南宫素儿的手臂划过，瞬间血花飞溅！

"啊——"

剧痛之下，南宫素儿惊声痛呼一声，在她尚未反应过来之时，她身上之人，已然一跃而起，反身一个扫堂腿，直接踢在沈凝暄的手臂上，迫她噔噔后退数步！

独孤宸甫一进殿，便见沈凝暄不断后退，心下猛地一揪，他快步上前，自身后搂住她的纤腰，稳住她的身形。与此同时，另一道健硕的身影蹿出，月凌云出腿快如闪电，直接一脚踢在南宫月朗胸口上，使得南宫月朗身形一颤，脸色瞬间铁青。

月凌云是谁？

那可是堂堂的大将军！

他全力踢出的一脚到底有多重，自然可想而知！

隐忍片刻，却仍是噗的一声吐出一口血来，南宫月朗眉宇一立，脸色阴沉地作势便又要动手！

眸色蓦地一瞪，他抬眸看向挡在南宫素儿身前之人，厉声暴喝："南宫月朗，你大胆！"

"皇上！"

看着独孤宸对沈凝暄一副保护姿态，南宫月朗剑眉紧皱，刚毅的俊脸上尽是沉痛隐忍之色："皇后要杀素儿，您难道要让我眼睁睁地看着不成？"

"皇后娘娘！"

薄凉的衣衫，被血水浸透，南宫素儿紧捂着手臂上的伤口，狼狈不堪地挡在南宫月朗身前朝着沈凝暄跪落："臣妾知道，您是皇后，正因为这一点，即便皇上再如何宠幸皇后娘娘，臣妾都不曾有过一丝不甘，臣妾知道，您出身高贵，臣妾如今只是罪臣之女，可是即便如此，您提剑冲来质问臣妾，臣妾也不会胡乱认了那些莫须有的罪名啊！皇后娘娘，若臣妾以前有什么地方冒犯了您，臣妾日后一定会改，还请皇后娘娘大人有大量，不要迁怒于臣妾……"

话说到最后，南宫素儿嘤嘤地哭了起来，因失血的缘故，她俏脸惨白，再加上梨花带雨，一副我见犹怜之态！

经她如此一席话，所有人都会以为，是沈凝暄仗着皇上的宠爱仗势欺人，故意找她麻烦。

而她，则是最最受委屈的那个受害者！

冷眼看着南宫素儿唱作俱佳的表演，沈凝暄轻嗤一笑，厉声说道："你当真不知自己哪里冒犯了本宫？"

南宫素儿抬眸，楚楚可怜地摇了摇头，咬牙说道："皇后娘娘说过的事情，臣妾根本就没做过！"

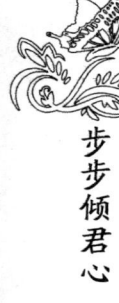

"是吗？"

冷笑着凝视着南宫素儿绝美的容颜，沈凝暄伸手取出那块玉佩，捏在手中说道："这是青儿落水后，一直攥在手里的，素妃……你最好给本宫一个合理的解释，为何你身上的玉佩，会落在青儿手里！"

闻言，南宫素儿脸上一白，心思陡转间，她转头看向桑菊。

桑菊会意，扑通一声跪落在地："皇后娘娘明鉴！素妃娘娘的玉佩今日一早的时候，便不见了踪影，奴婢怕娘娘责罚，一直在找……"

"大胆贱婢！"

冷喝一声，沈凝暄将手里的玉佩握紧，沉声说道："你当本宫和皇上都是三岁的小孩子吗？竟会相信你如此蹩脚的借口？这玉佩上的璎珞，明明就是因外力拉扯而断的，是她在推青儿下河时，与青儿撕扯之间扯断的！"

闻言，桑菊脸色瞬间惨白："皇……皇后娘娘！"

"皇上！"

见沈凝暄清冷依旧，一副要将自己抽筋剥骨的狠辣模样，南宫素儿强忍着伤痛，跪着向前挪动着，颤巍巍地行至一直不语的独孤宸面前，伸手扯了扯他的袍襟："皇上，你要相信臣妾，臣妾真的没有……臣妾是冤枉的……"

见南宫素儿泪如雨下，独孤宸眸色微暗了暗，心中百转千回！

此事真相如何，他心中早已有了决断！

"南宫素儿！事到如今你还不承认？自你入宫之后，一直视本宫为眼中钉肉中刺，明明是你记恨本宫，将怒气发泄到青儿身上，现在竟然还敢说自己冤枉？"没有给独孤宸回忆当初的时间，沈凝暄眸色冷冽一沉，冷笑着抬眸看向他。清澄的大眼中，流光飞转，她语气微缓，轻声说道："皇上不是要证明给臣妾看吗？今日便是臣妾给皇上的最后一次机会，臣妾想要看看皇上对臣妾到底有几分诚意！"

闻言，独孤宸脸色微微一僵！

他明白她所谓最后一次机会的意思！

上一次，在冷宫之时，他明明知道南宫素儿参与其中，却选择了包容。

这件事情，成了横扎在他和沈凝暄心间的一根刺。

今日，他要么将刺扎得更深些，从此与沈凝暄之间，再没了以后，要么便将刺连根拔起，彻底消融他们之间的隔阂和芥蒂！

心念至此，他低眉看着跪在身前的绝美女子，眉宇轻轻一皱，随即双手背负，不怒而威道："荣海何在？"

"奴才在——"

自众人身后步出，荣海在独孤宸身前躬了躬身。

俊美的脸上没有一丝表情，独孤宸冷眼看着桑菊："将素妃身边今日伺候的两人统统杖责，打到她们说实话为止！"

闻言，南宫素儿神情瞬间惨白，整个身子都忍不住轻抖了抖！

看着她隐忍低泣的模样，南宫月朗只觉心头一股火气直蹿，忍不住沉声说道："皇上，您这样是屈打成招，您怎么能如此对待素儿？！"

"南宫月朗，你觉得朕这是屈打成招吗？"睨着南宫月朗难看的脸色，独孤宸眸色深沉地冷冷勾唇，"朕只是想要听她们说实话！"

"皇上……"

南宫素儿听到独孤宸的话，绝美靓丽的脸上不禁露出浓浓的失望之色，低眉敛目间，她凄然一笑，再抬眸，她盈盈的大眼中蓄满了泪水，已是一副泫之若泣模样："八年春秋，五年相守，您竟不信素儿了吗？"

"朕不是不信你，而是你将朕的信任，全部都肆无忌惮地挥霍光了！"将南宫素儿凄婉的模样尽收眼底，独孤宸心中微痛。但，只是瞬间之后，他便再次森森命令道："荣海，还愣着作甚？给朕打，狠狠地打！"

"皇上不必打了！"

南宫素儿眉心紧拧着，蓄满泪水的双眼死死盯着独孤宸，知独孤宸今日选择站在了沈凝暄那一边，她心里揪痛，绝望而苦涩道："若真的是臣妾所为，皇上当如何处置臣妾？"

闻言，独孤宸心下一沉，不语。

沈凝暄则冷哼道："本宫要让你为青儿偿命！"

"她只是个奴才，命如草芥的奴才，凭什么让臣妾为她偿命？她配吗？"飒然抬眸，对上沈凝暄冰冷的双眸，南宫素儿眸光冷冽，坦然无比，"今日在御花园，是她冒犯了臣妾，臣妾确实推了她一把，是她没有站稳，时运不济跌落水中，又能怨得了谁？"

"是啊！"

素妃之言一出，桑菊和小太监连忙附和出声："素妃娘娘真的不是故意推她下河的，是她自己不小心掉下去的。"

"不是故意，那为何青儿落水之后，你们主仆却逃之夭夭？你们不是做贼心虚又是什么？"

冰冷的视线仿佛利刃一般扫过桑菊和小太监的脸，沈凝暄冷笑了笑，将软剑缓缓收起，冷冽的眸光微微荡漾。她以绝对的胜者之姿，低蔑着跪在独孤宸脚下一身狼狈的南宫素儿："南宫素儿，你觉得你的命很高贵是不是？本宫告诉你，你的命在本宫眼里，不及青儿万一。"

第三十四章 选择，永不放手！

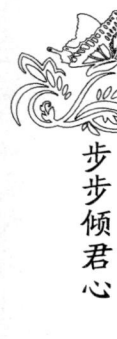

"皇后娘娘！"

被沈凝暄的咄咄逼人气到脸色发青，南宫月朗沉声说道："素妃娘娘是皇上的宠妃，岂能与一个奴才相提并论！"

"是啊！她是皇上的妃子！但本宫却视青儿为姐妹！有些时候，高高在上的宠妃还不如一个奴才！"如此冷嘲一声，沈凝暄淡淡的视线微微上扬，与独孤宸沉静的视线在空中交汇，她冷淡勾唇："臣妾不奢望皇上能让素妃为青儿偿命，但是还请皇上还青儿一个公道！"

"暄儿！"

迎着沈凝暄微冷的眸子，独孤宸紧皱了下眉头，伸手扶上她瘦弱的肩膀："你放心，朕会给青儿一个公道！"

"臣妾多谢皇上了！"

淡淡敛眸，对独孤宸轻福了福身子，沈凝暄懒得在昌宁宫多留一刻，转身决然而去！

"末将先行告退！"

对独孤宸匆匆一礼，月凌云随着沈凝暄一起离去。

直到沈凝暄离去之后许久，独孤宸才将放在她身上的视线从门口处慢慢收回。视线微转，有些淡漠地看了南宫素儿一眼，凝视着她惨白的小脸儿，他轻拧了眉，伸手扶住她的手臂："素儿，你起来吧！"

南宫素儿心头一颤，脸上瞬间划过一丝喜色："皇上……臣妾……"

他以为，他会斥责她，责罚她，但是他没有。

他竟然如此温柔地扶她起身！

"你不必解释了……"

深凝视着眼前美丽得让人无法不心动的人间绝色，独孤宸伸手抚上她的描绘精细的黛眉，声音微臣，喑哑："朕知道，你不是故意的。"

"皇上！"

盈盈的大眼中再次氤氲起水雾，南宫素儿心中微暖。

然而，她心中的这份暖意，并未持续太久，便被独孤宸接下来的话，彻底浇熄，直到极寒。

独孤宸看向她的眼神，还是那么的温柔，但是说话的语气，却宛若寒冰一般："素儿，你可知道，朕最恨的，便是宫中妃嫔苛待奴才！"

"皇上……"

凝视着独孤宸温柔却不失威严的深幽瞳眸，南宫素儿张了张嘴却又欲言又止！

要解释吗？

方才她已然什么都承认了，说青儿命如草芥的人，也是她！

说出去的话，如泼出去的水，如今覆水难收，她现在又要怎么解释？只怕不管她怎么解释，在独孤宸眼里，她都已经是个苛待奴才的主子！

"我眼里的素儿，应该是温婉动人的……"凝视着南宫素儿的双眼，情绪复杂莫辨，独孤宸眉宇一皱，将手收回，而后背负于身后："荣海，传朕旨意，素妃苛待宫人，行事不端，自今日起，降为才人，因冷宫有皇后居住，直接于昌宁宫禁足吧！"

闻言，南宫素儿和南宫月朗同时大惊！

"皇上！"

"皇上！"

几乎是同时，他们兄妹二人异口同声地唤着独孤宸。

事情落到今日结果，他们岂会甘心？

但是，独孤宸并没有给他们说话机会，他只淡漠地看了南宫素儿一眼，便面无表情地转身向外走去。

"皇上！"

凝视着独孤宸渐行渐远的挺拔身影，南宫素儿神情凄然，淡淡敛眸，她明媚的大眼中，渐渐盈满恨意。

她费尽千辛万苦，放弃唾手可得的一切，一路从楚阳回来，无非就是为了这个男人，可是现在，她得到的竟然是他的移情别恋！

这一切，都是因为沈凝暄！

若不是因为她，独孤宸心心念念的，还会是她！

皇后之位，也会是她的！

她不相信，也无法接受，她和独孤宸之间八年的感情，竟然敌不过沈凝暄和他一年的相处，现在独孤宸竟然为了她，废黜了她的妃位，这让她情何以堪？

他对她失望了！

他最后看她的那一眼，分明写满了失望之色。

如今，他走了，看着他越走越远，她忽然间觉得，她们的感情，再也回不到从前了。

心，痛到难以自制！

怔怔地，伸手抚上自己剧痛难忍的胸口，南宫素儿脸色雪白，身形轻颤着，忍不住向后倒退两步。

"素儿！"

眼疾手快地伸手扶住南宫素儿的手臂，南宫月朗满是心疼地说道："这就是你

第三十四章 选择，永不放手！

舍弃远儿，舍弃家仇，换来的结果吗？"

"哥哥你别说了！"

抬手甩掉南宫月朗的手，南宫素儿漂亮的脸上，恨意与悔意交加，脸色难看到了极点。贝齿用力，几乎将唇瓣咬出血来，她原本明媚的大眼中，怒火与妒火交相燃烧："他心里爱的那个人，一直都是我，一直都是……如果没有沈凝暄，宸一定不会如此对我，他现在只是被沈凝暄迷惑了心智，一定是这样的，一定是的……"

"素儿！"

紧皱着眉宇，南宫月朗张了张嘴，想要说什么，却无从言语，俊美的脸上，满是无奈之色："你现在还没明白吗？他爱的，早已不是你！"

他的妹妹，爱那个男人，深至骨髓。

可是那个男人，却给了她什么？

背叛！

他背弃了当年许给她的诺言，无论心里还是眼里，都只有另外一个女人！

"是我！是我！从来都是我！"

南宫素儿美丽的容颜，因为恨意而狰狞扭曲，几近咆哮地喊了几声，她低声呢喃道："他爱的从来都是我，是沈凝暄那个贱人迷惑他的……"

"素儿！"

轻轻抬手，想要抚平南宫素儿心里的伤，南宫月朗微红了眼眶，却不知该如何相劝。

劝得了人，劝不了心啊！

如今她根本接受不了独孤宸移情别恋的事实！

"哥哥！"

忽然伸手，抓住南宫月朗抬起的大手，南宫素儿眸色闪亮，盈盈的眸光，满怀期待地看着他："你帮我杀了她，只要杀了她，宸一定会回心转意的！"

闻言，南宫月朗眸色一暗！

方才，独孤宸进殿时，素儿已然受伤，但他却将沈凝暄直接护在了身后，他对沈凝暄的态度，明眼人都能意会，那是爱……即便是沈凝暄死了，他也再不会回过头来爱他的素儿了！

"哥哥！"

见南宫月朗半响儿不应，南宫素儿晶莹的大眼中，瞬间滚落下泪珠，满怀希冀地央求道："你帮我除掉她，一定要帮我除掉她，好不好……"

"好！"

从小到大，南宫月朗最宠爱的，莫过于自己的这个妹妹，如今她是他唯一的亲人，面对她的苦苦哀求，他无法拒绝，只能用力点了点头。

独孤宸回到冷宫之时，月凌云和独孤珍儿刚刚带着青儿离开。

目送青儿所乘坐的马车渐渐远去，沈凝暄依依不舍的眸子微微一缓。

青儿，从今往后，你自由了！

好好珍惜自己，我们来日终有再见之时！

如是，在心中说道，她深吸一口气，微转过身，却见独孤宸不知何时已然站在她的身后。

与独孤宸四目相交，她眸色微微一深，却不言不语，就那么静静地看着他。

"暄儿！"

迎着她澹静的模样，独孤宸心弦微动了动，轻唤着她的名，他薄唇轻抿着，缓步上前："朕废黜了素儿的妃位，将她以才人的身份，禁足在昌宁宫了……这一次，朕站在你这一边！"

静静站在原地，沈凝暄看着由远及近的俊逸男子，心中说不出是一种什么滋味。

那种滋味，很涩，很苦，让她忍不住紧咬着牙关。

前世里，他温柔回眸的一眼，悸动了她的心，却也送了她的命！

今世，他可以给她一切，却也同样毁了她的一切！

她和他之间，从来都是这么矛盾的。

所谓八字不合，所谓水火不容，也不过如此！

"暄儿……"

终于行至沈凝暄身前，见她一直淡淡地看着自己，独孤宸凝视着她微红的眸子，轻皱了皱眉，伸手便要抚上她的眼睛："你又哭了？"

没有抗拒，没有回避。

沈凝暄就那么静静地看着独孤宸。

直到他的手，抚上自己的眼角时，沈凝暄方轻挑了眉梢，轻轻启唇："我以后，再也不会哭了！"

闻言，独孤宸神情微怔了怔！

难得见一向运筹帷幄的他，露出如此怔愣模样，沈凝暄轻轻一笑，忽然淡淡挑眉问道："皇上以后，还会让我哭吗？"

心中因她的问题涌上一阵狂喜，独孤宸下意识地轻摇了摇头："不会！"

他怎么舍得让她哭呢？！

见状，沈凝暄唇角笑意未减，眸光微微一动，轻声说道："皇上，我累了！"

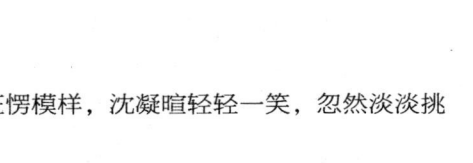

第三十四章 选择，永不放手！

243

沈凝暄嘴角的笑虽然是那么浅淡，但是在独孤宸看来却是那么炫目，深吸口气，转头看了眼身后的冷宫，他对她宠溺一笑："累了便进去歇着吧！"

闻言，沈凝暄浅笑着，伸手拿下他的大手。

感觉到她柔软的小手，独孤宸不由心旌荡漾！

就在下一刻，只见她反握住他的大手，凝眸问他："你曾经为了南宫素儿，数不清多少次放开我的手，这一次，可还会为了她，再放我的手？"

"不会！"

独孤宸眉宇瞬时一皱，十分肯定地再次摇头，眉宇紧皱的痕迹越来越深，他静默片刻，对沈凝暄悠声说道："青儿的事情，朕知道你很伤心，朕很抱歉！"

纵是事情是南宫素儿所为。

他却不能让素儿为青儿偿命！

他做不到！

"不管如何，你曾爱过素妃，我从不希冀你会对她下狠手！"沈凝暄岂会不知，独孤宸根本就不可能杀了南宫素儿，她也没指望她会让南宫素儿为青儿抵命，如今他废黜南宫素儿的妃位，已然是对她最重的惩罚。是以，听他说抱歉，她不由轻笑着说道："这一次，谢谢你，没有如以往那样，继续选择护着她！"

"暄儿！"

听到沈凝暄对自己说谢，独孤宸的心弦不由微微一动，紧握住她的手，他伸手拥她入怀："朕说过，朕会证明给你看，以后朕再也不会放开你的手！"

但是，我会放开你的手！

微仰着头，将下颌搁在他的肩膀上，沈凝暄如是在心中低语一声，双眸中如死灰一般，毫无波澜："你已经证明给我看了，既是我逃不掉，那么……你便再给我些时间，让我忘了该忘的人……"

闻言，独孤宸心中大受鼓舞。

虽然心中急于得到她的肯定，但他还是眸色微定了定，颔首应道："只要你肯重新接纳朕，朕一定会给你时间！"

缓缓圈住他劲瘦的窄腰，沈凝暄微敛了眸，缓缓闭上双眼……

或许，若今日的独孤宸，放在以前，她的心，一定会有所动容。

但是，今时不同往日，错过了，便真的错过了，如今，她的心，早已坚如磐石，即便放在火上烤，也不会再热了……

自青儿出事之后，素妃被废，皇上出入冷宫的次数更加频繁了。更有甚者，他为了多在冷宫停留片刻，竟然命荣海将奏折都搬到了冷宫之中，以便批复。

244

这一日，早朝散后，独孤宸被如太后召去长寿宫，月凌云则来到冷宫。

随他而来的，是青儿苏醒的消息。

得到消息之后，沈凝暄不禁莞尔一笑，心中的一块大石总算安安稳稳落了地！

见她如释重负地笑着，月凌云微敛了敛眉心，看了眼荷塘里的锦鲤，轻声问道："上次在御花园，娘娘打算让我帮你盯着一个人，到如今为止，你还没有告诉我，那个是谁！"

闻言，沈凝暄笑了笑，道："事情都在照着我所预期的方向发展，以表哥的聪明，没道理猜不出那个人是谁，若我猜得没错，你如今应该已经在关注那个人的一举一动了！"

月凌云耸肩一笑："我又不是你肚子里的蛔虫，怎会知道你想要让我盯的那个人是谁？"

"哦？"

淡淡扬眉，沈凝暄有些好笑地问道："表哥太过谦虚了！"

"好了，说正经事！"

俊脸一肃，凝视着沈凝暄平静的眸，月凌云轻声说道："你上次曾与我说，会帮你的人，并非真心实意，而是另有所图，若是我猜得没错，他们图的，是你的性命，而你想要借他们的手，让自己成功脱身！"

闻言，沈凝暄忽地一笑，若有所指道："既是表哥现在这么说，那便一定是查到了什么，他们……准备对我动手了吗？"

"没错！"

月凌云眸色微冷，如黑曜石般的眸子，闪烁着嗜血的光芒："南宫家的那对兄妹果真是疯了！"

"呵呵……"

淡淡一笑，沈凝暄不以为然地挑了挑眉梢："南宫素儿放下家仇，舍弃孩子，一路从楚阳到燕京，她想要的，要么是为南宫家报仇，要么便是皇上的心，不过眼下看起来，应该是后者！"

"可惜！皇上的心里，现在只有你一人！"月凌云轻勾了勾薄唇，对沈凝暄淡声问道，"这一个多月以来，他对你的好，已然到了无以复加的地步，你当真就不曾心软？没有想过要留下来？"

眸中光华浅荡，沈凝暄低垂眼睑，漂亮的睫毛轻轻颤动着："他现在的确很宠我，那份恩宠，若是放在以前，我一定会与他长相厮守，哪里都舍不得去，但是现在……"言语至此，她微顿了顿，眸华轻轻一扬，冷笑着将话锋一转："他们打算怎么对付我？下毒还是刺杀？"

第三十四章 选择，永不放手！

245

"还不确定！"

月凌云紧抿了薄唇，抬眸对上沈凝暄淡漠的双眼："这几日里，我一直差人盯着南宫月朗，蒙汗药，迷魂香，他能准备的都准备了，但是到底要如何行事，还真是让人拿不准呢！可以确定的是，他们应该会在这几日里有所行动。"

沈凝暄眉头一皱，朝他瞥了一眼："那你就盯紧了他，做个躲在螳螂后的黄雀！"

月凌云颔首，轻笑："末将谨遵皇后娘娘懿旨！"

想着南宫月朗会在近几日里行动，沈凝暄心中略微思忖片刻，对月凌云说道："表哥随我到长公主府走上一遭吧！"

"是该去看看青儿了！"

好看的唇形，微微翘起，月凌云从容起身。

长公主府，位于京城以南，是为先帝在世时专门为独孤珍儿所建，府内占地颇广，建筑辉煌，数不尽的琉璃飞瓦，在阳光的照射下晶莹剔透，闪动着耀人眼瞳的华彩。

得到沈凝暄驾到的消息，独孤珍儿亲自出府相迎。

一路拉着沈凝暄的手向里，将月凌云和枭青一行悉数挡在门外，独孤珍儿终于带着她见到了在雅苑中静心休养的青儿。

"皇后娘娘！"

乍见沈凝暄，在鬼门关转了一圈的青儿眼眶瞬间泛红，旋即热泪盈眶："奴婢给您请安了！"

"青儿！"

几步上前，将青儿扶起，沈凝暄上下打量着青儿，见她一切都好，她心中稍安："你现在没事了吧？可有哪里不舒服？"

"奴婢一切都好！"

伸手抹了把泪，青儿对边上的独孤珍儿笑了笑，伸手扶住沈凝暄的胳膊，让她坐在椅子上，轻声说道："就是一觉醒来，见不着皇后娘娘，奴婢心里没底，娘娘……您带奴婢回宫吧，奴婢想要在您身边伺候！"

"哦……"

见眼前主仆情深，独孤珍儿顿觉多余，轻哦了一声，她对沈凝暄说道："现在青儿醒来的消息，我还给瞒着呢，师妹难得过来一趟，你们主仆两人现在在这里说话，我去备些好菜，待会儿就在这屋里好好款待款待你！"

"有劳师姐了！"

对独孤珍儿轻笑了笑，沈凝暄并没有要推辞的意思，只是轻笑着说道："我打算在日落之前回宫，用过午膳，我们姐妹好好说说话！"

"成啊！"

独孤珍儿眨了眨眼，浅笑着转身出了房门。

"娘娘！"

独孤珍儿一走，青儿便噘起了小嘴，晃动着被沈凝暄拉着的小手："您干吗要将奴婢送到公主府来啊？"

"青儿！"

微抬眼帘，深深地看着青儿，沈凝暄唇角微弯，伸手将她额前的发丝掖到耳后："仔细算算，今年你也有十五，若是放在宫外，也该许了人家了！"

青儿从小与她一起长大，比她刚小一岁，如今正是女子婚配的最佳年岁！

"奴婢不许人！"

对沈凝暄摇了摇螓首，青儿含笑垂眸："奴婢从小到大一直都在娘娘身边伺候，日后也愿意跟在娘娘身边，一直陪着娘娘，照顾娘娘。"

闻言，沈凝暄不禁莞尔一笑！

心里因青儿的话，特别窝心，她紧握着青儿的手，笑叹道："是啊，你从小到大一直跟在本宫身边，都伺候本宫快大半辈子了，不过本宫却不希望你这一辈子都耗在那座时刻充满危险和血腥的深宫之中。"

听出沈凝暄的言外之意，青儿眉心一蹙，随即紧张地反握住她的手："娘娘不要奴婢了吗？"

"当然不是！"

对青儿笑笑，沈凝暄蹙眉道："你想到哪里去了，本宫怎么舍得不要你？只是青儿，这次你出事，让本宫忽然之间想明白了许多事情，与其让你跟在本宫身边虚耗一辈子，本宫更想看到你成亲生子，过普通女子该过的生活。"

"奴婢觉得，娘娘的意思，还是不打算要奴婢了！"小嘴微微一撇，青儿若有所思地看着沈凝暄，见她脸上一直都挂着浅笑，她微微蹙眉，轻声道，"娘娘，那日在御花园里，素妃是因为受了气，心里窝火才会对奴婢动手……不过娘娘放心，以后奴婢会小心保全自己……现在既是娘娘说不会不要奴婢，奴婢便要一直跟在娘娘身边！"

"青儿！"

唇角翘起的弧度，微微一僵，沈凝暄看着眼前的青儿，眸色微暗，心下深深而又无奈地一叹，她沉默半晌儿，终是又动了动青儿的手，道："这阵子，你先在长公主府好好待着，过阵子我会让表哥接你去我那里！"

第三十四章　选择，永不放手！

247

"奴婢遵命！"

俏脸上，瞬间喜笑颜开，青儿对沈凝暄轻福了福身子。

午膳后，沈凝暄与独孤珍儿一起漫步公主府的御花园中。

坐身于水上凉亭之中，看着水里自由自在，游来游去的锦鲤，沈凝暄轻勾了勾薄唇。

身侧，独孤珍儿屏退了侍女，亲自斟茶两盏，含笑递给沈凝暄一盏："师妹尝尝我的手艺！"

"有劳师姐了！"

轻轻抬手，沈凝暄将茶盏接过，只低眉浅抿一口，细细感觉着唇齿之间弥漫的茶茗之香，她莞尔点了点头，十分舒服地喟叹一声："这几日里，青儿的事情，有劳师姐了！"

"有劳师姐了，有劳师姐了……"学着沈凝暄的语气，说着她方才说过的话，独孤珍儿微微拧眉，不禁出声问道，"娘娘何时与我这般客气了？"

"该客气的，总是要客气！"抬眸睨了独孤珍儿一眼，她微微抿唇，语气清淡道，"以后青儿要麻烦师姐的地方，还多着呢！"

"你此话怎讲？"

将手里的茶盏放在桌上，独孤珍儿凝眉看着沈凝暄："你以后难道不想接她回宫了吗？"

"不想！"

对独孤珍儿摇了摇头，沈凝暄浅笑着勾唇，"这皇宫里，到处都是吃人不吐骨头的主儿，我怕我保护不好她，再让她受到伤害，如今先生死了，我容不得青儿再有一丁点的意外！"

听沈凝暄提起独孤萧逸，独孤珍儿微凉的眸色，瞬间黯淡下来。蹙眉打量着沈凝暄平静的面容，独孤珍儿敛眸扫了眼她受伤的手臂，轻声问道："这些日子以来，皇上对你好得没话说，你如今跟皇上……在一起了吗？"

顺着独孤珍儿的视线，沈凝暄看向自己受伤的手臂。

说来也巧，那道疤痕所在之处，正是那颗守宫砂原本该在的地方，如今那颗象征着贞洁的守宫砂早已被疤痕所遮盖，再也没了踪影！

心思微转，意会独孤珍儿话里的意思，沈凝暄淡淡一笑，并没有回答她的问题，而是转眸看向花园一角："师姐现在与驸马怎么样？他这阵子可还求着你让你帮他救人？"

淡淡的笑拘于唇角，独孤珍儿看向花园一角正在舞剑的李庭玉，看着他行云流水的一招一式，她苦笑着叹了口气："说起来，还得感谢皇后娘娘那一鞭子，那日我回宫之后，他便再不曾与我提及救人之事！"

只不过……是连话都不同她说了而已！

沈凝暄闻言，笑得有些冷："他若再求师姐，你直接应下也无妨，沈凝雪身上的毒，如今早已药石罔医！"

独孤珍儿心下一沉："你对她下手了！"

"我不该对她下手吗？"

淡淡笑，始终挂在脸上，沈凝暄微微垂眸，看了眼水里游得欢快的鱼儿们，施施然站起身来："师姐，我有些累了，去陪着青儿午睡！"

看着沈凝暄出了凉亭，独孤珍儿眸中波澜起伏。微转过头，痴痴凝望着树荫下那道大汗淋漓的身影，她心中不由无奈而又苦涩地长长一叹！

现在，是盛夏！

午后，又最是炎热时！

他如此拼命地在此练剑，也不知是真的不想要命了，还是故意在做给她看？

不过，不管是哪一种情况，沈凝雪的命运，也早已注定了！

这世上，只怕再也没人能救得了她！

接下来的几日里，因燕南水患一事，独孤宸国事异常繁忙。

每日，他忙完了政事，再回到冷宫，便已是夜半时分。

这一日，沈凝暄用过晚膳，便躺在榻上，思忖着南宫月朗会如何对她下手！

也不知过了多久，她迷迷糊糊地睡去，直到一阵轻微的开门声响起，她才无力地睁开眼眸。

"皇上……"

微微抬眸，瞥见从门口而入的那抹挺拔身影，知是独孤宸来了，她唤了他一声，却又辗转过身，再次伏在软枕之上，因着她的动作，她及腰的秀发铺了一枕。

"暄儿！"

行至床前，低眸看着床上好梦正酣的沈凝暄，独孤宸轻唤她一声！

"嗯……"

模模糊糊地咕哝一声，沈凝暄仍旧没有转醒。

见状，独孤宸不觉好笑！舍不得唤醒她，独孤宸褪去外袍，躺在沈凝暄身侧，含笑睡去。

第三十四章　选择，永不放手！

第三十五章　走水，痛不欲生！

"还没到二更？"

眸中光华瞬间一亮，却又很快归于寂灭，沈凝暄密而翘的眼睫轻颤了颤，并没有回避独孤宸的亲昵举动，而是乖顺地偎依在他怀中，轻笑了笑："今儿皇上怎么来得早了？"

他说过，会给她时间，让她忘了心里的那个人。

是以，在过去这几日里，他每日直等到她入睡之时，才会进来看看她，却一直都没有过逾越的举动！

但是今日，他来得未免有些早了！

"想你……"

温热的气息，在沈凝暄耳边缓缓缭绕，独孤宸的大手轻抚她纤弱的背脊。

闻言，沈凝暄娇弱的身子蓦地一僵！

虽然早已料到他的企图，但是此刻真的听他道出，她却心中微凉！

也许，在这深宫之中，每一个女人都是为他而生，每一个女人都在等着他的临幸与宠爱，每一个女人听到他这句我想你，都会欣喜若狂！

但是，她沈凝暄不在这每一个之中！

眸华微抬，迎上他深邃幽然的双瞳，她紧拧着娥眉，伸手将他近在咫尺的俊脸推离："皇上可是忘了以前在冷宫外与我说过的话？"

"朕怎么会忘呢？"

眸色蓦地一黯，眼底的光火瞬间隐去，独孤宸伸手握住她的纤纤素手，低垂着眸，深凝视着她的小脸儿："朕知道，因为朕对齐王兄的态度，你心中一直不快，不过朕对他如何，并非全部都是因为你，绝大部分的原因，是出于政治考量，齐太后是夏家的外孙女，齐王兄又深得右相夏正通的宠爱，朕动不了夏家，便只能从他身上下手！"

闻言，沈凝暄眉心微微一拧！

对于独孤萧逸和夏家的关系，她早已从独孤珍儿口中得知一二。

她当然知道，独孤宸对独孤萧逸下手，是因为独孤萧逸的存在，威胁到了他的皇位。

不过这些并不重要，重要的是……

眸华轻抬，她缓缓抬起头来，与灼灼的目光，在空中相遇："皇上的意思是，如果哪日夏家不在了，他便能重新回来吗？"

闻言，独孤宸心中微微一紧！

虽然，如今世人都以为齐王被他流放到了边关，但是他比谁都清楚，他永远都不会回来了。

然而，即便是如此，他却仍是轻挑了剑眉，浅笑了笑，又亲了亲沈凝暄的脸，"若是没了夏家，他便再也不能对皇权构成威胁，朕自然不会任他流落在外……"

"皇上……"

盈盈的双眸中，光华微微闪动，沈凝暄紧盯着独孤宸的俊脸。

她的脸上虽然未曾表现出任何反感，但是心里，对眼前这个背弃承诺，且对她满口谎言的男人，充满了深深的厌恶之情！

他杀了独孤萧逸，却还一直在瞒着她，骗着她。

如此，即便他对她再好，也永远都不会打动她的心！

"暄儿？！"

半晌儿，见沈凝暄一直盯着自己怔怔出神，独孤宸轻声问道："我爱你，给我……好不好？！"

闻言，沈凝暄几不可见地轻皱了眉心，心中不禁嗤笑一声！

好不好？

怎么可能会好！

以为她默认了自己的亲密举动，独孤宸心中狂喜不已。

眸中尽是喜色，他伸手捧住她的脸，迅猛而火热地俯身吻上她的红唇。

鼻息间，瞬间被他独有的气息所充斥，沈凝暄本来轻皱的眉心，伸手扶上他的肩膀，刚要拒绝他的热情，却不期荣海的声音适时在门外响起："皇上……"

闻声，独孤宸剑眉猛地一皱，微喘着暂时离开沈凝暄的红唇，他转身对门外冷哼道："滚！"

语落，他垂眸凝视着沈凝暄晶亮的眸子，弯唇一笑，作势又要深吻。

第三十五章 走水，痛不欲生！

251

"皇上！"

听到独孤宸咬牙切齿发出的一个滚字，荣海心头剧颤了颤，却仍是壮着胆子说道："出大事了，素……素才人自缢了！"

闻言，独孤宸挺拔的身形蓦地一僵！

眼底的情欲，如潮水般来了又去，他面色瞬间变得难看许多，作势便要从沈凝暄身边起身。

"皇上！"

忽然伸手扯住他的袖摆，沈凝暄眸光闪闪，转头对门外问道："素才人自缢，可殁了？"

她此问一出，门外的荣海方才惊觉自己失言，静默片刻，方轻声说道："回皇后娘娘，因为桑菊发现得早，素才人只是暂时昏迷了片刻，不过太监来报时，却说素才人一醒，便又嚷着不想活了，他们实在劝不住……"

听完了荣海的话，独孤宸眸色黯然，面色阴沉不已！

倾身轻吻了吻沈凝暄的鼻尖儿，他低声说道："等着朕，朕去去就回！"语落，他对沈凝暄轻勾了勾薄唇，抓起榻前的龙袍，转身便要向外走去。

"皇上！"

蓦地伸手扯住独孤宸的手臂，沈凝暄盈盈的目光注视着他，却始终没有要松手的意思："别走……"

"乖，朕去去就回！"

凝视着沈凝暄水漾的眸子，独孤宸心下一紧，但是想到南宫素儿……他还是眸色温柔地轻拍了拍沈凝暄的手，然后转身向外。

看着他疾步离去的背影，沈凝暄的心，蓦地便是一沉！

夜色，已深，窗外万籁俱寂！

独孤宸离去之后，沈凝暄久久无法入眠！

紧蹙秀眉，仰躺绣枕之上，她心中思绪转了又转，直到百转千回，整个人半晌儿不曾动过一动……

素才人会寻死？

鬼才相信！

她现在一哭二闹三上吊，无非是想着独孤宸能念着对她的旧情，重新翻身罢了！

只是这样做，真的有用吗？！

若一个男人心里有你，即便你不想，他也会倾尽自己所有。

倘若他心中已然没了你的位置，不管你再如何努力，得来的只怕会是他更大的

252

反感！

想到南宫素儿与独孤宸之间的过往，沈凝暄不由苦涩一笑！

记得楚阳初见时，南宫素儿的绝美之姿和她脸上明媚的笑容，再看到她如今在燕宫中过的日子，她不禁又觉得她可怜！

为了皇位，独孤宸杀了她全家！

但是为了爱情，她却放弃家仇，放弃亲子，不远千里跟他回到了这里。

她原本希冀着，应该是生命中的圆满，却怎能想到，等待她的，却是如太后的百般刁难，和独孤宸的移情别恋！

其实，她应该不算坏人。

可是，她却为了爱一个男人，做错了太多太多的事情。

思绪至此，想着自己竟然在同情怜悯自己的敌人，沈凝暄不禁自嘲地闭上双眼！

但，她才刚闭上眼睛没多久，便惊觉一股呛人的烟味，冲入鼻息。

"来人！"

眉心紧拧，沈凝暄出声唤人，却不见有人回应！

想到独孤宸方才所言，知戍守在外的人该是被独孤宸遣去了距离此处两个院子的后院，并不在此，她心头惊跳，忙起身下榻！

"咳咳——"

随着她朝着门口走近，烟味更浓了，青灰色的烟，自门缝飘进，忍不住掩口轻咳着，她紧拧着黛眉，伸手便要打开房门！但是下一刻，她的手，便因房门上的滚烫的热度，而蓦地一疼，瞬间弹开。

想到某种可能，她心下一惊，脸色倏而一变，脑海中忽而冒出走水两字！

"来人啊！"

不清楚外面到底发生了什么，沈凝暄大声朝外呼喊着。

但是，喊声过后，房门外并没有熟悉的应答声，而是木门因大火燃烧而发出的滋滋声响！

见状，沈凝暄心下一紧，心中思绪陡转！

门缝里，滚滚黑烟不停涌入，浓呛的黑烟瞬间冲入口鼻，让她忍不住一阵晕眩，低眉看着眼前已然被大火烧着的木门，她眉心拧起，随即转头看向寝室的窗口方向！

见窗口方向不见有浓烟涌入，她脚下步子不停，快步朝着窗口走去。

但，当她行至窗前，伸手推了推窗户之后，才震惊地发现不知何时，她寝室的窗户，早已被人自窗外封死！

第三十五章 走水，痛不欲生！

253

事情至此，沈凝暄心下一凛，浑身上下不禁泛起阵阵寒意！

这是有人要烧死她啊！

联想到南宫素儿自缢一事，她心中所闪现的第一个人，便是南宫月朗！

今日她出宫在外，冷宫便只留下几名宫人。

一定是白日里，在她出宫之时，有人趁机封了她窗户！

因为天气炎热，她的屋子里堆满了冰块，所以她屋里的房门，一般是不会开的，再加上她回宫时天色已晚，所以也就没有发现门窗被封死的事情！

只是瞬间，便已然理清整件事情的来龙去脉，沈凝暄心底蓦地一沉，无暇多想，只得紧捂着口鼻，快步转身，抄起床前的小几，狠狠地朝着窗口砸去！

就在她奋力砸了两次之后，忽然惊喜地发现，窗外竟也有人在用力砸着！

"是谁？"

窗外之人，一直在用力砸着，却不曾出声，千钧一发之际，心下第一个想到的，便是月凌云，但是想到月凌云未曾入宫，她眸色微暗了暗，顾不得多想，忙也用力砸着窗外！

轰隆一声！

寝室的门经过长时间燃烧，带着大火自门口倒落，原本止于室外的火苗，如火龙一般，顷刻间拥入室内，毫不留情地吞噬着室内的一切，汹涌的火势，伴着呛人的浓烟，直逼窗前处，沈凝暄觉得自己像是快要烤熟了一般，不停地咳嗽着，却仍旧不遗余力地，奋力砸着窗户！

"该死——"

身上因周身炙热的大火，瞬间疼痛欲裂，沈凝暄忍不住低咒一声，奋力搬着手里的小几，一下下地砸着窗口。

无情的大火，瞬间燃着了床柱。

很快，便又是轰的一声！

寝室正中的床榻因火势过大，而轰然倒塌。倒塌的床廊带着滚烫的火苗，床柱倒落砸在沈凝暄腿侧，顺带着燃了她下身的裙摆！

"啊——"

火烫的灼热感袭来，沈凝暄心惊胆战地痛呼一声，直接眸色一敛，坐在了窗口下被烧熔了大半的冰块上！与此同时，就在她呼声出口之际，窗户被砸出一只大洞，窗外之人，蓦地伸手，用力将她自寝室里扯拽了出去。

"丫头！"

腿上的灼痛，一阵阵袭来，沈凝暄痛得龇牙咧嘴，耳际……响起熟悉而急切心疼的呼唤声，她艰涩一笑，娥眉紧皱着骂道："月凌云，你这只黄雀，做得真够丢人的！"

"都什么时候了，还得理不饶人！"

没时间跟沈凝暄解释，自己回府后才得知了南宫月朗的行动，然后快马加鞭一刻都不敢耽搁地赶了过来，月凌云快速将早已备好的一具女尸丢进房内。转过头来，低眉看了眼沈凝暄被大火烧着后，却又被冰块浸湿的裙襟，他心下一凛，直接抱起她，快步朝着御花园方向跑去。

风！

不停从耳际抚过，沈凝暄紧蹙着眉，凝视着自冷宫内部燃起的大火，看着那无情的火蛇自窗口蹿出，她冷冷勾唇，尚不及浅笑，便听扑通一声，紧接着便有一种冰冷的感觉侵入四肢百骸！

"月凌云！"

蓦地伸手，紧紧圈住月凌云的脖子，她紧咬的唇微微一松，喘息着低声斥道："你这个混蛋！"

虽然，她知道月凌云是为了她好，但是对于水的恐惧，还是让她忍不住跳脚！

听到她底气十足的痛骂声，月凌云咯咯一笑，小声说道："如果你想被皇上抓回去，可以再大声一点！"

"呃……"

轻咂了咂嘴，沈凝暄直接噤声。

直到不久后，月凌云拉着她上岸，从湿漉漉的袖袋里取出一只药瓶和一张人皮面具："我没想到南宫月朗这么快就会行动，准备得有些急，你凑合着戴上，待会儿我与你找件衣裳，我们去看好戏！"

独孤宸赶到昌宁宫的时候，南宫素儿因为众人阻拦，已然昏厥过去。

静坐榻前，看着她憔悴的容颜，独孤宸不禁心下微痛。

"素儿！"深深地叹了口气，轻抚着她光滑的侧脸，他柔声说道，"降你为才人，只是暂时给皇后的一个交代，朕曾说过，会给你无尽的宠爱，这句话会一直作数，你根本不必如此！"

只这一叹之间，南宫素儿眼睑轻颤了颤！

也就在此时，荣海惊慌不已地从外殿进来。

见荣海这两日总是慌慌张张的，独孤宸眸色微沉，刚要出声训斥，却听荣海颤声说道："皇上……冷宫……冷宫走水了！"

荣海的话，对于独孤宸而言，犹如晴天霹雳！

原本抚摸着南宫素儿脸颊的手，蓦地紧握成拳，他霍地从床前站起身来："皇

第三十五章 走水，痛不欲生！

255

后呢？"

荣海面色瞬时一变，嗫嚅说道："奴……奴才不知！"

闻言，独孤宸心头一震，面色遽变地转身向外，带着荣海疾步而去！

待他一走，榻上原本闭目昏睡的南宫素儿轻颤了颤眼睫，悠悠然转醒。

视线微转，透过窗棂望向窗外，她冷冽的视线，似是可以穿透万物，看到冷宫里那场无情的大火一般，绝美的容颜，亦狰狞得让人不寒而栗！

一路疾驰，出了昌宁宫。

独孤宸抬眸向东，果真望见冷宫方向被大火烧红的天际，他的整颗心不禁倏地悬起，一心担忧沈凝暄的安危，他没有乘坐龙辇，而是面色阴沉地直接以脚尖点地，如疯了一般，运起轻功快速向着冷宫方向飞驰而去！

但，即便他赶得再快，当他抵达冷宫之时，沈凝暄所住的前厢，却早已被大火整个烧燃！

那熊熊的火光，伴随着风声，汹涌澎湃，照亮了整片夜空！

冷宫前厢的火势极猛，宫中侍卫与太监们忙碌地提来水桶，十分徒然地向烈火洒去，却起不到任何作用。

凝视着那漫天的火光，独孤宸心下只忽然之间涌上前所未有的恐惧！几个闪身快步上前，一把扯住枭云的身子，他暗如深潭的眸底，掺杂着各种各样的情绪，整张俊脸在火光的映照下，明暗不定："皇后呢？"

听到他冷冽如刀的声音，枭云身形一滞！

转头看向独孤宸，她神情晦暗地直直跪落在独孤宸身前，声泪俱下地自责道："皇上……娘娘还在里面，属下该死，属下赶来时，火势已经无法控制，救不了皇后娘娘……"

闻言，独孤宸浑身一震，顷刻间仿若五雷轰顶！

"暄儿……"

兀自低喃着沈凝暄的名字，他心头剧颤，不由自主地迈步上前，直奔着身前的火场而去。

"皇上！"

荣海气喘吁吁赶到冷宫，看着眼前的大火，不禁心神皆颤，抬眼之间，见独孤宸要入火场，他不由颤声惊叫！随着他的一声惊叫，一道身影快速移步，只几个闪身便挡在独孤宸身前："皇上，您乃万圣之尊，万万不可以身涉险！"

"枭青！让开！"

不曾有丝毫犹豫，挥臂将枭青推开，独孤宸阴沉着俊脸，毅然向前。

他不相信！

就不久前，还一脸浅笑，好好地躺在自己的怀里，他等着她接受他，等了那么久，今晚才刚刚要再近一步，她怎么能被困在大火里呢？！

她不会死的！

她一定不会死，一定不会！

她一定在等他去救她！

心中在这一刻痛到窒息，却有一个强烈的声音一直如此告诉自己，沈凝暄还活着，独孤宸恍然之间，仿佛能看到沈凝暄在火场中痛苦挣扎的情景，脚下的步伐不由再次加快！

"皇上！"

眼看着独孤宸奋不顾身朝着火海奔去，荣海扑身上前，拼了命地抱住独孤宸的双腿，颤声泣道："如今火势太大，已无回天之力，如今皇后娘娘还在里面，若您再进去有个三长两短的话，我们燕国可就是塌了天了！"

"滚开！"

一脚将荣海踢到一边，独孤宸平生第一次对荣海动了手。

在这一刻，他只有一个念头，那便是……要她活！

"皇上！"

顾不得自己有多狼狈，见独孤宸抬步向前，荣海想都不想，便又冲上前去死命地抱住他的腿，视死如归道："今儿就算您打死奴才，奴才也不会让您拿性命去冒险！"

独孤宸心下急切万分，荣海却如此相阻，心中痛到窒息，他顾不得多想，猛地一咬牙，又一脚踢出，直将荣海踢出去老远，但他才踢走了荣海，枭青便又挡了上来，纵然他心急如焚，就是不让他上前一步！

"皇上，请您以大局为重！"

"滚开！"

急眉立眼地痛呼咆哮，独孤宸抬脚将枭青狠狠踹倒在地！

"皇上！"

荣海见状，忙连滚带爬地上前阻拦。

不理会荣海如何，独孤宸直接一脚踹出，抬眸向前奔去，但……他才刚向前疾奔几步，却听轰隆一声巨响，于大火中燃烧多时的房屋，终是不抵凶猛的火势，夹带着熊熊的火焰轰然倒塌……

心，仿佛于一瞬间被掏空一般！

独孤宸脑海里一阵嗡嗡作响，怔怔地站在尚未燃尽的大火前，一时再没了反

第三十五章　走水，痛不欲生！

应！

耳边，呼呼的火声，夹杂着碎木燃炙的噼啪声，一直不绝于耳！

手掌倏地握成拳，越捏越紧，仿佛要将自己的骨头捏碎一般，独孤宸脸上俊容不在，面色惨白如霜！

"不——"

陡然嘶吼一声，他像极一头受伤的野兽，拼命的、用力的，挣扎着，想要推开身前的枭青，扑向火海！

"沈凝暄——"

"皇后娘娘——"

不知何时，早已将沈凝暄视作主子，看着在大火中轰然倒塌的房屋，枭云紧皱了娥眉，虽是极力隐忍，却仍旧忍不住瑟瑟颤抖着。

"皇帝！"

得到消息后，如太后已然赶到冷宫，甫一进院，便见冷宫坍塌，如太后眼看着独孤宸疯狂挣扎，执意上前的样子，不禁心头一震！

她以为，她儿子心心念念的那个女人，一直都是南宫素儿，即便最近独宠沈凝暄，也只是因为南宫素儿做错了事，但是现在，事实证明，在南宫素儿之后，她的儿子，竟真的爱上了沈凝暄！

那个在她看来平淡无奇，却被独孤珍儿夸得天花乱坠的女子！

"皇帝！"

深吸口气，如太后疾步上前，伸手扯住独孤宸的手臂，她倾尽全身力气晃动着："你清醒一些，整座冷宫都塌了，皇后已经死了，人死不能复生，身为帝王，你要保持冷静！"

"冷静？你让我怎么冷静？"

冷冷地哼了一声，独孤宸如行尸走肉一般转身，神情冰冷地看着如太后，他双目欲眦地冷笑着："她是儿臣的皇后，是儿臣心爱之人，如今她就在那大火之下，饱受烈焰焚身之痛……她痛，儿臣更痛，你让儿臣怎么冷静？！母后……你最近一直视皇后为眼中钉，如今她死了，你总该满意了吧？"

"哀家……"

因他冰冷的眼神，而心底一颤，如太后后退两步，瞠目结舌地看着自己的儿子："皇帝，你这话是什么意思？你认为是哀家命人放的这把火吗？"

"儿臣没那么说！"

深深地凝望着自己的母后，独孤宸的眼神猩红，却前所未有的冷，眼眶微微泛红，他抬手挥落如太后扶在肩头的手，冷喝道："来人，送太后回长寿宫！"

258

"皇帝！"

双眉紧皱，如太后眼底尽是失望之色。

"母后不是不喜欢皇后吗？"

脸上虽是笑着的，却让人觉得格外的冷，独孤宸咬牙哂道："如今皇后出事了，若她在天有灵，也一定不想要看到母后！"

"哀家……"

张口欲要斥责独孤宸，却在瞥见独孤宸眼底的猩红之时，不忍开口，如太后轻摇着头，沉声说道："哀家不喜欢她，是因为哀家知道，她是真的与齐王有染，皇帝，你不知道，以前在相府时，齐王便是皇后的先生，她们二人整日眉目传情，耳鬓厮磨……"

忽然之间，意识到自己的话，似是变相承认今日这把火是自己放的，如太后声音一抖，忙转声说道："但是皇帝，今日之事，真的不是哀家，这几日里，你整日都在冷宫之中，哀家怎么可能放火烧了冷宫……"

"住口！"

厉声喝止如太后继续说下去，独孤宸凌厉的眸光直射入如太后眼中，唇角颤了颤，"母后，你口口声声说，皇后在进宫前便有了私情，又如何解释她自请废后时的手臂上的那颗守宫砂？"

见他如此神情，如太后迎着他如利刃一般的眸光，不由自主地向后倒退两步！

"娘娘！"

泪眼模糊了双眼，枭云颤颤地站起身来，想到在楚阳时，她身中软筋散，沈凝暄的不离不弃和真心相顾，她不理会有皇上和太后在场，双手紧握，转身朝着冷宫门外冲去："是你！一定是你！"

冷宫门外，隐于暗处的南宫素儿脸色惨白，一脸戚然地盯着院中的那场大火，一副我见犹怜之态。

今日，她本是不该来的。

却还是忍不住来了！

她想要亲眼看着独孤宸心里的那个人，在他眼前消失……如此，才能抵消她放弃一切后，被他背叛的锥心之痛！

她以为，此刻所有的人的注意力，都放在大火之上，却想不到，枭云竟然看到了自己。

眼看着枭云来势汹汹，她面色一变，连忙朝着独孤宸所在之处躲避。

但，即便她躲到独孤宸身后，早已被杀意蒙蔽了双眼的枭云，仍旧大胆上前，伸手扯住她的发髻，将她从独孤宸身后扯拽了出来。

第三十五章 走水，痛不欲生！

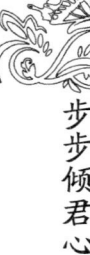

"啊——"

一声凄厉的尖叫声出口，南宫素儿头髻散乱，花容失色，她拼命地挣扎着，却总是挣不脱枭云紧拽着自己头发的手！

太后见状，忙厉声喝道："放肆，你还不住手！"

此刻的枭云，早已将生死置之度外，又岂会理会太后的呵斥？

只见她扯拽着南宫素儿的头发，狠狠甩了她两记耳光，眼下的枭云，已然出离了愤怒！只见她像是疯了一般，扯住南宫素儿的襟口，沉声喊道："人在做，天在看，当初在楚阳时，是皇后娘娘救了你的儿子，回宫之后你不仅恩将仇报，伙同玉美人一起构陷于她，还将青儿推入河中，险些活活淹死……一定……一定是你这个无耻的女人……一定是你这个披着美人皮，内心却肮脏丑陋的女人，今夜若不是你，皇上也不会离开冷宫，若是皇上不走，皇后又如何会死！"

枭云的话，若是放在旁时，不会有人相信，但是此时此刻，她愤怒的质问，句句响亮，让在场众人莫不震惊！

谁都不会想到，倾城绝伦如南宫素儿，竟会如此蛇蝎心肠！

但，更让众人震惊的是，南宫素儿竟然有个儿子！

那是谁的儿子？

她是皇上的女人，她的儿子便该是皇上的。

可是，为何皇上不曾让那个孩子认祖归宗？

如此，是否就意味着，那孩子不是他的？

若孩子不是他的，也就意味着南宫素儿在宫外还有过别的男人……想到这一点，众人心中思潮翻涌，一时间看向南宫素儿的神情，复杂莫名，好不精彩！

"不是本宫！"

竭力否认着，南宫素儿想要挣脱枭云的手，却被她死死拽着不放。

"够了！"

又是一声厉喝，枭青上前握住枭云的手腕，厉声说道："枭云，你看清楚了，素才人是主子，你怎么可以对主子动手？！"

闻言，枭云浑身一滞，只得怔怔松手！

"她不能动手，那么本宫呢？"说话间，独孤珍儿快步进入冷宫，脚下裙摆如莲，俏脸上覆满银霜，她直接行至南宫素儿身前，毫不客气地抬起手来，甩手便给了她一个耳光。

在她力道十足的掌掴之下，南宫素儿一个趔趄，头晕目眩地直接摔倒在地，只是瞬间，她的嘴角便已然流出殷红的血！

"小姑姑！"

怔怔地看着独孤珍儿对南宫素儿动手，独孤宸苍白凄凉的脸色，瞬间变得越发难看！

"皇上觉得，我这一巴掌，打得太狠了吗？"冷然抬眸，眼神含怨带怒地看着独孤宸，独孤珍儿晒笑着说道，"当初，玉玲珑在宫中散播皇后与齐王有染的谣言，构陷皇后之时，皇上便已然知道她南宫素儿参与其中，与玉玲珑狼狈为奸，可是皇上护着她，宁可委屈了皇后也要睁一只眼闭一只眼！她肆意妄为，将青儿推入河中，让青儿落得个生不如死的下场，你也只是小惩大戒，根本不动她分毫，现在好了……她伺机在宫中放火，直接取了皇后的性命……"

眸色蓦地转冷，独孤珍儿看着独孤宸的眼神冷若冰霜，仿佛失控一般咆哮道："今日皇后之所以会被烧死，根本原因就是因为你！是你害死她的！如果你早早放她离开，如果你对素才人的问题上立场稍微坚定一些，今日也不会落到如此地步！"

见独孤珍儿似是疯了一般，谁都不放在眼里，直接朝着独孤宸厉声咆哮，在场众人谁都不敢言语，个个噤若寒蝉！

"小姑姑……"

独孤珍儿的话仿佛一记重拳，狠狠砸在独孤宸的心头，周围，只听得到噼里啪啦的火声，便再没了其他的声响，独孤宸紧绷下颚，凝视着独孤珍儿如寒霜一般的眸子，他艰涩启唇，却哆嗦着双唇，不能成言！

片刻之后，他转身看向匍匐在地上，脸颊高肿的南宫素儿，冷声问道："素儿……这把火，跟你有没有关系！"

"没有！"

眼泪像是断了线的珠子，南宫素儿一脸狼狈地拢着自己被枭云扯乱的头髻，泣声说道："皇上，素儿的性子，您难道还不了解吗？即便是禁足于昌宁宫，生不如死，我也只是想要自我了断，我怎么可能对皇后娘娘下手？！"

闻言，独孤珍儿眸色一厉，啪的一声一巴掌又甩在她绝美的脸上："你还敢狡辩！"

"我……"

耳窝处被震得嗡嗡直响，南宫素儿花容惊战，微张的檀口上下翕合，刚要发出声响，却听月凌云阴沉的声音在众人身后响起："依末将看素才人是不见棺材不掉泪！"

语落，他大手一甩，直接将一个被点了穴道的小太监砰地一声扔在了众人身前！

看到地上灰头土脸的小太监，南宫素儿心头一震，脸色瞬间白得跟鬼一样，众人则一脸惊疑之色！

第三十五章　走水，痛不欲生！

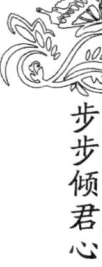

"你是谁？"

锐利的眸光，自小太监陌生的脸庞上一扫而过，独孤宸冷冽如冰。

"他是放火烧了冷宫的人！"

俊脸上，覆着一层阴霾之色，月凌云只要一想到自己若是再晚来一步，沈凝暄便有可能葬身火海，周身不禁泛起阵阵冷意，眸沉似水，他冷眼望着南宫素儿，讥笑说道："皇上该问问素才人，他到底是谁！"

闻言，隐于人群中的沈凝暄双眸微眯，犀利的目光在南宫素儿一脸惊惧的俏脸上，和小太监那张陌生的脸庞上来回穿梭，与此同时，独孤宸冰冷的视线，也没有闲着，一直都死死地盯着身前的小太监，仿佛要透过他的脸，看穿他的心！

半晌儿，他视线蓦然一转，看向南宫素儿："素儿，他是谁？"

"我……我不认识他！"

美艳如海棠般的脸颊，早已红肿不堪，眼泪滚落，南宫素儿面色憔悴地轻摇着螓首："我不认识他！"

"是吗？他不是昌宁宫的太监吗？"语落，月凌云满脸疑惑地皱了皱眉头，"莫不是本将军记错了，那日跟在素才人身边的人不是他？不过无妨，素才人身边的人，换来换去，谁知道是谁，只不过大家一定很好奇，他的这张脸下面，是不是还藏着另外一张脸！"

说话时，月凌云目光如电，紧盯着南宫素儿蕴满泪水的大眼，明显自她眼底捕捉到惊慌之意，他上前两步，伸手捏住小太监的面皮，而后面色一沉，蓦地用力将一张人皮面具从小太监脸上揭下，随着他的动作，小太监的真容示于人前，原本都还心存疑惑的众人，不禁纷纷倒抽了口凉气。

眼下，莫不是见鬼了？

这人，不是别人，正是当初在玉玲珑构陷沈凝暄时，已然死了的小喜子！

"这不可能！"

看清小喜子的容貌，崔姑姑第一个站了出来，像是见鬼一般，她瞪大了双眼，颤手指着小喜子："当日奴婢明明亲眼看见了他的尸体！"

闻言，月凌云哂然一笑，冷道："他如今可以顶着别人的一张脸继续留在素才人身边，那日死的为何就不能是别人？！"

"好一出偷梁换柱！"

潋滟的红唇轻轻勾起，独孤珍儿凝视着南宫素儿绝美的容颜，嘲讽一笑，而后转头看向独孤宸："皇上，素才人欺君罔上，您当如何发落？如今小喜子死而复生，当日构陷皇后娘娘一事，也该水落石出了，你可要还皇后娘娘一个公道？还有……今日纵火一事，既是小喜子所为，便与素才人脱不了干系，青儿命如草芥，皇后的命比素才人的命，金贵了不知多少倍，皇上可要让她为皇后抵命？"

经由独孤珍儿言辞凿凿地一连三问，独孤宸的脸色，早已黑成一片！

本来蓄满柔情的眸子，瞬间锋利如刀，他上前一步，伸手捏着南宫素儿精致的下颔，倏地用力，迫她仰头看向自己，他双瞳猩红，双目欲眦道："素儿，你太让朕失望了！"

"皇……皇上！"

迎着独孤宸嗜血的眸子，南宫素儿紧绷的心弦，啪的一声断开了，身形不受控制地颤抖着，她微翕了翕红唇，死硬到底："素儿是被冤枉的，素儿什么都没做过！"

"皇上！"

眸色阴沉暗冷地瞥了眼南宫素儿，月凌云阴鸷一笑。

想着该如何让南宫素儿自己招认，他心思微转了转，一脸悲愤地朝着独孤宸轻拱了拱手："今日之事，与素才人有关，但她还没有那么大的本事，末将提请缉拿南宫月朗！"

闻言，独孤宸眸色瞬时一沉，一个甩手，松开南宫素儿的下颔，缓缓站起身来。

眼睁睁地看着他低蔑着自己，一点点儿站起身来，南宫素儿心中痛极，想到自己的兄长，是南宫家最后的一根苗，她用力咬牙，蓦地扯住独孤宸的袍襟，粗嘎着嗓子，时哭时笑，一脸凄然惨绝，缓缓喃道："皇上，这件事情，与我哥哥无关，一切都是我的错，我是那么喜欢皇上，恨不得将自己的整颗心都交给皇上，可是皇上呢？你不是一直都只爱素儿的吗？皇上怎么可以喜欢别人？怎么可以为了别的女人苛待于我？我心中不甘，我妒忌她，妒忌到恨不得杀了她，皇上怎么可以喜欢别的女人……我受不了……我受不了啊……"

听着南宫素儿的哭诉，独孤宸的眸色，霎时冷若寒冰。

眼前的女人，是他曾经最爱，可是正因为这份爱，她不惜放火烧死了他如今最爱的女人！

也许，正如独孤珍儿所言，是他害死了暄儿！

念及此，他的心，忽然之间越来越紧，直到最后，紧到痛了，只能伸手捂住胸口，才能勉强站着，不让自己倒下！

"暄儿……"

怔怔地微转过身，看着身后那场始终无法扑灭的大火，他捂着胸口，再次朝着火场奔去！

他蹉跎了一年时间，尚不曾好好疼她，她怎么可以就这么被人烧死了？

第三十五章 走水，痛不欲生！

263

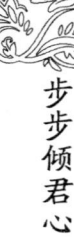

他不准！

看着独孤宸如此深情的模样，早已闻讯赶至的宫中妃嫔无不动容。

她们每日你争我夺，无非就是能够让这个俊逸伟岸的男人多看她们一眼，她们嫉妒独孤宸对沈凝暄的宠爱，也更动容于他对沈凝暄的深情！

他身为帝王，却为了一个女人，连性命都不要了！

蓦地回神，见独孤宸已然欷近火场，如太后心头一紧，急忙出声："枭青，拦住皇上！"

"敢拦朕者，杀无赦！"

回眸冷睇如太后一眼，独孤宸满脸怒容，再次转身朝着火场奔去。

"保护皇上！"

枭青大喊一声，空中蹿出一道道黑色身影，众影卫一起挡在独孤宸身前，就在独孤宸厉眸怒瞪众人之时，他眉宇一皱，把握住力度，直接一个手刀劈在独孤宸的后颈之上。

后颈一痛，死死盯着不停燃烧的火焰，独孤宸直直躺落在枭青怀中。

见状，如太后沉声下令："还愣着作甚？赶紧将皇上送回天玺宫！"

众侍卫闻言，抬起独孤宸，很快便离开了火场！

只待独孤宸一走，整座冷宫庭院里，便只听到木炭燃烧时噼里啪啦的响声。

冰冷的眸，缓缓扫过众人，如太后冷眼瞧着一脸怔愣，狼狈不堪的南宫素儿，满是厌恶地沉声下旨："传哀家懿旨，将素才人暂时押入天牢，着令通缉南宫月朗，一切……等皇上转醒之后，再做处置！"

"是！"

侍卫们应声，将早已因独孤宸方才的反应而失神的南宫素儿押入天牢。

原来，他可以为了沈凝暄，连命都不要。

看来，她是真的输了！

输得一无所有！

输得一败涂地！

独孤宸被人打晕抬走了，南宫素儿和小喜子被人押入了天牢，如太后微眯了华眸，望了眼仍旧在熊熊燃烧的大火，无可奈何地轻叹一声，脸色渐渐变得晦涩无光！

如今，沈凝暄死了，她的儿子，只会与她越来越疏远！

在这个世上，对于一个母亲来说，亲生儿子的冷酷和疏远，是何其残忍的一件事情！

心中黯然，如太后将一切事宜，都交给独孤珍儿，一脸苦涩地走了。

直到一个半时辰以后，大火才终于被扑灭。

看着眼前的一片废墟，独孤珍儿和月凌云，皆一脸悲愤之色！

更有甚者，独孤珍儿还哭得险些晕倒过去。

沈凝暄见状，心下一紧，连忙上前扶住她摇摇欲坠的身形，声音清亮道："长公主殿下，还请您节哀！"

"本宫没事！"

似是因心中巨大的悲痛之意，独孤珍儿并未发现身侧之人是谁，长长地喟然一声，她苦笑着望向冷宫废墟，轻喃着说道："皇后，本宫来晚了！"

闻言，沈凝暄心头一颤！

垂眸后退几步，她心中暗暗说道：师姐，对不起！

她知道，月凌云才察觉南宫月朗的异动后，为了怕节外生枝，特意去请了独孤珍儿入宫，却没有想到，事情到头来，会落到如斯地步！

若说，沈凝暄在这个世上，有没有不想欺骗的人，那么这个人，便一定是独孤珍儿！

天际破晓时，侍卫们从废墟中挖出了那具被烧焦的女尸，自然而然的，所有人都将她当成了沈凝暄！紧接着天空落起雨来，一声声悲戚之声自冷宫传出，在众人悲切恸哭之时，月凌云告诉沈凝暄，因独孤宸昏迷，她的丧事暂时未发，他也要留在宫中候旨，暂时不能带她出宫，让她小心一点，不要露出马脚！

若想不露出马脚，要么藏到人烟稀少之处，要么反其道而行，就留在最热闹的地方，毕竟最危险的地方，往往最安全！

看着冷宫里忙忙碌碌的众人，她最后看了早已面目全非的冷宫一眼，随即对月凌云略使眼色，刚要上前与众人一起收拾，却见独孤珍儿目光倏尔一转，直接落在她的身上，冷然喝道："臭丫头，跟在本宫身边这么多年，一遇到事情就慌神儿，成何体统！"

闻言，沈凝暄心下悚然一惊，瞪大了眸子，对上独孤珍儿漂亮却红肿的眼睛。

她……她知道是她？

眉心快速一蹙，独孤珍儿伸手拧了沈凝暄一把，横眉冷目道："看什么看！跟在本宫身边听候吩咐！"

"呃……是！"

颤声回神，见月凌云朝着自己点了点头，沈凝暄暗叹一声，忙不迭地对独孤珍儿点着头！

她果然知道她是谁！

第三十五章 走水，痛不欲生！

265

第三十六章 活着，狂风暴雨！

"暗儿！"

伴随着一声惊呼，独孤宸自龙榻上坐起身来。

额头上密布着豆大的汗珠，看着周围熟悉的环境，他脑海中关于昨夜的记忆瞬间回笼。

"暗儿……"

想到沈凝暗生死未卜，独孤宸置于腿上的双手蓦地紧握，不曾有过片刻停留，他直接起身，快步向外走去。

殿外，正下着大雨。

一直守在门外的元妃见独孤宸出来，连忙迎上前来："皇上！"

"让开！"

伸手拂开元妃，独孤宸不顾一切地冲入雨幕之中，他不停地向前奔跑着，如此……一路来到冷宫。

大火之后，整座冷宫到处都是残垣断壁！

经过雨水的冲刷，整座冷宫都被镀上一层焦黑之色。

是真的！

昨夜那场大火是真的！

他的暗儿，真的已经不在了！

扑通一声！

径自跪落在大雨之中，独孤宸定定的，任雨水打在自己的身上，脸上，借此让他的心能够稍微好过一些！

"皇上！"

一路追着独孤宸过来，元妃身上的素服早已湿透，用手里的雨伞，挡去独孤宸头顶的雨水，她哽咽着说道："今日一早，皇后娘娘的灵柩已然移驾凤仪殿了！"

闻言，独孤宸猛然回头，目光冷厉道："找到皇后了？"

元妃望着她，凄然颔首："凤体已然被烧得不成样子了……"

淋在雨中的身子，忍不住轻轻颤抖着。一阵莫名的恐慌，伴随着尖锐的痛楚，瞬间袭上独孤宸的胸口，痛得他忍不住落泪。

但，他眼角的泪才刚刚溢出，便瞬间被雨水冲刷，微仰着头，默默承受着雨水的无情敲打，他缓缓地闭上双眼，心如刀绞！

自从明辨了自己的心，他一直都不想失去她。一直想尽一切办法，想要将她留在自己身边。但是到头来，他非但没有保护好她，还害死了她！

直到此时他才知道，他竟是如此害怕失去她，直到此时，他才知道，失去了她以后，这个世界都变了颜色，一切都好像失了原本的意义一般，让他觉得了无生趣！

他，是那么爱她！

那份爱，让他此刻只有任冰冷的雨水拍打着，让自己的心渐渐变得麻木，麻木了……便不会再觉得痛了！

"皇上！"

心疼独孤宸淋雨，元妃轻声说道："皇后娘娘的丧礼，还等着您的旨意操办呢，您看……"

"凤仪宫……"

呢喃着沈凝暄现在所在之处，独孤宸猛然起身朝着凤仪宫而去。

他，要见她最后一面！

否则，他永远都不会死心！

然，等他到了凤仪宫，看着那具被烧焦的尸体，却仿若被雷击一般，胸口钝痛无比。

"暄儿……"

心，为何这样痛，竟痛到让他几乎无法呼吸，耳边，是众多宫人哀伤的悲泣，他失魂落魄地紧皱着眉，伸手用力地捂着自己的胸口，无比艰难地一步一步向前！

轻垂眸，看着眼前如焦炭一般的尸体，他慢慢单膝在灵榻前跪下，大口大口地喘着气。

此刻，他的整颗心都被剧痛和恐惧所掌控，那种从此失去的恐惧，和前所未有的痛彻心扉，让他几乎窒息！

许久，他微张了张嘴，嘶哑着嗓子说道："傻瓜，你不是很厉害吗？为何就逃不出来？"

第三十六章 活着，狂风暴雨！

"皇上……"

泪眼蒙眬地站在独孤宸身边，元妃轻扶着他的肩膀，悲痛说道："冷宫的门窗，早已被人提前封死，皇后娘娘根本无法逃离火海，只能眼睁睁地被大火吞噬……"

闻言，独孤宸面色一变，心中又是一阵灼痛！紧皱了眉，深凝视着眼前面无全非的尸体，他的眼前，不停浮现着沈凝暄过去的一颦一笑！

时而端庄，时而温婉，时而狡黠，时而嫉恶如仇……

那一幕幕，是那么生动，生动到他心口一热，噗的一声，吐出一口灼热的鲜血，整个人再次昏死过去……

燕武三年，盛夏。

入宫为后一年有余的沈后随着一场大火，飘然薨逝，此消息一出，世人皆惊，一片哗然！

距离京城三百里之遥的一座山庄之中，有一紫衣女子，俏脸凝重，直接策马奔入一座别院之中。紧握缰绳，动作利落地翻身下马，她脚步不停，推门进入一间雅室。

西方，日头渐沉，余晖洒落雅室满堂。

因着迎面而来的药味而倏地皱紧了黛眉，她眸光一转，终至在窗前寻到那抹颀长的身姿："主子……"

进门的女子，一身紫衣，容貌姣好，当秋若雨无疑。

而此刻，正静望窗外晚霞，周身镀上余晖的俊逸男子，正是被独孤宸毒杀之后，九死一生的独孤萧逸！

那夜，在安远那场大火之中，独孤萧逸本以为自己死定了，在秋若雨将沈凝暄带走之后，身中剧毒的他，便在毒药和浓烟的双重夹击下，失去了意识……等他再醒来，已是半月之后，那时，他虽逃过火险，却被身上的剧毒折磨得生不如死！

但是，即便如此，他却还是在坚持着。

想着他和沈凝暄之间的一年之约，他克服了重重困难，每日进食极苦之药，坚持着重新站了起来。

他活着！

他还活着！

不为世间的一切阴霾和灰暗，只为生命的美好，只为他和小暄儿的一年之约。

再后来，他身体稍好一些，便命秋若雨回京，让她将自己还活着的消息想办法传给宫中的沈凝暄。

是以现在，听到秋若雨的轻唤，他眸光微动，转身看向她，声音清弱得让人心疼："可将我们还活着的消息，传给皇后了？"

静静地看着眼前因为毒痛折磨，比之以前越发颀长的男子，秋若雨的视线，自他俊逸的五官扫过，最后才避无可避地对上他如同黑曜石一般的，深邃闪亮的眸。

迎着他期待的目光，秋若雨觉得胸臆间，似是有什么东西梗塞着，那感觉上不去，下不来，格外难受。

"若雨？"

半晌儿，见秋若雨一直静静看着自己，却始终不曾言语，独孤萧逸动作轻柔地颦动着眉宇："你发什么愣？我问你话呢？"

"啊？"

蓦然回神，秋若雨垂于身侧的双手，紧紧握住，极力将方才的鲁莽和焦急掩藏，她轻抿了红唇，微敛了眸华，微微颔首："奴婢易容进宫，自然见着了皇后，皇后得知我们还活着，立时喜极而泣，她怕皇上对主子不利，不曾写下书信，不过却让属下带话给主子，让主子好好将养身子，等她一年之后，出宫与主子团聚！"

这番话，其实并不算长，但是秋若雨说出这番话时，却好像耗尽了自己全部的力气。

几经生死，眼前的男人早已瘦弱得不成样子。

虽然过去了这么久，但他因为内脏被毒性所侵，时不时就会咳血。

沈凝暄，是他活下去最大的动力。

若他知道，她带回的消息，是沈凝暄的死讯！

只怕这个好不容易才从鬼门关站起来的男人，会顷刻间轰然倒塌。

她不能，她不能让他知道真相！

最起码，现在还不是时候！

"一年之后……"呢喃着秋若雨的话，独孤萧逸眸光一闪，好看而有型的薄唇轻轻一抿，他缓缓扬起唇角，"她过得好不好，皇上有没有欺负她？"

"娘娘那么厉害，怎么可能被皇上欺负了去？"

指尖上，锐利的指甲，刺入掌心，秋若雨紧咬着牙，勉强笑着，看着独孤萧逸清瘦的俊脸上，荡起一抹让人心旌荡漾的浅笑，她心下苦涩莫名地转身行至桌前，动手为自己倒了盏茶。

"暄儿是聪明！"

苦等数日，终是等来了沈凝暄的消息，独孤萧逸心潮澎湃，胸腔一堵，忍不住剧烈地咳嗽起来。

"主子！"

第三十六章 活着，狂风暴雨！

秋若雨心口一紧，连忙放下手里的茶盏，上前轻抚着他的后背，为他顺气："你没事吧？今日可用过药了？"

"我没事！"

抬手挡去了秋若雨的手，独孤萧逸仍旧沉浸在秋若雨所编织的谎言里。俊脸上的笑，温润如水，他那双墨色的瞳眸中，有欣喜，有担忧，还沉着让人难以看透的复杂之色："皇后可曾与你说过，要如何从宫中脱身？"

"没有！"

扶着独孤萧逸坐下身来，秋若雨心思微转，低垂眼睑道："皇后娘娘说她自有办法，让主子安心养着身子，只管一年后，与她安个家便是！"

"家……"

独孤萧逸嘴角挂着淡淡的笑，眸华璀璨地轻点了点头，抬眸向外，他清俊的容颜，瘦削而苍白，但眼底的光华却刺痛了秋若雨的心："晚些时日，等到我身子好了，会亲自出去寻一处安宁之地！"

"好……"

原本清亮的瞳眸中，渐渐没了一丝光华，秋若雨含笑颔首："属下随主子一起去，保准皇后娘娘会喜欢！"

视线微转，瞥了秋若雨一眼，独孤萧逸浅笑着蹙眉："什么皇后娘娘，以后要叫她夫人！"

"夫人……"

喃喃重复着夫人两字，秋若雨脸上在笑着，却已将泪水流进心里……

雨，落了停，停了又落。

转眼间，距冷宫失火，已有十日。

在过去的十日里，皇后薨逝的消息，不胫而走，但燕国皇宫中，独孤宸却在将那具烧焦的尸体，葬于冷宫之后，下了一道让众人骇人的密旨。

那便是，皇后虽死，却秘不发丧，宫中众人，谁都不准再提皇后薨逝之事。

否则，杀无赦！

一时间，知情人人心惶惶，谁都不敢再提，世人有人说皇后死了，有人说她还活着，亦根本不知，皇后到底是生是死！

十日，不算长。

但对沈凝暄而言，却是一种煎熬。

因为，她尚不曾平安离宫，倘若一个不好身份泄露，便有可能前功尽弃！

在过去的十日里，她亲眼目睹了自己死后独孤宸心痛欲绝的模样。

她亲眼看着他趴在自己的灵柩前痛苦，亲耳听着他呼喊着自己的名字，但是她却只是那么静静地看着，静静地听着，却始终不曾表现出一丝一毫的异样！

她不是铁石心肠，只是早已没了心！

她曾说过，要让他尝尝她所经受的痛！

那种失去心中所爱以后，心如刀绞的痛！

现在，她做到了。

他不只为她痛着，还将南宫素儿打入了天牢之中，并下旨缉拿南宫月朗！

在她下葬的那一日，他回到天玺宫后，便开始病倒了，一连五日，反复高烧，时时昏迷不醒，着实惊得如太后死拉硬拽地一定要独孤珍儿守在他身边，替他诊治。

因此，沈凝暄便只得跟独孤珍儿一起，在独孤宸身边守了他五日五夜。

直到第六日四更之时，独孤宸的烧才终于退了。

如释重负长舒了口气，独孤珍儿盈盈起身，转头看向身后的沈凝暄："没事了，走吧，我们回公主府！"

闻言，沈凝暄眸光微闪。

神色复杂地看了眼龙榻上仍旧昏迷，不曾转醒的独孤宸，她轻点了点头，毅然随独孤珍儿一起转身向外走去。

微微侧目，睇了眼身侧，一脸沉静的沈凝暄，独孤珍儿眸色微暗了暗。

她想说，今日一走，只怕日后她再难回来了，她想问，她是否真的舍得？真的没有一点的留恋？

但是，在迎上沈凝暄如古井般不见一丝波澜的双眸时，她却一时语塞，一句话都无法问出！

独孤珍儿的马车，本就候在天玺宫外，出了天玺宫，两人便先后登上了马车。

马车里，一直忙着前朝之事几日不曾露面的月凌云一脸浅笑，十分闲适地手扶引枕，靠坐车厢上。

见两人进来，他连忙让开座位，轻瞧了瞧车厢："可以走了！"

马车缓缓启动，朝着朝华门方向走去。

知是长公主的座驾，朝华门的侍卫自然不敢阻拦。

一路风平浪静地出了宫门，沈凝暄紧绷的心弦终是松了下来。

"丫头！"

看着沈凝暄如释重负地长吁了口气，月凌云眉宇轻皱："这几日里，我不在宫中，你腿上的伤可好些了？"

闻言，独孤珍儿眸色微惊，转头看向沈凝暄："你受伤了？怎么不跟我说？"

"宫里的人，都忙着照顾皇上，若你来照顾我这个小小的奴婢，岂不是惹人怀

第三十六章 活着，狂风暴雨！

疑？"轻轻地抬起腿来，搁在车厢里的长凳上，沈凝暄紧拧着眉，一脸苦痛道："表哥，师姐，真的好痛！"

"这都多少天了？"

面色微变了变，独孤珍儿看了月凌云一眼，见月凌云识趣地转身向外，她才弯身轻轻掀起沈凝暄的裙襟。

入目，是血色浸染在白色裙袜上的刺目殷红，她脸色一变。好在月凌云早已料到会是如此情形，早已备好了药箱，她嗔怪着看了沈凝暄一眼，动手开始替她清理伤口。

沈凝暄腿上的伤，并不算太重，只是起了不少的燎泡，泡中满是脓水，将泡一一刺穿，看着沈凝暄吃痛隐忍的模样，独孤珍儿神情凝重道："为了逃离皇宫，你连自己的性命都不顾了吗？放弃世人梦寐以求的荣华富贵，你当真不悔吗？"

垂眸看了眼自己的腿，沈凝暄苦涩摇头："不悔！"

没了独孤萧逸之后，每天只要面对独孤宸，她心里都会恨到如刀割一般！

如今，离开这里，她无怨无悔！

见她如此执拗，独孤珍儿面色一沉，默默地替她包扎好伤口，而后伸手轻轻撩起车帘，转头看向车外。

透着撩起的车帘，看着车后方，渐行渐远的巍峨皇宫，沈凝暄心底，蓦地一疼，双眸之中，不禁再次浮上水雾！

两个多月以前，她还曾与独孤萧逸许下一年之约。

现在，她只用了两个月，便从皇宫脱身，可是那说过会等他的温润之人，却再也不会回来了。

念及此，她的心，再一次不受她控制地疼了起来。

"先生，我自由了，先生……我会听你的，为了你，好好活着！"

轻颤着手，缓缓捂着嘴，沈凝暄微转过身，靠坐在车厢内，却忍不住早已泪流满面！

别了，皇宫……

别了，独孤宸……

别了，这座宫廷里所有的人……

还有……别了，皇宫之中的，那个埋葬在冷宫里的沈凝暄……

从此以后，宫中谁家花开又花落，都再与她无关了！

日后，她只会带着独孤萧逸对她的好，好好活着……

沈凝暄所乘坐的马车，并没有进长公主府，而是一路出了城门，自官道上疾驰向北，直到一个时辰后，天际大亮时，方才在一座码头缓缓停住。

码头上，青儿一袭青衣，早已久候多时。

"小姐！"

见沈凝暄跟着独孤珍儿和月凌云步下马车，她惊呼一声，含泪迎上前来。

"青儿！"

伸手扶住青儿的手臂，沈凝暄疲惫的容颜上，露出一丝浅笑。

"小姐，你让青儿等得好苦！"

泪水自眼角滚落，青儿伸手胡乱擦了一把，紧抿了朱唇。

"我这不是来了吗？"

淡笑着，抚过青儿的眼角，沈凝暄抬眸朝着前方的江面望去，见一只船舶早已候在那里，她转身笑看着独孤珍儿："师姐，表哥，你们就送到这里吧，我们今日一别，来日再会！"

"师妹！"

朝着不远处的船舶望了一眼，独孤珍儿蹙眉问道："你们坐船这是要去哪里？"

"还不确定！"

对独孤珍儿展颜一笑，沈凝暄目光悠远道："我本意是要去找师傅，但是师傅她老人家，神出鬼没，行踪不定的……师姐放心吧，等我找到了她，将一切安顿好了，一定给你消息！"

"好！"

独孤珍儿眼眶微红了红，轻轻点头："我等着你们的消息！"

见状，沈凝暄莞尔一笑，抬眸对上月凌云英俊的面容："表哥，惜别离，我们再相会，你好好保重！"

月凌云重重点头："我会的！"

知独孤珍儿不能长时间离开京城，沈凝暄又与两人寒暄了片刻，便与青儿一起登船离去。

"别了，燕京！"

遥望江边，距离越来越远的两人，沈凝暄的脑海中，忽然浮现出过去一年之中发生过的种种，从虞氏，到沈凝暄，再到入宫为后和独孤宸之间点点滴滴的过往……脑海中，定格在独孤萧逸那张俊美的脸上，她微翘着唇角，深吸一口气，含泪进入船舱……

第三十六章 活着，狂风暴雨！

鬼婆行踪飘忽，十分难寻。

离开燕京后，沈凝暄照着独孤珍儿给的线索，一路从燕国到吴国，却总是只闻鬼婆其名，却找不到正主儿。

转眼间，夏末秋初，她和青儿辗转数地之后，终于在一座小镇，找到了自己的师傅。这座小镇，名曰锦绣，不是燕国，不属吴国，恰在新越边境，依山傍水，风景秀丽，以刺绣闻名，堪堪世外桃源！

鬼婆两鬓斑白，皱纹丛生，眸中聚着不容任何人小觑的精光。

乍见一路风尘仆仆寻来的沈凝暄和青儿，她神情微怔了怔！

迎着鬼婆微怔的神情，沈凝暄淡淡一笑，伸手揭下脸上的人皮面具，她神情狡黠地轻眨了眨眸子："师傅，徒儿来投奔你了，你不认识徒儿了吗？"

"啧——"

轻啧了一声，鬼婆皱了皱眉，板着一张老脸，一副不近人情模样："好好的皇后不当，你跑来这穷山恶水作甚？"

"啧啧啧！"

学着鬼婆的样子，一连轻啧了数声，沈凝暄惊叹连连："师傅大隐于市，藏于这穷山恶水之中，我这做徒儿的，若不来作陪，岂非不孝？"

"切！"

鬼婆轻嗤一声，转身到药架子前，端了盛药草的竹篾，转身进入屋内。

"小姐！"

看着鬼婆冷冷淡淡的模样，青儿干笑了笑，道："鬼婆婆好像还和以前一样，呃……"脾气乖僻，不近人情！

"没事！师傅面冷心热，你又不是不知道！"

对青儿微微一笑，沈凝暄淡笑着扬眉："以后你勤快点就成！"

"哦……"

看着沈凝暄云淡风轻的模样，青儿无奈垂首，轻哦一声。

以前在边关之时，她也很勤快啊！

不过，不管她如何勤快，鬼婆还不都是这个态度！

鬼婆所住的院子不大，一间堂屋，两间厢房，外面还有东西两间茅屋，一间屋子用来烧水做饭，另外一间则用来存放草药。

进入屋内，沈凝暄左右打量着屋里的摆设，鬼婆也在仔细端详着她。

视线轻垂，与鬼婆深幽的眸光在半空相遇，沈凝暄眉眼弯弯，笑得倾国倾城！

见状，鬼婆轻敛了老眉，伸手从桌上的瓶瓶罐罐上，取了一只药瓶，直接丢了过去："看你那副鬼样子，印堂发黑，脸色蜡黄的，吃了它！"

"呃……"

抬起手来,接过鬼婆丢来的药瓶,沈凝暄莞尔一笑,道:"还是师傅最疼徒儿!"

"我是怕你给我丢脸!"

轻哼一声,鬼婆垂眸摘着新采的草药,看似漫不经心地问道:"我年前在燕国的时候,还见过你师姐,她说你一切都好……既是一切都好,眼下又怎么会跟乞丐一样找来我这里?"

"谁跟乞丐一样啊?"

对于鬼婆给自己的定义,十分不买账,沈凝暄搬了小凳子,坐在鬼婆对面,伸手取了草药,也归置了起来:"是师傅太难找,才害我一路风餐露宿……"

闻言,鬼婆拿着草药的手微微一顿!

抬眸凝视着倒打一耙的沈凝暄,她紧拧着眉心。

见她如此,沈凝暄小嘴一瘪,满脸苦楚将自己的袖摆和裙摆掀起:"师傅,徒儿受伤了,这里……还有这里……都留疤了……"

微冷的视线,从沈凝暄手臂上的旧伤,到腿上的新伤,鬼婆眸色蓦地一深:"燕皇那小子对你不好?"

"好不好呢?"

想起独孤宸,沈凝暄眸色微沉,笑得涩然无奈:"他对我很好,好到有求必应,好到……杀了我喜欢的人!"

"什么意思?"

将手里的草药丢到一边,鬼婆的脸色变得格外凝重。

"唉……"

迎着鬼婆难得流露出关切之意的眸子,沈凝暄抿唇轻叹,将自入宫之后,所发生的事情,一五一十,毫无隐瞒,详详细细地与鬼婆说了一遍!

她的故事很长。

难得鬼婆却听了下去。

许久之后,将那场蹉跎了所有的人的情事,悉数讲完之后,沈凝暄凝视着鬼婆深不见底的眸子,蹙眉问道:"师傅有没有觉得,我对他太狠太绝,太过无情?"

"你觉得呢?"

鬼婆不答,反问。

沈凝暄敛眸,静静沉默,知鬼婆是真心关心自己,她压抑在心底许久的感情,终是缓缓道出:"萧逸死后,他对我的确很好,师姐也曾劝过我,死了的终归死了,活着的到底还要活着!可是师傅,我过不了自己心里的那道坎儿,我只要跟他在一

第三十六章 活着,狂风暴雨!

275

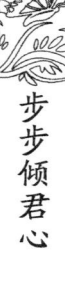

起，就会想起萧逸的眼睛。虽然我知道，他杀萧逸，有绝大部分的原因，是为了巩固皇权，但是或多或少也有我的缘故……所以，他对我越好，我便越会自责，如果不是我，那个男人也不会死！"

"自古无情帝王家！"

定定地看着沈凝暄，鬼婆轻皱了皱眉头："纵是他杀萧逸，说明他狠，也说明他是块当皇帝的好材料！"

闻鬼婆此话，沈凝暄苦笑垂眸。

不可讳言，鬼婆说的是对的！

轻叹一口气，她扬眉看着鬼婆："师傅莫不是也要劝我回去？"

"我懒得劝你……"轻皱的眉头渐渐舒展，鬼婆面无表情地对沈凝暄道，"感情之事，要看自己的心，人心往往是最最自私的，若你真的非他不可，即便他杀了萧逸，你也会与他找一千个一万个的理由的，在心里替他开脱！如今你既是能放下，为师说什么都是枉然……是不是？"

"是……"

在鬼婆面前，丝毫不想隐瞒自己的感情，沈凝暄眸色深深地轻声喃道："所以我以死为名，离开了那里，以后的以后，我都不会再回去。"

闻言，鬼婆淡淡垂眸，不紧不慢道："这院子的主人，是隔壁的赵先生，先生的女儿叫玉儿，是天下闻名的绣娘，既然不想再回去了，以后你跟着玉儿去学刺绣，把绣品放到集市上卖了换钱养活我！"

"呃……"

沈凝暄瞠目结舌："师傅不是吧！"

以她的医术，还用得着她来养活？！

然而，她抗议无效，鬼婆直接将草药丢在她手里，冷着脸朝外走去："不养活我，你就滚回去当你的皇后娘娘！"

"呃……"

沈凝暄轻笑了笑，毫无气节地屈服应声："你厉害！"

时光流逝，岁月静好。

十月的燕国，天气转冷，寒风瑟瑟。

这一日，难得阳光明媚，秋若雨一早起来，便寻思着与独孤萧逸出去踏青。

经过几个月的休养，独孤萧逸的身子虽未曾痊愈，却已然大好。整日里，他在山庄里，除了静养看书以外，甚少出门走动，因此今日，见天气大好，秋若雨便动了要陪他出门的心思。

"主子！"

嘴角的笑婉约动人，秋若雨轻轻地将房门推开，浓重的药味扑面而来，她的视线，在寝室里来回穿梭着，却不见那道颀长的身姿。

远黛般的眉，轻轻一蹙，她转身看向门外的守卫："主子呢？"

守卫看着秋若雨，轻躬了躬身，回道："回雨姑娘，主子一早就出去了！"

"出去了？"

秋若雨挑眉，却是很快神情一变："主子是在山庄里走走，还是出山庄了？"

因秋若雨陡变的神情，守卫神情愕然，道："是带着两个人出了山庄的，临走时说是要去寻个可以安家的好地方！"

"出山庄了！"

红唇轻轻嚅动，秋若雨脸色瞬变："糟了！"

闻言，守卫神情莫名，疑惑问道："雨姑娘怎么了？主子身边有人保护，不会出事的！"

"我没时间跟你解释！"

低眉瞥了守卫一眼，秋若雨快步向外疾驰而去。

见状，守卫轻皱了皱眉，满头雾水！

秋若雨不知独孤萧逸去了哪里，出了山庄后，只能漫无目的地寻找着。

虽然，她将沈凝暄的死讯压了下来。

但是别人不会！

独孤萧逸久未出门，如今一出去，自然会打探宫中消息，如此一来……想到那个后果，秋若雨心弦蓦地绷紧，随即眉心紧皱，用力挥动着马鞭："驾——"

马匹受力，嘶鸣一声，快速奔驰。

艳阳，从高照，到西落。

她一直不曾找到独孤萧逸。

夜色，寒凉。

伴着昏暗的星光，她失落而又疲惫地回到山庄。

见她回来，早已候在门外的守卫连忙上前："雨姑娘，你可算回来了，主子找你呢。"

闻言，秋若雨心头一震："主子回来了？"

守卫轻点了点头，面有难色道："主子脸色很难看，姑娘当心一些！"

"难看？！"

心里紧绷的那根弦，啪的一声断裂开来，秋若雨握着马绳的手，蓦然一松，怔怔地停在原地。

第三十六章 活着，狂风暴雨！

他知道了！

他一定知道了！

在过去的几个月里，独孤萧逸的寝室，秋若雨每日必到，从没少来过，但是今日这一次，看着眼前紧闭的门扉，她竟然有种想要逃跑的冲动。

自从，多年前被先帝派到了独孤萧逸身边，她便已将生死置之度外。

她不怕死！

但是这一刻，她却害怕面对！

独孤萧逸对沈凝暄的感情，她一直都默默地看在眼里，那份感情比之他的性命都要重要！

他是为沈凝暄，才坚强地活着。

但是现在，沈凝暄死了！

她怕……她怕看到独孤萧逸因为沈凝暄的死讯，而落魄痛心的一幕，怕他一蹶不振，怕他失去了活下去的动力！

"雨姑娘？"

看着秋若雨一直踟蹰不前，门外的守卫轻笑着催促道："主子还等着呢！"

"我知道！"

微敛了眸，深深地吸了口气，秋若雨艰涩闭了闭眼，片刻之后，她缓缓睁开双眼，伸手推开面前的房门。

寝室内，华灯初上，银炭融融。

秋若雨进门伊始，便看到了坐在椅子上，紧合着双眸的独孤萧逸。

深凝视着他苍白而沉静的俊脸，秋若雨微敛了心神，缓步进入房内，于他身前驻足："主子，您找我？"

"嗯……"

自鼻息间逸出一声轻应，独孤萧逸如寒星般的眸子缓缓睁开，微红的双瞳中，布满血丝，他看向秋若雨的眼神，前所未有的冷："盛夏，你去宫中与暄儿传信，可亲眼见着她了？"

闻言，秋若雨眉心紧蹙。

原本就冷的眼神，瞬间又冷了几分，独孤萧逸薄凉勾唇："暄儿可说过，让我将养好身子，等到一年之后，出宫与我相聚？"

"主子……"

清亮的双眸，瞬间氤氲起水雾，秋若雨唇角轻颤着。

外面，因独孤宸的那道禁令，有人说沈凝暄还活着，有人说她死了，在返回山庄的路上，他心中一直被巨大的恐惧所笼罩，一直忐忑不安！

现在，见秋若雨如此，他的心，忽然间好像被人用一把利刃，狠狠地豁开了一道伤口。

那道伤口很深，深到血流不止！

缓缓地，抬手覆在自己的心口部位，独孤萧逸的脸色瞬间苍白如纸，无比艰涩地闭上双眼，再抬眸，他晦暗的双眸中，掠过深沉的冷凝："我……要知道真相！"

"主子……"

以贝齿紧咬着朱唇，秋若雨泪眼模糊上前，颤手便要抚上独孤萧逸的胸口。

啪的一声！

抬手将秋若雨的手直接挥落，独孤萧逸冷冽抬眸，直接对上她的双眼，眼底深处，被冷冽覆盖的是一抹不容任何人触碰的脆弱，他哑着嗓子说道："若雨，你告诉我，暄儿还活着，对不对？"

"主子……"

紧蹙着娥眉，秋若雨不停地摇着头，"皇后娘娘……皇后娘娘她……死了！"

秋若雨此言一出，独孤萧逸犹如五雷轰顶！

暄儿她，真的死了？

胸口处的剧痛瞬间蔓延至四肢百骸，他吃痛地扶住自己的胸口，用力地喘息着，"怎么会？怎么会？"

秋若雨的泪水夺眶而出，苦笑着流泪："是南宫素儿和南宫月朗，他们设计火烧冷宫，皇后娘娘……没能逃出来……"

"南宫素儿……"

胸口瞬间一热，口中泌出浓浓的腥甜，独孤萧逸眼底闪烁着嗜血的光芒："事后皇上是如何处置他们的？"

秋若雨怔怔片刻，艰难启声："南宫月朗在逃，皇上将南宫素儿贬为庶人，幽禁于昌宁宫中，一直不曾发落！"

"好！真是好！"

独孤萧逸苍白着脸色，面无表情地站起身来，他双目赤红地朝着燕京方向望去。

窗外，月明星稀，寒风瑟瑟。

"啊——"

也不知过去多久，一直沉默的独孤萧逸陡地怒吼一声，右手紧捂着胸口，他疯了似的将桌上的茶具掀翻在地，嘶声恨道："独孤宸，你明明答应过我，我死她便能活，可是现在你却让她死了，你为天下负我，我心中无怨，但你不该为南宫素儿负了

第三十六章 活着，狂风暴雨！

279

暄儿，你答应过我，为何要负我？为何？"

语落，他噗的一声，吐出一口鲜血

"主子！"

眼看着独孤萧逸吐血，秋若雨大骇，拼命抚他的胸口："您不要激动！身子要紧！"

"我连自己心爱的女人都保护不了，要这身子何用？"强忍着心头剧痛，独孤萧逸呼吸不稳地拂落秋若雨的手，紧皱着眉宇问道，"她葬在哪里？"

"葬在……"

秋若雨紧咬着唇，默然落泪："葬在冷宫！"

"冷宫……"

哂然一笑，笑容凄绝到让人心疼，独孤萧逸毅然转身，快步向外走去。

"主子！"

急忙伸手，扯住他的手臂，秋若雨蹙眉摇头："您不能回去，您现在回去，只是送死……"

"心死了，跟死了，有什么区别？"微侧目，睨了秋若雨一眼，独孤萧逸眸色黯淡如漆黑的夜，让人跟着悲伤，用力咬牙，他蓦地用力，甩开她的手，而后踉跄着身形，再次向外走去。

见状，秋若雨神情陡变，想都不想，她抬手一记手刀，狠狠劈在独孤萧逸后颈之上……

夜，悠长。

独孤萧逸昏迷过后，秋若雨一直守在榻前，几乎是寸步不离。

她知道，沈凝暄对于独孤萧逸而言，到底有多重要。

但是，逝者已矣，活着的，终究还活着。

她不能眼睁睁地看他去送死！

绝对不能！

一夜未眠，再抬眸，已是清晨。

独孤萧逸再次转醒时，秋若雨正趴在他床侧睡着，看着秋若雨沉沉入睡的样子，他瘦削而俊逸的脸庞上，如死水一般，平静无波。

秋若雨醒时，一眼所见，便是这样的他！

他就那么静静地躺着，一动不动，不声不响！

再后来，秋若雨命人煮了粥，在他身边反复劝说着："主子，喝点粥吧。您身子不好，若是不精心调养，只怕还会落下别的毛病！"

然而，她一语落时，独孤萧逸只怔怔地望着床顶，一言不发，一动不动。

无奈，秋若雨将粥碗端近，想要用汤匙喂他："主子……"

砰地一声！

粥碗落地，碗里的白粥四溅而起，独孤萧逸终是抬眸看向秋若雨，声音嘶哑地淡声说道："去传龙骑四卫！"

"主子？"

秋若雨神情一怔，愣在原地，不知该如何是好？！

龙骑四卫？

燕国历代皇帝身边的最强暗卫，比之影卫更加强绝！这是先帝留给独孤萧逸的，可是她跟在独孤萧逸身侧多年，从不曾见传过他们，现在他若是要传他们，也就意味着他……

"拿上这个！"

原本黯淡的眸光，瞬间焕发绚烂的光芒，独孤萧逸从枕侧取出一只碧绿色扳指，随手扔到秋若雨面前："拿这个，去联络夏家！你不是怕本王回去是送死吗？本王不仅要堂堂正正地回去，还要他独孤宸想要动，都动不了本王！"

闻言，秋若雨心下一凛，起身拾了玉扳指，对独孤萧逸恭敬一礼："属下谨遵王爷之命！"

秋若雨走后，独孤萧逸便再次躺回榻上，室内静谧得让人心惊，他紧闭着眸子，深深地沉浸在自己的思绪之中。

若是，从一开始，他便不曾念在兄弟之情退让。

那么，暄儿会是他的皇后！

若是，他不是一退再退，她也不会葬身火海。

现在，她死了，独孤宸却还留着南宫素儿，如此，还真是情根深种。

舍不得吗？

既然，他舍不得下手，那么这个刽子手，便由他来当。

既是天下负他，那么他现在负尽天下又如何！

从今日之始，原来的那个不争的独孤萧逸，一去不复！

既是，这世上，已然没了他苟延残喘的理由，那么……便让狂风暴雨，来得更猛烈些吧！

沉寂许久，他猛然睁开清俊的眸子，眸底是一望无际的清冷，他薄唇凉凉一勾，哑声说道："来人，与本王备膳！"

自此，独孤萧逸变了。

他变得沉默寡言，变得清冷绝情，变得让任何人都猜不透他的心思。

第三十六章 活着，狂风暴雨！

看着这样的他，秋若雨心疼不已，却又无可奈何！

接下来的日子里，山庄里渐渐开始热闹起来。

在秋若雨发出消息的第三日，分散在民间的龙骑四卫，带着他们的专属卫队，一一抵达山庄，又过了两日，夏家家主夏正通，连夜自京城赶来，一时间，整座山庄的气氛压抑到了极点，一场暴风雨正在酝酿之中……

转眼，到了年关。

沈凝暄在锦绣镇，一住便是几个月。

不过，她并没有如鬼婆所言，去跟赵玉儿一起刺绣赚钱，而是学以致用，在镇子上开了间医馆。

在这里，沈凝暄不再戴着面具过日子。

她的容貌，本就美得惊人，即便不施脂粉，却肤若凝脂，眉如远山含黛，仍旧惑人心魄。

鬼婆一开始就说过，她这张脸会是祸害。

初时，也有些登徒浪子，受不住美色诱惑，到医馆找晦气。

不过，沈凝暄够毒，够狠，还有一身好功夫，泼辣得让人望而生畏，久而久之，上门一睹芳华的人不少，敢真正调戏的人，却没有几个，而她救过的人，上至镇长，下至小贩，整个锦绣镇的老老少少，都对她拥戴有加！

除夕之夜，锦绣镇里一片欢乐融融，鬼婆则带着沈凝暄和青儿，一起到房东赵先生那里吃年夜饭。

用过年夜饭，青儿帮着赵先生收拾起来，沈凝暄则披着披风，坐在院子里，望月兴叹！

时间，仿佛白驹过隙。

眨眼之间，她离开燕国，已然半年有余。

这半年时间里，她过得平淡且充实，经过半年时间的沉淀，过去的一切，仿佛水中月，镜中花，离她渐渐远去，唯一不变的，是她记忆深处那张清俊的笑脸。

记得当初，初见他时，他一脸冷淡，斜睨了她一眼，对她说：女子所学，无非琴棋书画，我在教你之前，需先知道你会多少，懂多少！

然后，她淡淡地瞥着他，当着他的面，直接弹琴一曲，摆棋一局，只一琴一棋之后，他便眸光剧闪，收起了原本的漫不经心！

此后，他每次见她，总是在温润地笑着，陪她度过了在相府中，最为乏味枯燥的两年时光。

如今，回头想想。

原来，以往有他在的时光，竟是如此甜蜜温馨，原来，她曾经身在幸福中，如此幸福过，可是现在……一切已如过眼云烟，随风去，不复还！

想着他最后葬身火海的样子，沈凝暄轻轻弯了弯唇角，心里却隐隐发痛！

"依儿，在想什么？"

从屋里出来，见沈凝暄望着月色，莞尔一笑的美丽模样，赵玉儿心意一动，竟有种想要将之绣出来的冲动。

微转过眸，眸中光华闪动，沈凝暄顾盼生辉地看着赵玉儿："我在想，一位与我同名的故人！"

依儿！

萧依儿！

这是她在这里的名字，取之萧逸谐音，饱含着她对他的无限思念之情！

深看沈凝暄一眼，赵玉儿婉约笑着："和依儿同名的人，一定生得也跟依儿一样俊俏！"

"是啊，的确很俊俏！"

想着独孤萧逸的俊俏模样，沈凝暄附应一声，斜睨了眼赵玉儿手里的不容人小觑的半成绣品："我们的天下第一绣娘，这一次打算绣什么？"

"万寿图！"

修长如玉的手指，轻轻摩挲着手里的绣了一半的绣图："过阵子，听说摄政王要出使燕国，将从各地绣娘中，选出翘楚之作，当作送给燕国太后的礼物！"

"摄政王？"

恍然之间，惊觉赵玉儿口中的摄政王指的竟是那个被自己整蛊惨了，却又阴险狡诈，陷害过她的北堂凌，沈凝暄黛眉轻蹙，心中联想到那个曾经和蔼可亲，却又变得陌生的太后娘娘，沈凝暄眸色微深了深。

虽然这两个人，哪一个都不受她待见，不过她还是对赵玉儿轻笑着说道："你手艺好得不得了，一定可以中选！"

"借你吉言！"

掩嘴轻笑了笑，赵玉儿深凝视着沈凝暄清丽绝俗的俏脸，握着绣图的手，微顿了顿，脑中精光一闪，她的心中思绪陡转，早已有了新的主意！

要绣好万寿图，很简单。

能绣的好万寿图的新越绣娘比比皆是，她今年的绣品，一定要让人惊艳才行！

正月十五，上元佳节，如太后的寿辰又到了。

伴着新年喜悦，沉闷许久的燕国皇宫，四处张灯结彩，并定于长寿宫为如太后

第三十六章 活着，狂风暴雨！

贺寿。

夜，微寒。

立身天玺宫寝殿窗前，独孤宸双手背负，迎着窗外寒风，俊朗的面庞上，是掩之不去的落寞神情。

转眼间，又是一年上元节。

他清楚地记得，去年上元节时，沈凝暄在长寿宫大殿里的一举一动。

那个时候，他一心要立沈凝雪为妃，而她竟然不惜自请废后，打定了主意跟他唱对台戏……那个时候，她总是一副淡然模样，稳重大方，可是，谁又能想到，在楚阳时的她，却又是另外一副模样。

那样的她，灵动，慧黠，娇俏，可人，即便容貌不济，却足以让人心旌荡漾。

人，有的时候，真的很奇怪！

你越是想要淡忘，却越是会不由自主地想起。

想到最后，独孤宸自己不禁自嘲一笑！

他费尽一切心机，想要将她留在身边，但是到头来呢？！

她死了，死在南宫素儿手上，而他，却亏欠南宫素儿太多，连为她报仇都做不到。

"暄儿……"

薄唇轻启着，独孤宸眸色微深，琉璃般的光，自眼底淌过，他唇边嘲讽的笑，越发苦涩："我一次又一次地放开你的手，一次又一次地在你走近我的时候，去到素儿身边，如今更是不能替你报仇……你一定会恨我吧！"

边上，荣海听到主子的低喃声，不禁心中苦涩不已。

轻抬眸，凝视着独孤宸刚毅俊美的侧脸，他呐呐出声："皇上，请移驾长寿宫吧，太后寿宴，就快开始了！"

闻声，独孤宸眸色微敛。

微转过身，比之以往更加沉稳的俊脸上，露出一抹浅笑，他微微颔首，扬眉抬步，"走吧，摆驾长寿宫！"

长寿宫，盛宴之始，丝竹声声，歌舞升平。

大殿中，如太后一袭锦蓝色宫装，稳重大气，着以精妆描绘，整个人一眼看去，精神奕奕，下位上，但凡后宫有品阶者，一一列席，她们赏舞品酒，场面其乐融融。

独孤宸抵达长寿宫的时候，元妃作为寿礼，刚刚与如太后献舞一曲，晚宴正是最鼎盛之时。

"皇上驾到！"

随着荣海的一声高报，一时间，丝竹乐停，方才还热闹非凡的宴会，霎时间鸦雀无声！

挺拔的身躯缓缓出现在殿门处，独孤宸凝望着正坐着目光柔和看着自己的如太后，一步一步地进入宴厅！

"臣妾参见皇上，吾皇万岁万岁万万岁！"

笑看着独孤宸，元妃自宴席起身，首先对独孤宸恭敬福礼。

随着她的一礼，厅内众人，皆纷纷起身，齐呼皇上万岁万万岁！

"都免礼吧！"

环顾四周，独孤宸的俊脸上淡笑如昔。微微抬眸，又看了眼上位上的如太后，他垂眸拱手："儿臣有事来晚了，还请母后恕罪！"

"皇帝……"

看着眼前因沈凝暄一事，明显跟自己隔着心的亲生儿子，如太后心下一动，忙轻声说道："哀家知皇帝日理万机，一切切记以龙体为重啊！"

"儿臣谢母后关心！"

虽是淡淡笑着，语气中却又透着明显的疏离之感，独孤宸对如太后微微垂眸，缓步登上主位，动作利落地掀起袍襟，在如太后身侧落座！

视线轻轻扫过众人，他瞬间蹙紧了眉宇，询问着如太后："小姑姑今日没有入宫为母后贺寿吗？"

闻言，如太后面色微变了变。

原本，独孤珍儿跟她是极亲近的，但是自沈凝暄一事之后，她无事之时，便鲜少入宫了。

今日，是她的寿辰，她本该早早就到的。

但是到现在，却还没有过来贺寿。

抬起头来，见独孤宸眸色微沉，如太后轻弯了红唇，温声说道："再过片刻，你小姑姑就该到了。"

语落，尚不得独孤宸出声，便听荣海在殿外唱报："长公主驾到——"

闻声，众人视线，全都停落在殿门处。

在众人注视的目光下，独孤珍儿缓步而入。

眸华轻抬，她神情淡漠地看着上位上的独孤宸和如太后，轻声说道："臣下……参见皇上，参见皇嫂！"

因她刻意自称的一声臣下，宴会上的气氛，一时间僵滞！

静谧片刻，只见独孤宸暮地一沉，冰冷的眸光，瞬间射向独孤珍儿。

第三十六章 活着，狂风暴雨！

迎着他的视线，独孤珍儿眉心轻蹙，却神色淡漠如初。

迎着她稍显清冷的眸，独孤宸暗暗一叹，轻声说道："就等小姑姑了，小姑姑请入席吧！"

"谢皇上！"独孤珍儿淡淡一笑，并未如以往一般，坐在如太后身侧，而是笑着坐在了诸妃下位："今日是皇嫂的寿辰，臣本该与皇嫂送上寿礼的，可是皇嫂身份尊贵，当真什么稀罕物件都见过了，想来想去，臣觉得心意最重要，便亲手烹制了一碗长寿面，皇嫂尝尝吧！"

在她说话之时，她的贴身侍女，已然将长寿面呈上。

视线，自长寿面上一扫而过，如太后面色微微一变："珍儿，坐到哀家身边来！"

"是啊！"咬唇斜睇了眼如太后身边面色冷凝的独孤宸，元妃柔柔出声，自座位缓缓而下，在独孤珍儿身前站定，含笑道："长公主殿下位分极高，该落于上座！"

"元妃不必客气，本宫这就要走了！"

对元妃笑笑，独孤珍儿对自己的侍女招了招手，扶着侍女的手腕起身，转身便要向外走去。

看着独孤珍儿对自己冷冷淡淡的模样，独孤宸蓦地便又想起了沈凝暄，他以为独孤珍儿对他的冷淡，是源自于沈凝暄的死，不由面色阴沉地轻叹一声，而后薄唇轻启，便要开口说话。

然而，尚不等他开口，站在他身后的荣海，却跟见鬼一般，将双眼瞪得如铜铃一般，死死盯着大殿门外："皇……皇上……"

听到荣海轻颤的呼唤，独孤宸俊眉微拢。

回眸看了他一眼，见他的视线，始终怔怔地瞪视着门口处，独孤宸眉心轻皱的痕迹，蓦地一深，循着他视线望去，却是心头一惊，整个身子瞬间一僵！

见主仆二人如此失态，如太后和独孤珍儿，纷纷看向大殿之外，却也在看到来人时，全都惊讶得微翕着檀口，久久无法回神！

殿外之人，头戴琉璃玉冠，身着一袭月玄色云锦长袍，外加一件深灰色的大氅，加之他薄唇似有似无的浅弧，整个人看上去华贵雍容，堪堪风华翩翩，让人一眼望去，却忍不住怔怔出神！

他，竟是那个早已应该不存在于世的人——独孤萧逸！

第三十七章 敌人，再生波澜！

往日的独孤萧逸，总是与月凌云一般，一袭白衣，翩翩若仙。

但，今日的他，却像是自暗夜而来，没了往日那抹炫白！

乍见如此的他，众人皆眼前一亮！

不过，独孤宸却是神情变幻莫测，脸色越发阴沉！

"逸……"

看着门外的独孤萧逸，最欣喜的人莫过于独孤珍儿，望向殿中那道昂扬的身姿，她心下一紧，快步上前，直到在独孤萧逸身前停下，她晶莹的双眼之中，早已泪水氤氲，泛滥不已："是你吗？"

"自然是我！"许是外面天冷的缘故，独孤萧逸身上依稀还有着未曾消融的冰冷气息，迎着对面喜极而泣的独孤珍儿，他俊美无俦的脸上漾起一抹温柔不羁的浅笑。英俊的桃花眼内波光流转，煞是夺人眼目，他淡淡视线一一扫过众人，而后轻勾着薄唇，朝着独孤宸和如太后轻躬了躬身，饱含磁性的声音在空中缓缓飘荡："臣参见皇上，参见太后娘娘！"

闻声，如太后眉蓦地轻皱了下，眸色微微一变，她有些勉强地扬了扬唇角："齐王不是去西疆了吗？现在怎么忽然回来了？"

"臣想念家的感觉，本想着回京跟皇上和太后一起团圆，却不期半路遇上风雪，直到今日才赶到！"举手投足间，是极好的修养和气度，独孤萧逸面不改色，十分淡然地对如太后颔首示意，他笑看着独孤宸，言语之中那丝不经意的不羁与邪肆缓缓涤荡过在场众人的心："皇上，臣回来了……"

"王兄……"

若说方才，初见眼前男子独孤宸心中是一片震惊，那么此刻，见他对自己如此

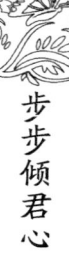

态度,他的脸色不禁蓦地一变,置于腿上的双手,微微蜷起,他半晌儿,方才勾起薄唇,淡笑着说道:"你能回来,真好!"

当初,他只是将独孤萧逸流放到了西疆。

至于对他下手一事,世人并不知情。

是以此刻,独孤萧逸回来,他只能如此反应。

闪亮如黑曜石一般的眸,紧凝视着独孤宸看似波澜不惊,却实则暗潮涌动的双眼,独孤萧逸淡笑着勾起薄唇,转而对如太后悠悠说道:"臣此次在西疆,为太后娘娘寻回一朵天山雪莲,此物可入药,可进食,更重要的是,可以滋养容颜!"

"呃……"

迎着独孤萧逸浅笑辄止的模样,如太后心中忽然之间似是翻山倒海一般久久都无法平静,怔怔地坐着,她神情变幻莫测地轻笑了笑:"齐王这寿礼,果真是好东西,看座!"

"谢太后娘娘!"

将如太后的神情悉数看在眼里,独孤萧逸心里微微一荡,脸上的笑,却仍旧温润如初。

显然,如太后知道,独孤宸对他做过什么!

不过,这样也好。

反正她一直视他为眼中钉,如今他既是要做独孤宸的眼中钉,那么来日……他们便是敌人!

"齐王兄……"看着独孤萧逸落座,独孤宸淡笑着勾唇,看似关切问道:"一去西疆半年有余,一切可好!"

"都好!"施施然坐在位子上,独孤萧逸轻笑的声音带着一丝慵懒,入耳却不失磁性,"皇上恕罪,臣没有圣旨,便私自回京,还请皇上体谅,臣实在是不想在外面一个人过年……"

"朕明白王兄的意思!"

深凝视着独孤萧逸比之以往更加放荡不羁的模样,独孤宸心中思绪微沉,眼底笑意更深了些:"齐王兄思乡心切,朕自然会理解。"

"那么……"独孤萧逸淡雅一笑,对独孤宸微微垂眸,"臣便在此,多谢皇上了!"

"母后!"

倏而抬眸,笑凝视着如太后,独孤宸淡声说道:"这里都是女眷,儿臣想跟齐王兄另寻一处,再开一席!"

如太后闻言,眼睫轻颤,盈盈的眸子紧紧凝视着殿中熟悉而又陌生的清俊男子，她眉心轻拧，微微颔首："皇帝去吧！"

"儿臣谢过母后……"

自座位上站起身来，独孤宸对如太后躬了躬身，边步下高台，边低声说道："齐王兄，走吧！"

"好！"

独孤萧逸唇角勾起的弧度极好，对如太后轻躬了躬身："恭祝太后娘娘福如东海，寿比南山……臣，先行告退了！"语落，他转身向后，刚走出几步，却在经过独孤珍儿身侧时，被她忽然伸手扯住了手臂。

睨了眼已然行至殿门前的独孤宸，独孤珍儿张了张嘴，却只是说道："逸……小姑姑有话要对你说！"

闻言，独孤萧逸脚步微微一顿，转眸看向独孤珍儿。

缓缓勾唇，对她毫不吝啬地展颜一笑，他轻点了点头，伸手拿开她的手，缓声说道："等本王出宫，小姑姑可以到齐王府与本王说话！"语落，他含笑起步，随着独孤宸一起离开长寿宫。

出了长寿宫，独孤宸已然登上龙辇，朝着天玺宫方向行去。

看着龙辇在前，独孤萧逸薄凉一笑。

他没有跟着龙辇去天玺宫，而是脚步一旋，朝着冷宫方向而去。

冷宫里的那场大火，是在盛夏之时。

转眼秋去冬来，整座冷宫，早已不复从前模样。

这里，没有了往日的房屋，取而代之的，是一座石砌的大墓。静静地凝视着不远处的墓地，独孤萧逸眼底波光闪动，隐隐有泪光拂过。轻垂眼睑，在冷宫门外驻足许久，他方才像害怕惊醒墓地里沉睡的人儿一般，轻轻抬步向里，朝着正中央处那座墓地走去。

然而，尚不等他走近墓地，独孤宸幽冷的声音便在他身后冷冷响起："皇兄若是聪明人，便该寻个安静之地，苟且偷生，而非重新回到这里……"

"是吗？"

脚步微微一停，独孤萧逸沉默片刻，竟然微微叹了一口气："现在，我回来了，皇上又能将我如何？"

"朕会杀了你！"

深幽的瞳眸，瞬间幻化冰冷之意，独孤宸双手背负身后，以绝对王者之姿上前一步，在独孤萧逸身后朗声说道："单就你违抗圣旨，私自从西疆返朝，朕便可以治了你的死罪！"

第三十七章 敌人，再生波澜！

"皇上觉得，我既是敢回来，还会怕这些么？！"

两道飞扬的眉轻轻一扬，独孤萧逸转身向后，熠熠生辉的眸，与独孤宸阴沉冰冷双眼对视一眼，他目光一凝，淡笑着低垂了眼睑，浅浅淡淡道："皇上，你在安远杀不了我，那么以后……便没有人能动得了我一根汗毛！"

"王兄，你未免托大了！"

听闻独孤萧逸此言，独孤宸眸色微微沉下，性感的薄唇，浅浅一勾，他声音冰冷，极寒："这江山是朕的，生杀大权，全都在朕手中，朕若想要取你性命，随时随地，就如同捏死一只蚂蚁一般简单！"

"皇上说的是以前！"

微敛了星眸，独孤萧逸薄唇轻扬，颀长挺拔的身姿在寂寂的月色中迎着寒风而立，轻轻抬手，漫不经心地拿自己戴着扳指的拇指，轻蹭鼻尖儿，他眸光微绽，竟对独孤宸缓缓勾起了唇角。

独孤宸见状，眉宇倏地一皱，心中瞬间升起不祥的预感！

下一刻，便见独孤萧逸淡雅一笑，微仰着俊脸，似是在凝望上苍，却又像在轻喃着与独孤宸说着话："父皇驾崩后，皇上是以宁王之名被重臣拥立的，就不知若这个时候，父皇的遗诏重见天日，你这皇位是不是名正言顺？"

遗诏？

因独孤萧逸的话，独孤宸瞳眸蓦地大睁！

曾经，他以为独孤珍儿留下遗诏，是为了保她自己的命！

他万万没有想到，那道关乎他一世英名的先皇遗诏，竟然会落在了独孤萧逸的手里。

"皇上没想到是吗？"

俊美的脸上挂着浅浅的笑意，独孤萧逸的神情异常平静："那道遗诏，如今在我手里！"

"那又如何？！"

深邃的眸海瞬间杀机隐现，独孤宸深凝视着独孤萧逸，神情冰冷如斯："如今朕是皇上，这燕国的天下也是朕的，只要朕想登高一呼，必定百应，只要……朕让你死，你便万没有活的道理！"

"来人，将齐王与朕拿下！"

独孤宸猛地挥了下手臂，便见枭青和枭云自他身后蹿出，直接便朝着独孤萧逸奔去。

静看着朝着自己奔驰而来的两道矫捷身影，独孤萧逸笑得淡然如风，他一直就那么静静地站在那里，直到枭青和枭云两人袭近，眼看着便要朝他捉去，他才温润一笑,向后倒退一步。

千钧一发之际,四道迅猛如电的黑色身影自四个不同的方向驰来,赶在枭青和枭云之前,挡在独孤萧逸身前,只一个回合,便将兄妹二人击退!

"龙骑四卫!"

惊见挡在独孤萧逸身前的三男一女四位高手,独孤宸心头一震,双拳蓦地紧握,他原本阴鸷的双目瞬间欲眦!

他的父皇,不只将皇位传给了独孤萧逸。

竟然连只归皇上指挥的御用龙骑,也交给了他!

龙骑卫队,在燕国开国伊始,便专属于在位者。

现在,身在皇位者,是他!

可是他们,却护在独孤萧逸身前!

神情冷漠地注视着这一幕,独孤宸在震惊之后,心中五味杂陈,不禁露出一抹讽刺之色!

是的!

讽刺!

他觉得眼前这一幕,既刺眼,又讽刺!

凝视着独孤宸震惊之余高深莫测的神情,独孤萧逸笑得云淡风轻:"看样子,皇上认识他们!"

独孤宸眉峰微动,哂然一笑,冷厉说道:"朕以为,父皇驾崩时,他们几个早该陪葬了,却不想原来是留给你了!"

"不只是他们!父皇连天下都留给了我!"

微微抬手,拂开挡在身前的朱雀,独孤萧逸神情淡泊地看着独孤宸,笑得温润无害:"皇上是不是忘了,他们四人手中都掌握着什么东西?"

闻言,独孤宸心神一凛!

先皇在世时,曾与他提起,大燕国的虎符,被一分为四,分别掌控在龙骑四卫手上,只要他们能够四人同时拿出虎符,便可调遣大燕国最精锐的作战部队……当初,他登基伊始,龙骑四卫便消失了,他以为他们随先皇去了,却做梦都没想到,先皇竟然将他们留给了独孤萧逸!

如此,再加上那道遗诏……可见,先皇果真是要将皇位传给独孤萧逸的!

心思百转千回间,独孤宸的眸色越发隐晦暗沉。他的视线自挡在独孤萧逸身前的四人身上一一扫过,终是与独孤萧逸澹静的眸子在空中相交,碰撞出灼人的光火:"独孤萧逸……"

听独孤宸冷厉相唤,独孤萧逸邪肆一笑,缓缓举起手来:"独孤宸,你与我看

291

清楚了,这是什么!"

视线微转,落在独孤萧逸抬起的手上,看见那抹泛着幽光的碧绿之色,独孤宸心头蓦地一震,整个人好像被人打了一记重拳!

那,是至尊皇权的象征!

"不可能,这不可能……"心神俱震之余,独孤宸忍不住后退一步,眸色晦暗地摇着头,"父皇驾崩时,明明……"

"明明?"

冷然轻笑,独孤萧逸清越的笑声,在冷宫里缓缓飘荡:"你见父皇时,他的确戴着它,不过父皇最后见到的那个人,是我……"

心,仿佛一瞬间,跌入谷底。

独孤宸深凝视着独孤萧逸的笑脸,寒声问道:"你今日回来,是为了皇位?"

"我早就说过,我不稀罕你的皇位!"

脸色的笑瞬间一敛,独孤萧逸眸光冷凝,快步上前两步,由着龙骑四卫将枭青枭云挡下,他蓦地伸手抓住独孤宸的襟口,平生第一次在独孤宸面前怒声喝道:"独孤宸,你可是忘了,那夜在安远客栈中,你说过的话?你说只要我死,她便可以活,若非为了她,我根本就不会喝下那毒酒,但是我喝了,你却是如何对她的?"

独孤萧逸始终不曾明言,他口中的她到底指的是谁!

但是,独孤宸知道,她指的是沈凝暄。

想到那个名字,他不曾摆脱独孤萧逸的牵制……他心中钝痛着,只是顷刻之间,便有深深的自责和愧疚涌上心头,"一切,都是朕的错!"

"难得!皇上也会认错!可是……"苦涩的笑晕染了整张俊脸,独孤萧逸微微泛白的脸色,在月光的照射下,透着几分病态的美,轻轻地,拢起俊眉,他转头望向身后不远处的墓地,笑得凄然,让人格外心疼:"即便你认了错,她还是躺在这个冷冰冰的地方,再也回不来了……"

再也,回不来了!

因着独孤萧逸的这句话,独孤宸的心,再次揪痛。

艰涩地闭了闭眼,再睁眼,他的眼底已是一片清辉,"她……是朕的女人,生是朕的人,死是朕的鬼,如今你回来,是想要为朕的女人找朕报仇,还是想要夺了朕的皇位和江山!"

"什么是你的?"

冷笑着松开独孤宸的襟口,独孤萧逸动作优雅地轻轻将褶皱抚平,淡声说道:"你所拥有的一切,本就该是属于我的!这些……全都是我让给你的!"

闻言,独孤宸眸色蓦地一沉,却又缄默不语。

如今，独孤萧逸手中，不只有先帝遗诏，还有虎符，他若想要夺回江山，简直易如反掌！

"你放心吧，我不稀罕皇位，更不想要江山……"眸色微冷地深凝视着独孤宸，独孤萧逸薄唇斜斜一勾，缓缓笑了："但我……不会让你的日子好过，从今日开始，我会做你的眼中钉，肉中刺，这根刺，你不但拔不出，还会越刺越深，越刺越痛！而这一切，全都是你逼的！"

语落，不等独孤宸开口，他面色一冷，旋步转身，朝着冷宫里的墓地大步走去。

看着他挺拔却决然的背影，独孤宸心下微冷，眸色瞬间万变。

他知道！

自今日起，以前那个总是隐忍低调的齐王再也不会回来了！

取而代之的，是眼前这个，不要他江山，却强势到足以撼动他皇权的男人。

此人，堪堪一字并肩王！

再也不会对他俯首称臣！

他说，这一切，全都是他逼的！

是啊，全都是他逼的！

若他，不曾以暄儿的命要挟他，若他，可以保护好暄儿，那么今日的一切，便全都可以避免了！

思绪至此，独孤宸心中苦笑连连，深看了眼坐在沈凝暄墓前的独孤萧逸，他眸色微暗了暗，转身带着枭青和枭云离去。

许久，凄婉动人的箫声，自冷宫婉转而出。

月夜下，独孤萧逸面色柔和，凝眸深望着眼前的墓碑，心中悲悲戚戚，一曲落，他如刀绞般的心，仿佛在顷刻之间，咔吧一声，碎成了一片一片。

一年未至，却已是诺言成空。

怪只怪，他不够强势，没有好好地保护好她。

如今，他终于坚定了自己的心。

但是，他的小暄儿，却已经不在了……

远远地，站在冷宫门外，独孤珍儿眸中泛泪。

深深地，吸了口气，她微微抬步，刚要进入冷宫，却不期一只大手，瞬间攥住她的手臂，拽着她快步离去。

"月凌云？"

被人一直用力拉着往前走，独孤珍儿的脚步稍显凌乱，借着皎洁的月光，看清了身前之人，她瞬间瞪大了眸子，用力甩动着月凌云的大手，低声斥道："你现在这

第三十七章 敌人，再生波澜！

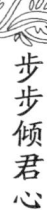

般，成何体统，还不赶快放开本宫！"

闻声，月凌云不为所动，继续拉着她在夜色中行走。

不久后，终至僻静之处，他松开独孤珍儿的手，在她尚未开口之际，转身凝向她清亮的水眸："长公主殿下，方才打算如何？"

"废话！"

十分不文雅地怒斥月凌云一声，独孤珍儿眸色一转，道："如今逸儿活着回来了，我自然要让他知道暄儿未死之事！"

"然后呢？"

月凌云凝望着独孤珍儿，仿佛能看透她的内心一般，半晌儿，他轻嗤着说道："齐王今日强势回归，有夏家和龙骑四卫在，皇上即便想动他，却也无可奈何，但是……你若是此时将暄儿的事情告诉他，他必定会不顾一切地去找人，如今暄儿行踪不定，你能保证，齐王能平安找到暄儿吗？退一万步讲，即便他活着找到了暄儿，只怕到时候皇上也就知道了暄儿还活着的消息……长公主殿下，您冰雪聪明，可想过到时候，事情会发展到何种地步？"

"这……"

听月凌云一席话，独孤珍儿面色变了又变，姣好的容颜，亦是一脸为难之色："逸儿今日虽然一直在笑着，但是本宫却知道，他心里到底有多痛，他是那么喜欢暄儿，难道你让我眼睁睁看着他这样痛苦下去？"

她不得不承认，月凌云话说得很有道理！

但是，让她对死里逃生的独孤萧逸隐瞒下沈凝暄还活着的消息，她心中总觉太过残忍！

闻言，月凌云沉了沉眸："长公主殿下，事情总是会有转机的！"

"转机？"

独孤珍儿皱眉，看着月凌云。

"对啊！"

月凌云淡淡一笑，施施然道："我们可以暗中派人去找暄儿，齐王不能去找她，她却能回来找齐王啊！"

"如今，也只能如此了！"

微拧了拧眉，独孤珍儿凝眸颔首。

见独孤珍儿冷静下来，月凌云对她恭敬施礼，"方才是末将鲁莽了，还请长公主见谅！"

轻垂眸，睨了月凌云一眼，独孤珍儿不禁面露疑惑之色："月大将军，你到底是皇上的大将军，还是齐王的人？"

他方才所言，明明就是替独孤萧逸着想的。

"这个重要吗？"

对独孤珍儿邪肆一笑，月凌云轻轻垂首："长公主殿下您只要记得，末将的心，永远都是向着暄儿的，如此便好！"语落，他不再多言，再次轻躬了躬身子，转身飘然离去。

待月凌云一走，独孤珍儿眸色微微一深。

片刻之后，她微敛了眸，再次朝着冷宫方向行去。

夜，正深。

整座皇宫，虽到处披红挂绿，远远望去，却笼罩在一片阴霾之中……

从上元节开始，齐王自西疆回归。

自此，燕国内政，虽仍旧由皇上掌控，但多数时候，齐王的意见，也十分重要，一时之间，独孤萧逸俨然成为皇权之下，最有分量的皇族贵胄，地位堪比一字并肩王！

转眼之间，时光飞逝，冬日过后，便又是阳春三月，百花盛开时！

自独孤萧逸回朝之后，独孤宸的性子和脾气越来越冷了。

这一日，御书房内，月凌云将刚刚接获的八百里急报呈于独孤宸面前，请他过目。

正襟危坐于龙椅之上，独孤宸一身明黄色龙袍，将他眼底的冷冽衬得越发清晰，看过手中急报，他原本微抿的唇角，不禁勾起一抹冷冽的弧度，将手里的急报递给荣海，看着荣海躬身将之送到独孤萧逸面前，他沉声说道："自去年楚阳一役，朕与吴皇，合力于新越边境屯兵，如今看来，一切初见成效！"

"哦……"

低眉轻扫，淡淡地瞥着急报上的内容，独孤萧逸斜倚在左下方的椅子上，幽声说道："北堂凌坐不住了！"

自去年楚阳一役之后，独孤宸与赫连飚分别在各自与新越接壤之地大事增兵，只仅仅不到一年时间，两国兵力便远远超出新越一家，与之成三国鼎立之势！

这与新越而言，无疑是莫大的压力！

是以，新越摄政王北堂凌，终于沉不住气，准备于近日亲自出使燕国，以求达成三国议和。

"王兄……"

冷冽的俊脸让人看不出一丝情绪，独孤宸沉眸问道："此事你怎么看？"

抬起头来，看着上座的独孤宸，独孤萧逸仍如以往一般，温和一笑，轻轻摇晃

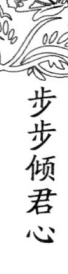

着手里的玉骨折扇，他的声音，低磁悦耳："如今我大燕虽与吴国结盟，不必过分忌惮新越，但新越国力一直强于燕国，俗语有云，百足之虫死而不僵，若一旦开战，必定耗时耗力，且祸延百姓，依本王来看，与赫连飚结盟，无异于与虎谋皮，若此次北堂凌是诚心出使，皇上也大可顺水推舟！"

"顺水推舟？"

轻喃着独孤萧逸的话，独孤宸讪然一笑："王兄是怕他说服吴国，到时候两国一起对我燕国不利？王兄可是忘了，那赫连飚与朕师出同门……"

"师出同门又如何？"眉心微蹙，独孤萧逸淡淡抿唇，轻笑出声，"在利益面前，亲兄弟都会反目成仇的。"

闻言，独孤宸面色一紧！

"本王言尽于此！"

淡笑着起身，抬眸看了独孤宸一眼，"最终的决断，还是要看皇上自己！"

定定看着独孤萧逸，独孤宸转身对月凌云吩咐道："回信新越，朕在燕京，恭迎摄政王大驾，不过在他来的路上，要送他几份大礼！"

闻言，独孤萧逸温润一笑："送大礼可以，但不要太大了，若他死在燕国境内，只怕事情就不好收场了！"

"王兄放心！"

对独孤萧逸淡淡一笑，独孤宸笑得邪佞："若他随随便便就能死了，他就不是北堂凌了！"

闻他此言，月凌云满脸兴味："皇上的意思是？"

独孤宸哂然一笑，冷眼瞥了月凌云一眼，轻声吩咐道："去年朕在楚阳，他是如何对朕的？而今报仇的时候到了，朕只是将他在楚阳给朕的一切，加倍奉还给他罢了！"

月凌云闻言，知独孤宸这是要给北堂凌下绊子，不禁眸色一寒，随之会意道："末将明白！"

轻抬眸，看向边上的独孤萧逸，独孤宸淡笑着说道："北堂凌身边的暗卫，个个骁勇，朕想借王兄的龙骑四卫一用！"

在过去的几个月里，独孤萧逸在国事上，没少跟独孤宸做对。

但是，在整治北堂凌的问题上，他却难得与他意见统一！

薄唇轻勾，他轻垂眸华，笑得云淡风轻，声音优雅动听："青龙和白虎，可以借皇上一用！"

难得，见他不曾反驳自己，独孤宸冷峻的面上，不禁浮上一抹浅笑。

沉默片刻，他提起笔来，奋笔疾书，将北堂凌要出使燕国一事，告知赫连飚。

须臾，将信写好，他抬手递给荣海："传信给吴皇，让他看着办！"

"奴才遵旨！"

嘴角轻抽着，在心中对北堂凌深表同情，荣海躬身接过书信，转身快步出了御书房。

夜，已深。

一道纤弱的身形，在宫中快速穿行，直至冷宫之中。

轻抬眸，看着墓地前的仍旧略显瘦削，却挺拔如松的身影，秋若雨眸色微动了动，快步上前躬身行礼："主子，属下回来了！"

"事情办得如何？"

墓地前，独孤萧逸修长如玉的手指，缓缓抚过冰凉的墓碑，充满磁性的声音平淡如风。

看着他温柔的动作，秋若雨面色微缓，垂首回道："全都是照着主子的意思办的，南宫素儿夜夜不得安眠，属下估计过不了多久，素才人即便不被吓死，也会被吓疯了！"

"天作孽犹可为，自作孽不可活！"

淡淡扬唇，独孤萧逸素日如黑曜石一般的眸中，眸色深远悠长，轻轻地勾勒着墓碑上的一笔一画，他轻拧了眉，轻声喃喃道："如今燕吴两国联盟，赫连飚要南宫素儿活，所以她还不能死，不过小暄儿，你不要着急，终有一日，我会送她上路的……"

听闻独孤萧逸的轻喃，秋若雨的脸上波澜不惊！

微微抬眸，近乎痴迷地凝视着独孤萧逸的背影，看见地面上两人交汇的身影，她眸微沉了沉，心中苦涩黯然！

如今的他，雷厉风行。

即便是皇上，也再没有机会动他分毫。

但是，这样的他，却将所有的柔情，都倾注在了这冷宫之中，除此之外，从来也不可能，分给任何人……一分一毫！

彼时，同一轮明月之下，沈凝暄独自一人坐在屋顶之上，感受着迎面吹来的微风，嘴角微微翘起！

如今的她以真容示人，名唤萧依儿，加之她刻意将声音练得圆润，是以，若她自己不曾言明，不会有人知道她便是原来的那个沈凝暄！

微微抬眸，瞭望着空中月色，她于心中感慨时光流逝，本就微翘的唇角，不禁

第三十七章 敌人，再生波澜！

渲染上丝丝苦涩。

又是一年春天时，转眼之间，独孤萧逸走了已然快要一年之久。

如今，离开了燕国皇宫的她，在经过大半年的沉淀之后，再回首竟觉与当初，恍若隔世一般！

在过去的大半年里，师傅对她很好，她的医馆亦打理得井井有条。这样的生活，忙忙碌碌，却自由充实，再不像宫中那般，平静却又压抑！

"先生……我过得很好，你在那边……过得好吗？"微仰起头，眺望星空夜色，看着那一颗颗闪闪发亮的星辰，她轻叹一声，拿起手边的玉箫，缓缓吹奏了起来。

箫声婉转，却略带些许说不清，道不明的情绪。

让识得音律之人，不免驻足倾听。

微风过，一曲吹罢，她轻叹口气，刚要起身跃下房顶，却无意间瞥见院外几道挺拔的身影正快步朝着她所在的院落走来。

见状，她眉心紧拧，握着玉箫的手，也跟着蓦地收紧！

片刻之后，门外传来敲门声，紧接着便听青儿的声音自屋内响起："谁？"

"我！玉儿！"

门外，赵玉儿的声音，轻柔响起："我有事情，要找依儿姑娘！"

听闻赵玉儿所言，房顶上的沈凝暄，不禁心下一凛！

赵玉儿来找她，犯得着带那么多人吗？！

现在师傅和青儿都在屋里，自己也已躲无可躲，沈凝暄心想着，她倒要看看，赵玉儿葫芦里到底卖的什么药，便不动声色地坐在房顶上，眼看着青儿出门给赵玉儿开了门。

吱呀一声，院门打开。

昏暗的灯光，投射在门口处，让沈凝暄瞬间便看清了站在赵玉儿身后的男子。

居然，是蓝毅！

身处震惊之中，不知蓝毅大晚上来这小小的锦绣镇作甚，沈凝暄檀口微翕着。凝视着蓝毅刚毅冷酷的俊脸，她怔怔回神，不禁在心中暗骂：她跟这蓝大叔，还真是冤家路窄！

都这样了，居然还能遇上！

"赵姑娘深夜至此，有什么事吗？"

青儿并不认识蓝毅，加之平日里，找沈凝暄看病的达官贵人不少，就连锦绣镇的父母官，也曾亲自来过，是以此刻，她只淡淡地瞥了蓝毅一眼，便轻笑着问赵玉儿。

"自然是天大的喜事！"轻抿了抿红唇，赵玉儿含笑朝着屋里张望，"依儿在吗？"

"啊，在！"

青儿点了点头，转身刚要抬头喊沈凝暄，便见鬼婆从屋里出来，沉眸凝视着赵玉儿身后的蓝毅等人："什么天大的好事，是不是该先与我这老婆子说道说道！"

闻言，蓝毅俊眉微微一挑，低蔑着一身布衣的鬼婆，轻声说道："我们家摄政王，看上了你们家依儿姑娘，命我特地快马赶来，接依儿姑娘进京！"

在外人面前，沈凝暄是不能使用轻功的。

是以，她原本正要顺着竹梯下来，可是，听到蓝毅的话时，她脚下一崴，险些没从房顶上直接摔下来！

恢复本来面目后，她可没见过北堂凌那妖孽。

既是如此，又何来他看上了她？！

心中满腹疑问，沈凝暄侧身坐在竹梯上，变幻莫测的视线自蓝毅身上一扫而过，最后落在容貌清秀的赵玉儿身上……就在她疑虑重重之际，鬼婆阴沉着脸色，冷眼睖着趾高气扬的蓝毅，语气不悦道："你们家王爷看上了我徒儿，我徒儿便要跟你进京？这是哪家的规矩？你这与其说是来接人，又跟强抢民女有什么区别？！"

在新越，能让摄政王看上是天大的喜事。

可是眼下，蓝毅却被鬼婆比作是强抢民女的强盗！

浓墨般的剑眉瞬间不悦皱起，他手掌蓦地一收，隐忍出声道："老人家，能让摄政王看上，是你们家依儿姑娘的福气，这种福气，别人想要都没有，怎么到了你这里，却变了味儿呢？"

"谁不知道摄政王妃嫔众多？你所说的这种福气，老婆子我不稀罕！"鬼婆从来不是个好相处的人，即便蓝毅如此隐忍，她还是不买账地回道，"你们从哪里来，回哪里去吧！"

闻言，蓝毅面色蓦地一沉，只见他冷冷一笑，转头对身后的属下命令道："还愣着作甚？请人！"

"是！"

……

一众侍卫齐齐对他躬身，作势便要越过鬼婆。

见状，鬼婆眸色一凛，尚不等她作出反应，青儿已经先她一步，扯着嗓子大声喊道："来人呐！强抢民女啦——"

闻声，蓝毅眉宇一皱，只伸手之间，大手便锁住了青儿的喉咙。

"住手——"

眼看着青儿要吃亏，沈凝暄黛眉一拧，急忙出声喝止！

听到他的喝止声，众人纷纷将视线调转到屋顶上方。

沈凝暄知道，所有人都在看着自己。

不过，即便如此，她还是轻垂了眼睑，自竹梯上缓缓而下。

今夜月色妖娆，在那皎洁的月光下，她一袭洁白春裙，飘飘若谪仙一般，动作轻盈地落了地，她轻抬眸华，绝美清丽的五官，在月光的衬托下，柔和似水，是那么美，让人觉得心旌荡漾。

"大人……"

浅浅一笑，已是倾国倾城，沈凝暄清澄的水眸莹莹亮亮地看着蓝毅："敢问大人一句，小女子平日从未离开过锦绣镇，摄政王如何会看上我？"

"呃……啊……"

神情微怔了怔，蓝毅将自己的视线，从沈凝暄绝美的容颜上移开，摄政王府后院的美人比比皆是，他不是没有见过，更有甚者，在楚阳时他还曾见过天下第一美人南宫素儿，但是此刻，看着眼前的女子，他却一时间心跳加速……有些尴尬地轻咳了咳，他眉心紧紧一皱，转头看向赵玉儿："此事，姑娘该谢过赵玉儿姑娘！"

闻言，沈凝暄眸色微深，凝眉看向赵玉儿。

迎着她平淡无波，却像是可以看透人心的眸光，赵玉儿顿觉口中干涩，紧紧地抿了抿红唇，她笑看着沈凝暄："依儿，是这样……我前阵子不是在绣摄政王要送给燕国太后的寿礼吗？你是知道的，这天底下会绣万寿图的人有的是，我……想了又想……就……就……"

"就绣了我？"

潋滟的红唇，微微勾起，沈凝暄乍一看，似是在笑着，实则眼神冷得足以冻死人。

"那个……"

感受到沈凝暄冰冷视线的压力，赵玉儿紧蹙着娥眉，为自己辩解道："依儿，能得到摄政王的青睐，是天下女子梦寐以求的事情，如此我也算帮了你……"

"呵……"

轻声失笑，微漾的眸光在月华下熠熠闪动，沈凝暄轻挑了眉梢，在心中暗骂了赵玉儿千八百回，微微转身，她含笑看着蓝毅："大人，今夜一定要带我走？"

睇见沈凝暄澹静的小脸，蓝毅心意一动，微敛了俊眸，沉声说道："这是摄政王的意思！"

"我明白了！"

心中了然地轻点了点头，沈凝暄轻轻垂眸，凝眉问道："我听闻摄政王貌若潘安，俊美得不得了，此事可当真？"

蓝毅轻勾了勾唇角，一脸自豪道："摄政王英俊潇洒，风流倜傥，是我新越第一美男，此事自然是真的！"

"既是如此……"

看似仔细思量着，沈凝暄知今日无论如何都躲不过，只得轻点了点头，颔首说道："还请大人在外面稍等，容我与师傅和妹妹道个别！"

如此要求，合情合理，蓝毅自然不会不允！

只见他轻点了点头，他脸色不豫地看了鬼婆一眼，转身带着自己的人，退出门外候着。

"师傅，我们到屋里说话！"

微转过身，沈凝暄上前搀扶着鬼婆的手臂，挽着她向屋里走去。

见状，赵玉儿作势便要跟上，却在临近门口时，被青儿转身推了一把，然后哐当一声，直接被挡在门外，碰了一鼻子灰！

屋内，油灯滋燃。

沈凝暄与鬼婆对坐在桌前，面色凝重非常。

见沈凝暄沉默不语，青儿面露焦急之色："这玉儿，也真是的，绣什么不好，偏偏要绣你，这下倒好……"

"好了，事情已经出了，再来怪她有什么用？"

淡淡抬眸，斜睨青儿一眼，沈凝暄凝眉看向鬼婆："师傅，今夜，我得跟他们走！"

鬼婆老眉深皱："你若不想走，我老婆子出手也没什么！"

"我知道师傅用毒制敌，无往不利！"一脸谄媚地对鬼婆轻笑着，沈凝暄眸色一沉，淡声说道，"这些人，并非常人，而是新越皇帝身边的影卫，个个骁勇不凡，若是对付他们，只怕师傅会累个半死，如此徒儿怎么舍得？更何况……还有个青儿……"

听闻来人是新越皇帝的影卫，鬼婆面色暮地一沉。

沉默许久，她深凝视着沈凝暄明亮的双眼，轻声问道："若你跟他们走，可有把握脱身？"

沈凝暄眉心轻蹙，凝眉说道："只要没了牵绊，我一定能够想办法脱身！"

闻言，鬼婆沉默不语。

边上，青儿眼中泪光浮动："小姐……都是青儿连累了你！"

"说什么呢？"

轻嗔青儿一眼，沈凝暄轻轻抬手，拉过青儿的手，凝眉嘱咐道："待会儿我跟他们走后，你便跟着师傅离开这里，前往新越边关，等我从这里脱身，一定会去找你

第三十七章 敌人，再生波澜！

301

们！"

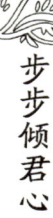

"小姐……"

"好了，别哭了，赶紧去收拾细软！"

抬眸冷冷睨了青儿一眼，省得她继续哭哭啼啼，鬼婆将她支走之后，冷着老脸，转身对沈凝暄说道："你这才刚过了几天好日子，又卷了进去，你这张脸，果真是个祸害！"

沈凝暄微怔了怔，一脸不乐意地蹙紧眉头："师傅，哪有说自己徒儿是祸害的……"

"我老婆子，好不容易才在这里安定下来，现在才多久，又被你害得要颠沛流离了，你还说不是祸害？"斜斜地瞟了沈凝暄一眼，鬼婆紧抿了薄唇，起身行至一边的药架子前，紧握住架子上的瓶瓶罐罐，轻颤着声音说道："还不快走！"

"师傅多保重！"

眸色蓦然变得格外深邃，沈凝暄从药架子上取了一只檀木药箱，而后深吸一口气，敛眸打开房门。

直到她离开之后，鬼婆才颤巍巍地转身，她浑浊的老眼中，早已水雾朦胧。

门外，赵玉儿一脸尴尬地静静站着，见沈凝暄出来，她连忙上前："依儿，我已经给那位说过，我们是最好的朋友，我知道你一个人会害怕，我会跟你一起去摄政王府的！"

闻言，沈凝暄眸色一凛。

赵玉儿这种人，凡事只会顾着自己，属于典型的当了婊子，却还想给自己立贞节牌坊！

比如她为了在众人中脱颖而出，自作主张，绣了那幅美人图，比如此刻，她想要攀附权贵，想要去摄政王府，却说得好像全都是为了她……

冷冷地对赵玉儿轻勾了勾唇，沈凝暄不曾多言，抬步出了院子。

院门外，蓝毅久候多时。

见沈凝暄只提了一只药箱出来，他拧了拧俊眉。

清浅一笑，沈凝暄轻问："摄政王府，应该应有尽有吧，我只带个药箱过去，可以吗？"

蓝毅微微颔首，含笑说道："依儿姑娘明智，在摄政王府，应有尽有，请吧！"

"嗯！"

轻点了点头，沈凝暄提起裙摆，款款登上马车。轻垂眸，看着车外正准备上车的赵玉儿，她对蓝毅眉心轻蹙道："我想安静地睡会儿，不想让人打扰！"

蓦地，赵玉儿脚步微顿，站在车凳上，上也不是，下也不是，尴尬不已！

第三十八章　遇袭，救命恩人！

　　如外界所传，新越摄政王府，金碧辉煌，雕梁画栋，飞檐走瓦，琉璃光闪，丝毫不比皇宫差。
　　蓝毅为沈凝暄所安排的住处，名曰兰心院。
　　院落如名，安静雅致。
　　有道是，随遇而安。
　　如今沈凝暄逃无可逃，便只能老老实实地住进了兰心院。她入住之后，所做的第一件事情，便是安安稳稳地躺在榻上，好好地补眠。
　　一觉好眠，沈凝暄再醒时，并非自然醒，而是被赵玉儿吵醒的。
　　晚膳过后，前面传来消息，北堂凌回府了。
　　过来没多久，几名丫头自屋外进来，与沈凝暄请安之后，只道是摄政王有旨，稍晚要见她，总管大人命她们替沈凝暄好生收拾收拾，便拥着她进了偏厅。
　　偏厅里，早已备好了香汤。
　　沐浴更衣过后，到了梳妆之时，沈凝暄方知她们口中所说的收拾到底是何意！
　　负责梳妆的丫头，与她梳的是时下最流行的坠月髻，与别人不同的是，她的髻团偏左，且成下坠式，如此一来她左边的额发，遮去了部分脸颊……如此折腾下来，她巴掌大的小脸，精致清丽，美得惑人心魄。
　　夜，已深，窗外薄凉。
　　梳妆完毕之后，沈凝暄由赵玉儿搀扶着，出了寝室。
　　寝室外，蓝毅早已候着。
　　乍见沈凝暄清丽绝俗的模样，他心下一窒，一时竟忘了该如何反应。
　　"蓝大人，不是说要见摄政王吗？"

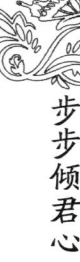

对蓝毅轻轻一笑，沈凝暄轻挑着黛眉，杏眸中波光微荡，让人移不开视线。

"哦……"

蓝毅回过神来，轻点了点头，朝外侧引臂："姑娘，请！"

沈凝暄微微颔首，随蓝毅一起前往北堂凌所在的听风轩。

一路上，她面色沉静，虽一直不曾出声，却是心下百转千回。

北堂凌为人，阴狠毒辣，心机颇深。

她今夜这一关，究竟要怎么过？

在沈凝暄思忖之间，走在她前方的蓝毅已然在北堂凌的寝室门外停下脚步，微微转身，看向沈凝暄，他轻声说道："爷曾说过，依儿姑娘到了不必禀报，直接进去便可。"

"有劳蓝大人了！"淡淡一笑，沈凝暄对蓝毅轻福了福身。

蓝毅微微颔首，抬眸深看了眼沈凝暄，却没有多说什么，径自退到一边。

轻笑着敛眸，沈凝暄她深吸口气，微微抬手，吱呀一声推开房门。

室内，大红色的纱帐拖曳一地，满室的灯火将红色的帐子衬得绯色妖娆。

纱帐后方的锦榻之上，时断时续的低吟声飘荡入耳，让沈凝暄眉头一蹙，嘴角轻抽着怔立在榻前，一时不知该向前，还是退后。

曾几何时，在天玺宫中，她也曾面对如此情形。

今时今日，一切仿佛重新。

只是，不同的是，眼前这场活色春宫男女主角，却已然换成了别人。

许久之后，室内重新恢复平静，炉鼎内虽是香烟袅袅，却掩不去屋内欢爱过后的奢靡之气。

气氛，凝滞得让人难受，朱纱帐内静默许久，帐内的人一直不曾出声。

但，即便如此，沈凝暄却犹觉如芒刺背，不用抬眸，她也知道，那生得比女子还要妖媚的男人，此刻正在帐内，如鹰鹫一般紧紧盯着她，是以，静立昏黄的灯光前，她紧握着的手松了下，终是上前福身："民女萧依儿，参见摄政王！"

"嗯……"

轻轻地应了一声，一只修长而白皙的大手将纱帐撩起，北堂凌那张颠倒众生的脸孔，终于落入沈凝暄眼底，随性慵懒地横卧榻上，他一脸惊艳地微眯了华眸，静看着榻前敛眸而立的沈凝暄："果真美若天仙……既然到了，便莫再闲着，一起来玩儿如何？"

语落，他侧目看着身边的美人，随即邪肆一笑，转头对沈凝暄勾了勾手指。

因北堂凌轻浮的动作，沈凝暄眉心的蹙起，一直不曾散去。静静地凝视着北堂凌那张比女人美，却邪肆到欠扁的俊脸，她轻勾了勾唇，不停地告诫自己要忍，然后缓步上前，媚眼如丝地轻唤着北堂凌："摄政王……"

见状，北堂凌心下一动，眼底有厌恶之色，一闪而过。

他以为，这会是个例外。

但是眼下看来，这天下的女人，无论美丑，都一样的淫荡下贱！

没有错过北堂凌眼底的厌恶之色，沈凝暄心下一喜，顿时计上心头。

身形后倾，仰躺于榻上，与他的姿势更是暧昧非常。她微蹙了蹙眉，眼中瞬间闪过一丝厌恶，但……只是眨眼之间，这丝厌恶，便被妩媚之色成功掩盖！

"很好！"心中厌恶不已，北堂凌看着沈凝暄妩媚的瞳眸，"这张脸，果真如那幅绣图一般，是本王平生所见，最美的一张脸！"

瞥着北堂凌邪肆扬起的嘴角，沈凝暄深吸口气，稳了稳心神，毫不避讳地望进他琥珀色的双眼之中："依儿多谢摄政王夸奖，摄政王也是依儿平生所见，最最俊美的男子！"

闻言，北堂凌眸色微深，俊脸上不禁露出一丝冷厉！

她说得没错。

他生得的确俊美！

但是生得太美，对于女人来说，是武器和筹码，对于男人来说，却象征着阴柔之意，是以……从来都不准任何人提起。

静静地凝视着怀里轻勾着红唇的倾国之色，北堂凌眼中暖意尽去，转头对榻上的美人冷道："出去！"

"妾身告退！"

美人心下一惊，忙垂首应是，一刻都不敢耽搁地拾了地上的衣裳退了出去。

待美人一走，室内便独留北堂凌和沈凝暄两人。

沈凝暄魅惑一笑："王爷方才好威猛！"

闻言，北堂凌眸光一闪，眼底厌恶更甚！

微敛了眸，他丝毫不掩厌恶之色沉声说道："起开！"

"王爷……"

沈凝暄微怔了怔，知自己的策略初见成效，她紧蹙着娥眉，轻轻地拢起裙衫，一脸委屈地垂眸立在榻前。

看着她这副模样，北堂凌冷笑了笑，"你可知道，本王找你来，是为什么？"

沈凝暄摇头："依儿不知！"

北堂凌哂然一笑，仰靠在床廊上，他斜睨着沈凝暄清丽绝伦的容颜，冷冷说道："以你的美貌，若是送到燕国皇宫，位分必然不会低，到那时候，你也算飞上枝头做了凤凰！"

第三十八章 遇袭，救命恩人！

305

送到燕国皇宫？

沈凝暄心中咯噔一声！

她好不容易逃离那个地方，哪里还有再回去的道理？

不过仔细想来，从新越去燕国的路上，更便于她脱身才是！

心思百转之际，她很快便轻瘪了瘪嘴，一脸希冀而痴迷地凝望着北堂凌："王爷，天下美人多的是，您随便送谁过去都好，依儿对王爷一见钟情，还请王爷留下依儿吧！"

微抬眸，看着沈凝暄痴迷的眼神，北堂凌心中厌恶丛生。

"好一个一见钟情！"优雅的嗓音仿佛午夜梦回，清冷幽深，他薄唇轻掀，笑得阴冷，"如果你愿意，本王不介意将你留在摄政王府，不过你且要记得，本王留下你，却不会给你任何名分，你在这摄政王府，只会是最下贱的暖床姬妾！"

"呃……"

听闻北堂凌所言，沈凝暄清丽的俏脸，微微一僵，小嘴微翕着，怔怔地凝望着他："王爷……"

"本王府里的暖床姬妾，可不是只伺候本王的哦……"冷嗤声中丝毫不掩嘲笑，北堂凌凝视沈凝暄许久，眼底变幻莫测，"一个是飞上枝头的凤凰，一个是犹如妓女一般下贱的姬妾……本王再给你最后一次选择的机会！"

沈凝暄盈盈抬眸，心中想着，自己这是号准了北堂凌的脉。她佯装为难地干笑了笑，眸中光华隐动着对北堂凌倾城一笑。犹如百媚生花："依儿谨遵摄政王旨意，愿意前往燕国，甘为摄政王效犬马之劳！"

"不是说对本王一见钟情吗？怎么这么快就改变主意了？"北堂凌慵懒一笑，拾起外袍披上，自榻上起身，在沈凝暄面前缓缓蹲下身来，他眸华微深，双眸凛冽地盯着沈凝暄低敛的眼帘，似是想从她眼中看出她到底是真心，还是假意。

"女人嘛，自然要为自己着想！"眼帘轻抬，沈凝暄眸光流转，含情脉脉地望进北堂凌的双眸中，笑得妩媚倾城，"只要王爷能给依儿名分，依儿仍旧愿意留在王爷身边！"

闻言，北堂凌眸色蓦地转冷。

沈凝暄见状，心神一震，像是受惊的兔子一般，急急忙忙垂首说道："摄政王放心，依儿若到了燕国，必定使尽浑身解数，让燕皇拜倒在依儿的石榴裙下，到那时依儿会是摄政王在燕国最好的一枚棋子！"

"最好的一枚棋子？"

轻声重复着她的话，北堂凌的唇畔扬起一抹颇为玩味的弧度，缓缓起身转身背对沈凝暄。

许久之后，漂亮的眸子轻轻开合，他微微抬手对沈凝暄摆了摆手。

见状，沈凝暄心下一喜。

知道自己的话打动了北堂凌，她心神微定，不动声色地对北堂凌福了福身，转身便要向外走去。

"萧依儿！"

闭上的眼缓缓睁开，北堂凌倏然转身，看向已然转过身去的沈凝暄："贪婪是好事，但是要有个尺度，本王可以给你荣华富贵，来日也可让你从云端坠入深渊！"

闻言，沈凝暄不禁心神一凛！

深吸口气，她再次转过身来，垂首轻道："摄政王的话，依儿会谨记于心，来日即便在燕国如何富贵，依儿也会记得自己是摄政王的人。"

见她如此言语，北堂凌眉头蹙得更紧了些。

静室片刻，他心思陡转，深凝视着低眉敛目的沈凝暄，他哂然一笑道："怎么办？本王现在反悔了……如此美人，送去燕国，岂不便宜了他独孤宸？"

听他此言，沈凝暄黛眉微蹙。

北堂凌为人，心机颇深，狡诈无比。

他现在，到底说的是真话，还是有意在试探她？

心下思忖连连，沈凝暄绞尽脑汁寻思着该如何回得圆滑，才不至于惹怒北堂凌。半晌儿，她莞尔一笑，盈盈抬眸，馨香的身子，轻轻偎入北堂凌的怀里："摄政王真好，依儿正想留下……"

"嘶——"

因沈凝暄的动作，而轻嘶一声，北堂凌蓦地抬手，将她用力推落。

扑通一声！

身子摔落在光可鉴人的地板上，沈凝暄惊呼一声，痛得龇牙咧嘴，再抬眸，已是泪眼朦胧："摄政王……"

北堂凌原本微微眯起的星眸之中，竟闪过一抹冷厉，厌恶拧眉，无情说道："女人，从今日开始，给我学得清高一些，不会自重，别人也不会尊重你，就你这样子，莫说本王不稀罕，即便是到了燕国，也入不了独孤宸的眼……"

眼前的女人，生得是真美。

若她能高雅一些，或许他还真的舍不得将她送人。

但是现在，她这般放浪形骸，不知自重，根本就是个金玉其外败絮其中的草包美人。

如此女人，好在可以随意掌控，但可恨的是，糟蹋了一张倾世的绝美容颜！

"近两日里，本王会差人专门调教于你！"看着沈凝暄泫之若泣的模样，北堂凌隐晦的眸子又沉了几分,再次转过身去,好看的眉宇紧紧皱起,"燕国后宫之中,不乏心思缜密之人,你若去了燕国,必定身份尴尬,处境堪忧,但本王不会帮你,你若脑袋还算灵光,这些日子便好好想想,过去之后,该如何立足!"

"依儿明白!"

沈凝暄心弦微松,凝眉抿唇,从地上起身,唯唯诺诺地在北堂凌身后点了点头。

微转过头,瞥见她可怜兮兮的模样,北堂凌眸色一暗,心中莫名地变得烦躁起来,他薄唇轻掀,轻声斥道:"出去!"

"是!"

轻轻地整了整衣裙,沈凝暄对北堂凌轻福了福身,转身向外。

只转身之间,她原本紧抿的唇,微微上扬,眸中精光一闪,似是被北堂凌冷峻的模样吓到一般,逃也似的出了寝室。

脚步轻飘,款款出了听风轩。

沈凝暄轻挑了黛眉,长长舒了口气。

今日这一仗,险胜!

接下来的几日里,北堂凌果真派了专人来调教沈凝暄。

为了让北堂凌放松警惕,沈凝暄表现得十分乖顺,在礼仪方面,亦学得有模有样,即便是北堂凌,再见她时,也被她恭谨庄和的举止,惊得一怔一怔。

如此,他看向沈凝暄的眼神,渐渐从厌恶,变得平静,却不会掺杂一丝一毫的男女之情。

蓝毅曾经壮着胆子问过他,萧依儿生得貌美倾城,他真的舍得将她送给独孤宸么?

然,他却邪肆一笑,回答道:太美的男人,是妖孽,太美的女人,则是祸水。他深有自知之明,绝对不会将祸水留在自己身边。

转眼间,半个月一晃而过。

在摄政王府住了半个月之久后,沈凝暄终于随着北堂凌一行,乘船离开越城,启程前往燕国。

上船之后,沈凝暄便又开始浑浑噩噩的水上生活。

自船舶启航之时,她便从日出,睡到日落,再从日落,睡到日出,每日跟床打起了交道,倒是赵玉儿,除了浓妆艳抹以外,时不时到北堂凌身前晃悠着。

北堂凌是何许人也?

他只消一眼,便能看透赵玉儿的心思。

想当然尔，经过赵玉儿不厌其烦地搔首弄姿之后，他对赵玉儿的反感和嫌恶，已然到了忍无可忍的地步。

最后，在收到赵玉儿送出的一只绣着鸳鸯戏水图案的锦囊之后，北堂凌的眸光越来越寒凛，杀气强烈得令人惊骇，好像下一刻就会仗剑杀人。

蓝毅见状如临大敌，直接将赵玉儿丢回了船舱，命她在厨房里打杂，再也不许接近北堂凌，否则小心她的小命！

赵玉儿被关在了船舱里，不只是北堂凌眼前干净了，就连沈凝暄的日子，也变得格外安宁。

很快，船舶停靠在新越边境的码头上，沈凝暄终于结束了她的噩梦之旅，跟着北堂凌一行，登上了马车，越过新越边境，朝着燕国京都，浩浩荡荡驶去……

不在水中飘摇，沈凝暄的日子好过了许多，不过美中不足的是，赵玉儿又出现在了她的生活之中。

这一夜，经过数日颠簸，车队在一座小镇休整。

夜色，已深。

沐浴过后，沈凝暄倚靠窗前，凝眸看着外面森严的守卫，心中思忖着，自己该如何脱身！

用毒？

想到自己一直随身携带的药箱，沈凝暄轻蹙了蹙眉，心中思绪连连。

若是用毒，她又该如何行事？

正当她凝眉沉思之际，见两道黑色身影，快速自眼前掠过，那速度之快，让她惊诧不已……若非，她也是习武之人，必定会觉得自己眼花了。

有刺客？！

还是绝顶高手！

心中联想至此，她心思电转，眸色忽而一亮！

心想着这些人所图的，无非是北堂凌。

那么，不就意味着，她可以趁乱脱身了吗？

她紧咬了下唇瓣，快速转身将室内油灯吹熄，然后借着月色，换好衣衫，提了自己的药箱，静静藏身窗前，等待最佳时机……

不声不响地藏身在窗前，沈凝暄发现，继两道黑色身影之后，客栈外又陆陆续续多出许多黑衣人，心想着对方来者不善，今日北堂凌有得受了，她轻敛了眸，凝眉注视着外面的状况！

果然，在不久之后，静谧的客栈里，忽然传来一声惊雷般的呼喊："有刺客——"

第三十八章 遇袭，救命恩人！

309

紧接着，刀剑相交的尖锐声响，此起彼伏，昭显隔壁战况激烈空前。

月夜中，客栈外的黑衣人，皆一身肃杀地提剑而入，只是片刻，方才便要进入北堂凌寝室帮忙的影卫们，一时间进退维谷，只得暂时后撤，与进院的黑衣人缠斗在一起。

窗外，刀兵相接，激战正酣，厮杀声此起彼伏。

那不时传来的哀嚎声，惊得沈凝暄猫腰低头，生怕一不小心，成了人家靶子。

约莫半个时辰的工夫，窗外兵器相交的声音，终于逐渐远去，直至消弭不见，沈凝暄这才轻皱了娥眉，稍稍探身朝着窗外望了望。

院落里，经由方才的一阵厮杀，早已一片狼藉。

探身朝着北堂凌所在的屋子望了望，见里面人影攒动，沈凝暄心弦一凛，心想着北堂凌经此一役，不少胳膊断腿儿，也得丢掉半条命，她提起药箱，借着月光悄悄地摸了出去。伸手轻轻地推开门。

在确定院子里人都去守着北堂凌后，她悄然一笑，刚迈起步子开溜，却不期身后忽然蹿出一道人影，死命拉着她提着药箱的手："依儿，你要去哪里？你不能丢下我！"

眉头蓦然一皱，沈凝暄回眸看着正死命拉着自己的赵玉儿，顿时气不打一处来，脸色冷凝地压低了嗓子："放手！"

赵玉儿看着沈凝暄冷凝的眼神，不由心头一惊！

她知道沈凝暄为人泼辣，但是从来不对自己人发火！

是以现在迎着沈凝暄冷凝的明眸，她虽心中惊惧，但是一想到自己的荣华富贵还要靠着沈凝暄，便不由心下一紧，有恃无恐地抓着沈凝暄的手腕，死活都不让沈凝暄脱身："不放，我死都不放，如果你跑了，我也没好果子吃，死我都要拉着你。"

闻言，沈凝暄眸色瞬时一冷！

好脾气终于被消磨殆尽，她黛眉一皱，没有丝毫犹豫，转身朝着赵玉儿的肚子上便是一脚！

赵玉儿猝不及防，直接被她踢了一脚，不由痛哼一声，双手捧着肚子摔在地上。

不等赵玉儿再有其他反应，沈凝暄一个箭步上前伸手便啪啪地点了赵玉儿几处大穴。

微凝眸，朝着北堂凌所在的房间望了一眼，沈凝暄起身拍拍衣服，提起药箱，对着赵玉儿冷然一笑，脚下生风一般，直接朝着门口方向快步奔去。

一路从客栈里跑出，她左右看了看，刚要找路逃跑，却不期身后忽然探出一只大手，用力攫住了她的皓腕："依儿姑娘！"

闻声，沈凝暄脚步一顿，心中叫苦不迭！

是蓝毅！

只差一步，只差么一步，她就能逃出生天了！

都怪那该死的赵玉儿！

轻拧着眉，她微微转身，满是惊恐地看着浑身是血的蓝毅："蓝大人，你怎么了？受伤了吗？"

"我没事！"

面色凝重地看着沈凝暄大惊失色的如花容颜，蓝毅眸色一缓，沉声说道："我记得，姑娘是大夫！"

"呃……哦……"

怔怔回神，沈凝暄勉强一笑，扬了扬手里的药箱，给自己找了个不错的借口："医者仁心嘛！方才我见外面有人厮杀，便想着出来瞧瞧，这不……我连家当都带上了！"

"那太好了！"

如释重负地轻叹一声，蓝毅拉着沈凝暄的手，疾步如风地带着她转身向里。

刚刚出了院门，便又被不由分说地拉了回来，沈凝暄唇畔的笑微微有些发苦，心中更是哀叹不已，用力挣了挣被蓝毅紧握的皓腕，她不悦问道："蓝大人，男女授受不亲，你这是作甚？快些放开我！"

蓝毅面色一沉，脚步不停道："摄政王受伤了，上了金创药，却仍旧血流不止……"

沈凝暄一听北堂凌受伤了，心中不由暗喜！

若是平常人受了伤，她肯定一刻都不耽搁，立即跟着给人治伤！

但此刻，是北堂凌那只骄傲欠扁的孔雀受了伤，她反倒心情大好，不急不躁！

俗话怎么说来着，恶人自有恶人磨！

哼！

想到过去在燕国皇宫，北堂凌不仅差蓝毅送去了棋盘，还与玉玲珑和南宫素儿相互勾结，构陷她和独孤萧逸，现在他受伤，根本是罪有应得！

思绪至此，她脚步一顿，面色一沉，随即用力挣开蓝毅的大手："摄政王的伤，我瞧不了，蓝大人还是另请高明吧！"

闻言，蓝毅眉心紧皱，声音不禁一沉，"姑娘不是大夫吗？是大夫就能救人！"

听着蓝毅微沉的声音，想到他过去和自己之间的种种过节，沈凝暄心下冷笑着轻蹙了黛眉，俏脸上别有一番风情："不管是谁，我都要救，但唯独摄政王，我救不

了！"

"为什么？"

听闻沈凝暄不肯救治北堂凌，素有忠奴之称的蓝毅一改往日温柔，语气不善地作势便要上前再次握住她的手腕："治不了也得治！"

见蓝毅不跟自己客气了，沈凝暄自然也不会跟他客气。

抬手躲过蓝毅探来的大手，沈凝暄心中坏笑着说道："不瞒大人，我救人的方式比较特别，我怕摄政王受不住！"

闻言，蓝毅面色一沉，道："平头百姓受得住，王爷他自然也能受得住！"

沈凝暄点头，故意拖延着时间："我平素不轻易出手救中毒之人，若是要救，那诊金可是很贵的哦！"

她知道，今日若她不救北堂凌，蓝毅一定不会放过她。

不过既然知道受伤的是北堂凌，她大可再将时间拖长些。

反正坏人，一般都不会那么容易死！

北堂凌这样的坏人中的翘楚，更不会随随便便就死掉！

听了沈凝暄的话，蓝毅脸色蓦地一黑，他没想到，在这种紧要关头，眼前女子，居然在跟他谈钱？

只是顷刻之间，沈凝暄长久以来在他心目中的美好形象轰然倒塌，眸色微深了深，看着眼前一身铜臭味的绝美女子，他咬牙道："只要你替王爷治伤，你要多少银子，我就给你多少！"

"这才上道嘛！"

丝毫不吝啬夸赞蓝毅一声，沈凝暄仍旧在拖延时间："你先说说，你能给我多少银子？"

"依儿姑娘！"

咬牙切齿的声音自口中挤出，蓝毅隐忍着怒火，耐着性子道："银子王爷有的是，不会差你的！"

北堂凌的寝室之中，灯火通明，与房外幽深的夜色，形成鲜明的对比。沈凝暄抬眸向里，见分立门前的几名影卫，个个神情严肃，满脸的肃杀之意，她不禁轻拧了拧眉，将头摇跟得拨浪鼓似的转身便要往外走："摄政王的伤，我真的治不了，蓝大人你另请高明吧！"

蓝毅冷哼一声，伸手扯住她的手臂，愣是不让她走："你还没看，怎么就知道治不了？我看你是故意不给王爷治吧！"

"喂！你少冤枉本姑娘！"

用力挣了挣被蓝毅攥痛的胳膊,沈凝暄紧蹙着娥眉,龇牙咧嘴道:"你没听过什么叫明哲保身吗?算上你在内,你仔细瞧瞧,你们这几个人脸上都写着什么?"

"写着什么?"

蓝毅皱眉反问一句,才发现自己顺着她的意思问了一句白痴才会问的废话,不由阴沉了脸色:"我们脸上根本就没写字!"

"谁说没有?"

伸出手来,沈凝暄指着蓝毅冷峻的脸,又指了指影卫们阴沉的脸色,沈凝暄不依不饶道:"那那……就你们这样,一个个跟死了爹似的,若摄政王让我医治好了也就罢了,若一个医不好,你们不把我生吞活剥了才怪!"

说话间,她猛挣自己的胳膊,势要摆脱蓝毅的禁锢:"放手!这伤,我治不了!"

"你……"

纵然有再大的耐性,也快被眼前的女人给磨完了,蓝毅的脸色是要多黑,就有多黑,但……尚不等他再多说什么,便听上房里传出一道低哑而充满磁性的声音:"今日,若你医好了本王身上的伤,本王重重有赏,若医治不了,本王也会让你活命……"

毫无疑问,这出声的,必是北堂凌无疑!

而沈凝暄等的,就是他这句话!

眼下,既是他都这么说了,她只回眸狠瞪蓝毅一眼,便甩开他的大手,转身向里,抬步进入屋内。

视线自门前的几名影卫身上一一扫过,沈凝暄轻蹙娥眉,终是在光线深幽的床榻上,寻到了让她恨得牙根痒痒,却又整蛊得格外痛快的妖孽男子!

此刻的北堂凌,面色苍白,黑发凌乱,哪里还有早前的意气风发?!

一道长长的伤口,十分狰狞地自他的左肩膀,划至腰腹,蜿蜒的伤口中,即便上了金创药,却仍旧有黑血不停汩汩冒出……

"还愣着作甚?没看到王爷还在流血吗?赶紧给王爷医治!"半晌儿,见沈凝暄怔在当屋,却一直没有动作,蓝毅不禁急不可耐出声催促道。

"你催什么催?有本事你给他治啊!"

实在是恶趣味地想要看着北堂凌流血而死,沈凝暄狠狠地以眼白剜了蓝毅一眼,这才提着药箱快步朝着北堂凌走去。

施施然在榻前落座,她顶着北堂凌如鹰鹫般饱富侵略的眸光,低眉敛目地仔细查看着他的伤口。凝眉片刻,明辨北堂凌所中之毒,她轻挑了挑眉梢,不曾抬眸,却是啧啧出声:"摄政王一定是得罪这人,不想要你的命,却让你生不如死,真真是心

第三十八章 遇袭,救命恩人!

狠手辣啊！"

因沈凝暄的啧啧之声，北堂凌俊眸之中，锐光绽亮！

早前，眼前女子在他面前，总是一副楚楚可怜模样，着实让他恼火，但是方才她在门外对蓝毅的态度……轻抬眸，看着蓝毅被她气到火冒三丈的样子，他心中不觉有些好笑！

看来，不是她伪装得太好，就是他眼神不好。

平生第二次，他居然又一次看走眼了。

伤口剧痛不时传来，他有些懊恼地凝视着沈凝暄清丽绝俗的俏脸，俊美而苍白的脸上，笑容微涩："本王的伤，怎么样……"

世上有谁，浑身流血不止，却还能笑得出？

北堂凌，便是这么一个人！

轻拧着黛眉，不紧不慢地抬起头来，沈凝暄面色沉静道："摄政王的伤口虽看着骇人，但是并没有伤到要害，已经上了金创药但还流血不止是因为刀上有毒，但是这毒又不会致命，只会让伤口难以愈合，所以……这毒，可治可不治，全凭摄政王决断！"

语落，沈凝暄再次垂眸，视线落在北堂凌的伤口上。

虽然，她不曾见过伤了北堂凌的凶器，但是依着伤口推断，那立该是一把特制的刀，刀刃的后方带有小钩，刀划过身体时，小钩把皮下的肉都带出外翻，使伤口比普通的刀横伤宽出一倍。虽不致命却是也带来了伤口清理处置上的困难。

再加上他身上的毒……

这毒，她太熟悉了，说白了，根本就是出自独孤珍儿之手……如此，她已想到今日对北堂凌下手之人，只要想到那人，她便心中一痛，又想起了因他而永远离开的独孤萧逸！

听闻沈凝暄所言，北堂凌如画般完美的眉宇微微上挑，眸中闪烁的光华中，他吃痛地沉着嗓子问道："何为可治可不治？"

沈凝暄轻勾了勾薄唇，眉目如画地看着北堂凌："可不治，是只要像现在这般，流上半个月的黑血，此毒自然可解！"

蓝毅面色一沉，声音冷厉道："流上半个月的黑血，王爷还有命吗？此毒伤一定要治！"

"治伤可以！"

视线微转，不惧蓝毅阴沉的面色，沈凝暄淡淡扬唇："不过会十分遭罪！"

闻她此言，蓝毅眸色一冷，抬眸看向北堂凌："王爷……"

"这点皮肉之苦，本王还受得住！"北堂凌眸光冷凝，对沈凝暄说道，"给本王治伤！"

"摄政王威武！"

没有再提什么刁钻的问题，沈凝暄轻点了点头，转身对蓝毅吩咐道："蓝大人，别愣着了，赶紧将王爷的外袍脱下，我给王爷治伤。"

听到她的吩咐，蓝毅眉心紧皱，不敢有丝毫怠慢地快速褪下北堂凌的外袍，一脸凝重地守在边上。

轻凝眉，视线自北堂凌精壮结实的胸膛上划过，想着这么完美的身子，日后一定会留下疤痕，沈凝暄头也不抬地低声说道："我先说一声，王爷的伤，即便是好了，也会留疤，到时候可别又反过头来怪我！"

闻言，蓝毅面色又是一沉，北堂凌则阴恻恻一笑："你还真是凡事都想到前面，一切明哲保身！"

"我知道什么叫势比人强，为了活着，我可以向全天下的人低头，但是相对的，做任何事情之前，我都会想着，自己做完这件事情，能不能好好活着……"人都说，江山易改，本性难移。看见北堂凌阴恻恻的浅笑，知道自己以前的伪装，早已前功尽弃，沈凝暄不再装得楚楚可怜，也不曾顾及自己的形象，一脸势利地浅笑着："王爷，你可要记得，今日过后，我可是你的救命恩人！"

见沈凝暄始终不曾动手做过什么，蓝毅不禁沉着脸色，再次催促道："我若是依儿姑娘，就赶紧替王爷解毒啊！"

"知道了知道了！"

沈凝暄看了蓝毅一眼，磨磨蹭蹭地从药箱里取出许多瓶瓶罐罐，然后将一只木棒递给北堂凌唇边："王爷，用这个吗？"

她没说一定用，俨然好商好量，其实说白了，就是在拖延时间。

"不用！"

饱满的额头上早已布满汗珠，北堂凌轻摇了摇头，俊美的脸上渐渐苍白。

"反正疼的也不是我！"

有些悻悻地将木棒放回药箱，沈凝暄垂眸又看了眼北堂凌的伤口，开始漫不经心地配起药来，边配着药，她还状似随意地轻声问着北堂凌："王爷得罪的什么人？对方居然用如此手段折磨你？"

闻言，北堂凌眉心不禁轻轻拧起。苍白的脸上，没有一丝血色，他如黑曜石一般的瞳眸，如深渊一般。

他身边的影卫，皆是高手。

可今夜的刺客，比之蓝毅的功夫，都要高深许多。

如此高手，让他联想到多年前的一个传说，那便是燕国的龙骑四卫！

第三十八章 遇袭，救命恩人！

见北堂凌如此，沈凝暄也不多问，转头对蓝毅吩咐道："去拿几个碗来！"

闻言，蓝毅面色阴郁，极不耐烦地说道："爷现在流了这么多血，你不赶紧为他止血，要碗作甚？"

从方才进来到现在，沈凝暄的嘴巴一直就没停过。

可要命的是，北堂凌的血还在不停地流着，她连一点实质性的举措都没有！

他有一种直觉，眼前这个美如谪仙的女人，根本就是在故意拖延时间！

"他体内毒血那么多，自然要放掉……罢了！反正这屋里到处都是血……"对蓝毅也没什么好脸色，沈凝暄取了一把锋刀，便站起身来，不等蓝毅反应过来，她直接抓了北堂凌的手，在他的五根手指上，分别豁开一道伤口！

都说十指连心，只一瞬间，北堂凌便险些因锥心之痛，直接昏厥过去。

见此情形，蓝毅心下一惊，忙出声喝问："你做什么？"

"放血！"

理直气壮地瞪了蓝毅一眼，沈凝暄没有丝毫犹豫，端起方才配好的药粉，直接倾倒在北堂凌的伤口上！

"嘶——"

药粉与伤口接触，瞬间发出滋滋之声，只顷刻之间，剧痛袭来，北堂凌忍不住咬牙倒抽一口冷气，整个身子都轻轻颤抖着。

"萧依儿，你找死！"

见北堂凌面色如此痛苦，蓝毅手腕一抬，作势便要抓住沈凝暄的胳膊。

虽然，身为习武之人的他，知道处理伤口一定会疼，但沈凝暄的动作太过粗鲁了！

在他看来，这女人，一定是活腻歪了！

她明明就是个小恶魔，如何他早前能将她当作一个大家闺秀来对待？

"我不治倒也罢了，但是现在治若治不完，摄政王便必死无疑，你若想要他死，现在可以杀了我！"有恃无恐地冷冷瞪了蓝毅一眼。沈凝暄看着北堂凌的伤口，在白色药沫儿作用下，不再黑得一塌糊涂，不禁撇了撇嘴，柔声问道："摄政王，你可好些了？"

听她此问，蓝毅脸色瞬时冷凝下来。

被她如此折腾，是个人都好受不了！

然而，与他的反应成强烈对比的是，北堂凌不但不怒，却笑着点了点头，声音婉若美酒一般，低沉淳厚："你可以继续！"

"好！"

沈凝暄凝眸领首，竟是取了一只黑色药瓶出来，翻手将药瓶里的药液，直接顺着北堂凌蜿蜒的伤口，淋漓而下……

北堂凌为人阴险，诡计多端。

沈凝暄对他，从来都没有什么好印象。

但是，在她给他治伤的过程中，他却极为隐忍，即便痛得坐起身来也未曾昏厥，如此……难免让沈凝暄升起一丝钦佩之意！

其实，她在施药之前，完全可以让他先服用了止疼的丹药。

但是，她没有！

想到去年在楚阳时，眼前这个男人对她和独孤萧逸的百般逼迫，想到他让蓝毅送到燕国的棋盘，沈凝暄觉得不整他个死去活来，那会枉费了老天爷给的绝好机会。是以，明明可以给他的止疼药，她没有给，明明可以将前两种药掺和在一起，她也没有掺，她就这样，让他生生地一连痛了三次。

可是，面对那种蚀骨噬心的剧痛，他却只痛叫着坐起身来！

如此，便足以让她刮目相看了！

不过，这并不影响她痛整他的决心！

眼看着北堂凌因剧痛霍然坐起，沈凝暄娥眉一皱，沉声说道："谁让你乱动的？这下好了，功亏一篑了！"

闻言，蓝毅心头大惊，一手拽住沈凝暄的胳膊："你这话什么意思？"

沈凝暄紧皱着眉心，惋惜说道："摄政王身上的毒，都在伤口周围，我好不容易将毒从伤口上逼回，只要伤口可以愈合，他体内的毒，便能从手指逼出，可是现在你看他的伤口……"

既惋惜又无奈地咂舌片刻，沈凝暄一脸同情地看着北堂凌："摄政王，你还能撑得住吗？"

沈凝暄的问话出口，北堂凌许久不答。

经过一番剧痛折磨，他赤裸的身上却早已因剧痛而冷汗涔涔，那不停泌出的汗水将身下的床褥浸湿了大片！

须臾，丝毫不觉痛意减轻，他双眼迷离，渐渐合上双眼，却仍旧紧咬着牙，不让自己昏厥："本王……还撑得住！"

"能撑得住就好！"低眉看着他如白玉雕刻般完美却苍白的俊脸，沈凝暄看了眼他刚刚止血，却又流血不止的伤口，说了句犯众怒的浑话："我们再来一次！"

闻她所言，影卫们皆倒抽一口凉气，蓝毅更是气不打一处来的，冷厉喝道："你说什么？还来一次？"

被蓝毅一吼，沈凝暄不禁浑身一怔！

紧皱了眉头，她看都不看蓝毅一眼，埋头收拾着边上的药箱，待一切收拾妥

第三十八章 遇袭，救命恩人！

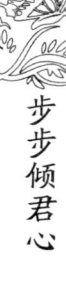

帖，直接提着药箱，转身便要离开！

"站住！"

眼看着北堂凌生不如死，沈凝暄却头也不回转身就走，蓝毅登时急眼，想也不想就拽住她的手臂，力道大得惊人："王爷现在这样？你不吭一声就想走？"

"不是本姑娘不想医治，是你不让本姑娘医的，更何况……"皱眉甩臂，用力摆脱蓝毅的禁锢，沈凝暄微微侧目，悠悠的目光在北堂凌精壮健硕却血迹遍布的上身一扫而过，她轻抬眸华，一脸鄙夷地看着蓝毅："早前摄政王说了，若我医不好他，也不会怪罪于我！怎么？你想违背他的意思？"

"你……"

被沈凝暄的伶牙俐齿气得语塞，蓝毅眸底怒火升腾，随时都有可能爆发。

"蓝毅……"

紧皱着眉宇，北堂凌一脸痛苦地轻唤蓝毅一声，继而十分虚弱地转睛凝视着沈凝暄："让她为本王医治！"

"王爷！"

蓝毅双眸猩红，满是心痛地看着北堂凌："这毒，即便现在不解，数日后您也能无恙？"

"一连……"

眸色微冷地看着蓝毅，北堂凌怒道："一连流数日的血，本王到时候，即便有命，也已是半残，谈何去出使燕国？"

"王爷……"

被北堂凌一怒惊得面色一变，蓝毅咂了咂嘴，不敢再多言。

微转过身，沈凝暄凝眸看向北堂凌："王爷可想好了？"

闻言，北堂凌瞬时沉了眸色，对沈凝暄苦涩地牵了牵干涩的唇角："若本王现在放弃，方才的疼岂不是白受了？"

听她此言，沈凝暄也不啰唆。

垂眸将药箱搁在边上，她动作利落地取了瓶瓶罐罐，将药配好以后，便如早前一般，先往北堂凌的伤口上撒上药粉，然后是药液，最后是金创药，但是……所有的动作一气呵成！

"好了……"

时候不长，沈凝暄终于将北堂凌身上的伤口包扎完毕，看着他绷带交错的模样，沈凝暄斜睨了眼他仍旧流着黑血的十指，眸色微深了深，这才起身开始收拾自己的药箱。

"可以了吗？"

蓝毅看着北堂凌毫无血色的俊脸，脸色难看得厉害："为何不替王爷将手指包好！"

"你没长眼睛吗？！那里还在放着毒血！"

轻瘪了瘪嘴，沈凝暄提了药箱，对蓝毅叮嘱道："半夜的时候，该是摄政王伤口最疼的时候，他若有什么特别的动静，你也无须大惊小怪。"

说完话，沈凝暄转头看床上已然被折腾得只剩半条命的北堂凌，抬手把药箱背在身上，便准备离开。

但是，蓝毅却死活不准。

在他看来，现在沈凝暄只有守在北堂凌身边，他才能安心。

无奈，势比人强，沈凝暄虽心有不愿，却也只得留下。

第三十八章 遇袭，救命恩人！

第三十九章 齐王，他还活着！

　　北堂凌一行落脚的小镇不大，最好的房间，条件亦比不得京城，北堂凌的房间里，只有一张床，如今他身受重伤躺在床上，沈凝暄左右看了看，只得将椅子拉到一边的圆桌前，趴在桌前歇息。

　　一番折腾下来，时间已到了后半夜，经由早前的一场刺杀，影卫们如临大敌，谁也不敢掉以轻心。

　　也不知过了多久，院落里响起赵玉儿的哀嚎声。

　　闻声，趴在桌上的沈凝暄轻蹙了蹙眉，换了个更舒服的姿势睡着，却并未转醒。

　　夜深人静时，果真如她所言，是北堂凌最疼的时候。

　　人，在意识不清时，往往也是最诚实的时候，在剧痛之下，他虽陷入昏睡之中，却时不时痛吟出声。

　　站在门外，听到北堂凌的呻吟声，蓝毅心神一凛，忙快步进入寝室。

　　甫一入门，见沈凝暄趴在桌上睡得正香，蓝毅瞬间紧皱着眉宇，脸色陡地一沉，他快步行至北堂凌身前，一脸担忧地查看着他的情况！

　　此刻，北堂凌的脸色，已然苍白如纸。

　　乍看之下，犹如死人一般。

　　着实被主子的如此脸色吓了一跳，听着他不停的痛吟声，蓝毅凝眉探手，感觉到北堂凌额头上滚烫的热度，他心下一紧，转身行至桌前，毫不客气地一脚踢在桌腿上："依儿姑娘，醒醒！别睡了！"

　　"唔……"

　　原本睡得正沉的人，忽然被人惊醒，自然心里有气，迎着蓝毅不善的目光，沈凝暄咂了咂嘴，故意拿手往嘴角一抹，好似在抹着口水一般："蓝大人，这大半夜的，你就不能让人好好睡一觉吗？"

见她如此态度，蓝毅脸色瞬时一黑！

眉宇蓦地一皱，他伸手抓住沈凝暄的手臂，怒不可遏地将她扯到床前："王爷眼下痛得厉害，还在发着高热……你当真是个没有心的大夫吗？"

心？

轻拧了黛眉，沈凝暄伸手抚上自己的胸口。

过去，独孤萧逸曾经问过她，她的心，是不是黑的！

她说，她的心，本来就是黑的！

后来，她的心不黑了。

可是，却被他带走了……

现在，她哪里来的心？

半晌儿，见沈凝暄苦笑着怔怔出神，蓝毅心中没来由地窒了窒，无可奈何地轻叹了口气，他好生说道："依儿姑娘，算我求你了，你再想想办法！"

"摄政王的伤口不深，但面积太大，再加上中了毒，如今才刚处理好，自然会痛……"人家态度转好了，沈凝暄自然不会继续僵着，黛眉紧拧着看了蓝毅一眼，她神情复杂地看向北堂凌，睇见他苍白的脸色，她心下暗暗一叹，到底缓步轻挪，回到桌前打开药箱。

见状，蓝毅眉宇微松，连忙跟上前来。

轻回眸，看了眼一脸戒备看向自己的蓝毅，沈凝暄黛眉一褶，不悦说道："要不你来？"

见她面色不善，蓝毅紧皱了皱眉，便再次退后一步。

轻垂眸，眉心舒展开来，沈凝暄无奈一叹，遮遮掩掩地从青花瓷瓶里取出一颗止痛丹，又从另外一个药瓶里，取出一颗退烧的丹药，这才转身重回床前，倾身箍住北堂凌的下颌，欲要将两颗丹药与他喂下。

然，她的手，才刚刚用力，却不期仍在昏迷中的北堂凌，竟然蓦然抬手，死死握住她的皓腕。

"啊——"

心惊之余，沈凝暄不由惊呼一声，就在她准备将手腕挣开时，却见北堂凌缓缓张开双眼，目光蒙眬地凝视着她，像个孩子一般，脆弱而无助地呢喃道："母后……你不要杀儿臣……儿臣听话……不要杀儿臣……"

闻言，沈凝暄心底一震，原本冷硬的一颗心，竟然柔软了些许。

他就像个孩子一样，如此祈求着，可是……他的母后，却还要杀他吗？

第三十九章 齐王，他还活着！

321

这天底下，果真有如此狠心的母亲吗？

心念至此，沈凝暄竟然觉得，这北堂凌虽然狠辣，却同样遭受过亲人的狠心迫害，竟与她有些同命相怜！

关于北堂凌的呓语，蓝毅不曾听清，但见沈凝暄许久没有动作，他紧皱了剑眉，刚要出声，却见沈凝暄似是在哄孩子一般，轻拍了拍北堂凌的手背，和蔼声道："好孩子，乖乖的，把药吃了，母后一定不会杀你！"

闻言，蓝毅眸底一冷，看着沈凝暄的眼神，如利刃出鞘一般，森寒冷厉！

北堂凌的母后，那可是新越已逝的太后娘娘。

她果真是吃了熊心豹子胆了，居然胆敢在摄政王面前托大，要知道，摄政王的母后，也是当今皇上的亲生母亲，这若是被有心之人听了去，她有十条小命都不够丢的啊！

但，让他瞠目结舌的是……他的主子，堂堂的新越摄政王，居然真听了她的话，乖乖地将丹药吞了下去！

这一幕，看在蓝毅眼中，足够诡异惊悚，让他的脸色，青一阵白一阵，刹那间好不精彩！

看着蓝毅就差没吐血的样子，沈凝暄不禁心下轻笑，低垂眼睑，看着自己被北堂凌紧握的手腕，她想要将北堂凌的手抽回，却被他握得紧紧的，无论如何都挣脱不了。

无奈之下，她眸中精光一闪，伸出另外一只手，便要将北堂凌的大手拿开。

"依儿姑娘！"

眼看着北堂凌好不容易安静睡去，蓝毅不忍他被打扰，沉着脸色对沈凝暄说道："反正你在桌前也是趴着睡，倒不如就在王爷身边守着，你看……王爷他好不容易才睡踏实了！"

闻言，沈凝暄心中失笑！

想她跟北堂凌不但非亲非故，还有仇呢，她救他已算仁至义尽，凭什么要跟他手拉着手……睡？

念及此，她定定地，看着蓝毅，满脸不悦地动了动自己被北堂凌紧握的手腕："蓝大人，我既不是摄政王的女人，这也不是青楼妓院，你觉得这样合适吗？"

听闻沈凝暄所言，蓝毅眸色微深，脸色却是出奇的平静。

从昨夜到现在，他所有的脾气，已然被沈凝暄磨得消匿殆尽。

北堂凌受伤，是他失职，他心中急躁且自责。

但沈凝暄的一言一行，却让他深深厌恶。

她不只颠覆了他对她的美好印象，还总是一副锱铢必较的模样！

但是，想到北堂凌的伤，他只得暗暗沉重地叹了口气，伸手从袖袋里取出一袋金叶子，直接扔到沈凝暄手边，不屑地撇了撇唇："别人用银子，我给你金子，新越城中最大的妓馆花魁，也不过是这个价儿，今夜，我买你一只手，让摄政王拉着睡！"

怔怔地看着手边绣品精良的荷包，沈凝暄红唇轻嚅，稍许，待她回过神来，嗤笑着冷声问道："蓝毅，蓝都统，蓝大叔，你拿本姑娘当什么了？"

听闻沈凝暄一声蓝大叔，蓝毅挺拔的身子，蓦地一僵！

想到过去在楚阳发生的一切，他脸部抽搐着沉眸看向沈凝暄，抬手之间，又取出一袋金子，神情冰冷地丢给沈凝暄："这世上，敢叫我蓝大叔的人，已经被我活活烧死了，你该庆幸，你对摄政王还有用，否则我一定不会饶了你！"

"什么？"

闻言，沈凝暄只觉脑中轰隆一声巨响！

她敢笃定，这世上敢喊蓝毅蓝大叔的人，除了她自己，不会再有第二个人！

可是现在，蓝毅却说，那人是被他活活烧死的……这也就意味着，冷宫里的那把火，幕后真凶不只是南宫素儿和南宫月朗，该是……陡地转头，看着正死握着她的手，睡得香甜的北堂凌，沈凝暄心头一紧，直接跌坐在榻前的小凳上。

是他！

居然是他！

"喂！"

见沈凝暄怔怔不语，还坐下身来，蓝毅也不再多说什么，转身便要往外走。

不曾多看蓝毅一眼，沈凝暄深凝视着北堂凌，心中冷然一笑。

他千方百计，无所不用其极地让她死，可她还阴差阳错地救了他，她和他，该有多大的仇怨，今生竟然如此纠缠不休？！

心念至此，她抄手自头髻上拔下一根银簪，作势便要朝着北堂凌的手背刺去。

"住手！"

只匆匆一瞥，却神色大变，蓝毅厉喝一声，身形迅猛如风，直接将沈凝暄手里的银簪打落："萧依儿，你够了，若你胆敢妄动王爷一根汗毛，我定不饶你！"

沈凝暄娥眉一皱，心下不爽地冷眼看着蓝毅："我给你两袋金子，你来陪着摄政王如何？"

"怎么？你觉得两袋金子还不够吗？"蓝毅眉头一皱，探手从袖袋里取出一袋金子，对沈凝暄皱眉瞪眼，"依儿是爱财之人？断然不会与这金子过不去吧？"

"够了……"

静静地看着面前的三袋金子，沈凝暄凤眸微眯。

三袋金子才得了沈凝暄够了两字，蓝毅浓密的剑眉不悦拢起，黑眸之中的厌恶之色更深了几许。

不是没看到蓝毅眼底的厌恶之情，却装作视而不见，沈凝暄垂眸看了看床边的几袋金子，将红唇抿成一条直线，一脸差强人意的样子："我听说，此次摄政王出行时，带了两颗夜明珠……"

听她此言，蓝毅的俊脸倏地一僵，而后一寸寸龟裂开来："夜明珠价值连城，依儿姑娘未免狮子大开口了，君子爱财需取之有道！"

沈凝暄浅显一笑，不以为然道："我是女子！从来都做不得君子！"

闻言，蓝毅嘴角一抽，眸色深深地凝了她一眼，冷凝视着面孔，险些没被气死："那夜明珠是要送给燕国太后的！"

见蓝毅如此言语，沈凝暄微抬自己被北堂凌握着的手，作势便要用力挣开。

"住手！"

冷喝一声，蓝毅转身大步向外走去。

片刻，他去而复返，冷着一张俊脸，将一只精雕细琢的红木盒子，放在沈凝暄面前。

满意地看着面前的红木盒子，沈凝暄又差强人意地笑了笑，蹙眉看了眼被北堂凌抓着的手腕，她虽心有不愿，却在暗暗一叹后，打了个大大的哈欠，趴在床头沉沉睡去……

她不是贪财之人，却知日后在外混迹，离不了银钱打点。

这两个人，可是要杀她的人。

她跟他们，客气什么？！

是以，不管蓝毅愿不愿意，即便是把他气吐了血，她也不能亏待了自己。

至于秋后算账吗？！

今日过后，只要她走出了这里，便一定会不顾一切地，撒腿逃跑……

一个半时辰后，东方鱼肚见白，和暖的阳光俏皮地穿过窗棂洒落一室，那金灿灿的阳光打在趴在床沿酣睡的沈凝暄身上，将她绝美的容颜，镀上一层金色，暖暖的，美得摄人心魄！

浓如墨色般的剑眉，微微一拧，昏睡了整整一夜的北堂凌，眼睫轻颤，终是自沉睡中苏醒过来。

轻轻地蜷缩着手指，感觉到掌中柔软，他眉宇微拢，微微侧目，悠悠的视线随着阳光洒落的方向，缓缓停在沈凝暄恬静美好的睡颜之上。

心下，忍不住轻轻一悸！

不用去看，也知自己手里握着的，是谁的手，他眸光剧闪，轻敛了墨色瞳眸，深深凝视着眼前美丽绝伦，却是他生命中第一个，与他双手交握，也是一个，在他醒来之后，仍旧可以躺在他面前酣睡的女人！

清丽绝俗，倾国倾城。

她生得真的很美！

他不是肤浅之人，却忽然觉得，此刻不施脂粉，蓬头垢面的她，比之初见之时，要更加美好千倍万倍！

深深地凝视着她酣睡的馨甜模样，视线扫过她挺俏的琼鼻，再到她轻抿的红唇……他的心底竟然又忍不住深深地悸动了下！

北堂凌从来都告诫自己，只要不付出真心，自己就不会受到伤害。

是以，他狠心，他毒辣，他精于谋算，他将天下掌握在手。

但是眼下，他的心竟像是脱缰的野马，不受控制地悸动着！那种感觉，让他真实地知道，他终究是个普通的、难过美人关的男人！

许久，心跳终是趋于平复，他弧度优雅的唇角缓缓扬起，冷冷地自嘲一笑！

记得那一日，在摄政王府，初见眼前女子，他便对她心生厌恶打从心底里不喜与排斥。

可是，经由昨夜的死里逃生，他一觉醒来，看着身侧与自己手心相应，两手交握的女子，他的心境居然变了。

是她要留下来守着他的吗？

是她握着他的手，想要以此让他改变主意，将她留在身边吗？

手，蓦地收紧。

感觉到手里的柔软和温度，北堂凌眸光微微沉下，凝视着沈凝暄的双瞳，一时间溢满复杂之色。

他不允许自己的心不受控制。

因为，那样的话，他就有了弱点！

沈凝暄回到自己的寝室，简单梳洗后，便寻思着吃饱喝足之后，偷偷开溜。

然而，她的早膳尚不曾用完，便见几名影卫自门外进来，对她轻躬了躬身，道："计划临时有变，请依儿姑娘立即上车。"

闻言，沈凝暄心下一凛："发生什么事情了？"

面对她的疑问，几名影卫并未回答，只是对她伸出手臂，做引臂动作："依儿姑娘，请！"

见状，沈凝暄心下思绪瞬间千转。

第三十九章 齐王，他还活着！

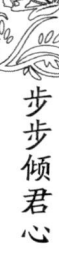

她不是傻子，自然不会跟影卫硬碰硬，是以，她能做到，便是沉着脸色，提上药箱跟着几名影卫一起出了房间。

院落里，早已备好了两辆普通马车。

马车旁边，蓝毅和几名影卫皆一身灰衣打扮，乍看之下普普通通。

看见蓝毅冷凝的神情，沈凝暄轻轻地，拧了拧眉，经由身侧的影卫提醒，上了后面的那辆马车。

轻轻地，撩起车帘，沈凝暄看着窗外的蓝毅和影卫们，不禁轻挑眉梢。

缓缓放下车帘，她仰面躺在马车里，心中思绪百转。

依现在的情况来看，她一时半会是跑不成了。

既是如此，那她就该吃吃，该睡睡，反正路还很长，她有的是机会脱身，只是头疼的是，要不断跟北堂凌主仆周旋，着实伤脑筋啊！

过了没多久，身为重伤员的北堂凌，上了另外一辆马车，马车缓缓启动，昨夜一夜没睡好的沈凝暄，在车辆的晃动下，渐渐合上眸子。

迷迷糊糊之间，也不知睡了多久，车外竟哗哗地落起了雨。

听着窗外哗哗的落雨声，沈凝暄的梦境里，竟然出现了那夜在安远时的情景。

梦中，窗外同样落着雨，天来客栈却已被大火封门。

她眼睁睁地看着，看着独孤萧逸用尽最后一丝力气吻上她的唇，对她轻声说道，让她为他好好活着……惊惶之间，她伸手想要抓住他的手，却不期什么都不曾抓到！

她就那么眼睁睁地看着，看着他含笑倒下，看着他被大火无情地吞噬……

"先生……"

"先生……"

一声一声，如诉如泣的轻唤从口中逸出，她想要不顾一切地冲上前去，却总是被一只无形的大手所牵扯阻挠……

"先生！"

终于，一声惊呼出口，她满头大汗地在车厢里坐起身来。

是梦！

她数不清做了多少回的噩梦！

双手紧捂着胸口，沈凝暄满头大汗地用力喘息着，心悸的感觉，清晰可辨，她缓缓垂眸，两行晶莹的泪珠，从眼角缓缓滑落。

他死了！死了！

永远都不会回来了！

是她害了他，可她却救不了他！

她救不了他……

也不知过了多久，久到沈凝暄的情绪早已平复，马车终于缓缓停住，紧接着便有人打开了车门。

这个人，手里撑着油纸伞，高大威猛……是蓝毅。

"呃……"

看清车外站着的人，沈凝暄微眯的眸子倏然一睁，俏丽的容颜上，并没有太多的情绪："蓝大叔……"

听到沈凝暄对自己的称呼，蓝毅面色蓦地一沉。

看着眼前美丽的女子，他如冰的俊脸上，虽是笑着，却不如不笑："依儿姑娘，王爷的伤口有些疼，你过来看一下！"

北堂凌所乘坐的马车，从外面看，除了宽敞些，一切普普通通，但是乍一进来，却让人觉得别有洞天！

马车里，精装细锥，不管是坐垫还是迎枕，皆是上上极品。

只是，与蓝毅所言有异的是，此刻端坐马车里的北堂凌，并非一脸痛楚，而是端坐在满满一矮桌的精致美食前，一脸温和地笑看着进入马车的沈凝暄："赶了大半日的路了，依儿可饿了？"

今日的北堂凌，一袭月牙白的云锦长袍，加之他俊美无俦的五官，自是华贵不凡。

暗道一声，这男人果然妖孽。

沈凝暄轻垂眸，看着满满一桌的精致菜肴，不禁眉心轻颦了颦，淡淡的视线自北堂凌身上扫过，她兀自动手将身上的披风解下，随意丢给车外的蓝毅，继而转眸看向北堂凌："摄政王不是伤口疼吗？"

北堂凌俊逸一笑，足以颠倒众生。眸华微转，他笑看着车外一脸寒冰的蓝毅。

蓝毅会意，微微颔首，上车之后，将车门关好。

见状，沈凝暄不动声色，只静静看着，却不言语。

轻含笑，看向沈凝暄，北堂凌声线清幽道："为感谢你的救命之恩，今日本王特意设宴，还请依儿赏脸陪本王一起用膳！"

闻言，沈凝暄的视线再次轻飘飘地落在桌上的饭菜上，淡淡的笑，爬上嘴角，她眉心轻蹙道："王爷，我只收了换药的好处，却不曾收这陪着用膳的钱！"

"嗯？"

北堂凌眉宇蓦地一皱。

片刻，却不由失笑。

他没想到，说到贪财，眼前这女人，居然张口闭口都是钱！

"您不是让我学得清高一些吗？"

直接拿北堂凌的话，回来堵他的嘴，沈凝暄微微一笑间，黛眉一挑，却不曾上前一步，只不卑不亢坐在车门处："我若随随便便陪人用膳，当不自掉了身价？"

"罢了！"

轻轻一叹，北堂凌不怒反笑，含笑敛眸，他妖孽的俊脸上，别有一番风情："此话既然是本王说的，今日这银子，本王就该给！"眸光微微一闪，他将手上的血玉扳指摘下，含笑放在矮桌上，抬眸看向沈凝暄："本王这里，没什么别的东西，这只扳指，送你如何？"

"王爷！"

看着桌上的血色扳指，蓝毅瞳眸骤然收缩："这万万使不得……"

"本王说使得！"

冷冷地瞪了眼蓝毅，迫其噤声，北堂凌一脸浅笑地问着沈凝暄："依儿，这个可以吗？"

从蓝毅的反应，沈凝暄便不难看出，北堂凌手边的血玉扳指，绝非凡品。

是以见北堂凌肯出血，她潋滟的红唇，微微一弯，垂眸坐在了矮桌前。

见她如此模样，蓝毅心中气极，脸色自然也好看不了多少。

明显感觉到他的敌意，沈凝暄轻蹙了蹙眉心。

睇见沈凝暄轻轻蹙眉的动作，北堂凌亲自执筷，与她面前的碗碟里布了菜，这才微转了视线，对蓝毅吩咐道："如今那两颗夜明珠，既然给了依儿，便该另寻佳品，送给如太后做礼！"

闻言，蓝毅面色一肃，微微颔首："是！"

听闻主仆二人所言，早已饿过劲儿的沈凝暄淡淡拢眉，拿起筷子，不声不响地先吃了起来。

见状，北堂凌眸色微润，转头继续对蓝毅说道："关于依儿的那幅绣图，本王不打算再给燕皇了，如此一来，三份大礼中，除了齐王那一份，另外两份，都需重新准备！"

原本，沈凝暄低眉敛目，一直吃得津津有味。

然，当她听北堂凌提到齐王二字时，却是心神一震，连带着手里的筷子，也啪的一声掉到了桌上。

齐王？

自独孤萧逸以后，燕国怎会还有齐王的封号？

到底是哪里出了问题？

是他吗？

他还活着吗？

若真的是他，他又是如何从大火中逃生的？

他身上的毒可解了？

只一时间，脑海中的问题，一个接着一个，沈凝暄心中有喜悦，却又怕落空，如此矛盾的心情下，直觉自己心绪混乱，始终无法平静下来。

静静抬眸，看了她一眼，北堂凌轻勾了勾薄唇，转而对蓝毅摆了摆手："你先下去准备吧！"

"是！"

蓝毅淡淡地睇了沈凝暄一眼，转身打开车门，提着雨伞下了马车。

吱呀一声！

车门再次关合，北堂凌看着仍然在愣神的沈凝暄，温和笑道："怎么？本王不打算将你送人，很吃惊？"

沈凝暄微微一怔，恍然回神。

抬起头来，见北堂凌正好整以暇地笑看着自己，她轻笑了一声，忍住急切想要知道独孤萧逸生死的心情，她伸手重新拿起筷子，顺着他给的竿儿，直接往上爬："依儿只是有些好奇，王爷为何会忽然间改变心意了？"

天知道，她惊得掉了筷子，并非是因为他北堂凌不准备将她送人了，而是他口中那无意提及的齐王二字，不过……此刻既是他如此认为，她将计就计，顺应而下便是最好。

"嗯。"

北堂凌轻点了点头，并未急着用膳，而是伸出手来，将桌上的血玉扳指，又朝着沈凝暄的手边轻推了推："如今，你是本王的救命恩人，这世上哪有将救命恩人当礼物送给别人的？"

闻言，沈凝暄莞尔一笑。

神态淡然地将血玉扳指收下，她淡淡抬眸，与北堂凌四目相交之时，方才轻挑了挑黛眉，只轻轻挑眉之间，她清丽的容颜上，神情淡漠，透着几分高贵与圣洁："救下摄政王，是依儿应该做的，在此，依儿要多谢摄政王抬爱！"

"依儿……"

轻唤一声，又与沈凝暄夹了些菜，北堂凌凝神看了她片刻，才缓缓开口："你本就无心被送去燕国吧？！"

闻他此问，沈凝暄拿着筷子的手，不禁微微一滞！

水漾的明眸，波光浅荡，她抬眼看向身边这个俊美得让人忍不住想咬上一口，却腹黑得让她想要立即凌迟处死的无双美男，在心底思忖片刻后，到底点了点头：

第三十九章 齐王，他还活着！

"是！"

见她点头，北堂凌忍不住轻笑了一声，"莫不是，你所谓对本王一见钟情，也并非出自真心？"

"是！"

知北堂凌心思细腻，如今既然他有此一问，她便没了继续隐瞒的必要，沈凝暄唇角轻勾着，再次对他微微颔首。

北堂凌以为，在对他的问题上，眼前的女子，多少会含蓄一些，却万万没有想到，她竟然回得如此直截了当！

是以，在听到她的回答时，北堂凌微怔了怔，俊美的脸上是掩饰不住的失落。

从始至终，一直都在凝睇着北堂凌的反应。

此刻见他露出失落神情，沈凝暄的心里，不禁荡起一抹异样！

莫不是他……

想到某种可能，她瞬时便如雷击一般。

试想着，若北堂凌有朝一日知道了她的真正身份，不知又是一种如何抓狂的反应，她心中冷冷一激灵，眸色纯净地对上北堂凌本该锐利，当下却软了几分的双眸："依儿跟摄政王说实话吧，依儿喜欢银子，更喜欢自由，所以……依儿从未想过要去攀附任何权贵，但是有些事情，却不是依儿所能左右的，比如赵玉儿绣了那幅绣图，再比如摄政王看上了依儿的美貌派了蓝大人到锦绣镇接依儿入住王府，这一桩桩一件件，都不在依儿的预料之中，可是依儿却连拒绝的机会都没有！"

"所以呢？"

因沈凝暄的坦白，北堂凌的声音不禁又是一柔，凝视着她的眸，他俊美一笑，眸光盈盈："你自入王府的第一日起，你便假意顺从本王，以求脱身，到后来本王打算将你送到燕国，便又想着要在路上伺机脱逃？"

闻言，沈凝暄心下不由一紧，但是很快她便镇定下来。

毫不避讳地与北堂凌对视着，见他看向自己的双眼中，一直都是温情点点，她再次点头："摄政王既然都知道了，又何必多此一问？"

"原来是这样！"

对于沈凝暄的诚实出奇地讶然，北堂凌又一次忍不住笑了："不过可惜，你昨夜没有跑成！"

"是啊！"

不曾将视线错开，她迎着北堂凌的眸，轻蹙了蹙眉头："摄政王，看在我救你一命的分儿上，放了我如何？"

"为什么？"

听闻沈凝暄所言，北堂凌脸上的笑渐渐冷了许多。不只是如此，就连他原本温和的眸底也渐渐沉沉下："本王不打算将你送给燕帝了，日后你只要跟在本王身边，想要什么，本王就会给什么，想怎么样就可以怎么样！"

沈凝暄静静地凝视着北堂凌的神情，不禁暗自觉得好笑。

她想说的是，去年的时候，她在楚阳将他整得那么惨，不用想也知道，他若知道了她的真实身份，一定会恨不得将自己碎尸万段！

但是，想说和能不能说，是两回事啊！

心下无奈一叹，轻轻地将手里的筷子放下，她唇角一牵，"王爷，方才我已然说过了，我想要的除了钱财，还有自由，若是跟在摄政王身边，有金山银山，却失了自由，那么我宁可继续去过那闲云野鹤的日子！"

闻言，北堂凌眉宇蓦地一皱："是本王不够好？"

"不是……"故意将声音拉长，沈凝暄笑意盈盈地再次迎上北堂凌深邃幽黑的眸，"是依儿没有心！我……本就是一个，没有心的人！"

沈凝暄如此一语落地，北堂凌眸光剧闪，马车里瞬间安静了许多。

她不再出声，北堂凌亦只静静看着她，他幽深的眸光似是能看透人心一般。

在经过了漫长的静谧之后，北堂凌缓缓勾起动人的笑意："你的意思，本王明白了，不过……如今既是已然到了这里，这趟燕京之行，你权当是游山玩水便是！"

闻言，沈凝暄眸光一凝："依儿多谢王爷成全！"

她以为，以北堂凌的个性，会以势压人，但是他没有。

如此，倒有些让她刮目相看了。

在短暂的怔忡之后，她长长地舒了口气，看向北堂凌的视线也稍微轻松了些许，微微翘起红唇，她眸光微微一敛，状似不经意地凝眉问道："我以为，这次摄政王去燕国，只需准备太后和燕皇的礼物，何以方才听王爷提及，还有一位齐王？他是什么身份？摄政王竟也要与他准备礼物？"

"你唤本王王爷就好，不必尊为摄政王！"眸中波光浅荡，北堂凌看着沈凝暄的眸华微微一暖，淡淡笑着，声音温润柔和，"依儿可知道一字并肩王？！"

闻言，沈凝暄心中蓦地一紧！

握着筷子的手紧到不能再紧，她轻轻地蹙起秀眉，凝眸看着北堂凌："王爷的意思是，这位齐王爷在燕国，就如王爷在新越一般举足轻重，几乎与燕国皇帝相比肩吗？"

"可以这么说！"

温润的笑缓缓在俊脸上荡漾，北堂凌仿若上天雕琢的下颌，轻轻一点："他能在短短时间内，后发制人，在朝堂立足，也是个人物！"

第三十九章 齐王，他还活着！

北堂凌现在的神情，就如看着自己心爱的女子一般。

但是在沈凝暄看来，他看她的眼神，却让她觉得可笑之余，有些毛骨悚然！

且不论过去她和北堂凌之间的过节，就是昨夜她对北堂凌做过的事情……北堂凌若是喜欢她，不是他天生喜欢受虐，就是太阳打西边出来了！

"呵呵——"

因自己心里可笑的想法，沈凝暄轻笑了下，这才绷紧了心弦，对北堂凌微弯了弯唇："那位齐王还真是有本事，就不知名唤为何？何以我从来不曾听说过？"

"你没听说过，一点都不意外，他以前可没现在厉害！"对沈凝暄清朗一笑，北堂凌温和的声音，再次传来，"他与燕国皇帝是嫡亲兄弟，复姓独孤，名唤萧逸，以前曾是燕国先皇帝的废太子！"

真的……是他！

在听北堂凌道出萧逸二字时，沈凝暄心下狠狠一揪，过后汹涌而来的，是无尽的喜悦之情。

他还活着！

那个可以为她生，为她死的他，还活在人间！

真好！

真好！

一时间，难以消化这个天大的好消息，沈凝暄握着筷子的手，早已微微泛白，指尖刺入掌心的痛，是那么明显，让她可以明确地分辨出，自己此刻并非身于梦中。

心，忍不住剧烈颤抖着，她只能用力紧咬着牙关，才能确保自己不会在北堂凌面前失态。

时间，缓缓流逝。

由北堂凌作陪，沈凝暄的这顿饭虽看上去吃得很好，却又疲于处处想着与他应对，如此这般，再精美的菜肴吃进嘴里，也都如同嚼蜡一般，不再是原来的味道了。

半晌儿，见沈凝暄轻勾着唇角放下筷子，北堂凌不禁含笑问道："用好了吗？"

"好了！"

拿了手边的帕子，轻轻地拭了拭嘴角，沈凝暄抿唇轻点了点头，低眉看了眼北堂凌面前几乎没怎么动的菜肴，她不禁心情不错地蹙眉调笑："王爷这顿饭，吃得比我一个姑娘家都少，如此怎能养好身子？"

"本王这会儿还不算太饿！"

对沈凝暄轻挑了挑眉，北堂凌差人撤了矮桌，看了眼重新登上马车的蓝毅，他对她淡淡笑道："既是吃好了，便与本王换药吧！"

332

"呃……"

因心中狂喜，早已忘了自己此行的目的，看着眼前的北堂凌，她忽然生出一种错觉！

好似他本就是这种翩翩儒雅，平易近人的人一样！

狼就算披上羊皮，那也还是狼啊！

暗暗在心中自嘲着，她敛了笑意，肃静说道："全听王爷的。"

"有劳了！"

对沈凝暄温润一笑，北堂凌兀自动手，将袍襟敞开。

人家都已经准备好了，沈凝暄自然不能再继续怠慢，只见她深吸口气，便打开药箱，取出那瓶上好的金创药，和消毒的药液。缓缓探身，沈凝暄伸手解开北堂凌身上的绷带，也因为如此，她时而会离得北堂凌很近，近到……他可以闻到她淡淡的体香！

轻轻抬眸，深凝视着正小心翼翼地为自己解着绷带的绝美女子，鼻息之间，尽是独属于她的香气，北堂凌的心跳，又一次不受控制地漏跳了一拍！

他深幽的视线轻轻地从她的眉，到她的眼，再沿着她挺俏的琼鼻，落在她樱嫣红的唇瓣上……原本一切还好的身子，忽而觉得燥热起来，他眸色微深，喉结上下滑动，有些艰涩地舔了舔自己微干的唇。

经过沈凝暄的医治，北堂凌身上的毒已然全解，仔细打量了片刻，她轻笑着弯了弯唇："王爷体格健壮，等到了燕京，伤口也早就长好了！"

"是吗？"深邃的瞳眸中，火热的光华不停闪动，北堂凌的双眸始终盯着沈凝暄的菱唇。

"嗯！"

轻应一声，对上北堂凌深邃如海的眸火，沈凝暄不禁心下一怔！

"依儿？"

北堂凌笑看着沈凝暄发怔的样子，俊美的脸上，浅笑辄止："莫要看本王看得这般出神，本王会把持不住的！"

北堂凌语出惊人，语气轻佻，沈凝暄瞪他一眼转身跳下了车。

见她如此，蓝毅面色一沉，侧目睨了眼自己的主子，他作势便要起身下车，拦下沈凝暄。

然而，尚不等他有所动作，北堂凌已然微微抬手，挡在他的身前："罢了，随她去吧！"

"王爷！"

一脸不可思议地看着北堂凌，蓝毅声音微沉："你未免太惯着她了！"

"本王喜欢！"

第三十九章 齐王，他还活着！

淡淡地看了蓝毅一眼，成功让蓝毅将心里的不满，全都哽在喉间，北堂凌幽幽抬眸，看向大敞的车门，笑得邪肆不羁："她越是这样，本王越是喜欢！"

车外，雨势虽已减小，却仍旧淅淅沥沥。

春风微寒，沈凝暄提着药箱，伴着细雨，朝着自己的马车走去。

此刻，她并未因北堂凌的轻薄而怒火冲天，反倒一脸沉静，脑中思绪转个不停。

当然，她心中所想，唯独孤萧逸是也。

方才面对北堂凌，她即便心中狂喜，却什么都不敢表现出来。

不用想，她也知道，以她在楚阳让北堂凌受的那些罪，倘若他知道她到底是谁，只怕会立即将她抽筋扒皮，挫骨扬灰。

但是现在，离开了那辆让人窒息的马车，行走在苍天之下，细雨之中，她的心，终于可以自由自在为她自己跳动起来。

她感谢上苍，让那个人，还活在世上。

只是顷刻之间，她好似又有了生活的希望一般。

心中，激动不已！

雨水，浸湿了她的长发，模糊了她的双眼。

滚烫的泪水伴着雨水犹如断线的珍珠，簌簌地不停滚落，她紧皱了娥眉，微微仰头，似是笑着，却于最后，忍不住哭出了声，直到后来不顾形象地号啕大哭起来！

她的哭声之大，自是惊扰了正在马车里闭目养神的北堂凌。

眉心微微拧起，北堂凌打开车门便要下车。

见北堂凌要冒雨下车，刚刚差人去找住处的蓝毅面色一变，连忙上前阻止："王爷，您身上有伤，不能淋雨！"

"让开！"

直接伸手接过影卫手里的雨伞，北堂凌沉眸步下马车，朝着沈凝暄所伫立之处快步走来："依儿！"

闻声，沈凝暄深吸口气，胡乱拭去脸上斑驳的泪痕和雨水，抬步便要离去。

蓝毅见状，心下一堵，一个闪身便挡在了她的身前："依儿姑娘，王爷在跟你说话！"

"滚开！"

眸光微冷，抬眸瞪视着蓝毅，沈凝暄语气不善道："好狗不挡路！"

闻言，蓝毅心头火气直蹿，眉心紧皱，他深幽的双瞳，眸光明暗不定，然而……

尚不等他开口，北堂凌便已然冷然出声："蓝毅，你退下！"

"王爷！"

334

蓝毅眉心皱到紧得不能再紧，眸光微冷了冷，他已经忍眼前这个女人很久了，再忍下去，估计会被活活气死！瞟了沈凝暄一眼，他转头看向北堂凌："她那么贪财，能有多清高？王爷既是喜欢她，大不了就让她开个价，将她直接买下！"

"住口！"

俊美的面庞上瞬间没了一丝温度，北堂凌阴沉着脸色，对蓝毅怒喝一声！

心中本因蓝毅所言，一阵恼火，沈凝暄看了眼北堂凌，而后又一脸挑衅抬眸对蓝毅讪讪一笑："蓝大人，你想让本姑娘卖身？"

蓝毅看着她，以为她动了心，冷冷勾唇："只要你报得出价，王爷便出得起！"

"出得起你大爷啊！"

讪笑的唇角蓦地一抿，沈凝暄杏眼怒睁，恶狠狠地爆了粗口，趁着蓝毅微愣之时，猛地提起裙摆，一脚踹在他小腿的迎面骨上。

"萧依儿，你是不是女人——"

因猝不及防，蓝毅平生第一次被女人偷袭了，再加上沈凝暄所踹的地方，和她出奇大的力道，他吃痛地抽了抽唇角，就差抱腿痛呼了！

"本姑娘我好得很！"

绝美的容颜满是桀骜，沈凝暄下颌一扬，哂然笑道："你当本姑娘是青楼卖笑的姑娘吗？你想要买什么就得卖什么？今儿我还就让那个你知道知道，姑奶奶就是只母老虎，谁敢惹我，我就咬谁！"

冷哼一声，见北堂凌亦是一脸怔忡地看着自己，沈凝暄懒得再理他们，直接提着药箱，转身朝着另外一辆马车走去。

看着她率性向前的身影，北堂凌眸光不停闪动着，片刻之后，竟然失声大笑起来。

那笑声，爽朗、低磁、格外悦耳，却也扯动了他胸前的伤口，让他吃痛地紧皱了眉宇。

见状，蓝毅面色一变，连忙上前："王爷！您没事吧？！"

"本王没事！"

胸口的痛一阵阵袭来，北堂凌手捂着伤口，脸色却越发难看了，可即便如此，北堂凌的心情却十分愉悦："本王看你以后还敢惹她！"

闻言，蓝毅的脸色，蓦地一黑，却不敢出言反驳。

手掌处，温热的感觉徐徐传来，北堂凌轻拧了眉，缓缓垂眸，将抚在胸口的大手，轻轻摊开……此刻，在他的手掌处，那抹刺目的红格外耀眼，紧皱的眉宇微微一挑，他却忽然笑了。

看来，他北堂凌以后，真的要有弱点了。

第三十九章 齐王，他还活着！

335

第四十章　燕京，终相见！

外面的雨，淅淅沥沥落个不停！

另外的一辆马车里，沈凝暄刚刚将淋湿的外裙换下，便见赵玉儿一脸惊恐地从车外钻了进来。

见状，沈凝暄黛眉蓦地一皱，连声音都跟着冷了下来："你来做什么？"

自绣图一事，她本就对贪慕虚荣的赵玉儿心生厌恶，那份厌恶，比之蓝毅对她，有过之而无不及！

"侬……侬儿……"

不是没有察觉沈凝暄对自己的排斥，却仍旧一脸惊颤地凑到她的身边，赵玉儿抖着嗓子说道："我刚才在外面，看到了不该看到的人……"

"来人！保护王爷！"

还没等赵玉儿把话说完，外面便响起蓝毅的嘶喊声，紧接着沈凝暄只觉自己所乘坐的马车剧烈一晃，快速颠簸起来。

心下，蓦地一惊！

她拧眉掀起车帘，却不期正对上另一辆马车里，北堂凌正朝着她望来的漆黑星眸，听他幽幽说道："莫怕，不会有事的！"

眉心几不可见地轻皱了下，沈凝暄直接探头向外，朝着身后望去。

放眼所及，只见蓝毅率领一众影卫，皆手持利刃，驭马一字排开，瞬间便与一队人马厮杀到一起。

车外，雨声哗哗。

听着越来越远的刀剑相接的刺耳响声，沈凝暄沉了沉脸色，心中思绪飞转。

如今，独孤萧逸还活着。

燕京，她便一定要回去。

但是，眼下北堂凌就像是独孤宸正在戏耍的猎物一般，被他所派的人，一路追杀，跟他在一起，并不安全，加之……他对她，似是还有别的居心，单单这两点，她也要趁早脱离他的掌控才行！

一场恶战，到底进行了多久，沈凝暄不得而知。

因为蓝毅等人抵挡了敌人，沈凝暄和北堂凌所乘坐的马车，顺利前行，直到入夜时，在一座不大的村庄入住，这不算太平的一日，才算安顿下来。

他们暂住的村庄不大，但周围的环境却很好。

雨，依然下个不停，空气中仍旧弥漫着土壤被雨水浸润后的清新味道。

沈凝暄打定主意离开，但下雨天却只得让她将计划延迟。

简单洗漱之后，她站在门外，仰看不停落雨的晦暗天空，知这雨今日是不会停了，她轻叹一声，缓步行至榻前，缓缓躺下身来。

心，静得如止水一般。

脑海中所闪现的，却是独孤萧逸那张温润的笑脸。

温馨的笑，缓缓爬上眉梢，她缓缓地，闭上双眼，微弯的红唇，轻轻开合："先生，等我！"

等我，到燕京与你相会！

至于独孤宸……

过去很长的一段时间，沈凝暄居住在锦绣镇，对于新越边境大兵压境一事，多少是知道一些的。

想来，如今北堂凌千里迢迢，不辞辛苦前往燕国，无非是要去求和的。

不过显然，燕国皇宫里的那位，却并不想让他过得太过轻松惬意！

这，倒也像是那人的性格。

虽是转眼经年，但对于他的个性，她心里却比任何人都清楚。

说他嫉恶如仇？

也许！

但最最重要的是，他所顾及的，永远都是他自己的感受！

只忽然之间，脑海中再次浮现出独孤宸那张俊逸的容颜，沈凝暄冷笑着，紧皱了娥眉。

如今，得知独孤萧逸还活着，她对他的怨恨，已然消了大半。

但，即便如此。

当初以她为借口，逼着独孤萧逸喝下毒酒的，始终是他。

一次又一次，偏袒南宫素儿的人，也是他！

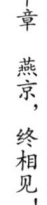

第四十章 燕京，终相见！

有的说，错的时候，遇到对的人，是一种伤。

对的时候，遇到错的人，也许会是另外一场风花雪月。

于她而言，独孤宸也许是那个对的人，但他与她相遇的时间，却是错的；而独孤萧逸，便是那对的时间，那个错的人……是以，她此行再回燕京，与他之间，即便再有瓜葛，也断断不会是感情上的。

两日后，沈凝暄被单独请上一辆马车，直到看到车内易容乔装的北堂凌她才心下恍然，为了躲避追杀，北堂凌这是要跟车队分开。

如今，她已经确定，北堂凌对她动机不纯。

但是，不管怎样，只要目的地是燕京，她跟谁走都是一样。

在北堂凌的示意下，她只得也跟着乔装成一对平民夫妻，一路朝着燕京出发。

一路上，有沈凝暄相伴，北堂凌心中惬意不已，一口一个夫人地叫着。

每每听到他如此称呼，沈凝暄心中便暗恨不已，恨不得直接拿哑药毒哑了他，然后丢下他扬长而去。

之余这种想法，她不是不曾实践过。

可惜的是，每一次都被北堂凌成功化解。

如此一而再，再而三，沈凝暄才恍然想起，当年在楚阳时，枭云便曾经说过，北堂凌的确是精通药理的，想到这里她心底惆怅不已，却又不得不承认，北堂凌果真工于心计，心思缜密，只要有所防备，无论是谁，都很难算计到他！

无奈，她一路上，只得隐忍。

就这样，两人一路打打闹闹，在七绕八绕后，顺利渡过渭河，终于在半个月后的某一日朝阳初升时，抵达燕京城下。

怔怔地站在城门下，看着金灿灿的阳光，打落在燕京城门那镌刻的燕城二字上，沈凝暄那颗平静了许久的心，不由激情澎湃，再次鼓动如雷。

燕京！

燕京！

如今，睽违一年。

她终是又回来了！

这里，有虞氏，有沈凝雪，她们……是她不共戴天的仇人。

当然，这里还有她最最最在乎的那个人！

想到那个人，还好好地活在世上，她整颗心瞬间揪起，却又很快落下，在这一刻，过往的痛都已不算什么，因为……很快，她便会与他相见了！

"喂！"

许久，见沈凝暄一直怔怔地站在城门前，北堂凌轻拧了俊眉，伸手在她眼前不停地挥动着，然后唇瓣轻勾着，凉凉说道："夫人，不过是一座城池罢了，有那么好看吗？还魂了！"

"呃……"

沈凝暄自思绪中回神，毫不客气地抬眸瞪了他一眼，声线微微变冷，转身朝着马车走去："好不好看，见仁见智，从此便不难看出，我跟你不是同一路人！"

北堂凌一怔，微微笑了笑。

抬头仰望着身前巍峨的城池，他俊朗的眉，微微一挑。他那被东升的朝阳渲染成金黄色的脸上，虽因胡子，略显粗犷，却仍旧不失俊美。微转过身，见沈凝暄已然重新上了马车，他自嘲地笑了笑："你不与我同路，我与你同路便是！"

闻言，沈凝暄轻拧了黛眉，沉着脸色说道："不是说蓝毅他们在行馆等了两日了吗？还愣着作甚？"

此刻，若是蓝毅和一众影卫在，一定会被沈凝暄如今对北堂凌的恶劣态度，而惊得瞠目结舌。

是的！

没错！

一路从新越走来，沈凝暄如今在北堂凌面前地位之高，无人能及，这一路上，素来只手遮天的北堂凌以妻为天，简直把她宠上了天。

"夫人莫急，为夫这就来了！"

俊脸上没有丝毫不悦之色，北堂凌星眸微闪，含笑行至马车前，直接跳上车辕，勒紧了缰绳，驾车进入燕京城！

虽然，他们两人一路轻装简行，但碍于走的是小路，中途还曾去过一些小地方，他们抵达燕京的时间，比蓝毅整整晚了两日，而在过去的两日里，蓝毅一行便一直宿在燕京宫外的行馆之中，只等北堂凌与之会合。

行馆前厅里，一直等不到北堂凌的蓝毅剑眉紧拢，坐立难安地来回踱着步。

他这样，从晨起开始，已然维持了一个时辰。

站在他身边的影卫，被他来回走得眼晕，不禁转头将视线望向门外，透过大敞的厅门，他清楚地看到了一前一后朝着大殿走来的北堂凌和沈凝暄，却又有些不敢相信地用力揉了揉眼。

在确定来人无误之后，他语带惊喜地喊着蓝毅："大人……王爷……"

闻言，蓝毅脚步蓦地一顿。

微转过身，朝着殿外放眼望去，果真见北堂凌一脸浅笑，缓步而来，蓝毅瞳眸微怔，旋即心下大喜，连忙迎上前去："王爷——"

第四十章 燕京，终相见！

看着蓝毅和一众影卫对自己行礼，北堂凌只淡淡地看了看他们："一路过来，可发生什么不该发生的事情？"

闻他此问，蓝毅面色一僵，脸色瞬间晦暗一片！

边上的影卫见状，忙出声回道："启禀王爷，属下们此行，共遭遇暗杀三次，即便是前日夜里，在这行馆之中，也未能幸免！"

闻言，北堂凌心思蓦地一沉。

眸色微深了深，他冷冷勾唇："独孤宸这一次，还真是有恃无恐，不依不饶！"

"王爷说得是！"

蓝毅一脸凝重地点了点头，满是忧虑地出声说道："这里是行馆，到底不是燕国皇宫，若是到了燕国皇宫，再有人敢对王爷下手，那才会是燕帝的责任！"

"没错！"

北堂凌唇角一勾，点头称是，轻轻垂眸，他从怀里取出一纸新越皇帝所书的圣旨，对蓝毅吩咐道："燕国的早朝，应该还没散，你直接带着皇上诏书进宫，请准我们一行尽快入宫！"

夜，浓如泼墨一般。

北堂凌所居住的行馆之中，气氛格外紧张。

原本，北堂凌想要尽快进宫，但是独孤宸却以要隆重相迎为由，将他入宫的时间推迟到了明日。

今夜，是北堂凌在燕国宫外的最后一夜，只要平安度过，则一切无虞！

是以，负责戍守的影卫，皆如临大敌，聚精会神，不敢有一丝懈怠之心，就连寝室里的北堂凌也是正襟危坐，不曾安然入睡，唯恐那些如幽灵般的刺客再次半夜偷袭！

但，出乎他意料的。

一更，二更，三更，直到三更过半，这一夜始终都出奇的平静，那些刺客，一直都并未曾出现！

后半夜的夜空，拨云见月，分外妖娆，但负责戍守行馆的影卫们，却神情凛冽地仍警惕着四周。

眼看着三更过去，四更将到。

北堂凌起身步出房门，一身寂然地仰望头顶夜空。

心中思绪飞转间，他的面色渐渐冷峻，眸华闪烁不定。

站在屋顶戍守的向俊，见北堂凌在院落中负手而立，不禁心下一惊，直接飞身而落。

从边上的侍卫手中接过一件薄锦披风，上前披在他的肩头，向俊轻声催促道："王爷也该累了，这会儿还是进去歇着吧，这里有属下们把守，一定会确保王爷安全无虞！"

"不必了！"

轻叹着摇了摇头，北堂凌唇角缓缓勾起一抹自嘲的浅笑，声音低哑而苍凉："今夜不会有什么事情发生了，你们都回去歇息吧！"

枉他聪明一世，今夜却生生被人当猴耍了！

折腾了一夜，直到此时，他才悟透了一些早前不曾想到的事情。

想来，那些刺客，今夜根本就不会出现。

而独孤宸就是看在他一朝被蛇咬，十年怕井绳，故意将入宫之日后延一日，让他去猜，去想，让他废寝忘食，坐立不安！

听闻北堂凌所言，向俊脸色微微一变。

北堂凌回眸看了他一眼，脸上笑意未减，自嘲意味越发明显："俗语有云，兵不厌诈，他们在诈本王！"

"王爷……"

向俊眉心紧拢，一脸的疑惑之色："现在还没天亮，一切尚不可知……"

闻言，北堂凌冷笑了笑，转身向里走去："独孤宸使诈让本王晚进宫一日，无非是知本王疑心太重，猜他一定会在今夜再此偷袭，而他……则反其道而行之，让我们跟傻子一般，白白在这里等着！"

若楚阳一役是失算，那么此时此刻，他不得不承认，独孤宸的确是个值得他正视的对手！

四更时，行馆之中，归于寂静。

彼时，在距离行馆一里之外的一处民宅里，和衣躺在床上养精蓄锐了大半夜的沈凝暄，借着灯光倒影的剪影，看着门外坐立不安的蓝毅，心中思绪微转！

这蓝毅，明摆着是得了北堂凌的真传。

昨夜，她还没给他下迷药，他便先吃了醒神丹，不仅如此，他不进屋，就在屋外守着。

他们此刻所在的民宅，是门窗相连的。

如此一来，蓝毅只需守在门外，既能保护她，又能严防死守，不怕她跑了……

不过无妨，硬的不行，她能来软的。

眸光狡黠一闪，沈凝暄轻勾薄唇，终于有所行动了！

起身，下榻，披上披风，自从药瓶里取出颗丹药直接吞下。

第四十章 燕京，终相见！

341

动作流畅，一气呵成，她上前几步，伸手打开房门。

听到开门声，蓝毅急忙回头。

见沈凝暄打屋里出来，他连忙迎上前去："夫人……"

"阿嚏！"

甫一打开房门，感受到迎面吹来的凉风，沈凝暄微微一颤，却在看到蓝毅后，用力打了个喷嚏！黛眉微蹙，她轻揉鼻尖，这才泪眼朦朦地看向蓝毅："我说过很多次了，不准叫我夫人，再叫我夫人，以后我毒哑你！"

"呃……"

蓝毅微怔了怔，深看了沈凝暄一眼后，耐着性子问道："夫人您怎么了？不舒服吗？"

"没事，只是感染了风寒罢了！"

拢了拢身上的披风，沈凝暄懒得再去纠正他的称呼，抬步向外走去。

见状，蓝毅身形一闪，挡在她的身前："夫人要去哪儿？"

轻抬眸，对上蓝毅的双眼，沈凝暄轻蹙了蹙眉，一脸虚弱道："你放心，我不会跑的，我只是不放心王爷，要回行馆。"

闻言，蓝毅心下一怔，刚毅的脸部线条，微微有些缓和："夫人……"

在他看来，以北堂凌对沈凝暄的态度，她多少有些不识好歹。

但是现在，听她说不放心北堂凌，他又不禁暗地里为北堂凌高兴起来。

这丫头，还算是有良心！

"夫什么人啊——阿嚏——"

忍不住又打了个喷嚏，沈凝暄脸色潮红地抬起头来，对蓝毅催促道："走吧，都快辰时了，也不知王爷那边怎么样了！"

"王爷无碍，夫人放心吧！"

见沈凝暄是真的关心北堂凌，蓝毅轻勾了勾唇，笑得有些僵硬："若真的有事，会有暗号传来。"

闻言，沈凝暄轻点了点头，却还是向外走。

然而，她才刚走了一步，便被蓝毅直接拦下："夫人，请回吧，天亮之后，我们再回行馆！"

早已料到蓝毅会横加阻拦，沈凝暄也不硬闯，只淡淡抬手，抚上自己的额头，一脸痛苦地转身往回走。

见她如此，蓝毅眉宇大皱。

他开口刚要询问，便见沈凝暄行至房门口时，身子一软，整个人软软摔落在地。

"夫人——"

蓝毅心下大惊，连忙上前，一把扶住她纤弱的身子。

"好难受……"

黛眉紧锁着，却始终不曾睁开双眼，沈凝暄脸色潮红地轻声呢喃着，一脸痛楚的模样。

见状，蓝毅心下一紧。

自静默片刻后，他紧握了握拳，却又很快松开，颤巍巍地探上沈凝暄覆盖着一层人皮面具的额头。

"好烫！"

掌心下，滚烫的热度传来。

蓝毅心弦一紧，连忙将沈凝暄抱进屋内。手忙脚乱地将她放在榻上，替她盖好了被子，他眉头紧皱，左右为难地权衡片刻，终是转身向外走去："夫人别怕，属下这就去请大夫！"

"蓝毅！"

气息孱弱地喊了蓝毅一声，沈凝暄微睁了双眼，声音软软道："这深更半夜的你去哪儿找大夫，再者说来，你若走了，我再跑了，你又该如何跟王爷交代？"

蓝毅回头看了沈凝暄一眼，紧抿了薄唇问道："夫人会跑吗？"

沈凝暄微微一笑，笑得讪然："你可以点了我的穴道，再去找大夫。"

蓝毅心中顾虑顿时全消："这里不是我们的地方，万一点了夫人的穴道，出了什么差池的话，属下担当不起，夫人稍等，属下去去就来！"语落，深看了眼被高热折磨得一脸病恹恹的沈凝暄，他神情一凛，转身快步离去。

蓝毅离开后，并非立即远去。

相对的，屋里的沈凝暄，亦没有马上逃跑。

如此，大约过了有一盏茶的工夫，锁门的声音响起，蓝毅真的去请大夫了，沈凝暄这才服下早前备好的解药，然后笑吟吟地从床上掀被起身。

缓步行至窗前，往窗外张望。

见果真没了蓝毅的身影，眸色一亮，直接跃上了屋顶。

身轻如燕，飞掠落地，她转头看了眼身后的民宅，抬手轻蹭了蹭鼻尖儿："蓝大叔，跟我斗，你还嫩了点儿！"

语落，机不可失，她眸色微敛，转身没入茫茫夜色之中，冲着西北方向疾奔而去。

那里，是齐王府的方向……

第四十章 燕京，终相见！

天际拂晓时，蓝毅失魂落魄地回到行馆。

行馆内，一夜未睡的北堂凌早已换上新越朝服！

那一身华丽的深蓝，将他时而放荡，时而锐利的气度和神韵衬托得更加出尘脱俗！

蓝毅进门的时候，他正坐于桌前用膳。

乍见蓝毅进来，他握着筷子的手微微一顿，不禁眸光微冷地抬眸看着他："本王打算天大亮了才命人去接你们回来，你这会子怎么忽然回来了！"

"王爷……"

迎着北堂凌微冷的眸，蓝毅面色冷峻地垂下头。

见蓝毅如此，北堂凌不禁眉宇轻皱。

昨夜被独孤宸戏耍，他心里本就火气趋升，如今见蓝毅如此，他心知不好，眼底有不明之火跳跃闪动。微微挑眉，将心中火气压下，他对蓝毅温和声道："依儿呢？可随你一起回来了？"

想到萧依儿，蓝毅垂于身侧的双手，紧紧握起，一脸木然地摇了摇头。

"还留在那里吗？"

眉宇紧皱的痕迹越发深沉，北堂凌直接将手里的筷子放下，微微弯唇，他有些不悦地看了蓝毅一眼，起身便要向外走去："那丫头见你离开，一定会想法子逃跑，本王还是亲自去接她回来的好！"

"王爷？"

轻唤北堂凌一声，蓝毅将头低到不能再低，嗡声说道："您不必去了！"

闻言，北堂凌眉心一皱！

见蓝毅始终低垂着头，他心底倏而揪起，声线也陡地一低："蓝毅！"

"王爷，蓝毅死罪！"

扑通一声，跪落在地，蓝毅始终不曾抬头，连他说话的声音也已细弱蚊蝇："昨夜夫人感染风寒，烧到昏倒，属下怕烧坏了她的身子，便锁了门，去请大夫……"

"你糊涂！"

心下的火气噌噌往上冒，北堂凌想痛骂蓝毅一顿，却在看见他自责不已的神情时，忍不住用手扶了扶额头，心思微转了转，他陡地对门外喊道："来人！"

闻声，向俊跃然而入。

见蓝毅跪在桌前，他神情一怔，在确定主子震怒之后，躬身行礼："王爷！"

"夫人丢了，派人去找！"

用力揉着不停抽痛的额角，北堂凌唇角的笑，浅浅的，却不达眼角，微微挑眉，他瞳眸微眯着，冷眼看着蓝毅："我们的人不够，便去燕国的官衙借兵，只要找不到她，本王今日不会进宫！"

"王爷！"

"王爷！"

几乎是同时，向俊和蓝毅双双出声，却在接收到北堂凌冷厉冰冷的眼神后，皆忍不住身形一颤，连忙噤口不言。

"去给本王找！"

蓦地回神，一脚踹在蓝毅的肩胛处，北堂凌脸上始终挂着笑。

只是，这种笑，与他面对沈凝暄时，有所不同。

此刻的他，仿佛又回到了新越，还是那个可以笑着杀人的摄政王！

"王爷莫气，属下亲自去追！"

顾不得太多，蓝毅硬着头皮对北堂凌说了一声，直接起身便要向门外奔去。

北堂凌眸光冷沉，唇角却勾起一抹优美到极致，却又极为薄凉的弧度："本王自己去！"

"王爷不可！"

伸手挡住北堂凌的去路，向俊凝眸说道："燕皇派来迎接的人，过不了多久就要到了，您这样万万使不得啊！"

"本王如何行事，还用不着你来教！"

冷哼一声，北堂凌不顾一切地快步向外走去。

今生，他第一次如此迫切地想要留一个女人在身边。

可是貌似……这个女人，对他并不上心！

不过无妨，她越是如此，他就越对她感兴趣！

一个能够左右他心潮起落的女人，要么留在身边，要么就死在他的手里。

显然，他舍不得让她死！

既是如此，那么……就让他拖着她一起下地狱吧！

沈凝暄知道，发现自己逃走之后，北堂凌一定会命人找她，但是她想不到，他竟然放下进宫一事，直接带着人出门寻找。

成功逃离之后，她一路疾奔，直到过了两条街，到了齐王府外，她方才停下脚步。

如今的齐王，正是如日中天时。

齐王府中，求见者自是络绎不绝。

然而，绝大多数的求见者，根本不可能如愿见到独孤萧逸。

第四十章 燕京，终相见！

345

在燕国，沈凝暄的身份，早已成了禁忌。

她不能提！

是以，若想见到独孤萧逸，她如今只有两条路，一是她去找独孤珍儿，请她带她入齐王府，不过前提是，她能成功见到独孤珍儿；二则便是最笨的法子，那就是守株待兔！

仔细权衡后，她选择了后者。

那便是，在以青儿之名，报上家门之后，她直接在府外一个不显眼的角落里，等着独孤萧逸那只纯洁可爱的小白兔！

她原本想着，到了早朝时候，独孤萧逸不管怎么着，都会在上早朝的时候出府。

可惜，人算不如天算。

直到上朝的时辰过了，她才从侍卫的闲谈当中知道，今夜宫中有筵席，人家齐王殿下，昨夜根本就没回来……

心底，忍不住失落万分。

她轻拧了眉，立即便要前往长公主府。

可是，她才刚向前走了一步，便见蓝毅带着一队影卫，正朝着自己迎面而来。

远远地，看见沈凝暄，蓝毅眸光大亮："夫人！"

好死不死，被撞个正着。

沈凝暄想要再躲，已然没了可能。

回眸瞥了蓝毅一眼，她心急之下，见王府门前停着一辆马车，连想都没想，便直接跃上车辕，将马夫踢下了马车，驾轻就熟地驾着马车飞驰而去！

因为这突然的状况，齐王府前瞬间乱成了一锅粥！

有蓝毅的怒骂声，也有马车车夫的惊呼声……

无奈，蓝毅率着一众影卫追了上去，因有人抢车，连齐王府的侍卫，也跟着一起开追。

一路赶着马车跑出了整整三条街，沈凝暄回眸张望了一眼，见并无追兵追上来，她轻呼一口气，那颗高悬着的心，才稍稍踏实一些！然而，她的一颗心，才刚刚落了地，便见了蓝毅已然率众追来。

"还真是阴魂不散啊！"

心下一紧，再顾不得许多，她双指含在口中，吹出一声响亮的口哨，惊得众人退散，然后再次扯动缰绳，奋力挥动着马鞭："驾——"

经她一阵摧残，驾车的马儿拼了命地向着城门方向奔跑。

但即便如此，她用来拉车的马，又岂能与蓝毅身下的战马良驹相提并论？没过多久，她便十分悲剧地发现，自己跟蓝毅之间的距离，已然被拉近了一大截！

飒然抬眸，惊见前方城门处，官兵涌动，城门紧闭，她脸色难看地心下一叹！

知结局已定，沈凝暄闭了闭眼，将手里的缰绳一拉，十分认命地让马车缓缓停了下来。

"吁——"

追至车前，猛地一拉马绳，蓝毅身下的战马蓦地前蹄离地，朝天嘶鸣一声！

"果真是匹好马啊！"毫不吝啬地赞叹一声，沈凝暄一脸不明所以地看着蓝毅，"蓝大叔不陪着摄政王，这会儿怎么出来遛马了？"

闻言，蓝毅脸色倏地一沉，嘴角紧抿着。

他心中有气，却不能发，只得剑眉紧拢着，对沈凝暄拱手道："夫人，切莫胡闹了，王爷还等着您一起进宫呢！"

闻言，沈凝暄黛眉一拧！

仰头看了眼头顶上方的太阳，想着北堂凌为了她，居然尚未进宫，她抿唇轻笑了下，闲闲问道："我可以拒绝吗？"

听她如此问话，蓝毅极力隐忍地咬牙说道："夫人，请吧！"

见状，沈凝暄苦笑了下。

若是可以，她这辈子都不想再回那个地方了。

但是，现在独孤萧逸在那里。

如今既然北堂凌一心要带她进宫，那她便跟他走上一遭。

心中如是打定了主意，她整个人像是松了的弦，朝着马车里躺去，然只是下一刻，对上马车里那双似笑非笑的眸子时，她噌地一下，复又坐起身来："鬼啊！"

闻言，蓝毅眉宇一皱，很快便见一名长相娇美的紫衣女子，自车内垂眸而出。

轻抬眸，眉目弯弯，女子对沈凝暄盈盈笑道："这位夫人，我是人非鬼！"

怔怔地看着眼前的美丽女子，凝视着她一身华贵妆容，沈凝暄竟一时有些反应不过来。

此人，竟是秋若雨！

可是她的装扮，却像是已然嫁做人妇……

就在沈凝暄思绪纷乱之际，齐王府的侍卫，也已然赶到，将秋若雨护在身后。

见状，沈凝暄眸色微深，心中思绪百转千回。

"今日之事，是我家夫人鲁莽了，还望姑娘见谅！"在大事上，蓝毅的分寸丝毫不差，只见他看了眼直勾勾看着秋若雨的沈凝暄，而后轻轻垂眸，对秋若雨躬身一礼："我家王爷，乃是新越摄政王，今日时间有限，改日在下必定登门道歉！"

闻言，秋若雨黛眉轻轻一挑。

第四十章　燕京，终相见！

347

见沈凝暄一直紧盯着自己,她的视线亦在沈凝暄的脸上,停留了片刻。

但,片刻之后,她便轻笑着对蓝毅点了点头,道:"这位大人不必客气,新越摄政王,乃是我大燕的客人,你们请便吧!"语落,她缓缓步下马车。

"多谢姑娘了!"

人家让出马车,蓝毅自然也不矫情,只见他跳上马车,而后将马车调转方向,载着沈凝暄朝着行馆方向奔去。

目送马车离去,秋若雨轻皱了黛眉,久久不曾将视线收回。

蓝毅带着沈凝暄回到行馆之时,奉独孤宸之命,前来迎北堂凌入宫的仪仗早已列临,行馆之前人头攒动。

于众人身前,与北堂凌身份相当的独孤萧逸一袭玄色锦袍,头戴玉冠,俊脸之上虽略显苍白,却是双瞳熠熠,让人不敢小觑!

为了表示对北堂凌的重视,独孤宸亲命他来相迎。

然而,此刻,他已然来了多时,在他身侧的北堂凌却只轻勾薄唇,一脸淡然地站在辇前,迟迟不曾登辇。

微冷的视线缓缓收起,北堂凌看着身边的独孤萧逸,见他俊逸的容颜上,淡笑辄止,没有丝毫不悦,北堂凌闻声说道:"楚阳一别,再相见,齐王已是权势滔天,如此手段,本王心中佩服不已啊!"

闻言,独孤萧逸微微一挑眉,笑得云淡风轻:"本王的手段,与摄政王相比,那可是小巫见大巫了,简直不值一提啊!"

"哪里?"

北堂凌轻笑了声,转头将视线重新远放:"我们彼此彼此!"

"呵呵……"

清越的笑声缓缓逸出薄唇,独孤萧逸顺着北堂凌的视线一路望去,见他一直翘首以盼的样子,他不禁淡笑着出声问道:"王爷在等什么人吗?"

北堂凌远道而来,皇宫之中,自是盛宴款待。

如今,他们燕国的皇帝,可还在皇宫里等着北堂凌呢!

可北堂凌明显是在等着什么人!

他很好奇!

到底是谁,竟能如此阵仗,能够让北堂凌翘首等待?

"不瞒齐王殿下,本王确实在等人!"

俊脸的笑,盈盈浅浅,北堂凌双眸微眯,回眸望进独孤萧逸淡笑的眸底:"本王的王妃,今日一早嚷着要尝一尝贵国的风味小吃,眼下尚不曾回来……"

闻言，独孤萧逸如玉的俊脸上，不禁淌过一丝惊讶之色。

微怔了怔，他淡笑的眸不禁也跟着微微眯起："世人都传，新越摄政王府美女如云，且个个天香国色，为何本王却从未听说，王爷新娶了王妃？想来这摄政王妃能够让摄政王青眼有加，必定不同凡响！"

"是啊！"

十分优雅地微微颔首，北堂凌不甚谦虚地轻叹一声，款款说道："本王府中确实千娇百媚，美不胜收，但唯她一人，是本王想保护的。"说话间，北堂凌俊美的脸上温情脉脉，让人一看便知，他说的不是假话！

见他如此言道，又是如此神情，独孤萧逸心中一扯，蓦地想起那深埋于心，却从来都不舍触碰的一份柔软，想到他的小暄儿，他眸色微微深邃，却又不禁也开始好奇，能够撼动北堂凌这颗冷硬之心的女子，到底是何等的奇女子？

是以，他淡淡一笑，并未催促什么，只轻挑了挑眉，便继续陪着他一起等！

大约又过了一刻钟的工夫，一辆马车缓缓由远及近！

看清驾车之人，北堂凌原本轻抿的薄唇，不禁微微翘起唇角。

抬眸瞥了他一眼，独孤萧逸了然轻笑道："王爷可以上辇了！"

"还请齐王殿下稍等！"

淡淡地，对独孤萧逸轻点了点头，北堂凌眸色一敛，稳步朝着马车走去。

马车里，沈凝暄因蓝毅一路疾行，被颠得七荤八素，此刻她眉头紧拧，易容的俏脸上尽是怒容。眼看着北堂凌上了马车，迎着他温润和煦的眸，她轻挑了挑眉梢，无奈而又冷然地苦笑道："王爷为了我，还真是劳师动众啊！"

"能留下依儿，本王即便付出再多，也在所不惜！"俊美如妖孽般的脸庞上，并未因沈凝暄的态度，而露出一丝不悦，北堂凌面色不变，脸上亦淡笑依然："你回来就好！"

他也不知为何，就是对她没有脾气！

即便她根本不把他放在眼里，他也会控制不住地想要对她好。

也许，是他过去的生活，太过晦暗。

所以，她鲜明的个性，就像是那一抹阳光，不偏不倚，刚刚好，照亮了他的心，让他无法自拔！

但，不管是为了什么，他都深深地明白自己的内心。

他，要她！

一定！

不惜任何代价！

心念至此，他薄唇轻勾，微微倾身，竟将沈凝暄整个人抱起。

第四十章 燕京，终相见！

惊觉北堂凌竟抱着她下了马车，沈凝暄心中惊怒，不由怒吼一声："北堂凌你犯贱啊！"

她此言一出，可谓平地一声惊雷，惊得在场众人无不瞠目结舌！

北堂凌在新越，位高权重，连皇上都要敬他三分。

有谁敢骂他？

那就只能等死了！

可是现在，这里就有一个不怕死的！

随着沈凝暄的一句粗口，不只在场人一脸震惊，就连等在辇车前的独孤萧逸亦微怔了神色，目光如炬地朝着他们所在的方向望来……

一时间，四下鸦雀无声，气氛，自然也已凝滞到了极点！

感觉到四周尴尬的气氛，沈凝暄双唇一闭，瞪大眸子，转头便朝着身后望去。

此刻，辇车前，独孤萧逸正眸色深沉地远远望来。

波光流转间，与他温润却隐含锐利的眸子在空中交汇，沈凝暄心下一惊，仿佛顷刻间，荡起万千思绪，只得浑身僵滞地任北堂凌紧抱着自己！

是他！

竟然是他！

活生生的他！

她做梦都想不到，自己竟然会在这里见到他！

她可爱的小白兔，瘦了……

自从得知独孤萧逸还活着的消息后，沈凝暄无时无刻不在憧憬着与他重逢之时。

这是她重生以来，除了复仇以外，最大也是最奢侈的想法。

眼下，看着那朝思暮想，早已瘦削得不成样子的俊逸男子，她竟觉恍若隔世一般！

不远处，一袭玄色锦衣的独孤萧逸，俊脸瘦削，透着几分病态的微白，朝阳的光，洒落在他挺拔的背脊之上，将他的脸色衬托得越发白皙，但他站立于此所透发出的冷然傲气，却让人移不开目光。

独孤宸曾说，他喝下的乃是鸩毒之酒，此毒无解！

可他，却在饮下鸩毒之酒后，坚强地活了下来。

沈凝暄不用想，也能知道，这杯致命的毒酒会对他造成什么样的影响，他九死一生的过程又有多么艰辛。

是以，此时，此刻，见他如此模样，她的整颗心都跟着揪痛起来。

那种痛意，使得她忍不住眉心轻蹙，心中酸涩莫名。

不远处……

静静地，就那么站在不远处。

静静地，凝视着北堂凌怀中，清秀可人的陌生女子。

独孤萧逸虽神色未变，一动都未曾动过，但唯有他自己知道，在看到那双清澄明亮的大眼睛时，他握着鱼骨扇的手，早已用力攥紧，在巨大的力道下，他的手背微微发白，不算长的指甲，刺得手心生疼。

那双眼睛，眸光荡漾，水意涟涟……像极了她的小暄儿。

就连看他的眼神，几乎也是一样的！

简直，太像了！

只恍然之间，他心中生出一种错觉。

仿佛，这就是他的小暄儿，他的小暄儿活着回来了。

他的小暄儿……

握着玉骨扇的手，攥得紧到极致，直到隐隐颤抖着，独孤萧逸薄唇轻轻开合，却没有发出一丝声响，他的视线从平静到灼热，一直胶着在沈凝暄的身上，始终不曾移开。

终至，许久之后，他忍不住抬手抚上自己的左胸。

那里，此刻因为澎湃的心跳，一扯一扯的，在不停地痛着！

那是，喜悦的痛！

仿若每每午夜梦回一般，重见她的眼，他心中潮起潮落，双眸紧紧盯着她，一步一步向她走来……

第四十章 燕京，终相见！

番　外

　　世人都说，北堂家的男子薄情，冷血，不可一世！
　　他们杀伐决断，视人命如草芥！
　　但是，就是这样的兄弟二人，却从幼时开始，以瘦弱的肩膀，撑起了新越的偌大江山，让新越国繁荣富强，在三国之中，始终屹立不倒！
　　世人都知道，新越摄政王北堂凌，有谋算天下之雄才。
　　在新越，真正掌管江山的，是他！
　　至于身在帝王之位的北堂航，只不过是个傀儡皇帝罢了！
　　不过，即便如此，他们兄弟两人的关系，却好得让人嫉妒，没有一丝嫌隙，更没有一丁点的利益冲突。
　　因为，北堂航觉得这新越的江山，原本就该是北堂凌的，北堂凌只要开口，他愿意拱手奉上，奈何人家只愿意给他管着，死活就是不肯接受！
　　北堂航不是个一无是处的人，可就因为他前面有一个近乎完美的大哥，所以……他可以不问天下事，肆无忌惮地玩乐！
　　反正天塌下来，有他大哥顶着。
　　所以他纵情任性，流连花丛。
　　如此新越后宫，自是美女如云！
　　他以为，自己活到老，便会玩到老，成为新越历史上，最最荒淫的皇帝。
　　但是，凡事总有意外。
　　而那个总是一袭紫衣的绝色女子，便是他生命中最大的一个意外！
　　所有人都以为，他初见她时，是在卧龙山上，在三国峰会之时。
　　但是，他和她的第一次见面，并非在那个时候，而是在更早之前。

那时，他身在楚阳……

机缘巧合之下，他活捉了沈凝暄和她的随从枭云，本欲要将她们交给他的王兄，用来要挟独孤宸。

但是，他无论如何都没有想到，沈凝暄诡计多端，不只让他错把枭云认成了她，还让她从蓝毅的眼皮子底下给溜走了。

得知真相，他气急败坏。

他，竟然被一个女人给耍了！

这让他，咬牙切齿，无论如何都咽不下这口气！

盛怒之下，他当即便换做常人打扮，只带了富贵，在楚阳城内寻人。

熙熙攘攘的大街上，人头攒动，车流不息。

他俊逸的眸子不停地在人群中穿梭，却始终不见沈凝暄的影子。

楚阳城中，有一块寸土寸金的地方。

可是那个地方，却没有客栈酒肆，反倒种满了桃花！

彼时，虽未到三月，但楚阳气温偏高，空气湿润，桃花林中已然桃花盛开。

他不是附庸风雅之人，但是在闻到那随风而来，沁人心脾的馥郁馨香时，却忍不住紧皱着眉头，在桃花花海前停了脚步。

也就是在那个时候，他无意间瞥见花海中，那一抹的淡紫之色！

那是个极美的女子。

彼时的她，眉目微凝，似是在找着什么。

所谓，人比花娇！

而她，出淤泥而不染，在他看来，真的很美！

美到，让他的心，不受控制地深深一悸，然后……怦然心动！

那种心动的感觉，对他而言，是从未有过的，也是极其陌生的。

正因为如此，他一时间只得那么怔怔地站在那里，紧紧地凝视着花海中的她！

恍然之间，她回头看了他一眼，却在看见他时，对他绝世的容颜并没有太大的反应，只淡淡一瞥后，便转身离去。

见状，他心下一紧，便欲要上前，却不期富贵忽然扯住了他的袖摆，看着不远处，颤声说道："爷……是燕皇！"

闻言，他微敛了眸华，转身循着富贵的视线望去。

果真见一身白衣的独孤宸也到了此处。

眉头于瞬间皱得极紧，他紧抿了薄唇，再次回眸，却再不见伊人芳踪……

那次，沈凝暄没找到，枭云也跑了，他回到住处后，难免大发雷霆，惊得蓝毅和富贵等人个个噤若寒蝉。

所幸，不久他的王兄便赶到了。

平日，不管他发多大的脾气，只要他的王兄一出面，立即便烟消云散。

这次，自然也不例外。

在听完蓝毅的禀报后，他的王兄北堂凌对他说，剩下的事情由他来处置，让他直接打道回府。

对于他王兄北堂凌的话，他从来都是言听计从的。

所以这一次，他也没有任何异议。

他是离开了楚阳，不过是在距离楚阳之外的地方，命人秘密去寻找那个让他怦然心动的女子。

接下来，楚阳下起了雨。

可是他派出去的人，却迟迟没有消息。

细雨绵绵下，他的心情也渐渐变得阴郁，但是他想要找的人，并没有因为他糟糕透顶的心情，而很快找到，而他的王兄竟然……出事了！

他的王兄，谋算从来无遗漏。

但是这一次，他却错看了燕后沈凝暄，让她给算计了去。

这对他的王兄而言，是奇耻大辱。

但是，碍于三国之间的形势，他们却不得不立即返回新越，开始想办法为楚阳之事亡羊补牢！

自此，直到他真正离开楚阳，他要找的人，始终都没有找到。

那抹紫色，好似梦幻，匆匆一瞥间，让他失了魂，却又于瞬间消失得无影无踪，好似……从来都没有在他生命中出现过！

他以为，他也许永远都不会找到她。

却做梦都没有想到，一趟卧龙山之行，却让一切峰回路转！

紫烟……

呃，应该称之为沈凝雪！

她也是个极美的女人！

所以，当她朝他投怀送抱的时候，他欣然接受。但是，她错就错在，没有告诉他，她真正的身份，让他觉得自己被一个女人给耍了！

在卧龙山上，她告诉他，燕国的齐王妃沈凌儿，其实就是那其貌不扬的沈凝暄，而沈凝暄以前藏起了她的倾城之色，骗过了所有人！

提起沈凌儿，北堂航的好奇心，不禁再次被挑起。

一切只因，如今他的王兄，对她似乎有着不一样的感情！

沈凌儿就是沈凝暄？

听到这个消息后，他出于好奇，带着沈凝雪去了她的寝帐。

他永远都不会忘记，在他进入沈凝暄的寝帐，看到她的随从时，心弦猛然跳动的感觉！

是她！

竟然是她！

虽然转眼已然将近两年，但是他见到她时，却心动依然！

但，即便如此，在表面上，他却只是微皱了皱眉，什么都没有表现出来。

在与沈凝暄短暂交谈后，他去见了他的王兄。

自然，也从他王兄的口中，应证了紫烟真正的身份。

他虽爱美色，但是却还不会滥交！

他王兄要过的女人，他只会觉得脏！

加之此刻，他心中心心念念的人儿另有其人，所以他直接拂袖而去！

回到自己的寝帐，他所做的第一件事，便是派人去查明紫衣女子的身份，然后严惩了将沈凝雪献给他的奴才们！

所谓严惩，不过就是一刀毙命而已！

他的眼里，从来容不得沙子！

不久，他派去调查的人，回来复命。

直到此时，他才知道，那个让他魂牵梦萦的紫衣女子，姓秋名若雨，是燕国第一奇女子，也是沈凝暄的亲信！

她不仅人长得美，还略懂医理，武功也不弱。

听完影卫的禀报，从见到她就开始心不在焉的北堂航邪肆勾唇，颇为玩味地笑了起来："秋若雨！"

原来，她叫秋若雨！

多美的名字……

他找了她这么久，现在终于有了她的消息，自然对她势在必得！

所以，他命人传来了蓝毅，让蓝毅将她掳掠而来……

北堂航之所以让蓝毅去掳秋若雨，是因为沈凝暄诡计多端，他只有一次机会，若是一次不成，想要再下手便会难如登天。

女人，他见得太多了。

她们喜欢什么，他自然也一清二楚。

所以他想，先把她掳了来，然后他再给她所有女人都想要的东西，让她死心塌地地跟了他。

事实是，蓝毅成功了。

但是，事情的发展却与他的想象出入甚大！

他没想到，蓝毅会给她下药。

初时，他还在暗暗窃喜，知想要得到她，如同探囊取物一般简单，但是……他做梦都没有想到，她性情刚烈到，居然想要寻死！

看到她紧咬牙关的那一刻，他的心中涌上了一种从未有过的恐惧感！

因为这种恐惧感，他想都没想，直接便伸手去抠她的嘴，却不想她张嘴便死死咬住了他的手指。

几乎是条件反射地，他扬起手臂便要打她，可是当他看到她清澈的眸子时，却无论如何都下不去手！

他下不去手，有人下得去啊！

娇美人！

这个他宠了多日的贱人，竟然拿着发簪要结果了她的性命！

而他，竟然生生拿自己的手掌，挡下了这致命一击！

在那一刻，娇美人愣住了，他也愣住了！

娇美人愣着是因为误伤了他，而他愣住却并非自己受伤，而是……他竟然为了秋若雨，不惜让自己受伤！

直到此时，他才开始认识到，秋若雨对于他来说，跟其他女人是不一样的！

娇美人对他，虽然是误伤。

但是，他却不能原谅她对秋若雨起了杀心。

所以，她的下场可想而知。

离开了房间之后，他的心情是极其烦躁的。

独自一人静坐在客栈雅间里，他不时看一眼自己受伤的手背，然后把玩着手里的扳指，开始在脑海中苦思冥想，他对秋若雨到底是一种什么样的感情？

感情？

多么可笑而陌生的两个字啊！

在这个世上，他除了跟自己的王兄有兄弟之情，便再无其他。

但是现在，他却不得不重新开始考虑，自己对秋若雨的那种奇怪的感觉，到底是什么？

苦思冥想之际，仍旧没有任何结果，却不期等来了她身上情毒发作的消息。

心下大喜之际，他不再多想，一心盘算着一不做二不休，先让她成为自己的女人，再去想那些乱七八糟的！

如是，他薄唇勾起，兴冲冲地便去了她的房间……

结果，色字头上一把刀！

房间里不只有她，还有月凌云和沈凝暄……

身为堂堂越皇的他，竟然也被算计了！

可恶的沈凝暄，居然让月凌云把他的衣裳给扒了！

这让他险些没气急攻心！

那个女人，她擅长用毒。

看着她把瓶瓶罐罐摆上，还不停地威胁着他，他心里那个恨啊！

恨不得杀了她！

他没有想到，在被她一番戏耍之后，她竟然将处置他的决策权，交给了秋若雨。

而秋若雨，并没有她那么刁钻，只是给了他一个大大的惊喜，那就是在大夏天里，给他盖上了棉被，捂出了一身的痱子……

此事过后，他心中怒火升腾，奈何是他自己有错在先，他的王兄也不站在他这一边！

最可恨的是，一次失手之后，他再想接近秋若雨，已然难如登天！

他只能远远地，眼睁睁看着她，却再也不能走近她一步！

那种想要，却又得不到的感觉，是他从来都没有过的，对他而言，如同百爪挠心！

后来……

三国峰会结束了。

他又回到了以前逍遥快活的日子里，继续以自己的方式过活，而他的王兄，则在知道他对沈凝暄不利之后，一怒之下揍了他一顿后，马不停蹄地赶去了燕国。

他一直都想不明白，他的王兄，为何会对沈凝暄动心。

但是，在其后的很长一段时间里，在新越皇宫中，每一次无意中想起秋若雨时，他终于渐渐明白，对谁动心，是一个人无法控制的！

他的王兄如此，他亦是！

是的！

在经历过大半年的浑浑噩噩之后，他终于了然了自己的真心。

开始的时候，他也许，对那个女人是一见钟情。

但是现在，他却明明白白地知道，他对她……是真的动心了！

明白了这一点之后，他才开始发现，他越来越想她，而时间也过得越来越慢。

往日对他而言，是为无尽享乐的美色，现在对他没了一丁点的吸引力。

他的心里，脑海中，时不时地会浮现出她那张澹静的俏脸。

番外

一切，都变得索然无味。

无数次，他想要亲赴燕国，但是无奈的是，他的王兄迟迟不归，而他……即便外表再如何昏庸，却也不是可以胡乱丢下江山就走人的！

没有野心的皇帝，不是好皇帝。

燕国内乱，独孤萧逸和独孤宸兄弟二人为了皇位，争得头破血流。

他想，趁此机会，也到燕国分一杯羹。

但是，他的王兄，却不准。

初时，他以为，他的王兄是顾及沈凝暄。

但是后来他终于明白，燕国内乱不过是独孤兄弟肃清外戚的一盘大棋！

他若掺和进去，一定得不到任何好处，还会惹得一身的腥！

时光流逝，岁月静好。

转眼间，燕国已经到了冬天，而新越却还是百花盛开。

在即将过去的一年里，燕国内部的一场战乱落幕，结果是独孤宸死在了沈凝暄的手里，独孤萧逸登基称帝，而沈凝暄则为他诞下了一位太子。

不久，他的王兄，从燕国返回新越。

初时，听到消息，他还对富贵戏谑道："王兄此时回来，定是看沈凝暄一切安好，合该返京了！"

但是，当他王兄所乘坐的船，即将抵岸时，他得到消息却是他的王兄此行，并非独自一人，竟然……还带来了沈凝暄和燕国的太子！

听到消息时，他着实震惊了一番。

但是，在震惊之后，他心中却不由暗自升起一丝窃喜！

沈凝暄来了，那么她的亲随一定也会跟来！

想到这一点，他竟然觉得自己的整颗心，都快跳到嗓子眼儿了。

当时，他正在批阅着奏折，紧握着朱笔的手，已然紧到不能再紧，他当即便吩咐富贵去打探消息。

很快，富贵回来了。

一切，正如他所料，秋若雨真的与沈凝暄同行！

得到消息后，他不顾富贵惊异的眼神，直接丢了朱笔，起身便大步向外："走，随朕去迎接王兄！"

不久，在巍峨的宫城下，他终于又见到了她。

他看着她，从马车上翩然而下，感觉自己的心跳鼓动如雷！

即便是与他的王兄寒暄之时，他的目光，还时不时地飘到她的身上。

直到，数不清第多少次，他再一次将视线落到她的身上，却不期她竟然迎着他的目光，缓步朝着他走来。

看着她一步步朝着自己走来，北堂航竟然觉得，自己像个未经世事的毛头小伙子一般，目光灼灼之余，心跳骤然加速！

她不喜欢他，他心知肚明！

再相见，她会如何？

就在他心思飞转之间，她……却只是在他身前，朝他福身一礼！

她会对他行礼，他真的很意外！

所以，在她一礼之后，他微微怔愣了下。

直到不久之后，他有些不自然地笑了笑，方才伸手握住她纤细的手臂，扶着她起身。

他记得，那个时候，他跟她说："我们……怎么也算旧识……"

片刻之后，她道了谢，就势起身。

他清晰地嗅到一种淡香，但是却因眼前她的亲近，并没有往心里去！

但是不久，他身上便开始奇痒不止！

夜里，无数次抓挠着自己的皮肤，他轻嘲不止！

他比谁都清楚，他这次着了她的道了！

不过，他并不恼怒。

因为，她肯用心对付他，便表明在她心里，他并不是路人！

而他，在不停抓挠之际，对天立誓，一定要让她成为他的女人！

转眼之间，沈凝暄和秋若雨已经来到新越有一阵子了。

北堂航压抑不住想要见她的冲动，便又去了摄政王府。

其实，他并没有想要将她怎样，无非是想要靠她近一些，跟她说几句话而已。

这一次，他如愿以偿。

看着王府花园中，那抹紫色的倩影，他心潮澎湃地凑过去，却不想她对他的态度，始终冷冰冰的，言语不及两三句，转身便要离开。

他心下一急，自然而然地握住了她的皓腕，并且在她的质问下，对她表明心迹！

但是，结果……正如他所言一般，他的真心，根本就不值钱！

即便他语气坚定地让她做他的皇后，她却还是毫不客气地咬了他一口，然后又狠狠地赏了他一巴掌！

见状，富贵自然不会袖手旁观。

但是，他却并没有让富贵为难她！

待她走后，看着被她咬过的地方，伸手抚着被她打过的俊脸，他不禁自嘲一

笑!

她咬他，一定是咬上瘾了。

而他，竟然无可救药地在挨咬挨打之后，心情还不错!

想来，自从知道了自己对她的心意之后，他还真是做了许多荒唐事!

就如，在挨咬挨打之后，他竟然让富贵去给他弄一件紫色的龙袍来!

龙袍啊!

应该是明黄色的，何时见过有紫色的?

不过，秋若雨钟爱紫色，所谓爱屋及乌，他也想要穿上一件紫色的龙袍。

在秋若雨来到新越之后，他便如同变了一个人。

这一日，他不曾召人侍寝，坐在龙椅上愣愣出神!

他在想，自己该如何去打动她的心!

然，就在他苦思冥想之际，富贵却送来急报：她，竟然跑了!

闻讯，他心下一怔，连忙下令封锁水路，为的无非是要将她截下。

不只如此，他还亲自动身，从陆路追去……

连夜赶路，他终于追上了她。

但是，也就是在那个时候，他才知道，他马不停蹄追了一夜的，竟然是沈凝暄!

知自己心心念念的人儿，以沈凝暄的身份留在了京城，他紧绷的心弦，终于缓缓松动几分。看着眼前与她如出一辙的美丽女子，他的内心深处却没有半点心动的感觉!

他对沈凝暄，素来没有好感!

但是……他若想跟秋若雨长久，沈凝暄却是一定不能得罪的!

原本，他以为，以他以前的那些斑斑劣迹，他对秋若雨的感情，在沈凝暄这里，是得不到认可的。

但是，他没有想到的是，沈凝暄竟然跟他说，她或许可以帮他!

这让他惊讶之余，不禁喜出望外!

他提议，让沈凝暄就他知道秋若雨假冒她的事情对秋若雨保密，而沈凝暄则以燕国太子和她的人在新越的安危，来跟他做交易……这对他而言，易如反掌，所以他们的交易，成交!

后来，他千方百计地接近秋若雨。

但是，她却从来都不给他走近的机会。

无奈之下他只得冒充他的王兄，以北堂凌的身份站在易容成沈凝暄的她身边。

北堂凌爱惨了沈凝暄。

所以，在面对她时，他对她的情不自禁，总是可以以北堂凌的身份掩饰过去。

用北堂凌的身份，他可以肆无忌惮地接近她。

渐渐地，他爱上了这种与她相处的方式。

秋若雨爱着独孤萧逸，北堂凌爱着沈凝暄，在沈凝暄和独孤萧逸的爱情里，他们这两个第三人，颇有些同病相怜的苦楚。

那次醉酒，她第一次对他坦承她对独孤萧逸的感情，而他的那句你我都爱了不该爱的人，则让她彻底对他放下了心防。

也正是在那一夜，酒醉的她让他如愿一亲芳泽！

那种滋味，像是一种蚀骨噬心的毒，让他欲罢不能，让他无力抗拒，更让他下定决心一定要让她为他打开心房！

只是，出乎他意料的，一觉醒来，擅长易容的她，发现了他的真实身份……再后来，她竟然借酒迷晕了他，并留下一句自己想要的是一生一世一双人，便又一次从他的生命中抽身而去……

她以为，让他知道，她要的他给不起他便会知难而退！

但是，她错了。

从开始到现在，她早已占据了他整颗心，别说是后宫三千美人，即便是让他舍弃天下，倾尽所有，他也在所不惜！

一人之重，天下之轻！

她逃，他便追。

从新越到燕京，再从燕京到北源，他踏遍千山万水，不惧极寒之苦，为的便是像现在这样深深凝视着绝美的她，然后笑问："秋若雨，你信不信，我会追你到天涯海角！"

语落，天地之间，只闻落雪簌簌，而他的心却已大定！

番外

寒风，飘雪。

一袭紫衣的秋若雨立身于燕国北源的苍茫雪中，耳中所回荡的，除了凛冽的风声，便唯有眼前男子的那句，你信不信，我会追你到天涯海角！

信，还是不信？

这些都已然不重要，重要的是……身为新越帝王的他，竟然真的千里迢迢从越都追她至此！

"北堂航……"

轻启朱唇，寒风便已灌入，秋若雨怔怔地看着他，心中思绪却是千回百转，滋味莫名："我要的，你给不起，你我之间终究不会有结果，你现在如此又是何必？"

或许，他对她是真的有情。

否则也不会以纡尊降贵，不顾自己新越国主的身份，刻意乔装成北堂凌的样子来接近她。

但是，在新越都城，她灌醉他时，早已表明了自己对感情的态度，她想她所做的一切，已然能够让他明白，她要的他给不起，可即便如此他却还是追来了这里。

难道，他以为在他的穷追不舍下，她就会改变自己的初衷，成为他后宫众多妃嫔中的一个吗？

"若雨……"

多少天不曾听过她的声音了？

此刻听闻，北堂航只觉犹如天籁！

深凝视着她因寒冷而微微泛红的俏丽容颜，他轻勾着薄唇缓缓抬步，一步一步地朝她走来："你怎知你想要的，我一定给不起？"

闻言，秋若雨心下一怔，娥眉高高蹙起。

身为新越国主，他坐拥新越后宫佳丽无数，可是她想要的，是一生一世一双人！

笑吟吟地将秋若雨微怔的模样尽收眼底，北堂航在她身前驻足，凝视着她潋滟的秋眸，他苍白的俊脸上荡起一抹不羁的浅笑，十分自然地握住她的手腕，转身便朝着客栈方向走去："这北源还真不是一般的冷，都快把人冻死了！"

若换做以前，面对北堂航的碰触，秋若雨的第一反应定是抗拒的。

但是现在，感觉到他大手的冰凉，她的心却没来由地瑟缩了下，等她反应过来，自己已然跟着他的脚步向前。

"北堂航……"

终是瞥见了不远处他的一众随从，秋若雨娥眉紧蹙之处，已然成川，腕下微微用力想要摆脱他的手："我还要去找……"

"我一路从新越追你到燕京，又从燕京马不停蹄地追到这里，如今真的有些累了……"北堂航说话的声音透着几分嘶哑，语气里也带着深深的疲惫。脚步向前，他并未回头去看秋若雨，他知道秋若雨要继续去寻找独孤萧逸，但即便如此他紧握着她皓腕的大手，却微微用力不容她挣脱。

"你……"

秋若雨并非心软之人，但是听出他话里的疲惫，她却生生顿住了想要挣脱他禁锢的动作。

她这一生，从来都在为别人而活，何曾有人如此待她？

罢了，既是他不远千里追来这里，她便先安顿好他再去寻人。

感觉到她的顺从，北堂航唇角勾起，不禁微微上扬。

驿馆内，炭声滋滋，甫一入内便觉暖意袭面。

进入驿馆后，秋若雨直接引着北堂航上了二楼天字一号房。

地处北源极寒之地，大河镇的天字一号房布置得倒也还算雅致，垂眸看了眼北堂航依旧紧握着自己的大手，秋若雨蹙眉看着他："这里是大河镇最好的客房，你在这里好好歇息几日，便从哪里来，回哪里去吧！"

虽说，北堂航在来时便已料到秋若雨对自己会是如此态度，但是此时此刻面对这样的她，他还是忍不住眯了眯眼。

他千里迢迢追她至此，她却只如此轻描淡写地让他歇息几日便回去，如此待他还真是……薄情啊！

北堂家的男人，都是妖孽，哪怕是眯眼的轻微动作，也透着无尽的魅惑。

瞥见他狭长的凤眸中因眯眼而破碎出的灼人光华，秋若雨眉心蹙得更紧几分，轻轻低下头不再看他，她有些不自在地伸手想要拂开他的手："一路舟车劳顿，你定是累了，我还要出门，你好好歇息……"

秋若雨的话，尚未说完，便觉紧握着自己皓腕的大手猛然用力，只下一刻她便被北堂航带入怀中。

"北堂航！"

猝不及防被北堂航扯带入怀，她杏眼圆睁，当即便伸手抵在他的肩头欲要将他推离。

"秋若雨……秋若雨……秋若雨……"口中不停痴痴碎念着秋若雨的名字，北堂航不理会她的推拒，只是紧紧地抱着她，将下颌凑在她的脖颈处，近乎贪婪地汲取着属于她的独特香气："我好累……好累……你让我抱一会儿……"

"你……"

脖颈处一阵潮热，秋若雨面上一红，紧蹙着娥眉，伸手便要推开他的脸，但……当她的手触碰到他的俊脸时，却因手下滚烫的热度，而蓦地停止了动作："你在发热？"

"嗯……"

北堂航的唇角勾了勾，只轻轻应了一声，整个人便软了下来，将全部的重量都压在了她的身上。

"北堂航！"

秋若雨身量纤纤，饶是会武，想要在毫无准备的情况下擎住北堂航的身子，还是有些勉强的。

番外

费尽九牛二虎之力方才扶住他摇摇欲坠的身子，她咬牙看他，腾出一只手扣住他的脉搏，惊觉他脉象虚弱，她心下一紧，清明的眼底透着几分焦急："你到底怎么回事？"

"不过是发热！"

垂眸看着秋若雨，瞥见她眼底那丝焦急之色，北堂航眸色微润，将身子靠着秋若雨的身上，低声道："新越四季如春，北源的天气与那边天壤之别……我只是有些不习惯而已！"

"不习惯就留在新越好了，谁让你追到这里来的？"北堂航在秋若雨的印象里，一直是邪魅的，不可一世的，甚至带着几分讨厌，甚少见如此虚弱的他，她忍不住吼了出来，恼怒地瞪着他。

"我想你！"

面对秋若雨怒瞪的瞳眸，北堂航目光幽幽地看着她。

"你那是自作多情！"不知为何，心中就是恼怒不已，忽然之间惊觉于自己的失控，秋若雨面色不豫地向外喊他的随从："富贵！"

然而，她喊声虽落，却不见有人出来。

见状，她刚要再喊，却听北堂航虚弱道："别喊了，他们留在楼下了，没有我的命令不会上来！"

闻言，秋若雨转头看他，对上他狭长而闪亮的凤眸，她不由狠狠剜了他一眼，扶着他一路向着床铺走去。

将北堂航安置在床上，她的额头已然泌出细汗。

抬手拭去汗渍，她取了棉被想要与他盖好，却不期再一次对上他深邃的墨眸。

迎着她微愠的眸子，北堂航嘴角露出一丝笑意，幽幽的眸光透出温润的暖意，声音低醇："若雨，你是关心我的。"

秋若雨板着脸看着他。

面对她冷着的俏脸，北堂航眸光幽幽，始终温润，不曾错开分毫。

"北堂航，你死心吧，你我之间是不会有结果的，今日换做是任何人一路追来，我也会如此相待！"

许久，到底先低了头，秋若雨轻叹一声，转身向外。

北堂航见状，连忙伸手扯住她的衣袖，却不等说话又咳嗽了起来："至今，我于你而言，还只是任何人中的一个吗？"

秋若雨回头，看着他咳嗽的样子，对于他的问题不置可否，她用力甩开他的手，再次转身向外："你歇着吧，我现在要去找自己真正关心的人！"

北堂航闻言，面色微变了下，长长的睫毛颤了颤。

他都这样了，她却还要出门去寻独孤萧逸，还真是让人伤心啊！心下无奈一叹，他的唇角邪魅勾起，就在秋若雨即将离开床榻之际，他蓦然出手，再次攥住她的皓腕，将她整个人用力带入自己怀中。

　　"北……"

　　一吻终落，却是意犹未尽。

　　看着秋若雨呆呆愣愣的样子，他火热的眸中碎光闪闪，抬手轻抚她泛红的容颜，轻喘息说道："你曾说，你想要的是一生一世一双人，如今我便许你一生一世一双人！"

　　听闻他魅惑的话语，秋若雨猛地回神，脑海中回响着他的话，她的心里猛地一缩，却是嗤笑一声："北堂航，你有病是不是？你若许我一生一世一双人，新越后宫那三千女人又当如何处置？"

　　北堂航凤眸微眯了眯，声音低柔却坚定万分："她们可以离宫，也可以出家，我北堂航今生只要你秋若雨一人足矣！"

　　因北堂航的话，秋若雨的心头蓦地又是一震！

　　她做梦都想不到，眼前这个视女人如粪土的男人，居然肯为了她放弃他的整座后宫！

　　可是此刻他坚定的眼神，却是做不得假的。

　　他为她做到如此，当真值得吗？

　　心中似是有什么东西，在一阵波涛汹涌之后，渐渐膨胀发酵，她轻抿唇角，下意识地想要躲开他的视线："你疯了……唔……"边说，边退出房间。

　　就在房门即将关上之际，他清雅的声音缓缓而出："你要在这里找独孤萧逸，我便陪你一起找，找到他之后，我定要带你回新越！"

　　闻言，秋若雨正在关门的动作微微一滞！

　　"鬼才跟你回新越！"

　　她语气不善地顶回一句，房门亦被无情关上。

　　见状，北堂航倒也不恼，而是轻勾着薄唇，有些无力地躺回榻上。

　　从她方才的反应，他可以确定她对他的心思，已然有了转变！

　　现在，只等找到独孤萧逸。

　　那个男人，她喜欢了那么多年，若是不能确定他的安危，她必定不会跟他走。

　　找吧！

　　只要独孤萧逸平安无事，他一定带她回新越。

　　天字一号房内，随着秋若雨的离去，恢复一片静寂，房门外秋若雨并未立即离

番外

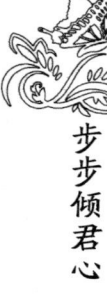

开，而是紧抿着红唇在门外静站片刻，待到面色恢复如常，方才转身离开。

驿馆大堂里，蓝毅和富贵早已静候多时，见秋若雨下楼，两人连忙躬身："见过雨姑娘！"

秋若雨看了两人一眼，抬步便要从两人身前走过。

"雨姑娘！"

轻唤秋若雨一声，蓝毅侧身看着她："皇上的身子好些了吗？"

原来，他们早已知道北堂航身子不适！

秋若雨眸光微闪，转头对蓝毅道："越皇得的是寒热，不过及时调理，不会有大碍，你们先让他泡泡热水，驱除寒气，我现在要出门。"

蓝毅闻言，看着秋若雨，面色微沉："皇上为见雨姑娘，一路快马加鞭，现在累病了，雨姑娘还要出门吗？"

他知道，秋若雨是要去找独孤萧逸，但是对于他家主子而言，未免太过残忍了些。

他们家主子，可是为了追她才来这穷山恶水之地，否则如何会得病？

"他生病自有你们照顾！"

听出蓝毅语气中的不满，再想到方才北堂航的所作所为，秋若雨脸色微沉，便再次抬步向外。

见状，蓝毅脸色蓦地又是一沉："雨姑娘，做人要讲良心！皇上若非为了你，又怎会生病？"

他一直觉得沈凝暄是没心没肺的，现在看来这秋若雨也一样！

闻言，秋若雨面色也是一沉！

停下脚步她脸色不好地看着蓝毅，面上神情却是不置可否地冷声说道："北源是他自己要来的，不是我让他来的，说好听点他是为了我，说难听点那叫自作多情！"

语落，大堂内气氛陡地一僵，不再看蓝毅一眼，秋若雨抬步出了驿馆！

北源天气极寒，北堂航的日子也过得极不适应。

但即便如此，他却仍旧不顾秋若雨的要求，坚持留下帮她寻找独孤萧逸，并一再声明找到独孤萧逸便要带她回新越。

俗话说烈女怕缠郎！

秋若雨一直在说，这是燕国的事情，不需要他的帮助，也一直在说，她不会跟他回新越，但说过多次后，他却仍旧置若罔闻。

无奈，她便由他去了。

这一日，她又带人在外面寻半日，却仍旧没有独孤萧逸的消息。

当她拖着疲惫的身子回到驿馆时，却见驿馆内两位翩翩佳公子对坐，正在有说有笑地对弈。

这两人皆丰神如玉，风华绝代。

他们，一个是为身子早已大好的北堂航，另一个却是不该出现在这里的人，也正因他的出现，秋若雨甫入驿馆，便怔在门口，久久无法回神。

"怎么？多日不见，不认识了？"

笑看着怔立在门前的紫衣绝色，独孤宸将手里的棋子落下，俊逸的眉梢微微抬起。

"您不是去了吴国吗？"

看着独孤宸俊眉微抬，秋若雨总算回过神来，边弹着身上的积雪，边朝着两人走去。

"谁说去了吴国就不能来北源的？"独孤宸微微一笑，道，"若雨，你今儿找了整整半日，一定十分疲惫了，不过我想听到我带来的消息，定然会让你一扫疲惫！"

"什么消息？"

秋若雨黛眉微蹙，眼底满是疑惑。

面对她的疑问，独孤宸并未立即回答，而是抬头看向二楼方向："出来吧！"

秋若雨抬头，看向二楼，却在看见自二楼下来的那道伟岸身影时，身形蓦地一震！

"枭青！"

居然是枭青！

当初带着独孤萧逸离开的人是他，他一定知道独孤萧逸的下落。

几乎是脱口便喊出了枭青的名字，秋若雨顾不得太多，直接迎上前去："皇上呢？皇上不是跟你在一起吗？他可一切安好？"

她如此急切的反应，本在情理之中，但看在北堂航的眼中，却让他原本温润的眸光，倏然转幽！

他一直都知秋若雨对独孤萧逸的感情，但是现在真真切切地看着她为他如此急切，他的心里难免浮上一层阴霾。

他在这里挨冻多日，为的是要将她带回新越，可是眼下她尚未得见独孤萧逸便已然如此反应，若是让她见了那人，她还会跟他走？

绝对不会！

"皇上如今在未央雪山上，一切都好！"

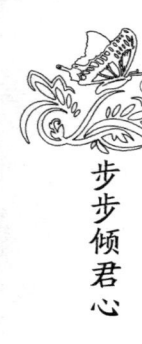

看着秋若雨一身疲惫的样子，枭青刚毅的脸庞微微柔和几分。

"未央雪山？"秋若雨心头大喜，伸手扯了枭青的衣袖便向外走去，"走，带我去接皇上！"

然而，她刚刚转身，便忽然被人扯住了手臂。

回转过身，正对北堂航深幽的瞳眸，她面色微变："北堂航，你放开！"

"你们的皇上自有他的皇后去接！"

平日温润的声音中透着几分沉冷，北堂航紧盯着她因挨冻微微泛红的面庞，不等她有所反应，忽然出手封住了她的穴道！

"北堂航！"

惊觉自己穴道被封，秋若雨怒极却不能动作，只能狠狠地瞪视着眼前这个可恶的男人："你封我穴道作甚？"

"自然是带你回新越！"

轻挑着俊眉，看了秋若雨一眼，转身对独孤宸说道："可惜了这盘好棋，本皇只能下次再与子真先生切磋了！"

"好说！"

独孤宸淡雅一笑，仿佛事不关己般端起桌上的茶盏，细细啜着。

秋若雨没想到北堂航会忽然封了自己的穴道，要带自己去新越，更不会想到独孤宸见她如此，竟然对她不闻不问！

俏脸含霜地看着北堂航，她微微启唇，刚要出声，却见北堂航唇角邪肆一勾，抬手便封了她的哑穴！

这个混蛋！

心中怒极，她手不能动，口不能语，目光如刀似刃，恨不得将眼前这个可恶的男人凌迟了！

"乖！我们这就走了，不要着急！"

迎着她怒极的目光，北堂航不顾众人在场，倾身将她抱起，在众目睽睽之下大步向外！

秋若雨不知道独孤宸是什么时候到的大河镇，但是她可以确定，北堂航要带她回新越是早有预谋的。

一切只因，北堂航抱着她出门，驿馆外早已备好了可以在大雪中行进的雪橇车！

雪橇车启动，一路向南。

而她则从此过上了穴道被封、衣来伸手饭来张口的日子……

秋若雨见过霸道之人，却从未见识过如此霸道的北堂航。

历时数日，她们一行终于离开了北源。

在北堂航解开她穴道的时候，她做的第一件事，便是转身向外，准备返回北源，奈何北堂航却死死攥住她的手腕，不容她离开半分，拉着她一路进入客房。

"北堂航，你放手！"

秋若雨眼看着北堂航拉着自己一路向里，脸色难看非常。

"放手？"

拉着她一路向里，直到榻前方才停下脚步，北堂航没有放开她的手，只是转身看着她，声音轻得不能再轻，那语气却是仿佛火山即将爆发一般，沉冷万分："我放手，好让你去找独孤萧逸？"

这一路上，不管他对她多好，她却一直都在闹！

他以为，只要他有耐心，对她好，假以时日，她的心便也安分了。

却不想，当他心软解开她的穴道之时，她做的第一件事却还是要回去！

回去找她的独孤萧逸！

这个女人，还真是……可以让没脾气的人，都火冒三丈！

从来，北堂航在秋若雨面前都是温润如风的，面对如此的他，她心中忍不住怒火升腾，怒道："北堂航，你算我的谁？凭什么管我？他才是我的主子！"

"是啊！"

墨色的瞳眸死死盯着秋若雨恼怒的脸，北堂航朝她靠近一步，冷幽说道："我倒真的忘了，他才是你的主子，不止如此，他还是你喜欢，心心念念要嫁的人！"

闻言，秋若雨一愣，一时间没了反驳的话！

他说得没错，独孤萧逸是她的主子，更是她倾慕多年，心心念念要嫁的人！

可惜，她于他，却……

心下苦涩一叹，她深吸一口气，与北堂航四目相对，道："既然你知道，那么现在就放手！"

"我不放！你明明知道他心里没有你，何必要一味付出？"

北堂航又走近秋若雨一步，惊得她忍不住后退一步，俊眉挑起，他眸底的暗沉之色越见浓郁，言词之间透着身为君王的势在必得："我说过，只要确定他平安无事，便带你回新越！"

"那是你说的，我从来都没有答应过你！"

秋若雨又后退了一步，后背撞上身后的屏风，深凝视着北堂航阴郁的眼神，她心中不由恼怒："即便他心里没有我又如何？我的心里同样没有你，你不照样在这里自作多情吗？我还是那句话，我从没答应要跟你一起回新越，现在不会，以后也不

会！"

"秋若雨！"

北堂航紧跟着秋若雨又向前走了一步，眼睛眯成细细的一条缝，"你把刚才的话再说一遍！"

"再说一遍又如何？"秋若雨感觉到他身上迸发的怒气，忍不住想要挣开他的手，想要离他远些，"我从没答应过要跟你回新越，现在不会，以后也不会，从头到尾不过是你一厢情愿自作多情罢了！"

"秋若雨！"

北堂航忽然一手钳住秋若雨的肩膀，另一手支在她身后的屏风上，将她圈固在他和屏风之间，一双眸子黑得一塌糊涂："我当真是一厢情愿，当真是自作多情吗？"

通过这阵子的相处，他可以明显感受到秋若雨对自己态度的转变！

他可以笃定，他即便占不满她的整颗心，如今也应该是入了她的心的！

否则，在穴道解开的那一刹那，她便该对他动手！

可是她没有！

"是！"

她瞪着北堂航，心中犹在气着，怒道："好歹你也是新越的皇帝，何必跟个无赖一般缠着我？你如此行径，为人不齿，说出去只会让天下人耻笑……"

"独孤萧逸看都不看你一眼，你却痴痴为他，我为你倾尽天下，你竟说这样只会让天下人耻笑？"北堂航低头，脸凑近秋若雨，眼底晦暗，声音细弱蚊蝇，"在你眼里，我为你所做的一切，都只是无赖行径？"

瞥见北堂航眼底的晦涩，秋若雨心下一紧，伸手便要将他推离！

"回答我！"

北堂航轻而易举地扣住秋若雨手腕，目光沉沉地注视着她！

"是！"

整个身子被北堂航禁锢在屏风上，秋若雨恼恨地瞪着他，斩钉截铁地回答着他的问题："我劝你放了我，不要再自作多情了，在我眼里若独孤萧逸是天上的云，你便是地上的泥土，你根本不能跟他相提并论！"

闻言，北堂航看着秋若雨，眸中雾霭沉沉。

"我以为，我为你倾尽天下，即便你开始抗拒，终究会对我生情，可是现在看来……到底我还是高估了自己！"

北堂航满是失望地深看秋若雨一眼，放开她转身向外走去！

他爱她！

真的爱她！

为了她，他可以倾尽天下，不惜做个无赖整天缠着她，他以为只要坚持，终有一日他会守得云开见月明，可是他放弃身为帝王的自尊，死皮赖脸地跟着她宠着她换来的是什么？

是她毫不留情的讽刺！

这，让他心痛，也让他前所未有的心寒！

也就是这一刻，他周身冷冽，又恢复了以前新越皇帝该有的阴鸷，再不见一丝秋若雨所熟悉的温润与柔情。

看着他头也不回地离去，秋若雨心下一揪！

她忽然觉得，自己紧闭的心头，似乎有什么东西正在消逝，这种感觉让她忍不住从榻上坐起身来："北堂航！你这个混蛋！"

闻声，北堂航即将踏出房门的脚步蓦地一顿！

"是！我是个混蛋！是个无赖！"大手扶着胸口微微转身，终是最后看向她，他清冷一笑，冷然说道，"相比做你眼里的混蛋和无赖，现在我觉得做新越后宫三千佳丽的主人更加适合我！"

语落，他再次转身，继续抬步向外。

秋若雨一惊，想也不想便从榻上起身，三步并作两步追到门前，看着北堂航已然消失在门前，她用力握住门框，心中已是空白一片！

他，就这样走了。

从此之后，再也不会死皮赖脸地跟着她了……

如此，她本该高兴的。

可是为何，她的心中，却透着丝丝酸涩与痛楚？

时光荏苒，如白驹过隙。

转眼之间，已是半年之后！

燕京，盛夏的天，如婴孩的脸，说变就变。

就如今日，晨起时，还是艳阳满天，才刚过晌午，便暴雨倾盆。

燕京皇宫之中。

秋若雨紫衣飘飘，一脸沉静地站在窗前。

窗外哗哗的落雨声，已然将周遭的一切声音掩去，在静默许久之后，她黯然一笑，举眸望向如墨般的苍穹。

转眼之间，半年即过。

自那日，北堂航离开之后，她便重新赶回北源与沈凝暄一起迎接独孤萧逸还

番外

朝。

而北堂航，则在那日之后，便从她的生命中消失了。

他又回到了以前那种游戏人生的状态。

而她……

她以为他走了，她的心里便能轻松些。

但是结果呢？

薄唇苦涩一抿，她眸色黯然地苦叹一声："秋若雨，你是怎么了？"

她心里的那个人，是独孤萧逸。

何以此刻，总是会想起另外一个男人！

那个对她千般好，却被他伤了心的男人！

她本以为她是讨厌他的，但是不知从何时开始，他真的住进了她的心里，让她无论如何都挥之不去……

"若雨！"

在秋若雨身后站了许久，却见她始终沉浸在自己的思绪中无法自拔，沈凝暄在静默许久之后，终是忍不住轻唤她一声，并重复着她方才的话，幽幽问道："你是怎么了？"

闻声，秋若雨心头一惊！

转过身来，见沈凝暄深凝视着自己，早已不知在自己身后站了多久，她忙敛起思绪，恭请沈凝暄落座："皇后娘娘何时来的？"

"来了好一会儿了！"脸色不豫地坐下身来，沈凝暄抬眼看着秋若雨，眉头皱得极紧，语气却十分肯定道，"你有心事！"

闻言，秋若雨眸色一暗！

红唇轻抿着，唇角勾起一抹苦涩的笑弧，她淡淡说道："不过是些小事罢了！"

听她此言，沈凝暄的脸色，立时难看起来："你的事，于本宫来说，再小也是大事！"

"若雨知道！"

秋若雨淡淡颔首，却没有要道出心事的打算。

"若雨啊！"长叹口气，沈凝暄深凝视着秋若雨，语重心长道，"人都说，失去了才知道珍惜，这句话真的很有道理，你说是不是？"

"……是！"

秋若雨一怔，不禁莞尔。

她就知道，自己的心思瞒不过沈凝暄的眼睛！

见她说是，沈凝暄的心里，顿时涌起一股子无力之感。又是一声轻叹，她苦口婆心道："北堂航这人，虽然平日放荡不羁，行事作风也着实让人恨得牙根儿痒痒，但是对你，却是一千个一万个好！不仅如此，还可以为了你，放弃整座后宫……人心都是肉长的，他为你做到如此，你难道就一点都不动心吗？"

"动心！"

秋若雨唇角轻勾，脸上浮上一抹苦涩而无奈的浅笑："这次回来之后，我才发现，原来我已经习惯了他的死缠烂打！"

习惯，真的是个可怕的东西！

看着秋若雨脸上的笑，沈凝暄便没来由地心疼，伸手拉过她的手，她蹙眉问道："既是动心，何不给自己也给他一个机会？"

"皇后！"

握住沈凝暄的手，秋若雨淡淡笑着："一切都晚了！我伤了他的人，更伤了他的心，他对我早已死心了！"如若不然，这半年以来他也不会消失得如此彻底！

"只要有心，一切都不晚！"紧紧握住秋若雨的手，沈凝暄眸色微亮。

"皇后？"

紧握住沈凝暄的手，秋若雨迎着她微亮的眸子，不由苦笑："皇后娘娘莫不是让我觍着脸去求他？"

这样，她是无论如何都做不来的。

"那样多掉价儿啊！我燕国的第一奇女子怎能去求人？"沈凝暄笑看着她，胸有成竹地弯唇问道，"若是本宫可以让他心甘情愿地再来找你，你可还会如上次那般伤他？"

"自然不会！"

轻蹙了娥眉，秋若雨微微摇头，眸色复杂地看着沈凝暄，她的声音已然低到不能再低："其实，他离开后我想了很久，心里大抵也想明白了，那个时候我之所以伤他，并非是从心底里抗拒跟他回新越，而是我对皇上，还留有一份执念，我想要亲眼再见皇上一面，如此也好做到真正放下过去对他的感情！"

"如此便好！"

眸光微微闪动着轻拍了拍秋若雨的手，沈凝暄站起身来："既是你已经看清楚了自己的心，那么接下来的事情，你只管听本宫的，我保他一定会主动出现在你面前！"

"皇后？"

秋若雨看着沈凝暄，不知她打算如何行事。

"相信我！"

眸光熠熠地看着秋若雨，沈凝暄对她温婉一笑！

新越，皇宫之中。
北堂航自半年前从北源重伤回来之后，表面上又过上了以前那般荒淫无度的日子。
但是，与以前有所不同的是，他虽夜夜笙歌，却从来不曾再召幸过任何后宫妃嫔！
他在等！
等那个萦绕在他心头，却没有半点良心的女人。
可是，半年已过，他却始终不曾等到她的回头。
即便如此，有关她的书信，却是十日一封，准时送进宫来。
"秋若雨，你当真是个没良心的！"
虽然，信里只记录了她的日常起居，但北堂航每次看过，却都忍不住柔了目光。
不知从何时开始，他养成了等信和看信的习惯。
而燕京的来信，也风雨无阻，一直送来，只是他想要见的那人，却迟迟没有动作。
他确定她心里是有他的！
既是如此，他可以慢慢等！
即便心中的思念如万蚁蚀心，这一次，他也一定要等到她先低头。
直到这一日，信晚来一天，他也煎熬了整整一日。
待他看过信后，却是脸色一沉，将信纸紧紧地攥在手中，俊脸上再没了那温柔的笑容。
"皇上？"
看着北堂航阴沉的脸色，富贵的脸色也跟着变了。
"备马！"手背上，青筋绷起，北堂航将手里的信纸揉作一团，"立即动身去燕国！"
"是！"
富贵一喜，忙衔命而去。
不多时，行装备妥，北堂航刚要与摄政王辞行，却见他步履匆匆而来。
"王兄！"
看着北堂凌走近，北堂航也跟着站起身来："朕有要事，现要出门一趟……"
闻言，北堂凌微微挑眉："你要去燕国？"

374

"是！"

北堂航知道，什么事情都瞒不过他的王兄，倒也承认得干脆！

深看了北堂航一眼，北堂凌微微颔首："去吧，这次一定要把我新越的皇后带回来！"

北堂航闻言，面色一正，微微颔首！

大殿外，富贵早已备好马匹。

辞别北堂凌，北堂航翻身上马，马不停蹄地赶往燕国。

夏日炎热，连拂面而过的轻风，都透着炎炎热意。

英姿飒爽地在官道上一路飞驰，他的衣袂，在空中肆意翻飞。

他的王兄阅人无数，曾十分肯定地告诉他，他已然在秋若雨的心里生了根发了芽，一切只等她冷静下来看清自己的感情。

所以……

自半年前被秋若雨重伤回到新越之后，他便准备好了她大婚时要穿的嫁衣，他想要等她看清自己的心时，送她一份大大的惊喜！

但是现在，他的惊喜还没送出，那丫头却回了他一个大大的惊吓！

她要去和亲！

新郎是吴国大将军萧敬！

这个名字，他并不陌生。

只是，无论对方是谁，他也绝对不会容她嫁给他！

要和亲，那也是燕国和新越，怎么算都轮不到吴国！

"秋若雨，你这个没良心的！"

璀璨而锐利的眸，仿佛穿过千山万水，直望燕京，在这一刻，北堂航仿佛看到了那个一身紫衣的女人，正欢欢喜喜地准备着自己的嫁衣："你休想嫁给别人！"

番外

燕国，京都。

正在跟沈凝暄寒暄的秋若雨，忍不住打了个寒战。

"冷么？"

潋滟的眸子，星华闪闪，沈凝暄轻皱了眉头，对身边的青儿吩咐道："初秋，夜风凉，把窗子关了。"

"没事的！"

丽颜之上透着几分落寞，秋若雨轻轻叹道："夜风再凉，也没有我的心凉！"

闻言，沈凝暄的眉头皱得更紧了："事情还不到最后，你怎就如此笃定，他一定不会出现？若雨，你可是我燕国的第一奇女子，该有信心才是，眼前的你，可不像

你！"

不以为然地苦笑了笑，秋若雨轻挑黛眉，又是幽幽一叹："明日便是最后一日了！"

"好了！"

再次听到她的轻叹，沈凝暄眉角轻抽了抽，无奈笑着："你难道连本宫都不信？"

"信！"

秋若雨黛眉紧皱，眉目之间淡愁如纱。

沈凝暄笑眯了眼，眸光犀利微冷："信就把心放在肚子里，明日好好做你的新嫁娘！"

"好！"

秋若雨颔首，不由转头看向窗外。

按照沈凝暄的安排，明日便是她启程嫁往吴国的日子了，可是她要等的那个人，却迟迟未来。

她想，她是真的让他伤了心，再也不会如以前那般对她了。

翌日，晨起。

秋天的雨，带着凉意，就如秋若雨的心，雾蒙蒙一片阴霾！

今日，她以燕国皇帝义妹的身份，自燕国皇宫启程嫁往吴国。

朝阳门外，红绸飘扬。

主寝室内，秋若雨一身红绸嫁衣，发髻高挽，娥眉清扫，若出水芙蓉，清新靓丽，只她眉间蕴着那淡淡的忧愁，捻不散，逐不退。

时候不长，喜娘的声音，在门外响起。

吉时已到！

轻抬眸华，看着身边的宫女，秋若雨轻勾唇瓣："将盖头盖上吧！"

"是！"

宫人取了红盖头，盖在秋若雨头顶。

眼看着，那一抹嫣红徐徐落下，秋若雨眼底，仍旧透着几分不确定！

虽说沈凝暄算无遗漏，但是她还是担心，那个人不会来。

不知从何时开始，他在她心里的地位，竟然如此重了！

秋雨纷飞，原本热闹非凡的燕国都城，一片冷清。

深深的冷寂和清冷，被由远及近的锣鼓声和唢呐声打破，时候不长，大街人便开始沸腾起来，四下聚起不少看热闹的人。

浩浩荡荡的嫁娶队伍，自朝阳门出来，沿着大街一路向前。

人头攒动的人群之后，北堂航一行风尘仆仆，他月白色的锦袍，早已布满灰尘，灰败不堪。

一动不动地坐在马背上，他灰暗的眸中闪烁着噬人光芒。

冷眼看着缓缓从眼前经过的嫁娶队伍，他的视线轻易便搜寻到一顶缀满彩色流苏的花轿。

"爷？怎么办？"

看着花轿半晌儿，富贵转头看向身边面色冷沉的北堂航！

冷鸷的眸子一眯，抬起头来望向天际，北堂航对富贵吩咐道："待会儿，不管我做什么，都与你无关，你只管在这里看着便是。"

"爷？"

富贵张口欲言，却听北堂航冷冷说道："这是命令！"

语落，他手中马鞭甩起，啪的一声击打在马背上。

马匹嘶鸣声，惊得他身前众人连忙转身。

就在此时，他猛地用力夹紧马肚，一人一马，如离弦的箭，快速冲入迎娶队伍之中。

因他的忽然闯入，原本井然有序的迎亲队伍人仰马翻，一片混乱。

感觉到花轿的剧烈晃动，秋若雨娥眉轻蹙，伸手扯去头顶的红盖头，她掀起轿帘，探头向外望去。

抬眸之间，但见一人一马，已然行至轿前。

直直地，望入那双沉冷如冰的黑眸，她心下一紧，竟只能怔怔地望着。

只下一刻，她被一条健硕的手臂凌空抱起，快速拉上马背。

"北堂航……"

"闭嘴！"

没有给她说话的机会，北堂航调转马头，策马疾驰！

秋雨绵绵，凉意瑟瑟。

被北堂航带着一路疾驰出京，秋若雨犹自沉寂在震惊之中。

也不知过了多久，马儿停歇，马背上的两人，早已被秋雨浇淋，如墨的发丝，黏成一绺一绺的。

"北堂航！"

微翕的小嘴轻合，秋若雨终是找回了自己的声音，但她尚未成言，便被头顶上迅速而降的薄唇掳掠住了檀口，那是相当霸道蛮横的一吻。

番外

心,蓦地漏跳一拍!

紧抓着北堂航的握住缰绳的双手,她睁大一双水亮美眸,错愕得一时反应不过来!

他来了!

他真的来了!

轻抬眸华,在那双湛黑的眸子中看到了深深的依恋,她心下一酸,眼眶瞬时便红了!

"你这个没良心的女人!还是那么讨厌我吻你是不是?"凝望着怀里眼眶泛红的小女人,北堂航眸色深沉如海。

"我……"

秋若雨俏脸通红,那抹红,比花儿还媚,红得就能泌出水来,深凝视着他深沉却布满血丝的瞳眸,她瘪了瘪嘴,哭了起来:"你就知道欺负我!"

在抢人之前,北堂航便已然做好了秋若雨会反抗的心理准备。

但是现在她的反应,却有些……大大出乎他的意料了!

她哭了!

哭得梨花带雨!

哭得好不伤心!

哭得好像那个没良心的人,是他!

哭得好像……好像在告诉他,她一直在等他!

有了这个认知之后,他心中蓦然狂喜!

试探性地倾身将她压在马背上,他扬了扬嘴角,眼里的黑曜变得奇亮,声音略显低沉:"这样就算欺负你了?那这样呢……"语音未落,他扳着秋若雨的脸,灼热的鼻息凑过去,双臂将她嵌在怀里,用力吻住她,几乎要将她的呼吸悉数夺去。

原本枯萎的心,仿佛瞬间滋生新芽。

秋若雨眼睫毛轻颤着,没有推开他,而是渐渐软下了身子。

一吻终落,两人前额相抵,北堂航睁开眼睛就看见她,呼吸略急。

带有薄茧的双手,缓缓移至秋若雨的脖颈,他有些不确定地问道:"你……在等我?"

蓦地,惊觉喉间的大手收紧几分,秋若雨微僵了僵身子,眸光灿灿地回望着北堂航,鼻息之间,尽是酸楚之意,她十分诚实地点了点头。

得到她肯定的回答,北堂航整张俊脸都柔和了下来!

凝视着他的俊脸,秋若雨深吸一口气,红着俏脸将自己的脸和他的脸紧贴到一起,彼此听着呼吸声:"北堂航,你爱得从来比我深,但是从今日开始,我会努力爱你，就像你爱我这样的……爱你！"

闻言，北堂航心头一震，数日来心中的怒火，顷刻间烟消云散。颤抖着双手圈上秋若雨纤细的腰肢，他深吸口气，笑得跟个孩子一样纯粹！

他从来没想过，会从秋若雨的嘴里，说出爱他这个字眼。

看着他脸上的笑，秋若雨知道，自己的人生圆满了。

但是想到过去这阵子，她茶不思饭不想等着他的日子，她不由娇嗔低骂着："可恶的男人，如果我不嫁人，你是不是一辈子都不打算再见我？"

"怎么可能？我现在不是来了吗？"

轻啄秋若雨的唇，北堂航无奈一叹，语气前所未有的霸道："你是我一个人的，也只能是我一个人的。"

眼下，他已然来了这里，如何还能告诉她，他其实一直都在等着她先低头。

唉……

怀里这个女人，总是可以让他轻易舍弃一切，哪怕是身为帝王的自尊！

自得知她的婚讯，他便一路披星戴月自越都赶来。

马儿跑死了，换新马，为了节省时间，他不曾投宿，只露宿荒郊。

可是，即便如此，他还是来晚了。

没人知道，当他赶到京都的时候，看到那迎亲的队伍从自己眼前经过，心里到底有多痛！

不过，这些都不重要了！

重要的是，现在她属于他！

连人带心，都是他的了！

他从此，与她一生一世一双人！

番外